HEYNE <

Ein Verzeichnis aller im
Wilhelm Heyne Verlag erschienenen
Shadowrun-Bände finden Sie
am Schluss des Bandes.

MAIKE HALLMANN

PESADILLAS

Achtundfünfzigster Band des
SHADOWRUN-ZYKLUS

Überarbeitete Neuausgabe

WILHELM HEYNE VERLAG
MÜNCHEN

Umwelthinweis:
Dieses Buch wurde auf chlor- und säurefreiem Papier gedruckt.

Überarbeitete Neuausgabe 11/06
Redaktion: Catherine Beck

www.heyne.de
Printed in Germany 2006
Umschlagbild: Fred Gambino
Umschlaggestaltung: Nele Schütz Design, München
Satz: C. Schaber Datentechnik, Wels
Druck und Bindung: GGP Media GmbH, Pößneck

ISBN-10: 3-453-52225-7
ISBN-13: 978-3-453-52225-1

Für Männi.
Weil ich beim Schreiben jedes Mal
an Dich denke.

Kapitel I

Redmond Barrens, Seattle, 05:27

Frühmorgens gefiel ihm Seattle. Besonders an einem dunstigen, kühlen Morgen wie heute, wenn die Wolken tief über der Stadt hingen und gegen die obersten Fenster der Wolkenkratzer hauchten, als wollten sie hinein. Wenn der Dunst sich noch lange nach der Dämmerung nicht aus den engen kleinen Gassen vertreiben ließ, um die Mülltonnen hing und sich in die Hauseingänge schmiegte, feuchtkalt und im leichten Wind der Schritte träge fließend.

In den Pfützen spiegelten sich Wolken und graue Häuser. Er blickte auf. Grau in grau unter den bedrohlich dichten Wolkenbergen gefangen, wirkten die mehrstöckigen, verlassenen Gebäude des alten Industriegebiets wie frierende Mönche bei der Andacht. Mitten auf der Straße gehend, wich er lächelnd den Pfützen aus und genoss das Gefühl von Endzeitstimmung, das sich in ihm auszubreiten begann. Aus irgendeinem Grund faszinierte ihn der Gedanke, völlig allein auf der Welt zu sein, in einer von den Menschen verlassenen Stadt umherzustreifen. Hatte ihn schon immer fasziniert.

Ein Schuss hallte irgendwo zwischen den leeren Häusern und brachte ihn in die Gegenwart zurück. Vom Adrenalin seiner Booster durchflutet, kauerte er bereits zwischen zwei Autowracks und hatte die blauschimmernde Desert Eagle entsichert, ohne es überhaupt mitbekommen zu haben. Das betäubende Gefühl, dass sein Verstand eben noch eine Weile verdutzt auf der Straße gestanden und seinem Körper nachgestarrt hatte, irritierte ihn. Aber man lernte, damit umzugehen. Alles, was man mit Geld für seine Reflexe kaufen konnte, hatte Platz in seinem Körper gefunden, sofern es sich miteinander verstand.

Es machte ihn high, das Zeug. Die Geschwindigkeit, die abartige, unfassbare, unnatürliche Zeitraffergeschwindigkeit, mit der sich sein Körper zwischen anderen bewegte wie ein Falke unter Tauben, machte ihn mehr an, als es je eine Frau geschafft hatte. Und hatte ihm nebenbei auch noch weit öfter das Leben gerettet, als es je eine Frau tun würde.

Er lauschte in die Stille, während die entsicherte Desert Eagle ihn über die Smartverbindung begrüßte wie einen alten Freund. Sie war nicht mehr still: Jemand kam näher, rannte, stolperte direkt in seine Richtung. Seine Position war perfekt. Hätte er eine Stunde lang überlegen können, wo er am liebsten gestanden hätte, wäre sein Platz kein anderer gewesen, sondern genau hier, zwischen zwei Wagen, einen Meter hinter sich auf derselben Straßenseite eine kleine Gasse, in der Mülltonnen standen, die niemand mehr brauchte. Informationen, die seinem Bewusstsein nicht einmal zugänglich waren, verarbeitete sein Körper von ganz allein zu sinnvollen Handlungen. Phoenix fragte ihn oft, wozu sein Körper ihn eigentlich noch brauche. Trotz der Ströme von Adrenalin, die ihn durchfluteten, lächelte er kurz, als er an die Deckerin dachte.

Zu den Geräuschen rennender Füße gesellte sich ein verzweifeltes Keuchen, als der Flüchtling die scharfe Kurve der Straße entlangschlitterte. Schutt prasselte, und er oder sie fing sich gerade noch rechtzeitig ab, um nicht von der eigenen Geschwindigkeit gegen die Mauer des Gebäudes getragen zu werden.

Fünf Meter. Drei.

Ein Schuss holte den Läufer von den Beinen. Mit einem Aufschrei kugelte er an Jaywalker vorbei und blieb in seinem Blickfeld liegen.

Ein Kind.

Erneut schoss eine Welle von Adrenalin in seine Adern, als wollten seine Booster Blut und Adrenalin komplett gegeneinander austauschen.

Das Kind stöhnte und versuchte sich aufzurichten. Ein irres Kichern ließ es in der Bewegung erstarren und verriet Jaywalker die Position des Schützen.

Einige Meter entfernt schlurfte jemand langsam näher.

»Schätze, jetzt sitzt du im Drek, was? Sogar du, sogar du.« Der Kerl hatte eine heisere, leicht pfeifende Stimme und sprach leise und sorgfältig, als bereite es ihm Mühe. Das Kind drehte sich mit angstgeweiteten Augen zu ihm um.

»Sieh mich nicht an!«, brüllte der unsichtbare Sprecher. Vielmehr sollte es wohl ein Brüllen werden. Die Stimme blieb leise und wurde nur etwas heiserer, kippte beim letzten Wort in ein unartikuliertes Pfeifen ab, sodass man nur raten konnte, was er gesagt hatte. Erschrocken sah das Kind zu Boden.

»Alle sind tot, sind tot«, fuhr der Sprecher fort und kicherte wieder. »Du hast ein Geheimnis, Junge, aber es wird niemanden mehr interessieren, wenn du tot bist.« Er trat in Jaywalkers Blickfeld und nahm ihn sofort aus dem Augenwinkel wahr.

Bevor er seine Überraschung überwunden hatte, traf ihn Jaywalkers Kugel in die rechte Schulter und riss ihn herum. Die Waffe flog ihm aus der Hand, und er landete hart auf dem Boden.

»He, Kleiner«, sagte Jaywalker, ließ dabei aber den Gestürzten nicht aus den Augen. »Sind noch mehr hinter dir her, oder ist der Typ allein?«

»Alle tot!«, erwiderte das Kind mit riesigen, erschrockenen Augen.

»Okay.«

Er kam kurz hinter der Deckung hervor, um einen Blick die Straße hinunter zu werfen. Sie war leer. In der anderen Richtung ebenfalls. Noch verkroch sich das unsichtbare Volk der Barrens, Ratten, Penner und Schlimmeres. Aber irgendwo waren sie, und sie würden bald kommen.

Der Mann am Boden sah ihn mit Augen an, die ebenso riesig und erschrocken waren wie die des Jungen. Jaywalker musterte ihn verblüfft.

Die Kleidung des Mannes war teilweise mit der Haut zusammengeschmolzen, als habe er gebrannt. Die Haut, soweit er sie sehen konnte, war geschwärzt und an manchen Stellen aufgeplatzt, sodass sich tiefe Krater in Fett und Muskeln bildeten. Der Mann sah toter aus als so manche Leiche, die Jaywalker gesehen hatte. Er sah aus wie eine Bratwurst.

Seine Augen wurden glasig. Der Kopf fiel zurück und schlug mit einem Knacken auf den Asphalt. Die Schusswunde in der Schulter hatte beendet, was ein anderer begonnen hatte.

»Drek«, murmelte Jaywalker. »Ein bisschen hättest du schon noch reden können.«

Er wandte sich dem Jungen zu, der ihn auf eine undefinierbare Art anstarrte. Er hatte sich aufgerichtet und hielt mit beiden Händen sein Bein, das heftig blutete.

Jaywalker ging vor ihm in die Hocke, um ihn mit seiner Größe nicht noch mehr einzuschüchtern. Der Junge zuckte nicht einmal zurück, starrte ihn nur weiterhin seltsam an.

»Darf ich dein Bein sehen? Vielleicht kann ich dir helfen.«

Schweigend erwiderte der Junge seinen Blick.

»Wir haben nicht viel Zeit«, erläuterte Jaywalker. »Ich will dich ja nicht ärgern, aber du hast eigentlich keine andere Wahl. Entweder ich helfe dir, oder du spielst mit den Ghulen. Oder den Ratten. Irgendwas wird kommen, und ich werde nicht mehr hier sein, wenn es kommt. Willst du hier sein?«

Vor seinem geistigen Auge sah er Phoenix, die jetzt entsetzt und belustigt zugleich den Kopf geschüttelt haben würde. Aber er hatte wirklich keine Zeit für pädagogische Raffinesse. Natürlich würde er den Jungen auch nicht einfach hier zurücklassen, aber er hatte das diffuse Gefühl, es müsse noch eine bessere Möglichkeit geben als die, ihn einfach k.o. zu schlagen und mitzunehmen.

Nach kurzem Zögern schüttelte der Junge den Kopf, ließ aber sein Bein nicht los. Sanft löste der Straßensamurai die verkrampften Hände des Kleinen von der Wunde.

»Ein Streifschuss«, stellte er fest. So notdürftig, wie er es verantworten konnte, versorgte er das Bein, dann hob er den Jungen hoch.

Sie hatten es nicht sonderlich weit: Jaywalker hatte seine Karre nur ein paar Blocks entfernt geparkt. Dennoch kam ihm die Strecke lang vor. Die frierenden Mönche hatten sich in kauernde Riesen verwandelt, und die Stille der frühmorgendlichen Barrens war nicht mehr leer, sondern lauernd.

Er trug den Jungen über der linken Schulter und stützte ihn mit dem Arm ab. In der rechten Hand hielt er die Waffe.

Als sie unbehelligt den Wagen erreichten, kam er sich etwas albern vor.

Um den Kleinen besser im Auge behalten zu können, setzte er ihn auf den Beifahrersitz. Die riesigen blauen Augen musterten ihn immer noch auf diese durchdringende Art, und ihr Blick folgte ihm, als er um den Jackrabbit herumging und auf der Fahrerseite einstieg.

Der Geruch von Leder wallte aus dem Sitz auf, als Jaywalker sich darauf fallen ließ, und die zuschlagende Wagentür sperrte die Außenwelt aus.

Er schloss die Augen und schwieg eine Weile. Dann wandte er sich wieder dem Jungen zu, den er jetzt zum ersten Mal richtig wahrnahm.

Seine Haut war ungeheuer blass. Die Knochen des Gesichts zeichneten sich überdeutlich darunter ab, und Jaywalker zog unwillkürlich ein, zwei Jahre von seiner Schätzung ab, denn die Magerkeit machte den Jungen älter. Als er sich die Züge seines kleinen Gastes rundlicher und den Blick weniger gehetzt vorstellte, sah er einen Sechsjährigen vor sich. Höchstens.

Die kurzen, dünnen Beine steckten in zu weiten Blue Jeans, aber es war kaum vorstellbar, dass irgendeine Kleidung nicht zu weit gewesen wäre. Schwarze Turnschuhe. Schwarzes T-Shirt.

Gute Kleidung. Teure Kleidung. Und – sie war sauber. Rasch überprüfte er seinen Eindruck. Das Gesicht des Jungen war sauber. Seine Kleidung war dort verdreckt und nass, wo er auf dem Asphalt gelandet war, ansonsten aber völlig sauber. Die Stoffschnürsenkel wirkten, als lägen sie in der allerersten Schleife, die man je aus ihnen gebunden hatte. Saubere Kleidung. Und neu.

Der schreckensstarre Blick des Kleinen war durch Neugier abgemildert, als Jaywalker ihm wieder in die Augen sah. Das war gut. Was ihm auch zugestoßen war, er würde sich davon erholen.

Ihrer beider Neugier spiegelte sich in den Augen des anderen. Jaywalker musste lächeln.

»Fahren wir?«, fragte er.

Unsicher erwiderte der Kleine seinen Blick, dann nickte er.

Der Motor des Jackrabbit dröhnte auf, und es hätte erfahrener Ohren bedurft, um Steels Arbeit herauszuhören: Dank der Arbeit des Riggers war der kleine Wagen eine Rakete, ein sauber getuntes Prachtstück, dessen Wendigkeit und Tempo Jaywalker immer wieder beeindruckten. Und die er für seinen Wagen voraussetzte.

Niemand folgte ihnen, als sie die Barrens verließen und auf der 520 die Innenstadt ansteuerten.

Kapitel 2

Prospect Street, Innenstadt, 15:23

Phoenix zog sich das Kabel aus der Schläfe und sah ihn eine Weile ernst an.

»Nichts«, vermutete er.

»Leider. Aber das heißt nicht, dass es keine Unterlagen über ihn gibt. Das heißt nur, dass ich bei der oberflächlichen Suche keine finde. Und, ehrlich gesagt, wirklich viel habe ich nicht, wonach ich suchen kann. Ein Name wäre schon mal etwas. Oder vielleicht ein Geburtsdatum. Aber so?« Sie zog die schmalen Schultern hoch. »Er hat immer noch nicht mehr gesagt?«

Jaywalker schüttelte den Kopf und warf einen Blick in das angrenzende Wohnzimmer, wo der Findling unruhig träumte und das Sofa mit Angstschweiß benetzte.

»Meinst du, man sollte ihn wecken?«

Sie wandte sich wieder ihrem Deck zu und spielte mit ein paar Knöpfen. Dann betrachtete sie nachdenklich die Jalousie, hinter der das nachmittägliche Seattle vor sich hin döste.

»Vielleicht gibt es keine Unterlagen. Vielleicht ist er ohne SIN geboren, und in seinem Alter dürfte er noch nicht auffällig geworden sein.«

Jaywalker grinste ihren Rücken an. Wenn sie an etwas arbeitete, durfte man nicht erwarten, dass sie eine Frage beantwortete. Oder mitbekam, wenn die Welt unterging.

Er stand auf und ging ins Wohnzimmer hinüber. Die schlichte Einrichtung verriet Phoenix' Hand – die Deckerin brauchte eigentlich nur ihr Deck und gelegentlich ein Bett. Und natürlich einen Matrixzugang und minimale sanitäre Anlagen. Überflüssiges Gerümpel würde die Elfe in ihrem Rollstuhl behindern.

Der Kleine hatte sich die ganze Zeit wie ein Fötus zusammengerollt, jetzt zuckte er plötzlich zusammen und streckte den mageren Körper wie eine Sprungfeder mit solcher Anstrengung, dass die Sehnen am Hals hervortraten. Jaywalker hörte etwas knacken, dann gab der Kleine einen hohen, singenden Laut von sich, ein Geräusch zwischen Summen und Ächzen. Es wurde immer höher, und das Kind streckte sich immer mehr.

Ein Ork betrat das Wohnzimmer, als Jaywalker gerade nach dem Kleinen griff, um ihn aufzuwecken.

Ungläubig sah er, wie sich das Kind noch mehr versteifte, als die Hand des Straßensamurais es sanft an der Schulter berührte. Der Junge schien immer länger zu werden, und dann erfasste ein fürchterlicher Krampf den zerbrechlichen Körper. Ein Zucken katapultierte ihn einige Zentimeter in die Luft, und mit dem nächsten Zucken zerschlugen die Beine den niedrigen Glastisch vor dem Sofa. Jaywalker griff gerade noch rechtzeitig zu, um zu verhindern, dass das Kind in den Scherben auf dem Boden landete.

»Steel!«, brüllte er.

Mit einem Satz war der Ork heran, nur um dann sprachlos die Szenerie anzugaffen, die sich ihm bot.

Das Geräusch, das offenbar, wenn es auch unglaublich schien, aus dem Körper des Jungen drang, war noch höher, schriller und lauter geworden. Es war jetzt so hoch, dass der Ork kaum glauben konnte, dass es nicht im hochfrequenten Bereich lag und er es noch hören konnte, und es schien das ganze Zimmer zu erfüllen. Es war nicht wirklich laut, aber so durchdringend, dass er am liebsten weggelaufen wäre und sich irgendwo zusammengerollt, die gewaltigen Hände vor die Ohren gehalten und selbst geschrien hätte, um es nicht mehr hören zu müssen.

Jaywalker kniete in den Scherben und versuchte vergebens, den Jungen festzuhalten. Die verstärkten Muskeln des Straßensamurais waren so angespannt, dass Steel ihre Konturen unter dem Pullover zu erkennen glaubte. Er wusste genau, zu welch unglaublichen Kraftakten der eher schlank wirkende Jaywalker im Stande war, aber hier stieß er an seine Grenzen. Ein neuerlicher Krampf schleuderte beinahe beide in die Scherben, und nur indem er sich mit seinem ganzen Gewicht und aller Kraft dagegenstemmte, konnte er den Jungen auf dem Sofa halten.

»Verdammt, Steel!«, schrie Jaywalker wütend. »Beweg dich!«

Die Füße des Jungen hämmerten jetzt mit elementarer Wucht gegen die Seitenpolster des Sofas, dessen Plastikskelett bereits beim zweiten oder dritten Treffer zerbrach, und Steel sah sich den kleinen Füßen gegenüber, die wild durch die Luft zuckten. Kurz entschlossen packte er sie und taumelte dann einen Meter zurück, als sie ihn mit der Gewalt von Kanonenkugeln am Oberschenkel trafen.

Jaywalker wurde auf den Knien rückwärts durch die Scherben geschoben und schrie unwillkürlich auf.

»Nur seinen Kopf, Jay!«, erklang Phoenix' Stimme von der Tür des kleinen Arbeitszimmers aus.

»Er bricht sich alle Knochen, verdammt!«, brüllte Jaywalker. »Was, zur Hölle, tut man denn da?«

»Nur seinen Kopf!« Phoenix schrie jetzt auch. Es schien, als könne man sich nur noch mit Brüllen verständigen, obwohl sie nicht so recht wusste, was man eigentlich übertönen musste. Vom Geräuschpegel her hätte wohl auch eine etwas erhobene Stimme genügt, aber aus irgendeinem Grund war dies eine Situation, in der man schrie. Vielleicht, um die Panik zu übertönen.

»Fixier Kopf und Schultern. Steel! Du passt auf, dass er auf dem Sofa bleibt!«

Das wilde Hämmern der Füße und das Zucken des ganzen kleinen Körpers ignorierend, riss Jaywalker den Jungen ein

Stück weiter aufs Sofa, um Schultern und Kopf so zu greifen, dass der Junge nicht mit dem Kopf gegen die harte Seitenlehne des Sofas krachen konnte. Es war unmöglich. Mit einem entschlossenen Ruck zerrte er den Jungen ganz vom Sofa und landete mit ihm zusammen auf dem Fußboden. Mit einem Arm umfasste er den schmalen Brustkorb, mit dem anderen presste er den Kopf des Jungen gegen die eigene Brust.

Die Füße des Kindes trommelten ein wildes Stakkato auf dem Fußboden, und der Kleine sprengte fast Jaywalkers Griff. Der Straßensamurai nahm die Beine zu Hilfe und umschlang mit ihnen die Brust des Kindes, wodurch er beide Arme frei hatte, um den Kopf festzuhalten. Er brauchte sie auch beide. Und eigentlich noch mehr.

Die Krämpfe des Kindes schleuderten beide quer durch das große Wohnzimmer. *Es ist ein völlig absurdes Bild,* dachte Phoenix: *Ein winziges, erschreckend abgemagertes Kind, an dessen Oberkörper sich ein erwachsener Mann festklammert, der dieses Kind normalerweise problemlos mit einer Hand festhalten könnte, aber das Kind zerrt ihn durch den ganzen Raum, und er wirkt, als wolle er dem Kind etwas tun, weil er es so festhält, und ist gleichzeitig so hilflos.*

Steel packte Jaywalker am Oberarm und dann an den Schultern, um zu verhindern, dass er weiter durch den Raum kugelte. Der menschliche Knoten kam nicht zum Stillstand, aber er blieb wenigstens an derselben Stelle des Zimmers, anstatt weiterhin unkontrolliert gegen Wände und Möbel zu prallen.

Steel hielt Jaywalker fest, und Jaywalker bot alle Kraft auf, um den Kleinen festzuhalten.

Der Kopf des Kleinen schlug abwechselnd knapp neben dem Solarplexus gegen seinen Körper und dann gegen seine Hände. Es kostete ihn jede einzelne Kraftreserve, die sein vercyberter Körper anzubieten hatte, und jede Sekunde war ein langer, langer Zeitraum voll Schmerz und Schweiß und blinder Anstrengung. Einfach nur durchhalten.

»Wie lange kann das dauern?«, schrie Steel Phoenix über die Schulter zu.

»Keine Ahnung«, brüllte sie zurück.

Jaywalker schloss die Augen. Durchhalten. Einfach nur durchhalten. Der Kopf des Kleinen traf seinen Solarplexus, und sein ganzer Körper schrie auf und fiel in ein tiefes Dunkel, aus dem er sofort wieder auftauchte, als der nächste Schlag eine Rippe brach.

Zeit war ein dehnbares, elendes Dreksding, befand der Straßensamurai in dem stillen Ort hinter seinen geschlossenen Augen, in den er sich zurückzuziehen versuchte. Irgendwann aber würde es vorbei sein. Er musste nichts tun. Nur durchhalten. Einfach weitermachen. Nicht denken. Nicht reden. Nur ganz einfach so lange durchhalten, bis dieses Irgendwann endlich seinen faulen Arsch in die Gegenwart bemühte.

Die Krämpfe wurden schwächer. Die Füße des Jungen schlugen immer noch auf den Boden, aber sie hatten ihre betäubende Wucht verloren.

Die Schläge wurden langsamer.

Nach einem letzten, besonders heftigen Krampf, der Jaywalker fast das Bewusstsein raubte, als der Kopf des Kindes zum zweiten Mal in seinen Solarplexus hämmerte, lag der Junge still.

Alles war still.

Steels breite Pranke schlug gegen Jaywalkers Schulter.

»Alles okay, Chummer?«

Er brachte ein seltsames Geräusch hervor, ein Stöhnen oder ein Gurgeln.

Der Rigger ließ ihn los, und Jaywalker spürte, dass er ihn umrundete. Er spürte seinen Blick. Aber er konnte die Augen nicht öffnen. Den Griff nicht lösen. Jetzt, wo er aufhören konnte, ging es nicht mehr.

Steel schüttelte ihn unsanft.

Phoenix' Stimme schien von weit her zu kommen, und er verstand nicht, was sie sagte.

Steel schlug ihm ins Gesicht. Sein Kopf klärte sich etwas, und er öffnete die Augen.

»Drek!«, flüsterte er. »Dieser kleine Bastard. Woher hat der verfluchte Bengel diese Kraft?«

Dann lockerten sich mit einem Mal all seine Muskeln, und sein letzter Gedanke war, dass er sich auf gar keinen Fall in die Hose pissen wollte, wie es manchmal Leuten passierte, die bewusstlos wurden oder starben, und dann glitt die Welt wie ein unscharfes Bild an den Rand seines Bewusstseins und segelte davon, und es war ihm völlig egal, wohin sie segelte, denn er wollte für eine Weile ohnehin nichts mehr mit ihr zu tun haben.

Sie betrachtete den schlafenden Mann auf ihrem Sofa lange. Sie hatte ihn noch nie schlafend gesehen. Die Vorstellung, dass hinter den geschlossenen Lidern diese verfluchten Augen lagen, die sie viel zu blau fand, und dass sie in diesem Augenblick nichts wahrnahmen, kam ihr vor wie ein Verstoß gegen alle Naturgesetze.

Jaywalker wirkte immer präsent. Bereit, auf alles zu reagieren. Raubtierhaft und blitzschnell. Das gefiel ihr. Sie fühlte sich sicher in seiner Gegenwart.

Der schmale, harte Mund war entspannt, der linke Mundwinkel hing etwas herab. Das schwarze Haar trug er seit einiger Zeit kurz, und einige Strähnen waren ihm wirr in die schweißfeuchte Stirn gefallen. Sie hätte sie gerne zur Seite gestrichen, aber das kam ihr zu intim vor.

Sie drehte sich um und feuchtete ein neues Tuch in der Wasserschale an, die auf einem Stuhl inmitten der Glasscherben stand. Sie hatten noch keine Zeit gehabt, aufzuräumen. Sein Blick traf sie unvorbereitet, und sie ließ das Tuch fallen.

Die eisblauen Augen waren völlig klar. Organische Augen wären nach der Anstrengung voller geplatzter Äderchen gewesen. Seine Cyberaugen wirkten dennoch sehr echt, als in ihnen ein belustigtes Funkeln spielte.

Er lächelte sie an, aber dann verschleierte Schmerz seinen Blick, als er sich zu bewegen versuchte.

Leise vor sich hin fluchend, hielt er still.

Dann sah er sie wieder an. »Wie geht es dem Kleinen?«

Sie zog die Schultern hoch. »Ganz gut. Überraschend gut. Er schläft. Ein oder zwei Finger hat er sich gebrochen, aber das bekommt man schon wieder hin. Prellungen natürlich. Aber sonst ... Er schläft jetzt. Solltest du vielleicht auch tun.«

Er lachte leise. »Damit du mich wieder beobachten kannst?«

Sie wurde feuerrot.

Er war so taktvoll, die Augen wieder zu schließen. »Ich danke dir. Ich liege nicht gerne hilflos in der Gegend herum und schlafe, ohne dass ein Chummer ein bisschen auf mich aufpasst. Aber, verdammt, hilflos herumliegen mag ich auch nicht wirklich gerne, *wenn* jemand auf mich aufpasst. Was genau tut mir da eigentlich so beschissen weh?«

Sie hob das Tuch auf und legte es neben die Schale. »Wo soll ich anfangen? Hm. Also, wenn man die Prellungen hier und da außer Acht lässt, landet man bei mindestens drei gebrochenen Rippen, die sich glücklicherweise nicht in innere Organe gebohrt haben, wofür du ihnen sehr dankbar sein solltest, denn viel hat nicht gefehlt. Die Schnitte von den Glasscherben gehen zum Teil durch bis auf die Knochen, aber du hast dich ja auch energisch hineingekniet.«

Er öffnete kurz die Augen und sah sie kritisch an. Dann schloss er sie wieder.

»Wir haben die Scherben schon rausgezogen, und du hast natürlich heftig geblutet. Falls du Kopfschmerzen hast, könnte das daher kommen oder auch von der Platzwunde am Hinterkopf. Ich glaube, die hast du dir an der Stelle geholt, wo jetzt ein kleiner Krater im Fußboden ist.«

»Geht das auch weniger sarkastisch?«, fragte er ungnädig.

»Du hast außerdem einen gebrochenen Finger und einen ziemlich langen Riss im Oberarm. Deine Nase ist nicht gebrochen, aber auch da hat nicht viel gefehlt. Und dann wäre da noch der Adrenalinschock.«

»Danke. Und, was nun? Tupfst du mir so lange die Stirn ab, bis ich wieder gesund bin?«

»Steel hat Kike angerufen. Sie kommt her.« Die Deckerin klang etwas beleidigt.

Er stöhnte leise. »Mit Magie? Bei meinem Konsum an – wie nennt sie es? Körperfremdes unnatürliches Baumaterial? Oder nein, besser war ›Tod auf Raten‹. Das kann ja dauern. Und ich muss mir ihre Predigten anhören. Willst du es nicht doch mit dem Gesundtupfen versuchen? Das wäre mir lieber!«

»Ich fühle mich geehrt.« Sie legte ihm vorsichtig eine Hand auf die Schulter. »Ich sehe nach dem Kleinen.«

Er nickte vorsichtig. Dann riss er die Augen auf. »Verpasst Kike ihm auch ihre magische Wunderkur?«

Sie nickte überrascht. »Klar. Wenn sie schon mal hier ist.«

»Vorsichtig. Sag ihr das. Sehr vorsichtig bei ihm mit Magie!«

Stirnrunzelnd sah sie ihn an.

Er erwiderte ihren Blick ernst.

»Wie meinst du das?«

»Ich weiß es nicht. Nur so ein Gefühl. Einfach ein Gefühl. Sie soll ihn sich gründlich ansehen.«

»Ich werde es ihr sagen.«

Sie wartete noch einen Augenblick, aber er sagte nichts mehr. Es schien ihr, als sei er wieder eingeschlafen.

Nachdenklich fuhr sie ins Schlafzimmer zu dem schlafenden Jungen, bei dem Steel wachte, allerdings recht ungern, da er ohnehin nichts von der ›Reparatur‹ eines Menschen verstand. Mit einer anständigen Harley hätte er in dieser Beziehung mehr anzufangen gewusst.

Vorsichtig mit Magie bei dem Jungen. Sehr vorsichtig.

Jaywalker hatte bisher immer Recht gehabt mit seinem ›Gefühl‹, das sich meist als Ausdruck einer höchst differenzierten Wahrnehmung entpuppte.

Auch bei ihr schlich sich die Ahnung ein, dass dieser Junge nicht nur ein vorübergehendes, kleines Ereignis in ihrem Leben darstellen würde. Mit höchst gemischten Gefühlen saß sie im Dunkeln bei dem Jungen im Schlafzimmer und bewachte seinen erstaunlich ruhigen Schlaf, wartete auf Kike, während Steel in der Küche hantierte und Kaffee kochte. Mit Kaffeemaschinen kannte er sich jedenfalls aus.

Kikes Anwesenheit war wie immer still, aber intensiv. Die Katzenschamanin trug heute ein höchst exquisites schwarzes Kleid, asymmetrisch geschnitten und auf der linken Seite schulterfrei. Jede andere hätte dieses Kleid zu einem größeren Anlass getragen, auf jeden Fall abends, an einem Ort mit vielen Menschen und Blitzlichtgewitter. Der weiche Stoff schmiegte sich an den kleinen, kräftigen Körper wie ein besonders zärtlicher Liebhaber.

An Kike wirkte das edle Kleidungsstück völlig passend, selbst als sie vor Jaywalker auf dem Stuhl in den Scherben saß. Natürlich trug sie ein Abendkleid, dessen Wert eine fünfköpfige Familie für mehrere Monate ernähren konnte. Selbstverständlich auch jetzt. Warum auch nicht? Es war nicht vorstellbar, dass man Kike je in Jeans und T-Shirt sehen würde. Steel, der die Schamanin von der Küche aus betrachtete, versuchte es sich vorzustellen und verschüttete beinahe den Kaffee. Nein, Kike musste schon so geboren sein. Er vermutete, sie stammte aus einer Familie, bei der die neugeborenen Kinder in rote Seide eingeschlagen in die gelifteten Arme einer Mutter gelegt wurden, die bereits Sekunden nach der Geburt eiligst frisch frisiert worden war. Sie hätte als Mitglied eines Adelsgeschlechtes überzeugt.

Ihre blonden, zum Gesicht hin fedrig geschnittenen Haare glitten von der bloßen Schulter, als sie sich Steel zuwandte. Er trat vorsichtig über die Scherben und reichte ihr die Tasse mit dem frisch aufgebrühten Kaffee. Echter Bohnenkaffee. Phoenix war in dieser Hinsicht streng.

»Danke«, schnurrte Kike.

Er lächelte ihr zu. »Wie geht es ihm?« Mit einem Kopfnicken deutete er in die Richtung des Straßensamurais, dessen kontrollierte Gesichtszüge verrieten, dass er bei Bewusstsein war. Und extrem angespannt.

Jaywalker öffnete die Augen. »Wie soll es mir schon gehen? Ich kriege keinen Kaffee!«

»Später.« Kike legte den Kopf schief.

Steel hatte den Eindruck, diese Angewohnheit hätten alle Katzenschamanen gemein.

Sie nippte von dem Kaffee und stellte ihn dann auf dem zweiten Stuhl ab. »So!«, sagte sie, und wieder klang es wie Schnurren. Sie redete immer leise und langsam, mit einer dunklen, kehligen Stimme, die sie nie erhob. In ihren Augen spiegelte sich plötzlich mehr Licht, als es im Raum gab. Das Grünbraun ihrer Augen verwandelte sich in funkelndes Smaragd, und sie schienen schmaler zu werden, mandelförmig und schräg. Wenn Kike Magie wirkte, legten sich die Züge ihres Totems über ihr Gesicht.

Jaywalker gab ein unverständliches Grunzen von sich und schloss schnell wieder die Augen, bevor die ›Maske‹ der Schamanin voll ausgeprägt war. Kikes Katzengesicht war hypnotisch und bescherte, wenn es so über einem schwebte, während sie Magie wirkte, merkwürdige Träume. Ihm jedenfalls.

Die Hände der Schamanin begannen sanft zu glühen, erst blau, dann wandelte sich der Farbton zu einem warmen Orange. Sanft berührte sie den geschundenen Körper des Straßensamurais, und er entspannte sich trotz seiner Abneigung gegen Magie sichtlich. Steel sah, wie sie die Stirn runzelte und dann in eine tiefere Konzentration glitt. Ein sanftes Schnurren schien den Raum zu erfüllen.

Der Ork setzte sich in den Sessel. Selbst die Anwesenheit einer Magie wirkenden Kike war hypnotisch. Es war wie ein Druck auf seiner Brust, ein Schnurren in seinem Kopf. Er konnte einfach nicht gehen. Verdammt, er konnte das Schamanentum nicht leiden. Nichts gegen Kike, aber die Hermetiker waren ihm lieber. Ein Hermetiker zauberte, und es war fast wie das Ausüben einer Wissenschaft. Wenn ein Schamane zauberte, wurde er jemand anderes, und die Präsenz des jeweiligen Totems, dieser geheimnisvollen, undurchschaubaren Macht, die er nicht einordnen konnte, machte ihn nervös und hüllte ihn gleichzeitig in tiefen Frieden. Er freute sich schon auf seine stille kleine Werkstatt. Schraubenschlüssel. Wagenheber. Schmutz. Schweiß. Keine Fragen und keine Schamanen. Und keine Anziehungskraft, die er nicht wollte.

Das Schnurren wurde leiser und verstummte. Kike griff nach dem Kaffee. »Hübsche neue Spielzeuge«, bemerkte sie sarkastisch. »Was ist das – Talentleitungen?«

Jaywalker nickte.

»Mhm.« Sie schüttelte den Kopf. »Von dir ist kaum noch so viel übrig, dass ich etwas für dich tun kann.«

Er grinste sie an. »Ich fühle mich schon viel besser!«

In ihren Augen stand ein ziemlich schmutziger Fluch, den sie aber nicht aussprach. Kike würde niemals fluchen.

Sie stürzte die halbe Tasse Kaffee hinunter, stellte den Rest weg und blickte den Straßensamurai missbilligend an.

Mehr würde sie nicht sagen. Sie redete nicht besonders viel. Aber die Predigt, die er befürchtet hatte, leuchtete in ihren katzengrünen Augen. Sie sagte fast alles, was sie zu sagen hatte, über die Augen, über Mimik und Körpersprache. Jaywalker vermutete, dass dies eines der Geheimnisse ihrer intensiven Ausstrahlung war. Ihre Schönheit konnte es nicht sein, denn sie war nicht schön. Ihr Körper war kräftig, fast stämmig, wenn auch durchtrainiert. Das Gesicht der Katzenschamanin hatte ebenmäßige, angenehme Züge, fiel aber keinesfalls auf. Es waren ihre Bewegungen, ihre unübersehbare Gegenwart, ihre Persönlichkeit, die sie auf diese fast aufdringliche Art anziehend machten. Ihr Alter war sehr schwer zu schätzen, weil ihre Wirkung nicht auf ihrem Körper beruhte. Sie war alterslos, hatte mit siebzehn vermutlich schon gewirkt wie eine Frau und würde mit neunzig noch immer erotisch wirken.

Sie sammelte sich für den zweiten Anlauf, und er schloss schicksalsergeben die Augen. Kurz darauf brandete die Magie durch seinen Körper, und diesmal spürte er, wie sie zerrissenes Gewebe wieder zusammenfügte und seinen Körper endlich wieder in einen Zustand versetzte, in dem er sich selbst helfen konnte. Ganz grundsätzlich missfiel es ihm, auf andere angewiesen zu sein, so sehr er ihnen auch vertraute, und gerade jetzt hatte er das Gefühl, es käme einiges auf das Team zu, das volle Einsatzfähigkeit erfordern würde.

Nein, er hatte nicht nur das Gefühl. Er wusste es.

Kapitel 3

Prospect Street, Innenstadt, 20:31

Als Jaywalker aufwachte, war es draußen dunkel. Er richtete sich auf und begegnete Kikes unergründlichem Blick.

Er stand auf, streckte sich und ordnete dann seinen Körper bequem auf dem Sofa. Ganz frisch fühlte er sich noch immer nicht, aber es fühlte sich jetzt nur noch an wie ein mittlerer Kater, nicht mehr, als sei ein Laster auf seine Rippen gefallen.

»Ist er wach?« Steels Kopf tauchte in der Küchentür auf.

»Mhm«, machte Kike, ohne den Blick von ihm zu wenden.

Steel hantierte noch etwas mit Geschirr herum, dann trat er ins Wohnzimmer, während er sich die großen Hände mit einem Geschirrhandtuch abtrocknete. Nachlässig warf er das gelbweiße Tuch über den kleinen Tisch, der als Ablagemöglichkeit neben der Küchentür stand, und ignorierte Phoenix' strafenden Blick. Die Deckerin saß Jaywalker gegenüber in ihrem Rollstuhl. Irgendjemand hatte die Scherben weggeräumt. Steel, vermutete Jaywalker. Der Ork brachte es nicht fertig, länger als zehn Minuten untätig zu sein. Das hatte nichts mit Ordnungsliebe zu tun, überhaupt nichts, wie das Handtuch bewies. Er brauchte nur immer etwas zu tun.

Steel zog den freien Stuhl zu sich heran und setzte sich rittlings darauf. Die Arme verschränkte er auf der Lehne. Unter dem Gewicht des gut zwei Meter großen, massigen Orks knarrte der Stuhl bedrohlich, aber ihm schien das nichts auszumachen. Phoenix schon, aber sie sagte nichts. Der Rigger war eine Bedrohung für das Inventar jeder Wohnung, daran ließ sich nichts ändern.

Kike sah ihn noch immer an. Sie hatte den Sessel gewählt und machte das schlichte Möbelstück für die Zeit ihres Aufenthaltes zu einem Thron. Jaywalker hätte ihr gerne mal Kaffee über den Kopf gegossen, um zu sehen, ob er von ihr abglitte wie vom Gefieder einer Ente, oder ob sie tatsächlich schmutzig werden konnte. Sie ging ihm auf die Nerven.

Aber sie würde ihn auf das, was sie sagen wollte, warten lassen, so lange sie wollte. Er wappnete sich mit Geduld und erwiderte ihren Blick.

Endlich lehnte sie sich zurück und begann zu sprechen. »Ich habe den Jungen behandelt, und es gab einige Probleme. Phoenix sagte mir, du hättest damit gerechnet.« Sie fixierte den Straßensamurai scharf. »Wie bist du darauf gekommen?«

Er zuckte mit den Schultern. »Das kann ich dir nicht so genau sagen. Ich habe den Kleinen unter recht merkwürdigen Umständen gefunden, und seit er hier ist, lief auch nicht alles ganz wünschenswert, wie du weißt. Ich habe keine Gründe. Nur ein Gefühl. Irgendwas stimmt nicht mit ihm.«

Sie lächelte kurz. »Das kann man wohl sagen. Aber du sagtest explizit, ich solle vorsichtig mit Magie sein. Weshalb?«

Er schloss die Augen und dachte nach. Dann sah er sie wieder an. »Ein Gefühl. Ich weiß nicht genau, woraus es resultiert. Vielleicht fangen wir am besten damit an, dass ihr erfahrt, wie ich ihn gefunden habe.«

Sie lauschten seinem knappen Bericht aufmerksam, und als er geendet hatte, schwiegen sie nachdenklich.

»Es gibt also einige merkwürdige Details, die ich mir nicht erklären kann. Was ist mit dem Mann passiert, der ihn verfolgt hat? Seine Kleidung war intakter als seine Haut. Seine Augen waren in Ordnung, obwohl Teile des Gesichts verbrannt waren. Das spricht meiner Erfahrung nach eher für einen Zauber als für einen Brand. Seine Stimme klang allerdings nach einer akuten Rauchvergiftung.«

Er schwieg eine Weile nachdenklich und winkte ab, als Phoenix etwas sagen wollte. »Da ist noch etwas«, sagte er vorsichtig. »Der Kerl sagte, der Kleine habe ein Geheimnis, das niemand mehr erfahren würde. Und er verbot ihm, ihn anzusehen. Weshalb?«

Steel räusperte sich in der entstandenen Stille. »Nun ja – wenn ich ein Kind erschießen wollte, dann wär das auch schwerer, wenn es mich ansieht.«

»Ich habe ja auch nicht behauptet, ich könnte mein Gefühl erklären. Das sind nur einige der Umstände, aus denen heraus das Gefühl entstanden sein könnte. Vielleicht liege ich ja auch völlig falsch. Jetzt, bei Licht betrachtet, kommt mir das Ganze selber nicht mehr besonders stichhaltig vor, aber vorhin hatte ich das Gefühl. Und ich hatte diesen Typen vor Augen, der aussah wie gekocht, seine Aufforderung, der Junge solle ihn nicht ansehen, und dazu dieser unglaubliche Anfall, den der Junge hatte – er kam mir ein bisschen übernatürlich vor, nachdem er mich so durch die Gegend geschleift hat. Das letzte Mal, als ich mich so fühlte, lagen zwei tote Trolle vor mir am Boden, und es hat nicht viel gefehlt und ich hätte mich dazugelegt.«

Phoenix nickte. »Solche Krämpfe mobilisieren sämtliche Kräfte, die in einem Körper stecken.«

Er sah sie an. »Und das ist eine ausreichende Erklärung?«

»Ja, ich denke schon!« Sie nickte wieder. »Ich habe, während du geschlafen hast, ein bisschen darüber gelesen. Wenn du willst, erkläre ich es dir genauer.«

»Danke.« Er lächelte ihr zu. »Wenn du sagst, es sei plausibel, dann reicht mir das fürs Erste. Ich komme später darauf zurück.« Er wandte sich wieder Kike zu. »Du hast ihn askennt. Was war so ungewöhnlich, dass du mir zustimmen würdest, was die Magie betrifft?«

Die Katzenschamanin runzelte die Stirn. »Es ist wirklich ungewöhnlich. Weißt du, normalerweise sieht man bereits bei einem recht flüchtigen astralen Blick, ob alles intakt ist oder ob der Betreffende vielleicht krank ist, in einem aufgewühlten Zustand, besonders stark vercybert …« Sie warf ihm einen kurzen Blick zu, um zu sehen, ob der Seitenhieb angekommen war.

Er tat ihr den Gefallen und blickte sie schuldbewusst an.

»Und man sieht natürlich einer Aura auch an, ob der Besitzer dieser Aura magisch aktiv ist oder nicht. Genaueres erfährt man nur durch das Askennen. Es ist wie mit einem Buch: Am Einband, am Titel kannst du manchmal schon einiges erkennen, aber erst, wenn du es aufschlägst …«

»Kike!«, unterbrach Jaywalker. »Nimm's mir nicht übel, aber das haben wir mittlerweile alle schon mal gehört. Könnten wir gleich zu dem Punkt kommen, wo wir alle ›aha‹ sagen und staunen?«

Die Schamanin redete nicht viel. Außer, wenn es um ihr Lieblingsthema ging. Wenn sich die Möglichkeit bot, bereicherte sie jeden ihrer Umgebung mit so viel Wissen über das Askennen, wie er ertragen konnte.

Sie durchbohrte ihn mit einem humorlosen Blick. »Vor diesem Buch war ein Schloss. Ich habe es mehrfach versucht, aber ich habe nur wenige und bruchstückhafte Informationen bekommen. Das, was mir als Erstes entgegenschlug, war eine Woge aus Schmerz und Angst. Ich habe nicht versucht, in seine Gedanken einzudringen, aber diese Emotionen waren so klar und präsent, als sei ich mitten in seinem Gehirn. Und da kam ich nicht durch. Es war wie eine Mauer, die sich jedes Mal vor mir aufbaute, wenn ich versucht habe, Näheres über ihn herauszufinden. Und das habe ich noch nie erlebt.«

Ihre Augen schimmerten hellgrün vor Aufregung. Sie war beunruhigt. Aber sie war auch neugierig, und vermutlich freute sie sich wie ein kleines Kind über die Gelegenheit, ein neues magisches Geheimnis zu ergründen.

Jaywalker freute sich ebenfalls. Kike war ganz sicher seine Verbündete, wenn es darum ging, in diesem Fall nicht locker zu lassen. Er war fest entschlossen, herauszufinden, was es mit diesem seltsamen kleinen Jungen auf sich hatte.

»Ich habe dennoch versucht, ihn zu heilen. Es war merkwürdig: Zuerst dachte ich, dass ich nicht durchkomme. Man muss ja eine gewisse Verbindung herstellen, und der hat er sich intensiv widersetzt. Schließlich kam doch irgendwas an. Aber ich habe es nicht so gefühlt wie sonst – ich habe gespürt, dass etwas passiert, aber ich konnte die Wirkung nicht kontrollieren. Ich weiß nicht, ob alles wieder in Ordnung ist, ich kann ihn noch immer nicht askennen. Aber er scheint okay zu sein.«

Steel beugte sich vor. »Und was heißt das jetzt?«

Ihr Gesicht verschloss sich wieder. »Das weiß ich nicht. Aber ich werde es herausfinden.«

Als sie Jaywalker wieder ansah, fing er ihren Blick ein.

»Könnte es sein, dass – dass der Junge magisch aktiv ist?«

Sie starrte ihn etwas ungläubig an. »Eins dieser magischen Wunderkinder, meinst du?«

Er nickte.

In ihre Stimme schlich sich ein leises Lachen. »Wirklich unwahrscheinlich. Sogar dafür wäre er noch ein bisschen zu klein. Und seine Aura kann ich ja sehen, nur nicht askennen. Nein, er ist nicht magisch aktiv. Ich glaube eher, er hat so entsetzliche Dinge erlebt, dass es Spuren hinterlassen hat, die man noch immer wahrnehmen kann. Oder er ist krank.«

Der Straßensamurai beugte sich interessiert vor. »Krank?«

Nachdenklich biss sie sich auf die Lippe. »Ich habe da mal etwas gehört. Magisch aktive Viren. Irgendeine Mutation. Aber es war sehr vage, und ich habe keine Zeit gehabt, gründlicher nachzuforschen. Das dürfte auch ein ziemlich mühseliges Geschäft sein. Vielleicht ist es nur ein Gerücht.«

Schweigen breitete sich aus. Alle hingen ihren eigenen Gedanken nach.

Phoenix verscheuchte die Stille. »Ich bin der Meinung, wir sollten uns an diesem Punkt entscheiden, ob wir die Sache weiterhin verfolgen oder nicht. Der Aspekt mit den magischen Viren beunruhigt mich. Und wenn es so ist, wie du sagst, Kike, wenn er fürchterliche Dinge erlebt hat, dann wollen wir vielleicht nicht wissen, was dahintersteckt. Jay erzählte, der verbrannte Mann hätte gesagt, alle seien tot. Wer sind alle? Wie viele? Woran sind sie gestorben, oder auch: Wer hat sie getötet? Weshalb war der Typ hinter dem Jungen her? Gibt es vielleicht noch mehr, die hinter dem Jungen her sind? Können sie uns gefährlich werden?« Sie schüttelte den Kopf. »Mir ist nicht besonders wohl dabei. Es ist unabsehbar, was passiert, wenn wir der Sache nachgehen.«

Das Schweigen tastete sich vorsichtig wieder vor.

Jaywalker blickte die Deckerin forschend an. »Heißt das, du willst die Sache auf sich beruhen lassen?«

Sie holte tief Luft. »Ja. Nein. Jay, es könnte so ein gewaltiger Drek dahinterstecken, dass es uns alle das Leben kostet. Das will ich nicht riskieren.«

Der Blick aus Kikes grünbraunen Augen wanderte etwas spöttisch über die Elfe. »Stimmt. Mal was ganz anderes als ein Run, bei dem man immer die Informationen des vertrauenswürdigen, herzensguten und detailgenauen Mr. Johnson zur Verfügung hat. Der einem überdies nur die Aufträge gibt, die nicht allzu gefährlich sind, damit den armen Runnern auch ja nichts passiert.«

Trotz des Sarkasmus hatte ihre Stimme einen warmen Klang. Sie mochte die Elfe.

In diesem Augenblick wusste Phoenix die Zuneigung jedoch nicht richtig zu schätzen. »Wenigstens«, sagte sie beißend, »steckt in diesen Aufträgen Geld!«

Kike sah sie mit schräg gelegtem Kopf an, schwang mit einer langsamen, sinnlichen Bewegung die Beine über den Sesselrand und kuschelte sich in das Möbelstück, als posiere sie für eine Modezeitschrift. »Nun«, sagte sie, und ihre Stimme klang wie ein zufriedenes Schnurren. »Da hast du natürlich Recht. Die Gewissheit einer Bezahlung ist genauso Bestandteil eines jeden Runs wie die Sicherheit, dass keiner auf dich schießen wird.«

Sie schloss die Augen. Für sie war die Sache entschieden.

In Phoenix' Augen festigte sich etwas, das für Jaywalker nach völliger Sturheit aussah. Wenn man die Argumente der Deckerin so abschmetterte, wurde sie unprofessionell. Dann sah sie alles anders. Aus Prinzip.

»Du hast Recht«, stimmte er ihr zu. »Die Sache könnte sich ausgesprochen unerfreulich entwickeln. Wir wissen nichts: Keinen Namen, keinen Beteiligten, haben keine Ahnung, worum es überhaupt geht. Wir haben nur das Gesicht eines kleinen Jungen, den wir nicht zuordnen können, von dem wir nichts wissen.«

Phoenix entspannte sich etwas.

Er dachte nach. »Es ist vor allem eine Frage der Motivation. Wenn ein Johnson uns einen Job anbietet, steckt in der Sache Geld. Hundertprozentig.«

Von ihrem Sessel aus schenkte Kike ihm einen langen Blick. Er ignorierte sie. »Hundertprozentig. Damit sage ich nicht, dass das Geld für uns gedacht ist. Wir bekommen selbst im günstigsten Fall nur einen kleinen Teil dessen, was insgesamt in der Sache steckt. Aber die Wahrscheinlichkeit, dass wir Geld bekommen, ist relativ groß. Und wenn Johnson uns aufs Kreuz legen will, haben wir immer noch mehrere Chancen: Wir können so schlau sein, es vorher zu merken, weil einiges nicht zusammenpasst, oder wir können uns noch rausboxen. Einige Dinge haben wir nämlich in der Hand, die muss er uns liefern. Selbst, wenn die meisten unserer Informationen falsch sind, kennen wir Namen oder Gesichter, Firmen, Örtlichkeiten – irgendeinen Ansatzpunkt gibt es immer, von dem man ausgehen kann.«

Etwas misstrauisch sah Phoenix ihn an. »Worauf willst du hinaus?«

»In dieser Sache haben wir den kleinen Jungen und keine Ahnung. Um mehr herauszufinden, müssen wir eine Motivation haben. Ob das, was wir herausfinden, uns vielleicht noch mehr motiviert oder eher abschreckt, werden wir dann sehen. Kikes Motivation ist, soweit ich das beurteilen kann, Neugier.«

»Stimmt«, schnurrte sie, keineswegs verärgert.

»Meine eigene Motivation durchschaue ich noch nicht. Vielleicht ebenfalls Neugier. Und das Gefühl, dass etwas dahintersteckt, was sich lohnen könnte.«

Phoenix seufzte und sah den Ork an, der die ganze Zeit schweigend vor sich hin gestarrt hatte. »Und du, Steel? Wie siehst du die Angelegenheit?«

Der Stuhl quietschte Mitleid erregend, als sich der Rigger aufrichtete. Seine dunklen Augen blickten noch immer in einen Teil des Universums, der ganz sicher außerhalb dieses Raums lag, vielleicht auch außerhalb dieser Zeit.

Keinem der Anwesenden war vorher schon so deutlich aufgefallen, wie angenehm die Stimme des Orks war. Sehr tief und warm, mit einem leichten Grollen darin, als komme sie aus einer Höhle hervorgerollt. »Für mich ist weniger die Frage, warum wir es tun sollten. Ich frage mich: Wie sollten wir es auf sich beruhen lassen? Jaywalker hat den Jungen gefunden und hierher gebracht. Er verschwindet nicht einfach, weil wir es zu riskant finden. Was sollen wir tun? Ihn zurückbringen? Ihn den Bullen übergeben? Vielleicht hat er irgendwo Eltern, die auf ihn warten, und alles ist gar nicht so kompliziert. Vielleicht ist Lofwyr persönlich hinter ihm her, und wir unterschreiben unser Todesurteil, wenn wir uns einmischen. Aber ich sehe keine Alternative. Mehr kann ich dazu nicht sagen.«

Phoenix sah etwas betroffen aus, und Steel lächelte ihr zu.

»Das ist nur meine Sicht der Dinge, Phoenix. Du bist eine mutige Frau, und du bist klug. Entscheide dich, wie du es für richtig hältst, das hat jeder zu respektieren.« Er stand auf. »Ich gehe jetzt. Wenn ihr mich braucht: Ich bin in der Werkstatt.«

Die zwei Meter massiger, betrübt wirkender Ork packten im Vorbeigehen die schwarze Lederjacke, die quer über der Kommode bei der Tür zum kleinen Vorraum lag, und verschwanden still durch die Wohnungstür. Sie hörten ihn im Treppenhaus die Stufen hinunterpoltern, kurz darauf dröhnte der Motor seines Pick-Ups unten auf der Straße los.

Phoenix fuhr mit ihrem Rollstuhl leise ins Arbeitszimmer und schloss die Tür hinter sich. Das Gesicht der Deckerin war eine mühsam beherrschte Maske, hinter die sie im Augenblick niemanden sehen lassen wollte.

Fängt ja gut an, dachte Jaywalker.

Kike richtete sich in ihrem Sessel auf. »Ich muss wohl auf jeden Fall über Nacht bleiben«, seufzte sie. »Wer weiß, was der Junge noch anstellt.«

»Ich bleibe besser auch. Vielleicht sollten wir morgen unser Quartier verlegen – irgendwohin, wo wir mehr Platz haben.«

Jaywalker stand auf und bot ihr das Sofa an, und da sie nun einmal Kike war, hatte sie keine Probleme damit, das Angebot anzunehmen. Er selbst nahm den Stuhl, auf dem Steel gesessen hatte, und ging damit ins Schlafzimmer, wo er den Jungen vermutete.

Das Schlafzimmer war ebenso spartanisch eingerichtet wie der Rest der Wohnung. Ein ziemlich schmales Bett an der Wand, eine Schrankwand auf der gegenüberliegenden Seite, kurzfloriger, beiger Teppich. Das einzig Aufsehen erregende im Raum war das Klettergerüst, das eine Wand hoch und über die Decke führte. Phoenix erlegte sich selbst ein strenges Trainingsprogramm auf. Neben dem Bett stand ein kleiner Nachttisch, darauf befanden sich ein Glas mit Wasser und ein – Buch. Der Einband war abgegriffen, als sei es seit mehreren Jahren tägliche Lektüre. Leise trat Jaywalker in den Raum hinein und lehnte die Tür wieder an. Den Stuhl stellte er gut anderthalb Meter vom Bett entfernt an die Wand, dann wandte er sich dem Jungen zu.

Der Kleine schlief tief und fest. Der Straßensamurai betrachtete ihn eine Weile.

Die Haare des Jungen waren so kurz geschnitten, dass man ihre Farbe nicht genau bestimmen konnte. Dunkelblond?

Hellbraun? Es war die klassische Sträflingsfrisur. Pflegeleicht. Nicht verlockend für Läuse. An einem so kleinen Kind sah sie absurd aus.

Im Schlaf wirkte er wieder jünger, trotz des abgemagerten Gesichts und der geschorenen Haare. Er lag auf der linken Seite. Die linke Hand war zu einer Faust geballt und gegen den Mund gepresst, als hielte sie einen Schrei drinnen. Oder einen Namen, den er Fremden nicht verraten wollte. Vielleicht hatte auch eine Mutter ihm gerade vor kurzem das Daumenlutschen abgewöhnt, und ihre Erziehung wirkte bis in den Schlaf, aber die Hand fand ihren gewohnten Weg weiterhin.

Der Kleine runzelte im Schlaf die Stirn und stieß einen tiefen Seufzer aus, der fast wie ein Keuchen klang. Seine Stirn entspannte sich wieder.

Beruhigt wandte sich Jaywalker dem Buch zu, das auf Phoenix' Nachttisch lag. Er fand die Vorliebe der Deckerin, die sich ja immerhin die vollständig künstliche Welt der Matrix zu ihrem Element erwählt hatte, erstaunlich und faszinierend. Echter Kaffee. Echte Bücher. Für den Preis dieses Buchs hätte sie vermutlich das Gesamtwerk des Autors auf einem optischen Chip bekommen. Und Shakespeares gesammelte Werke dazu. Und die von Ehran auch, falls sie ihn leiden konnte. Er konnte den schreibenden Elf nicht ausstehen.

Pesadillas stand in geprägten, roten Buchstaben auf dem dunkelblauen Einband, darüber in etwas kleineren Lettern der Autor: Miguel Herrero. Er kannte weder Autor noch Titel.

Pesadillas. Albträume.

Mit seinen Lichtverstärkern konnte er auch im gedämpften Licht lesen, das von den Straßen heraufleuchtete. Die Sprache des Autors war sehr anspruchsvoll. Er hatte nicht gewusst, dass Phoenix Spanisch sprach, und offenbar war sie sogar sehr gut, denn ein Anfänger hätte sich ein weniger anspruchsvolles Werk zum Üben gesucht.

Sein spanischer Vater hätte sich gefreut, wenn er gesehen hätte, wie sich Jaywalker bereits nach den ersten Zeilen in das Buch vertiefte. Die Abneigung seines Sohns gegen das geschriebene Wort hatte ihn immer enttäuscht, aber Jaywalker empfand das stille Dasitzen mit einem Roman als Verschwendung wertvoller Zeit, die man ebenso gut mit wirklichen Erlebnissen zubringen konnte.

Die finstere Welt, die sich in *Pesadillas* entfaltete, schlug Jaywalker in ihren Bann. Gut ein Dutzend verschiedener Geschichten, so schien es zuerst, die Szenarien boten von einer durchwachten Nacht und ihren dunklen Gedanken bis zu einer langen, einsamen Reise über die Highways oder sogar der Begegnung mit der glaubwürdigsten Darstellung des Leibhaftigen, der Jaywalker jemals begegnet war, sei es in Filmen, in der Literatur oder seinem eigenen Innern.

Er las quer. Das hatte er sich angeeignet, als sein Vater immer wieder darauf drängte, er solle lesen. Seine ungewöhnliche Auffassungsgabe ermöglichte es ihm, eine Seite zu überfliegen und ihre wichtigsten Inhalte zu registrieren, um insgesamt später so detailgenau über das Buch erzählen zu können wie kaum jemand, der es richtig gelesen hatte.

Die einzelnen Geschichten griffen fast unmerklich ineinander, und als sich Jaywalker dem letzten Drittel näherte, spürte er die wachsende Beklemmung einer Erkenntnis. Mit einem Tempo von etwa einer Sekunde pro Seite verinnerlichte er die nächsten Geschichten.

Die einzelnen Figuren spiegelten sich ineinander, in kleinen Details, in der Gesamtwirkung, und waren dennoch unterschiedliche, selbstständige Charaktere. Die Dinge, die sie erlebten, waren unterschiedlich schrecklich: Mal war es nur die Stimmung, die sich wie ein leichtes, aber doch erstickendes Tuch über sie legte, dann war es die Begegnung mit ihrem eigenen Tod, den sie nicht erwartet hatten. Aber die Ereignisse an sich spielten keine Rolle. Was in den Personen vorging, war es, das wirklich zählte. Das hatten sie alle gemein. Jeder von ihnen begegnete seinem ureigenen Albtraum, stand seinen tiefsten Ängsten gegenüber oder seinen eigenen Unzulänglichkeiten, denen er sein ganzes Leben lang nicht ins Gesicht zu sehen gewagt hatte, bis zu dem Augenblick, als sie unaufhaltsam in sein Leben traten und ihren Platz einforderten.

Als der Straßensamurai die *Pesadillas* behutsam zuschlug und wieder auf den Nachttisch legte, begann er, Parallelen zwischen dem Leben der Deckerin und der Atmosphäre des Buches zu ziehen. Sorgfältig wog er all seine Annahmen ab, verglich sie, verwarf sie oder nahm sie an.

Die *Pesadillas* erzeugten trotz ihrer komplexen Vielfalt, trotz unterschiedlicher Figuren und Szenarien, ein seltsam einheitliches Gefühl. Die Nähe zu den Figuren war so intensiv, dass man ihren Atem spüren, ihren Angstschweiß riechen konnte. Jeder einzelnen Figur war man so nah, und es spielte keine Rolle, ob sie schwarzhaarig oder blond war, ob es sich um einen Mann handelte oder um eine Frau. Sie wurden von unterschiedlichen Gedanken und Zielen bewegt, aber es kam ihm vor, als suchten sie dennoch dasselbe. Es war eine einzige Person in einem tausendfachen Spiegel, der ihr Abbild in verwirrender Vielfalt zurückwarf. Sie hatten unterschiedliche Geschichten und Gesichter, aber sie waren die Manifestation ein und desselben Geistes.

Der Titel des Buches war mehrsinnig. ›Albträume‹ bezog man zuerst auf die albtraumhafte Atmosphäre der Erlebnisse, die jede Figur in ihrer Geschichte durchlitt. Aber der Titel war auch ein Ausdruck dafür, dass die Erlebnisse nicht real sein mussten. Der Leser wurde zum Schläfer, der sich in verschiedenen Gestalten und Situationen wiederfand, aber alles fand in ihm selber statt.

Phoenix musste es ähnlich gehen. Es gab viele Gründe, weshalb sie sich in die Matrix zurückgezogen hatte. Sie war begabt, phänomenal, außergewöhnlich gut. Und natürlich lag es am Nächsten, da sie im Rollstuhl saß.

Aber gleichzeitig war die Matrix der Ort, an dem sie sich befreien konnte. Sie schlüpfte in eine andere Gestalt, vollkommen unbehindert von ihrem Körper. Wenn sie arbeitete, wurde sie jemand anderer, ihre Haltung war noch eine Weile nach ihrer Rückkehr aufrechter, und sie war voller Feuer.

Aber außerhalb der Matrix, vermutete der Straßensamurai, gab es für Phoenix ebenfalls noch Dutzende von Welten. Sie kam nicht mit, wenn das Team unterwegs war. Sie lernte kaum jemanden aus Fleisch und Blut kennen. Sie war schön, aber ihre Schönheit wirkte auf die meisten Menschen eher tragisch als lebendig und anziehend. Die Deckerin war ein warmherziger, aber bestimmt kein fröhlicher Mensch.

In ihrer Phantasie spiegelte sie sich in unendlich vielen Gestalten mit unzähligen verschiedenen Geschichten. Das hatte er schon immer gewusst.

Aber jetzt verstand er, dass es keine fröhlichen Welten waren, keine farbigen, glücklichen Abbilder einer Phoenix, die gesund war und vielleicht eine Familie und Kinder hatte, wie es zu ihr gepasst hätte, würde sie sich voll entfaltet haben können.

Es waren düstere Visionen, fremdartige, große Welten voller Abgründe. Und er war sicher, dass Phoenix darin ebenfalls allein war.

Tausend verschiedene Albträume einer Frau, für die ihre Realität vielleicht nicht einmal das war, vor dem sie fliehen musste, weil sie angenehmer war als die inneren Welten, die sie mit sich herumtrug. Nachdenklich sah er aus dem Fenster, bis ihn schließlich eine plötzliche Woge der Erschöpfung überkam.

Er brachte das Kunststück fertig, auf dem Stuhl einzuschlafen. Und trotz all der Gedanken schlief er ruhig. Der Straßensamurai hatte niemals Albträume.

Kapitel 4

Prospect Street, Innenstadt, 07:19

Am nächsten Morgen war der Junge immer noch schweigsam. Jaywalker hatte ihn schlafen lassen wollen, aber gegen sieben Uhr morgens hatte er im Schlaf geweint, und als er immer häufiger zusammenzuckte, hatte Jaywalker ihn doch geweckt, weil er einen neuerlichen Krampf befürchtete.

Jetzt saß er am Küchentisch und vernichtete systematisch alle Cornflakes, die sich in den Schränken fanden. Die ersten drei Schüsseln hatte er mit wildem Blick in sich hineingestopft, ohne etwas anderes von sich zu geben als Kau- und Schluckgeräusche und gelegentliche zufriedene Seufzer. Dann hatte er begonnen, auch seiner Umgebung etwas Aufmerksamkeit zu schenken. Jetzt war er bei der fünften Schüssel und sah zwischen den einzelnen Löffeln neugierig hoch. Zuerst hatte er seine Umgebung studiert, bis er sich anschließend voll auf Jaywalker konzentrierte.

Der Straßensamurai hatte sich zurückgelehnt und einen Fuß auf einen der anderen Stühle gestellt. Ihm tat noch immer eine Menge weh, und diese Stellung war die bequemste, die er finden konnte.

»Jetzt reicht's«, sagte er und nahm dem Jungen die Cornflakes-Packung weg, als der danach angelte. »Wenn du lange nichts gegessen hast, wird dir sonst schlecht.«

Der kurz aufflammende, trotzige Blick des Kleinen erfreute ihn. Es war dieser ›Ich will noch ein Eis‹-Blick, den jedes Kind auf der Welt beherrscht, seit es Supermärkte gibt. Ein ganz erfreulich normaler Blick, nicht unbedingt ein Zeichen guter Erziehung, aber gesund.

Das Kind entschied offenbar, dass es Jaywalker noch nicht gut genug kannte, um sich wegen der Cornflakes ernsthaft zu beschweren. Stattdessen starrte es ihn nur erwartungsvoll an.

Er starrte zurück.

»Den ganzen Kram, dass wir dir helfen wollen, habe ich dir ja schon erzählt, als du gegessen hast«, begann er. »Wenn du willst, stelle ich dir gleich die anderen vor – jedenfalls die, die da sind.«

Er beugte sich leicht vor und verzog stöhnend das Gesicht, als etwas in seinem Brustkorb leise knackte. Er hatte keine richtigen Schmerzen mehr, aber es fühlte sich an wie eine Mischung aus einem anständigen Muskelkater und einem straffen Gummiband um den Brustkorb.

»Wäre schön, wenn du mir vielleicht vorher ein bisschen was über dich erzählst. Zum Beispiel deinen Namen. Ich kann dem Team ja wohl schlecht sagen: Und das ist der Kleine! Sie sollen dich schließlich auch ernst nehmen!«

Der Kleine zögerte und sah schnell auf die Schüssel mit dem Rest Milch, den er darin gelassen hatte, um sein Gegenüber nicht ansehen zu müssen.

»Schon gut, das ist kein Verhör«, besänftigte Jaywalker ihn. »Dann sag mir einfach, wie ich dich nennen soll. Vielleicht gibt es einen Namen, den du schon immer mochtest? Dann nennen wir dich so, das ist auch in Ordnung.«

»Michael«, sagte der Junge leise, ohne den Blick zu heben.

Überrascht musterte ihn der Straßensamurai. »Michael! Das ist dein richtiger Name, oder?«

»Mhm.« Ein schnelles, kleines Nicken.

»Okay, Michael. Wenn du möchtest, dann zeige ich dir jetzt die anderen. Phoenix kennst du ja schon von gestern, oder?«

»Ich weiß nicht. Ich erinnere mich nicht gut.«

Jaywalker grinste ihn an. »Da hast du was verpasst!«

Er stand auf und wartete, bis Michael von seinem Stuhl heruntergerutscht war, dann ging er dicht gefolgt von der kleinen Gestalt des Jungen ins Wohnzimmer.

Kike stand mitten im Raum. Sie trug ihren langen, leicht gepanzerten Ledermantel, unter dem das Rot eines erstaunlich saloppen Pullovers hervorlugte. Für ihre Verhältnisse salopp, natürlich. Die schwarze Hose entsprach mehr ihrem gewohnten, hocheleganten Stil.

»Was hast du denn vor?«, fragte Jaywalker.

»*Wir* haben etwas vor«, erwiderte sie und deutete mit einer kleinen Kopfbewegung auf die Tür. »Steel wartet unten.«

Er wartete eine Weile, und als sie nichts weiter sagte, steuerte er das Arbeitszimmer an. »Michael, das ist Kike«, sagte er im Vorübergehen.

»Hallo«, sagte Michael höflich und beeilte sich, ihm zu folgen.

Phoenix saß vor dem Fenster an ihrem Deck und drehte sich bei ihrem Eintreten um.

Wie er erwartet hatte, schien ihre Unnahbarkeit von gestern überwunden. Ihr hübsches Gesicht zeigte keine Spur von Verwirrung oder Verärgerung mehr, und sie lächelte erst Jaywalker, dann den Jungen an.

»Das ist Phoenix«, stellte er die Elfe vor. »Phoenix, das ist Michael.«

»Michael!«, wiederholte sie und blickte ihn fragend an. Er nickte fast unmerklich: Ja, es schien der echte Name zu sein.

»Willst du eine Weile bei mir bleiben, Michael? Jay und Kike müssen sich etwas ansehen.«

Der fragende Blick des Kleinen in Jaywalkers Richtung rührte sie an. Offenbar hatte er bereits Vertrauen zu dem hoch gewachsenen Straßensamurai gefasst.

»Sie ist in Ordnung«, sagte er und schlug dem Jungen leicht auf die Schulter. »Meistens jedenfalls.«

Er überließ Michael der Obhut der Deckerin und kehrte ins Wohnzimmer zurück, wo Kike schon ungeduldig wartete.

»Wo fahren wir überhaupt hin?«, fragte Jaywalker, als er Kike in dem kleinen grauen Bus gegenübersaß. Der Motor erwachte brummend zum Leben, und Steel begann vorne leise zu summen, wie er es meistens beim Autofahren tat.

»Wir sehen uns die Gegend an, in der du den Kleinen gefunden hast.«

»Michael.«

»Mhm. Okay. *Michael.*«

»Gute Idee.« Er sah sinnierend aus dem Heckfenster. »Beide, der Junge und der Mann, waren in einer ziemlich schlechten Verfassung. Bestimmt nicht so fit, längere Strecken zu rennen. Hatten aber noch ein ziemliches Tempo drauf, als sie um die Ecke bogen ... wenn sie nicht aus irgendeinem Fahrzeug kamen, dürfte der Ort, an dem was auch immer passiert ist, nicht allzu weit entfernt sein. Vielleicht zwei, drei Blocks. Hast du gecheckt, ob irgendwas in den Nachrichten war? Feuer, Unfall, irgendwas?«

»Natürlich«, erwiderte sie würdevoll. »Nichts.«

Sie schien wirklich Interesse an dieser Sache zu haben. Jaywalker amüsierte sich im Stillen. Ihre leicht zu weckende Neugier strafte ihre Distanziertheit Lügen und machte sie ihm sympathischer – allerdings hieß es auf der Straße auch: ›Neugier tötet die Katze.‹ Es war der wohl häufigste Grund für das frühzeitige Ableben von Katzenschamanen, dass sie aus Neugier den kritischen Punkt überschritten, anstatt abzuspringen, und einfach für das bloße Wissen zu viel riskierten.

Er hoffte, Kike würde im Ernstfall der Vernunft den Vorzug geben, aber bisher kam ihm ihre Verbissenheit sehr entgegen.

Sie legten die Fahrt in erwartungsvollem Schweigen zurück.

Jaywalker war so angespannt, dass seine Schultern schmerzten. Er dirigierte Steel in die Nähe des Ortes, wo er den Jungen gefunden hatte, und hieß ihn anhalten.

In den Gesichtern der beiden anderen spiegelten sich recht unterschiedliche Gefühle: Kike wirkte gelassen, aber ihre Augen schimmerten grün, was meistens ein Hinweis darauf war, dass sie astral wahrnahm, ihre Zauberspeicher oder Foki überprüfte oder einfach nur nervös war.

Steel flegelte sich wie immer entspannt auf seinem Sitz und ließ nicht erkennen, was er dachte. Seit gestern Abend war er jedoch still und abweisend. Jaywalker vermutete, dass er sich dessen nicht einmal bewusst war. Die Worte, die der Ork am Vorabend beim Abschied von sich gegeben hatte, waren für seine Verhältnisse eine flammende, hochemotionale Rede gewesen. Irgendwas schien ihn tief berührt zu haben, hatte vielleicht etwas aus seiner Vergangenheit aufgewühlt.

Egal. Es ging ihn nichts an. Solange der Ork im Sinne des Teams ›funktionierte‹, durfte er denken oder fühlen, was er wollte.

»Okay«, sagte er. »Ich würde sagen, das übliche Vorgehen.«

Kike nickte. »Beschreib mir die Gegend.«

Er lieferte eine so genaue Beschreibung, dass man eine Karte danach hätte zeichnen können, obwohl er vermutete, dass sie auch ohne Karte finden würde, was sie suchte. Aber man konnte nie wissen, wofür es gut war.

Sie blickte wie abwesend aus dem Fenster, und als er fertig war, nickte sie. »In Ordnung.« Dann sackte sie zusammen, als ihr Astralleib den physischen Körper verließ.

Er wartete eine Weile, dann kehrte sie zurück. »Alles sauber«, verkündete sie.

Ohne ein weiteres Wort verließ er den Wagen und verschwand im Gewirr der kleinen Gassen. Während Kike astral unterwegs war, würde er den Wagen im Auge behalten und mit Steel über Kommlink in Verbindung bleiben.

Im Innern des Wagens streckte sich Kike auf einer der seitlichen Sitzbänke aus und schloss die Augen. Normalerweise war immer noch jemand da, der neben ihr saß und im Notfall Erste Hilfe leisten konnte, wenn sich etwas aus dem Astralraum auf ihren Körper auswirkte, aber da das Team zurzeit nicht komplett war, mussten sie eben darauf verzichten.

Ein Kribbeln erfüllte sie, als sich ihr Astralleib von seiner physischen Hülle löste. Wie immer fühlte sie sich unendlich erleichtert und befreit, weil ihr Astralleib weder Müdigkeit noch Schmerzen kannte. Bei ihrer ersten astralen Projektion hatte sie nicht mehr zurückgewollt. Irgendwann hatte sie jedoch ein Gefühl der Panik erfasst, ihr Astralleib wurde mit einem Mal träge und schwer – und dann auf einmal so leicht, als könne er sich jederzeit auflösen. Sie hatte den Weg zurück in den Körper gerade noch rechtzeitig geschafft, wenige Sekunden später, und sie wäre gestorben. Nach diesem Erlebnis hatte sie eine vage Vorstellung davon, wie es wohl war, wirklich körperlos dahinzutreiben für die kurze Zeitspanne, die einem blieb, wenn der Körper tot war, und es lockte sie nicht.

Im Vorbeigehen streifte sie Steel, dessen Aura aufgewühlt wirkte, ohne dass er sie bemerkte, und verließ das Auto einfach durch die geschlossene Tür. Draußen erhob sie sich über die Häuser und suchte den Ort, den Jaywalker ihr geschildert hatte.

Es fanden sich noch immer leichte Spuren vom gestrigen Tag. Die astralen Überreste von Angst und Schmerzen lagen wie ein leichter Dunst über einer Blutlache, die bei dem feuchten Wetter noch nicht völlig getrocknet war: Hier musste der Mann gestorben sein. Die Leiche war fort, und bald würden auch die Nachklänge des Todes verschwunden sein.

Ein unangenehmes Gefühl überkam sie, und sie blickte die Gasse entlang. Nichts.

Nach Jaywalkers Beschreibung waren das Kind und sein Verfolger aus dieser Richtung gekommen. Aus derselben Richtung, die sie mit Unbehagen erfüllte. Zum ersten Mal kam ihr der Gedanke, dass die Geschichte des Jungen eine sein könnte, die sie gar nicht hören wollte.

Schneller als ein Gedanke glitt sie die Straße entlang.

Nicht einmal drei Blocks weiter fand sie die Quelle ihres Unbehagens.

Es stieg noch immer Rauch auf. Wie Spiralen wanden sich hauchzarte Rauchfähnchen von den Ruinen und verwehten.

Das Gebäude war wohl einmal eine kleine Fabrik gewesen oder eine mehrstöckige Lagerhalle. Geborstene Stahlträger reckten sich in den Himmel oder bogen sich von den Ruinen weg, als hätten sie versucht zu entkommen.

Eine Explosion hatte die untere Etage weggefegt, und die ein, zwei Stockwerke darüber waren eingestürzt. Was immer man hier hätte finden können, war unerreichbar. Es sei denn, man trug den Schutt ab.

Aber die physischen wie auch die astralen Nachwirkungen der Explosion interessierten Kike in diesem Moment nicht. Hoch darüber schwebend, starrte sie gebannt auf etwas in der Mitte der Verheerung.

Wie ein Strudel, wie ein schwarzes Loch mitten in den leuchtenden Farben des Astralraums hatte sich ein brodelndes Managebilde erhoben. Es sah aus, als sei ein Stück aus der Wirklichkeit herausgerissen, und nun stürzten die Energien des Astralraums in das Vakuum und schienen im Zentrum der Erscheinung aufeinander zu stoßen und zu kochen wie im Innern eines Vulkans. Was dabei entstand, war ein dunkler Wirbel, der rasch um sich griff. Nicht so schnell, dass man hätte fliehen müssen, aber es war doch deutlich zu erkennen, dass sich das Phänomen ausbreitete.

Hätte ihrem Astralleib übel werden können, hätte sich Kike übergeben müssen. So schwebte sie nur wie gelähmt über dem Geschehen.

Schließlich wandte sie sich ab und kehrte ohne Umwege zum Wagen zurück.

Wäre sie nicht so durcheinander gewesen, hätte sie vielleicht die Gestalt bemerkt, die ihr durch den Astralraum folgte.

Mit einem gehetzten Keuchen fuhr sie hoch, kaum dass sie wieder in ihrem Körper war. »O Gott«, jammerte sie und übergab sich dann doch.

Steel fuhr herum. »Alles klar?«

Sie nickte und fing an zu zittern. »Fahr los!«

Wortlos startete er den Motor. Über Kommlink verständigte er sich mit Jaywalker und hielt kurz an einer Ecke, um den Straßensamurai mitzunehmen.

»Jemand hinter dir her?«, fragte Jaywalker, als er die Katzenschamanin am Boden kauern sah.

Sie schüttelte den Kopf. »Da war niemand.«

Er konnte ihr Flüstern kaum verstehen. Ihre Blässe war erschreckend, und dieses Häufchen Elend am Boden des Wagens war nur schwer als Kike wiederzuerkennen. Kike, die Unnahbare. Die Stolze. Da er vermutete, dass sie es ihm gerade jetzt übel nehmen würde, wenn er einen Versuch unternahm, ihr zu helfen, rührte er sie nicht an.

Drei, vier Blocks weiter hob sie endlich den Kopf. »Geht schon wieder.«

Er nickte und sah aus dem Fenster.

Offensichtlich dankbar dafür, dass er sie nicht ansah, während sie sich so elend fühlte, richtete sie sich auf und ließ sich auf die Bank sinken. Der Geruch ihres Erbrochenen machte sie wütend, und sie wirkte trotz ihrer Erschöpfung einen Zauber, der den Gestank überdeckte und stattdessen den unaufdringlichen Duft nach Kiefernnadeln im Wagen verbreitete.

Als er sicher war, dass sie sich wieder gefangen hatte, sah er sie an. »Was war los?«

Entschieden schüttelte sie den Kopf. »Ich will es nicht dreimal erzählen: Euch, Phoenix und später noch mal Damon. Er kommt heute zurück. Fahrt mich nach Hause, dann rufe ich ihn an. Wir treffen uns nachher. Ich will erst mal allein sein.«

Widerwillig akzeptierte er ihren Vorschlag. Ihm blieb nichts anderes übrig – wenn sie sich erst einmal entschieden hatte, blieb sie auch dabei.

Sie fuhren sie nach Hause und machten sich dann auf den Rückweg zu Phoenix.

Kapitel 5

Sea-Tac Airport, 12:13

Als das Flugzeug mit einem leisen Zittern auf der Landebahn aufsetzte, erfüllte ihn ein freudiges kleines Gefühl. So ein richtig nettes kleines Gefühl, das nicht groß genug ist, um einen durcheinander zu bringen, aber doch so stark, dass die Welt ein bisschen heller wird und die Leute auf einmal viel freundlicher und zufriedener wirken.

Seattle! Er hatte es vermisst. Es zog ihn unwiderstehlich immer wieder fort, nach einigen Monaten ruhigen Lebens im Megaplex erfasste ihn jedes Mal ein gewaltiges Kribbeln, und die Welt außerhalb seiner Heimatstadt wurde zu einem Magneten, gegen den zu bestehen aussichtslos war – aber das nette, kleine, freundliche Gefühl des Heimkehrens machte ihm immer wieder deutlich, dass vielleicht die ganze Welt sein Zuhause sein mochte, diese Stadt aber sein ureigenes Revier, seine Wohnung war, wenn man bei dem Vergleich bleiben wollte. Obwohl er das selbst arrogant fand, mochte er das Gefühl, in größeren Dimensionen zu denken als andere Menschen.

Die gewaltige Maschine rollte aus. Die Gebäude des Seattle-Tacoma International Airport kamen näher und wirkten wie eine kleine Stadt, in der ein reges Treiben stattfand.

Conquistador gähnte und fing sich einen merkwürdigen Blick von der alten Dame ein, die zu seiner Linken am Fenster saß. Auf der Seite seiner Narbe, die sein Gähnen zu einer spektakulären Grimasse verzerrte. Als er ihren Blick erwiderte, riss sie sich zusammen und senkte den Blick.

Mit einem naturgemäß schiefen Lächeln schnippte er mit den Fingern direkt vor ihrer Nase. Sie zuckte zusammen, als eine langstielige rote Papierrose in seiner Hand erschien, die er ihr mit einem weiteren Lächeln überreichte.

»Danke«, sagte sie verwirrt und nahm das Geschenk entgegen.

Er nickte ihr zu und sah wieder an ihren wippenden grauen Locken vorbei aus dem Fenster, hinter dem, jetzt endlich langsamer werdend, Seattle ihm entgegenkam.

Nach einiger Zeit am Gepäcklaufband, die er mit der gewohnten, mühsam unterdrückten Nervosität zubrachte, näherte sich sein großer Lederkoffer. Er starrte ihm entgegen wie einer lange entbehrten Geliebten. Jedes Mal konnte er kaum glauben, dass alles geklappt haben sollte und er den Koffer wirklich entgegennehmen konnte, ohne dass es auf einmal von Bullen wimmelte.

Der alte Griff fühlte sich vertraut und warm an. Conquistador wuchtete das schwere Stück auf einen der elektrisch betriebenen Gepäckwagen und folgte ihm zum Ausgang.

Draußen fiel ihm die Welt auf den Kopf. Die Wolkendecke platzte just in dem Moment auf, als er den Schutz des Daches verließ, und der monsunartige Regen durchnässte ihn sofort bis auf die Haut. Ein allgemeines Gekreische setzte ein, als die Leute einander bei ihrer hastigen Flucht ins Trockene fluchend anrempelten und übereinander stolperten, da sie alle Zivilisiertheit vergaßen. Amüsiert sah sich Conquistador die Aufregung einen Augenblick an, dann fiel der Regen so dicht, dass man nur noch ein, zwei Meter weit sehen konnte. Er packte den Koffer und schleppte ihn das kurze Stück zum nächsten Taxi.

Der Fahrer war ein Ork. Er stieg nicht aus, um seinem Fahrgast zu helfen, aber er schenkte ihm ein freundliches Lächeln im Rückspiegel, als Conquistador nach dem Verstauen des Koffers die Tür öffnete und sich auf den trockenen Rücksitz fallen ließ.

»Drekswetter«, brummte er.

»Mhm«, stimmte Conquistador zu. Aus dem dunklen Haar, das er zu einem Pferdeschwanz gebunden hatte, rann eine Miniaturausgabe der Niagarafälle, und er tropfte die Polster so gründlich nass, dass er das Gefühl bekam, das Wasser müsse unten aus dem Auto wieder herausfließen.

»Alles nass. Draußen, jetzt auch hier drinnen. Man hat's nicht leicht. Muss Sitze mal reinigen lassen, wenn sie so nass waren.« Er seufzte, um anzudeuten, dass ihm das nicht leicht fiel. Finanziell. Als sein Fahrgast nicht reagierte, beschloss er, deutlicher zu werden. »Ist teuer. Welt schlecht. Niemand mehr Geld. Nur Geld für eigene Wohnung, Essen, manche auch teure Reisen.« Er schüttelte betrübt den Kopf. »Wohin darf ich Sie fahren?«

»Tacoma«, gab Conquistador ungerührt zurück. »Richtung Kennedy Avenue.«

Auf der Fahrt sprach der Fahrer kein Wort mehr. Conquistador ließ ihn einen Block von seinem Haus entfernt halten und bedachte ihn mit einem großzügigen Trinkgeld, was den Fahrer sichtlich überraschte. Dennoch ließ er sich nur zu einem kurzen, akzeptierenden Nicken veranlassen und schielte mit gierigem Blick auf den Kredstab, als könne er ihm vampirartig noch mehr Nuyen entlocken. Als Conquistador ausgestiegen war und seinen Koffer aus dem Kofferraum gehoben hatte, fuhr der Ork mit quietschenden Reifen davon, ohne seine Hilfe anzubieten.

»Tststs«, machte Conquistador tadelnd.

Die Vorfreude auf sein Zuhause und auf den Inhalt des Koffers machte das schwere Gepäckstück viel leichter.

Der verwilderte Vorgarten wäre in fast jeder Gegend eine Schande gewesen. Hier, in dieser Ecke Tacomas, machte er sich ganz gut. Nicht, dass sie verwahrlost gewesen wäre, aber aus irgendeinem Grund hatten sich hier hauptsächlich Leute angesiedelt, die mehr dem individuellen Ausdruck frönten als der konventionellen Gartenarbeit. Die ursprünglich als kleine Reihenhaussiedlung angelegte Gegend hatte viele Künstler und sonstige schräge Existenzen angelockt, und jedes Haus sah mittlerweile anders aus. Anbauten, Farbe und die Bepflanzung gaben jedem Haus eine ganz persönliche Note. Drei Blocks weiter, am Ende der Reihenhaussiedlung, erhob sich ein dreistöckiges, früher einmal ansehnliches Gebäude mit einer parkähnlichen, wenn auch nicht riesigen Anlage. Die dort ansässige Opernsängerin war mit Sicherheit mitschuldig an der Künstlerinvasion in der Gegend um die Kennedy Avenue: Viele ihrer teils merkwürdigen Freunde und Bekannten waren ihr in die relative Abgeschiedenheit dieser Ecke Tacomas gefolgt. Conquistador kannte die Elfe flüchtig und hatte nie eine seltsamere Person kennen gelernt. Dementsprechend waren auch viele seiner Nachbarn exzentrisch. Nach den allmorgendlichen Tai-Chi-Übungen seines unmittelbaren Nachbarn zur Rechten konnte man die Uhr stellen, und die frenetischen Schreie aus dem Haus gegenüber kündeten von dem Versuch einer Schriftstellerin, ihren Minderwertigkeitskomplexen die Tür zu weisen – durch eine Art Urschrei-Therapie.

Er liebte dieses Viertel. Mit seinen eigenen ungewöhnlichen Angewohnheiten hätte er fast überall Aufsehen erregt, hier fügte er sich harmonisch in die allgemeine Ungewöhnlichkeit ein, und niemand kam auf die Idee, ihm Fragen zu stellen.

Der Regen hatte nachgelassen, und die tropischen Sträucher und das heimische Unkraut in seinem Vorgarten neigten sich fast bis zum Boden. Trotz der augenscheinlichen Verwilderung war der Garten sehr sorgfältig angelegt. Es gab nur wenige Menschen auf der Welt, die im Bereich der Botanik und Parabotanik genug Erfahrung und Sachkenntnis aufweisen konnten, um einen solchen Garten anzulegen: Alles war aufeinander abgestimmt, nichts breitete sich schneller aus, als man es eindämmen konnte, die Pflanzen unterstützten sich sogar gegenseitig, indem sie den Boden mit Mineralien anreicherten, die ihre Nachbarn gebrauchen konnten, oder sie hielten Schädlinge ab, für die ihre Nachbarpflanze besonders anfällig war. Zu jeder Jahreszeit blühten einige der Sträucher und Pflanzen, die Conquistador in der ganzen Welt gesammelt und heimgebracht hatte, und die nötige Pflege beschränkte sich fast auf das Ausrupfen der Pflänzchen, die den Garten Eden der Pflanzen auf die Nachbargrundstücke ausweiten wollten, und die gelegentliche Überprüfung der Warmwasserleitungen unter der Erde. Bei gutem Wetter war alles voller Schmetterlinge und Bienen.

Doch es sah, betrachtete man es nicht mit fachkundigen Augen, vielleicht schön bunt aus und etwas exotischer als der durchschnittliche verwilderte Garten, aber eben nicht organisiert, sondern wie eine grüne und blühende Explosion. Vor allem nach seiner langen Abwesenheit. Vereinzelt hatten sich heimische Kräuter auf sein Grundstück vorgewagt – irgendwann demnächst standen ein, zwei Tage Gartenarbeit an.

Mit zufriedenem Besitzerstolzlächeln schleppte Conquistador den schweren Koffer durch sein chaotisches Paradies und stieß an den zwei Meter hohen Regenbaum, eine erwachte Strauchart von Borneo, der direkt neben der Haustür wuchs. Ein Schauer aus bunten, fächerförmigen Blüten rieselte auf ihn herab, die man am Strauch nicht sah, weil sie unter den ledrigen Blättern verborgen waren.

Er stieß die Tür auf. Lastende Stille empfing ihn, und ein Gemisch aus tausend verschiedenartigen Gerüchen, ein wilder Duft nach Leder und Fell und Gewürzen und tausend Dingen, die man sonst nie zusammen roch, weil sie aus Gegenden stammten, die Hunderte Kilometer auseinander lagen.

Conquistador schleifte den Koffer durch den Vorraum und in das dunkle Wohnzimmer hinein. Immer noch Stille. Er klaubte eine der Fächerblüten von seiner braunen Lederjacke.

»Julius!«

Lockend hielt er die Blüte mit ausgestrecktem Arm. Er wusste genau, wo der Besitzer der unsichtbaren Augen, die ihn beobachteten, sich versteckte.

Ein leises Schnüffeln antwortete ihm. Dann erhob sich ein brauner, unglaublich hässlicher Kopf hinter dem Schrank an der Wand. Eine Gestalt, etwa so groß wie ein überfütterter Kater, wand sich hinter dem Möbelstück hervor und sprang mit einem weiteren Schnüffeln und Schniefen auf ihn zu.

»Hi, Kleine«, begrüßte er sie freundlich.

Braungelbe Augen musterten ihn misstrauisch, und dann beschloss sie endgültig, ihm zu vertrauen, auch wenn er mal wieder fremd roch. Mit freudigem Quietschen zwängte sie sich auf seinen Schoß und nahm gnädig die Blüte aus seiner Hand, schmiegte sich kurz an ihn und machte sich daran, auch den Rest der Blüten aus seiner Kleidung zu sammeln.

Julius war ein Schlangentöter oder auch ›Neuer Mungo‹, der sich ihm auf einer Expedition aus irgendeinem Grund angeschlossen hatte und ihm seitdem treu folgte. Vermutlich war ihrer kleinen Familie etwas zugestoßen, und auf der verzweifelten Suche nach einem Ersatz hatte sich das junge Weibchen dem ersten Wesen angeschlossen, das ihr zu essen gab.

Weil sie allein gewesen war, hatte er sie zunächst für ein Männchen gehalten.

Der Leib seines ungewöhnlichen Haustiers war mit einem dichten braunen Pelz aus stahlharten Haaren bedeckt. Es war harte Arbeit gewesen, ihr beizubringen, diesen Pelz in Anwesenheit von menschlichen Wesen glatt an den Körper anzulegen. Wenn sie ihn sträubte, sah sie aus wie ein großer, langer Igel, und sie dann gegen den Haarstrich zu streicheln, war wie ein Griff in geschliffene Messer.

Der flache Kopf mit den kräftigen Kiefer- und Nackenmuskeln sah weder nett aus noch besonders schlau. Aber das Äußere täuschte. Julius war intelligent, wohlerzogen und außerordentlich liebenswürdig. Und ihr gefiel das Chaos, der Geruch in Conquistadors Haus, sie liebte die Expeditionen, auf die sie meistens mitkommen durfte, sie störte sich weder an seinem ungewöhnlichen und unvorhersehbaren Tagesablauf, noch stellte sie dumme Fragen, womit er sein Geld verdiene. Und er musste nicht befürchten, dass sie ihm des Geldes wegen eines Tages in den Rücken fallen würde. Die kleine Mungolady war die perfekte Gefährtin für ihn, den Einzelgänger mit der unheilbaren Sucht nach der ganzen Welt.

Das Telekom summte.

Er starrte es böse an, aber es hörte nicht auf.

Nach dem fünfzehnten Klingeln stand er auf und warf einen Blick auf das Display. Er öffnete die Verbindung. »Hallo Kike.«

Das Gesicht der Katzenschamanin tauchte auf dem Bildschirm auf. Ihr belustigtes Lächeln, das nur in den Augen zu sehen war, machte ihr Gesicht beinahe schön. »Damon«, erwiderte sie und deutete eine leichte Verbeugung an. »Wie ich sehe, bist du gerade erst angekommen. Es tut mir Leid, dass ich dich stören muss.«

»Dann hör doch einfach damit auf und ruf mich in zwei Stunden wieder an.«

Das Lächeln verschwand. »Das geht leider nicht. Jaywalker ist da auf etwas gestoßen, das sich zu einer größeren Sache auszuwachsen scheint. Wir müssen wissen, ob wir in der Angelegenheit auf dich zählen können. Und«, sie zögerte, »wir würden gerne eins unserer Quartiere nutzen. Dazu muss das ganze Team seine Zustimmung geben.«

»Mhm«, brummte er.

Julius schälte sich aus seiner Jacke, wo sie nach weiteren Blüten gesucht hatte, sprang leichtfüßig auf den Tisch und betrachtete Kikes Gesicht auf dem Bildschirm.

»Hallo Julius«, grüßte Kike. Das Tier blieb mit ernstem Gesichtsausdruck vor dem Telekom stehen. Jedes Mal schien sie darüber nachzudenken, was das zu bedeuten habe. Jaywalker fand sie dämlich, Conquistador betrachtete es als ein

Zeichen von Intelligenz, dass sie den Bildschirm nicht ignorierte. Das Trideo beispielsweise interessierte sie nicht.

Conquistador seufzte. »Wann treffe ich euch?«

»Komm zu Phoenix in die Wohnung. Ich suche noch ein paar Sachen zusammen, dann komme ich auch.«

Kritisch blickte er sie an. »Wie wäre es, wenn ihr zu mir kommt? Wie du dir sicher vorstellen kannst, habe ich noch einiges zu erledigen.«

Nach kurzem Überlegen nickte sie. »Mit der Option, dass du kochst, könnte ich mir das auch vorstellen. Ruf bei Steel durch oder bei Jay, die sind noch unterwegs.«

Er kniff gequält die Augen zusammen. »Okay.«

Sie lächelte ihn an. »Oh, und du kannst ruhig noch vorher duschen. So eilig ist es auch wieder nicht.«

Er zog die Augenbrauen hoch und brach die Verbindung einen Sekundenbruchteil früher ab als sie. »Ich hätte drüben bleiben sollen«, erklärte er Julius. »Oder nicht abnehmen.«

Mit einem tiefen Seufzer hob er den Koffer hoch. Julius sprang ihm voraus durch die Küche und zur Kellertreppe.

Unten angekommen, ging er in den Raum unter dem Wohnzimmer und stellte den Koffer neben einem Regal an der Wand ab. Im Regal befanden sich alte Kartenspiele, Gesellschaftsspiele, ein gutes Dutzend abgegriffene Bücher und ein wildes Chaos von Kästen mit Schrauben und Nägeln. Er zog eine der Kisten ein Stück vor, griff dahinter und hinter das Regalbrett und legte einen kleinen Schalter um.

Ein leises Klicken. Er drehte sich um und trat zu einem Bild an der Wand zur Rechten des Regals. Das gerahmte Foto eines Piasmas zur Seite schiebend, legte er seine Handfläche auf den darunter liegenden Scanner. Die rote Leuchtdiode daneben verriet, dass der Scanner aktiv war. Mit leisem Surren schob sich ein Teil der holzvertäfelten Wand neben dem Regal zur Seite.

»Erinnere mich daran, dass ich mir was Neues ausdenke«, forderte er Julius auf, die pfeilschnell durch die Öffnung schoss.

Würden ihm irgendwann die Cops auf die Spur kommen, wäre eine gründliche Untersuchung des Kellers genug, um den Mechanismus zu finden. Und wenn sie den zweiten Keller betraten, der unter dem Garten lag, konnte ihm kein Anwalt der Welt mehr helfen. Vielleicht sollte er die ganze elektronische Spinnerei lassen und einfach eine Art Tapetentür einbauen. Das würde natürlich nicht halb so viel Spaß machen, aber es wäre schlauer.

Er ging vorbei an den Terrarien, vor denen Julius aufgerichtet stand, Auge in Auge mit lebenden Schlangen und Skorpionen, tiefer in den Keller hinein, und legte den Koffer auf einen Tisch in einem weiteren Raum.

Als er auf dem Rückweg wieder an Julius vorbeikam, bedachte sie ihn mit einem hungrigen Blick. In seiner Abwesenheit hatte sie sich hauptsächlich aus dem Futterspender ernährt (und vermutlich von seiner halben Einrichtung, ein paar Tapeten und antiken Büchern) und sie brannte auf lebendige Nahrung. Er befürchtete, dass einige Katzen aus der Nachbarschaft verschwunden waren, weil sich Kike strikt weigerte, in den Keller hinabzusteigen und Julius mit lebenden, giftigen Skorpionen zu versorgen, aber daran ließ sich nichts ändern – wenn der Mungo nicht nach draußen konnte, drehte er durch, und wenn er nach draußen konnte, gab es Opfer. Es war für alle Beteiligten am besten, wenn er sie mitnahm, aber diesmal war das wirklich nicht denkbar gewesen.

»Später«, versprach er ihr.

Sie wandte sich von den Terrarien ab und folgte ihm nach oben.

»Hi, Chummer«, begrüßte Jaywalker seinen Kollegen erfreut, als er den Anruf entgegennahm. »Genug von den Wüsten und Crittern der Welt?«

»Fürs Erste«, erwiderte Conquistador am anderen Ende. Im Gegensatz zu Jaywalker benutzte er nicht das Kommlink, sondern das Telekom, den Einsatz des Kommlinks beschränkte er auf das Nötigste. »Ich hörte, bei euch war es nicht gerade langweilig. Kike hat ein Treffen vorgeschlagen, und ich muss sagen, es passt mir am besten bei mir. Ich war fast drei Monate unterwegs, da ist man ganz gerne mal zu Hause.«

»Hm.« Jaywalker schwieg eine Weile. »Den Jungen müssten wir dann mitbringen«, sagte er dann.

»Den Jungen?«, wiederholte Conquistador.

»Ah«, konstatierte Jaywalker amüsiert. »Kike war mal wieder sparsam mit Fakten. Ja, seit neuestem spielt unser Team Babysitter. Ich erklär's dir, wenn wir bei dir sind.«

»Ja«, stimmte Conquistador zu, und Jaywalker hörte geradezu, wie er ein tiefes, salbungsvolles Seufzen unterdrückte. Am liebsten hätte er noch einige Tage Pause gehabt von allem, was mit anderen Menschen zu tun hatte, das war Jaywalker vollkommen klar.

»Hör mal, Jay, Kike hat mir das Versprechen abgenommen, euch zu bekochen, und da ich selbst gerne mal wieder etwas anderes essen möchte als Vitaminpillen und Soyriegel ... ihr seid noch unterwegs?«

»Du kochst? Hervorragend. Ja, wir sind noch unterwegs.«

»Bringt ein paar Sachen mit.«

Er gab eine umfangreiche Liste durch, die Jaywalkers Magen sehr glücklich machte.

»Alles klar«, bestätigte der Straßensamurai und merkte sich die anderthalb Dutzend Zutaten samt Mengenangaben problemlos im Kopf. »Bis dann.«

Er beendete das Telefonat und wandte sich an Steel, der neben ihm auf dem Fahrersitz saß und aufmerksam gelauscht hatte. »Bekommt man echte chinesische Morcheln im Supermarkt?«

»Nö«, brummte Steel. »Morcheln? Sind doch Pilze, oder?« Er bremste ab und deutete mit dem Kopf in Richtung der Space Needle, die links von ihnen in geringer Entfernung aufragte. »Im Center gibt's bestimmt ein paar Läden, wo wir so was kriegen.«

Ohne auf eine Erwiderung zu warten, blinkte er und wechselte kurz vor einer Ampel über zwei Fahrstreifen, so perfekt abgepasst, dass niemand hätte bremsen müssen. Mehrere Fahrer bremsten dennoch und begannen ein wildes Hupkonzert, das den Ork völlig kalt ließ. Sie bogen ab und ließen die empörten Autofahrer hinter sich.

Gerade als sie einen Parkplatz fanden, der nur um die hundert Meter vom Center entfernt war, brach die Sonne hinter den Wolken hervor. Sie verwandelte die nasse Stadt in eine nette nasse Stadt und verlieh ihr fast den Anschein von Frühling.

»Schön«, kommentierte der Ork und parkte schwungvoll auf Riggerart ein, also derart millimetergenau, dass einem graue Haare wachsen konnten vor Angst um die eine oder andere Stoßstange. »Irgendwann zieh ich nach Florida.«

»Miami«, erwiderte Jaywalker zustimmend.

»Sonne und Sommer und halb nackte Mädchen«, ergänzte Steel und warf einer gut eingepackten jungen Frau, die an ihnen vorbeifröstelte, einen missmutigen Blick zu. Dann stieg er aus.

Es war ausgesprochen voll im Seattle Center. Dass sie dennoch gut durchkamen und fast nie ihren Schritt verlangsamen mussten, hatten sie Steels Wirkung zu verdanken: Er war nicht nur groß und hässlich und ein ekliger Ork, wie viele der Passanten offenbar fanden, sondern wirkte ganz generell, als sollte man ihm nicht in die Quere kommen. Seine Bewegungen waren die einer gut geölten Maschine mit ein paar PS zu viel, und seine Angewohnheit, den Leuten finster direkt in die Augen zu starren, machte ihn auch nicht vertrauenswürdiger oder liebenswerter.

Da auch Jaywalker nicht der Typ war, den man gerne anrempelte, machte man ihnen Platz, und sie konnten in Ruhe einkaufen.

Insgesamt hechelten sie durch mindestens drei große Läden, die mit Plakaten warben wie etwa, ›Das bestsortierte

Geschäft für Echtnahrung! Wir haben einfach alles!‹, oder ›Ihre Gourmet-Wünsche sind unsere Spezialität!‹, bis sie alles hatten, was auf der Liste stand.

Als sie gerade in der Schlange vor der Kasse standen und kurz davor waren, ein kleines Vermögen für die wenigen Pakete hinzulegen, nahm Jaywalker eine winzige Bewegung aus dem Augenwinkel wahr.

Dunkle Gestalt. An der Glaswand beim Eingang. Flüchtig sah er, wie die Person umdrehte und in der Woge aus Menschenleibern verschwand, als werde sie einfach weggespült.

Wer immer es war, die Person hatte sie beobachtet, dessen war sich Jaywalker sicher.

Nach der fast schon kriminellen Erleichterung seines Kredstabs stieß er Steel an, während der Ork ihren Einkauf in einer bunt bedruckten Plastiktüte unterbrachte. »Da war jemand.«

»Ach ja?« Ungerührt packte der Ork weiter ein, aber seine Augen bekamen einen wachsamen Ausdruck.

»Eingang. Dunkel gekleidet. Ist gegangen, als ich in seine Richtung gesehen habe.«

»Vielleicht haben sie ihn draußen platt getreten«, murmelte Steel und hob die Plastiktüte hoch.

Sie verließen den Laden und traten in die Passage.

Völlig ungestört erreichten sie den Wagen und stiegen ein.

»Das ist dumm«, meinte Steel. »Wenn er wegen unseres Kumpels hier war, sollten wir ihn nicht direkt hinführen.«

Das war zwar eine genauso unnütze Bemerkung, als hätte er gesagt: »Auf der Space Needle sitzen Tauben und scheißen den Leuten auf den Kopf«, denn das wussten sie beide, aber Jaywalker nickte dennoch.

Steel fuhr los. »Kike!«, sagte er.

»Verdammt«, erwiderte Jaywalker.

Wenn die Person, die er gesehen hatte, sie wirklich beobachtete, und wenn das tatsächlich mit dem Jungen zu tun hatte, dann war ihnen irgendjemand aus den Barrens gefolgt. Das wiederum hieß, dass die Katzenschamanin umgehend ein Problem bekommen mochte.

Er rief sie an. Bereits nach dem dritten Klingeln nahm sie ab, ohne dass der Anruf auf ihren mobilen Apparat umgeleitet wurde. Sie war also noch zu Hause.

»Hi. Alles klar bei dir?«

Ihre Stimme klang erstaunt. »Natürlich. Geht schon wieder.«

»Nicht wegen vorhin. Du könntest Besuch bekommen. Bleib wo du bist, wir holen dich ab.«

»Wie nett von euch«, dankte sie artig. »Darf ich erfahren, was los ist?«

»Später. Sei einfach vorsichtig«, entgegnete er knapp und beendete das Gespräch. Wenn er ihr erzählte, dass er einen Schatten gesehen hatte, der ihn und Steel unter Umständen beobachtet hatte und vielleicht noch Kumpel haben könnte, die eventuell bei ihr herumhingen ... er glaubte nicht, dass sie das besonders überzeugend gefunden hätte.

Die fürchterliche Paranoia der Straße, die bei fast allen Runnern so zuschlug, dass sie ihre Cornflakes nach Bomben durchwühlten, hatte Kike völlig unberührt gelassen. Sie vertraute völlig auf ihre Magie. Oder sie glaubte, auf so saubere Leute wie sie würde keiner schießen. Er durchschaute ihre Einstellung nicht ganz, aber aus irgendeinem Grund hatte sie sich ein äußerst gefährliches Urvertrauen bewahrt und war bisher damit durchgekommen.

Das Erste, was ihm auffiel, als sie vor dem Haus parkten, war ein schwarzer Kastenwagen direkt gegenüber, der vorhin noch nicht da gewesen war.

»Na toll«, beschwerte sich Steel grollend im Treppenhaus. »Aus dem Essen wird wohl nichts. Meinst du, die bleiben da?«

»Hm.«

»Wir sollten rausgehen und sie uns schnappen!«

»Hm. Die sind mir zu auffällig. Ein schwarzer Kastenwagen!«

Steel kaute auf seiner Unterlippe, wodurch seine Hauer stark betont wurden, während sie die Treppen hochstiefelten.

»Du meinst, die sitzen woanders?«

»Wenn sie tatsächlich in dem Wagen sitzen und nirgendwo Rückendeckung haben, brauchen wir vor ihnen wohl kaum Angst zu haben. Dann sind das solche Idioten, dass sie sich irgendwann aus Versehen selbst umlegen.«

»Angst!«, schnaubte der Ork verächtlich.

Sie klingelten an Kikes Tür, und nach wenigen Augenblicken öffnete sie ihnen.

»Bezaubernd«, kommentierte Jaywalker ihr langes, tief ausgeschnittenes Kleid aus einem Fluss blauer Seide und schob sich an ihr vorbei in die Wohnung. »Aber deine Montur von vorhin hat mir besser gefallen, wenn ich ehrlich bin. Gegen dieses entzückende Stück Stoff muss man eine Kugel ja nur werfen, und sie geht durch.«

Sie zog lächelnd die Augenbrauen hoch. »So nah muss man erst mal an mich herankommen, hm?«

Er verkniff sich mehrere Bemerkungen, die zu einem Streit geführt hätten, und verbuchte sie stattdessen auf Kikes ›Dummes-Stück-Konto‹, das Besorgnis erregend schnell wuchs. Manchmal fragte er sich ernsthaft, wie lange sich das Schicksal eigentlich noch herausfordern lassen wollte, bis es ihr die erste Kugel ihres Lebens verpasste.

Obwohl das Kleid natürlich wirklich bezaubernd aussah, das musste er zugeben. Es floss genauso harmonisch und scheinbar zeitlos durch den Raum wie seine Trägerin und verlieh Kike jenes Zuviel an Weiblichkeit, bei dem man kribbelig wurde und einen trockenen Mund bekam.

»Was ist nun eigentlich los?«, erkundigte sich Kike, als sie den beiden Besuchern ins Wohnzimmer folgte.

»Offenbar hat uns jemand beschattet«, erläuterte Jaywalker.

»Was heißt denn offenbar? Hat oder hat nicht?«

»Dem Kastenwagen dort unten zufolge, hat.«

Mittelmäßig interessiert trat sie ans Fenster und warf einen kurzen Blick durch den Schlitz zwischen zwei der Lamellen der Jalousie. »Hm, ja. Und wer?«

»Rapunzel«, knurrte Steel und sah sie böse an.

Jaywalker fragte sich, wie er darauf kam – vermutlich meinte er Rumpelstilzchen.

»Und jetzt zieh dir 'ne Hose an und 'n Mantel, und zwar pronto, Süße, dann sehen wir uns die Sache aus der Nähe an.«

Etwas pikiert blieb sie mitten im Raum stehen und musterte ihn abfällig, aber aus irgendeinem Grund begab sie sich doch in ihr Schlafzimmer und zog sich um. Die Tür knallte sie etwas lauter zu als nötig, aber das war auch schon alles.

Jaywalker konnte es kaum glauben, aber da hatte sich offenbar doch so etwas wie Verstand durchgesetzt gegen all die schwerwiegenden Argumente, die dagegen sprachen: Eitelkeit, Stolz, Arroganz …

Anerkennend nickte er dem Ork zu und ließ sich auf das Sofa fallen.

Steel zog einen kleinen Kasten aus der Jackentasche und baute ihn auf dem Wohnzimmertisch auf. Vorsichtshalber. Es war ein White-Noise-Generator, der hässliche Störgeräusche produzieren würde für eventuelle Widersacher, die sie auf elektronischem Weg abhörten.

»So«, sagte er. »Und nun sag mir, was du vorhast. Ich bin nur ein dummer Ork, der sie einfach alle platt machen will. Wenn du's anders willst, überzeug mich, Jaywalker.«

»Oh«, sagte Jaywalker und beugte sich mit funkelnden Augen vor. »Ich will sie mir auch schnappen. Aber auf *unserem* Terrain. Auf *vorbereitetem* Boden. Wir wissen nichts über den Kleinen, sie vermutlich eine Menge, zumindest mehr als wir. Das muss nicht so bleiben.«

Er schwieg eine Weile nachdenklich.

»Auf diese Wohnung haben sie sich schon eine Weile eingeschossen – sie kennen die Umgebung vermutlich etwas, haben hier und da Leute postiert. Ich möchte neue Bedingungen. Vor allem bessere. Waffen, Hinterhalt, mehr Leute. Wer weiß, womit wir rechnen müssen.«

Grinsend nickte der Ork. »Denny Park!«

Zustimmend grinste der Straßensamurai zurück.

»Damon und Five«, schnurrte Kike von der Schlafzimmertür her.

In ihrem dunkelblauen Kostüm und dem schwarzen, eleganten Sicherheitsmantel sah sie schon viel brauchbarer aus.

Kapitel 6

Beim Denny Park, Innenstadt, 16:11

Die Wohnung am Denny Park war ein kleines Schmuckstück – sie lag etwas abseits in einer schmutzigen Nebenstraße neben einem Sarghotel. Das Viertel war gar nicht so schlecht, aber da der Besitzer des Sarghotels fest auf seinem Recht bestand, das Hotel zu betreiben, und niemand aus besseren Kreisen neben dem Schuppen wohnen wollte, hatte sich allerhand merkwürdiges Gesindel eingefunden und bevölkerte diese kleine Enklave der öffentlichen Beschämung.

Da aufgrund der Nachbarschaft auch für die Wohnungen in den unmittelbaren Nebenstraßen niemand allzu hohe Mieten zahlte, hatten sich die Vermieter organisiert und eine Initiative gegründet, um gegen dieses ›Krebsgeschwür im Gewebe unserer Gemeinde‹ (1. Vorsitzender Matt Gaines im Seattle Daily Report) vorzugehen. Den regelrechten Krieg, den sie führten, würden sie vermutlich irgendwann gewinnen, aber bis dahin blieb die ›Gasse‹ zwischen der 8th und 9th Avenue ein ›Schandfleck und Mahnmal unserer schönen Stadt‹. Die Cops sahen gerne mal weg, wenn etwas passierte, solange es nicht die eng gesteckten Grenzen der ›Verseuchung‹ (Matt Gaines in mehreren Daily Talks und jeden Morgen beim Frühstück) überschritt.

Das war für Leute, die sich selbst zu wehren wussten, eine große Annehmlichkeit.

Nach einigen Telefonaten hatten sich Kike, Steel und Jaywalker wieder zum Auto begeben. Niemand war ihnen gefolgt, als sie kreuz und quer durch die Innenstadt gezockelt waren, was ihre Vermutung erhärtete, dass längst ein Sender am Wagen angebracht war.

Sie hatten angehalten, und Steel hatte mit einem Wanzendetektor danach gesucht. Und tatsächlich hatte es nicht lange gedauert, bis der hochwertige Detektor eine kleine Schnüfflereinheit unter der hinteren Stoßstange des Wagens aufspürte.

Steel hatte sie ignoriert und fleißig weitergesucht und war dann irgendwann demonstrativ missgelaunt und achselzuckend wieder in den Wagen gestiegen, falls sie doch jemand beobachtete. Es reichte vorerst, wenn sie wussten, wo das Ding war. Noch diente es mehr ihrem eigenen Zweck als dem ihrer gesichtslosen Verfolger.

Nach einer schier endlosen Kurverei durch die Straßen empfingen sie endlich das Signal von Conquistador aus der Wohnung am Denny Park: Es ging los!

Innerhalb weniger Minuten erreichten sie ihr Ziel. Elegant und zielsicher setzte Steel den Wagen in die engste Parklücke, die er finden konnte, wie üblich in einem Tempo, dass einem vor Schreck fast die Zähne ausfielen. Grinsend bleckte er die Hauer und drehte sich zu den beiden anderen um.

Kike grinste matt zurück. »Toll!«, sagte sie. »Wirklich toll.«

Er ignorierte sie und zog sich die Verbindungskabel der Riggerkontrollen aus den Buchsen. Schweigend stiegen sie aus dem Bus.

Die Sonne hatte sich irgendwann während ihrer Fahrt wieder hinter Wolkenbergen zurückgezogen. Das bisschen sichtbaren Himmels schimmerte in diesem hässlichen Schwefelgelb, das aussah, als eiterten die Wolken. Oder als pinkelten sie. Je nachdem, wie dramatisch man es mochte. Jedenfalls war der kurze Frühling bereits wieder vorbei, und Seattle drohte mit einem Gewitter.

Der kalte Wind fegte ein paar Plastikfetzen durch die Gasse und erfasste Kikes langen Mantel, ließ ihn flattern, als wolle sie wegfliegen. Jaywalker holte unwillkürlich tief Luft, als er aus dem Windschatten des Wagens hervortrat und ihm eine Böe ins Gesicht schlug.

Dies war einer der Momente, die einem das Gefühl vermittelten, als sei man einer der Hauptdarsteller in einem Film: Zu dritt als Team aus dem Wagen springen, mit flatternden Mänteln und wehenden Haaren, hinein in eine feindliche Umwelt und sich tapfer der übermächtigen Gefahr entgegenstellen. Die Lage scheint aussichtslos, aber man hat einen Plan.

Das Gefühl war cool. Dumm nur, dass es sich immer feige verdrückte, wenn sich eine Kugel in den Oberschenkel bohrte. Oder wenn man dem eigenen Chummer die Eingeweide in den Bauch zurückstopfte, ihm beim Krepieren die Hand hielt und versicherte, ja, man werde der Mami sagen, er sei als Held gestorben, während beide wussten, es war eine Lüge. Und die bombastische Musik, die einem eigentlich zustand, fehlte auch ein wenig.

Sie schritten gemeinsam dem hässlichen, verwahrlosten Haus entgegen, in dem bald die Hölle los sein würde. Zwei junge Orks lümmelten trotz der Kälte im Hauseingang.

Angeschnorrt wurden Filmhelden auch höchst selten.

Steel, der aus eigener Erfahrung wusste, dass Orks es tatsächlich verdammt schwer hatten, drückte dem kleineren der beiden etwas Geld in die Hand und wurde dafür mit einem ganz und gar abstoßenden Strahlen belohnt und mit einer Welle fauligen Mundgeruchs.

»Hab Dank, Chummer!«

»Mhm«, brummte er und beeilte sich, zu den anderen aufzuschließen.

Das Haus war ein neunstöckiger grauer Kasten mit drei Wohnungen auf jeder Etage. Man kam von der Haustür in einen dunklen, L-förmigen Flur, der nach rechts abknickte. Im Knick des L's befand sich die Treppe, daneben der Fahrstuhlschacht.

Der Bau war ebenso beeindruckend praktisch und schlicht wie hässlich. Aber für Leute, die öfter mal Ärger hatten, bot er unübersehbare Vorteile.

Die Wohnungen waren billig. Es brach nur selten jemand ein. Bullen standen nicht so darauf, diese Behausungen unter die Lupe zu nehmen, ebenso wenig wie der Vermieter daran interessiert war, Näheres über seine lieben Mieter zu erfahren. Und das Haus war über den Keller mit dem Nachbarhaus – dem Sarghotel – verbunden, das Dach war leicht zu erreichen und hatte dieselbe Höhe wie das Dach des gegenüberliegenden Hauses in der Parallelstraße, auf dem es gute Deckung gab. Ihre Wohnung befand sich im achten Stock.

Ein abgestandener Geruch schlug ihnen entgegen, als Jaywalker die Tür öffnete. In regelmäßigen Abständen fuhr einer aus dem Team mal vorbei und überprüfte, ob es die Wohnung noch gab, lüftete ein bisschen, und wenn er oder sie einen guten Tag hatte, wurde auch mal ein wenig Staub gewischt. Das reichte nicht, um die Wohnung wohnlich zu machen. Sie war dafür angelegt, dem Team in Krisenzeiten als Versteck zu dienen, und nicht, um sich darin wohl zu fühlen.

Es gab einen kleinen Vorraum, der eine Ecke des Wohnzimmers einnahm und nur durch kleine Wandvorsprünge vom Rest des Raums abgeteilt war, nicht durch eine Tür. Dahinter öffneten sich die beeindruckenden siebzehneinhalb Quadratmeter des Wohnzimmers. Es war denkbar schlicht eingerichtet: Der Fußboden war mit billigem Holzimitat belegt, das man fast sauber pusten konnte, selbst wenn ein Fünfmannteam mit dreckigen Stiefeln darübergestampft war oder irgendwelche Eindringlinge literweise Blut verspritzt hatten. In einer Ecke stand ein Trid, an der Wand ein massives Sofa, an einer anderen ein weiteres, etwas kleineres. Wenn sich das Team hier häuslich einrichtete, rückten sie die Sofas ab, um Deckung zu schaffen.

In der Wand gegenüber dem Vorraum befanden sich zwei Türen: die linke führte in ein kleines Badezimmer, in das sie sogar eine Badewanne gezwängt hatten, auch wenn Jaywalker, Steel und Conquistador deswegen Mühe hatten, sich nicht mit ihren langen Beinen hoffnungslos zwischen Klo und Badewanne zu verkeilen. Das hatte mehrere Gründe: Erstens badete Kike für ihr Leben gern und verzichtete ungern darauf, nur weil ihr ein paar lausige Killer auf den Fersen waren. Zweitens hatte sich Steel auf eine erstaunlich effektive Art des Verhörs spezialisiert: Irgendwann hatte er herausgefunden, dass er ein exzellentes Gefühl dafür besaß, wo die Grenze zwischen Leben und Tod verlief, wenn man jemanden unter Wasser drückte. Man hätte glauben können, dass es die Leute viel mehr erschreckte, wenn man ihnen die Finger abschnitt oder ihnen einen Vorschlaghammer auf die Kniescheiben donnerte, aber bisher hatte Steel mit seinen Bademeistermethoden jeden zum Reden gebracht. Aus unerfindlichen Gründen konnte er die Millisekunden einschätzen, die den Unterschied ausmachten zwischen einem sehr nassen und geschockten Opfer, einem in leichte Panik geratenen, einem, das dachte, es würde gleich sterben, einem gerade so eben bewusstlosen Opfer und einem, das sie wiederbeleben konnten und auch mussten, wenn sie ihm weitere Fragen stellen wollten. Nach dieser Erfahrung redeten für gewöhnlich auch die härtesten Brocken, spätestens nach dem zweiten Mal.

Und bei der anschließenden Entsorgung, falls eine nötig war, hatte sich die Badewanne ebenfalls als ausgesprochen praktisch erwiesen, weil man das Blut einfach wegspülen konnte.

Jeder im Team fragte sich, wie Kike es bereits wenige Stunden nach einem solchen Ereignis genießen konnte, in derselben Badewanne zu liegen, in der kürzlich ein Mensch in Panik sein Leben gelassen hatte. Jeder außer ihr selbst natürlich. Sie wusste es.

Rechts neben dem Badezimmer lag ein Schlafzimmer, in dem sie zwei Etagenbetten untergebracht hatten. Das reichte, denn mindestens einer hielt immer Wache. Außerdem befand sich hier ein Telekom und somit ein Zugang zur Matrix für Phoenix.

Der letzte Raum, links vom Wohnzimmer, enthielt eine kleine Küche mit nur sehr elementarer Ausstattung. Vor allem befand sich in der Küche eine große Truhe, unter der Spüle verborgen, die Jaywalker jetzt mit routiniertem Griff hervorzog.

Er zog seinen Kredstab aus der Tasche und schob ihn kurz in eine Öffnung an der Vorderseite der Truhe. Es klickte, und er konnte den Deckel öffnen. Nicht, dass diese Sicherung jemanden ernsthaft davon abhalten konnte, sich den Inhalt der Truhe einmal gründlicher anzusehen – aber zumindest würde es ihn Zeit und Aufwand kosten, vielleicht mehr Zeit, als er aufbringen konnte.

Im Innern der Truhe schimmerten die polierten Läufe mehrerer Waffen. Die lagen nicht immer hier herum. Conquistador und Five waren sowohl gründlich als auch pünktlich gewesen. Die Kiste war randvoll gepackt mit Dingen, die man ungern von der falschen Seite ansah, sodass die drei für eigentlich jede Vorgehensweise die richtige Ausrüstung finden konnten.

»Nur Betäubungsmunition?«, fragte Kike über seine Schulter. Er zuckte mit derselben und sah Steel fragend an. »Ist natürlich auch eine Idee, aber den richtigen Wumms kriegen wir nur mit richtiger Muni.«

Er wuchtete eine beachtliche Schrotflinte aus der Truhe und warf sie Steel zu. Der Ork fing sie mit einer flüssigen Bewegung auf und streckte die Hand aus. »Muni!«

Verblüfft schüttelte Kike den Kopf, während Jaywalker in der Kiste nach dem Streifen für die Mossberg suchte. »Sollten wir nicht doch ein paar Worte mit unseren Gästen wechseln?«

»Nur für den Fall, dass sie uns überrennen«, erwiderte Jaywalker. »Ich möchte nicht mit meiner Narcoject dasitzen und auf ein Einsatzteam von zehn Mann starren, die näher rücken und mir ihre Sturmgewehre in die Nase stecken.

Nein, für den Fall ist eine Schrotflinte auf engem Raum eine wahre Offenbarung! Wenn die uns erwischen, antworten sie uns ebenso wenig auf unsere Fragen wie als Leichen.«

Sie lachte leise. »Du freust dich schon, stimmt's?«

»Wenn alles klappt, ja.«

Grundsätzlich unterstellte Kike ihm dasselbe, was sie jeder Messerklaue unterstellte, ja, eigentlich jedem, der auch nur ein Minimum an Cyberware in sich trug: Du lebst für den Kampf! Mittlerweile hatte er sich daran gewöhnt. Die meisten Magier hatten solche Ideen in ihrem manamanipulierenden Köpfchen, auch wenn sie es nicht immer zugaben. Dahinter schien der Gedanke zu stehen, dass Nichtmagier in einer entsetzlich verarmten Welt lebten und ihr leeres Leben durch wilde Schießereien oder Drogen oder was auch immer permanent aufwerten mussten. Vielleicht war es so. Er wusste nicht, wie sich ein Magier fühlte und wie die Gefühlswelt eines ›Normalsterblichen‹ im Vergleich dazu abschnitt.

Er suchte für jeden eine Narcoject heraus und je ein Magazin. Sie würden wohl kaum Zeit haben, es zu wechseln. Dann grub er nach einer Colt Cobra. Die Cobra hatte nicht so eine überwältigende Durchschlagskraft wie beispielsweise die Ingram Smartgun, aber er konnte sie gut leiden, was ihm wichtiger war, wenn es denn eine MP sein musste. Aber da sie nicht wussten, was auf sie zukam, war es wohl besser, sich nicht nur auf die achtschüssige Desert Eagle zu verlassen.

»Okay«, meinte er, als er die MP durchgeladen hatte. »Sind wir fertig?«

Es war eine rhetorische Frage. Die Wohnung war präpariert, sie hatten ihre Waffen vorbereitet.

Steel und Kike begaben sich ins Wohnzimmer, wo Steel das Trid einschaltete und sich durch die Kanäle zappte. Jaywalker blieb in der Küche zurück, verstaute die Waffen an leicht zugänglichen Plätzen und machte sich dann daran, den Inhalt einer Konserve aufzuwärmen. Amüsiert lauschte er dem Gespräch nebenan, das sich um verschiedene Trid-Serien drehte und anfangs noch recht freundschaftlich verlief, obwohl die beiden nicht immer einer Meinung waren. Erst an *Devilman*, einer Runner-Serie mit dem Budget von einem halben Apfel und dem Niveau eines Gesprächs zwischen zwei Plumpsklos, erhitzten sich die Gemüter. Steel sah sich die Serie gerne an, nahm regen Anteil an den Geschicken der klischeehaften Charaktere und erfreute sich an der naiven Darstellung eines Runnerlebens. Kike regte sich vor allem über die sexistische Darstellung seiner Lieblingsfigur auf: Kismet, eine Katzenschamanin mit der Figur eines Manga-Mädchens und einem sexuellen Appetit, der einem Angst machen konnte.

»Du musst dich davon doch nicht persönlich dumm angemacht fühlen«, sagte Steel gerade versöhnlich. »In der Serie reiten sie absichtlich auf den Klischees herum, und du kannst das vielleicht den Leuten übel nehmen, die an diese Klischees glauben, aber doch nicht den Machern der Serie, die nur die Klischees aufgreifen und einem vor Augen führen, wie billig das ist.«

»Dafür machen sie aber ganz schön viel Geld damit«, gab Kike zurück. »Und ich glaube einfach nicht an das Prinzip, den Leuten vor Augen zu führen, wie blöd sie sind. Die Leute, die so blöd sind, dass sie es nötig hätten, begreifen es nie. Im Endeffekt ist zwar die Botschaft sehr deutlich, aber sie wird von der Masse des Publikums nicht verstanden. Das heißt, den Vorurteilen wird weiter Vorschub geleistet. Leute wie du, die den Verstand haben, die Botschaft zu erkennen, sind in der Unterzahl, und die meisten von ihnen begreifen nicht, dass nur wenigen klar ist, was da abläuft.« Das war ein für Kike typischer Seitenhieb: Sie ordnete ihren Gesprächspartner einer überlegenen Gruppe zu, unterteilte diese dann wieder in zwei Gruppen und verwies subtil darauf, dass der andere hier aber doch zur unterlegenen gehörte. Ihre sanfte Stimme an dieser Stelle machte deutlich, dass sie sich dessen sehr wohl bewusst war.

»Und was stört dich daran?«, wollte Steel wissen. An seiner Stimme konnte man nicht die Spur erkennen, ob er die Attacke bemerkt hatte, aber Jaywalker nahm es an. Der Ork war sehr viel klüger und aufmerksamer, als er sich anmerken ließ.

»Ist es so schlimm, wenn sich im Bewusstsein von lauter Idioten ein Bild festsetzt, das nicht stimmt? Du kennst das Klischee. Spiel damit. Nutz es für dich. Gerade dir müsste es doch gefallen, wenn man dich falsch einschätzt. Schließlich bist du eine Katzenschamanin.«

Grinsend rührte der Straßensamurai im Topf herum. Jetzt würde Kike in die Luft gehen, mit gewählten Worten zwar, aber die Luft rings um sie würde kochen. Das war gut. Je wütender sie war, desto effektiver war sie im Kampf.

Wenn jemand sie astral beobachten sollte, würde er von der unterschwelligen Anspannung nichts merken: Kike und Steel überdeckten sie mit den Emotionen ihrer Diskussion. Und Jaywalker merkte man ohnehin nie an, was er wirklich dachte.

Unten auf der Straße tat sich über einen längeren Zeitraum fast gar nichts. Die beiden jungen Orks beschäftigten sich damit, Zielspucken zu üben. Sie waren immerhin so anständig, dafür nicht den Bus ihres Wohltäters auszusuchen, sondern einen hellgrünen, verdreckten Ford Americar daneben, der aussah, als habe er schon viele Kämpfe hinter sich: Lange, tiefe Narben durchzogen den Lack.

Als ihnen gerade langweilig wurde, torkelten zwei Penner aus dem Sarghotel. Einer von ihnen drehte sich zur Lobby um und lallte einen halbherzigen Fluch, der vermuten ließ, dass er keine gute Erziehung genossen hatte und das Sarghotel seine Bezeichnung verdiente. Zumindest aus seiner Sicht.

Er konnte sich kaum noch auf den Beinen halten. Vermutlich hatte er getrunken. Es sah so aus, als sei er aus dem Hotel geflogen – eine echte Leistung bei einem derartigen

Schuppen – und äußere sich deshalb so ungnädig. Mitten auf der Straße sackte er einfach zusammen und begann zu flennen wie ein Kind. Sein Kumpel versuchte noch, ihn aufzurichten, erreichte aber nur unartikuliertes wütendes Gebrüll und anschließend weitere Traktate zum Thema ›Ich bin ein armes Schwein‹, die man kaum verstehen konnte.

Schließlich zuckte er mit den Schultern und schlurfte murmelnd davon.

Interessiert begutachteten die beiden Halbstarken den heulenden Penner, der sich jetzt aufrichtete und seinem davoneilenden Kumpel hinterherbrüllte. Der schlurfte etwas schneller, und der Zurückgelassene machte sich jammernd und fluchend daran, zum Straßenrand zu robben, wobei es mehrfach den Anschein hatte, als wolle er aufgeben und einfach wimmernd liegen bleiben.

Endlich erreichte er den Straßenrand, zog sich bis zur nächsten Hauswand und ließ sich einfach dagegen fallen. Mit geschlossenen Augen lag er schlaff da wie ein halb gefüllter Müllsack, den irgendjemand achtlos gegen die Wand geworfen hatte.

Die Orks sahen einander an und grinsten in stillem Einvernehmen.

In der Haltung übel gelaunter Straßenköter überquerten sie die Straße in zwei weiten Bögen, sodass sie zangenartig auf den Penner zukamen und ihm den Fluchtweg verstellten. Davon abgesehen, dass diese Raffinesse nicht nötig war, sah es eigentlich gar nicht mal ungefährlich aus.

Das zusammengesackte knochige Ding, das auf dem Boden lag, hob nicht einmal den Kopf, als die Orks sich näherten. Vielleicht war er mal eine imposante Gestalt gewesen, hoch gewachsen, wie er war, aber davon war nichts mehr übrig. Seine Kleidung war zerrissen und befleckt, er trug mehrere Schichten übereinander wie eine menschliche Zwiebel. Das Gesicht war verwittert und trug Spuren eines Lebens, in dem sich das Schicksal ordentlich ausgetobt haben mochte. Leise winselte er böse Dinge vor sich hin, die eigentlich niemandem galten, manchmal unterbrochen von einem Husten, der klang, als wolle er jede Sekunde wahre Berge von Schleimklumpen ausspeien.

Der größere der beiden Orks zog ein Klappmesser aus der Jackentasche. »He, du!«, sagte er und begann, das Messer mit rasend schnellen Bewegungen herumzuwirbeln.

Er übte das den ganzen Tag. Wenn er mit seinen Freunden an einer Bushaltestelle herumlungerte, vor dem Trid, abends vor dem Einschlafen. Und wenn sein Vater ihn geschlagen hatte. Der Alte war ein chronischer Trinker, und sein einziger Sohn fiel ihm eigentlich jedes Mal, wenn er ihn nur sah, auf die Nerven, und dann musste er ihn schlagen. Es war natürlich nicht seine Schuld. Es war der Alkohol. Und natürlich würde er irgendwann aufhören, dann, wenn sich die Umstände gebessert hatten. Dumm nur, fand sein Sohn, dass dafür ein Wunder geschehen musste. Was sollte geschehen? Sollte aus dem Nichts ein reicher Mann auftauchen, seinen Vater ansehen und sagen: »Ich habe bereits von dir gehört. Du bildest dir ein, ein Automechaniker zu sein, und hast in mehreren mittelklassigen bis miesen Werkstätten gearbeitet, wo sie dich jedes Mal feuerten, weil du unzuverlässig warst – nicht, dass ich das nicht verstehe, die Routine des Arbeitstags ist ja auch ermüdend und unzumutbar. Ich habe erkannt, was für dich richtig wäre, und weil du trotz allem so ein fantastischer Kerl bist und ich das genau weiß, habe ich dir ein Angebot zu machen.« Und dann würde er ihm einen Job anbieten, bei dem er den ganzen Tag mit schönen Frauen aller Metatypen Drinks schlürfte, kam und ging, wann er wollte, eine Menge Knete bekam und von allen Seiten Anerkennung. Denn, gottverdammt, der Alte war zu nichts fähig, was sich nur annähernd als geregelte Arbeit bezeichnen ließ.

Wenn er ihn verprügelt hatte, zog sich der junge Ork in den Waschkeller zurück, denn ein eigenes Zimmer besaß er nicht, starrte stundenlang auf die wirbelnde Scheibe einer Waschmaschine oder des Trockners und übte, übte wie besessen, ohne etwas anderes wahrzunehmen als das wirbelnde Messer und den verkrampften Knoten in seinem Bauch.

Durch diesen Gedanken in Wut geraten, wandte er sich wieder dem teilnahmslosen Penner zu. »He«, sagte er noch einmal mit seinem speziellen Unterton Marke ›tollwütiger Höllenhund‹.

Dann fiel ihm nichts mehr ein. »Drecksau«, ergänzte er und wechselte das Messer in die andere Hand, um zu zeigen, dass er das auch mit links konnte. Mit links war er noch nicht halb so schnell, aber er arbeitete daran.

Sein Freund rümpfte die Nase. »Mann, der *stinkt* vielleicht!«, bemerkte er angewidert. »Wie ein ganzes Klo voll Hurenpisse. Hörst du das, du Penner? Wie Hurenpisse!«

Beide lachten dreckig. Ihr auserkorenes Opfer zuckte mit keiner Wimper. Das ärgerte sie, weil wenigstens ein Penner Respekt vor ihnen zeigen sollte. Besonders so einer. Dass man als Ork in Schwierigkeiten stecken konnte, verstanden sie, aber wer sich als Norm nicht behaupten konnte, musste echt eine Flasche sein.

Weil ihnen nicht mehr kreative Sprüche einfielen und weil der Penner sie überhaupt nicht beachtete, beschlossen sie, ihn jetzt gleich aufzuschlitzen. Sie waren keine guten Jungs, die einfach nur ein bisschen frustriert waren und gelegentlich über die Stränge schlugen. Sie hatten beide schon mehrfach getötet, und der Kick der Tat ließ bereits nach. Sie waren kurz davor, ins nächste Stadium zu wechseln, in dem sie überhaupt keine Grenzen mehr kennen würden. Das Ende vom Lied wäre der Knast oder ein halbes Dutzend Bullenkugeln in der Brust. Oder sie würden von anderen Leuten mit derselben Wut im Bauch in Stücke gerissen, damit die sich zehn Minuten lang fühlen konnten, als ginge es ihnen gut. Die Suche nach dem ultimativen Kick war wie die Suche nach dem Nimmerland, und die verlorenen Jungs fanden es immer erst in ihrem frühen Ableben.

Gerade als der kleinere Ork einen Schritt vortrat, um den Penner zu packen und auf die Beine zu zerren, hielt ein Wagen hinter ihnen. Sie drehten sich blitzschnell um, auf eine Konfrontation mit den Bullen gefasst.

Der Wagen war schwarz und zu schick für diese Gegend. Es war zwar nicht gerade ein Mitsubishi Nightsky, aber er hatte vier Räder und einen Ersatzreifen im Kofferraum, fast taufrischen Lack und vier Türen, die allesamt unverbogen waren und sich öffnen ließen.

Aus diesen vier Türen sprangen drei Männer und eine Frau. Sie waren schwarz gekleidet, wirkten gepanzert und bewegten sich wie eine gut aufeinander abgestimmte Einheit.

Hinter dem Wagen, den sie mitten auf der Straße geparkt hatten, hielt noch ein weiteres schwarzes Gefährt: ein schlichter Kastenwagen. Aus der Seitentür stieg ein Japaner in einem weiten dunkelbraunen Mantel, dem man den hermetischen Magier auf zehn Kilometer an der platten Nasenspitze ansehen konnte.

Die Fahrer der beiden Wagen blieben drinnen.

Sie ignorierten die Orks und den Penner. Die vier, die aus dem ersten Wagen gestiegen waren, formierten sich schützend um den Magier. Fast im Laufschritt, als hielten sie sich für Soldaten, stürmten sie ins Haus, dessen kaputte Tür nichts gegen Fremde einzuwenden hatte, und verschwanden im Dunkel des Flurs.

Jaywalker legte den Kopf leicht schief, als er den Anruf erhielt. Sie hatten bereits gegessen (nicht zu viel, denn bei einem Kampf brauchte man das Blut überall, aber nicht im Magen) und saßen gemeinsam bei der Diskussion über die Verantwortlichkeit von Produzenten, Schauspielern und Programmchefs.

»Sie kommen«, informierte er Kike und Steel. »Vier Schläger und ein Magier. Zwei Fahrer draußen.« Er nickte Kike zu. »Verschwinde.«

Niemand hatte großartige Lust, ausgerechnet eine Schamanin mitzunehmen und zu verhören. Kike würden vermutlich die ersten Kugeln treffen.

Sie lächelte ihn kurz an. »Seid vorsichtig.«

»Ja ja«, grunzte Steel. »Nu geh schon vor.«

Auf ihre leise, geschmeidige Art glitt sie durch den Raum und zog sich in die Küche zurück. Sie würde sich um den Magier kümmern.

Steel erledigte noch ein, zwei Kleinigkeiten, dann folgte er ihr in die Küche und baute sich neben der Tür auf. In den Händen hielt er die Schrotflinte. Sein Gefühl riet ihm dazu, es gar nicht erst mit der Narcoject zu versuchen.

Durch seine Adern jagte ein leichter Adrenalinstoß, als er aus dem Kastenwagen sprang.

Die Gegend erinnerte ihn an die Barrens. Selbst die gescheiterten Existenzen, die dort auf den Straßen herumlungerten, fehlten nicht: Angewidert warf er zwei jungen Orks, die gaffend herumstanden, als wollten sie um eine Kugel zwischen die Augen betteln, einen kurzen Blick zu. Offenbar hatten sie sich gerade damit beschäftigt, den Penner um die Ecke zu bringen, der vor ihnen auf der Straße lag. In Sakatas Augen stellte er eine Art schwarzen Fleck in der Zivilisation dar, und er wäre der Letzte, der die Orks an dem Mord hindern würde. Abgesehen davon hatten sie für so etwas keine Zeit.

Er wandte sich dem Hauseingang zu, und sein Team umgab ihn wie ein schützender Mantel, als er schnellen Schrittes in das Haus eindrang.

Die Wohnung, in der Kim Sakata die Zielpersonen ausgemacht hatte, lag im achten Stock. Der üblichen Vorgehensweise folgend, nahmen sie die Treppe und erreichten unbehelligt ihr Ziel.

Der Flur war verlassen, aus der Wohnung drang nur das Geräusch des laufenden Trids, gedämpft und unverständlich. Die Zielpersonen saßen davor und waren ahnungslos. Er verzichtete darauf, zur letzten Absicherung einen Watcher hineinzuschicken. Das Risiko, dass die Schamanin ihn entdeckte und ihre Gefährten warnte, war größer als der Nutzen.

Einen Augenblick lauschte er noch, dann gab er das Zeichen, die Miniatur-Atemmasken aufzusetzen, und nickte Davis zu, einem hoch gewachsenen Norm mit klugen, blassbraunen Augen. Davis, ein weiterer Mann und die Frau bauten sich an der Tür auf, Davis direkt davor, die beiden anderen daneben. Sie wirkten eingespielt und bewegten sich flüssig, als arbeiteten sie seit Jahrzehnten an nichts anderem als daran, sich aufeinander abzustimmen.

Der Norm schloss die Augen und führte beide Hände vor dem geneigten Gesicht zusammen, ließ die linke dort und holte mit der rechten aus. In dieser Stellung verharrte er einen Sekundenbruchteil, während im Astralraum seine Gestalt zu leuchten und zu vibrieren begann, dann schlug er mit der Gewalt von drei bis unter die Stirnfransen gedopten Stieren zu.

Die Tür zerbrach wie hauchdünnes Glas.

Blitzschnell fuhr der Mann zu seiner Linken herum und setzte mit einer hässlichen, kantigen Uzi zwei Feuerstöße hinterher, die schon nicht alle Zielpersonen auf einmal erwischen würden, und die Frau warf einen kleinen, matt schimmernden Gegenstand durch das entstandene Loch.

Der Ki-Adept trat zur Seite. Kurz darauf zischte es laut. Betäubungsgas trat aus dem kleinen Zylinder aus, den die Frau geworfen hatte, und breitete sich rasch in der Wohnung aus.

Das Knattern der Uzi war selbst unten auf der Straße noch zu hören, wenn auch gedämpft. Das Fenster zur Straßenseite hoch oben im Treppenhaus stand einen Spalt offen, und das Echo der Schüsse rollte durch die Straße wie ferner Donner.

Die beiden Orks standen auf der Straße und wechselten Blicke voll gemischter Gefühle: Angst, Neugier – Lust, sich einzumischen und selbst ein wenig herumzumetzeln. Ihnen war völlig klar, dass sie besser die Kurve kratzen sollten, aber irgendwas hielt sie zurück. Vielleicht die Vorstellung, ihren Freunden später davon zu erzählen, wie hautnah sie dabei gewesen waren, wobei auch immer. Vielleicht war es auch unbewusste Todessehnsucht. Oder Dummheit. Jedenfalls standen sie auf der Straße und starrten nach oben.

Hinter ihnen erhob sich leise der Penner und torkelte davon, ohne dass sie ihn aufhielten. Schließlich passierte hier etwas *wirklich* Spannendes. Penner konnte man jeden Tag aufschlitzen.

Sie warteten eine Weile und lauschten auf Geräusche aus der Wohnung. Jetzt konnten sie das vorher dumpfe Gemurmel des Trid besser hören: Irgendein inkompetenter Nachrichtenmoderator erzählte von Unruhen in Las Vegas, von einem Anschlag auf drei Metamenschen, deren Rasse nicht genannt wurde. Vermutlich handelte es sich um einen simplen Überfall, aber der Sender erhoffte sich bessere Einschaltquoten, wenn er den Vorfall aufbauschte und ihm den Beigeschmack rassistischer Motivation verlieh.

Bis auf die hysterische Stimme des Moderators war es völlig still.

Sakata gab Davis ein Zeichen, und der Ki-Adept betrat hinter dem Schützen und der Frau die Wohnung. Alle drei hielten ihre MPs bereit.

Der Vorraum war eng, und sie mussten die Wohnung einzeln betreten. Ihnen direkt gegenüber befand sich eine geschlossene Tür. Davis fühlte, wie sich ein unangenehmes Gefühl in seinem Magen breit machte wie ein großes, nervöses Tier, das herumzappelte und wegwollte.

In der Wohnung hing der staubige Geruch von Vernachlässigung.

Falls eine der drei Zielpersonen noch bei Bewusstsein war, galt es, die Schrecksekunden auszunutzen. Entschlossen sprang er vorwärts und rollte sich ab, kam dicht vor der Wand mit bewundernswerter Präzision auf die Füße und zielte in den leeren Raum. Hinter ihm trat die Frau in die Wohnung und zielte auf alles, was sich auf ihn konzentrierte und ihn erschießen wollte. Also auf nichts. Aber wäre da jemand gewesen, wäre es ihm schlecht bekommen.

Der zweite Mann sicherte sie von hinten gegen Überraschungen, die aus der geschlossenen Tür springen mochten. Aber da war nichts.

Sie konnten das Wohnzimmer gut einsehen bis auf die kleine Ecke, die durch den Vorraum gebildet wurde. Es war leer. Die Sofas, wo eigentlich drei schlafende Schönheiten darauf hätten warten sollen, dass man sie einsammelte, waren verlassen. Die Türen von Badezimmer und Küche waren angelehnt.

Das Tier in Davis' Magen begann zu tanzen und schrie ihn hämisch an: ›Wusste ich's doch, eine Falle, eine Falle, du Idiot!‹, und bevor er ihm eins draufgeben konnte, schoss eine Drohne aus der Ecke, die er noch nicht hatte einsehen können, und feuerte etwas auf ihn ab. Er versuchte noch auszuweichen, aber er hatte sich auf Gefahr aus einer anderen Höhe konzentriert. Die Drohne schwirrte dicht unter der Decke heran, und der Pfeil, den sie abschoss, traf ihn in die gepanzerte linke Schulter. Er spürte ein leichtes Pieksen, als die Injektionsnadel in sein Fleisch drang, dann erfasste ihn eine Welle der Benommenheit. Die Drohne feuerte einen zweiten Pfeil ab und explodierte einen Sekundenbruchteil später, als die Frau mit einer fast lässigen Bewegung die Waffe herumschwang und eine Salve auf den metallenen Widersacher abgab.

Davis taumelte, als das Betäubungsgift beider Pfeile zu wirken begann. Es haute ihn nicht um, obwohl ihm klar war, dass es wahrscheinlich für drei bis vier Trolle gereicht hätte. Aber es beeinträchtigte ihn so sehr, dass er eigentlich ebenso gut bewusstlos hätte sein können.

Die verdammten Hurensöhne hatten sie erwartet, und jetzt summierten sich zwei Übel: Nicht nur, dass sie in vorbereitetes Terrain eingedrungen waren, sie hatten die drei Runner offenbar auch gewaltig unterschätzt – Sakata hatte sie unterschätzt. Der großmäulige Japaner hatte ihnen eröffnet, dass sie drei Pakete abholen würden. Selbst wenn etwas schiefginge, seien da nur diese Messerklaue und ein Rigger (ein *Rigger*, hatte er gesagt, mit dieser Betonung, die verriet, was er von den Kampffertigkeiten eines Riggers hielt). Um die kleine Schamanin werde er sich selbst kümmern.

Der orkische Rigger mit der Mossberg CMDT, der plötzlich in der Tür zur Küche stand, sah nicht so aus, als wolle er Sakatas herablassende Einschätzung unkommentiert hinnehmen.

Außerdem trug er eine Atemmaske. Davis bekam das unangenehme Gefühl, als wüssten die Runner über jeden ihrer Schritte genau Bescheid.

Die Frau war nicht ausreichend abgelenkt durch die Drohne. Offenbar hatte sie blitzschnell erfasst, dass aus dieser Richtung keine weitere Gefahr drohte und wandte sich bereits wieder um, als Steel aus der Tür trat. Er nahm nur vage wahr, dass Mündungsfeuer in seine Richtung aufblitzte, und warf sich gerade noch rechtzeitig zurück in Deckung, um die Salve nicht in die Brust zu bekommen. Eine der Kugeln streifte seinen linken Arm und hinterließ eine Spur wie von tausend beißenden und säurespritzenden Ameisen.

Über Kommlink kontaktierte er Jaywalker. »Die Schlampe ist zu schnell für mich!«

»Wo?«

»Bei der Drohne.«

Angespannt stand Steel mit dem Rücken zur verstärkten Küchenwand. Drek! Das lief etwas anders als geplant.

Die Reflexe des Straßensamurais waren durch die Booster und das Adrenalin derartig auf Hochtouren, dass er das Denken getrost aufgeben konnte: Bis er einen bewussten Gedanken ausformulieren konnte, hatte sich die Situation längst völlig geändert.

Vielleicht hatten Messerklauen deshalb auf der Straße oft einen etwas zwiespältigen Ruf: zu schnell, um noch schlau zu sein. Aber man musste nicht besonders clever vorgehen, wenn man so schnell war, dass der Gegner vielleicht noch einen halben schlauen Gedanken hatte, aber niemals dazu kam, ihn in die Tat umzusetzen.

Jaywalker trat einfach die Tür auf und legte um, was er sah.

Die weibliche Messerklaue, eine Asiatin, die sich bewegte wie ein Kugelblitz auf Dope, sah ihn ebenfalls. Beide hatten eine ähnlich blöde Ausgangsposition: Sie war zwar noch mehr auf die Küchentür konzentriert, hörte aber das Geräusch der aufgetretenen Tür und fuhr herum; er wusste nur ungefähr, wo sie stand, zielte aber wenigstens annähernd in die richtige Richtung. Es ging um Haaresbreite! Sie schossen fast gleichzeitig. Seine Salve traf sie in Brust und Hals, als sie gerade abdrückte, und die erste Kugel ihrer Salve pfiff an seinem Ohr vorbei und hätte ihn ebenso gut treffen können. Die beiden nächsten bohrten sich in die völlig unschuldige Wand über ihm, als der Rückstoß die Waffe in ihren kraftlos werdenden Händen nach oben riss, und Putz rieselte herab.

Als Nächstes sah Jaywalker einen hoch gewachsenen, kräftigen Mann mit zwei Narcoject-Pfeilen in der Schulter, der viel zu langsam seine Uzi hob.

Das Betäubungsgift wirkte bei ihm zwar nicht ganz, wie es eigentlich sollte, aber es reichte, damit er sich wie unter Wasser fühlte. Schwammig glitt die Welt an ihm vorüber, und alles geschah furchtbar schnell.

Kaum war der Rigger verschwunden – war er getroffen? –, sprang die andere Tür auf und der dunkelhaarige Straßensamurai erschien und eröffnete das Feuer auf die Frau. In einem Regen aus Blut sah er sie niedergehen, und im Schneckentempo schlich sich der Gedanke in seinen Kopf, dass er vielleicht besser auf den Kerl schoss.

Die Uzi schien so schwer zu sein, als zöge er sie durch dickes Gelee. Bevor er sie auch nur halb in Schussposition hatte, war der Straßensamurai heran und schlug sie ihm aus der Hand. Davis fühlte sich wirklich beschissen. Wenn er die Zeit dazu gehabt hätte, wäre er in den Selbstverwünschungen ertrunken, die ihm im Kopf herumgeisterten. Er hatte damit gerechnet, dass aus der Ecke ein Mensch hervorkam und das Feuer eröffnete, keine Drohne. Deshalb hatte er eher nach unten gezielt: Manche Leute schossen ganz raffiniert von unten, aus einer Position, wo man sie nicht erwartete, es sei denn, man lieferte sich einen Kampf mit zwergischen Kleinkindern. Außerdem hatte er eher die beiden Türen im Blick gehabt als die Ecke.

Trotzdem ... Er hätte die Drohne erwischen müssen. Ihr wenigstens ausweichen.

Wirklich, es hätte ihn wahnsinnig gemacht, wenn er die Zeit zum Reflektieren gehabt hätte, aber er hatte sie nicht.

Der Straßensamurai packte ihn, drehte ihn grob um und fasste ihn mit der Linken von hinten am Kragen. Dicht neben seinem Hals fuhren drei schimmernde Sporne aus.

Davis' Ohr gab aus verständlichen Gründen den Geist auf, als sein Gegner über seine Schulter hinweg auf den dritten Mann feuerte, der seine Position im Vorraum verlassen hatte.

Die Salve traf den jungen Japaner aus nächster Nähe mitten in die Brust und durchschlug die leichte Panzerung wie Papier. Er war bereits tot, als er von den Füßen gerissen wurde und gegen die Wand krachte. Wie eine Puppe sank er an der Wand zu Boden.

Sakata hatte im Flur gestanden und darauf gewartet, dass ihm seine Leute die drei Zielpersonen brachten. Als er nach wenigen Sekunden die ersten Schüsse hörte, musste sich die nahe liegende Schlussfolgerung recht mühsam ihren Weg durch die Selbstzufriedenheit bahnen, bis zu einer Stelle im Gehirn, die etwas damit anfangen konnte: Da lief etwas schief!

Der Japaner war eigentlich kein Dummkopf, sein Problem war eher, dass er einfach zu gut war und damit nicht umgehen konnte. Seit einigen Jahren hatte er keine Fehler mehr gemacht, war mehrfach befördert und derart mit Lob und Anerkennung überschüttet worden, dass er sich mittlerweile nicht mehr vorstellen konnte, dass ihm ein Fehler unterlief.

Er war ein Schreibtischhengst geworden, musste er sich eingestehen, als in seinem Magen ein leises Flattern einsetzte: Angst. Als vor sechs Jahren sein Sohn geboren wurde, hatte er sich von den Einsätzen zurückgezogen und auf die Gebäudesicherheit verlegt.

Die Straße hatte ihn weiterhin gerufen. Sie ließ ihn nicht los. Abends vor dem Einschlafen lag er manchmal stundenlang wach, starrte schweigend an die Decke und quälte sich mit dem Gedanken herum, ein Leben zu führen, das nicht seines war. Was sollte er seinem Sohn einmal erzählen, wenn er begann, danach zu fragen? Sah seine Frau ihn nicht manchmal wehmütig an, wünschte sich trotz aller Sicherheit wieder den Mann zurück, der jeder Gefahr die Stirn bot, anstatt sich vom Büro aus um die Sicherheit eines Gebäudes zu kümmern, in dem nie etwas geschah?

In Wirklichkeit sehnte sich seine Frau nicht danach, wieder nächtelang wach zu liegen und vor Angst zu weinen, weil sie befürchtete, er käme nicht wieder. Sie hatte nur den Ausdruck seiner Augen, seine ständige müde Resignation richtig gedeutet. Er war nicht für das Büro geboren, und das wusste sie. Sie sah ihn deshalb wehmütig an, weil sie wusste, dass er eines Tages zu den Einsätzen zurückkehren musste, und sie trug in sich die Ahnung, dass er von einem dieser Einsätze nicht zurückkehren würde. Auf ihre stille, japanische Art war sie sich dessen ganz sicher, aber sie sagte nichts. Er würde sterben, wie er sterben wollte, und das war besser, als wenn er jahrelang so leben würde, wie er es nie hatte tun wollen. Sie hoffte nur, sie würde damit zurechtkommen.

In den sechs Jahren im Büro hatte sich Sakata so sehr nach den Einsätzen gesehnt, dass er sie romantisiert hatte wie die ersten Wochen einer großen Liebe. Alles würde gut werden, wenn er nur wieder dabei war.

Und jetzt musste er feststellen, dass er sich geirrt hatte. Ohne jeden Selbstzweifel hatte er seinen Instinkten vertraut.

Aber seine Instinkte waren nicht mehr da.

Jaywalker zog den Ki-Adepten näher zu sich heran. Eine falsche Bewegung, und der Mann würde sich selbst den Hals an den Spornen aufschlitzen.

»Chummer«, flüsterte er und meinte Steel. Die Verbindung war noch immer offen. »Keine Spur vom Magier.«

Kike schwirrte irgendwo im Astralraum umher und wartete darauf, dass der Magier astral aktiv wurde. Keine Möglichkeit, mit ihr zu kommunizieren, es sei denn, sie nahm selbst Kontakt auf. Sie hatten überlegt, wie sie das handhaben wollten, ob Kike mit ihnen physisch unterwegs sein sollte oder nicht, aber sie hatten sich dagegen entschieden.

Die drei trugen Atemmasken. Im Vorraum und hinter einem der Sofas hatte Steel kleine Behälter mit Betäubungsgas platziert, die über Fernbedienung aktiviert werden konnten. Aus diesem Grund hatten sie Atemmasken getragen und Glück gehabt, weil die Gegenseite auf dieselbe Idee gekommen war und sie hatte ausräuchern wollen.

Auf die Möglichkeit, dass die Gegner mit Luftfiltern ausgerüstet waren, hatten sie sich ebenfalls vorbereitet. Ihre Gegner offenbar auch.

Jaywalker beschloss, dass er die Parallelen irgendwann einmal witzig finden würde.

Hinter sich spürte er eine Bewegung, als Steel aus der Tür trat.

Es widerstrebte beiden, Kike einfach zurückzulassen, aber ihnen blieb nichts anderes übrig. Wenn sie nicht in Bewegung blieben, standen sie todsicher früher oder später dumm da. Irgendwo waren noch immer der Magier und die letzte der Messerklauen.

Aus der Küche hörten sie ein leises Geräusch, und Kike erschien. Sie sah blass und überanstrengt aus.

»Elementar«, sagte sie, und im gleichen Augenblick loderte vor ihnen eine riesige Gestalt auf, als sich der Elementargeist materialisierte.

Vor Schreck hätte Jaywalker dem Ki-Adepten fast den Kopf abgeschnitten. Gerade noch rechtzeitig zog er die Sporne ein, und der Mann sank zu Boden, um sich mit beiden Händen wimmernd an den Kopf zu greifen. Er sah aus, als verfluche er den Tag seiner Geburt. Vielleicht hatte er einen Teil seiner Adeptenkräfte in seinen Gehörsinn investiert. Wenn das so war, dann konnte er einem wirklich Leid tun.

Neben Kike materialisierte sich eine durchscheinende Gestalt. Wenn sie astral projizierte, beschwor sie meistens einen Naturgeist, der ihren Körper bewachte. Der Herdgeist, der jetzt neben ihr auftauchte, war klein und untersetzt. Irgendwie sah er ihr ähnlich. Kikes Geister sahen ihr fast immer ein wenig ähnlich. Steel mutmaßte, dass dieser Umstand mit dem Narzissmus der Schamanin zusammenhing, aber er hatte natürlich keine Ahnung davon.

Ohne den Naturgeist zu beachten, stürzte sich der Elementar auf Kike, aber der viel kleinere Herdgeist stellte sich der flammenden Gestalt in den Weg. Es sah aus, als wollte sich ein Schoßhund an einem Pitbull festbeißen. Erstaunlicherweise hielt der kleine Naturgeist jedoch stand, und Kike schlug einen Bogen um die kämpfenden Geister.

»Wird ihn nicht lange aufhalten«, meinte sie und sprach damit aus, was die beiden anderen dachten. »Der Magier ist im Treppenhaus, hat sich etwas zurückgezogen. Er und eine Messerklaue.«

Der Naturgeist hinter ihnen geriet allmählich in heftige Bedrängnis. Seine Gestalt begann zu flackern.

Kike sagte nicht »Drek!«, aber es stand deutlich in ihren Augen. »Er ist ziemlich hart«, bemerkte sie, dann wandte sie sich dem Feuerelementar zu, der den Herdgeist gerade zwischen seinen Pranken flambierte.

Es war nicht ganz klar, auf wen sich diese Aussage bezog, aber Jaywalker vermutete, sie galt für beide, Elementar und Beschwörer.

Das gefiel ihm nicht. Völlig ohne Magie gegen einen hochkarätigen Magier anzugehen, so was endete selten gut. Und er hatte noch Unterstützung – wenn die verbleibende Messerklaue annähernd so nett verdrahtet war wie die Asiatin, die er umgelegt hatte, konnte die Sache durchaus ins Auge gehen. Das Beste an Magiern war in Jaywalkers Augen, dass sie selten auch nur halb so schnell waren wie er. Wenn sich der Magier aber hauptsächlich darauf verlegen würde, die weit schnellere Messerklaue zu schützen ...

Und wer wusste, ob er nicht noch ein, zwei Elementare in der Hinterhand hatte?

Aber ihnen blieb kaum eine andere Wahl.

Er wandte sich dem Ki-Adepten zu, der noch immer auf dem Boden lag, mit geschlossenen Augen und ganz ruhig, beide Hände am rechten Ohr, als habe er Angst, es könne weglaufen, wenn er es nicht festhielt. Vorsichtshalber schlug Jaywalker ihn mit dem Griff der Desert Eagle gänzlich k.o., um das Risiko auszuschließen, dass er wieder zu sich kam und zu einem Problem für Kike wurde.

Lautlos sprach er über Kommlink, während er und Steel die Wohnung verließen.

»Sie kommen«, meldete die eilfertige kleine Gestalt.

Sakata grinste. Sollten sie. Er wollte den Rigger. Vermutlich würde er sich etwas im Hintergrund halten und dem Straßensamurai Rückendeckung verschaffen. Wenn sie den vercyberten Dreckskerl umgelegt hatten, sollte es nicht allzu schwierig werden, sich den Rigger zu schnappen und zu verschwinden; um die Schamanin würde sich der Elementar kümmern. Man konnte ja auch noch kurz oben vorbeigehen und ihr ein paar Kugeln in den Rücken jagen, während sie kämpfte. Und wenn er bis dahin noch lebte, würde er Davis rausholen. Es machte sich in der Statistik einfach nicht gut, wenn man sein halbes Team bei einem Einsatz wie diesem verlor.

Vielleicht hatte er Fehler gemacht, aber er würde sie wieder ausbügeln.

Er schickte den Watcher wieder zurück, um die Vorgänge in der Wohnung im Auge zu behalten. Falls die Schamanin es dem Elementar wider Erwarten schwer machen sollte, wollte er es wissen.

Es war still oben, ganz still, aber er wusste, dass der Straßensamurai und der Rigger näher kamen. Sie würden sie in die Zange nehmen. Er beschrieb eine winzige Geste und wurde unsichtbar.

In der Lobby des Sarghotels erhob sich die weiße Gestalt eines Mannes aus einem der schäbigen drehbaren Sessel. Penibel klopfte er den weißen Mantel ab, als habe er nicht zehn Minuten lang den Sitz gesäubert, bevor er sich, immer noch mit Vorbehalten, dem suspekten Möbel anvertraute.

Er war nicht besonders groß, etwa eins fünfundsiebzig, wirkte aber größer infolge des intensiven Eindrucks, den er erweckte. Das war nicht unbedingt positiv zu verstehen. Die ganze Gestalt strahlte etwas Unnahbares aus, eine beklemmende Aura von Distanz, als käme der Kerl aus einer anderen Dimension und habe seine eigene, fremdartige Atmosphäre mitgebracht. Eine Atmosphäre, die ihn in einem Radius von wenigstens zwei oder drei Metern umgab und menschlichen Wesen das Atmen erschwerte.

Anders ausgedrückt, war er ein extrem zwanghafter Typ der Sorte, die man sich nicht beim Scheißen vorstellen kann. Tatsächlich war ihm der Zwang solch unsauberer Geschäfte zuwider, und er hätte viel darum gegeben, mit ihnen und mit dem Essen aufhören zu können. Das Einzige, was er seinem Körper abgewinnen konnte, war die Tatsache, dass es darin eine ganze Menge Platz für kybernetische Teile gab.

Die hellblonden Haare waren stoppelkurz geschnitten. Die Augen waren hinter einer spiegelnden Sonnenbrille verborgen, und niemand außer ihm hatte sie jemals gesehen. Er hatte sich zuletzt vor mehreren Jahren selbst in die Augen geblickt, als er die neuen Cyberaugen bekam, aber er hatte in seinem eigenen Blick nichts finden können, das ihn interessierte, und so hatte er es dabei belassen.

Emotionslos spazierte er quer durch die Lobby und trat auf die Straße. Er wandte sich nach links, und wer ihn genau beobachtete, konnte feststellen, dass er keine Bögen beschrieb wie andere Menschen, sondern gerade bis zu einem bestimmten Punkt ging und dann die Richtung wechselte. Zuerst drehte sich immer sein Kopf, dann folgte der Körper, der nicht mehr geschmeidig wirkte wie bei den meisten Straßensamurais und Messerklauen, sondern sich eher ruckartig bewegte.

Der Fahrer des vorderen der beiden Wagen, die mitten auf der Straße standen, sah erstaunt, wie die völlig weiß gekleidete Gestalt aus dem Sarghotel herauskam und direkt das Wohnhaus ansteuerte, in dem das Einsatzteam verschwunden war. Das war zwar an sich nicht verboten und er wusste auch nicht, mit welcher Begründung er den Mann aufhalten sollte, aber irgendetwas störte ihn daran, und er ließ das Fenster ein Stück herunter. »He, Sie!«, rief er.

Ungerührt und völlig ohne jede Reaktion setzte der Mann seinen Weg fort, als hätte er nichts gesagt.

»Warten Sie!«, forderte er ihn auf, als der Kerl eine ganz merkwürdige, ruckartige Drehung machte und sich der Haustür zuwandte. »Warten Sie doch!«

Kurz entschlossen öffnete er die Tür und sprang hinaus auf die Straße, obwohl er noch immer nicht wusste, was er eigentlich tun sollte. Er musste sich auch nicht entscheiden, denn kaum war die gepanzerte Tür offen und er ohne Deckung, fuhr der weiß gekleidete Kerl herum und zog eine Ingram Smartgun unter dem Mantel hervor. Die MP spie lautlos ein paar Kugeln, und der Fahrer wurde in den Wagen zurückgeworfen, quer über die Vordersitze, wo seine Leiche auf den Lederpolstern ausblutete.

Der Killer steckte die MP wieder zurück und setzte seinen Weg fort.

»Verdammt!«, fluchte der Fahrer des zweiten Wagens und riss aus einer Befestigung neben seinem Sitz eine Franchi SPAS-14, eine Sturmschrotflinte, die einen sehr unglücklich machen konnte, wenn man am falschen ihrer beiden Enden stand. Er öffnete die Tür und sprang aus dem Führerhaus des Kastenwagens, blieb in der Deckung der Tür und zielte daran vorbei auf den Killer, der gerade im Haus verschwand. Bevor er schießen konnte, hörte er hinter seinem Rücken das Klicken eines Sicherungshebels.

Der Penner hatte sich verwandelt wie ein Werwesen. Er trug noch immer die schäbige Zwiebel-Kleidung, er war noch immer hager, und er stank natürlich immer noch nach Hurenpisse. Oder etwas Ähnlichem. Obwohl der Geruch für einen richtigen Penner recht harmlos gewesen wäre.

Aber in den trüben Augen war ein Feuer aufgelodert, als er sich erhoben hatte, und seine Gestalt war nicht mehr klapprig dünn, sondern mit einem Mal hager und sehnig wie die eines Wolfs. Zugegeben, nicht unbedingt der Körper eines Wolfs in besonders gutem Ernährungszustand, aber durchaus nicht mehr lächerlich.

Conquistador, der viel übrig hatte für die altmodischen Penner-vor-der-Tür-Spielchen, war ein guter Schauspieler. Es war außergewöhnlich, wie sehr er sich wandeln konnte, trotz seines auffälligen Äußeren: der großen, hageren Gestalt, dem Gesicht, das einem alten Schieferfelsen glich, mit der fürchterlichen Narbe quer über die linke Gesichtshälfte und den stechenden hellgrauen Augen. Natürlich erkannte man ihn, wenn man wusste, wonach man zu suchen hatte, aber er war in der Rolle eines Zoodirektors ebenso glaubwürdig wie in der eines Tankwarts.

Sie konnten misstrauisch werden und einen einfach über den Haufen schießen. Der Kitzel gefiel ihm. Er lebte einfach dafür, Risiken einzugehen. Und etwas anderes war noch daran, was er nicht in Worte fassen konnte: das Gefühl, das Schulkinder dazu trieb, nachts in die Schule einzubrechen und sich in den dunklen, leeren Korridoren herumzutreiben. Der Grund, weshalb vierzehnjährige Mädchen Jeans und Pullover ausstopften und damit ihre eigene Gestalt unter der Bettdecke imitierten, um dann aus dem Fenster in eine verbotene Welt zu entfliehen. Er war zu sehr Profi, um unnötige Risiken einzugehen, aber wenn er aus vertretbaren Gründen seinem inneren Drang nachgeben konnte, dann tat er es.

»Ruhig«, flüsterte er, und der schwarz gekleidete Mann vor ihm, der ihm gerade bis an die Schulter reichen mochte, hob langsam beide Hände. In der Rechten hielt er die Franchi SPAS.

Noch ein Asiate. Conquistador konnte Japaner nicht leiden. Natürlich gab es Ausnahmen, aber prinzipiell hielt er die kleinen Leute mit den Mandelaugen für hinterhältige Mistkerle, die hinter ihrem Haifischgrinsen Dinge verbargen, die man gar nicht wissen wollte.

»Fallen lassen«, sagte er. »Einfach fallen lassen.«

Der Japaner nickte und streckte die Hand mit der Knarre etwas aus, damit ihm das Ding nicht gegen die Beine schlug, wenn er es fallen ließ – dann wirbelte er herum, packte die Waffe dabei mit beiden Händen wie einen Kampfstab und schmetterte sie gegen den Colt Manhunter seines Gegners. Conquistadors Hände wurden schmerzhaft gegen die Seite des Kastenwagens geschleudert. Aus der schallgedämpften Waffe löste sich ein Schuss, der vom Asphalt abprallte und als Querschläger über die Straße jaulte.

Das Gesicht des Japaners war wutverzerrt und wirkte, als habe jemand seine Züge zusammengeknüllt wie ein gebrauchtes Taschentuch. Speicheltropfen flogen Conquistador ins Gesicht, als der Mann scharf ausatmete und ihm gleichzeitig den Kolben der Waffe ins Gesicht schmetterte. Wie ein gefällter Baum gingen die gesamten 197 Zentimeter des Runners zu Boden. Sofort setzte der Japaner nach und trat ihm die Waffe aus der Hand.

Er lud die Franchi durch und richtete sie auf Conquistador.

Sein Schlag hatte die rechte Augenbraue des Runners getroffen, und Conquistador blinzelte durch Blut und Schweiß zu ihm hoch.

»Drekhead!«, knurrte der Japaner ihn an.

»Der Rückspiegel«, meinte Conquistador bedauernd. »Ich bin vielleicht ein Idiot!«

Auf dem Gesicht seines Gegners erschien dieses japanische Zweieinhalb-Millisekunden-Lächeln, das so schnell wieder weg ist, dass man glaubt, man habe es sich eingebildet. »Dein Geruch hat gereicht, um zu wissen, wo du stehst«, informierte er ihn angewidert.

Sie starrten sich einige Augenblicke lang in die Augen und fingen an, sich gegenseitig ziemlich zu hassen.

»Los, umdrehen«, befahl der Japaner. »Die Hände hinter den Kopf, und dann langsam auf den Bauch drehen.«

Ihm blieb keine andere Wahl. Der Japaner war der Typ, der einem ein Bein abschoss, wenn man nicht ganz artig war. Er konnte es auch nicht mit einer Kamikaze-Aktion versuchen, damit sie ihn nicht für ein Verhör bekamen, denn der Kerl würde ihn nicht erschießen.

Mit einem Gefühl im Bauch, das jeden Psychologen brennend interessiert hätte, gehorchte er. Eigentlich hatte er keine richtige Angst. Schmerzen machten ihm nicht allzu viel aus, und der Gedanke zu sterben hatte zwar keinen Reiz für ihn, aber er hatte in seinem Leben genug Schmetterlinge gesehen und Megalodone gefilmt, dass er im Großen und Ganzen sagen konnte, ein erfülltes Leben geführt zu haben. Seine Erinnerungen waren vielfältig genug, um Jahrzehnte in einem dunklen Keller mit Leben zu füllen.

Aber er konnte es nicht leiden, Anweisungen zu befolgen. Manchmal nicht einmal seine eigenen.

Er versteckte seine Gefühle hinter einer Maske von Gleichgültigkeit und hob langsam die Hände zum Kopf, legte sie am Hinterkopf übereinander und wälzte sich auf den Bauch.

Sein Kopf drehte sich mindestens dreimal so oft wie der Rest seines Körpers und war danach ziemlich konfus.

Mit zwei Schritten war der Japaner heran. Die Mündung der Franchi bohrte sich in Conquistadors angespannten Nacken.

»Keine Tricks versuchen. So dumm bist du doch nicht, oder?«

»Nö«, erwiderte er.

Der Druck in seinem Nacken verstärkte sich.

»Es wäre wirklich dumm, etwas zu versuchen. Nützt dir nichts. Macht nur uns beiden Ärger.«

»Mhm«, bestätigte der Runner. »Bleib cool. Sonst muss ich noch annehmen, du hast Angst.«

Die Mündung der Franchi verschwand aus seinem Nacken.

»Hände auf den Rücken.«

So kalt, wie die Stimme klang, mussten dem Kerl Eiszapfen in den Mundwinkeln hängen. Die Erkenntnis, dass der Japaner ihn nicht besonders gut leiden konnte, schmerzte Conquistador nicht allzu sehr. Nicht halb so sehr wie die Tatsache, dass er dem Kerl wahrscheinlich nie einen Arm würde brechen können oder auch nur die kleine asiatische Knubbelnase.

Vorsichtig, langsam, um den Gegner nicht zu provozieren (er nahm an, das bösartige kleine Schlitzauge werde ihm mit Freuden ins Knie schießen, falls er ihm auch nur den geringsten Anlass bot), legte er erst die linke, dann die rechte Hand auf den Rücken.

»Gut«, lobte der Japaner kühl, und Conquistador wurde von einer Welle blinden Zorns geschüttelt.

»Handschellen dabei?«

»Wie bitte?« Er glaubte, sich verhört zu haben.

»Du hast doch bestimmt Handschellen dabei.«

Weshalb die Vorstellung, mit seinen eigenen Handschellen gefesselt zu werden, Conquistador noch mehr störte als *überhaupt* gefesselt zu werden, wusste er nicht genau.

Aber wenn man so eine verdrehte Psyche hatte wie er, lernte man früher oder später, nicht mehr nach jedem Kleinkram zu fragen.

»Rechte Jackentasche«, gab er widerwillig preis.

»Rausholen.«

»Huh?«

»Du holst die Handschellen mit einer Hand heraus, ganz langsam, und dann legst du sie dir an.«

Drek, war der Typ übervorsichtig. Bisher hatte sich Conquistador seiner Ansicht nach nicht so sehr mit Ruhm bekleckert, dass man in ihm ein wahnsinnig gefährliches Straßenmonster vermuten musste. Vielleicht wollte der Japs ihn auch einfach nicht anfassen, das könnte er ihm nicht einmal verdenken.

»Dann brauchen wir die anderen nicht mehr«, stellte der Japaner zufrieden fest. Der Unterton grimmiger Befriedigung in seiner Stimme ließ ein ganzes Sortiment von Alarmglocken in Conquistadors Hinterkopf läuten.

Sie würden sie umbringen. Sie würden Kike umbringen.

Conquistadors Hand zitterte vor unterdrückter Aggression, als er langsam die rechte Hand der Jackentasche näherte.

Hinter ihm schrie der Japaner auf.

Etwas stimmte nicht. Das komische große Tier lag auf dem Boden und roch nach Wut.

Julius wusste nicht recht, was sie tun sollte. Hätte er Angst gehabt, hätte sie ihm sofort geholfen. Aber da war kein Angstgeruch. Nur Zorn.

Sie war so gut wie unsichtbar. Wie ein Schatten hatte sie ihn begleitet, war von Auto zu Auto geglitten und schließlich sogar in die Lobby des Hotels, ohne dass jemand das braune, merkwürdige Tier bemerkt hatte. Als er vorhin auf der Straße saß, hatte sie unter einem Auto in der Nähe gelegen, zusammengerollt wie eine träge Katze, aber aufmerksam bis in die Krallenspitzen.

Das große Tier war aufgestanden und weggegangen, und sie war ihm gefolgt. Hinter dem, den sie für einen Gegner hielt, kauerte sie sich hinter den Autoreifen.

Er war wütend. Aber er griff nicht an.

Nervös schwenkte sie ihren flachen Kopf hin und her. Das sah fürchterlich dumm aus, aber selbst wenn sie das gewusst hätte, es wäre ihr egal gewesen. Es roch nach seinem Blut.

Aber sie durfte nicht angreifen. Das wusste sie. Er und die anderen kämpften mit Drohgebärden, selten wirklich, und sie durfte sich nie in seine Kämpfe einmischen, nur wenn er Angst hatte, dann konnte sie nicht anders.

Keine Angst. Aber etwas stimmte nicht.

Das Tier mit dem Gewehr (Julius konnte Gewehre durchaus von Stöcken unterscheiden) sagte etwas.

Angst. Wut und Angst.

Als Conquistador aufging, dass Kike sterben mochte, mischte sich Entsetzen in seine Wut, und in dem Augenblick, als Julius den veränderten Geruch wahrnahm, stürzte sie sich mit gesträubtem Fell auf den Gegner, als sei eine Rakete an ihrem Schwanz explodiert.

Er drehte sich um, als er den Schrei hörte. In seinem Kopf dröhnte es, aber Schmerz beeinträchtigte ihn nicht sehr, er war nur etwas benommen.

Der Japaner hatte die Franchi fallen gelassen. Mit beiden Händen griff er nach hinten, wo sich ein braunes Ding festgebissen hatte. Mit den kräftigen Reißzähnen grub Julius nach seiner Wirbelsäule. So, wie man Schlangen tötete, konnte man auch jedem anderen Wesen beikommen, sagten ihr ihre Instinkte.

Die Instinkte des Japaners sagten ihm, dass er das Ungeheuer von seinem Nacken herunterreißen musste. Reaktionsschnell packte er Julius mit beiden Händen, griff mitten hinein in die aufgestellten, stahlharten Haare.

Conquistador sah Blut spritzen, und die Schreie des Mannes wurden schrill. Es musste ihm vorkommen, als attackiere ihn ein wild gewordenes Steakmesser. Ein ganzes *Set* wild gewordener Steakmesser.

Die kleine Schlangentöterin war ein fürchterlicher Feind. Etwas unpassend kam Conquistador der Gedanke, dass ein Tierarztbesuch mit ihr recht problematisch werden könnte.

Er sprang so elegant auf, wie er es gerade noch hinbekam, und hechtete auf das Knäuel aus Angreifer und Opfer zu. Der Japaner war auf die Knie gesunken und machte Anstalten, sich auf Julius herumzuwälzen, um sie loszuwerden. Um seine kleine Freundin fürchtete Conquistador nicht so sehr, sie war ausgesprochen stabil. Schließlich musste sie sich normalerweise mit Schlangen herumschlagen, die sie an jeden verfügbaren Felsen knallten, um sich ihrer zu entledigen. Aber wenn der Japaner auf dem Boden lag und Julius auf die Idee kam, sich mit seiner Kehle zu beschäftigen ...

»Julius!«, brüllte er. »Aus! Lass los!«

Julius dachte gar nicht daran. Sie wollte dieses Tier jetzt töten. Und dann essen. Es schmeckte gut.

Leider hatte er überhaupt keine Idee, wie er sein kleines Monster von dessen auserkorenem Opfer herunterbekommen sollte, ohne es zu verletzen. Anfassen konnte er sie nicht. Betäuben auch nicht. Es würde mindestens eine halbe Stunde dauern, bis irgendein Gift überhaupt wirkte. Und die Chance, dass sie es sich noch einmal überlegen würde und doch auf ihn hörte, war verschwindend gering. Bevor sie sich festbiss, okay. Aber wenn sie schon dran war, gab es für sie nur noch das Zupacken und Dranbleiben. Was aus ihrer Sicht gesehen sehr schlau war: Wer eine Kobra einmal gepackt hat, lässt sie freiwillig auf gar keinen Fall wieder los.

Der Aufschrei des Japaners war fast Mitleid erregend, als er sich auf Julius wälzte und somit natürlich auch auf ihren Stachelpelz. Unter ihm quietschte es leise. Selbst so ein kleiner Japaner war schwerer als eine Kobra.

Erschrocken über das Gewicht, das plötzlich unangenehm auf ihr lastete, kämpfte sich Julius frei. Kaum war sie unter dem Körper heraus, stürzte sie sich energisch auf die Kehle des Japaners. Ihre gelbbraunen Augen funkelten wild.

Kurz entschlossen empfing Conquistador sie mit einem Tritt. Es tat ihm selbst weh, als sie mit einem überraschten Fiepen durch die Luft flog und ungeschickt landete. Benommen schüttelte sie den Kopf und starrte ihn an.

Verdammt! Er konnte nur hoffen, dass sie glaubte, der Japaner habe das getan.

Sie starrte ihn weiter an.

Er starrte zurück und wurde von schlechtem Gewissen überrollt. Sie wusste, dass er sie getreten hatte.

Jetzt konnte er nichts mehr daran ändern. Nur noch hoffen, dass sie ihm verzieh. Er wusste nicht, ob er das an ihrer Stelle täte. Hoffentlich war sie ein besserer Mensch als er.

Das leise Stöhnen des Japaners rief ihn zurück in die Gegenwart. Der Mann krümmte sich vor Schmerzen. Seine Hände sahen aus wie die eines Amateurfakirs, der seine Requisiten vertauscht und in echten Glasscherben einen Handstand gemacht hatte, und unter seinem Genick bildete sich eine beachtliche Blutlache.

Mitleidlos wälzte Conquistador ihn herum und zog die Handschellen aus der Jackentasche. Der Japaner wehrte sich nicht, als er sie ihm anlegte. Wahrscheinlich hielt er ihn für den Beschwörer eines Dämons, oder er war einfach zu hinüber, um noch zu reagieren.

Julius starrte ihn an. Die beiden jungen Orks starrten ebenfalls. Sie waren vorsichtig um den Wagen gekommen und standen jetzt etwa fünf, sechs Meter entfernt hinter einem schrottreifen Wagen.

»Verzieht euch besser. Nichts für Kinder«, empfahl er. Zögernd wichen sie zurück, doch als er sich erhob und nach der Franchi griff, fingen sie an zu laufen und stolperten fast übereinander. Er wartete, bis sie um die nächste Ecke verschwunden waren, dann tauschte er die Franchi gegen den Manhunter und riss eine Hecktür des Kastenwagens auf.

Im Kastenwagen gab es nur Bänke und einen kleinen Schrank. Conquistador hob den mittlerweile bewusstlosen Japaner hoch, als sei der ein untergewichtiges Kleinkind, und warf ihn in den Wagen.

Dann setzte er sich wieder auf die Straße, um das Team drinnen abzusichern, falls der Gegner Verstärkung bekam. Julius war wieder unter irgendeinem Wagen verschwunden, aber er konnte spüren, wie ihr verständnisloser Blick auf ihm lastete wie ein tonnenschweres Gewicht.

»Sie hauen ab«, flüsterte Steel über Kommlink. Sie waren zwar nicht weit voneinander entfernt, aber über Kommlink war die Kommunikation noch lautloser, als flüstere man sich direkt in die Ohren.

Jaywalker lauschte ins Treppenhaus hinein. Tatsächlich: Leise, verstohlene Schritte entfernten sich, etwa drei, vier Stockwerke unter ihnen.

Drek. All das gefiel ihm nicht. Irgendwas war hier falsch. Es war nicht die übliche Paranoia, auf die durfte man nicht hören, sonst saß man bei jedem Run in der Ecke herum, starrte mit wildem Blick um sich und stammelte Dinge wie: ›Was ich auch tue, es könnte falsch sein!‹ oder auch: ›Sie werden mich töten! Sie haben für alles einen Plan, und nichts, was ich tue, kann sie überraschen!‹. Nein, es war eindeutig ein Dreksgefühl, wenn er sich vorstellte, jetzt die Treppen hinunterzuschleichen, um die beiden Konzerntypen zwischen ihnen und Five in die Zange zu nehmen. Sein Instinkt stand mit verschränkten Armen vor ihm und schüttelte entschieden den Kopf.

»Wir brauchen sie nicht!«

Steel sah ihn merkwürdig an. »Und was willst du damit sagen?«

»Wir gehen übers Dach. Sobald Kike so weit ist.« Sein Vertrauen in die Fähigkeiten Kikes war recht unerschütterlich, und die Vorstellung, ein einfacher Feuerelementar könne die Schamanin umhauen, war für ihn ebenso absurd wie für sie selbst.

Five hörte die Schritte ebenfalls, als er das zweite Stockwerk erreichte. Sie klangen so sorglos, als handle es sich um einen tauben Anwohner, der die Schüsse nicht gehört hatte.

Er zog sich in den Flur zurück, wo er von der Treppe aus nicht mehr zu sehen war.

»Planänderung«, flüsterte Jaywalkers Stimme in seinem Kopf.

»Bereit«, erwiderte Five und nahm die Daten der Planänderung auf wie ein Computer, der eine Datei überschreibt.

Die Schritte klangen nach zwei Personen, aber irgendetwas störte ihn. Reglos stand er da, während seine Cyberohren akustische Details filterten.

Die Schritte hallten im Treppenhaus wider.

Sorgfältig selektierte er die verschiedenen Geräusche, während sich die Schritte näherten, jetzt nur noch etwas mehr als ein Stockwerk über ihm.

Schritt - Echo - Schritt ... Irritiert blinzelte er. Das Blinzeln war die menschlichste Regung, die man an Five sehen konnte: Es war richtig niedlich, wie er mit gerunzelten Brauen blinzelte, wenn er etwas nicht sofort verstand, und wie die Brauen danach noch eine Sekunde gerunzelt blieben, bis sich die gewohnte Maske völliger Stumpfsinnigkeit wieder über seine Züge legte. Wenn er blinzelte, sah er aus wie ein junger Hund. Nur dumm, dass es niemand sehen konnte hinter der Sonnenbrille. Nicht einmal er selbst wusste, wie sympathisch er aussehen konnte, wenn er blinzelte, und das war sehr schade, denn vielleicht hätte er dann die Kommunikation mit sich selbst wieder aufgenommen.

Schritt - Echo - Schritt ... nichts.

Jedem zweiten Schritt fehlte das Echo.

Die merkwürdigen Schritte polterten die Treppe zu Five herunter. Jetzt befanden sie sich auf gleicher Höhe und bogen dann um die Ecke, um das nächste Stockwerk in Angriff zu nehmen.

Lautlos trat Five aus dem langen Arm des L heraus und zielte in Richtung der Treppe.

Auf der Treppe befand sich tatsächlich nur eine Person: eine der schwarz gekleideten Messerklauen. Die letzte.

Alle drei Kugeln der Salve trafen den Mann in den Rücken, als der gerade die Hälfte der Treppe hinter sich gebracht hatte. Es sah aus, als stolpere er auf den letzten Stufen. Dann brach er zusammen.

Die Unglücksboten erreichten ihn fast gleichzeitig: In seinem Ohr erklang ein dumpfes Stöhnen, als wolle ihm sein Untergebener über Headset mitteilen, dass er gerade verstarb, und vor ihm erschien der Watcher.

»Sie hat es geschafft!«, verkündete er stolz und nickte heftig, als freue er sich aufrichtig für die Katzenschamanin. Der kleine Geist war ungefähr so schlau wie ein Mehlwurm und bekam es gerade noch hin, Aufträge buchstabengetreu zu befolgen. Dass er die Zusammenhänge begriff, konnte man einfach nicht erwarten.

Sakata konnte spüren, wie er bis in die Eingeweide erbleichte.

Er griff nach dem berühmten Strohhalm und versuchte, den toten Mann im Treppenhaus anzufunken, erhielt aber nur lähmende Stille als Antwort.

Auch der Versuch, den ersten Fahrer zu erreichen, erbrachte nicht mehr als ein leises Knistern.

Die Blässe in seinem Innern machte den schwachen Versuch, sich in seine Hose zu entladen, aber das verbot er sich doch energisch. Stattdessen versuchte er es mit dem zweiten Fahrer.

Stöhnen.

»Hören Sie mich?«

Schweres Atmen.

»Antworten Sie, wenn Sie mich hören.«

Nach einer Sekunde des Schweigens kam eine Antwort.

»Ja, ich höre Sie.« Das schwache, schmerzerfüllte Stöhnen klang so fern, als käme es bereits von der anderen Seite.

»Was ist passiert?«

»Ich weiß nicht. Fast ...« Die Stimme erstarb.

»Hideaki! Antworten Sie!«

Die Stimme des Fahrers klang benommen und so schleppend, als müsse sie eine Wagenladung Hinkelsteine tragen. »Fast ... hätte ich einen gehabt. Aber dann ...« Er atmete wieder schwerer. »Jetzt haben sie ... mich.«

Sakata fühlte sich, als habe ihm ein Drache die Klauen in den Bauch gerammt und wühle jetzt darin herum, einfach nur um nachzusehen, ob alles da war.

Alles war schiefgelaufen. Alles. Er würde unten bleiben müssen und hoffen, lebend aus der Sache herauszukommen. Alles andere wäre Selbstmord.

»Hideaki«, sagte er und redete dann eindringlich auf den Japaner ein. Die Antworten wurden mit jedem Mal schwächer, und als er merkte, dass der andere immer öfter wegglitt und allmählich das Bewusstsein verlor, beendete er seinen flammenden Appell. »Sie wissen, was Sie zu tun haben, Hideaki!«

»Ja!« Obwohl die Stimme kaum mehr als ein Ausatmen war, konnte Sakata die Entschlossenheit darin hören.

Dann brach die Verbindung endgültig ab.

Kapitel 7

Beim Denny Park, Innenstadt, 17:29

Die Runner waren so schnell verschwunden wie ein Spuk. Nach einem kurzen Austausch über Kommlink hatte Conquistador den Japaner in Steels Wagen umgepackt und den Sender entfernt, um dann mit quietschenden Reifen um die Ecke auf die andere Seite des Wohnblocks zu jagen, wo der Rest des Teams gerade aus dem Haus trat. Sie waren über das Dach in das andere Haus gelangt. Den Ki-Adepten trug Jaywalker locker über der Schulter, und Kike hatte bereits gespöttelt, dass er das öfter tun solle – es stünde ihm hervorragend.

Five war verschwunden. Sie würden ihm eine nette Summe überweisen – je unpersönlicher, desto besser. Niemand hatte gern persönlich mit Five zu tun. Steel, ein unverbesserlicher Anhänger der Trideo-Kultur, hatte ihn einmal gefragt, welche Filme er gerne sehe. Das war ganz am Anfang der Bekanntschaft gewesen. Mittlerweile wusste jeder im Team, dass man Five so etwas nicht fragte.

Five hatte Steel angesehen oder vielleicht auch die Wand hinter ihm und so lange nichts gesagt, dass Steel fast seine Frage wiederholt hätte. Außerdem hätte er gern seine Knarre gezogen. Irgendwie hatte er das Gefühl gehabt, mit dieser simplen Frage viel zu tief in die Intimsphäre der Messerklaue eingedrungen zu sein. Mehr noch – es war, als habe er sich in eine fremdartige, feindselige Landschaft gewagt, in der es höllisch viele Fallstricke gab und Ungeheuer und andere Sachen, die ihm nicht gefielen. Ihm war mit einem Mal die Vorstellung nicht absurd vorgekommen, Five könne ihm das so übel nehmen, dass er versuchen werde, ihn zu erschießen.

Sein Gegenüber hatte lediglich gesagt: »Kein Trideo«, und ein- zweimal bedeutungsschwer mit dem Kopf geruckt, was an sich eine recht harmlose Antwort war, aber Steel hatte diesen Augenblick nicht vergessen. Die anderen, die sämtlich dabei gewesen waren, ebenfalls nicht.

Mit Five zusammenzuarbeiten, war eine wunderbare Sache. Er funktionierte genauso zuverlässig wie das phänomenale Fairlight Excalibur, das Phoenix ihr Eigen nannte, war pünktlich, effektiv und gut geölt. Aber er war unheimlich. Nicht einmal amüsant mit all seinen Merkwürdigkeiten. Wirklich unheimlich. Steel versuchte mittlerweile, ihn einfach als Maschine zu betrachten. Aber eine Maschine ballerte niemandem den Kopf weg, weil er ihm zu nah kam und die Maschine in die entsetzliche Gefahr brachte, schmutzig zu werden. Es hatte zwar alle sehr beeindruckt, dass Five die Entfernung kannte, aus der man einem Menschen den Kopf wegschießen kann, ohne einen Tropfen Blut abzubekommen, und zwar auf einen Millimeter genau, aber der arme Squatter hatte ihnen trotzdem Leid getan. Schließlich war sein einziges Verbrechen seine Schmutzigkeit gewesen, als er sich dem psychopathischen Five genähert hatte.

Als Conquistador mit quietschenden Reifen direkt vor den anderen hielt, kramte Steel den übelsten Blick hervor, den er in seinem Killerblick-Sortiment finden konnte. Beim Fahren war er der sprichwörtliche Ehemann-auf-dem-Beifahrersitz, eine richtige alte Zicke, und es war völlig egal, wie er selbst den Wagen fuhr: Mit seinen Babys durfte man nicht so brutal umgehen.

Als Conquistador jedoch ausstieg, um ihm das Steuer zu überlassen, war der finstere Gesichtsausdruck wie weggewischt, und der Unterkiefer des Orks fiel herab. So dämlich, wie er auf einmal aussah, hätte man ihn nicht alleine zum

Einkaufen gelassen. Abgesehen von der gewöhnungsbedürftigen Bekleidung wies Conquistador deutliche Spuren der Beanspruchung auf: Seine Stirn war aufgerissen, fast vollständig violett verfärbt, und das Blut hatte gerinnen dürfen, wo es wollte, ohne weggewischt zu werden. Er sah aus, als sei er in die Hände eines Wahnsinnigen gefallen, der ihm eine Flamme quer über das Gesicht hatte tätowieren wollen.

»Mann, siehst du *beschissen* aus!«, stellte Steel fest.

»Gleichfalls«, gab Conquistador zurück. Dann schlurfte er zu einem Kleinbus, der auf der anderen Straßenseite stand. Mit diesem Wagen war er gekommen, und hätten sie Steels Prachtwagen verloren, wäre das ihr Fluchtwagen gewesen. Hinter ihm sprang Julius aus der offenen Tür des Wagens und folgte ihm. Jaywalker fiel auf, dass sie kurz zögerte, bevor sie durch die Tür sprang, die ihr alter Kumpel ihr galant aufhielt.

»Du solltest nicht fahren«, rief Kike Conquistador hinterher.

»Leck mich«, gab er zurück und versuchte, mit seinen Kopfschmerzen zugleich in den Wagen zu kommen. Die Tür war jedoch zu eng für beide, und er stieß sich den Kopf.

»Hm«, machte Jaywalker nachdenklich. Dann ging er zu Conquistador, der ihm für seine Verhältnisse recht bereitwillig Platz machte und auf dem Beifahrersitz zusammensackte, als habe man die Luft aus ihm gelassen.

»Wenn uns die Bullen nicht anhalten, opfere ich ein ganzes Schwein«, sagte Jaywalker und startete den Motor.

Die Waffen und die beiden unfreiwilligen Gäste waren im anderen Wagen verstaut. Man musste ja kein doppeltes Risiko eingehen.

Conquistador brummelte irgendwas, das sowohl unhöflich als auch benommen klang, und schloss die Augen. Die Sache kotzte ihn an. Da er normalerweise eine Menge einstecken konnte, bevor er sich so dreckig fühlte, ging er von einer saftigen Gehirnerschütterung aus.

Jaywalker teilte eine Weile seine Aufmerksamkeit zwischen Conquistador und dem Fahren auf und grinste dann. »Ich fahr dich beim Doc vorbei.«

Zwar sah Conquistador plötzlich noch etwas gequälter aus (harte Kerle brauchen keinen Doc), aber er widersprach nicht. Das gab Jaywalker wirklich Anlass zur Besorgnis.

Als sie bei der Lagerhalle eintrafen, wurde es bereits dunkel.

Die Lagerhalle lag am Rande der Barrens, ein einfaches, ursprünglich zweistöckiges Gebäude, das aussah, als habe man ein paar billige Plastikplatten aneinander gelegt und dann lieblos eine weitere als Dach darauf geworfen, die das Konstrukt fast wieder aus dem Gleichgewicht gebracht hätte. Wackelig, aber tapfer stand die Lagerhalle da und schien nur auf einen bösen Wolf zu warten, der einmal kräftig pustete.

Dieser Wolf würde allerdings eine üble Überraschung erleben. Was sich in der Lagerhalle herumtrieb, waren keine kleinen Schweinchen, sondern echt fiese Typen, die jedem bösen Wolf das Wasser reichen konnten.

Vor einigen Jahren hatte ein etwas heruntergekommener Elf, dem man ansah, dass er gerne im Untergrund herumwatete, eine Art kriminellen Supermarkt aus dem Lagerhaus gemacht. Angefangen hatte alles mit einer kleinen Bar, die seinen Waffenhandel tarnte. Die Bar lief jedoch so gut, dass er sie ausbaute. Mittlerweile gab es hier nicht nur harte, gute und ausgesprochen laute Musik, sondern auch das vielfältigste Angebot an Drinks, das man in ganz Seattle finden konnte. Zwischen den Drinks unterhielt man sich über den Kauf von Waffen, Giften, hochwertigen Decks, exotischen Tieren, Menschen, über Jobs und über Drogen, natürlich in Nebenzimmern. Wer selbst Drogen nahm, kam allerdings höchstens ein einziges Mal hierher: Man brauchte einen guten Ruf, um hinter die Kulissen sehen zu dürfen, und wer den Eindruck machte, aus irgendeinem Grund nicht ›zuverlässig‹ zu sein und nach der ersten Warnung nicht verschwand, musste es im nächsten Leben besser machen.

Wenn man jemandem wehtun wollte, ohne dass irgendwer die Schreie hörte oder beachtete, war dies der richtige Ort.

Sie fuhren an der Lagerhalle vorbei in den Hinterhof. Jaywalker hielt mitten auf dem Hof und öffnete das Fenster ein Stück, und eine dunkle Gestalt löste sich von der Wand des Gebäudes. Beim Näherkommen entpuppte sich die Gestalt als junger, fetter, hässlicher Norm, den man auf mehr als zwanzig Zentimeter Entfernung durchaus für einen Ork halten konnte. Der Elf und seine Angestellten schienen Hässlichkeit und fettige Haare für ein wichtiges Merkmal kompetenter Kriminalität zu halten. Sie gaben sich jedenfalls alle Mühe.

»Hoi, Jay!«, rief der junge Mann erfreut.

Jaywalker ließ ihm die freundschaftliche Abkürzung durchgehen, ohne mit der Wimper zu zucken, obwohl es ihm nicht gefiel. »Jeremy«, grüßte er zurück und tat nicht einmal so, als sei er angetan.

Das machte nichts. Je unfreundlicher man Jeremy behandelte, desto eifriger leckte er Speichel.

Jeremys Grinsen wurde breiter, und es fehlte nicht viel, und er hätte sich ungefähr tausendmal verbeugt. Wahrscheinlich hielten ihn nur die dreißig Kilo ab, die er vor sich her trug und als ›Bäuchlein‹ zu bezeichnen wagte. »Sie warten schon auf euch«, verriet er, den Kopf vertraulich nah an das Fenster schiebend.

»Hm«, erwiderte Jaywalker und fand im selben Augenblick, das müsse er sich abgewöhnen, bevor er überhaupt nichts anderes mehr sagte.

Wie ein armer Straßenköter stand Jeremy vor dem Wagen herum und wartete darauf, dass ihm Brocken aus der großen weiten Welt zugeworfen wurden. Weitere Worte. Nettigkeiten. Gemeinheiten. Alles egal. Aber bitte (Schwanzwedeln) *beachtet mich!*

»Mach hin«, brummte Conquistador.

Die Schwerkraft zerrte plötzlich doppelt so stark an Jeremys Gestalt; Mundwinkel, Augen, Unterkiefer, alles hing traurig herab, und sogar der Bauch schien ein wenig tiefer zu sacken.

»Du hast Recht«, meinte Jaywalker. »Wir sollten sie nicht länger warten lassen.«

Von dieser minimalistischen Freundlichkeit wieder ein bisschen getröstet (mehr als drei Worte auf einmal und alle an *ihn* gerichtet!), griff Jeremy in die Tasche und zauberte einen kleinen Kasten hervor. Er drückte einen Knopf, und ein Rolltor in der Wand des gegenüberliegenden Gebäudes fuhr hoch. Der alte Kasten neben der Lagerhalle war zu einer Garage umfunktioniert worden.

Sie fuhren in die Halle, nachdem Jaywalker Jeremy einige Nuyen hatte zukommen lassen, und parkten den Wagen relativ nah am Tor.

Der Straßensamurai wandte sich Conquistador zu, der erschöpft wieder die Augen geschlossen hatte.

»Geht schon«, murmelte der, ohne die Augen zu öffnen. Er hatte tatsächlich eine Gehirnerschütterung, und dafür gab es keine bessere Behandlung als die, sich brav für ein paar Tage an sein Bett und einen abgedunkelten Raum zu halten. Der Doc hatte ihnen zwar ein paar unterstützende Präparate mitgegeben, aber den Hauptteil würde die Zeit erledigen müssen. Oder Kike. Jaywalker konnte sich seinen Chummer nicht einmal für drei Stunden brav im Bett vorstellen, ohne dass er versuchte, irgendeiner Schabe hinterherzukrabbeln, um festzustellen, ob es sich nicht vielleicht um eine neue Abart handelte.

Conquistador war nicht so stark verdrahtet wie er, vielleicht würde Kikes Magie wirkungsvoller sein als bei ihm.

Weil Jaywalker immer noch eine Menge wehtat, hatte er sich beim Doc scannen lassen. Die Rippen waren angeknackst, zwar in einem Zustand, in dem sie von allein heilen würden, aber es würde noch eine Weile dauern, bis er schmerzfrei war. Außerdem musste er vorsichtiger sein als sonst, weil zwei seiner Rippen nur auf einen freundschaftlichen Boxhieb warteten, um gänzlich zu brechen. Der Doc hatte seinen Brustkorb sicherheitshalber mit einem festen Verband verstärkt, und Jaywalker freute sich nicht auf die Nacht. Selbst wenn er wach war, musste er sich immer wieder sagen, dass er genug Luft bekam. In der Nacht würde er immer wieder hochschrecken, schweißgebadet, mit dem Gefühl, ein Piasma habe es sich auf seiner Brust bequem gemacht.

Wenn er darüber nachdachte, wie viel sein Team bereits abbekommen hatte, obwohl sie erst eine Konfrontation mit ihren Gegnern hinter sich hatten, wurde ihm nicht wohler.

Nach einigen Augenblicken öffnete Conquistador die Augen. »Was denn? Wollen wir ewig hier sitzen bleiben?«

Mühsam riss sich Jaywalker von seinen Gedanken los und folgte Conquistador, der die Tür geöffnet hatte und dem Ausgang entgegenwankte. Julius schlich wie ein Schatten hinter ihnen her. Sie fühlte sich auch beschissen.

Die Lagerhalle hatte einen ganz eigenen Sound. Es war merkwürdig, aber es schien, als schlügen sich die merkwürdigen Geschäfte, die hier abgewickelt wurden, irgendwie in der Geräuschkulisse nieder: Über den üblichen Gesprächen, dem Gelächter und Herumgejohle, das man aus jeder gut laufenden Bar kennt, lag ein eigenartiges Wispern, geheimnistuerisch und verheißungsvoll.

Das Innere der Lagerhalle war von einer skurrilen Stilmischung aus ›Futurismus‹ und ›Piratenhöhle‹ befallen, die auf manche Leute wirkte wie das Werk eines Genies, auf andere eher wie die optische Ausprägung einer Geisteskrankheit. Tatsächlich hatte sich der Elf nicht für dieses Design entschieden, weil er die Mischung für attraktiv hielt, sondern weil er sich nach mehreren Wochen des Überlegens nicht zu einer Entscheidung hatte durchringen können, die Zeit aber drängte.

An der großen Bar ganz vorn am Eingang arbeiteten ausschließlich Trolle, vermutlich zur Abschreckung. Oder auch als erstes Bollwerk gegen eventuelle Angriffe, falls die Angreifer so dämlich waren, durch den Haupteingang zu kommen. Auf jeden Fall war es äußerst wirkungsvoll, wenn irgendeine kleine Nummer an die Bar geschlichen kam und statt des bestellten Drinks einen humorlosen Blick eines der drei bis fünf Trolle abbekam, zusammen mit den Worten: »Du gehst, Chummer!«

Es waren sehr höfliche Trolle, allesamt, und sie hatten noch nie etwas so Unfeines gesagt wie: ›Verpiss dich, Drekhead!‹. Aber bisher war auch jeder sofort gegangen, bevor sie drastisch werden mussten.

Weiter hinten in der Halle befanden sich zwei weitere, kleinere Bars und die Durchgänge zu den mietbaren Räumen, Garderoben und Lagerräumen, und zu jeder Bar gehörte eine eigene Bühne, auf der manchmal skurril inszenierte Kämpfe liefen, bei denen nicht selten Blut floss. Auf der kleinen Bar ganz hinten und auf allen Tischen, die im Piraten-Design gehalten waren, hatte man aufgebohrte menschliche Schädel platziert, in denen Kerzen steckten.

Aber das absolute Highlight der Lagerhalle befand sich im linken Teil der hinteren Lagerhalle: Gut zwanzig Meter lang ragte die ›Medusa‹ aus der linken Wand in das Gebäude hinein, als habe sich irgendein verwirrter Pirat fatal versteuert. Die Medusa war ein wunderschön gearbeitetes Piratenschiff der alten Schule, das niemals wirklich auf dem Meer herumgeschippert war, um reiche Kaufleute zu erleichtern. Stattdessen war sie für einen Kredstab, den man in Orichalkum hätte aufwiegen können, in aufwendiger Arbeit einem echten Piratenschiff nachempfunden worden. Sie war ein etwas verkrüppeltes Schiff, denn sie bestand allerhöchstens aus der Hälfte, eher einem Drittel ihrer eigentlichen Länge, der Rest war einfach nicht mitgebaut worden, damit das Schiff gut in die Halle passte. Die offene Seite des halbierten Schiffs lag an der glänzenden futuristischen Wand, die wie ein gewaltiges Brotmesser wirkte, das den Leib der Medusa einfach in zwei Stücke geschnitten hatte.

Die Atmosphäre der Lagerhalle konnte einen ungeschulten Verstand ganz schön in die Krise stürzen.

»Ach, Drek!«, stöhnte Conquistador, als sie eintraten, und hielt sich den Kopf. »Dieser verwichste Elf hat einen Geschmack *unter aller Sau*, wenn du mich fragst. Da wird einem ja schlecht von, von diesem – Drek!«

»Mhm«, stimmte Jaywalker zu. Ihn störte das innenarchitektonische Elend nicht, aber er wusste, dass Conquistador jedes Mal kurz vor einem epileptischen Anfall stand, wenn er die Lagerhalle betrat. In Kombination mit der Gehirnerschütterung wirkte die Lagerhalle auf ihn wahrscheinlich wie die Vorstufe der Apokalypse.

Es war noch nicht besonders voll, und die beiden Runner konnten ungestört passieren. Der riesige Troll an der Bar nickte ihnen kurz zu, als sie an ihm vorbeikamen, und sie grüßten ebenso schweigend zurück.

Die zweite Bühne in der Mitte des Gebäudes war noch leer, aber die Tische in der Umgebung waren bereits zum Großteil besetzt. Die Stimmung war erwartungsvoll: Die Nacht und ihr skurriles Eigenleben begannen hier immer mit einem Schlag, mit einer sorgfältig inszenierten Show, sobald der Elf auftauchte. Dabei war er nicht einmal Mittelpunkt der Show. Aber wenn es plötzlich dunkler wurde und ein Spot an der Decke die kleine Bühne in helles Licht tauchte, wo sich dann zwei vernarbte Japaner gegenüberstanden und auf das Signal warteten, mit dem Kampf zu beginnen, konnte man sicher sein, dass der exzentrische Elf den Weg aus dem Bett gefunden hatte.

Jetzt war er allerdings noch nicht da. Der Elf an der kleinen Bar, der ihnen entgegenblickte, war nur einer seiner Untergebenen. Allerdings unterschied er sich äußerlich nicht sehr von seinem Boss: lang, dünn, fettiger Pferdeschwanz.

Auch er nickte den Runnern nur kurz zu und deutete mit dem Daumen über die Schulter, auf eine kleine Tür hinter der Bar. Sie passierten wortlos und traten in einen langen Flur, der nach links führte und dann um die Ecke verschwand. Ein gelangweilter Troll saß in der Flurecke zur Rechten an einem Holztisch. Vor ihm lagen Spielkarten und eine abgesägte Schrotflinte.

»Hi«, grüßte er mit müder Stimme. »Ihr habt die Vier.« Ohne ein weiteres Wort wandte er sich wieder den Spielkarten zu. Er legte Patiencen. Nicht, dass ihn das besonders interessierte oder ihm Vergnügen bereitete. Aber er war von dem eintönigen Kartenlegen wie in Trance und wäre nur durch eine anständige Schießerei oder wenigstens eine nette Prügelei auf andere Gedanken gekommen.

Jaywalker deutete einen militärischen Gruß an, den der Troll ignorierte, und wandte sich dem langen Flur zu. Conquistador folgte ihm müde, und Julius huschte dicht an der Wand hinter ihnen her.

Die ›Vier‹ war fast eine kleine Wohnung. Die ›Eins‹, ›Zwei‹ sowie die ›Drei‹ waren jeweils mietbare Räume, während die ›Vier‹ für längere Aufenthalte in Frage kam. Wenn man gesucht wurde und hier unterkriechen wollte, brauchte man allerdings eine Menge Nuyen.

In Jaywalker breitete sich ein müdes, unwilliges Gefühl aus, als er gegen die gepanzerte Tür hämmerte. Was jetzt kam, machte ihm keinen Spaß. Zwar wollte er gern, dass die beiden Konzernangestellten auspackten, aber er hatte nicht die geringste Lust, sie zu überzeugen, dass es besser für sie war, wenn sie es taten. Wenn Kike und Steel sich die beiden vornehmen wollten, würde er sie ihnen gerne überlassen. Die Katzenschamanin hatte perverse Freude daran, mit irgendwelchen armen Opfern zu spielen, und Steel war ein begnadeter Folterknecht, wenn auch ohne rechte Leidenschaft.

Wahrscheinlich, vermutete Jaywalker, war er einfach erschöpft von den jüngsten Ereignissen. So ausgekotzt fühlte er sich sonst selten.

»Endlich«, begrüßte Kike sie lächelnd, als sie die Tür öffnete. Sie sah aus, als habe sie gerade den erholsamsten Urlaub der Welt hinter sich – nein, als *sei* sie im Urlaub. Es fehlten nur noch Palmen vor dem Fenster und bunte Hawaiihemden. Kikes hellgrüner Pullover brachte das Grün in ihren Augen zum Strahlen und kontrastierte seltsam angenehm mit der engen schwarzen Lederhose. In ihren Ohren funkelten Ohrringe, die bei jeder Bewegung leicht zu schwingen begannen. Bestimmt echt. Jaywalker nahm an, dass man für den Gegenwert der kompletten Kike-Verpackung eine hübsche Südseeinsel bekommen konnte. Irgendwann würde er das mal ausprobieren. Oder er würde sie für ein paar Tage in einen völlig leeren Raum einsperren, um herauszufinden, ob sie selbst dann immer mit neuen, frischen Klamotten aufwarten konnte.

Julius wischte an Kike vorbei und verschwand irgendwo. Wenn sie es eilig hatte, wirkte sie wie ein kleiner Strich, der die Realität verschmierte wie eine Unschärfe auf einem Foto oder im Trid.

»Wo sind die beiden?«, fragte Jaywalker beim Eintreten.

Sie deutete mit dem Kopf auf eine der beiden Türen in der Wand zur Linken. »Im Schlafzimmer. Der Japaner ist noch bewusstlos, der Ki-Adept starrt die Wand an und rührt sich nicht.«

»Noch immer bewusstlos?«, fragte Jaywalker erstaunt.

»Na ja – wieder.« Sie lächelte ein Mona Lisa-Lächeln, das er zwischen Verlegenheit und Koketterie einordnete. »Er ist einer dieser Kampfsportler, die es nicht lassen können. Selbst verletzt und mit auf den Rücken gefesselten Händen. Auf einmal hat er Steel angegriffen.« Ihr Lächeln wurde jetzt wirklich undeutbar. »Steel hat ihn mit dem Kopf gegen die Wand gerammt. Seitdem schläft er.«

»Na, was für ein Wunder«, gab Jaywalker zurück.

Kike legte den Kopf schräg und musterte ihn provozierend mit schmalen Katzenaugen. »Dir geht es nicht gut, hm?«

»Keine Sorge. Ein paar Jahre Schlaf und Erholung, und ich bin wieder der Alte«, erwiderte er sarkastisch.

Mit fragendem Blick klopfte sie sich auf die Rippengegend. Ihre Brüste bebten ganz leicht unter dem dünnen Stoff, und die Unbewusstheit dieser Geste raubte ihm den

Atem. Wenn sie bewusst etwas tat, um sexuell zu provozieren, ließ ihn das relativ kalt, aber wenn es ihr selbst gar nicht klar war, konnte es ihn ganz schön mitnehmen.

»Mhm«, bestätigte er.

»Tut mir Leid«, sagte sie und legte den Kopf zur anderen Seite. »Aber ich bin Schamanin. Keine Mechanikerin.«

»Pass bloß auf, *Chica*«, knurrte er, irgendwo zwischen Amüsement und Ärger. Sie war nicht so ätzend wie sonst. Nicht so sehr von oben herab, ihre Sticheleien hatten eher etwas Koboldhaftes an sich. Sie erinnerte ihn an eine zufriedene Katze, die eine Badewanne voll Sahne zu ihrer freien Verfügung hat und sich in Erwartung des Genusses wohlig räkelt. Da er nicht die Sahne war, erfreute er sich einfach daran, dass sie heute nur Pfeile mit abgerundeten Spitzen verschoss.

Kike trat zu Conquistador und berührte vorsichtig seine Stirn. »Gehirnerschütterung?«, fragte sie, und der verspielte Ton war aus ihrer Stimme verschwunden.

Bevor Conquistador abwiegeln konnte, nickte Jaywalker.

»Setz dich«, sagte sie und bugsierte ihn zu einem der abgewetzten Ledersofas. Das Bild hatte einen gewissen Reiz: Die kleine Katzenschamanin und der turmhohe, hagere Straßensamurai, der von ihr ohne Umstände durch den Raum geschoben wurde.

Das Wohnzimmer, das sich ohne den Puffer eines Vorraums oder eines kleinen Flurs gleich hinter der Tür befand, war mit etwa vierzehn Quadratmetern recht klein. Die zwei dunkelbraunen Ledersofas, die einem jederzeit ihre Sprungfedern in den Hintern schießen konnten, wenn das schäbige Leder endlich riss, machten den Raum zur Hölle für Klaustrophobiker, besonders in Anbetracht der Tatsache, dass noch ein wuchtiger Schreibtisch und ein riesiger Schrank in den Raum gezwängt worden waren. Dicht unter der Decke waren Glasbausteine in die verstärkte Wand eingefügt, durch die immerhin schwaches Licht sickerte, wenn es draußen hell war.

Wenigstens hatte der Innenausstatter auf einen Couchtisch verzichtet.

»Drekself«, fluchte Conquistador erbittert und starrte das bedrohliche Mobiliar an, als sei es schuld daran, dass es so hässlich war und in einem so kleinen Raum stehen musste.

»Pssst«, machte Kike und berührte ihn an der Schulter. »Entspann dich.«

Sie fing sich einen unfreundlichen Blick ein, dann schloss der Runner die Augen.

Jaywalker betrachtete die beiden einen Augenblick lang nachdenklich, während Kikes Hände sanft zu schimmern begannen.

Das Verhältnis der beiden stellte ihn vor ein interessantes Rätsel. Conquistador arbeitete schon ewig mit Kike zusammen. Jedenfalls waren sie bereits ein eingespieltes Team gewesen, als Jaywalker seinen Chummer vor fast vier Jahren kennen gelernt hatte. Zuerst hatte Jaywalker die beiden für ein Paar gehalten. Aber zwischen ihnen gab es so wenig erotische Funken wie zwischen einem Wischmop und einem Eimer. Tatsächlich war Conquistador der einzige ihm bekannte Mann, den Kikes Ausstrahlung kalt ließ. Mehr noch: Er schien sie gar nicht als Frau wahrzunehmen, was sie wohl bei jedem anderen gekränkt hätte. Bei ihm nicht. Nichts, was er tat, machte sie wütend, er konnte sich ihr gegenüber einen Ton erlauben, der sie sonst in eine Art furiosen Toaster verwandelt hätte, der mit üblen Zaubern alles grillte, was sich blicken ließ.

Im Gegenzug schien Conquistador Kike wirklich zu mögen. Jaywalker kannte außer Conquistador niemanden, der Kike besonders gern mochte. Sie war zu feindselig, zu versnobt, zu unzuverlässig in ihren Stimmungen. Es war ihr völlig gleichgültig, was andere von ihr hielten. Sie hatte Katze und ihre Magie, das reichte ihr offenbar – die einzige Ausnahme hieß Conquistador, oder, wie sie ihn nannte, Damon.

Vielleicht war das sogar sein richtiger Name.

Geschwister waren sie sicherlich nicht. Es hätte kein widersprüchlicheres Geschwisterpaar geben können: Seine hagere, riesige Gestalt, die dunklen Haare und die ungewöhnlichen, hellgrauen Augen konnten unmöglich derselben genetischen Quelle entsprungen sein wie die laszive, stämmige Katzenschamanin, die fast zwei Köpfe kleiner war als er, mit ihrer hellen Haut und dem blonden Haar. Außerdem kam man nicht umhin, Conquistador ein oder zwei Amerindianer in der Ahnenreihe zu unterstellen, während Kike nordischer war als jede Wikingerfrau.

Einigen Gesprächsfetzen glaubte Jaywalker entnehmen zu können, dass sie auch nicht zusammen aufgewachsen waren. Ihr Umgang miteinander war jedoch von einer Zärtlichkeit, wenn auch von einer etwas rauen, die selbst für gute Freunde untypisch war. Gerade bei derartig schrulligen Einzelgängern.

Die Maske des Schamanen, die sich über Kikes Gesicht legte, verwischte ihren Gesichtsausdruck, aber Jaywalker hatte für einen Sekundenbruchteil eine komplexe Mischung aus Gefühlen auf ihren Zügen liegen sehen, die ihn faszinierte: Besorgnis, Verärgerung und Angst. Die Besorgnis einer großen Schwester oder einer Mutter, diese behütende Besorgnis, die einen anderen Charakter hat als bloße Sorge um jemanden, den man mag. Verärgerung, die er nicht so einfach interpretieren konnte – vielleicht gehörte sie zu der Besorgnis dazu, dieses ›Wag-es-nicht-mich-noch-mal-so-zu-erschrecken‹-Gefühl ... aber die Angst faszinierte ihn besonders. Er hatte noch nie so etwas wie Angst in Kikes Augen gesehen, weder um sich selbst noch um andere. Der kurze Augenblick, bevor sich sprichwörtlich wieder eine Maske über ihr Gesicht legte, hatte ihm eine seltsam verlorene Kike offenbart, die Angst hatte um einen geliebten Menschen, vielleicht um den einzigen, an dem ihr wirklich etwas lag.

Nachdenklich wandte er sich ab. Seit der Kleine aufgetaucht war, hatte er, als sei ein Damm gebrochen, mehr über sein Team erfahren als in den annähernd zwei Jahren zuvor.

Das hatte natürlich nichts mit Michael zu tun, aber es war dennoch bemerkenswert.

Mit dem Gedanken an ihren kleinen Findling kam der Gedanke an Phoenix, und er beschloss, sie anzurufen. Um eventuelle Kommlinks oder Signalgeber ihrer Gäste zu blockieren, hatte Steel mit Sicherheit einen Störsender in der Wohnung installiert. Er versuchte es dennoch, aber er kam nicht durch; nur ein undeutliches Rauschen erfüllte seinen Kopf. Schnell schaltete er wieder ab.

Auf sein Klopfen an der Schlafzimmertür antwortete ihm nur ein Brummen, das nach einem übel gelaunten Grizzly klang. Er trat ein und sah Steel an einem kleinen Tisch in der Ecke am anderen Ende des Raums sitzen. Der Ork hielt einen Taschencomputer in der Hand und war offenbar sehr beschäftigt – zwischen seinen Augenbrauen stand eine steile Falte, so tief, dass man hätte hineinfallen können.

Der Ki-Adept und der Japaner waren an Stühle gefesselt. Sie standen dem Bett gegenüber an der rechten Wand, und Jaywalker trat näher an den Ki-Adepten heran. Er sah ihm direkt in die Augen, aber der Mann starrte durch ihn hindurch, als gebe es ihn nicht.

»Hm«, machte Jaywalker.

Der Japaner war bewusstlos. Sein Stuhl stand in der Ecke neben der Tür, und Steel hatte seinen Kopf an die Wand gelehnt. Die rechte obere Gesichtshälfte sah aus wie nach einem Rendezvous mit einem kleineren Fleischwolf, und das Blut war genauso undiszipliniert getrocknet wie bei Conquistador. Unter den blutverschmierten Haaren konnte man nicht richtig erkennen, ob sein Schädel noch intakt war, aber Jaywalker fand, dass er etwas deformiert aussah. Der Mund des Japaners stand offen.

»Bist du sicher, dass der wieder zu sich kommt?«, fragte Jaywalker skeptisch. »Vielleicht hat er seinen halben Kopf in der Wand gelassen und bleibt so.«

Steel grunzte amüsiert. »Hab ihn nur ganz sanft gegen die Wand gebufft. Hat 'n harten Schädel. Wird schon wieder.«

»Wenn du meinst«, gab Jaywalker friedfertig zurück, obwohl er da nicht so sicher war. Mit einer Bewegung des Kopfes deutete er auf den Ki-Adepten. »Wie lange ist der schon wieder wach?«

»Ist schon im Auto wieder zu sich gekommen. Gleichgewichtsstörungen und bestimmt Kopfschmerzen, sonst aber fit. Erstaunlich. Im Trid bluten sie immer aus den Ohren und können nicht mehr laufen, wenn ihnen irgendein Arschloch direkt am Ohr vorbeiballert.« Er bleckte die Hauer in einem breiten wölfischen Grinsen. »Harter Kerl«, fügte er hinzu. »Ziemlich cool. Eigentlich schade um ihn, wenn er nicht reden will.«

Im Gesicht des Ki-Adepten zuckte es, als wolle er etwas erwidern, aber dann sah Jaywalker, wie er die Kiefermuskeln anspannte und stur weiter geradeaus sah. Das war vielversprechend. Die Coolness des Mannes schien nicht ganz echt zu sein.

»Bilder schon losgeschickt?«, fragte er mit einem Blick auf den Taschencomputer, den Steel in den Pranken hielt. Vielleicht konnte Phoenix mit den Bildern etwas anfangen.

»Längst«, erwiderte Steel. »Es geht ihr übrigens gut. Nur, falls du das wissen willst.«

Um seine Mundwinkel zuckte es, und Jaywalker fragte sich, ob der Ork seinen missglückten Anruf aufgefangen und geortet hatte – vermutlich hatte er. Steel war gründlich. Und verspielt. Er übertrieb es meistens gnadenlos mit der Tech. Anstatt das zu tun, was gerade nötig war, ging er bis an die Grenzen des Machbaren, wenn er die Zeit hatte, und das hatte sich schon oft als sehr nützlich erwiesen.

Mit gerunzelter Stirn vertiefte sich Steel wieder in seinen Mini-Bildschirm. »Eine Raubkatze mit A am Anfang und sechs Buchstaben?«

»Was?«

»Raubkatze. A. Sechs Buchstaben«, wiederholte Steel ungeduldig.

Jaywalker starrte ihn an. »Was, zum Teufel, tust du da?«

»Kreuzworträtsel«, knurrte Steel, fuhr mit dem Finger über den Bildschirm, um den Eingabebeginn zu markieren, und tippte dann etwas. »Na? Kennst du die Raubkatze?«

Der Straßensamurai schüttelte den Kopf.

»Was willst du dann hier?«, fragte Steel ungnädig und widmete dem Rätsel wieder seine volle Konzentration. Als er keine Anstalten machte, die Kommunikation wieder aufzunehmen, lenkte Jaywalker ein. »Wo hast du denn das A her?«

»Von *Chicago*. Drittletzter Buchstabe. Stadt in den östlichen UCAS.«

»Und das stimmt?«

»Natürlich stimmt das!«, brummte Steel. Er klang angewidert. »Wo soll Chicago denn sonst liegen?«

»Detroit«, schlug Jaywalker nach einigen Sekunden des Überlegens vor.

Irritiert blickte Steel auf und grinste dann. »An die Dreksstadt hab ich gar nicht gedacht.«

Der Straßensamurai grinste zurück. »Und die Raubkatze ist dann ...«

»... ein Ozelot«, kam Steel ihm zuvor und trug zufrieden die entsprechenden Änderungen ein.

Jaywalker unterdrückte ein Grinsen. »Ich wusste nicht, dass du Kreuzworträtsel löst.«

»Ich löse sie auch nicht. Ich pfusche nur ein bisschen drin herum und gebe dann auf«, gab Steel zurück und klappte den Taschencomputer zu. »Aber es kann ganz nett sein, wenn man sich langweilt. Und unsere Jungs hier sind nicht gerade spannend, wenn du mich fragst.« Er warf dem Ki-Adepten einen fiesen Blick zu, den der Mann stur ignorierte. »Aber vielleicht werden sie ja interessanter, wenn man sich etwas mit ihnen unterhält. Unsere Katzenlady hat es bei dem da« – er nickte vage in die Richtung beider Männer – »schon versucht, aber der Kerl hat ein Hirn aus Stahl. Der Elf besorgt gerade einen chemischen Weichspüler.« Sein Blick wanderte nachdenklich über den stummen Ki-Adepten und den bewusstlosen Fahrer. »Bei dem Japaner sollten wir vorsichtig sein. Er hat irgendwas im Kopf implantiert, sie meinte, es könnte 'ne Schädelbombe sein. Zünden kann man die jetzt nicht von außen, aber wenn sie mit einem Schmerzeditor oder so 'nem Drek gekoppelt ist, könnten wir Probleme bekommen. Ist natürlich unwahrscheinlich, dass sie flächendeckend ist, aber man kann ja nie wissen. Ich wäre dafür, ihn rauszuschaffen, solange er bewusstlos ist, und ihm draußen den Rest zu geben.«

»Wäre er dann nicht schon vorher hochgegangen?«, fragte Jaywalker zweifelnd. »Als ihn das kleine Ungeheuer angegangen ist, muss er doch ziemliche Schmerzen gehabt haben.«

»Das ist 'n Argument«, gab Steel zu.

»Wann wollte der Elf das Zeug denn liefern?«

Steel zuckte die Achseln. »Kennst ihn ja. Er hat es bestimmt schon, aber es fällt ihm erst in 'ner Stunde ein, dass er es uns bringen wollte. Oder er hat gerade zu tun.«

»Hm«, antwortete Jaywalker und biss auf die Lippe. »Ich such ihn mal. Muss ohnehin noch telefonieren.«

»Vor 'ner Stunde ging's ihr noch gut«, gab Steel grinsend zurück. »Ich hab mal durchgerufen. Aber vielleicht ist es besser, wenn sie nicht alleine bleibt.«

Jaywalker nickte und ging. Das hatte er auch schon überlegt. Es hatte sich alles so ergeben, dass Phoenix mit dem Kleinen allein war, aber wenn er wieder einen Anfall bekam, konnte sie nicht viel tun.

Im Wohnzimmer war Kike noch immer über Conquistador gebeugt und verbreitete eine intensive Aura von Heilkraft. Es war, als müsse man sich nur still in die Nähe setzen, um ebenfalls in den Genuss einer schmerzfreien und vollständigen Heilung zu gelangen. Die beiden bemerkten Jaywalker nicht, der leise an ihnen vorüberging und die kleine Wohnung verließ.

Draußen im Flur war es fast völlig still. Der Lärm, der in der Lagerhalle tobte, drang kaum durch die dämpfenden Wände.

Der Troll legte noch immer Patiencen und blickte nicht auf, als Jaywalker die Tür öffnete und hinaus in die Lagerhalle trat.

Selbst von hinten erkannte er, dass der Elf an der Bar diesmal der Boss war und nicht eines seiner vielen Doubles. Er war sehr groß, etwas über zwei Meter, und das Haar war fettig. Außerdem umgab ihn eine fühlbare Großkotzigkeit.

»Hi, Zack«, grüßte Jaywalker den schmalen, langen Rücken. Der Elf fuhr herum. »Jaywalker!« Mit beiden Händen packte er Jaywalkers Rechte und hielt sie eine Sekunde lang fest, dann ließ er los und schlug dem Straßensamurai freundschaftlich auf die Schulter.

»Gut, dich zu sehen, Jaywalker. Mann, wirklich gut! Die Geschäfte laufen gut, hört man. Freut mich immer zu hören, dass dich noch keiner erwischt hat, Mann!« Er lachte und zeigte einen Goldzahn in seinem Pferdegebiss. Einen Backenzahn. Wenn er noch ein bisschen breiter lachte, würde sein Kopf in zwei Hälften zerfallen. Kleine Kinder rannten bei Zack Shapiros Lachen schreiend davon und träumten noch Jahre später, er komme, um sie zu fressen.

»Du hast etwas für uns?«, kam Jaywalker ungerührt zur Sache.

»Wie? Ah, ja, sicher, ich habe euch nicht vergessen. Augenblick.« Er griff in eine Tasche seiner schwarzen Lederjacke und zückte zwei kleine Druckampullen. »Eine Dosis reicht für gut fünfzehn Minuten. Das Zeug macht die Leute irre scharf darauf, dir die Wahrheit zu erzählen. Die sagen dir *alles!* Wirkt nach etwa fünf Minuten. Zweite Dosis ist aber tödlich, wenn du sie gleich hinterherschiebst, solltest lieber 'ne Stunde warten. Sonst seilt sich dein Gesprächspartner schneller ab, als du ihm Fragen stellen kannst. Schaum vorm Maul und so.« Er lachte wieder, ein tiefes Lachen, das dann in ein hohes Meckern abglitt. »Hat 'n Chummer von mir entwickelt. Nennt es ›Cleaner‹. Hat 'n guten Sinn für Humor, der Junge. Der Name ist mehrdeutig ...«

»Dank dir«, sagte Jaywalker und streckte die Hand nach den Druckampullen aus, bevor der Elf ihm erläutern konnte, wie treffend der Name doch sei.

Zack wirkte manchmal wie die wandelnde Parodie auf einen salbadernden Mafioso aus der Phantasie eines Schriftstellers, der sich nicht einmal selbst für talentiert hielt. Aber der Eindruck täuschte. Der Elf war ein knallharter Geschäftsmann, und sein Verhalten war reines Image. Die Leute standen auf seine kauzige, etwas lächerliche Art. Er war ein Exzentriker, ein Paradiesvogel, und er wob sich unauffällig in das Denken der Menschen ein, die ihn nie wieder vergaßen. Es war ihm völlig gleichgültig, ob sich die Kunden über ihn lustig machten. Hauptsache, sie kamen und zahlten.

Jaywalker behielt den Elf sehr genau im Auge. Sein Lachen war überzeugend. Es überzog die hässliche Visage wie ein zweites Gesicht, die ledrige, gelbliche Haut lag an genau den richtigen Stellen in Falten, und die Lachfalten um die graubraunen Augen kräuselten sich angemessen. Erst in den Pupillen endete die Freundlichkeit. Wäre das Lachen echt gewesen, hätten sich die Pupillen reflexartig etwas geweitet, einen winzigen, ehrlichen Augenblick lang. Aber stattdessen zogen sie sich zusammen.

Der Elf konnte ihn nicht leiden. Er kannte ihn von klein auf, seit Jaywalker als Zehnjähriger zum ersten Mal mit seinem Vater hierher gekommen war. Die Antipathie war spontan und unheilbar aufgeflammt, und jegliche Anstrengung, diesen Umstand zu beheben, war von vornherein vergebliche Mühe. Auch Jaywalker war Geschäftsmann. In die Sympathie des Elfs investierte er nicht.

»Was bekommst du?«

»Du überraschst mich.« Zack lächelte ihn an, als wolle er ihm den Kopf abbeißen. »Für gute Freunde sind solche Dienste selbstverständlich gratis. Freut mich, euch helfen zu können.«

Beide wussten, dass der andere nichts gegen eine Kugel im Kopf seines Gegenübers einzuwenden gehabt hätte. Aber sie würden die Form wahren. Bis zum blutigen Showdown. Falls es je einen gab und sie sich nicht bis ans Ende ihrer Tage umschlichen wie geisteskranke Tiger.

»Ich hoffe, ich kann dir diese Freundlichkeit einmal angemessen vergelten«, gab Jaywalker zurück, und die Pupillen des Elfs zuckten fast in den Kopf hinein wie getretene Katzen, so klein wurden sie. Sein Lächeln jedoch wurde noch breiter, und er machte eine einladende Geste.

»Komm, einen aufs Haus«, bot er dem Straßensamurai einen Drink an.

»Danke, aber ich habe noch zu tun. Dazu brauche ich einen klaren Kopf.«

»Verstehe. Dann aber sicher später? Ich bestehe darauf!«

»Gern«, erwiderte Jaywalker und machte sich davon, um Phoenix anzurufen.

Davis' Brustkorb hob und senkte sich gleichmäßig. Sein Atem strömte ein und aus, ganz tief in die Körpermitte, und was ihn betraf, so hätte er ebenso gut in einem tibetanischen Mönchskloster sitzen können, es hätte keinen Unterschied gemacht. Der tiefe innere Frieden, der ihn einhüllte, war stärker als alles andere.

Stärker als seine Kopfschmerzen. Stärker als die Erinnerung an das Gefühl, ihm würden armdicke Würmer im Hirn umherkriechen, als die Schamanin ihren Geist in seine Gedanken zwang. Stärker auch als sein schmerzender Rücken, die Handschellen, die in seine Handgelenke schnitten, oder der finstere, Unheil verheißende Blick, den ihm der Ork hin und wieder über seinen Taschencomputer hinweg zuwarf.

Verdammt! Es klappte nicht! In sein ›Ruhe-und-Frieden‹-Mantra mischten sich immer wieder Untertöne, die ihn an die verfahrene Situation erinnerten und aus seiner Meditation rissen.

Er warf einen kurzen Seitenblick auf den Japaner. Hideaki hing schlaff auf seinem Stuhl, die Davis zugewandte Gesichtshälfte war blutverkrustet.

Davis unterdrückte ein Seufzen, und der Ork horchte auf. Bevor Davis anfangen konnte zu beten, er möge ihn in Ruhe lassen, stand er auf und schlenderte entspannt näher.

»Wir werden dich töten«, sagte er und setzte sich auf das Bett. »Das weißt du doch, oder?«

Seine Stimme klang, als könne er seinen Lebensunterhalt auch als Sprecher für die Icons in Kinderbüchern verdienen. Es war die ideale Stimme, wenn sie dem eigenen Vater gehörte, der einem abends zum Einschlafen noch eine spannende Geschichte vorlas. Davis fand es abstoßend, diese Stimme solche Dinge aussprechen zu hören.

Der Ork seufzte. »Ich habe kein großes Problem damit, dich umzulegen. Du kennst das Spiel. Du hast mitgespielt, du hast verloren. Ende der Geschichte. Aber ich habe auch keinen Spaß daran. Das heißt, ich jage dir lieber einfach eine Kugel in den Kopf, als dir zuerst die Knie zu zertrümmern, die Arme zu brechen oder die Haut abzuziehen.«

Der Ki-Adept konnte sich das recht bildlich vorstellen. Besonders das mit dem ›Knie zertrümmern‹. Nichts passte besser zu den großen Pranken des Orks als ein Vorschlaghammer.

Der Bass des Orks klang wie das behagliche Brummen eines Bären, der sich nach dem Winterschlaf zum ersten Mal in den Frühling hinauswagt und sich genüsslich streckt. »Denk wirtschaftlich. Wir können dich mit Drogen voll pumpen, verstümmeln und mit Magie dein Gehirn von innen nach außen kehren. Glaub mir, wir erfahren alles von dir, was wir wissen wollen. Aber wenn du kooperierst, kannst du zwischen zwei Optionen wählen.«

Davis wandte den Blick von der Wand ab und sah dem Ork in die Augen. »Glaub mir«, erwiderte er spöttisch. »Ich kenne den Text, den du jetzt abspulen wirst, Hauer, und ich habe meine Entscheidung bereits getroffen. Ich habe sie getroffen, als ich meinen Vertrag unterschrieb. Reicht das als Antwort?«

»Vollkommen«, gab der Rigger zurück, und seine Stimme klang entsetzlich nach dem Ton, den Davis mit ›Grabestiefe‹ umschrieben hätte.

»Wenn du es so willst, fangen wir an. Ich halte nichts von Zeitverschwendung.« Er griff unter seine Jacke und zog ein Messer heraus, das sich fast einbilden konnte, ein Schwert zu sein. Davis verlor jeden Sinn für oben und unten, als der Ork den Stuhl, auf dem er saß, nach vorne kippte und die Schnur durchschnitt, die Davis' Handschellen mit dem Stuhl verband. Fast wäre Davis vom Stuhl gerutscht, aber er konnte sich gerade noch mit den Füßen abstützen.

Der Rigger packte ihn mit einer Pranke im Nacken und zog ihn vom Stuhl hoch. Als Nächstes spürte Davis einen heftigen Stoß, und dann kam die Tür auf ihn zu und krachte ihm ins Gesicht. Er wandte es gerade noch so schnell ab, dass die Tür ihm nicht die Nase brach, sondern lediglich gegen seine Schläfe knallte. Vor seinen Augen tanzten tausend Farben wild durcheinander, und er hatte das Gefühl, die Zeit sei stehen geblieben, dann glitt er an der Tür hinunter und brach auf dem Boden zusammen.

Der Ork klaubte ihn unsanft auf und zerrte ihn, die Hand fest um Davis' rechten Oberarm, wieder auf die Füße.

Wortlos griff er an Davis vorbei und öffnete die Tür. Wie durch einen Schleier nahm der Ki-Adept das erstaunte Gesicht der Schamanin wahr, die über einen Kerl gebeugt vor einem der Sofas saß, dann vollführte sein Körper eine scharfe Kehrtwendung und wurde durch eine weitere Tür gestoßen. Er taumelte, fing sich gerade noch und landete ungünstig quer über ein Klo gelehnt an der Wand, während in seiner Schulter ein Feuerwerk explodierte. Die weißen Fliesen waren kalt, und die Kälte zog durch sein dünnes Hemd, denn die gepanzerte Jacke hatten sie ihm irgendwann abgenommen.

Verschwommen sah er, wie der Ork den Abfluss der niedrigen Duschwanne verschloss und den Wasserhahn öffnete.

»Was wird das?«

Einen Augenblick lang dachte Davis, er habe selbst gefragt, aber dann registrierte er die Gestalt der Schamanin in der Tür.

»Ich weiche ihn schon mal etwas auf.« Gelassen erhob sich der Ork und trat einen Schritt auf Davis zu. Seine dunkelbraunen Augen bohrten sich in die des Ki-Adepten. »Kann nicht schaden. Je demoralisierter er ist, desto schneller geht es.«

»Okay«, gab die Schamanin zurück. Sie glitt an Davis heran und hob eine Hand zu seiner Stirn. Er versuchte, ihrer Hand auszuweichen und verlor fast das Gleichgewicht. Sanft strich die Hand über seine Stirn, dort, wo ihn die Tür erwischt hatte. Er spürte ein sanftes Kribbeln und zuckte in Erinnerung an die Würmer in seinem Kopf zusammen, während die Hand der Schamanin fast zärtlich seinen Haaransatz entlangglitt, den Hals hinab bis zu seinem Hemd, wo sie kurz verweilte. Dann spürte er die federleichte Berührung durch sein Hemd. Die Brust hinunter und wieder hinauf, ein zärtliches Streicheln.

Als habe er einen elektrischen Schlag bekommen, zuckte er zurück und kämpfte um sein Gleichgewicht. Als er wieder sicher stand, hatte er die kalte, weiße Wand im Rücken.

Der Ork grinste ihn humorlos an. »Du bist ein dummer Mann, Adept«, sagte er und klang fast gutmütig. »Bist du so loyal? Oder ist das einfach irgendein Heldenschwachsinn, der dir im Kopf rumspukt?« Er senkte den Kopf und blickte Davis fragend an.

Sein Bild verschwamm vor Davis' Augen, als er auf einen fiktiven Punkt weit hinter dem Ork blickte.

Vor Schmerzen hatte er wenig Angst. Es war nicht so, dass er sie nicht spürte. Das wäre sogar gefährlich gewesen. Er hatte einmal einen Mann gekannt, der mit einem Loch im Bauch weitergelaufen war und erst bemerkt hatte, dass er starb, als er über seine eigenen Eingeweide stolperte. Davis hingegen hatte mit seinen Adeptenkräften eine Art zweite Spur geschaffen, eine Ebene der Wahrnehmung, auf der er

Schmerzen zwar spürte, aber eher wie ein unbeteiligter Beobachter und nicht wie der Besitzer des schmerzenden Körpers.

Manche Dinge konnte er allerdings nicht auf dieser Spur laufen lassen. Wenn man ihm eine Faust in den Solarplexus rammte, brach er genauso zusammen wie jeder andere. Das vegetative Nervensystem hatte seinen eigenen Willen. Und als die Waffe des Straßensamurais bei der Schießerei direkt neben seinem Ohr losgegangen war, hatte sich sein Körper ebenfalls seiner Kontrolle entzogen. Sein magisch verstärkter Hörsinn hatte aus dem Lärm der feuernden Waffe ein infernalisches Krachen gemacht, das ihm fast das Gehirn aus dem anderen Ohr gepustet hätte, und Davis war fast geneigt zu glauben, es habe eine Art magische Rückkopplung gegeben. Eine Beeinträchtigung seiner Fähigkeiten. Er wusste, dass so etwas manchmal dauerhaft war. Üble Sache, wenn man noch ein paar Jahre lebte, aber es schien, als müsse er sich darüber nicht mehr ärgern.

Das Plätschern des Wassers machte ihn fast nervöser, als es eine Reihe von Folterwerkzeugen in den Händen des Orks getan hätte. Fast. Wenn er sich vorstellte, wie man ihm einen Finger oder sogar noch mehr zertrümmerte oder gar abschnitt, wurde ihm doch sehr flau. Das brachte die Realität des Sterbens so verdammt nah.

Davis hatte ein paar Augenblicke Zeit zum Nachdenken, während der Ork ihn schweigend musterte.

Er stellte fest, dass er nicht an seinen Tod glaubte. Die ganze Situation kam ihm lächerlich vor, als sei er bei einem Dreh für irgendeinen blöden Film, und jeden Augenblick könne jemand abbrechen und sagen: »Das war's für heute«, und dann würde sich die Spannung in Luft auflösen. Alle geben sich die Hände und verabschieden sich, einige gehen noch einen Kaffee zusammen trinken, die anderen nach Hause.

Wenn man zusehen musste, wie der eigene Körper Stück für Stück zerstört wurde, wie jemand anders ohne Zögern

Schäden anrichtete, die nie wieder gutzumachen waren, dann machte das auf eine ganz üble eindringliche Art deutlich, wie verletzlich man war. Wie sterblich. Und wie scheißegal das dem Menschen mit dem Skalpell oder dem Hammer war.

Die Schmerzen waren dabei vielleicht nur zweitrangig.

Vielleicht.

Ohne den Blick von ihm zu wenden, griff der Ork mit der Hand nach hinten, fand zielsicher den Wasserhahn und stellte das Wasser ab.

Ich bin so ein Feigling, dachte Davis beklommen, als eine unsichtbare Hand ein paar Zentner Eiswürfel in seinen Bauch kippte. Er fühlte sich so schwer, als könne er sich nur träge und langsam bewegen wie ein verfettetes altes Walross, und gleichzeitig so leicht, dass er den Boden nicht berührte, weil er zu schweben schien.

Es war ein Gefühl, als entschwebe sein Hirn und kreise über ihm wie ein Adler, um sich über die merkwürdige Szene zu amüsieren.

Das kann doch alles gar nicht sein!, dachte er, und dann packte der Ork zu. Davis fühlte seine Knochen vibrieren, als die Knie auf die harten Fliesen des Fußbodens schlugen, und dann kam das Wasser und verschlang alles andere.

Die harte Hand des Orks im Nacken, die Schmerzen in den Knien, alles verschwand und hatte nie existiert. Kaltes Wasser drang in seine Nase, und er schüttelte den Kopf, um freizukommen, aber er wurde nur tiefer ins Wasser gedrückt.

Sein Verstand meldete sich zu Wort. Nicht eben höflich, eher mit dem Wortlaut: »Wenn du Idiot schon verpasst hast, Luft zu holen, dann bleib jetzt wenigstens ruhig, dann reicht das bisschen Luft länger.«

Alles ringsumher wurde ganz still. Die ganze Welt schien den Atem anzuhalten. Lange.

Dann erfasste ihn Panik. Sein Körper machte sich selbstständig, fing an zu kämpfen, jede einzelne Faser, jede Zelle fing an zu schreien und um sich zu schlagen, Übelkeit würgte ihn und seine Lungen dehnten sich weit aus, sprengten seinen Körper, erfassten das gesamte kleine Zimmer. Und dann platzten sie, er fühlte es ganz deutlich, sie rissen auf, und Blut strömte hinein ...

... in Panik holte er tief Luft. Und atmete Wasser.

Der Ki-Adept sträubte sich. Steel drückte ihn noch ein wenig tiefer unter Wasser, und plötzlich wurde der Mann ruhig, hielt ganz still.

»Er ist einer von den Vernünftigen«, knurrte Steel und warf Kike einen kurzen Blick zu.

Die Katzenschamanin kauerte mit großen Augen auf dem Boden und starrte wie gebannt auf den Rigger und sein Opfer. Ihre Pupillen waren geweitet wie die einer Katze kurz vor dem Sprung.

»Das hört gleich auf«, meinte Steel. »Niemand ertrinkt einfach so, ohne sich zu wehren. Kurz bevor dir die Luft völlig ausgeht, schaltet sich alles ab, und dein Körper macht sich selbstständig.«

Unter Wasser zuckte der Ki-Adept kurz, krampfartig, und Steel sah, wie Kike ein Schauer überlief.

»Ich wüsste echt gerne, ob es Leute gibt, die sich so sehr unter Kontrolle haben, dass sie sich nicht wehren, wenn's nichts bringt. Irgendwen. Irgendwo auf der Welt.«

Ein weiteres Zucken des Ki-Adepten ließ ihn verstummen, und auf seinem Gesicht erschien ein Ausdruck tiefer Konzentration.

Noch ein Zucken. Dann wurde der Mann von einer krampfartigen Welle erfasst, und er begann zu zappeln. Seine Beine stemmten sich kraftvoll gegen die Wand, und sein Nacken in Steels rechter Pranke schien größer zu werden, als sich die Muskeln bis zum Zerreißen spannten.

»Mann«, sagte Steel anerkennend und drückte den sich aufbäumenden Leib des Ertrinkenden mit dem Knie zu Boden. »Kräftiger Junge.« Auf seiner Stirn schwoll vor Anstrengung eine Ader an, als er den Ki-Adepten unter Aufbietung aller Kräfte am Boden und mit dem Kopf unter Wasser hielt.

Die Bewegungen des Adepten wurden schwächer. Er zappelte nicht mehr, er warf sich nur immer wieder gegen den erbarmungslosen Griff, mit länger werdenden Pausen, ohne etwas auszurichten.

Steel hörte das Schweigen kommen. Das war eine der absurdesten Erfahrungen in seinem Leben: das Schweigen zu hören. Manche Menschen können es bei Toten wahrnehmen, die daliegen und einfach nur in diesen Mantel völliger Abwesenheit gehüllt sind. Nicht, dass Tote objektiv gesehen besonders stille Zeitgenossen wären, das kann niemand behaupten, der einmal den seltsamen Blubbergeräuschen der Verwesung gelauscht hat. Tote können ziemlichen Lärm machen.

Das Schweigen ist ein Schweigen anderer Art. Es ist dumpf und kalt und nicht körperlich. Es ist wie das Wachsein nach einer durchwachten Nacht, wenn man im ersten Morgengrauen am Fenster steht und der Hunger in den Eingeweiden zu rumoren beginnt, aber dumpf, unwirklich, sodass man nicht weiß, ob es wirklich Hunger ist.

Steel spürte es selbst bei manchen Lebenden, bei alten oder kranken Menschen, dieses Schweigen, das sie umgibt, bevor sie abtreten.

Er legte den Kopf schief und lauschte dem Schweigen, und als es näher kam und der Ki-Adept sich nicht mehr rührte, riss er ihn aus dem Wasser und begann mit der Wiederbelebung.

Seine Lungen fühlten sich ausgefranst an, als er rasselnd Atem holte. Dann Schmerzen, Panik. Die Hand des Riggers, der ihn hochzog, ihn vornüber beugte, sodass er husten konnte.

Er schaltete die Schmerzen ab und machte sie zu einer bloßen Wahrnehmung ohne Bedeutung. Das Gefühl der Panik blieb. Es hing nicht mit dem Schmerz zusammen. Sein Gehirn ertrank im Adrenalin.

Die Luft schien voller Nadeln zu sein, und er war froh, dass Schmerzen ihm nicht viel bedeuteten, denn sonst hätte er sich geweigert, diese Luft zu atmen. Er fühlte sich, als sei er ein paar Tage tot gewesen.

Alles verschwamm vor ihm, als er die Augen öffnete, und er schloss sie wieder. Dann stieß ihn jemand unsanft und er spürte einen Schlag im Gesicht. Einen leichten Schlag, und dann hörte er eine Stimme.

Ihm war völlig egal, was die Stimme sagte. Er hatte es schon hinter sich gebracht. Er wollte wieder zurück in die friedliche Stille, die ihn auf einmal eingehüllt hatte, zurück in das schmerzfreie Schweben und Gleiten.

Übelkeit erfasste ihn, und sein Genick knackte leise, als der Ork seinen Kopf zur Seite drehte. Davis zuckte in einem Krampf zusammen, und ein Schwall Wasser schoss aus seinem Mund, als er sich in die Duschwanne erbrach.

Das krampfhafte Würgen ließ nach, und Davis bekam wieder Luft. In seiner Kehle gurgelte es, seine Lungen rasselten, und der Magen lag ihm im Leib wie ein Stück rohes, wundes Fleisch. »Drekskerl«, brachte er unter Gurgeln hervor. »Verdammtes, mieses Drekschwein!«

Husten schüttelte ihn, und der Rigger schob seinen Kopf wieder über die Duschwanne, als ein neuer Würgereiz seinen Körper erfasste. Aber es kamen nur noch Tropfen aus seinem Hals, auch wenn sein Magen revoltierte, als müsse er ein halbes Meer auskotzen.

Die Euphorie seines Todeserlebnisses verflog, bevor ihm richtig aufging, dass er sie empfand. Die Friedlichkeit, als er die panischen Signale seines Körpers nicht mehr empfangen hatte, das warme, sichere Gefühl, dass niemand ihm mehr etwas antun konnte, hatten ihn wie ein Baby in den Armen gehalten. In diesen sicheren Ort hatte der Rigger gegriffen, ihn wieder hinausgezerrt ans grelle Licht und in seinen Körper.

Davis fühlte sich schutzlos wie ein neugeborenes Kind. Er wusste, dass erwachsene Männer mitunter weinten wie

Babys, wenn sie gefoltert wurden, und allmählich verstand er, warum. Es war einfach unfassbar, dass man derartige Qualen auszustehen hatte und dabei von Leuten umgeben war, die das einen Dreck scherte. Noch schlimmer: Sie waren der Grund dafür. Egal, wie oft er darüber nachgedacht hatte, es war ein Schock, es tatsächlich zu erleben. Menschen, die jemanden folterten, waren in einer nahezu allmächtigen Position ihrem Opfer gegenüber, und das machte den Gefolterten zu einem hilflosen kleinen Kind und den Reflex, um Gnade zu betteln, beinahe übermächtig.

Vor Wut packte ihn ein erneuter Würgreiz. Als er wieder Luft bekam, packte der Rigger ihn an Genick und Arm und zog ihn auf die Beine.

Aus dem Badezimmer kam ihm der Ki-Adept förmlich entgegengeflogen, als er die kleine Wohnung wieder betrat. Jaywalker blieb verblüfft stehen, als der Adept stolperte und einen halben Meter vor ihm auf dem Boden zusammenbrach.

Hinter ihm trat Steel aus der Badezimmertür. Sein Gesichtsausdruck war finster. Kike, die hinter ihm aus dem Raum glitt, bewegte sich mit einer formvollendeten Geschmeidigkeit, die auf tiefste Befriedigung schließen ließ. Ihre Wangen und Lippen waren gerötet, ihre Augen glänzten, und wäre ihr Haar zerzaust gewesen und ihre Kleidung wenigstens etwas in Unordnung, hätte man denken können, sie hätte gerade den Sex ihres Lebens gehabt. Ihr leuchtender Blick traf Jaywalker wie eine körperliche Berührung und stieß auf seine spontane emotionale Abwehr. Sie widerte ihn an.

Fast erschrocken besänftigte er seine Gefühle wieder. So starke Emotionen war er nicht gewöhnt.

Er griff in die Tasche, zog eine der kleinen Ampullen hervor und hielt sie hoch. »Braucht ihr die noch?«

»Klar«, knurrte Steel.

Hinter ihm überlief Kike ein Schauer, als sie wie eine fallende Feder förmlich ins Sofa glitt. Jaywalker verbot sich den unwillkürlichen Wunsch, eine Sprungfeder möge ihr in den Arsch fahren und sie aufspießen, und warf Steel die Ampulle mit einer flüssigen Bewegung zu. Der Ork fing sie ebenso flüssig auf.

Er war wie ein Panzer, wenn er einmal in Bewegung war. Es gab keine Pause, keine Gnade. Steel war erbarmungslos, wenn er etwas wissen wollte, und er ließ sich nicht aufhalten, nicht einmal für Sekunden. Dass er es nicht einmal genoss, jemanden zu verhören, wirkte dabei am seltsamsten. Er blieb völlig sachlich. Wenn er einen Arm brach, tat er das mit einem Gesicht, als denke er gerade an etwas völlig anderes und nicht einmal an etwas besonders Wichtiges.

Jaywalker schloss die Tür hinter sich und sah zu, wie Steel den gefesselten Ki-Adepten auf den Bauch wälzte und den rechten Ärmel des Hemdes abriss, als handle es sich um ein nasses Papiertaschentuch. Mit einer Hand drehte er den Arm des Adepten herum, so, dass er die Armbeuge sehen konnte. Der Mann brüllte auf, und seine Schulter knackte wie trockenes Holz.

Steels Hand spannte sich um den Oberarm des Adepten, und nach wenigen Augenblicken trat die Vene in der Armbeuge deutlich hervor. Mit dem Daumen schnippte der Rigger den Verschluss der kleinen Ampulle beiseite und platzierte den Kopf der Ampulle über der Vene. Die Druckluftdüse transportierte die enthaltene Droge direkt durch die Haut.

Der Inhalt der Ampulle entlud sich ins Blut des Adepten. Der Mann zuckte zusammen und gab ein Geräusch von sich wie ein sterbender Hundewelpe, als der Cleaner durch seine Adern schoss, dann begann er zu zittern.

Steel warf Jaywalker einen Blick zu. »Heftiges Zeug, hm?«

Der Straßensamurai hob die Schultern und ließ sie wieder fallen. »Vielleicht heftig in Kombination mit deiner Vorarbeit. Wie weit bist du gegangen?«

»Ich habe ihn umgebracht und wieder zurückgeholt«, gab Steel zurück und musterte den Adepten mit gerunzelter

Stirn. Die Muskeln des freigelegten Arms waren vor Anstrengung beachtlich angeschwollen, und über den zitternden Arm verliefen dicke, blaue Adern. Jetzt schlugen auch die Zähne des Mannes aufeinander, mit einer Heftigkeit und Schnelligkeit, dass er bestimmt noch wochenlang Schmerzen haben würde, gäbe es für ihn ein Morgen.

»Hm«, meinte Jaywalker. »Ich glaube, eine intramuskuläre Injektion hätte auch gereicht.«

Sie starrten den Adepten an, der auf dem Boden lag und zitterte, als liege er seit mehreren Monaten im ewigen Eis, ohne sterben zu können. Nach ein, zwei Minuten ließ das Zittern langsam nach. Der Mann lag ruhig. Nur sein flacher, stoßweiser Atem war zu hören.

»Na also«, sagte Steel. »Das wäre ja auch verdammt ärgerlich gewesen.«

Davis fühlte Schmerzen, als der Ork ihm den Arm verdrehte. Sein Oberarmknochen sprang aus der Gelenkpfanne, und Fleisch und Sehnen kreischten gequält auf.

Davis schrie auf. Der Schmerz überraschte ihn. Er traf ihn mit der Wucht einer Explosion.

Er empfand den Schmerz, wie er früher Schmerz empfunden hatte. Bevor er mit seiner Magie die zweite Spur erschaffen hatte.

Vielleicht zu viel Schmerz, um ihn zu kompensieren, zu viel Stress. Vielleicht war aber auch etwas von ihm gestorben, das der Ork nicht zurückgeholt hatte.

Den Einstich spürte er kaum, aber dann rann Säure durch seine Adern und brannte, ätzte sich durch seinen Körper. Ein Zittern packte ihn und schleuderte ihn in kalte, endlose Schwärze, die aus nichts als Schmerzen bestand.

In einem kurzen Augenblick der Klarheit begriff er, dass der Ork ihm keine zweite Chance geben würde, zu reden und ohne Schmerzen zu sterben. Er hatte das Angebot abgelehnt, und der Ork hatte ihn ernst genommen, so ernst, dass er nicht einmal versucht hatte, ihn zu überzeugen.

Vielleicht war es besser so. Jetzt, wo sein eigenes Blut ihn zu verbrennen schien, hielt er es durchaus für möglich, dass man ihn durch Schmerzen zum Reden bringen konnte.

Er verabscheute die Vorstellung. Er starb lieber, ohne freiwillig geredet zu haben. Vielleicht gab es noch ein Danach, und wo er auch landen würde, er wollte sich selbst ins Gesicht blicken können.

Das Feuer fraß sich hoch bis in seinen Kopf, und seine Muskeln erschlafften. Er hörte die Stimme des Orks klar und deutlich, und mit einem merkwürdigen, friedlichen Erstaunen erkannte er, dass es ganz leicht war, Fragen zu beantworten, und er konnte sich nicht mehr erinnern, weshalb er zuvor die bloße Vorstellung als so schrecklich empfunden hatte.

Die Augen des Adepten waren blutunterlaufen und verdreht, als Steel ihn umdrehte, aber sein Atem ging gleichmäßig.

Steels fragenden Blick beantwortete Jaywalker mit einem Nicken.

»Wie heißt du?«, wandte sich der Ork an den Ki-Adepten.

»Jack Davis«, flüsterte der Adept. Seine Stimme war ruhig und heiser, und der Name kam von seinen Lippen wie ein Ausatmen.

Steel zuckte zusammen.

»Das ist ja unheimlich«, brummte Conquistador von seinem Platz auf dem Sofa und fing sich strafende Blicke der anderen ein. Er murmelte etwas Unverständliches und richtete sich etwas mühsam auf, stützte sich auf einen Ellbogen und konzentrierte sich auf Davis und Steel.

Steel versenkte den Blick seiner dunklen Augen in dem teilnahmslosen, ruhigen Gesicht des sterbenden Adepten. Sie hatten noch Zeit. Er würde sterben, wenn man ihm nicht half, aber das Schweigen ergriff nur langsam Besitz von ihm, ganz langsam. »Für wen arbeitest du, Jack?«

»Sakata.«

»Ist das ein Name? Der Name einer Firma?«

»Ein Mann. Ein dummes Arschloch.«

Die Beschimpfung kam so emotionslos von den Lippen des Mannes, dass es Steel kalt überlief. Dass er sich in seinem Zustand zu einer Beleidigung seines Arbeitgebers oder Vorgesetzten hinreißen ließ, wies darauf hin, wie tief die Abneigung ging. Aber seine Stimme konnte Wut oder Abscheu nicht mehr transportieren.

Oder er empfand sie nicht mehr. Das kam Steel wahrscheinlicher vor, als er den flach, aber friedlich atmenden Adepten betrachtete. Vielleicht war es die Gewohnheit, Sakata zu hassen, und nicht mehr der Hass selbst, der Davis diese Worte eingegeben hatte.

»Arbeitest du schon lange für ihn?«

Zwei Atemzüge herrschte Schweigen, dann kam wieder wie ein Ausatmen: »Zwei Jahre.«

»Für wen arbeitet Sakata?«

»Ich weiß es nicht.«

Das war ärgerlich. Verdammt ärgerlich. »Wie habt ihr zusammengearbeitet?«

»Ich war bereit. Er hat mich angerufen, wenn er mich brauchte.«

Steel runzelte die Stirn. »Hast du auch für andere gearbeitet?«

»Für viele. Aber Sakata hat mich angerufen, wenn ich gebraucht wurde.«

Steel dachte kurz nach. »Du bist ein Selbstständiger?«

»Ich war selbstständig. Dann habe ich für Sakata gearbeitet. Er zahlte immer gut.«

»Inwiefern hast du selbstständig gearbeitet? Was hast du gemacht?«

»Ich war Shadowrunner.«

Steel und Jaywalker wechselten einen Blick.

Jaywalkers Stimme klang rau in Steels Ohren. »Wie hat man dich auf der Straße genannt?«

»Fenris.«

Der Straßensamurai wirkte wachsam. »Du folgst Wolf?«

»Ich folge dem Weg Wolfs.«

Conquistador grunzte und zog sich auf dem Sofa ein Stück höher. »Wo ist denn da der Unterschied?«

Die anderen warfen ihm wieder strafende Blicke zu, aber Davis beantwortete die Frage trotzdem, obwohl Conquistador sie eher an Kike gerichtet hatte.

»Ich suche den Pfad Wolfs. Ich befolge seine Gesetze. Wolf ist mein Leitbild. Aber ich sehe ihn nicht.«

Der Runner zog die Augenbrauen hoch, sagte aber nichts.

Nachdenklich betrachtete Steel Jaywalker, der äußerst konzentriert in sich hineinzuhorchen schien. Vielleicht sagte ihm der Name etwas. Der Straßensamurai war eine wandelnde Datenbank, da er niemals etwas vergaß.

Jaywalker bemerkte seinen Blick und sah ihm einen Moment nachdenklich in die Augen, als suche er dort eine Antwort, dann richtete er seine Konzentration wieder auf den Adepten, der einmal ein Kollege gewesen war. »Was weißt du über den Jungen?«

»Er heißt Michael. Er ist sehr wichtig, er darf nicht verletzt werden.«

»Warum ist er wichtig?«

»Er gehört zu einem Projekt.«

»Ist mit ihm experimentiert worden?«

Es dauerte eine Weile, bis der Adept antwortete. »Ich weiß es nicht. Ich glaube es, aber ich weiß nicht, was sie mit ihm gemacht haben.«

»Wie heißt das Projekt?«

»Das Projekt.«

Das war nicht besonders hilfreich. Steel fühlte, wie das Schweigen näher kam und ihre Zeit verrann. Offenbar wusste der Adept nicht allzu viel über Michael. »Über welche Ressourcen verfügt Sakata?«

»Er zahlt gut. Der Junge ist wichtig. Ihr werdet Probleme bekommen.«

»Probleme?«

»Sie jagen euch.«

Das war Steel auch klar, aber bisher hatten sie ihn nicht sonderlich beeindruckt. »Was wissen sie über uns?«

»Sie haben eure Gesichter. Und sie suchen nach euren Namen.«

Die Stimme des Adepten wurde leiser, schleppender.

Er würde noch nicht sterben, aber wenn er bewusstlos war, konnte man nicht mehr mit ihm reden.

»Wie heißt dein Kollege, der Japaner?«

»Hideaki.«

»Weiß er mehr?«

»Ich glaube ja.«

»Arbeitet er öfter mit Sakata zusammen?«

»Er gehört zum Team.«

»Zum Team? Zu welchem Team?«

Davis zuckte kurz und heftig, und Steel befürchtete schon, er habe das Bewusstsein verloren, aber dann antwortete er doch.

»Sie wissen etwas über den Jungen. Wenn wir ihn finden, kümmern sie sich um ihn, ich darf ihn nicht anrühren. Sie sind fanatisch.«

»Inwiefern fanatisch?«

»Sie haben Schädelbomben.«

Ungläubig sah Steel Jaywalker an, dann Kike. Die Katzenschamanin legte den Kopf schief.

»Ich sagte doch, er hat was im Kopf«, sagte sie und lachte leise, als ihr die Mehrdeutigkeit ihres Satzes auffiel.

»Aber wie werden die Bomben gezündet?«, fragte Conquistador. »Durch Schmerzen ja wohl kaum! Und die Toten sind auch nicht explodiert.«

Im nachdenklichen Schweigen, das sich ausbreitete, klang Davis' Atmen laut und rasselnd. »Sie lösen sie selbst aus«, flüsterte er. »Die Bomben sind flächendeckend, und der Auslöser ist ein Gedanke.«

Die Blicke der Runner hefteten sich gleichzeitig auf die offene Tür des Schlafzimmers.

»Na, hoffentlich ist er noch bewusstlos«, sagte Conquistador.

Kapitel 8

Redmond Barrens, Lagerhalle, 22:02

»Wie weit reichen diese Bomben?«, fragte Jaywalker.

Der Adept schwieg, und Steel sah bedauernd zu Jaywalker.

»Das war's. Er hat das Bewusstsein verloren.«

»Hm.« Der Straßensamurai warf einen Blick ins Schlafzimmer.

»Er scheint noch zu schlafen. Vielleicht wacht er überhaupt nicht mehr auf. Meinst du, wir bekommen Davis noch einmal wach?« Während er sprach, zog er die Narcoject unter der Jacke hervor, zielte auf den Japaner im Nebenzimmer und drückte ab.

»Schwer zu sagen«, meinte Steel nachdenklich. »Ich denke, es wär ziemlich aufwendig. Was willst du denn noch von ihm wissen?«

»Die Reichweite der Bomben und die Zahl der Mitglieder dieses geheimnisvollen Teams. Außerdem wüsste ich gerne, wie er damals Kontakt zu Sakata bekommen hat. Wenn es über einen Schieber lief, dann könnte dieser Schieber mit Sakatas Namen vielleicht etwas anfangen.«

»Wir haben seinen alten Straßennamen. Vielleicht lässt sich damit auch etwas anfangen?«

»Sehr wahrscheinlich.«

Mit einem Seufzen schwang Conquistador die langen Beine vom Sofa, betrachtete den bewusstlosen Adepten eine Weile und sah dann auf. Seine hellgrauen Augen wirkten wie verspiegelt, und weder Steel noch Jaywalker konnten darin lesen. »Ich glaube nicht, dass das noch viel bringt. Lasst uns die Sache zu Ende bringen und verschwinden.«

Steel nickte zustimmend. »Es ist möglich, dass wir ihn nicht mal dann wieder aufwecken können, wenn wir wollten. Und ob er einen zweiten Schuss von dem Drekszeug verkraftet, steht in den Sternen.«

Er wartete nicht auf eine Antwort, sondern packte den Adepten um den Leib und warf ihn sich über die Schulter. Nach kurzem Zögern nickte Jaywalker und ging ins Schlafzimmer. Mit den Spornen durchschnitt er das Seil, das den Japaner auf dem Stuhl hielt, dann warf er ihn sich ebenfalls über die Schulter. Wenn sie die beiden in der Wohnung umlegten, würde der Elf nicht besonders gut auf sie zu sprechen sein. So hässlich die Einrichtung auch war, er achtete penibel darauf, dass sie von Blutflecken verschont blieb.

Über Kommlink rief er Zack an. »Wir beginnen mit der Entsorgung.«

Sie verließen die ›Vier‹ und wandten sich nach rechts. Am anderen Ende des Gangs befand sich eine Tür, die in den Hinterhof führte. Davor war noch eine Tür, die keine Beschriftung trug. Jaywalker gab den Code auf dem Keypad ein, den der Elf ihm über Kommlink genannt hatte, und die Tür öffnete sich mit einem leisen Zischen.

Vor ihnen befand sich ein kleiner Raum. Boden und Wände waren in einem fleckigen Grau gekachelt, und die Einrichtung bestand aus einer beschichteten großen Wanne, einem Waschbecken und einem Regal mit einigen Kanistern.

Es roch seltsam scharf, medizinisch und irgendwie verbrannt. Mit regungslosem Gesicht wandte sich Jaywalker an Steel. »Lass den Adepten hier und nimm den Japaner mit. Holt die Wagen. Ich kümmere mich um Davis. Den anderen schaffen wir zum Doc, er soll sich diese Bombe mal ansehen.«

»Okay.«

Mit einem leisen Krachen landete der Adept auf dem Kachelboden, und Steel nahm dem Straßensamurai den bewusstlosen Japaner ab. Sein Gesicht war ebenso ausdruckslos wie Jaywalkers. Ruckartig drehte er sich um und ging, gefolgt von Kike und Conquistador.

Jaywalker fasste den Adepten am Kragen und zog ihn ein Stück weiter in den Raum hinein, damit er die Tür nicht blockierte. Auf einen Knopfdruck schloss sich die Tür, und Jaywalker war allein mit Davis, den man einmal Fenris genannt hatte.

Er kauerte sich neben den Bewusstlosen und sah ihm in das stille, friedliche Gesicht. Darin lagen keine Antworten für ihn, aber er prägte sich jede Linie dieses Gesichts ein, als verberge sich in ihnen die Lösung all seiner Probleme.

Abrupt stand er auf, packte Davis und schleifte ihn zur Wanne. Er warf ihn hinein, und der Ki-Adept sah seltsam verloren aus in dem kalten weißen Behältnis, das im Licht der Neonröhren glänzte.

In Jaywalker regte sich nichts, kein Gefühl, als er die Desert Eagle zog und auf die Brust des Adepten richtete. Zwei Schüsse hallten laut in dem kleinen Raum, aber kein Geräusch drang durch die schalldämpfenden Wände. Die Kugeln trafen Davis genau ins Herz, und sein Körper zuckte noch einmal, dann breitete sich im Raum ein Schweigen aus, das Jaywalker nicht wahrnehmen konnte.

Er steckte die Desert Eagle zurück ins Halfter, trat zu einem Regal voller weißer Kanister und nahm einen davon heraus. Vorsichtig schraubte er den Verschluss ab, und ein ätzender Geruch erfüllte den Raum.

Über der Wanne waren Lüftungsschlitze angebracht und darüber ein kleiner roter Knopf. Als Jaywalker ihn betätigte, schaltete sich die Lüftung ein und saugte kraftvoll die Luft nach draußen.

Jaywalker goss die Säure über den Körper des toten Ki-Adepten, wobei er sorgfältig darauf achtete, dass sie nicht spritzte und ihn traf. In der Wanne begann es zu zischen, und trotz der Lüftung stieg ein Gestank auf, der ihn an brennendes Fleisch erinnerte.

Den leeren Kanister stellte er neben die Wanne. Ohne einen weiteren Blick drehte er sich um und ging.

In etwa einer Stunde würden Zacks Leute herkommen und aufräumen.

Es war nicht so einfach, wie er gehofft hatte, Nemesis davon zu überzeugen, den Japaner aufzuschneiden.

»Eine Schädelbombe, ach so«, sagte sie und in ihrer hohen, heiseren Stimme klang Spott mit. »Sag mal, Jay, willst du mich loswerden?«

Vielleicht, dachte er, hätte er persönlich vorbeifahren sollen, anstatt sie anzurufen. Absagen am Telefon waren leichter. Zwar beherrschte er die Nummer mit den großen, bittenden Augen nicht, aber Frauen neigten dennoch dazu, sich von ihm überzeugen zu lassen.

Ihr Schweigen am anderen Ende troff vor Hohn. Gut, vielleicht war es bei Nemesis so oder so nicht einfach. Sie war ein knallhartes Miststück. Wenn sie sich von etwas beeindrucken ließ, dann von guten Argumenten und gefüllten Kredstäben.

Es war angenehm, mit ihr zusammenzuarbeiten. Jaywalker wusste ihre kühle Art sehr zu schätzen. Ob sie jemanden mochte oder nicht, spielte keine Rolle, man konnte sie nicht versehentlich verärgern, denn sie war nicht empfindlich.

Manchmal wäre es allerdings leichter gewesen, wenn es gereicht hätte, sie einfach nur anzulächeln.

»Es ist eine besondere Schädelbombe. Sie wird nicht durch den Tod des Benutzers gezündet.«

Ihr raues Lachen klang wie der Schrei eines Küstenvogels. »Dann ist er also tot.«

»Nein, noch nicht.«

»Willst du mich verarschen? Wie willst du wissen, dass sie nicht durch den Tod gezündet wird, wenn der Benutzer noch lebt?«

Jaywalker betrachtete eine durchsichtige Plastiktüte, die vor dem Wagenfenster vom Wind in die Luft gerissen wurde. Er seufzte.

»Wie wird sie denn gezündet, deine Schädelbombe, wenn nicht durch den Tod?«

»Durch den bewussten Gedanken. Wie Cyberware, die du einfach aktivierst.«

Sie kicherte. »Soso, Jaywalker, du möchtest mir also einen lebenden Mann mit einer Schädelbombe im Kopf anschleppen – einer flächendeckenden Schädelbombe, wohlgemerkt –, die er durch einen bloßen Gedanken aktivieren kann. Habe ich bei der letzten Operation etwas falsch gemacht? Bist du nicht zufrieden mit meiner Arbeit? Dann sag das doch einfach!«

Sein Grinsen wurde von der dunklen Fensterscheibe verzerrt zurückgeworfen. »Mädchen, ich war bisher immer zufrieden mit deiner Arbeit, und das weißt du auch.«

»Wenn ich nicht wüsste, dass ich dir in letzter Zeit nichts in den Kopf gebaut habe, würde ich mir echt Sorgen machen,« sagte sie. »Andererseits würdest du mich ja kaum verklagen, selbst wenn ich einen Schraubenzieher in deinem Hirn vergessen hätte.«

»Hör mal, Nem, ich kann ihn natürlich auch noch umlegen, bevor ich ihn dir vorbeibringe. Wenn dann einer von uns in die Luft fliegt, bin ich das.«

»Das klingt schon besser«, meinte sie. »Aber trotzdem: nein. Ich bin kein Experte für den Drek. Und das ist eine ungewöhnliche Zündung. Wer immer das eingebaut hat, er könnte noch andere dumme Ideen gehabt haben, und ich habe keine Lust, mich für dich in die Luft zu sprengen. Nein, vergiss es, Jaywalker. Ich habe so meine Erfahrungen mit Schädelbomben, die ich nur einmal machen möchte. Das war ein Zeichen.«

Vor einigen Jahren hatte ein schwer verletzter Patient auf ihrem Tisch sein Leben ausgehaucht. Glücklicherweise hatte sie das plötzliche Surren richtig interpretiert und war in Deckung gehechtet, anstatt den Toten dumm anzugaffen. Das hatte ihr das Leben gerettet: Die Bombe des Kerls war eine aus der Kategorie: ›Wenn ich schon sterbe, nehm ich dich mit‹, und hatte ihren halben Behandlungsraum in rauchenden Schutt verwandelt.

In ihrer Stimme klang trotz des lockeren Tonfalls tödlicher Ernst mit, und er nahm an, hier in eine Sackgasse zu laufen.

»Okay«, sagte er. Zum Glück würde sie ihm nie vorwerfen, dass es sehr unsensibel gewesen sei, sie wegen der Bombe zu fragen. Er brauchte einen Doc, sie war ein Doc, also fragte er sie. So einfach war das. Für sie beide.

Ebenso wenig nahm er ihre Absage persönlich. Sie waren einmal miteinander im Bett gewesen, aber das hatte der Professionalität ihrer Beziehung keinen Abbruch getan.

»Ist es sehr wichtig?«, fragte sie.

»Wäre es nicht wichtig, hätte ich dich nicht angerufen.«

Im Hintergrund hörte er sie auf irgendeiner Tastatur herumklappern. »Jay, ich hätte da eine Adresse. Ich habe allerdings noch nie mit dem Typen zusammengearbeitet. Er hat einen guten Ruf, ist aber noch relativ neu auf der Straße. Ein Klient hat mir von ihm erzählt. Er hat ihm seine Bombe rausgeholt, die eigentlich dafür gemacht war, dass man sie nicht rausholen kann, ohne sie zu zünden.«

Das Klappern verstummte, und er hörte ihr erwartungsvolles Schweigen. »Wie heißt er?«

»Kane.«

Sein Kopf griff so automatisch auf die gespeicherten Erinnerungen zu wie ein Computer, der einen Suchbefehl ausführte. »Der sitzt irgendwo in Redmond, oder?«

In ihrer Stimme klang leises Erstaunen mit. »Richtig. Brauchst du seine Adresse oder triffst du dich sowieso schon regelmäßig mit ihm zum Kaffee?«

Er schnaubte. »Adresse, bitte.«

»Weißt du, Jay, manchmal ist es mir schon richtig unheimlich, wie viele Namen du auf der Straße kennst.«

Schweigen.

»Aber das geht mich natürlich nichts an«, versicherte sie und nahm wieder einen geschäftlichen Tonfall an. »Sein Laden ist im Leary Way, wo genau, weiß ich nicht. Aber ich kann dir seine Nummer geben.«

Er speicherte die LTG-Nummer ab.

»Mit ein wenig Glück reichen ihm dein Name und dein Ruf als Referenz«, sagte Nemesis. »Er soll ein etwas unzugänglicher Kauz sein.«

»Ja, das habe ich auch schon gehört.«

»Du machst das schon.« Sie unterbrach die Verbindung wie immer, ohne sich zu verabschieden.

Kane war ein hässlicher Mann. Sein Schädel war kahl und riesig, aber nicht glatt wie etwa eine Melone, sondern voller merkwürdiger Dellen und Beulen, als habe er das Einsetzen von Schädelbomben einige Dutzend Mal an sich selbst ausprobiert.

Seine kleinen, schmalen Schweinsäuglein blinzelten durch die sehr dicken Gläser einer Brille. Warum ein Straßendoc mit genügend Nuyen für eine eigene kleine Klinik seine Sehschwäche mit einer Brille ausgleichen sollte, konnte sich Jaywalker beim besten Willen nicht vorstellen. Vielleicht steckte die Brille voller kleiner Wunder wie Infrarotsicht, Lichtverstärker, Vergrößerung, Laser und Scanner.

Trotzdem – der Doc musste ohne seine Brille blind sein wie ein Maulwurf. Jaywalker hätte durch die Brille wahrscheinlich nicht einmal sich selbst im Spiegel, geschweige denn irgendetwas auf größere Entfernung erkannt.

Eins von Kanes Ohren war gekräuselt wie ein Kohlblatt und kleiner als das andere. Bei dem flüchtigen Blick konnte Jaywalker nicht erkennen, ob ein Stück davon fehlte oder das Ohr vielleicht von Natur aus missgestaltet war, ohne dass jemand daran herumgesäbelt hatte.

Ein stoppelkurzer, grauer Bart betonte die Linien des Kiefers und des Kinns. Die Konturen waren sorgfältig ausrasiert, und der Bart verlieh Kanes Gesicht eine Strenge, die sich positiv auf sein Gesamtbild auswirkte.

Der Arzt reichte Jaywalker knapp bis an die Schulter, und der Straßensamurai schätzte ihn auf etwa eins sechzig oder weniger. Den eher zaghaften Wuchs glich sein Körper in der Breite wieder aus: Kane wirkte so quadratisch, dass man versucht war, mit ihm zu würfeln.

Während Jaywalker ihn dabei beobachtete, wie er aus einem Schrank einige neue Aufsätze für seine medizinische Apparatur holte und zum Untersuchungstisch zurückkehrte, um sie aufzuschrauben, korrigierte er jedoch seinen ursprünglichen Eindruck eines dicken Mannes. Kane war keineswegs dick. Er war kompakt und kräftig und bewegte sich gezielt und mühelos, wenn auch gewiss nicht geschmeidig.

Die Präzision, die Kane in seinen Bewegungen zeigte, äußerte sich auch in seiner Umgebung. Auf dem Schreibtisch lagen mehrere Blätter Papier zu einem säuberlichen Stapel geordnet, und die Stifte steckten nicht etwa fächerartig in irgendeinem Glas oder lagen gar wild herum, sondern waren in einem Plastikbehälter untergebracht, der ordentlich ein Loch neben dem anderen für sie aufwies. Die Stifte waren aufgereiht wie kleine Soldaten, und Jaywalker bemerkte amüsiert, dass sie sogar der Größe nach geordnet waren.

Der kompakte Körper des Arztes war in einen penibel weißen Kittel gehüllt, den er vorne geschlossen hatte. Im Ausschnitt sah man den Kragen eines weißen Hemdes. Der Kittel wies kaum Falten auf und wirkte, als sei er heute Morgen gebügelt worden.

Offenbar war der Arzt ein äußerst sorgfältiger Mann. Oder noch mehr als sorgfältig. Der Papierstapel auf dem Tisch wirkte, als sei er mit dem Lineal an der Tischkante ausgerichtet worden. Es schien Kane ein zwanghaftes Bedürfnis zu sein, dass sich alles einer Ordnung und Regeln fügte. Der Kontrast zwischen seiner körperlichen Erscheinung und der geradezu inszenierten Umgebung war so auffällig, dass sich Jaywalker fragte, ob er dem Arzt bewusst war.

Wären die Augen Kanes nicht voll scharfer Intelligenz gewesen, hätte er eine lächerliche Figur abgegeben.

Mit einer sparsamen, ruhigen Bewegung zog Kane den flexiblen Arm eines Geräts heran, auf das er eben einen neuen Aufsatz geschraubt hatte. Er schaltete es ein und richtete es auf den Kopf des Japaners, der festgeschnallt auf dem Untersuchungstisch lag. Ein Monitor über dem Tisch erwachte flackernd zum Leben und zeigte ein unscharfes Bild und eine Unmenge Daten, die hinter einem eilig über den Bildschirm huschenden Cursor auftauchten. Immer mehr Daten. Weder mit dem Bild noch mit den Daten konnte Jaywalker etwas anfangen. Wenn das, was der Monitor zeigte, eine Innenaufnahme des Schädels sein sollte, war ihm das nicht ersichtlich. Es sah grafisch aus und hätte für Jaywalker ebenso ein Knie oder eine Autobatterie zeigen können.

»Ah«, brummte Kane und warf einen kurzen Blick auf den Bildschirm. Zufrieden nickend richtete er einen weiteren Schwenkarm auf die Oberseite des japanischen Kopfes und schaltete diesen ebenfalls ein. Über das Bild auf dem Monitor legte sich ein zweites und verschmolz mit ihm, und der Cursor jagte davon wie ein gepeitschtes Pferd, als weitere Buchstaben- und Zahlenkolonnen auf den Bildschirm drängten.

Das Gesicht des Japaners war kaum zu erkennen. Kane hatte das Blut nur dort abgewischt, wo er Elektroden aufgeklebt hatte, und es sah aus, als untersuche er ein Stück Fleisch, an dem tausend Drähte hingen. Im Arm des Patienten, den niemand retten wollte, steckte eine Kanüle. Von ihr führte ein Schlauch zu einem kleinen Kasten, der wieder mit Kabeln an denselben Computer angeschlossen war, wie einige der Elektroden an Hideakis Kopf. Falls die Gehirnaktivitäten des Japaners darauf hinwiesen, dass er bald aufwachen mochte, hatte Kane erläutert, werde der Computer ihm eine weitere Dosis Narkotika zuführen.

Die Brauen des Arztes schoben sich kurz zusammen, als er die neuerliche Datenflut betrachtete. Plötzlich erinnerte er Jaywalker an einen Zwerg. Unwillkürlich schätzte er das Alter des Arztes auf deutlich über vierzig, was bedeutete, dass er vor dem Erwachen geboren sein musste.

Die penible Art des Arztes, seine kleine, kräftige Statur und die Sorgfalt, die er auf seinen Bart verwendete, auch wenn er ihn nicht lang trug, waren ebenfalls klassisch zwergisch. Vielleicht stand vor ihm ein Norm mit dem genetischen Code eines Zwergs, überlegte der Straßensamurai fasziniert. Die Frage, ob man den Menschen vor dem Erwachen ihren genetischen Metatyp hatte ansehen können, hatte ihn schon immer interessiert.

Selbst der Untersuchungsraum wirkte ein wenig wie eine große Höhle. Jaywalker stand im Dämmerlicht nah an der Wand, und die einzige Lichtquelle im Raum war die Lampe über dem Untersuchungstisch, wenn man vom schwachen Leuchten des Monitors absah.

Wenn Kane in Wirklichkeit ein Zwerg war, dann ein ganz besonders klischeegetreuer.

»Ich werde ihn operieren«, unterbrach Kanes Stimme seine Überlegungen. »Es scheint möglich zu sein, die Bombe zu entfernen, ohne sie zu zünden.«

Jaywalker trat einen Schritt näher an den Untersuchungstisch und nickte dem Arzt zu. »Wie sind die Aussichten, dass er überlebt?«

Kanes große Nase zuckte, als der Arzt sie nachdenklich rümpfte. Das machte er bereits seit über einer Stunde immer wieder, während der Straßensamurai geduldig im Halbdunkel gewartet hatte. Sein Riechorgan schien ein Eigenleben zu führen, und gelegentlich griff Kane nach der zuckenden Nase, als wolle er sie festhalten. »Ich kann nichts versprechen. Die Kopfverletzung könnte Schäden hinterlassen haben, die erst später zu Tage treten. Überleben wird er wohl, aber da Sie ihn bei Verstand brauchen ...« Seine kleinen Augen huschten über den Bildschirm. »Ich werde es versuchen. Mehr kann ich wirklich nicht versprechen. Aber schon der Versuch kostet eine gute Stange Geld. Auch wenn es nicht klappt. Dazu muss ich nämlich das Metzgermesser in der Schublade lassen und mit dem Feinwerkzeug ran.« Hinter der Brille funkelten seine schlauen kleinen Augen den großen Straßensamurai an. »Von dem Vermögen, das Sie mir zahlen werden, mache ich ein Jahr Urlaub. Wenn ich alles mit einkalkuliere, Arbeitszeit, Risikozuschlag ... und nicht zuletzt die Tatsache, dass ich der einzige Mann auf der Straße sein dürfte, der eine solche Operation überhaupt mit reellen Erfolgsaussichten durchführen kann ...«

Er wartete einen Augenblick, aber der Straßensamurai schwieg.

»Achtzig K. Achtzigtausend für die Operation, die Analyse der Bombe und für mein hohes Risiko. Unabhängig davon, ob er überlebt.«

Das war viel, aber nicht mehr, als Jaywalker erwartet hatte. Es war eine Summe, für die andere hundertmal gemordet hätten, eine Summe, die einen anständigen Jahreslohn bedeutete. Für ihn war es eine Summe, die er mehrfach auf einem seiner Konten hatte. Die er bei den nächsten Runs wieder einspielen würde.

»Fünfundsiebzig, wenn er stirbt. Fünfundachtzig, wenn Sie ihn durchbringen.«

Sie sahen sich in die Augen, emotionslos, abschätzend.

Jaywalker würde nicht weiter handeln. Aus seiner Sicht war es ein faires Angebot. Er hatte den Preis des Arztes akzeptiert und nur variiert, um den Anreiz zu erhöhen, den Japaner am Leben zu halten.

In den Augen Kanes spiegelte sich seine eigene, ruhige Überlegung. Während sie sich in die Augen sahen, vervollständigten beide ihre Einschätzung des anderen.

»In Ordnung«, bestätigte der Arzt knapp und wandte sich ab. »Rufen Sie morgen Mittag an.«

Während er den bewusstlosen Japaner mit einem Beatmungsgerät versorgte, das im Notfall einspringen würde, verließ Jaywalker wortlos die Klinik und machte sich auf den Weg zu Phoenix.

Kapitel 9

Prospect Street, Innenstadt, 01:13

Christos dröhnendes Lachen vibrierte durch die Tür, und sie sah lächelnd von ihrem Deck auf.

Ihr ebenmäßiges Gesicht spiegelte sich in der schwarzen Fensterscheibe. Lichter stachen aus dem Dunkel der Stadt hervor und erzählten ihr, die wie immer hoch darüber und weit entfernt an ihrem Schreibtisch saß, vom Leben unten im Metroplex.

Michaels helles Quietschen antwortete dem brummenden Lachen des Trolls. Phoenix schloss kurz die Augen. Sie empfand einen merkwürdigen Frieden, wenn sie ab und zu durch die Stimmen und das Lachen der beiden Personen im Nebenzimmer in ihrer Arbeit unterbrochen wurde. Es war ein so angenehmes Gefühl, dass sie sich vor zwei Stunden, nach dem Herunterladen der wenigen in der Matrix auffindbaren Daten, nicht wieder eingestöpselt hatte. Was sie über Davis gefunden hatte, bearbeitete sie manuell. Schmerzhaft wurde ihr wieder bewusst, dass sie sich unprofessionell verhielt. Sie verschwendete Zeit.

Drüben gellte ein empörter kleiner Aufschrei von Michael. »Du schummelst!«, beschuldigte er den Troll.

Phoenix betrachtete ihr eigenes Grinsen im Spiegel der Fensterscheibe, als gehöre es einer anderen. Dann löschten die Empfindungen der Matrix alles andere aus, als sie sich wieder einstöpselte und auf brennenden virtuellen Schwingen die Jagd nach den Daten toter Männer fortsetzte.

»Du schummelst,« sagte Michael, und sein kleines Gesicht glühte vor gerechtem Zorn.

Schuldbewusst erwiderte Christo den Blick des Kindes. Er hatte nicht geschummelt. Aber er hatte sich nicht zurückhalten können und gerade zum dritten Mal in Folge gewonnen. Sonst gewann er nie beim Kartenspielen, und die Erfahrung war so neu und erhebend, dass er nicht daran dachte, dass fünf- oder sechsjährige Kinder äußerst schlechte Verlierer sind. Bei jedem Spiel nahm er sich vor zu verlieren, aber es packte ihn jedes Mal aufs Neue.

Troll und Kind saßen sich auf gleicher Augenhöhe gegenüber. Michael hatte es sich auf dem Sofa gemütlich gemacht, und Christo saß mit verschränkten Beinen auf dem Fußboden. Zwischen ihnen stand ein kleiner Hocker, der den zerschlagenen Glastisch notdürftig ersetzte.

Die Unterlippe des Kindes zitterte, und in den großen blauen Augen schimmerte es verdächtig. »Schummelst du?«

Christo schüttelte den Kopf.

Schniefend zog Michael die Nase hoch und sammelte die Karten ein. »Noch mal«, sagte er tapfer und hielt Christo die Spielkarten zum Mischen hin.

»Wir können ja wieder das Würfelspiel spielen«, schlug der Troll vor.

»Das ist doof«, erwiderte Michael. »Du schmeißt immer meine Figuren um.«

»Meine doch auch!«

»Das ist doof«, beharrte Michael und schniefte noch einmal.

Zögernd nahm der Troll die Karten aus der winzigen Kinderhand. Vorsichtig begann er zu mischen, und nach wenigen Durchgängen fiel ihm der halbe Kartenstapel aus der Hand.

Auf Michaels Gesicht erschien ein Grinsen.

»Das gefällt dir, ja?«, fragte Christo und hob die Karten wieder auf. »Ich bin eine echte Witzfigur, meinst du!«

Michael biss sich auf die Lippe, um das Lachen zu unterdrücken, aber dann platzte es hell aus ihm heraus.

Bemüht, sein eigenes Grinsen zu unterdrücken, mischte der Troll weiter, und wieder fielen etliche Karten zu Boden.

»Das machst du mit Absicht!«, unterstellte Michael ihm.

»Ach ja? Damit du dich freuen kannst, oder was? Wofür hältst du mich?«

Grinsend zuckte Michael die Achseln. »Für einen Troll, glaub ich.«

Christo legte den gemischten Kartenstapel vorsichtig auf den Tisch. »Du bist ganz schön schwierig!«, sagte er. »Wenn ich etwas gut mache, glaubst du, ich schummle, und wenn ich was falsch mache, sagst du, ich mach's mit Absicht.«

Die Türklingel unterbrach ihn, und kurz darauf hörten sie Phoenix rufen: »Das sind Jay und Conquistador. Ich lass sie rein.«

»Das ist gut«, brummte der Troll und sah das grinsende Kind finster an. »Gegen Conquistador musst du spielen, wenn du sehen willst, wie jemand schummelt.«

»Okay«, sagte Michael und nickte. »Wer ist denn Con... der Mann?«

»Der Mann!«, wiederholte Christo und schnaubte vor Lachen.

»Du kannst ihn auch Gambler nennen, wenn dir der Name zu schwierig ist. Passt sowieso besser. Das ist der große Dünne, der gleich reinkommt. Er ist ein Kartenzauberer, aber sonst kann er nix.«

Etwas verwirrt schwieg Michael und nickte.

Kurz darauf öffnete Phoenix über das System die Tür, und Jaywalker und Conquistador kamen herein.

»Hi Michael, hi Christo«, grüßte Jaywalker und schlenderte lässig um den Troll herum, um vor Michael in die Hocke zu gehen. »Na? Spielt er fair?«

Michael zuckte diplomatisch die Achseln und warf einen neugierigen Blick auf Conquistador, der an der offenen Tür stand und ins Treppenhaus starrte. »Was macht der Mann?«

»Das ist Conquistador. Der wartet auf sein Tier.«

»Was hat er denn für ein Tier?«

»Ein hässliches«, erwiderte Jaywalker und grinste den Rücken seines Chummers an. »Es heißt Julius, ist eine Sie und außerdem ziemlich dumm.«

Durch die Tür wischte ein Streifen Braun und wuselte unter das Sofa.

»Zum Glück sieht man sie selten«, spottete Jaywalker und verschluckte sich fast vor Lachen, als Conquistador ihn mit einem ernsten, vorwurfsvollen Blick bedachte.

»Hallo Michael«, sagte der Runner und deutete dann eine leichte Verbeugung in Christos Richtung an. »Christo!«

Der Troll grunzte eine Antwort.

»Er hat gesagt, ich soll mit dir Karten spielen«, sagte Michael schüchtern und sah zu Conquistador hoch.

Der Runner verzog amüsiert das Gesicht. »Bist du so gut?«

»Wieso?«

»Ich bin gut. Wenn du mich schlagen willst, musst du noch besser sein.«

Verlegen sah Michael auf den Boden. »Eben hab ich immer verloren.«

»Tststs«, machte Conquistador. »Hast du schon wieder geschummelt, Christo?«

»Ich schummle nicht«, empörte sich der Troll und machte Anstalten, sich zu erheben.

»Bleib mal sitzen, sonst stößt du noch den Putz von der Decke«, sagte Conquistador und lächelte den Troll mit seinem halbierten Grinsen freundlich an.

»Ich will eh los«, schnaufte Christo. »Hab ja noch was anderes zu tun, als mich beleidigen zu lassen.« Er kam auf die Füße und taumelte etwas ungeschickt zur Seite.

Mit einer schnellen Drehung brachte sich Conquistador in Sicherheit. Die zweihundertdreißig Kilo Troll verfehlten ihn um Haaresbreite, dann fing Christo sich wieder. »Entschuldige«, sagte er. »Meine Füße waren eingeschlafen.«

»Schon klar«, schnaufte Conquistador. »Das sage ich auch das nächste Mal, wenn ich dich fast umrenne. Von dir wäre ja schon die Hälfte lebensgefährlich!«

»Und von dir wär das Doppelte immer noch ’ne halbe Portion«, konterte Christo.

Conquistador starrte ihn mit offenem Mund an.

»In der Breite, mein ich, nicht in der Länge«, beeilte sich der Troll zu versichern.

»Nein, nein, schon okay, Christo. Der Spruch war gut! Lass ihn einfach so stehen, ja? Ich hatte nur von dir keine schlagfertige Antwort erwartet. Mein Fehler.«

Der Unterkiefer des Trolls mahlte hin und her, als er nachdenklich auf den Runner hinunterstarrte und überlegte, ob er seine Worte als Kompliment oder Beleidigung zu werten hatte. Schließlich versuchte er es mit einer Miene, die sowohl ein Grinsen als auch ein Zähnefletschen sein konnte.

»Ich gehe jetzt.« Damit drehte er sich um und ging zur Tür.

»Bis dann, Michael. Bis dann, Jay. Wir sehen uns, Phoenix!« Den letzten Gruß brüllte er so laut, dass die Scheiben klirrten, und als Antwort öffnete sich vor ihm die Tür.

Conquistador beugte sich vor und nahm den Kartenstapel vom Tisch. »Zuerst«, sagte er und zwinkerte Michael zu, »musst du die Karten kennen lernen. Nur Barbaren spielen Karten, obwohl sie nicht einmal mischen können. Du musst mit den Karten eins werden, sie verstehen, um sie zu beherrschen.«

Hilflos blickte Michael ihn an. »Wie meinst du das?«

Von der Tür aus knurrte Christo höhnisch. »Er meint, du sollst so schnell damit rumfuchteln, dass keiner merkt, dass du schummelst wie bescheuert!«

»Wahr und auch nicht wahr«, erwiderte Conquistador und lächelte mystisch. »Wer die Karten beherrscht, kann natürlich auch schummeln, das will ich nicht leugnen.«

Er hielt die Spielkarten zwischen beiden Händen und breitete die Arme aus. Zwischen seinen Händen flogen die Karten von der Linken in die Rechte, als hingen sie an einem Gummiband, und als die letzte Karte in seiner Rechten lag, drehte er die Hand um, dann streckte er Michael beide Hände entgegen. Sie waren leer.

»Boah«, machte Michael und staunte mit offenem Mund.

»Lass dich davon nicht beeindrucken,« sagte Christo missmutig. »Mehr kann er nicht!«

»Echt nicht?«, fragte Michael neugierig.

Im vernarbten Gesicht des Runners zuckte es belustigt, und die grauen Augen funkelten. »Ich kann hervorragende Pfannkuchen backen.«

»Na toll«, grummelte Christo.

»Du wolltest gehen«, erinnerte Conquistador ihn, ohne den Blick von Michael zu wenden, der ihn immer noch mit offenem Mund anstarrte.

Als Antwort knallte hinter ihm die Tür, und das Treppenhaus dröhnte unter den Schritten des davonstampfenden Trolls.

»Da geht er hin und weiß nicht, ob er wütend sein soll oder nicht«, sagte Conquistador und grinste.

Jaywalker sah ihn an. »Hast du ihn beschummelt?«

»Ich?« Conquistador sah ihn mit einem fast entsetzten Gesichtsausdruck an, aber in seinen Augen lag ein undeutbarer Schimmer.

»Ja, du«, gab Jaywalker zurück.

»Wie käme ich dazu?«, fragte Conquistador. »Er ist ein armer, dummer, großer Junge. Außerdem verliert er immer ganz von alleine. Da muss man nun wirklich nicht nachhelfen!«

Skeptisch zog Jaywalker die Augenbrauen zusammen und betrachtete seinen Chummer mit schief gelegtem Kopf. »Manche Leute vertragen es nicht, wenn man sie beschummelt.«

Conquistador kratzte sich hinter dem Ohr und zog mit einer lässigen Bewegung den Kartenstapel dahinter hervor. Ohne hinzusehen, mischte er die Karten mit fliegenden Händen, als gäbe es nichts Selbstverständlicheres.

»Er verträgt es nicht zu verlieren. Es ist pädagogisch wertvoll, ihm das beizubringen.«

»Sicher.« Jaywalkers linker Mundwinkel zuckte. »Du schummelst also nicht?«

»Bist du aber hartnäckig.« Die Karten fächerten sich zwischen Conquistadors Händen auf und glitten raschelnd zurück, je eine Hälfte des Stapels in eine Hand. Dann, zwischen zwei Lidschlägen, waren sie wieder verschwunden. »Auch das richtige Betrügen ist eine Kunst.«

»Ja, aber eine, die außer dir keiner zu würdigen weiß. Christo nimmt es dir übel!«

»Ich habe nicht gesagt, ich hätte unübliche Mittel angewendet, um gegen Christo zu gewinnen. Ich müsste sie anwenden, um ihn gewinnen zu lassen! Der arme Christo hat weder Glück noch Verstand.«

Jaywalker wusste nicht, ob er ihm glauben sollte. Er traute Conquistador nicht über den Weg, wenn es ums Spielen ging. Und sein Chummer gab sich nicht gerade bemerkenswerte Mühe, vertrauenswürdig zu wirken. Sobald er Spielkarten in die Hand bekam, verwandelte er sich in eine wahre Sphinx.

»Jedenfalls solltest du ihm nicht immer das Gefühl geben, der Idiot zu sein, der er ist.«

Conquistador lachte. »Du befürchtest, er kann sein Spiegelbild nicht mehr ertragen und zerschlägt den Spiegel!«

Jaywalker dachte einen Augenblick nach und nickte. »Ja, das wäre nicht undenkbar. Es ist immerhin möglich, dass er eines Tages die Gelegenheit bekommt, dir in den Rücken zu fallen. Er müsste das gar nicht aus wirklicher Bösartigkeit tun. Es reicht, wenn er dir einfach eins auswischen will und die Zusammenhänge nicht durchschaut. Christo ist ein sehr loyaler Mann. Wenn man das aus ihm herauskitzelt, ist er nützlich. Aber sobald er mit dir zu tun hat, wird er missmutig und verhält sich noch dümmer als sonst. Für dich ist das lustig, aber Christo hat keinen Spaß dabei. Er kann dich nicht mal annähernd in Verlegenheit bringen und dir auch mal eins reinwürgen.« Er holte tief Luft. »Du hältst ihm einen Spiegel vor seine schlechtesten Seiten. Er hat auch bessere. Sei vorsichtig! Es ist sehr gefährlich, wenn man sich dumme Leute wie Christo zum Feind macht. Er weiß ja selbst nicht, wie wütend er auf dich ist, aber glaub mir, in seinen Träumen zerreißt er dich in Stücke.«

Aus den Augenwinkeln nahm er Michaels erschrockenen Blick wahr, der zwischen den Runnern hin und her irrte. Er bedachte ihn mit einem kurzen warmen Lächeln, und der Ausdruck auf dem Gesicht des Jungen entspannte sich ein wenig.

»Du bist ein kluger Mann, mein Freund«, sagte Conquistador und lächelte Jaywalker zu. »Aber ich bin ein Spieler.«

Er würde zum Thema Christo keine Stellung beziehen. Ihm gefiel offenbar, wie es war, und wenn sein Umgang mit dem Troll gefährliche Seiten an Christo hervorkitzelte, ließ er es offenen Auges zu. Jaywalker war sich nicht im Klaren darüber, ob Conquistador nicht bewusst war, wie ernst Christo ihren Zwist mittlerweile nahm, oder ob dieser Zwist ihm solches Vergnügen bereitete, dass er das Risiko freudig einging.

Für sich und vielleicht auch für das Team.

Wie auch immer die Antwort aussehen mochte, er konnte nichts tun, um Conquistador zu einem anderen Verhalten zu bewegen. Der Runner war der ungekrönte König der Dickschädel. Er war unvernünftig, und das ärgerte Jaywalker, der viel Wert auf Vernunft legte.

»Bist du ein Magier?«, fragte Michael. Er starrte Conquistador an, als warte er darauf, dass sich der Runner ein weißes Kaninchen aus der Nase zog.

»Ja«, antwortete Conquistador und lächelte ihn an. »Allerdings ein Magier der alten Schule. Ich verändere die Wirklichkeit ebenfalls so, wie sie mir besser gefällt, aber ich tue das nicht mit Hilfe von Mana. Ich nutze ausschließlich die Kräfte, die in mir selbst liegen.«

»Du redest vielleicht einen Drek«, knurrte Jaywalker. »Und jetzt wag bloß nicht zu sagen, das läge im Auge des Betrachters. Oder dass die Antworten eines Weisen dem Narren nicht genügen. Halt einfach die Klappe und überlebe.«

»Es gibt Zeiten, da man redet, und Zeiten, da man schweigt.« Conquistador musterte Jaywalker von oben bis unten. Zischend fuhren die Sporne des Straßensamurais aus den Handrücken. Sechs mal zwanzig Zentimeter Stahl glänzten im schwachen Licht.

»Nun, dies ist, so scheint mir, die Zeit zu schweigen«, sagte Conquistador.

Fast unmerklich zuckte es um Jaywalkers Mundwinkel. Die Sporne verschwanden wieder unter seiner Haut.

Die Tür des Arbeitszimmers schob sich in die Wand und wurde dabei von einem Zischen begleitet, das dem der Sporne nicht unähnlich war. Das Gesicht der Deckerin war bleich vor Zorn, als sie ihren Rollstuhl aus dem Arbeitszimmer rollte. »Spart euch eure blöden Spiele«, fuhr sie die beiden an. »Mikey, alles klar?«

»Ja«, murmelte der Junge leise. Seine großen hellblauen Augen und der vorwurfsvolle Blick der Deckerin wanderten gleichzeitig zu Jaywalker, auf dessen Gesicht ein Schimmer von Schuldbewusstsein lag.

»Tut mir Leid«, sagte er zu Phoenix und wandte sich dann an Michael. »Ich würde ihm nie etwas tun. Na ja. Nicht richtig. Vielleicht würde ich ihn ein wenig verhauen, wenn er es braucht, aber mehr nicht.«

»Du bist ein Idiot«, sagte Phoenix mit Nachdruck.

Der Ausdruck in ihren Augen wurde etwas weicher, als sich Jaywalker mit der Rechten in einer verlegenen Geste in den Nacken griff, den Blick kurz zwischen ihr und Michael schweifen ließ und dann seufzte, aber sie hätte mit ihrem Blick noch immer Stahl schmelzen können.

»Entschuldige«, sagte er zu Michael. »Hast du dich erschreckt?«

»Geht so«, sagte Michael und warf einen kurzen Blick auf Jaywalkers linke Hand, die er mit dem Daumen in den Gürtel gehakt hatte. »Sind die richtig scharf?«

»Allerdings«, erwiderte der Straßensamurai und nickte ihm zu.

»Tun die nicht weh, wenn sie in deinen Händen sind?«

Jaywalker grinste und schüttelte den Kopf. »Das wär ja noch schöner. Nein, sie tun nicht weh.«

Er ließ den neugierigen Blick des Jungen einen Moment auf sich ruhen, dann ging er zu ihm und vor ihm in die Hocke und legte die rechte Hand auf das Seitenpolster des Sofas. Vorsichtig und langsam, um das Kind nicht zu erschrecken, fuhr er die Sporne aus. Sein Blick lag auf Michaels Gesicht, um die Reaktion des Kleinen abzuschätzen, aber er sah nur zaghafte Faszination, kein Erschrecken.

Michaels Augen waren riesig. »Wie passen die denn in deine Hand?«, fragte er und stupste die Hand des Straßensamurais vorsichtig an.

Jaywalker lachte leise. »Hast du dir schon mal die Antenne von einem alten Radio angesehen? Oder im Trid gesehen, wie irgendein Seemann sein Fernrohr auseinander zieht?«

Michael schüttelte den Kopf, ohne den Blick von den Spornen abzuwenden.

»Die Sporne bestehen aus drei Teilen«, erklärte Jaywalker. »Sie liegen wie in einem Teleskop ineinander und werden von einem Mechanismus auseinander geschoben, wenn ich sie ausfahre. Du musst aber schon sehr genau hinsehen, um den Übergang zu bemerken.«

Der Blick des Kleinen wanderte über die Sporne und war voll Konzentration, dann schüttelte er den Kopf. »Seh ich nicht.«

»Pass auf.« Jaywalker ließ die Sporne ganz langsam in seine Hand zurückgleiten.

Auf einmal schrie der Junge auf. »Da!« Die Sporne verharrten in ihrer Position, und der Junge wies strahlend darauf. »Da. Und da auch.«

»Du hast gute Augen«, bemerkte der Straßensamurai, und in seiner Stimme lag ein Lachen, als er den begeisterten Jungen betrachtete.

Michael sah ihm in die Augen. »Darf ich mal anfassen?«

Aus Phoenix' Richtung drang ein merkwürdiges Geräusch, aber Jaywalker warf ihr nur einen kurzen Blick zu.

»Sei sehr vorsichtig«, warnte er den Jungen. »Auf der oberen und der unteren Seite sind die wirklich verdammt scharf. Stell dir vor, du willst eine Glasscherbe berühren, und sei doppelt so vorsichtig, dann passiert nichts.«

»Okay«, murmelte Michael und holte tief Luft. Dann streckte er die Hand aus und berührte mit dem Zeigefinger einen Sporn. Als nichts geschah, strich er vorsichtig an dem Metall entlang. Schnell zog er den Finger wieder zurück.

»Wow«, sagte er und blickte seinen Finger an. Eine feine, rote Spur zog sich darüber.

»Toll!«, zischte Phoenix und streckte ihre Hand nach der Hand des Jungen aus. »Zeig mal her.«

»Das ist nur ein ganz kleiner Kratzer«, wehrte Michael ab. »Tut nicht weh.«

Phoenix zog die Hand wieder zurück und sah Jaywalker wütend an. »Willst du ihm auch noch deine Knarre zeigen? Oder ein paar Nahkampftechniken? Oder wie wär's, wenn du ihm erzählst, wie toll es ist, wenn man sich das Hirn mit seiner Cyberware rausknallt. Ich bin sicher, das gefällt ihm!«

Conquistador räusperte sich. Deckerin und Straßensamurai folgten seinem vielsagenden Blick in Michaels Richtung. Die Augen des Kleinen waren so groß, dass sie jederzeit aus dem Kopf fallen und über den Boden kullern mochten. Kurz entschlossen zog Jaywalker die Sporne wieder ein und reichte Michael eine Hand. Der Kleine griff zögernd danach.

»Ich pass auf dich auf«, versprach der Straßensamurai und sah Michael ernst an.

Die Deckerin schnaubte spöttisch.

»Vertraust du mir?«

Mikeys Blick wanderte über das Gesicht des Straßensamurais und an ihm herab und blieb schließlich lange an seinen Händen hängen. Dann hob der Kleine den Kopf wieder und nickte mit einer komischen Ernsthaftigkeit, die absurd erwachsen wirkte. »Ja, okay.«

Jaywalker grinste ihn an. »Ich werde dich nicht enttäuschen.«

»Du Superheld, du«, lästerte Conquistador. »Michael, erinnere ihn daran, dass er dir eine Geschichte erzählt.«

Er fletschte die Zähne in einem breiten Grinsen. »Eine Geschichte von seinen Spornen, als er sie gerade ganz neu hatte.«

Neugierig sah Michael ihn an, und Jaywalker warf dem Runner einen vernichtenden Blick zu.

»Was für eine Geschichte?«, fragte der Kleine.

Conquistador ignorierte Jaywalkers Blick. »Eine Geschichte von einem Fahrstuhl. Ist schon eine Weile her, aber ...«

»Jajaja«, unterbrach Jaywalker. »Ich werde sie ihm selbst erzählen. Aber nicht jetzt. Wir sollten allmählich los, Steel wartet nicht gerne.«

Er erhob sich und sah Phoenix an. »Musst du noch irgendwas mitnehmen?«

»Nein.« Sie klopfte auf die Seite des Rollstuhls. »Alles verstaut.«

»Gut.« Fragend sah er Michael an, aber der Kleine stand einfach auf und war zum Gehen bereit. Offenbar hatte Phoenix ihn bereits davon in Kenntnis gesetzt, dass sie ihr Quartier verlegten.

Sie hatten beschlossen, sich in das Quartier in der Columbia Street zurückzuziehen. Es war recht unwahrscheinlich, dass ihre Gegenspieler sie dort finden würden, und selbst wenn: Das Quartier bot außergewöhnliche Rückzugsmöglichkeiten.

Die Nacht verblasste bereits, als sie die Wohnung der Deckerin verließen.

Kapitel 10

Quartier in der Columbia Street, Innenstadt, 01:58

Steel fuhr auf den Lieferantenparkplatz und hielt vor einer schmalen, aber gut drei Meter hohen Mauer, die einen Teil des Parkplatzes abtrennte. Der Parkplatz war zwischen drei Gebäude gezwängt: zwei Bürohochhäuser und einen großen, hässlichen Moloch von einem Bau, in dessen unterer Etage sich ein Supermarkt, eine Bäckerei und eine Zahnarztpraxis befanden. Die zweite Etage bot einigen weiteren Ärzten und einem Rechtsanwalt Platz. Soweit Steel wusste, hatte er sich auf nichts Besonderes spezialisiert. Das war gut. Der Rigger hatte eine Weile in der Nähe einer Kanzlei gewohnt, die sich auf die Durchsetzung der Rechte von Metamenschen im Beruf spezialisiert hatte, und das war eine Zeit zum Abgewöhnen gewesen. Nicht, dass er etwas dagegen hatte, dass sich jemand für Metamenschen einsetzte, obwohl darin kaum Geld steckte; es lag auf der Hand, dass er dem Projekt gewogen war. Aber die Aktivitäten der Kanzlei hatten unliebsame Aufmerksamkeit auf sich gezogen. Vorfälle wie die Misshandlung metamenschlicher Anwohner waren fast an der Tagesordnung gewesen, und es hing immer viel Kroppzeug herum, das Ärger suchte. Steel hatte in dem dreiviertel Jahr, das er in dieser Gegend wohnte, nur einmal etwas abbekommen und dabei weit kräftiger ausgeteilt als seine Gegner. Aber das Übermaß an Aufmerksamkeit war ihm gehörig auf die Nerven gegangen, und er hatte sich von seinen Fans verabschiedet und war umgezogen.

Das Quartier, für das sie sich entschieden hatten, lag in der Innenstadt in der Columbia Street. Es war eine Kellerwohnung, die unter dem Supermarkt lag, direkt neben dem Lager. Sie war recht geräumig, aber sechs Personen würden sich darin ziemlich beengt vorkommen. Bei der Auswahl waren nicht die zentrale Lage oder die Nähe zum nächsten Stuffer Shack ausschlaggebend gewesen. Die Wohnung gehörte offiziell einem Bekannten von Steel, der nichts mit den Schatten zu tun hatte und die Wohnung selbst nur selten nutzte. Vor etwa einem Jahr hatte Steel sie ihm abgekauft, ohne den Besitzerwechsel behördlicherseits rechtskräftig zu machen. Das hieß: Wenn sein Bekannter wollte, konnte er ihn jederzeit rausklagen. Allerdings hätte er dann einiges zu erklären gehabt. Den Behörden. Und auch Steel.

Das Team mit dieser Wohnung in Verbindung zu bringen, war sehr schwierig.

Der größte Vorteil der Wohnung bestand jedoch darin, dass sich in ihrem Boden ein Loch befand. Das hörte sich an sich nicht so großartig an, aber das war ja nicht alles. Das Loch war nicht besonders raffiniert getarnt, es stand nur eine große, leere Truhe darauf. Wenn man sie beiseite schob, gähnte ein schwarzer Abgrund, und wenn man hindurchkletterte, gelangte man nach zwei, drei Metern in einen staubigen kleinen Raum mit nur einer einzigen, verschlossenen Tür. Hinter der Tür wartete apokalyptisches Chaos: Der Boden des ehemaligen Kellers lag voller Schutt, weil einige der Wände und ein Teil der Decke eingestürzt waren. Man musste ein ganzes Stück krabbeln und kriechen, selbst wenn man wusste, welchen Weg man einzuschlagen hatte.

Steel hoffte, dass sie diesen Fluchtweg nicht benutzen mussten. Er stellte es sich sehr schwierig vor, Kike von der Notwendigkeit zu überzeugen, durch einen schmutzstarrenden eingestürzten Keller zu kriechen, sich Kleidung und Haut zu zerreißen und absichtlich der unvorstellbaren Katastrophe einer dicken Staubschicht auf den Klamotten und der Haut auszusetzen. Allerdings war Kike noch das kleinere Problem. Phoenix bereitete ihm mehr Sorgen. Die Deckerin war so selbstständig, dass er es oft nicht fassen konnte. Wohin sie auch wollte, sie hievte ihren von der Hüfte abwärts schlaffen Körper mit Hilfe der Arme in die undenkbarsten Höhen oder Ecken. Ihr Training, dem sie sich jeden Tag unterzog, war hart, und mit Lappalien wie einarmigen Klimmzügen wärmte sie sich nur auf.

Trotzdem würde sie Probleme bekommen. Allein die Verletzungsgefahr war schon fast ein Gegenargument. Ihre Beine würden die ganze Zeit über den Boden schleifen, und sie spürte es nicht, wenn sie sich verletzte. Steel wusste, dass Phoenix sich deswegen nicht viele Gedanken machte und keine Angst hatte vor der Möglichkeit, dass sie durch den Tunnel verschwinden mussten, aber das half ihm nicht. Die Möglichkeit bereitete ihm Unbehagen. Selbst dann, wenn sie aus dem Gröbsten heraus waren, musste einer von ihnen sie tragen, denn ihren Rollstuhl konnten sie nicht mitnehmen.

Eine querschnittgelähmte Elfe im Ork-Untergrund erschien ihm wie ein sehr schlechter Witz.

Aber ein Haufen Konzernjapse ohne Beziehungen nach unten, die sich nach ihnen erkundigten, war noch viel witziger. Zumindest würden sich die Jungs und Mädels erst mal umorientieren und ganz andere Kontakte aktivieren müssen, bevor sie im Untergrund nach ihnen suchen konnten. Und dann wäre das Team schon so weit weg, dass sie ihre Uhren würden umstellen müssen.

Gedankenverloren wendete er den Wagen und fuhr mit dem Heck bis dicht an die Mauer. Hinten im Wagen wurde es lebendig. Über die Sensoren spürte er, wie die Tür geöffnet wurde, dann hörte er das Schaben der Rampe, als Jaywalker und Conquistador sie ausklappten, damit Phoenix' Rollstuhl aus dem Wagen rollen konnte.

Steel schloss kurz die Augen. So müde, wie er sich fühlte, war er nicht hundertprozentig funktionstüchtig. Das bisschen Adrenalin, das noch übrig war, hielt ihn gerade so eben wach. Dennoch fühlte er sich leicht und schwer zugleich und erlebte alles unangenehm gedämpft. Seine Augen brannten, und er kniff sie seit mindestens einer Stunde zu schmalen Schlitzen zusammen, um den Lichteinfall zu reduzieren.

Falls er noch eine Weile durchhielt, würde er nicht einfach schlafen, sondern ins Koma fallen, wenn er es sich endlich gestattete. Das war gut. Im Koma träumte man vielleicht nicht mehr.

Er hörte den Ki-Adepten keuchen und verzweifelt husten, um das Wasser aus den Lungen zu bekommen, und er sah die verdrehten Augen vor sich, als er ihm den Cleaner …

»He.« Es klopfte am Fenster. Unwillig registrierte Steel, dass die Doppeltür hinten im Wagen wieder geschlossen war. Vor dem Fenster stand Conquistador und sah ihn merkwürdig an.

»Was für ein müder Ork … sieh zu, dass du den Wagen anständig parkst, und dann komm rein und schlaf 'ne Runde. Du siehst aus, als wärst du schon seit ein paar Stunden tot.«

»Na, vielen Dank«, brummte Steel. Er dachte an seine Bemerkung, als er Conquistador nach dessen Zusammenstoß mit der Franchi gesehen hatte, und musste grinsen. »Das war 'ne ganz billige Retour, du Punk.«

»Hä?« Conquistador hielt sich die Hand hinter das Ohr, um zu signalisieren, dass er kein Wort verstanden hatte, aber Steel ignorierte ihn und gab wieder Gas. Der Parkplatz war nur für Anlieferungen gedacht, nicht dafür, seinen Wagen wirklich hier abzustellen.

Er betete nur, dass er schnell einen Parkplatz finden würde. Bevor er hinter dem Steuer einschlief.

Als er nach zehn Minuten wiederkam, war das Team ordentlich in Bewegung.

Steel kam über die hintere Tür herein, über den Parkplatz. Dazu musste er durch das Tor und einen winzigen Garten mit verwildertem Gras dahinter, in dem einige Gartenstühle standen, die vor einigen Jahrzehnten bestimmt einmal neu gewesen waren, auch wenn man es nicht glauben mochte. Vom Garten aus führte eine schmale Treppe nach unten in die Wohnung.

In der Küche, die direkt am Garten lag, traf er auf Conquistador, der mit Eifer die Möglichkeiten der Küche erkundete. Julius lag zusammengerollt auf dem kleinen Tisch und sah ihn an, als er hereinkam.

»Familiär«, brummte Steel. »Die Küchenfee und ihr treuer Haushund.« Er hielt Julius die Hand hin. Desinteressiert schnupperte sie ein wenig daran herum und widmete sich dann wieder der Betrachtung von Conquistador.

»Sie hat Hunger«, erklärte Conquistador.

Wie zur Antwort knurrte Steels Magen. Laut. »Hast du vor zu kochen?«

Der Runner grinste ihn an. »Womit denn?« Mit theatralischer Geste zog er zwei Konserven aus einem Schrank und hielt sie Steel hin. »Willst du *das* essen?«

»Masinis Tofu-Tortellini«, las der Rigger laut vor. »Was ist denn das?«

»Schmeckt bestimmt besser als Dr. Beckers original Soybohnen-Eintopf mit Kräuteraroma«, spottete Conquistador. »Zumindest sollen die Tortellini laut Aufdruck noch zwei Tage haltbar sein. Der Eintopf war schon vor einem halben Jahr nicht mehr koscher.«

»Und das Zeug, das du eigentlich kochen wolltest?«

»Das von gestern? Dauert ziemlich lange. Außerdem sind einige Zutaten nicht mehr ganz frisch.«

Kopfschüttelnd sah Steel ihn an. »Was kann denn seit gestern schlecht geworden sein?«

»Nicht schlecht. Nicht mehr frisch. Schmeckt beschissen. Da kann man dann gleich Soyburger essen, und dafür quäle ich mich nicht in dieser engen Küche herum.«

»Soyburger klingt auch nicht schlecht.«

Conquistador verzog das Gesicht zu einer Grimasse des Ekels. »Sehen die anderen auch so. Ich warte nur noch auf deine Bestellung, dann hole ich was vom McHughes.«

»Cool. Ich will drei von diesen doppelten Burgern mit Käse und zweimal extra scharfe Currysauce.«

»Bah! Typisches Ork-Essen. Fetthaltig, ballaststoffarm, geschmacklich voll daneben, aber davon reichlich.«

»Beweg dich lieber, anstatt zu quatschen«, knurrte Steel und schob sich an Conquistador vorbei aus der Küche. Im Flur wandte er sich nach rechts. Links lagen ein etwas größeres Zimmer und der kleine Raum mit dem Loch im Boden, der üblicherweise sein Schlafzimmer war. Direkt der Küche gegenüber stand die Tür zu einem winzigen Raum offen, und er konnte Kikes Umhängetasche auf dem Bett sehen.

Rechts lag direkt am Ende des Flurs das Badezimmer. Hier hatten sie keine Badewanne. Schwere Zeiten für Kike.

Zur Linken des Flurs lag, was hier einem Wohnzimmer am nächsten kam, rechts hatte Phoenix ein kleines Arbeitszimmer, in dem sie auch schlief. Aus dem Wohnzimmer drangen Geräusche, und Steel erkannte Fives emotionslose, androgyne Stimme im Wechsel mit Jaywalkers. Als er das Wohnzimmer betrat, sah er mit Erstaunen, dass Five heute in dunklen Klamotten steckte. Anzug und Mantel wie gehabt, sogar der Schnitt schien derselbe zu sein, aber die Farbe war eindeutig dunkelblau und nicht weiß. Five wirkte wie ein Negativ seiner selbst.

»Hi«, sagte er und kam sich auf einmal sehr langsam und träge vor, als ihn eine Welle der Müdigkeit überrollte.

Five, der vor dem Sofa stand und sich mit Jaywalker unterhielt, wandte den Kopf, nickte Steel präzise zu und ließ den Kopf in die ursprüngliche Position zurückschnappen.

»Hast du gestern nicht geschlafen?« Kike blickte vom Sofa aus zu ihm hoch. Phoenix war nirgendwo zu sehen.

»Nein«, erwiderte er.

»Du siehst wirklich schlimm aus.«

»Ich weiß.« Plötzlich verschob sich seine Sicht, und er sah doppelt. Angestrengt blinzelte er, bis er wieder deutlicher sah. Zwei Fives waren ihm zu viel. Einer reichte auch schon.

Sein Kopf dröhnte.

»Wie lange hast du nicht geschlafen?« Die Stimme von Jaywalker erreichte ihn wie durch einen Nebel.

»Vielleicht vier Tage«, antwortete er, bevor er sich bremsen konnte.

Schweigen. Einen Augenblick dachte er, sein Gehör hätte einfach ausgesetzt, dann hörte er Jaywalker wieder.

»Verzieh dich und schlaf, sonst kippst du noch um. Nach vier Tagen geht es mit Halluzinationen und dem ganzen Drek los, echt gefährlich.«

»Okay.« Er dachte kurz an die Soyburger. Gegessen hatte er auch schon eine ganze Weile nichts mehr. Dann spürte er, wie er zu schwanken begann, ohne etwas dagegen tun zu können. Schlafen war wohl im Augenblick das Wichtigste.

Genau wusste er nicht, wie er ins Bett gekommen war. Er hatte eine vage Erinnerung daran, durch einen kilometerlangen Flur gelaufen zu sein und eine Tür aufgestoßen zu haben und dann war es weich unter ihm und er fiel, fiel durch das Bett, durch den Ork-Untergrund und immer tiefer. Dann landete er, und zwar absurderweise auf dem Bett, durch das er gefallen war. Von dem irrealen Gefühl wurde ihm übel, aber zum Glück war er schon eingeschlafen, bevor er es richtig registriert hatte.

Seine Träume waren wirr. Er lief durch lange Tunnel, die tief unter der Erde lagen, und suchte etwas. Was das war, wusste er nicht, ebenso wenig, wie er hierher gekommen war, und er fragte auch nicht danach. Es war unwichtig. Wichtig war nur, dass er weitermachte, dass er nicht aufhörte zu suchen.

Irgendwann, nach langer Zeit, hörte er etwas in den Tunneln. Es kam von allen Seiten. Er drehte sich im Kreis und lauschte, lauschte in alle Richtungen, aber das Geräusch kam von überall und nirgendwo und er konnte seinen Ursprung nicht ausmachen.

Er fing an zu laufen. Das Geräusch wurde nicht leiser oder lauter, aber er konnte es auf einmal klarer hören. Plötzlich wusste er, was es war: das Weinen eines Kindes. Als er es erkannt hatte, brach es abrupt ab, und kurz darauf gellten Schreie durch die dunklen Tunnel. Er lief schneller und schneller, immer schneller, und Panik breitete sich in ihm aus und die Angst, wieder einmal zu spät zu kommen.

Und er wusste nicht, ob er dem Geräusch entgegenlief oder vor ihm floh.

Kapitel 11

Quartier in der Columbia Street, Innenstadt, 15:12

»Steel?« Jaywalker klopfte an die Tür. Als er keine Antwort hörte, öffnete er die Tür, und ein intensiver Geruch nach schlafendem Ork schlug ihm entgegen. Wie unterschiedlich Menschen verschiedenen Metatyps riechen konnten, war wirklich erstaunlich. Die leicht animalische Note im Körpergeruch eines Orks war selbst dann noch wahrnehmbar, wenn er frisch geduscht war und seinen Geruch mit Hilfe chemischer Substanzen teilweise überdeckt hatte, jedenfalls für die modifizierten Sinne Jaywalkers.

Steel war weder frisch geduscht, noch hatte er sich kopfüber in Aftershave gestürzt. Es roch wie in einem Löwenhaus.

Der Ork sah noch immer erledigt aus, selbst nach fast zwölf Stunden Schlaf. Unter seinen Augen lagen tiefe Schatten, und Jaywalker konnte sich nicht vorstellen, dass sein Schlaf besonders erholsam gewesen war, da er einfach rücklings und vollständig angezogen quer auf dem Bett lag.

Mit einem Knurren öffnete der Ork die Augen, sah Jaywalker kurz an und richtete sich dann stöhnend auf. Mit der Rechten griff er sich mit einem Gesichtsausdruck an den Kopf, als wolle er ihn sich abreißen, und murmelte ein paar üble Flüche.

»Entschuldige, dass ich dich wecke. Aber ich könnte eine Kombination aus Chauffeur und Rückendeckung brauchen. Die Barrens warten auf uns.«

Steel knurrte etwas Unartikuliertes und stand auf. Aus blutunterlaufenen Augen musterte er Jaywalker, als überlege er, ob es wohl der Mühe wert war, ihn in Stücke zu reißen, dann setzte er sich in Bewegung und ging zur Tür. Im Vorbeigehen schnappte er sich die Sporttasche, die neben der Tür stand, dann hörte Jaywalker ihn im Badezimmer verschwinden.

Der Straßensamurai sah ihm halb amüsiert, halb mitfühlend nach. Sein Schlaf war ebenfalls nicht besonders erfrischend gewesen. Vor drei Stunden war er mit dem Gefühl aufgewacht, dass sich ihm seine gebrochenen Rippen in die Lungen bohrten, während eine riesige Hand um seinen Brustkorb lag und mit kräftigem Druck nachhalf.

Was mochte der Rigger in den letzten Tagen getan haben, dass er nicht zum Schlafen gekommen war? Es war seine Sache und ging den Straßensamurai nichts an. Aber Jaywalker hätte es trotzdem gerne gewusst.

»Habe ich irgendwas verpasst?« Steel sah Jaywalker fragend an, als er den Motor anließ.

»Nicht viel. Phoenix hat einiges über Davis gefunden. Offiziell war er Leibwächter, aber sein fester Arbeitgeber war ein Strohmann.« Er verzog das Gesicht, und seine Augen spiegelten seine Frustration wider. »Phoenix ist den Überweisungen auf sein Konto nachgegangen, aber die Spur verliert sich. Wenn wir alles überprüfen, was sie bisher hat, sitzen wir in zehn Jahren noch daran. Über diesen Hideaki hat sie gar nichts gefunden. Sakata ist ebenfalls problematisch. Ein gewisser Kim Sakata, der vom Alter her unser Mann sein könnte, ist vor sechseinhalb Jahren bei der Einreise in die UCAS registriert worden, aber dann hat ihn der Erdboden verschluckt. Wenn beide identisch sind, ist Sakata ein Hermetiker, der eine Weile die magische Sicherheit bei einem kleineren Konzern in Tokio koordiniert hat. Offenbar hat er später beeindruckende Erfolge bei Einsätzen auf der Straße aufzuweisen gehabt.«

»Irgendwas mit der Yakuza zu tun gehabt?«

Jaywalker schnaubte. »Haben sie das nicht alle? Keine Ahnung. Phoenix hat fast alles über ihn aus offiziellen Quellen. Es gibt zwei Berichte über ihn, einmal einen kleinen Abschnitt in einer Zeitung und dann einen Bericht in einem Magazin. Allerdings kann ich seine Leistungen kaum mit denen in Verbindung bringen, die unser Hermetiker gezeigt hat. Entweder haben die Berichte gnadenlos übertrieben, oder er ist alt geworden.«

»Oder er ist nicht unser Mann.«

»Tja.« Scheinbar gedankenverloren sah Jaywalker aus dem Fenster. »Aber wenn er es doch ist, sollten wir ihn nicht unterschätzen. Wenn die Berichte nur zur Hälfte wahr sind, hätte er mit uns eigentlich den Boden aufwischen sollen. Und wer weiß? Ich hatte auch schon mal einen schlechten Tag.«

Draußen wurde es dunkler, und es fing an zu regnen. Die Straßenlaternen schalteten sich ein, und Steel zog mit Scheinwerfer und Scheibenwischer nach. »Was soll denn das? Das sieht ja aus wie in der Nacht. Wie spät ist es überhaupt?«

»Gleich halb vier.« Nachdem Steel geduscht hatte, waren sie noch bei einem McHughes vorbeigefahren, und Steel hatte seine verpassten Burger nachgeholt und noch ein bisschen mehr. Erst jetzt schien er richtig zu sich zu kommen und sich wieder mit der Welt anzufreunden. Vor dem Essen hatte er einen Besorgnis erregend weggetretenen Eindruck gemacht. Dass er wissen wollte, wie spät es war, betrachtete Jaywalker als gutes Zeichen: Vielleicht erholte sich Steel auf dem Weg zum Doc so weit, dass man ihn glatt wieder als brauchbar bezeichnen konnte.

Ohne abzubremsen, jagte der Rigger den Wagen in eine enge Kurve. Zum Glück war der Verkehr ziemlich ruhig, und niemand hupte empört hinter ihnen her.

»Hat der Konzern, für den er gearbeitet hat, hier in Seattle Ableger?«, fragte Steel.

»Nein. Keine offensichtlichen. Könnte sein, dass sie ihn abgeworben haben. Das würde auch erklären, weshalb er nach der Einreise spurlos verschwunden ist.«

Ungläubig warf Steel ihm einen Blick zu. »Abgeworben? Du meinst, eine Extraktion? Sie haben ihn geklaut? Dann muss er aber verdammt gut sein, wenn ein Konzern aus Seattle unbedingt einen Magier aus Tokio haben will und auch die entsprechenden Nuyen investiert, um ihn sich zu holen.«

Sie schwiegen eine Weile. An Steels Einwand war etwas dran. Entweder war Sakata phänomenal gut oder er hatte etwas gewusst, das jemanden genug interessierte, um eine Menge Nuyen auszugeben. Oder sie waren auf einem ganz falschen Dampfer. Vielleicht jagten sie einem Phantom hinterher, und der eine Sakata hatte mit dem anderen nichts zu tun. Andererseits waren die Parallelen überzeugend.

Leider brachte sie das auch nicht weiter.

»Du fährst zu schnell«, sagte Jaywalker nach einer Weile.

»Ja«, antwortete Steel und verlangsamte das Tempo um einige Stundenkilometer. Das war noch immer zu schnell, aber Jaywalker verkniff sich einen Kommentar. Wenn sich Steel in einer Sackgasse befand, wurde er ungeduldig, und wenn er zur Sache an sich nichts beitragen konnte, damit es schneller lief, flossen seine Energien in andere Bahnen. In welche, das spielte keine Rolle, Hauptsache, er hatte etwas zu tun. Und wenn es sie beide umbrachte.

»Der Japaner hat die Operation überlebt«, sagte Jaywalker. »Ich denke, das wird uns weiterbringen.«

Auf Steels Gesicht lag ein Schatten, als er langsam nickte. »Ja. Das wird uns weiterbringen.«

Bis sie die Barrens erreichten, sagte er nichts mehr. Seine Augen waren dunkel und ernst, und Jaywalker bekam das Gefühl, dass er in einem geeigneten Moment mal ein paar Worte mit dem Rigger wechseln sollte. Irgendwas machte ihm offensichtlich schwer zu schaffen. Jaywalker war nur nicht sicher, ob Steel mit ihm darüber reden wollte.

Im Hinterhof des verlassenen Wohnhauses wehte kein Wind, und es war etwas wärmer. Die Tropfen peitschten nicht mehr auf Jaywalker herunter wie draußen, wo der Wind sie auf ihn herabgeschmettert hatte wie ein Affe Kokosnüsse, sondern durchnässten ihn auf eine gesittetere Art. Trotzdem blieben sie verdammt nass, und allmählich wurde ihm doch kalt.

Steel hatte ihn einige Blocks von hier abgesetzt. Wenn Jaywalker den Japaner hatte und Steel Bescheid gab, würde er ihn hier auflesen.

Froh darüber, dass er den langen, kevlargefütterten Mantel anhatte und wenigstens nicht vollständig durchnässt wurde, überquerte Jaywalker den Hof und betätigte die unterste der Klingeln eines der Wohnhäuser, die den Hof umgaben. Auf dieser Klingel stand wie auf den meisten anderen kein Name mehr, aber nach wenigen Sekunden klickte es leise, und Jaywalker drückte die Tür nach innen auf.

Ein stilles Treppenhaus empfing ihn. Der Geruch nach Staub und Verlassenheit schlug ihm entgegen, als atme das Haus aus und hauche ihn dabei an. Von den weiß verputzten Wänden hingen lange Spinnweben herunter, schwarz und schwer vom Staub, und lange Risse durchzogen den Putz.

Kanes Klinik befand sich im vierten Stock, und Jaywalker nahm die Treppe. Wenn man aufmerksam genug war, fiel einem auf, dass der Staub fast überall lag, nur nicht auf der Treppe und dem Fußboden. Sie waren zwar nicht unbedingt sauber, aber Kane schien hin und wieder durchzufegen.

Als Jaywalker im vierten Stock angekommen war und sich der Tür näherte, öffnete sie sich mit einem leisen Surren, sodass er sie aufschieben und hindurchgehen konnte. Kane musste versteckte Kameras angebracht haben, sowohl unten am Hauseingang als auch im Treppenhaus, um rechtzeitig zu erfahren, wer seine Gäste waren.

Die Klinik bestand aus zwei Wohnungen. Kane hatte die Wand dazwischen teilweise durchbrochen, und von der Wohnungstür gelangte man zuerst in einen Flur, der direkt in den großen Behandlungsraum führte, den Jaywalker schon vom letzten Besuch kannte. Im Flur befand sich nur eine weitere Tür, aber wohin diese oder die zwei Türen im Behandlungsraum führten, wusste er nicht. Die Fenster im Behandlungsraum waren von innen schwarz angestrichen.

Der Arzt stand vor einem der Monitore am anderen Ende des Raums und betrachtete, einen Finger an die Lippen gelegt, irgendwelche Aufnahmen und Daten, die Jaywalker überhaupt nichts sagten.

»Glückwunsch«, sagte Jaywalker und blieb an der Tür stehen. »Um ehrlich zu sein, ich hätte nicht gedacht, dass Sie ihn durchbringen.«

Kane lachte, und Jaywalker hörte etwas in seinem Lachen, das ihm nicht gefiel. Nervosität?

»Es war knapp.« Er schwieg eine Weile. »Die Bombe wäre fast hochgegangen.«

War es das? Hatte das Kane nervös gemacht?

»Wo ist der Japaner?«, fragte Jaywalker.

»Schläft selig im Nebenzimmer.« Mit dem Kopf wies Kane auf eine der beiden Türen zu seiner Linken. »Ich habe die Bombe analysiert. Verdammt gute Arbeit, muss ich sagen. Sehen Sie sich das an.« Er wies auf die Daten auf dem Monitor, als nehme er an, Jaywalker könne etwas damit anfangen.

Der Straßensamurai trat näher. Etwa in der Mitte des Raumes, auf Höhe des Tisches, auf dem der Japaner gelegen hatte, fielen ihm mehrere Dinge gleichzeitig auf.

Auf dem Boden lag ein gebrauchtes Papiertaschentuch. Klein und weiß und harmlos lag es in einer Ecke im Schatten und schien sich gar nicht bewusst zu sein, dass es der einzige Gegenstand im Raum war, der nicht ordentlich an seinem Platz lag.

Der Arzt stand von Jaywalker abgewandt und studierte konzentriert die Daten auf dem Monitor. Jaywalker konnte nur einen Teil seines Gesichts sehen: ein Ohr, die linke Wange und einen Teil der Nase.

Und den Nacken, an dem langsam ein Schweißtropfen wie eine Perle herunterrollte.

Im Raum war es nicht warm. Es war sogar ausgesprochen kühl.

Seine Reflexbooster schalteten sich ein, als hätten sie einen eigenen Willen, und Adrenalin schoss durch seinen Leib wie eine alles versengende Stichflamme.

Ruhig ging er auf den Arzt zu.

»Steel«, sagte er über Kommlink und dankte den Erfindern des Kehlkopfmikrofons dafür, dass er lautlos mit Steel reden konnte. »Probleme.«

Dann war er beim Arzt angelangt und roch die leise Ausdünstung von Angst, die Kane verbreitete. Ohne ein weiteres Wort zu verschwenden, griff er unter seinen Mantel, zog die Desert Eagle mit der Rechten und riss Kane mit der Linken an der Schulter herum. Der Arzt gab ein gurgelndes Geräusch von sich, das verstummte, als Jaywalkers Sporne aus der linken Hand schossen und in einer wenig subtilen Drohung Kanes Hals anritzten.

Ein leichtes Déjà-vu-Gefühl überkam Jaywalker, als er schon wieder hinter einer lebenden Deckung stand, seine Sporne am Hals des Mannes und die Knarre in der Rechten, wie bei Davis. Er hatte nicht darüber nachgedacht. Sein Körper war ganz von allein in diese Position geglitten, als gebe es nichts Selbstverständlicheres. Wenn seine Booster auf Touren waren und das Adrenalin sein Übriges tat, konnte sich sein Verstand wie in einem Regiestuhl zurücklehnen und auf die Momente warten, in denen es genug Zeit für Anweisungen gab.

Zwei der Türen spien Japaner. Aus der Tür, durch die er gekommen war, traten zwei Männer in schwarzen Dustern und aus der Tür, hinter der sich angeblich Hideaki befinden sollte, kamen ebenfalls zwei Pakete japanische Muskeln, gefolgt von einem Mann, dessen Gesicht Jaywalker kannte. Es hatte ihm dümmlich von den Berichten entgegengegrinst, die Phoenix ausgegraben hatte: Sakata.

Dumm, sehr dumm. Schach dem König. Und nun?

Die Männer waren doppelt bewaffnet. In den Händen hielten sie Narcoject-Pistolen, mit denen sie auf den Arzt zielten. Oder vielmehr durch den Arzt auf Jaywalker. An ihren Hüften unter den offenen Dustern sah Jaywalker Halfter, die dort befestigt waren, und bei einem der Männer war der Duster auf einer Seite über die Hüfte geglitten und ließ eine böse Kanone vom Kaliber einer anständigen Ares Predator sehen.

Bevor er denken konnte, war Jaywalker in Bewegung. Die Männer waren aus einer der beiden Türen gekommen. Wenn sich hinter der zweiten Tür weitere Gegner befanden, lief er ins offene Messer. Aber sie hatten mit einer anderen Ausgangslage gerechnet, deshalb bestand die Möglichkeit, dass er mehr Glück als Verstand hatte und einen leeren Raum vorfand. Wenn nicht, hatte er Pech gehabt. Aber das hätte er mit Sicherheit auch, wenn er einfach stehen blieb und auf eine rettende gute Fee hoffte.

Noch während er auf die Tür zuhechtete und seinen lebenden Schild mit der linken Hand mitriss, eröffneten die Männer das Feuer. Jaywalker erwiderte es und traf einen der Männer mit dem ersten Schuss in die Brust. Beim zweiten Schuss flackerte irgendwas blau auf, und die Kugel prallte harmlos ab und hüpfte über den Fußboden: Sakata hatte offenbar eine Geschossbarriere aktiviert.

Kane zuckte in seinem Griff, als er von mehreren Pfeilen getroffen wurde, und erschlaffte. Für einen Augenblick schien die Zeit stillzustehen, als Jaywalker nach der altmodischen Türklinke griff und merkwürdig viel Zeit hatte, darüber nachzudenken, was er tun würde, wenn sie verschlossen war.

Die Tür war nicht verschlossen. Achtlos ließ er Kane einfach fallen und warf sich mit der Schulter gegen die Tür, die mit einem Krachen aufflog und gegen die Wand krachte. Fast hätte sie ihn erschlagen, als sie zurückprallte, aber er war schnell genug daran vorbei. Er hatte gehofft, dass sie ins

Schloss fallen würde, um ihm für einen kurzen Moment den Rücken zu decken, aber sie sprang hinter ihm wieder auf.

Das Adrenalin pulste durch seinen Körper und machte ihn high. Er war glücklich. Hinter ihm war ein kleines Kommando geklont aussehender japanischer Killer mit wirklich unangenehmen Fragen und sicher noch unangenehmeren Ideen, wie man an die Antworten herankommen konnte, und vielleicht würden sie ihn erwischen. Aber in diesem Moment gab es nur ihn und die Situation und die Geschwindigkeit, mit der er reagierte. Er fühlte das leise Pochen von Angst tief in sich, und er war sich der Tatsache bewusst, dass es keinen Grund für seine merkwürdige, tiefe Freude gab, aber sie war dennoch stärker als alle anderen Gefühle, die er kannte, erfüllte ihn mit dem berauschenden Bewusstsein absoluter Lebendigkeit.

Der Raum war leer. Nur Regale an den Wänden starrten ihn an, gefüllt mit irgendwelchem Ärztekram, der ihn nicht interessierte.

Auch hier war das Fenster schwarz angestrichen.

Vier Stockwerke.

Etwa zwölf Meter.

Verdammt tief. Und er wusste nicht, ob unten ein Zaun war, der ihn aufspießen konnte, oder Asphalt oder doch freundliches, weiches Gras. Es konnte alles sein.

Er würde es schon schaffen.

Im Laufen riss er die Desert Eagle hoch und gab zwei Schüsse auf die schwarze Fensterscheibe ab, damit er sie nicht mit dem Körper durchschlagen musste. Er bereitete sich auf den Sprung vor, auf das Klirren von Glas, auf den Fall und auf die Landung. Auf den Schmerz des Aufpralls, den er ignorieren musste, um weiterzulaufen.

Jaulend prallten die Kugeln vom Fenster ab und kamen als Querschläger zurück. Eine von ihnen pfiff knapp an seinem Gesicht vorbei, und die zweite streifte seine Schulter und hinterließ eine brennende Spur des Schmerzes. Panzerglas!

Jaywalker war schon halb im Sprung und versuchte sich zu bremsen, aber es war zu spät. Er spannte die Muskeln, um den Aufprall abzufangen, und prallte mit Wucht gegen die Scheibe. Seine rechte Schulter schrie protestierend auf, durch seine Rippen schoss ein scharfer, gleißender Schmerz, und in seinem Brustkorb knackte es laut, als eine der angeknacksten Rippen endgültig brach. Ein dumpfes, taubes Gefühl breitete sich in seinem Kopf aus, und er hielt sich gerade noch auf den Beinen. Mit einer geschmeidigen Bewegung fuhr er wie eine Raubkatze herum, und sein Verstand schien neben ihm bewusstlos zu Boden zu sinken. Die Cyberware übernahm die Kontrolle und trug ihn weiter.

So war es noch nie gewesen. Sein Körper reagierte nicht nur wie von allein, es war ein Gefühl, als stehe er neben sich und beobachte verblüfft, wie sich sein Körper mit unnatürlicher Geschwindigkeit völlig außerhalb seiner Kontrolle bewegte.

Hoffentlich machte er keine Dummheiten, sein Körper, so auf sich allein gestellt.

Einer der Japaner im Duster war in der Tür aufgetaucht und zielte mit der Narcoject auf ihn. Jaywalker sah einen Pfeil auf sich zufliegen. Er nahm ihn nicht nur wahr, er konnte ihn wirklich sehen, als sei der Pfeil verlangsamt und fliege nicht durch die Luft, sondern durch zähes Gelee, das ihm Widerstand entgegensetzte. Mit einer Drehung wich der Straßensamurai dem Pfeil knapp aus und sprang gleichzeitig nach vorn und auf den Mann zu. Die Augen des Japaners weiteten sich erschrocken, als aus den Händen des Straßensamurais insgesamt einhundertzwanzig Zentimeter Stahl schossen. Die Desert Eagle noch in der rechten Hand, fegte Jaywalker mit der linken den Waffenarm des Gegners von außen beiseite und trennte ihm dabei mit den Spornen fast die Hand ab, dann kam seine Hand fast im gleichen Bogen wieder zurück, und er zog dem Japaner die Sporne tief durch den Oberkörper.

Sein Gegner erschlaffte ohne jeden Laut. Blut lief aus seinem Mund, als er ihn öffnete, während sein Blick glasig wurde, und er fiel vornüber auf die Knie. Mit einer fast verächtlichen Bewegung stieß Jaywalker ihn beiseite und stürmte durch die Tür. Hinter ihm erhob sich sein Verstand mit schmerzendem Kopf und brüllte ihm eine Warnung hinterher, aber er ignorierte ihn und prallte gegen einen Mann, der gerade in der Tür auftauchte. Beide taumelten, und Jaywalker sah sich Sakata gegenüber, der jetzt mit dem Rücken zur Wand vor ihm stand und wie in einer abwehrenden Geste die Hand gegen Jaywalkers Brust stemmte.

»Wir brauchen ihn lebend«, schlug sein Verstand vor, aber das war der Cyberware ziemlich egal. Magier, die etwas gegen einen hatten, musste man töten, so einfach war das.

Und eigentlich hatte sie damit Recht. Sakata zu töten war einfacher, als ihn bewusstlos zu schlagen.

In den Augen des Magiers blitzte Panik auf, als er in die Augen des Straßensamurais sah, und einen so unendlich kurzen Augenblick, dass es ihn eigentlich gar nicht gab, ahnte Jaywalker Übles.

Ein Schnellzug von etlichen Tonnen Gewicht prallte gegen seine Brust und riss ihn von den Beinen, als aus den Händen des Magiers knisternde Energiefunken sprangen. Jaywalker wurde in die Luft geschleudert und flog quer durch den Raum, streifte mit dem linken Fuß den Operationstisch, flog darüber hinweg und krachte schwungvoll in den Rolltisch mit Operationsbesteck, der auf der anderen Seite stand. Tisch und Straßensamurai gingen in einem wilden Durcheinander zu Boden und versuchten, eins miteinander zu werden: Jaywalker spürte, wie eine Ecke des Tisches in seinen Rücken gerammt wurde und etliche Nadeln, Skalpelle und anderes medizinisches Besteck durch Mantel, Haut und Fleisch drangen. Unter seinem Mantel und von seiner linken Hand floss Blut in warmen, reichlichen Strömen. Benommen blieb er kurz liegen und versuchte dann, sich aufzurichten.

Sein Verstand holte ihn ein und verband sich wieder mit ihm. Es war ein absurdes Gefühl, aber Jaywalker kam es so vor, als quatsche ihn der denkende Teil seiner selbst voll und überhäufe ihn mit Vorwürfen, als befänden sich Geist und Körper im Zustand einer äußerst schlechten Ehe.

Dies war sicherlich der falsche Zeitpunkt, um darüber nachzudenken, aber offenbar hatte er mit der Cyberware doch einen kritischen Punkt überschritten.

»Schnell reagieren«, drängte ihn sein Verstand. »Sonst bist du tot!«

»Jetzt auf einmal«, konterte die Cyberware. »Aber eben noch rumnerven.«

Jaywalker versuchte, das Chaos in seinem Kopf zu ignorieren und zu denken. Schnell.

Im Augenblick lag er hinter dem Operationstisch in Deckung. Sakata stand irgendwo auf der anderen Seite, und die verbliebenen zwei Klonkiller mussten zur Linken des Tisches sein. Wenn sie erst hervorkamen und ihre Knarren auf ihn richteten, war es zu spät.

Mit der linken Hand, weil er die Desert Eagle in der Rechten nicht loslassen wollte, griff er an seinen Gürtel und tastete nach einer Granate. Er hatte zwei Stück mit: eine Gasgranate und eine Rauchgranate. Härtere Kaliber nahm er grundsätzlich nicht mit. Wenn jemand auf einen schoss und eine Explosiv- oder Splittergranate traf, konnte das ziemlich unangenehme Folgen haben.

Er erwischte einen der kleinen Zylinder. Die Rauchgranate. Die Gasgranate wäre ihm lieber gewesen, aber er konnte sie nicht finden, vielleicht hatte er sie verloren und sie lag irgendwo zwischen den Nierenschalen, den Skalpellen und seinem Blut herum.

Mit dem Daumen drückte er den kleinen Knopf am Ende des Zylinders und warf die Granate zwischen die Füße der beiden Dustermänner, die gerade um den Operationstisch kamen.

Die Augen der beiden wurden groß, und sie sprangen zur Seite. Sie konnten nicht wissen, um was für eine Granate es sich handelte, und wahrscheinlich dachten sie, er wolle sie alle in die Luft sprengen. Leute mit Schädelbomben neigten vermutlich dazu, anderen Leuten ähnlichen Fanatismus zu unterstellen.

Jaywalker hörte, wie sie in Deckung hechteten, und zwar in Richtung der beiden kleineren Räume, nicht zum Flur. Das war gut. Der Weg war frei. Möglicherweise versuchten die verdrehten Typen, Sakata gegen die Explosion abzuschirmen, die es nicht geben würde.

Zischend kam Rauch aus der Granate und verteilte sich schnell. Jaywalker schnellte hoch und richtete die Desert Eagle dorthin, wo er die drei verbliebenen Gegner vermutete, während er gleichzeitig seine Cyberaugen auf Infrarot umschaltete. Der Raum wurde in ein düsteres rotes Licht getaucht, in dem die Lampe über dem Schreibtisch hell leuchtete und sich drei menschliche Silhouetten klar abzeichneten, wenn sie auch durch den Rauch verzerrt wurden.

Er deckte die Gestalten mit Schüssen ein, während er gleichzeitig auf die Tür zulief. Sein Körper protestierte, aber das Adrenalin half, die Schmerzen auf später zu verschieben.

Zwei der Gestalten hoben je einen Arm. Kurz vor der Tür traf etwas wie ein glühendes Eisen Jaywalker in die Seite, und er spürte, wie Blut heiß aus der Wunde quoll und sich zu dem gesellte, das ohnehin schon an ihm herunterlief. Dann taumelte er aus der Tür in den Flur und wäre auf seinem Weg Richtung Wohnungstür fast gestrauchelt.

Die Wohnungstür flog krachend auf. Im Rahmen stand Steel und zielte mit seiner Mossberg in den Flur.

Hinter sich hörte Jaywalker ein Geräusch und ließ sich instinktiv fallen. Die Mossberg brüllte los und spie Kugeln, aber Jaywalker kam es so vor, als höre er nur harte Einschläge der Kugeln in die Wand und nicht das unappetitliche Geräusch von Metall, das in weiches menschliches Fleisch drang.

Er rollte ab und kam einigermaßen sauber wieder hoch. Mit einer Hand fing Steel ihn auf, als er, kaum wieder auf den Beinen, taumelte und beinahe gefallen wäre. Rings um ihn drehte sich alles in einem Schwindel erregenden Wirbel aus schwarzen, roten und violetten Farbtönen.

»Weg?«, fragte Steel, und er nickte.

»Ja. Weg.«

In seinem Zustand konnte er kaum noch viel ausrichten, und so Furcht einflößend Steel und seine Mossberg auch waren, die Chancen standen nicht besonders gut für sie, in ihrer gegenwärtigen Lage einen Magier und mindestens eine Portion Muskeln, vielleicht sogar zwei, umlegen zu können.

Steel feuerte noch einmal in den Flur, obwohl niemand zu sehen war. Dann zogen sie sich ins Treppenhaus zurück. Die Treppe hinunter. Aus dem Haus heraus und über den Hinterhof. Direkt vor dem Hinterhof auf der Straße stand der kleine Bus. Niemand hielt sie auf, als sie einstiegen und Steel mit einem Affenzahn loslegte.

Sie waren schon ein paar Minuten unterwegs, als Steel ihn besorgt musterte.

»Sieh lieber auf die Straße«, murmelte Jaywalker.

»Tu ich ja«, sagte Steel, warf einen kurzen Blick auf die schnurgerade Straße vor ihnen und richtete seine Aufmerksamkeit wieder auf Jaywalker. »Du siehst ziemlich übel aus. Was hast du abgekriegt?«

»Weiß nicht. Eine Rippe ist wohl wieder gebrochen, 'n paar Prellungen, eine Kugel, glaube ich. Einen Haufen Schnitte. Und einen Zauber, keine Ahnung, was das war, aber ich glaube, das Schädlichste daran war die Landung im OP-Tisch. Außerdem ein ... äh, ein Streifschuss in der Schulter.« Er räusperte sich verlegen, obwohl der Ork nicht wissen konnte, dass der Streifschuss aus Jaywalkers eigener Waffe stammte.

»Irgendwie ziehst du das in letzter Zeit an.«

Der Straßensamurai sah ihn missbilligend an. »Immerhin lebe ich noch. Das war gar nicht so einfach, das kannst du mir glauben.«

Er schwieg eine Weile und sah nach draußen auf die Straße, die Kilometer für Kilometer von dem dahinrasenden Wagen geschluckt wurde. Er erwog kurz, Steel von dem merkwürdigen Zwischenfall zu erzählen, als sein Körper und Geist sich nicht recht hatte einigen können, wem nun die Kontrolle über seinen Körper gehörte, aber er entschied sich dagegen.

»War es eine Falle?«, fragte Steel.

»Hm. Ja.«

»Sakata?«

»Ja. Es ist übrigens unser Karrierebengel aus Tokio. Und er wird allmählich wieder warm. Jedenfalls musste ich mich heute schon etwas mehr anstrengen, um zu überleben.«

»Das sehe ich.« Der Rigger musterte den Straßensamurai eingehend.

Müde winkte Jaywalker ab. »Ich werd's schon überleben.«

»Ja, schon. Aber du tropfst mir mein Auto voll.«

»Das ist es, was mir Sorgen bereitet. Das Blut.« Zwischen Jaywalkers Augenbrauen bildete sich eine steile Falte, als er angestrengt geradeaus blickte. »Ich habe eine Menge Blut hinterlassen. Mag sein, dass sie es nicht rechtzeitig schaffen, es zu konservieren. Aber wenn doch ... dieser Drek mit ritueller Hexerei könnte unangenehm werden. Ich hoffe, Kike kann irgendwas machen.«

»Hält sich das bei dir denn lange genug?« Fragend zog der Rigger eine Augenbraue hoch. »Ich habe gehört, je stärker man vercybert ist, desto schneller geht das Zeug kaputt. Wird unbrauchbar. Irgendwas in der Art.«

»Keine Ahnung.« Nachdenklich kratzte sich Jaywalker am Kopf und verzog vor Schmerzen das Gesicht, als seine Rippe warnend knackte. Mühsam richtete er sich auf, und seine Sicht trübte sich vorübergehend auf eine merkwürdige Art, als liege ein Schatten über seinen Augen. Mit einer Hand tastete er unter dem Mantel nach der Schussverletzung und fand einen glatten Durchschuss über der Hüfte. Die Wunde war zum Glück weit seitlich, und mit großer Wahrscheinlichkeit waren keine inneren Organe verletzt, aber sie blutete stark, und nachdem er daran herumgefummelt hatte, tat sie auch weh.

Er zog seine blutige Hand wieder unter dem Mantel hervor. Steel warf einen Blick darauf und legte noch einen Zahn zu. »Du gehörst mal wieder zum Doc, mein Freund. Ist doch aber kein Bauchschuss, oder?«

»Nein.« Jaywalker spürte, wie er zu zittern begann, und sein Atem flatterte. Hitzewellen rollten über seinen Körper, und der unvermeidliche Schüttelfrost ließ auch nicht lange auf sich warten. *Immer schön im Wechsel,* dachte er missmutig und versuchte zu ignorieren, dass sein Körper abwechselnd glühte und fröstelte und dementsprechend zitterte und zuckte. Ihm wurde speiübel und schwindelig.

»Drek. Ich hab 'nen Schock. Wahrscheinlich ...« Ein Anfall von Schüttelfrost inklusive Zähneklappern unterbrach ihn, und er wartete, bis er wieder sprechen konnte. »Wahrscheinlich vom Blutverlust.«

»Leg die Füße hoch«, schlug Steel vor. »Soll man bei einem Schock.«

»Hm. Auch, wenn man noch blutet wie ein Schwein?« Skeptisch betrachtete Jaywalker seine blutige Hand. Sie zitterte. Er legte sie entnervt in den Schoß und sah wieder weg.

»Du verblutest mir doch aber nicht?« Argwöhnisch sah Steel ihn an.

»Ich bemühe mich.«

Mit quietschenden Bremsen kam der Wagen zum Stehen. Jaywalker sah Steel an. »Was soll das?«

»Ich verbinde das. Wer weiß, ob du bis zum Doc durchhältst. Du siehst echt beschissen aus, Jaywalker, und außerdem saust du den ganzen Sitz ein. Den kann ich deinetwegen noch austauschen, sonst kommen Ratten in den Wagen. Los. Nach hinten.«

»Wir sollten zusehen, dass wir hier wegkommen. Bevor sich die Jungs wieder aufgerappelt haben und uns verfolgen.«

Verächtlich grunzte der Ork. »Das möchte ich sehen. Wie sollen die uns denn finden? So ein Konzernmagier macht keine astralen Spürhundnummer, wenn er seinen Körper dafür mitten in den Barrens lassen muss. Und wenn sie mit 'nem Wagen hier auflaufen, baller ich sie weg. So, und nun verschwende nicht unsere Zeit.«

»Rührend, wie du dich um mich sorgst«, murmelte Jaywalker und verbiss sich diverse Flüche, als er sich bewegte und überall weißglühende Eisen in seinen Körper gebohrt wurden. Er kletterte zwischen den Sitzen hindurch, schob die Tür zum hinteren Teil des Wagens auf und klappte zusammen. Der Boden kam auf ihn zu, und dann knallte er ihm ins Gesicht wie eine Faust.

»Drek«, hörte er Steel hinter sich murmeln, und eine überraschend sanfte Orkpranke zog ihn wieder hoch. Um ihn wurde es ungeheuer dunkel, als hätte jemand das Licht ausgeknipst.

Unvermittelt fand er sich auf einer der Bänke liegend wieder, und Steel hantierte mit Pflastern, Klebestreifen und Mullbinden herum. Jaywalker schielte an sich herunter und sah überall Blut und Verband.

»Na, wieder wach?« Der Rigger grinste ihn erleichtert an. »War vielleicht besser so. Hat mir das Gezeter erspart. Hätte bestimmt wehgetan.« Er richtete sich auf, schob den Koffer unter die Bank und kletterte wieder nach vorne zum Fahrersitz durch. »Zu Nemesis?«, fragte er.

»Mhm«, erwiderte Jaywalker und wurde wieder von einem Frostanfall durchgeschüttelt. Als er aufgewacht war, hatte er sich einen Augenblick lang fast gut gefühlt, aber jetzt ging es wieder los.

Trotz der guten Federung des Wagens verpasste die Straße ihm etliche Stöße, und jeder einzelne Ruck fuhr ihm quer durch die Knochen wie ein Schlachtermesser.

Er schloss die Augen und ertrug es einfach, bis der Wagen hielt und er auf einmal das schmale, intelligente Gesicht Nemesis' vor sich sah, die ihn halb spöttisch, halb vorwurfsvoll anblickte. Sie sagte etwas, aber er verstand es nicht, und dann ließ er sich einfach in das Dunkel fallen, denn er wusste, dass sie ihr Handwerk verstand und er in guten Händen war. Außerdem hatte er allmählich wirklich genug von Schmerzen.

Kapitel 12

Columbia Street, Innenstadt, 20:17

In Jaywalkers Augen lag ein ungewohnt ernster Ausdruck. Sein Gesicht wirkte strenger, älter als sonst. Obwohl er sich nichts anmerken ließ, hatte er sicher Schmerzen.

Phoenix konnte ihre Gefühle nicht richtig zuordnen, als sie den Straßensamurai betrachtete. Er saß aufrecht auf dem Sofa und griff gerade nach dem Kaffee, den Conquistador ihm reichte, und in seinen Augen flackerte plötzlich Schmerz auf, als habe er sich zu heftig bewegt. Wie ein Messer durchfuhr es sie, als würden sich seine Schmerzen auf sie übertragen. Es tat ihr weh, ihn so zu sehen. Sein Gesicht war blass und seine Bewegungen vorsichtig, kontrolliert.

»Ich wüsste gerne, ob Kane die Gegenseite informiert hat oder sie irgendeine Möglichkeit hatten, den Japaner oder die Bombe zu orten«, sagte er.

»Kane ist tot.« Phoenix beobachtete ihn genau, und er sah ihr in die Augen. Sie wünschte fast, er hätte organische Augen. Der kalte Blick seiner eisblauen Cyberaugen traf sie bis ins Mark. Als könne er ihr bis in die Seele blicken, ohne dass sie das Geringste in seinem Gesicht lesen konnte.

Sie wusste nicht genau, was sie fühlte. Als Steel und Jaywalker vorhin angekommen waren, hätte sie schreien können bei seinem Anblick, beim Gedanken daran, Steel hätte allein kommen können. Irgendwas hatte sie aus ihrer emotionalen Lethargie geweckt. Er fing an, ihr etwas zu bedeuten. Das machte ihr Angst. Seit sie ein Kind war, hatte ihr niemand etwas bedeutet. Sie wollte es nicht. Das Chaos in ihrem Kopf brachte sie durcheinander, die Nervosität in seiner Gegenwart quälte sie. Sie stand ihren Gefühlen so hilflos gegenüber wie ein Teenager und sah keine Zukunft für das, was ihr diese Gefühle so hartnäckig einflüsterten.

»Phoenix?« Jaywalker sah sie fragend an. Verwirrt hob sie den Kopf und begegnete seinem besorgten Blick.

»Was?«

»Ich habe gefragt, ob du weißt, wie er gestorben ist.«

»Entschuldige. Christo zufolge heißt es auf der Straße, er sei durch einen Kopfschuss getötet worden.«

Jaywalker pfiff leise durch die Zähne. »Durch einen Kopfschuss. Es hätte auch die Überdosis Narcoject sein können. Wie zuverlässig ist die Quelle?«

»Keine Ahnung. Irgendeine Messerklaue hat ihn gefunden, heißt es. Soll ich der Information weiter nachgehen?«

Jaywalker überlegte eine Weile, dann schüttelte er den Kopf. »Nein. So wichtig ist es nicht. Hat Five sich schon gemeldet?«

»Nein.« Sie schüttelte den Kopf. Die psychotische Messerklaue war auf der Suche nach Informationen über Fenris. Da er recht häufig mit dem Team zusammenarbeitete, hatten sie ihm angeboten, dass er sich mit in das Quartier zurückziehen könne, aber er hatte abgelehnt, was keinen aus dem Team sonderlich traurig stimmte. Außerhalb des Teams waren er und Steels Chummer im Untergrund die Einzigen, die wussten, wo sie steckten. Five ging kein geringes Risiko damit ein, nicht nur weiter aktiv zu bleiben trotz seiner Verbindungen zu ihrem Team, sondern auch noch nach Informationen zu suchen, die mit der Sache zu tun hatten. Weshalb er das tat, wusste Phoenix nicht. Aus irgendeinem Grund schien er Jaywalker eine Loyalität entgegenzubringen, die sie erstaunte. Allerdings konnte es auch sein, dass es ihm einfach nur ziemlich egal war, ob er draufging oder nicht, weil ihm an seinem Leben nichts lag. Dass er wusste, wo sie waren, gefiel ihr dennoch nicht. Mit Folter konnten sie ihn nicht zum Reden bringen, sein Schmerzeditor machte ihn, wenn er ihn aktivierte, unfähig, irgendwelchen Schmerz zu empfinden. Aber es gab noch eine Menge anderer Möglichkeiten. Wenn sie ihn erst einmal hatten, was nicht leicht sein würde. Five zu töten, war die eine Sache, ihn lebend zu fangen, eine völlig andere.

»Okay.« Nachdenklich stellte Jaywalker die Kaffeetasse auf dem Tisch ab. »Wir haben nichts. Vielleicht finden wir über Fenris' Namen einen Schieber und über diesen eine Verbindung zu Sakata. Ich halte es für nicht sehr wahrscheinlich, aber es ist immerhin möglich.«

Er stützte das Kinn auf die rechte Hand und legte den Zeigefinger an die Nase, während er nachdachte. Bemüht, ihre Gefühle zu bezähmen, betrachtete Phoenix ihn und stellte fest, dass es ihm stand, dass er sich seit einiger Zeit nicht mehr rasiert hatte. Der dunkle Dreitagebart machte sein Gesicht ausdrucksvoller und verlieh ihm eine gewisse Verwegenheit.

Fast gewaltsam riss sie sich zusammen. Vielleicht hätte sie sich nie so sehr von anderen Menschen abschotten sollen. Dann wäre sie ihren plötzlichen Gefühlsausbrüchen nicht so ausgeliefert und könnte sich besser kontrollieren. Es jagte ihr eine Heidenangst ein, so zu empfinden. Sie konnte es sich nicht richtig erklären, aber sie fühlte sich so merkwürdig, dass sie Angst hatte, plötzlich loszuheulen oder irgendeinen Blödsinn von sich zu geben. Als Jaywalker vorhin seine Kleidung von gestern weggeworfen hatte, war sie später noch einmal in die Küche gefahren und hatte sich die blutstarrenden Sachen angesehen. Alles voller Blut und voller Schnitte, und dann gab es dieses doppelte Einschussloch an der Seite des Mantels. Ihr Herz hatte geklopft wie verrückt, weil sie befürchtet hatte, jemand könnte kommen und von ihr eine Erklärung verlangen, weshalb sie dort mit der blutigen Kleidung saß. Oder, noch schlimmer, könnte sie dazu bringen, es sich selbst zu erklären.

Bei dem Gedanken, dass er in diesen Sachen gesteckt hatte und all dieses Blut sein Blut war, hatte sich ihr Herz zusammengekrampft. Sie fühlte sich kalt und leer bei dem Gedanken, ihn zu verlieren.

Wie lange schon? Es war doch nicht so plötzlich gekommen. Wie lange sehnte sie sich danach, ihn zu sehen, mit ihm zusammenzuarbeiten? Wie lange hatte sie sich etwas vorgemacht?

Und was projizierte sie alles in den Straßensamurai hinein? Die Einsamkeit konnte kein Mensch von ihr nehmen. Menschen ließen andere im Stich. Sie enttäuschten sie. Und selbst mit den besten Absichten gab es noch immer Missverständnisse, die wehtaten. War sie fähig, das zu ertragen? Vielleicht war sie so ausgehungert nach menschlicher Nähe, dass sie die Kontrolle verlor, wenn sie es erst einmal zuließ.

Sie hörte seine Stimme wie durch einen Nebel und fühlte seinen Blick. »Was hast du gesagt?« Ihre eigene Stimme klang rau in ihren Ohren.

»Was ist los?« In seine Augen trat jetzt doch ein Ausdruck von Besorgnis.

Verlegen zuckte sie die Achseln.

»Matrixkoller?«, ließ sich Kike vom anderen Sofa vernehmen, und über Jaywalkers Gesicht flog der leise Schimmer eines Lächelns, das aber sofort wieder verschwunden war und von seiner ernsten Miene abgelöst wurde, die ihn so viel älter wirken ließ. Seine fragenden Augen berührten etwas tief in ihr.

»Schon in Ordnung«, wehrte sie ab. »Ich war nur in Gedanken. Was hattest du gefragt?«

Er musterte sie noch eine Weile nachdenklich, und sie wünschte, er würde damit aufhören. Schließlich hörte er auf und sprach weiter, und sie wünschte sich, er würde sie weiter fragend ansehen.

Dieser Drek machte sie noch ganz verrückt.

»Wir haben noch nicht versucht, von Michael etwas zu erfahren, seit er so merkwürdig auf deine Fragen reagiert hat.«

Als sie mit Mikey allein gewesen war, hatte sie ihn nach seinen Eltern gefragt, danach, wo er zur Schule gegangen war. Der Kleine hatte sie angestarrt und abwehrend den Kopf geschüttelt, immer schneller, hatte sich mit beiden Händen an den Kopf gegriffen und einen seltsamen Laut von sich gegeben, dieses Wimmern, das auch seinen Anfall begleitet hatte. Es war ihr gelungen, ihn zu beruhigen, und er hatte keinen weiteren Anfall bekommen. Danach hatte er sich schnell wieder völlig normal benommen. Was merkwürdig war. Eigentlich befand er sich unter völlig Fremden, aber er zeigte ein Verhalten wie ein Kind, das sich sicher in der Gesellschaft einer liebevollen Familie wusste.

»Schläft er schon lange?«

Conquistador nickte. »Seit wir angekommen sind. Ich habe vor einer halben Stunde nach ihm gesehen, da hat er noch geschlafen. Und Kike hat einen Watcher bei ihm gelassen, der Bescheid gibt, wenn er aufwacht.«

Schweigen breitete sich aus. Worüber die anderen nachdachten, wusste Phoenix nicht. Sie dachte an seinen Anfall. An Kikes Worte, als sie gesagt hatte, er sei vielleicht krank. Und sie dachte an sein Lachen, als er mit dem Troll Karten gespielt hatte.

Abrupt drehte sie ihren Rollstuhl um und setzte ihn mit einem Schwung Richtung Tür in Bewegung.

»Ich suche Sakata. Es muss irgendwas über ihn geben. Kike, hast du gar keine Möglichkeit, mehr über Mikey herauszufinden? Diese Abwehr, von der du gesprochen hast ... vielleicht kann man sie durchbrechen, wenn er schläft?«

Die ungewohnte Entschlossenheit verlieh ihr Stärke und erschöpfte sie zugleich. Energie durchströmte sie, aber sie hatte Angst, was aus dieser Energie werden mochte, wenn sich nichts ergab. Angst, dass es sie ausbrennen könnte, als sei sie aus trockenem Holz.

Die Blicke aller Teammitglieder waren auf sie gerichtet, und sie las in jedem Augenpaar etwas anderes. Sanftes Interesse bei Kike, Erstaunen bei Conquistador. In Steels Augen lag eine Wärme, als sehe er etwas, das ihn über das Schweigen hinwegtröstete, das er in sich trug und immer hören konnte. Nur Jaywalker sah sie auf eine Art an, die sie nicht deuten konnte. Voller Aufmerksamkeit. Spürte er, wie wichtig dieser Moment für sie war? Dieser kleine, lächerliche Moment, in dem sie entschlossen war, etwas für jemand anderen zu erreichen?

»Wenn er krank ist, könnte es sein, dass man es im Blut nachweisen kann. Wir brauchen eine Blutprobe. Seht zu, wie ihr das macht.«

Mit dem Gefühl, es vielleicht ein wenig zu übertreiben, fuhr sie in den Flur und weiter ins Arbeitszimmer und schloss die Tür hinter sich. Ja, vielleicht übertrieb sie. Legte in die Sache zu viel hinein. Aber sie hatte in ihrem Leben noch nie übertrieben, und vielleicht musste sie einfach heute damit anfangen.

Sie stöpselte sich ein. Das Gefühl von Körperlichkeit überfiel sie wie eine plötzliche Umarmung, und sie breitete die brennenden Schwingen ihres Icons weit aus, legte den Kopf zurück und stieß sich kraftvoll vom Boden ab. Der virtuelle Himmel der Matrix bildete eine weite dunkelblaue Kuppel, über ihr und unter ihr flossen Datenströme in allen Farben und Gestalten wie flüssiges Licht dahin.

Ein Blick auf die Uhr verriet ihr, dass sie fast sieben Stunden in der Matrix gewesen war. Jeder Teil ihres Körpers, den sie fühlen konnte, schmerzte. Kim Sakata war ein Phantom.

Sie hatte nichts von Belang gefunden. Sie hatte jetzt viele Informationen über den Magier aus seiner Zeit in Tokio, wusste, wann er geboren war, wo er aufwuchs und welche Schule er besucht hatte. Interessant war, dass er kurz vor seinem Verschwinden eine junge Frau geheiratet hatte. Interessant war auch, dass Sakata nichts Persönliches zurückgelassen hatte: Sie hatte sich bis zu den Polizeiakten durchgearbeitet, in denen die Informationen zu der Suche nach Sakata und seiner Frau abgelegt waren.

Der Magier war freiwillig aus Tokio und aus seinem alten Leben geflohen. Wovor, wusste sie nicht. Er hatte, zumindest den Presseberichten zufolge, Freunde und Verwandte zurückgelassen, die alle vorgaben, nichts über die Gründe seines Verschwindens zu wissen, oder es tatsächlich nicht wussten.

Aber seit Tokio gab es nur die eine Spur, die sich schon in Los Angeles, wo er gelandet war, wieder verlor.

Sie hatte bereits gestern nach einigen nahe liegenden Dingen gesucht: nach seinem Namen im Register der Führerscheininhaber, die in Seattle registriert waren und in den Krankenhäusern. Sie hatte sich mit der virtuellen Sicherheit von LoneStar angelegt und sich tief in die Daten gewühlt, aber es gab keine Spur.

Dann hatte sie nach anderen Dingen gesucht. Nach Geburtsunterlagen oder Kindergartenanmeldungen eines Kindes dieses Namens, nach Anmeldungen eines Kindes mit seinem Nachnamen in irgendeiner Schule, nach Todesfällen von Frauen und Kindern mit dem Namen Sakata.

Davis hatte ihn unter dem Namen Sakata gekannt, was bedeutete, dass er den Namen entweder nicht abgelegt hatte oder ihn als eine Art Straßennamen verwendete. Eine neue ID? Sie hatte sein Bild quer durch alle möglichen Datenknoten gejagt, ohne etwas zu finden. Sakata wollte nicht gefunden werden, und er war dabei sehr gründlich.

Arschloch.

Müde massierte sie sich mit einer Hand die Nasenwurzel zwischen den Augen und der Stirn, wo sich ein stechender Schmerz festgesetzt hatte. Es reichte für heute. Sie war müde und begann Fehler zu machen. Das konnte sich fatal auswirken oder sogar tödlich. Es war besser, wenn sie schlief und morgen weitermachte. Obwohl sie das sichere Gefühl hatte, dass es sinnlos war. Sakata war aus der Matrix verschwunden, hatte sich in einen Geist verwandelt, der in ihrem Kopf herumspukte und ihr immer irrealer erschien. Natürlich war nichts Mystisches an seinem Verschwinden.

Auch sie existierte in der Matrix nur unter falschem Namen. Trotzdem kam er ihr vor wie ein Gespenst, mitsamt seiner blöden Familie.

Frustriert drehte sie den Rollstuhl in einer rasanten Bewegung herum. Dies war einer der Momente, in denen sie sich wünschte, ihr Körper wäre gesund. Sie musste sich abreagieren. Sie wollte laufen, so schnell, dass sie den Wind in ihrem Gesicht spüren konnte, so schnell, dass ihre Beine schmerzten. Sie sehnte sich danach, Schmerzen in den Beinen zu spüren. Laufen, egal, ob es warm oder kalt war, wie eine Wahnsinnige immer weiter vorwärts, in der Sonne oder im Regen, in der stechenden, brennenden Hitze einer unbarmherzigen Sonne oder völlig durchnässt von dichten Tropfen, die auf sie herunterprasselten. Fühlen, wie das Blut ihren ganzen Körper bis in die letzte Faser durchströmte. Sie wollte erschöpft zusammenbrechen, aufstehen und weiterlaufen, während ihre Lungen von der Anstrengung zu bersten drohten.

Die Vorstellung erschöpfte sie, denn sie wusste, so würde es nie sein. Es machte sie müde, sich Dinge zu wünschen, die es nicht geben würde. Aber die Anspannung bebte noch immer in ihr, und sie hätte am liebsten den Kopf zurückgelegt und laut geschrien, um ihr Luft zu machen.

Zu Hause hatte sie in ihrem Schlafzimmer ein Gerüst an der Wand, an dem sie sich hochhangeln konnte, Stangen, die bis zur Decke reichten und über sie führten. Wenn sie dort oben war, spürte sie, wie stark ihre Arme waren, und das tote Gewicht ihrer Hüfte und ihrer Beine spornte sie an, weil es sie wütend machte. Es war gefährlich, dort oben zu sein. Falls sie abstürzte, würde sie ihren Fall nicht kontrollieren können und sich mit Sicherheit beide Beine brechen. Die Muskeln in den Beinen waren schwach und konnten die Knochen nicht stützen. Aber eigentlich war ihr das egal. Es würde nicht wehtun. Und wie die Beine wieder zusammenwuchsen, war ihr eigentlich auch egal. Als sich herausstellte, dass sich Gehirn, Nervenbahnen und Rückgrat zusammengetan und bereits bei ihrer Geburt beschlossen hatten, dass sie nie würde laufen können, hatten die Ärzte vieles in Erwägung gezogen und alles verworfen. Sie hatte Operationen hinter sich und Jahre voller schmerzhafter Untersuchungen, und sie hatte genug. Seit einiger Zeit erwog sie, die Beine amputieren zu lassen. Es war totes Gewicht, das sie belastete, das sie nicht spürte, und sie musste viel Mühe darauf verwenden, auf die Gesundheit ihrer Beine zu achten. Wenn sie nicht aufpasste, entstanden offene Wunden durch den Druck, den sie durch Liegen oder Sitzen darauf ausübte, weil sie nicht wie andere Menschen ständig ein wenig das Gewicht verlagerte. Die Amputation würde sie befreien. Sie wusste nicht, weshalb sie die Operation noch hinauszögerte. Alles würde sich verändern, und die Leute würden sie anders ansehen. Für viele würde sich das Gefühl aufdrängen, sie sei nur noch ein halber Mensch. Menschen ohne Beine sahen komisch aus. Vor den Blicken der Leute hatte sie ein wenig Angst.

Sie hing an ihren Beinen mit einer merkwürdigen Hassliebe. Das Umlagern, um Druckstellen zu vermeiden, das Versorgen der Wunden, wenn es doch einmal dazu kam, die ständige Aufmerksamkeit, die es brauchte, um nicht irgendwann daran zu sterben, dass sich Gewebe entzündete, abstarb und sie vergiftete, all das gehörte zu ihrem Leben und all das hasste sie, aber mittlerweile war es auch zu einer Art Ritual geworden.

Vielleicht ging es ihr auch um eine merkwürdige Hoffnung auf ein Wunder, die sie zusammen mit ihren Beinen aufgeben würde.

Aber heute, in dieser Nacht, erschien es ihr wie der Anfang eines neuen Lebens. Wenn diese Sache vorbei wäre, würde sie sich die Beine abschneiden lassen. Weg damit. Sie würde nicht mehr darauf achten müssen, wenn sie kletterte. Gesunde Menschen konnten es sich wohl nicht vorstellen, was es bedeutete, sich von einer Stange zur nächsten zu hangeln und dabei nicht die Kontrolle über seine Beine zu haben. Wie sehr ein unbedachtes Schaukeln einen in Bedrängnis bringen konnte. Und welche Schwierigkeiten es machte, wenn man seine Beine mit den Händen sortieren musste wie Gegenstände, und wie es war, wenn man Teile des eigenen Körpers ansehen musste, um zu wissen, wie sie gerade lagen.

Ihr Körper würde kleiner werden. Aber er würde zum größten Teil ihr gehören. Bis auf Teile ihres Unterleibs würde sie alles spüren können und außerdem so leicht sein, dass es fast möglich wäre zu fliegen, und ihre Arme würden sie mit einer Leichtigkeit und Selbstverständlichkeit tragen, wie ihre Beine es hätten tun sollen.

Warum hatte sie so lange gezögert? Es kam ihr dumm vor, als habe sie sich selbst einsperren wollen.

Sie fuhr zum Schreibtisch zurück und schaltete das Licht aus. Es dauerte einen Augenblick, dann hatten sich ihre Augen an das Dunkel gewöhnt, und das schwache Licht, das von draußen durch das winzige Fenster oben unter der Decke einfiel, reichte ihr, um alles zu sehen. Ihre Elfenaugen machten aus dem geringsten Licht eine graue Dämmerung, in der sie alles erkennen konnte.

Sie fuhr den Rollstuhl ans Bett und warf die Decke zurück, damit sie sich nicht versehentlich drauflegte. Dann klappte sie die Seitenstütze des Stuhls zurück und schob sich mit den Armen, in einer tausendfach geübten Bewegung, auf das Bett. Sorgfältig sortierte sie ihre Beine und strich dann, aufrecht sitzend, vorsichtig darüber. Heute Nacht hatte sie sich entschieden, und heute Nacht würde der Abschied stattfinden.

Mit einem Gefühl, als geschehe etwas von großer Bedeutung, griff sie über Kreuz um ihren Leib und zog sich Pullover und T-Shirt gleichzeitig über den Kopf. Darunter trug sie nichts, und ihre Nacktheit hatte für sie etwas Richtiges und Natürliches. Sie zog ihre weite, dehnbare Hose aus, als entkleide sie einen bewusstlosen Fremden, denn jede Bewegung, die nötig war, mussten ihre Arme für ihre Beine erledigen. Aber heute war es ein fast liebevolles Gefühl.

Sicher würde sie noch oft aufwachen in den Nächten, um sich zu drehen. Anfangs hatte sie sich einen Wecker stellen müssen, der sie alle paar Stunden weckte, damit sie sich umdrehen konnte, damit nicht zu lange Druck auf derselben Stelle lastete. Seit Jahren wachte sie ohne Wecker auf. Vielleicht würde sie sich, wenn ihre Beine den Körper nicht beschwerten, im Schlaf umdrehen. Dann würde sie aufwachen und anders liegen als beim Einschlafen. Auf dem Rücken oder auf dem Bauch, vielleicht auch so, dass sie mit dem Kopf zum Fußende lag. Das war eine kleine Sache an sich, aber für sie würde es ein großartiges Gefühl sein.

Im hellgrauen Licht, das für normale Augen Dunkelheit war, sah sie an sich herab. Ihre Haut war blass. Ihre Beine waren lang und schlank und wären gewiss schön gewesen, wären sie nicht so unglaublich schlaff. Weit weg von ihr lagen ihre Füße, und sie beugte sich weit vor und zog mit den Armen die Beine wieder ein Stück heran, um ihre Füße in die Hände zu nehmen. In den Händen fühlte sie kühle, knochige Dinge mit einer weichen, glatten Haut, aber sie hätte auch etwas anderes in der Hand halten können, etwas, das nicht zu ihrem Körper gehörte, ein Stück Holz vielleicht oder ein Steak, denn sie spürte die Berührung nur mit den Händen.

Lange arbeitete sie sich Stück für Stück über ihre Beine, berührte alles noch einmal, jedes feine Härchen, jede Narbe der Druckstellen, die geheilt waren, bis sie zu der Narbe in ihrem rechten Oberschenkel kam. Der Messernarbe. Es hatte fast einen Tag lang darin gesteckt. Und sie hatte es selbst hineingestochen, auf der Suche nach einem Schmerz irgendwo dort drinnen, den es nicht gab. Sie berührte die Narbe mit einer Mischung aus Scham und Ehrfurcht und wusste, diese Verzweiflung würde sie nie wieder empfinden.

Irgendwann kam sie zum Übergang zwischen Nichtsein und Sein, zu ihrer Hüfte, wo ihre Finger ein sanftes Kribbeln auf der Haut auslösten. Weiter oben an der Hüfte, wo sie ihre eigene Berührung richtig spüren konnte. Sie eroberte sich ihren ganzen Körper wie in einem Triumphzug, bis sie irgendwann im schwachen Licht der Morgendämmerung erschöpft einschlief. Im letzten Augenblick, bevor sich der Schlaf über sie senkte, sah sie vor sich die blauen Augen Jaywalkers und hörte das Lachen von Mikey, und im Traum erlaubte sie sich dumme, kitschige Gedanken, die sie sich im wachen Zustand vehement verboten hätte.

Kapitel 13

Quartier in der Columbia Street, Innenstadt, 07:19

Plötzlich war er hellwach. Was ihn geweckt hatte, wusste Jaywalker nicht sofort, aber er wusste, da war etwas, und der Übergang zwischen Schlafen und Wachen war so reibungslos, als hätte jemand einfach einen Schalter umgelegt. Jetzt wusste er auch, was es gewesen war: Er hörte jemanden durch den Flur schlurfen.

Er öffnete die Augen und sah Michael in der Tür auftauchen. Der Kleine schleifte seine Decke an einem Zipfel hinter sich her und blieb schüchtern in der Tür stehen, und sein Blick wanderte zwischen Jaywalker auf dem einen und dem schlafenden Conquistador auf dem anderen Sofa hin und her.

»Morgen«, sagte Jaywalker leise, schälte sich aus der Decke und setzte sich auf. Die Jeans klebte unangenehm auf der Haut, und sein Oberkörper war so verschwitzt, dass er erst duschen wollte, bevor er etwas anzog, da er die Sachen sonst auch gleich wieder hätte waschen können.

»Guten Morgen«, sagte Michael und schlurfte nach kurzem Zögern näher. Seine Augen waren riesengroß, und Jaywalker verfluchte sich insgeheim dafür, dass sie ihn allein hatten schlafen lassen. Der Kleine sah aus, als habe er einen anständigen Albtraum hinter sich oder zumindest einige Minuten verwirrter und ängstlicher Fragen, wo, zum Teufel, er sich eigentlich befand.

Er fragte sich, wo Kike steckte. Die Katzenschamanin hatte einen Watcher bei Michael postiert und hätte eigentlich von ihm informiert worden sein müssen, dass Michael wach war. Vermutlich rüttelte der Watcher bereits seit einer Viertelstunde an Kike herum oder was die kleinen Geister eben taten, um ihre fest schlafenden und störrischen Beschwörer zum Aufwachen zu bewegen.

Allerdings würde es ihn auch nicht wundern, wenn Kike den Rest der Woche im Koma lag und den Preis dafür bezahlte, dass er sich fast schmerzfrei fühlte. Am Abend zuvor hatte sie ein ungeheures magisches Brimborium veranstaltet mit irgendwelchen Kräutern und Gegenständen und Gemurmel, um ihn zu heilen. Der Geruch der Kräuter, die sie verbrannt hatte, hing noch immer in der Luft, und er erinnerte sich daran, in einer Blase aus Zeitlosigkeit gelegen und gespürt zu haben, wie mächtige Magie ihn durchströmte und in einem Körper ihr Werk tat, der eigentlich eher einen Schraubenschlüssel brauchte. Die Sprüche, es wundere sie, dass Blut aus seinen Wunden ströme und keine Hydraulikflüssigkeit, hatte er geduldig ertragen. Dass sie es überhaupt versucht hatte, musste man ihr hoch anrechnen, auch wenn es sich natürlich gewissermaßen um die Reparatur eines wichtigen Aktivpostens des Teams handelte.

Bei der Erinnerung an die Macht der Magie überlief ihn ein Schauder. Kike war gut. Das hatte er natürlich auch schon vorher gewusst, aber es war etwas völlig anderes, es am eigenen Leib zu spüren. Seine Knochen hatten begonnen zu heilen, oberflächliche Wunden hatten sich geschlossen, und die Ränder der Schusswunde hatten sich zusammengefügt, als spule jemand die natürliche Heilung im Zeitraffer ab.

Als die Magie zu fließen aufhörte und Kike sich aufrichtete, hatte sie entsetzlich ausgesehen: Ihr Gesicht war blass und spitz gewesen, als habe es sie ausgezehrt, ihn zu heilen, als sei sie selbst davon krank geworden im Austausch für seine Gesundheit. Vielleicht hatte sie auch erschreckt, was sie gesehen hatte. Vielleicht hatte sie Dinge in seinem Geist gesehen, die ihr nicht gefielen. Diese Möglichkeit beunruhigte ihn. Konnte sie sehen, was er gestern empfunden hatte, spüren, dass sein Geist und sein Körper sich entfremdet hatten?

Wenigstens hatte sie zugeben müssen, dass seine Vercyberung mindestens einen Vorteil hatte. Wenn Sakata nicht einer jener legendären Magier war, die Gewebeproben auf lange oder sogar unbegrenzte Zeit konservieren konnten, hatte er mit Jaywalkers Blut nicht lange genug etwas anfangen können, um ihm zu schaden. Ihrer Schätzung nach betrug die kritische Zeitspanne bei ihm vielleicht eine halbe Stunde, was nicht viel war im Vergleich zu den sechs Stunden für jemanden ganz ohne Cyberware.

Trotz ihrer Fähigkeiten und ihrer Mühe hatte er immer noch Schmerzen in der Brust. Die Rippe, die er sich bei seinem Zusammenstoß mit der Panzerglasscheibe erneut gebrochen hatte, war noch nicht wieder völlig geheilt.

Mikey hatte das Sofa erreicht, kletterte neben dem Straßensamurai hinauf und kuschelte sich in eine Ecke. Er hatte nur ein T-Shirt, Unterhose und einen Strumpf an, und ihm schien kalt zu sein, denn er zog die Decke zu sich herauf und schien zu frösteln. Jaywalker betrachtete das Kind kurz und stopfte dann die Decke um den kleinen, frierenden Körper fest, wobei er sehr genau beobachtete, ob Michael Anzeichen von Abwehr zeigte. Aber der Kleine hatte entweder die Sporne vergessen oder war zu dem Schluss gekommen, dass von Jaywalker keine Gefahr drohte. Jedenfalls kuschelte er sich einfach noch tiefer in die Sofaecke und schien die Fürsorge als angenehm zu empfinden.

Der Straßensamurai lächelte den Jungen an. »Ich wette, du hast solchen Hunger, dass du ein paar Dinosaurier essen könntest.«

»Mhm.« Michael nickte schüchtern. »Ich bin aufgewacht, weil mein Magen so geknurrt hat.«

Jaywalker lachte leise. »Das kann ich mir vorstellen. Du hast einen ganzen Tag und die ganze Nacht geschlafen. Wenn du auf die Toilette musst: Das Bad ist im Flur gleich links.« Mit dem Daumen deutete er die Richtung an, für den

Fall, dass der Junge mit den Begriffen links und rechts noch nicht so viel anfangen konnte, und Michael nickte, offenbar erleichtert zu wissen, wo ein Klo war.

»Was willst du denn essen? Ich weiß nicht, was Conquistador gestern noch eingekauft hat, aber ich wette, wir haben eigentlich alles, was man braucht.«

Auf dem anderen Sofa knurrte Conquistador unwillig. »Höre ich da Spott in deiner Stimme, Jaywalker? Aber auch, wenn es bei dir anders ist: Als Junggeselle kann man durchaus ein zivilisiertes Leben führen.«

»Junggeselle«, wiederholte Jaywalker belustigt und grinste. »Zivilisiert. Ich dachte immer, das seien Lebensarten, die einander ausschließen. Was denkst du denn, wie ich lebe, hm? Meinst du, ich hause zwischen alten Pizzakartons und Bergen von unabgewaschenem Geschirr, alten Socken und Ungeziefer?«

»Tust du das nicht?« Die hellgrauen Augen des Runners öffneten sich zu schmalen Schlitzen, und er musterte den Straßensamurai mit einer Mischung aus Spott und Sympathie.

»Doch, eigentlich schon«, gab Jaywalker zu. »Aber ich fühle mich wohl dabei.«

Der Runner murmelte etwas Unverständliches und gähnte, dass es eines Löwen würdig gewesen wäre. »Wir haben Cornflakes, Milch, Brot, als Aufstrich wahlweise Marmelade oder Erdnussbutter, außerdem ein paar Äpfel und Toast. Allerdings gibt es keinen Toaster.«

Jaywalker lachte. »Da ist es wohl mit dir durchgegangen.«

»Kann man ja auch ungetoastet essen«, murmelte Conquistador.

»Wenn man uns ernsthaft sucht«, meinte Jaywalker, »dann muss man nur dort Leute postieren, wo es echtes Essen gibt, und auf die dunkel gekleideten Großeinkäufer warten. Ich vermute, wir haben auch Kaffee?«

»Natürlich.«

»Perfekt. Und eine Kaffeemaschine?«

»Sei vorsichtig, Jaywalker. Dünnes Eis.«

»Das werte ich als Ja. Mikey, was kann ich dir bringen?«

»Cornflakes«, sagte der Kleine heftig nickend. »Und Erdnussbutter.«

»Wie? Einfach so?«

»Ja. Wenn ich das darf?« Michael sah ihn mit einem Blick an, in dem heimtückische Berechnung lag: Wenn man niedlich und bescheiden war, wurden Erwachsene weich, dachte er sich wohl.

»Klar«, sagte Jaywalker amüsiert. »Also Cornflakes und Erdnussbutter. Willst du selbst aufstehen, Conquistador, oder soll ich dir auch was mitbringen?«

»'n Kaffee«, brummte Conquistador und schloss die Augen wieder. »Schwarz.«

Der Straßensamurai erhob sich und musterte seinen Chummer. »Was isst eigentlich dein Vieh?«

»Skorpione«, antwortete Conquistador, ohne die Augen zu öffnen. »Und Schlangen. Aber sie nimmt auch 'nen alten Burger oder ein Stück Toast, wenn du ihr das gibst. Oder deinen Finger, wenn du nicht aufpasst.«

»Wie nett«, sagte Jaywalker und sah sich um. »Und wo steckt das liebe Tier?«

»Keine Ahnung. Aber die wird schon kommen, wenn es was zu essen gibt.«

Mit großen Augen blickte Mikey sich ebenfalls um, ohne Julius zu entdecken. »Darf ich sie füttern?«

»Klar. Nur nicht mit Erdnussbutter, damit schmiert sie tierisch rum.«

Kopfschüttelnd verließ Jaywalker den Raum, um Frühstück zu holen, und hörte noch in der Küche, wie Michael den Runner über sein ungewöhnliches Haustier ausfragte. Dass sich Michael so normal verhielt, stellte ihn vor ein großes Rätsel. Worauf ließ das schließen? Was für eine Art Leben hatte der Kleine in den vergangenen Jahren geführt? War von Geburt an etwas Besonderes mit ihm gewesen, oder hatte jemand Veränderungen herbeigeführt? Und wenn ja – bewusst und gezielt, oder war es ein Zufall gewesen, vielleicht sogar ein Unfall?

Er hörte, wie Kike die Tür ihres Zimmers öffnete, als er gerade Kaffee aufsetzte. Die Katzenschamanin schwebte wie eine Feder über den Flur und lehnte sich gegen den Rahmen der Küchentür, um ihn mit einem merkwürdigen Blick zu mustern.

»Auch Kaffee?«, fragte er, und sie nickte.

Natürlich sah sie wieder aus, als habe sie einige Stunden mit Körperpflege und Styling verbracht, und von der gestrigen Erschöpfung war keine Spur mehr in ihrem Gesicht zu sehen. Immerhin kannte er die schwarze Lederhose schon, die sie trug, was ein Anfang war. Vielleicht würde sie irgendwann sogar denselben Pullover an zwei aufeinander folgenden Tagen tragen.

In ihrer Gegenwart begann er sich etwas schmutzig zu fühlen, und der provozierende Blick, mit dem sie ihn maß, wurde ihm unangenehm bewusst.

»Sieht gut aus«, sagte sie und nickte in Richtung seines bloßen Oberkörpers.

»Was?«

»Die Wunde, meine ich«, sagte sie, und ein anzügliches Lächeln huschte über ihr Gesicht. »Was hast du denn gedacht?«

Er zog die Augenbrauen hoch und musterte sie ebenfalls eingehend, aber sie ließ sich die Musterung lächelnd gefallen und zeigte keine Spur von Verlegenheit. »Bei dir weiß man nie«, sagte er schließlich, und ihr Lächeln vertiefte sich, bis es fast einer Herausforderung gleichkam.

»Das betrachte ich als Kompliment.«

Jaywalker nickte knapp. Sollte sie es verstehen, wie sie wollte. Er wusste selbst nicht genau, wie er es gemeint hatte. Sie brachte ihn schon wieder durcheinander.

Ungeniert beobachtete Kike, wie er den Hängeschrank öffnete und Cornflakes, Erdnussbutter, Schüssel, Löffel und drei Tassen heraussuchte. Was wollte sie? Genoss sie es, ihn zu provozieren, oder war das ihre Art, ihm mitzuteilen, dass sie ein Gespräch wünschte?

»Willst du über irgendwas reden?«, fragte er, als es ihm zu dumm wurde.

»Hm«, machte sie, und er hatte fast das Gefühl, als funkele dabei ein spöttisches Licht in ihren Augen. »Vielleicht.«

Er holte tief Luft und atmete betont wieder aus. »Dann sprich. Treib deine albernen Spiele nicht mit mir, Kätzchen.« Er sah ihr in die Augen, und sie erwiderte den Blick mit einer Härte, die ihn warnte.

»Okay, Straßensamurai«, gab sie zurück und löste sich aus dem Türrahmen. Die Leichtigkeit war aus ihrer Stimme und den Bewegungen verschwunden. »Ich mache mir Gedanken über dich. Es ist deine Sache, wie viel Cyberware du in dich hineinstopfst, Jaywalker, solange du es nicht übertreibst. Aber du hast es übertrieben.« Sie atmete schwerer als sonst, und in ihrer Stimme schwangen Schärfe und Wut mit. »Ich habe dich für klüger gehalten. Ich dachte, du klärst ab einem gewissen Punkt mit einem Magier ab, wie viel Cyberware dein Körper noch verkraften kann. Aber du hast es nicht getan. Wenn ich dich astral ansehe, wird mir übel. Wenn ich darüber nachdenke, was du deinem Körper angetan hast, möchte ich dich dafür umbringen.«

Aufmerksam sah er ihr ins Gesicht, in dem sich, nur mühsam beherrscht, ihre Wut widerspiegelte. »Was geht dich das an, Kike?«, fragte er ruhig, und in ihren Augen tobte ein wahres Feuerwerk.

»Die nächste Operation wird dich umbringen, Jaywalker«, sagte sie, und ihre Stimme klang wie ein geschliffenes Messer. »Und damit meine ich nicht, dass es dich umbringen wird, wenn du dir noch mehr Drek einbauen lässt. Das steht außer Frage, das wäre dein Todesurteil. Das würde auch niemand machen. Nicht einmal Nemesis.« Geringschätzung klang aus ihrer Stimme, als sie den Namen der Schattenärztin förmlich ausspie. »Wenn du schwer verletzt wirst, Jaywalker, wenn dich eine Kugel so trifft, dass eine Operation notwendig wird, dann ist es vorbei. Die Verbindung, die dein Geist noch mit deinem Körper hat, ist sehr schwach geworden, und er wartet nur darauf, dass ihn etwas befreit. Du hast die Grenze überschritten, die man einhalten sollte. Ist dir das nicht klar?«

Sie maßen sich wie Gegner in einem Ringkampf, und beide versuchten, in den Augen des anderen zu lesen. In Kikes sonst unergründlichen Augen waren ihre Gefühle deutlich zu sehen, sie waren nur so vielfältig, dass Jaywalker Mühe hatte, sie zuzuordnen.

»Mir ist klar, dass ich ein gefährliches Spiel spiele«, gab er schließlich zurück, und die Katzenschamanin lachte kurz. »Aber es ist mein Spiel, mein Körper und mein Leben. Misch dich nicht ein, Kike.«

Sie kam näher und musste den Kopf in den Nacken legen, um ihm in die Augen sehen zu können. »Da ist noch etwas anderes, *Jaywalker*«, sagte sie, und ihre Stimme wurde leiser.

Unwillkürlich spannte er sich an, und in ihren Augen sah er, dass sie es bemerkte.

»Du weißt es«, flüsterte sie. »Du weißt, dass etwas nicht stimmt. Es verändert dich. Du wirst kalt. Eine Maschine wirst du, Jaywalker, nicht wahr? Träumst du noch? Hast du noch Angst? Ich habe es immer, von Anfang an, bei dir gespürt.«

»Was?«, fragte er, und seine Muskeln begannen vor Anspannung zu schmerzen. »Was hast du gespürt, Kike?«

Sie berührte ihn leicht mit der Hand am Arm, wo die Muskeln hervortraten, als könne er mit Leichtigkeit ein Auto umwerfen, zur Hälfte trainierte Muskeln, zur Hälfte kybernetische Muskelverstärkung. Er hätte ihr mit einem Schlag das Rückgrat brechen können.

»Dass du dazu neigst«, sagte sie. »Du hättest immer vorsichtiger mit Cyberware sein müssen.«

»Dass ich wozu neige?«, fragte er, und ihre umständliche Art, Gespräche zu führen, frustrierte ihn.

»Verhält sich dein Körper manchmal so, als agiere er von sich aus?«, fragte sie offen.

Ihm wurde schwindelig, und sie sah die Antwort, bevor er etwas sagen konnte.

»Wie lange schon?«, fragte sie.

Er schloss die Augen und stützte sich mit der rechten Hand auf der Arbeitsfläche neben dem Herd ab. »Seit der letzten Operation«, flüsterte er.

»Wann war das?«

»Vor sechs Monaten.«

Jaywalker hörte, wie sie Luft holte, um etwas zu sagen, aber dann sagte sie nichts. Er öffnete die Augen und sah sie an. »Jetzt weißt du es. Geht es dir jetzt besser?«

In ihren Augen stand wieder Undeutbares, aber die Wut zumindest war zum Teil verschwunden. »Ich habe es schon vorher gefühlt«, sagte sie und klang etwas unsicher. »Die Tendenz dazu hattest du schon immer.«

»Vielleicht.« Er seufzte. »Aber es lässt sich nichts mehr daran ändern.«

»Nein«, erwiderte sie nach einer langen Pause. »Es lässt sich nicht mehr ändern. Aber du hörst jetzt auf, oder?«

»Ich denke, es würde ohnehin kein Arzt mehr etwas einbauen?«

Ihr Blick wurde hart. »Willst du damit sagen ...«

»Nein«, unterbrach er sie. »Ich will damit nicht sagen, dass ich es noch einmal versuchen werde. Für mich ist Schluss mit der Cyberware, und das ist endgültig. Allerdings sieht Nemesis die Sache weniger kritisch als du. Sie sagt ebenfalls, dass mehr einfach nicht drin ist, aber sie schätzt die Möglichkeit, dass ich weiterhin durchaus Operationen überleben kann, als ganz gut ein. Natürlich ist das Risiko höher. Aber ich habe die Operation ausführlich mit ihr durchgesprochen und bin mir der erhöhten Gefahr bewusst und bereit, sie auf mich zu nehmen. Dass dieser Entfremdungseffekt auftreten kann, hat Nemesis schon vor über einem Jahr angedeutet. Ich werde lernen, damit zu leben.«

Kike starrte ihn an. »Du bist ein Idiot, Jaywalker«, sagte sie und griff damit zum ersten Mal, seit Jaywalker sie kannte, zu einem Schimpfwort. Allerdings zu einem vergleichsweise harmlosen. »Du bist also mit offenen Augen ins Unglück gerannt. Macht ja nichts. Kann ja mal passieren. Wenigstens hast du jetzt eine Ausrede für alles.« Sie senkte die Stimme. »Oh, das tut mir Leid, Mister, aber das war ja nicht ich, das war mein Körper.«

Ihr Spruch amüsierte ihn, und es zuckte um seine Mundwinkel. Sie starrte ihn fassungslos an, dann machte sie auf dem Absatz kehrt und schritt aus der Küche und an Phoenix vorbei, die in ihrem Rollstuhl an der Tür saß. Er war so in die Auseinandersetzung mit Kike vertieft gewesen, dass er sie gar nicht bemerkt hatte.

Kike knallte die Tür ihres Schlafzimmers hinter sich zu, und Phoenix maß ihn mit einem langen Blick.

»Wie lange stehst du schon da?«, wollte er wissen.

»Lange genug«, gab sie zurück und ließ den Rollstuhl in die Küche rollen. »Übertreibt sie?«

Seufzend zog er die Schultern hoch. »Ich weiß es nicht. Die einzige Veränderung, die ich an mir wahrgenommen habe, ist dieser merkwürdige Effekt. Weißt du, es ist so, als würde ich zweimal existieren. Ein Teil von mir ist mein Körper und der andere ... ja, mein Geist, mein Verstand, meine Seele, falls ich so etwas habe.«

Ein flüchtiges Lächeln machte ihr Gesicht noch schöner, und er stellte fest, dass er sie noch nie richtig hatte lachen sehen. Immer nur dieses flüchtige Lächeln oder ein spöttisches. Kein langes, echtes, freudiges Lachen, es lag immer ein Schatten auf ihrem Gesicht, als denke sie über etwas Trauriges nach. Er fragte sich schon lange, was sie durchgemacht hatte. War es nur die Behinderung? Oder war es mehr?

»Es tritt nur auf, wenn ich kämpfe. Wenn die Booster zugeschaltet sind.« Einen Augenblick hielt er inne und dachte nach. »Ja, das ist es. Wenn die Booster eingeschaltet sind, kann es passieren. Aber ich denke, das ist gar nicht so selten. Wenn der Körper schneller ist als der Verstand, muss das so wirken, als ob es sich um zwei selbstständige Faktoren handelt statt um eine Einheit. Was im Endeffekt ja auch stimmt.«

»Und Nemesis?«, fragte Phoenix. »Ist sie auch der Meinung, dass es nicht so ungewöhnlich oder dramatisch ist?«

»Ja und nein. Sie ist dafür zuständig, dass ich die Operationen überlebe. Ob sich die Cyberware psychisch auswirkt oder nicht, das liegt in meinem eigenen Ermessen und meiner Verantwortung. Sicher, ich mache mir Gedanken.« Er seufzte. »Aber bisher konnte ich nicht feststellen, dass ich mich bemerkenswert verändert habe. Ich mag noch immer dieselben Leute, dasselbe Essen und dieselben blöden Filme wie vorher. Wenn ich anfange, mir mit Steel zusammen *Devilman* anzusehen und mich dabei auch noch amüsiere, dann muss das an der Cyberware liegen, und dann mache ich mir Sorgen.«

Phoenix grinste flüchtig, und der fast spitzbübische Ausdruck auf ihrem Gesicht erfreute ihn.

»Findest du, dass ich mich verändert habe?«, fragte er.

Eine Weile dachte sie nach. Dann nickte sie. »Ja, du hast dich verändert. Du bist ernster geworden. Aber ich glaube, das liegt nicht an der Cyberware. Du wirst älter.«

»Also bitte«, knurrte er und sah sie misstrauisch an. »Wie soll ich denn das verstehen?«

Ein echtes Grinsen erschien auf ihrem Gesicht, und er konnte es kaum glauben. Allmählich dämmerte es ihm: Sie neckte ihn. Phoenix neckte ihn. Das war so unglaublich, dass er den Moment mit einer Kamera festgehalten hätte, wäre eine zur Hand gewesen.

Der Schalk verschwand aus ihrem Blick, aber ihre Augen waren nicht so ernst und traurig wie sonst. Die Schwere kam nicht zurück, jedenfalls noch nicht. »Wie alt bist du eigentlich, Jaywalker?«

Er verschluckte sich fast an der Luft, die er atmete. Sie sah ihn an, und er erwartete, dass sie die Frage schnell wieder zurückzog, aber sie tat es nicht.

An sich war es keine schlimme Frage. Sie wussten zwar alle nicht voneinander, wie alt sie waren, aber es sprach nur wenig dagegen, es sich mitzuteilen.

Aber es war eine *private* Frage!

Ihr Blick war ruhig und vielleicht etwas amüsiert, aber nicht verlegen. Sie wollte es wirklich wissen.

»Was würdest du denn schätzen?«, fragte er interessiert. Wenn sie diesen leichten Unterton von Neckerei schon einmal angeschlagen hatte, konnten sie auch ruhig dabei bleiben. Es gefiel ihm.

Jetzt wirkte sie etwas verlegen. »Ich kann nicht gut schätzen«, gab sie zu.

Der Straßensamurai zog einen Stuhl heran und setzte sich rittlings darauf, um auf gleicher Augenhöhe mit der Deckerin zu sein. »Ich werde es dir verraten, Phoenix. Aber zuerst wirst du schätzen. Dafür bin ich dann ehrlich.« Er grinste. »Haben wir einen Deal?«

»Okay.« Ihr Blick war trotz der leichten Verlegenheit fest. Was war mit ihr passiert? Hatte sie auf einmal beschlossen, dass sie keine Lust mehr hatte auf ihre Melancholie? Sie wirkte fast locker, und er hätte verdammt gerne gewusst, wieso, zum Teufel, sie auf einmal diese Schwere abschütteln konnte, als habe sie alles nur gespielt, und wenn es auch vielleicht nur für einen kurzen Moment war: Es war ein Anfang.

Die Deckerin beugte sich leicht vor. Ihr Gesicht war Jaywalkers ziemlich nah. Na gut, nicht wirklich nah. Nicht intim nah. Aber näher als je zuvor, und er konnte den frischen Geruch ihrer Haare wahrnehmen. Auch Elfen rochen anders als Norms, fand er. Natürlich konnten auch sie durchgeschwitzt sein und stinken, aber sie rochen definitiv anders. Phoenix' Geruch war ihm angenehm.

Mit konzentriertem Gesichtsausdruck betrachtete sie ihn, als scanne sie sein Gesicht ein. Er erwiderte ihren Blick und begann ebenfalls mit seiner Schätzung, da sie sich die Gelegenheit vermutlich nicht entgehen lassen würde, seine Forderung retour gehen zu lassen.

Es dauerte lange, und dann legte sie den Kopf schief. Schon wieder so eine neckische Geste. Sie wirkte viel jünger. Fast verspielt. Aber in den Augen lag ihre typische Ernsthaftigkeit, und sie würde mit der Schätzung nicht herumspielen, sondern ihr Bestes geben, wie sie immer ihr Bestes gab.

»Es ist schwierig«, entschuldigte sie sich im Vorhinein. »Ich habe dich immer für um die dreißig gehalten. Ich weiß, du bist schon eine Weile im Geschäft, und ich hätte dich auch für noch etwas älter halten können. Aber ich weiß auch, das Geschäft macht alt.«

Er zog die Augenbrauen hoch.

»Nein, nicht alt«, korrigierte sie und grinste etwas spöttisch. Das war schon eher das Grinsen, das er von ihr kannte. »Erwachsen. Es macht schnell erwachsen. Es gibt Achtzehnjährige, die wie Profis agieren, Zwanzigjährige, die Profis sind.«

»Aha«, sagte er und senkte die Augenbrauen wieder. »Das ist interessant. Aber du willst dich doch nicht vor einer definitiven Schätzung drücken, oder?«

»Jünger«, sagte sie einfach. »Sechsundzwanzig oder siebenundzwanzig. Auch wenn ich mir das kaum vorstellen kann, dein Gesicht sagt es.«

»Verräter«, sagte er und grinste. Er war beeindruckt. »Ich bin siebenundzwanzig. Nicht schlecht, Phoenix, meine aufrichtige Anerkennung.«

In ihren Augen funkelte ein winziges Licht. Winzig klein, und dann war es auch schon wieder verschwunden. Sie blickte ihn auffordernd an.

»Na gut«, sagte er. »Allerdings ist es für mich natürlich schwieriger.« Er sah sie lange an, obwohl er ihr Gesicht eigentlich auswendig kannte. »Einundzwanzig«, kapitulierte er, und sie lachte. Sie hätte auch dreißig oder vierzig sein können. Oder vielleicht hundert Jahre alt, wenn sie eine der seltenen *vor* dem Erwachen geborenen Elfen war. Ihr altersloses Gesicht gab der Zeit kaum eine Möglichkeit, Spuren zu hinterlassen.

»Aber das ist natürlich schwach«, sagte er. »Das gebe ich zu.«

»Gut«, sagte sie. »Es ist nämlich wirklich schwach.«

Sie wurde ein wenig rot, als er sie eindringlich musterte.

»Wenn ich meine Schätzung erklären soll, muss ich ziemlich direkt werden«, warnte er, und sie nickte. »Ich weiß. Wenn du es nicht willst, Jaywalker, lass es.«

Wollte sie es jetzt, oder wollte sie nicht? Er sah sie prüfend an und kam zu dem Schluss, dass sie es selbst nicht wusste. Also entschied er sich, es zu versuchen. Mit einer harmlosen Fassung. Es hätte ein sehr persönliches Gespräch daraus werden können, und er war ziemlich sicher, dass es dafür noch zu früh war, aber andererseits war es eine Gelegenheit, ihr mitzuteilen, dass er sich Gedanken über sie machte. Falls sie das nicht schon wusste.

»Ich kann nicht vom Aussehen ausgehen, also muss ich mich an anderen Dingen orientieren«, begann er die schwierige Gratwanderung. »Du bist so ernst, dass man dich für hundert Jahre halten könnte, was du als Elfe auf gar keinen Fall als Beleidigung auffassen kannst, hoffe ich.«

Ohne ein Wort sah sie ihn an und wartete darauf, dass er fortfuhr.

»Ich hätte dich auf vielleicht dreißig geschätzt oder etwas jünger. Andererseits hast du einiges hinter dir, wie wir alle, und wie du schon sagtest, das Geschäft macht alt. Also eher jünger. Verzeih mir die Offenheit, aber heute hast du mich zum ersten Mal eine sehr viel jüngere Phoenix sehen lassen. Das bringt meine Schätzung noch weiter in Richtung zwanzig. Du bist mutig, das weiß ich, und du stellst dich den meisten Dingen. Sich anderen Menschen zu stellen, ist schwer, und ich vermute, für dich ganz besonders, auch wenn ich nicht weiß, warum. Aber ich glaube, du stellst dich diesem Problem verhältnismäßig früh und nicht erst mit dreißig, und deshalb schätze ich nach all diesem Psychogequatsche dein Alter auf sechsundzwanzig und stehe voll im Fettnäpfchen, wenn du älter bist.«

»Tust du«, sagte sie und lächelte.

»Oh«, sagte er und grinste etwas verlegen. »Tief im Fettnäpfchen?«

»Zwei Jahre«, erwiderte sie und grinste auch. »Geht noch.«

Sie grinsten sich ziemlich dämlich an und wurden auf merkwürdig angenehme Weise verlegen, und keiner wusste, was er sagen sollte. Jaywalker hörte jemanden im Flur, und kurz darauf stand Conquistador in der Tür.

»Wollt ihr auch noch euer Sternzeichen raten, oder kann ich an euch vorbeischleichen und heute noch an meinen Kaffee kommen?«

»Später vielleicht die Sternzeichen«, sagte Phoenix, ohne rot zu werden, wendete ihren Rollstuhl und fuhr aus der Küche. Sie hörten, wie sie in ihrem Arbeitszimmer verschwand.

»Also«, sagte Conquistador und nahm ein mit weiß-grün karierten Elefanten bedrucktes Tablett aus dem Hängeschrank, »ich finde, du bist noch sehr menschlich, Jaywalker.«

»So?« Der Straßensamurai erhob sich und schob den Stuhl zurück an seinen Platz.

»Ausgesprochen menschlich«, bestätigte Conquistador und stellte Cornflakes, Milch, Geschirr und Besteck auf das Tablett. »Du hast sogar vergessen, einem Chummer seinen Kaffee und einem halb verhungerten Kind sein Frühstück zu bringen, weil du dich mit einer schönen Frau unterhalten hast. Das ist doch sehr menschlich. Oder willst du mir erzählen, du hast einen Kurzschluss?« Er grinste und packte noch ein paar Scheiben Toast und die Kaffeekanne auf das Tablett, dann machte er sich auf den Weg ins Wohnzimmer.

Jaywalker folgte ihm und erwog, ihm in den Hintern zu treten, sobald das Tablett sicher stand. »Weshalb essen wir eigentlich im Wohnzimmer?«

»Keine Ahnung«, erwiderte der Runner. »Aber jetzt tun wir's.«

»Was hat sie eigentlich?« Jaywalker deutete mit dem Daumen auf Julius, die gerade die letzte Toastscheibe verschlang, als sei es ihre letzte Mahlzeit, und dabei laut schnüffelte und schmatzte.

»Wieso? Sie isst immer so.«

»Das meine ich nicht. Sie ist merkwürdig. Sie sieht dich nicht an.«

Mit leicht leidendem Gesichtsausdruck sah Conquistador ihn an. »Du merkst aber auch alles, was, Superman? Sie ist beleidigt.«

»Weshalb?«

»Ich habe sie getreten.«

Erschrocken blickte Mikey, der Julius jetzt einzelne Cornflakes zuschmuggelte, den Runner an.

»Warum?«, fragte Jaywalker. »Weil sie schmatzt?«

Conquistador verzog sein entstelltes Gesicht zu einem breiten Grinsen, das er gleich wieder verschwinden ließ wie Karten bei einem seiner Zaubertricks. »Sehr witzig. Nein. Ich habe sie von dem Japaner weggetreten, als sie ihn ... äh ...« Er sah Mikey an, der gespannt auf die Fortsetzung wartete und in seinem Gesicht schon einen vorwurfsvollen Ausdruck vorbereitete.

»Als sie ihn angegriffen hat. Natürlich nur, weil der Japaner mich angegriffen hat«, beeilte er sich zu versichern.

»Warum hat der Japaner dich angegriffen?«, wollte Mikey wissen, und Jaywalker grinste Conquistador breit an. »Ja, warum?«, fragte er und imitierte Mikeys unschuldig vorwurfsvollen Tonfall.

»Weiß ich doch nicht«, sagte Conquistador. »Es gibt eben Idioten, die so etwas tun. Auf jeden Fall ist Julius sehr böse geworden und hat ihn gebissen.«

»Das ist doch gut«, sagte Michael und streichelte Julius. Sehr vorsichtig. Er hatte schon Bekanntschaft mit dem Steakmesserpelz gemacht, als er sie trotz der Warnungen Conquistadors gegen den Strich gestreichelt hatte. Julius grunzte irritiert und schnüffelte nach weiteren Cornflakes.

»Na ja«, sagte Conquistador gedehnt. »Aber sie wollte ihn richtig beißen. Sie hätte ihn schwer verletzen können. Und sie hat ihn nicht in Ruhe gelassen, als ich es ihr gesagt habe, und da musste ich sie wegtreten. Anfassen konnte ich sie ja nicht.«

»Hm«, machte Jaywalker, und Conquistador sah ihn merkwürdig an.

»Das machst du aber wirklich oft.«

»Kann sein«, gab der Straßensamurai zu. »Habt ihr jetzt so eine Art Ehekrach, du und dein Tier?«

»Sieht so aus. Ich hoffe nur, sie verzeiht mir irgendwann. Vielleicht ist sie auch nicht nur beleidigt, sondern hat das Vertrauen in mich verloren oder so. Könnte ja sein. Wer weiß schon, was in so einem Stachelschwein vorgeht.« Er musterte seinen Mungo mit einer Mischung aus Mitleid und gekränktem Stolz. Julius ignorierte ihn und sprang elegant vom Tisch, huschte hinter das Sofa und begann dort wild herumzuschnüffeln.

»Was macht die denn da? Liegt da noch Toast?«

Mikey nickte eifrig, und Jaywalker betrachtete ihn mit Misstrauen. Der Kleine war ein liebes Kind, aber das war jetzt selbst für ihn eine Spur zu eifrig. Er ließ den Blick über den Tisch schweifen und stellte fest, dass das Glas mit Erdnussbutter fehlte. Nur der Deckel lag noch da. Er konnte sich ein Grinsen nicht verkneifen, und als er Michael ansah, erwiderte der Kleine seinen Blick mit großen Augen. Als er feststellte, dass Jaywalker nichts sagte, grinste er auch.

»Tut mir Leid«, sagte Jaywalker. »Das ist witzig, aber sie schmiert echt rum mit dem Zeug. Hab ich auch mal ausprobiert. Aber in *seiner* Wohnung.«

»Das war Marmelade«, knurrte Conquistador und blickte sowohl Mikey finster an als auch Jaywalker, der um das Sofa ging und Julius das Glas mit der Erdnussbutter wegnahm. Sie hatte es gegen das Sofa gedrückt und steckte mit dem halben Kopf darin. Ihre Schnauze und ihre Pfoten waren völlig verschmiert. Offenbar hatte sie zuerst versucht, die Kostbarkeit aus dem Glas herauszukratzen. Als er es ihr wegnahm, stieß sie ein keckerndes Geräusch aus, das sehr verärgert klang.

»Böse Stachelwurst«, sagte Jaywalker und entfernte sich sicherheitshalber ein Stück. Julius folgte ihm und dem Glas in einigem Abstand und ließ es nicht aus den Augen. Jaywalker stellte das Glas auf dem Tisch ab, und sie glitt mit einer Bewegung auf den Tisch, als fließe sie einfach hinauf. Dann blieb sie wartend daneben sitzen, die Augen hypnotisch darauf gerichtet.

»Kann ich das Glas nicht halten, wenn sie daraus isst?«, fragte Mikey.

Mit finsterem Gesicht sah Conquistador ihn an und schüttelte tadelnd den Kopf. »Du hast die Nummer echt gut drauf mit diesem Bitte-Bitte-Blick, huh? Das bringt nichts. Sie versucht nach kurzer Zeit sowieso wieder, das Zeug rauszukratzen. Sieh sie dir doch mal an.«

»Sie ist doch fast sauber«, gab Mikey zurück, und er hatte Recht. Julius hatte sich mit ungeheurer Geschwindigkeit fast völlig sauber geputzt und war gerade dabei, ihre Fußspuren vom Tisch zu lecken.

»Fein«, sagte Jaywalker. »Vielleicht geht sie gleich auch noch ihre Spuren auf dem Boden staubsaugen. Hinter dem Sofa sieht es aus, als wären ein paar Dutzend Erdnüsse explodiert.«

»Bitte«, sagte Mikey und sah Conquistador flehentlich an, der eindeutig überfordert war und Jaywalker einen Hilfe suchenden Blick zuwarf.

»Dein Problem«, formulierte Jaywalker lautlos mit den Lippen und grinste ihn an, dann drehte er sich um und ging zur Tür.

»Was hast du denn vor?«

»Duschen. Dringend.«

Fünfzehn Minuten später, als Jaywalker frisch geduscht und vollständig bekleidet wieder ins Wohnzimmer kam, war das Glas mit der Erdnussbutter leer, und Julius war wieder verschwunden.

Kapitel 14

Quartier in der Columbia Street, 15:04

»Ich habe schon wieder Hunger«, sagte Mikey.

Conquistador warf ihm einen langen Blick zu. Seit dem Morgen unterhielt er den Kleinen mit Kartentricks, ließ ihn Julius füttern und erfand wilde Geschichten. Sicher, der Kleine war sehr begeisterungsfähig, und es machte Spaß. Besonders die offensichtliche Bewunderung des Kindes gefiel ihm. Aber allmählich überkam ihn ein Gefühl unerträglicher Enge. Wenn er Kinder hätte hüten wollen, dann wäre er nicht Dieb, Betrüger und Shadowrunner geworden, sondern Kindergärtner. Oder er hätte selbst ein paar Bälger produziert.

Die anderen hatten sich alle geschickt aus dem Staub gemacht, anstatt ihn abzulösen. Phoenix hing wieder in der Matrix, Jaywalker flitzte in der Gegend herum und riskierte sein Leben für ein paar Informationen. Das hätte Conquistador jetzt auch gerne getan: sein Leben riskiert. Nichts wünschte er sich gerade mehr als einen dummen Irren, der ihm ans Leben wollte.

Was Kike tat, wusste er nicht. Sie hatte sich in ihr Zimmer zurückgezogen und verbreitete eine intensive Aura von Rühr-mich-nicht-an. Wahrscheinlich polierte sie gerade alle ihre Foki auf Hochglanz oder tat etwas anderes Unnützes. Seit der Auseinandersetzung heute Morgen mit Jaywalker war sie nachdenklich und still, aber ganz offensichtlich wollte sie nicht mit ihm darüber reden. Außerdem wäre Michael auch dabei gewesen, sie konnten den Kleinen schließlich nicht einfach in der Ecke abstellen, um ihre Erwachsenengespräche zu führen.

Steel schraubte an einer Drohne herum. Das war ganz sicher nicht nötig. Conquistador hatte das Gefühl, als gehe der Rigger Michael aus dem Weg, wo er nur konnte. Bisher hatte er kein Wort mit dem Kind gewechselt, hatte ihm nur eine Begrüßung zugebrummt und war dann wortlos verschwunden.

Es war seine Sache. Conquistador mischte sich nicht in die Angelegenheiten anderer Leute.

Michael zupfte an seinem T-Shirt herum. »Ich mag die Farbe nicht.«

»Es ist blau.« Der Runner sah ihn verblüfft an. »Was ist denn an Blau auszusetzen?«

»Ich mag es einfach nicht«, erwiderte Michael und setzte eine renitente Miene auf.

Beim Anblick des Kindes, das in offensichtlicher Nörgelstimmung war, bekam Conquistador Atemprobleme und das Gefühl, ganz schnell irgendwohin rennen zu müssen, wo kein Gör ihn anquengelte. »Dann zieh doch das andere an«, sagte er. »Das ist schwarz.«

Vorhin hatte Jaywalker ein paar Klamotten für den Jungen besorgt, und da hatte sich der Kleine bereits darüber beklagt, dass er sich die Sachen nicht selbst hatte aussuchen dürfen. Jetzt schienen alle Dämme zu brechen. Und das, wo Jaywalker nicht da war, auf den Michael am besten hörte. Oder sonst jemand. Eigentlich war es Conquistador egal, wer. Hauptsache, er konnte sich endlich absetzen und bekam wieder richtig Luft. Seine Lungen fühlten sich an wie die eines Asthmatikers nach einem Sprint.

»Das kra-atzt«, beanstandete Mikey und zog den Satz kaugummiartig in die Länge.

Kinder waren schlimmer als Erwachsene. Wenn Erwachsene nervten, konnte man es ihnen sagen, und wenn sie dann nicht hörten, konnte man sie verprügeln oder erschießen. Auf

Kinder musste man pädagogisch einwirken oder so. Auf jeden Fall würde er sich nicht gut fühlen, wenn er Mikey verprügelte. Jedenfalls hinterher. Währenddessen würde er sich großartig fühlen, davon war der Runner überzeugt.

»Bitte«, sagte Conquistador, »was willst du eigentlich? Hast du jetzt Hunger? Oder was?«

Mikey sah ihn an und machte große Augen. Hatte er Bücher darüber gelesen, wie das Kindchenschema auf Erwachsene wirkte? Und überhaupt! Was war das für eine berechnende Kröte! Eben noch den Tränen nah, und jetzt auf einmal ganz niedlich. Conquistador hatte plötzlich das bestimmte Gefühl, dass der Sechsjährige ihm über war.

»Ich möchte zu McHughes«, sagte Mikey und nickte mit glänzenden Augen. »Und dann auf den Spielplatz. Mir ist so langweilig.«

Die Sehnsucht nach seinem normalen Leben überrollte Conquistador wie eine übermächtige Flutwelle. Wie konnte er dem Kleinen erklären, dass das nicht ging?

»Bitte«, sagte Mikey und schob die Unterlippe ein wenig vor.

Ging es wirklich nicht? Was sprach eigentlich dagegen, dass sie kurz zu McHughes gingen und etwas aßen? Sie hatten Michael so gründlich auf Sender untersucht, dass er eigentlich keinen an oder in sich tragen konnte, und wenn sie ihn mittels ritueller Hexerei suchten, dann taten sie das nicht ununterbrochen. Es war praktisch unmöglich, dass sie Michael in den zwanzig Minuten aufspürten, die sie für den Gang zu McHughes brauchen würden. Und wenn Michael aus der Wohnung kam, war er anschließend sicherlich verträglicher. Conquistador konnte gut verstehen, dass der Kleine genug davon hatte, in der Wohnung herumzuhocken. Ihm ging es nicht anders.

»Okay«, sagte er, und die Augen des Kindes leuchteten auf. »McHughes. Spielplatz heute nicht, in Ordnung?«

»In Ordnung«, sagte Mikey und war auf einmal wieder das liebenswürdige Kind, das Conquistador durchaus mochte. Eigentlich war der Kleine ja auch recht bescheiden. Schließlich hätte er auch auf den Spielplatz bestehen oder einen Zoobesuch verlangen können. Obwohl … ein Zoobesuch hätte ihn auch gereizt. Es gab kaum ein Tier, zu dem er nicht seine ganz persönliche Geschichte erzählen konnte, und er war sich sicher, Mikey hätte diese Geschichten zu würdigen gewusst.

Conquistador fragte sich, was er tun würde, wenn Michael in aller Öffentlichkeit nach dem Spielplatz verlangte. Oder wenn er Dinge fragte, die sich auf die merkwürdigen Lebensgewohnheiten des Teams bezogen. Jetzt, wo der Kleine aufsprang und in den Flur lief, um seine Schuhe anzuziehen, kam ihm die Idee bereits wieder ziemlich idiotisch vor.

»Was soll's«, murmelte er und wuchtete seine hageren 1,97 in die Höhe. Wenn er es dem Kleinen jetzt wieder auszureden versuchte, hatte er ganz schlechte Karten.

Steel hing seinen Gedanken nach, während er im Innenleben seines GCR-23C Crawler herumwühlte. Der Crawler war eine Bodendrohne von der Größe eines Trollkopfs und eignete sich recht gut als elektronischer Spion, wenn es nicht um allzu sensible Aufgaben ging. Er war leise und verhältnismäßig klein, und außerdem verfügte er über einen Treppenmodus, in dem er langsam und gemächlich Stufen herauf- oder herunterzuckeln konnte. Er sah aus wie ein Kinderspielzeug, wie die etwas kuriose Version eines ferngelenkten Miniaturpanzers, aber er konnte sich durchaus nützlich machen. Ein besonderer Vorteil war auch, dass er mit etwas über tausend Nuyen zu den billigen Drohnen gehörte. Im Augenblick wertete Steel ihn allerdings um ein Vielfaches auf: Die verbesserten Sensoren, die er gerade einbaute, hatten einen Gegenwert von annähernd fünfzehntausend Nuyen. Er war nicht sicher, ob diese Modifikation einmal von Nutzen sein würde, aber da er gerade eine irreparabel beschädigte Rotordrohne ausgeschlachtet hatte, waren die Sensoren nun einmal übrig. Er konnte sie später wieder ausbauen. Außerdem brauchte er etwas zu tun.

Den Crawler nutzte er sonst eher als eine Art Wegwerfdrohne. Natürlich achtete er im Allgemeinen darauf, dass seine Drohnen heil und sicher zu ihm zurückkehrten, aber wenn ein Drohnenopfer sinnvoll war, dann ging es einem Crawler an den Kragen. Vor einem halben Jahr hatte er einen seiner Crawler mit einem internen Sprengsatz bestückt und zum Quartier einer kleinen Gang geschickt, die in einem Auburner Randbezirk Ärger machte. Er hatte die Signale der Kamera auf einen Monitor geschaltet, war mit dem Ding zwischen die sechs anwesenden Ganger gefahren und hatte mit angesehen, wie sie es rätselnd anstarrten und wie dann einer der Jungs mit verächtlichem Lachen seine Knarre zog. Die Fernzündung hätte er sich sparen können. Der dumme Junge hatte gut getroffen.

»In der Hölle halten sie eine Eigentumswohnung für mich bereit«, brummte er der Drohne zu, die ihm bereits seit über einer Stunde geduldig zuhörte.

Es klopfte an der Tür. »Willst du was von McHughes?«

Belustigt grunzte Steel. Jetzt auf einmal waren die Soyburger doch nicht so schlecht, dass der penible Kartenspieler sie nicht essen konnte, oder was?

»Das Übliche«, rief er durch die geschlossene Tür. Er hörte eine Bestätigung und dann, wie sich Schritte entfernten. Schon wieder tief in sich versunken, wandte er sich wieder der Drohne zu und vergaß das Essen schnell über seinen finsteren, quälenden Gedanken.

Bei McHughes herrschte reger Betrieb für die Uhrzeit. Die Schlangen vor den vier besetzten Kassen bestanden aus jeweils drei oder vier Leuten, und Conquistador und Mikey stellten sich an. Julius hatten sie im Quartier eingesperrt. Sonst wäre sie bei McHughes unter Umständen auf Raubzug gegangen, während sie warteten, und Conquistador erinnerte sich mit Unbehagen an die Reaktionen der Leute, als sein Mungo vor einem Jahr mit einem gestohlenen Burger unter einem Tisch erwischt worden war.

»Was willst du denn?«, fragte der Runner.

»Fritten und Cola und einen Cheeseburger. Und Eis.«

»Was frage ich überhaupt?«, fragte Conquistador belustigt. »Das essen alle Kinder, oder?«

Der Kleine zuckte die Achseln, während sie in der Schlange einen Platz weiter vorrückten. »Ich weiß nicht. Manchmal esse ich auch was anderes.«

»Isst du oft bei McHughes?«

Der Blick des Jungen schien auf den Boden getackert zu sein. »Manchmal«, murmelte er.

War das eine Gelegenheit, ihn etwas zu fragen? Eigentlich wollte Conquistador um jeden Preis Aufsehen vermeiden, und wenn der Junge wieder in diese merkwürdige Starre verfiel und anfing zu wimmern, weil er ihn etwas fragte, entsprach das nicht gerade seinem Bild von Unauffälligkeit. Andererseits schien Mikey etwas zugänglicher zu sein.

»Mit deinen Eltern zusammen?«

Im Blick des Jungen erschien ein gehetzter Ausdruck, und Conquistador legte ihm eine Hand auf die Schulter. »Schon gut. Brauchst nicht weiter drüber nachzudenken. Was willst du denn für ein Eis?«

»Erdbeer«, flüsterte Mikey, und dann tat er etwas, das Conquistador erstaunte und tief rührte: Er griff nach der Hand, die auf seiner Schulter lag, zog sie herunter und schob seine kleine Hand in die des Runners. Ohne ihn anzusehen, den Blick fest auf die bunten Tafeln mit den Angeboten und Preisen geheftet, die hinter den Kassen an der Wand prangten. Seine Hand fühlte sich an wie ein winziger Vogel, so abgemagert und leicht, und Conquistador konnte jeden Knochen durch die dünne Haut spüren. Er schluckte schwer, und sie schwiegen beide, bis sie an der Kasse waren, und sahen sich nicht an.

Ihr Tisch war an der Wand hinter einer großen Plastikpalme, und Conquistador hatte eine gute Sicht auf die Tür. Als die Bedienung gefragt hatte, ob sie hier essen oder das Essen mitnehmen wollten, hatte Mikey geantwortet, bevor Conquistador reagieren konnte. Sein unschuldiges Grinsen, als der Runner ihn ansah, wirkte überzeugend, und Conquistador brachte es nicht fertig, es ihm abzuschlagen. Der Junge war ein richtiger kleiner Teufel, fand er. So rührend es auch sein mochte, dass er seine Hand genommen hatte, diese ständige wohlüberlegte Berechnung seiner Wirkung auf Erwachsene ließ ihn doch eher wie einen heimtückischen kleinen Kobold denn wie einen niedlichen Engel erscheinen. Bei der Erinnerung daran, wie Mikey nach seiner Hand gegriffen hatte, packte ihn aber doch wieder diese merkwürdige Rührung. Verdammter kleiner Windelpupser.

»Was machst du da eigentlich?«, fragte er, als Mikey eine der Fritten in sein Erdbeereis tunkte und in den Mund schob.

»Wieso?«

»Schmeckt das?«

Wortlos tunkte der Junge eine weitere Fritte in das Eis und reichte sie dem Runner.

Zögernd nahm der sie aus seiner Hand und schnupperte daran. »Das meinst du doch nicht ernst, oder?«

Mikey kicherte und sah ihn erwartungsvoll an, und der Runner steckte die suspekte Nahrung kopfschüttelnd in den Mund. Er kaute ein wenig darauf rum, schluckte sie und schnitt eine Grimasse des Ekels. »Also, richtig gut finde ich das nicht.«

»Ich schon«, sagte Mikey. »Aber du musst das ja nicht mögen.«

»Sehr diplomatisch«, sagte Conquistador und verbrachte dann die nächsten Minuten damit, Mikey das Wort ›diplomatisch‹ zu erklären.

»Ich will noch ein Eis«, sagte Mikey eine Weile später, als Conquistador gerade mit dem zweiten Burger beschäftigt war.

»Gleich«, erwiderte der Runner mit vollem Mund und schluckte, um sprechen zu können. »Wir gehen sowieso gleich los.«

»Och«, machte Mikey. »Bitte!«

Conquistador ließ den Burger sinken, in den er gerade hatte hineinbeißen wollen, und starrte den Kleinen an. »Machst du das mit allen so? Oder hörst du nur auf mich so schlecht?«

Verlegen und etwas verschmitzt zuckte Mikey die Achseln.

»Na?«, bohrte Conquistador nach, und Mikey grinste ihn an.

»Du bist ja nicht so streng.«

»Aha.« Belustigt blickte der Runner den Jungen an, der ihn nur mit großen blauen Augen ansah und nichts sagte. »Sollte ich strenger sein?«

»Nö«, sagte Mikey und schüttelte den Kopf. »Lieber will ich ein Eis.«

Das war eine glatte Unverschämtheit, aber bevor er sich beherrschen konnte, platzte Conquistador laut heraus. Es war gut, dass er nichts im Mund hatte; er hätte es vermutlich quer über den Tisch gespuckt. In Mikeys Alter war er gerade mit seinem Vater in China gewesen und dort, soweit er sich erinnern konnte, gegen alle Ermahnungen immer seine eigenen Wege gegangen. Er hatte auch nie auf Erwachsene gehört. Es geschah ihm ganz recht, dass jetzt diese Rotzgöre vor ihm saß, ihn mit Unschuldsaugen ansah und ihm auf der Nase herumtanzte.

Außerdem gefiel es ihm. Klar, heute nervte es, weil Mikey noch so ein kleiner Bengel war und man auf ihn aufpassen musste. Aber irgendwann würde er größer sein, und vermutlich würde er schnell alleine zurechtkommen. Selbstständigkeit war für Conquistador das Wichtigste im Leben. Es gab nichts, was er mehr schätzte, obwohl er vermutete, es hing damit zusammen, dass er ein Problem mit Verantwortung hatte. Verantwortung für andere. Lästig. Einengend. Beklemmend.

»Na gut, Rotznase«, knurrte er, zog einen beglaubigten Kredstab aus der Hosentasche und überreichte ihn Mikey. »Hol noch ein Eis. Und außerdem holst du drei – hör genau zu, ja?«

Mikey nickte mit wichtigem Gesicht, die kleinen, von Pommes und Eis verschmierten Finger fest um den Kredstab geschlossen.

»Drei doppelte Burger mit Käse und zweimal Currysauce. Extra scharf. Kannst du das behalten?«

»Klar«, sagte Mikey.

»Wirklich?«

Mikey verdrehte die Augen, drehte sich um und stapfte los. Grinsend sah der Runner ihm nach und staunte über sich selbst. Er war mit einem Kind unterwegs und hatte sogar Spaß dabei. Obwohl er den Rotzlöffel noch immer liebend gern übers Knie gelegt hätte. Da stritten wohl zwei Seiten in ihm: die eine, der das Selbstbewusstsein des Kleinen gefiel, und die andere, die es gern bequemer gehabt hätte, damit er sich weiter ausschließlich um sich selbst kümmern konnte.

Genug davon. Er hatte sich vorgenommen, nicht mehr an sich herumzuanalysieren. Früher oder später kam er dabei ohnehin immer zu dem Schluss, dass er sich nicht ganz verstand. Er mochte sich und fühlte sich wohl, so wie er lebte, aber weshalb er so war, hatte er noch nie begriffen. Alles in allem wirkte seine Persönlichkeit völlig verdreht und widersprüchlich auf ihn und war mit logischen Argumenten nicht zu rechtfertigen.

Neben den Kassen flog die Glastür des McHughes mit Schwung auf, und ein paar Jugendliche kamen herein. Sechs Jungs in ziemlich abgerissenen Klamotten. Orks.

Die ganze Welt bündelte sich für Conquistador in einem der sechs Orks, und als sie sich gegenseitig in die Augen starrten und das Erkennen im Gesicht des anderen aufblitzen sahen, beschlich den Runner das Gefühl, dass er schon wieder ein massives Problem hatte.

Slash erkannte den Penner sofort. Der lange, dünne Drekskerl drüben am Tisch mit dem aufgeschlitzten Gesicht sah ihn ebenfalls an und erkannte ihn auch, so viel war sicher.

Die Jungs hatten ihn und Kev ausgelacht, als sie ihnen von ihrem Erlebnis erzählt hatten, weil sie den Fehler gemacht hatten, auch von ihrer Flucht am Ende zu erzählen. Natürlich hatten sie nicht gesagt, dass sie abgehauen waren, aber die Jungs hatten es erraten. Und vor allem hatten sie sich darüber lustig gemacht, dass er und Kev Glück gehabt hatten, weil sie nicht dazu gekommen waren, den Penner aufzuschlitzen, der keiner war. Er hätte sie fertig gemacht, hatten sie gesagt.

Was für ein Zufall, dass sie sich hier wiedersahen.

»Das ist der Kerl«, sagte er, ohne den Blick von dem dünnen Norm zu wenden, der die Arme vor der Brust verschränkt hatte und ihn musterte, als halte er ihn für einen dummen Jungen. »Der Penner mit der Knarre.« Dreckiger Wichser. Es hätte nichts geändert, wenn er Schiss gehabt hätte, er war so oder so fällig. Aber seine aufgeblasene Art, dazusitzen und ihn anzusehen, als sei er der letzte Drek, machte es nicht besser für ihn. Nein, wirklich, kein Stück besser.

»Wer« Braker folgte seinem Blick. Der schwarzhaarige, untersetzte Ork hatte am lautesten gespottet. Es war ein Konkurrenzding zwischen ihm und Braker. Sie waren sich noch nicht ganz klar darüber, wer von ihnen in der Gang das Sagen hatte.

Das Lachen seines Konkurrenten war dreckig. »Was für ein dünner, jämmerlicher Hurensohn von einem Norm. Klar, dass du gerannt bist, Slashy-Boy. Wär ich auch an deiner Stelle. Mann, wär ich gerannt!« Er spuckte auf den Boden, und der Norm richtete seinen ruhigen Blick auf ihn, musterte ihn kurz und zog die Augenbrauen hoch.

»Der nimmt dich nicht ernst.« Provozierend maß Braker ihn mit einem langen Blick und griff nach hinten, um Tanja an sich zu ziehen und den Arm um sie zu legen. Das war auch so eine Sache zwischen ihnen: Tanja. Die Kleine war noch nicht lange bei ihnen, und sie hatte noch keine Partei ergriffen. Immer, wenn einer vorne war, schmiegte sie sich an ihn, als halte sie sich für den Preis des Besseren. Eigentlich konnte er sie nicht leiden. Aber es ärgerte ihn, wie sie sich jetzt von Braker umarmen ließ, anstatt ihn wegzustoßen, wie sie es vor einigen Stunden mit Slash gemacht hatte.

Und es ärgerte ihn, dass es ihn ärgerte. Er würde es ihnen zeigen. Dem Penner. Braker. Und Tanja. Wenn sie dann zu ihm kam und tat, als sei es etwas Besonderes, dass sie nett zu ihm war, würde er ihr in den Hintern treten. Sie war genau wie seine Mutter: Wenn sein Vater Geld hatte, kam die Alte angekrochen, aber wenn er keins hatte, war er nur Drek für sie.

Das Messer fühlte sich gut an, als er in der Jackentasche die Hand darum legte. Wenn sie schnell waren, hatte er ihn umgelegt und sich längst verzogen, bevor die Bullen kamen.

»Slash! Er hat 'ne Knarre!« Kev packte ihn am Arm, aber Slash schüttelte ihn unwillig ab.

»Wenn er die Knarre zieht«, sagte Braker, »ist er eine feige Normsau. Dann machen wir ihn alle fertig, das ist doch wohl klar.« Er warf einen selbstbewussten Blick in die Runde und erntete Nicken von allen Seiten.

»Aber«, fuhr er fort, »wenn er kämpft, dann ist das eine Sache zwischen euch beiden.«

Ohne ein weiteres Wort schob sich Slash zwischen seinen Leuten durch und ging auf den Norm zu, der sich mit einer geschmeidigen Bewegung erhob, als er ihn näher kommen sah.

»Lass dich nicht fertig machen«, hörte er Braker hinter sich spotten.

»Nur du?« Ruhig sah Conquistador dem Ork entgegen. »Was ist das für 'n Ding – Mann gegen Mann? Oder ich gegen euch zwei?«

Mit einer Kopfbewegung deutete er auf den zweiten Ork, der sich jetzt ebenfalls näherte. Der zweite der beiden Orks, die ihn hatten aufschlitzen wollen. Der Junge sah etwas unsicher aus, aber er schien entschlossen, seinen Kumpel nicht allein in die Schlacht ziehen zu lassen. Das war lobenswert. Die anderen standen nur da und warteten auf Blut, wobei es ihnen ziemlich egal zu sein schien, wessen Blut fließen würde. Einer von ihnen war ein Mädchen, wie er erst erkannt hatte, als sie hinter den anderen hervorgetreten war und sich an den schwarzhaarigen Ork mit der großen Schnauze geschmiegt hatte. Zuerst hatte er sie für einen Kerl gehalten.

»Er nicht. Nur wir zwei«, erwiderte sein Gegenüber.

»Jetzt kannst du nicht mehr zurück, wie? Schöne Freunde.«

»Wenn du 'ne Knarre ziehst oder mich umlegst, dann legen sie dich um«, sagte der junge Ork und ließ das Klappmesser aufschnappen.

»Ist ja wie bei der Hexenverbrennung«, meinte Conquistador. »Stirb oder stirb.«

Er hatte kein Messer dabei. Nur seinen Colt Manhunter. Das leichte Ungleichgewicht, dass er ein Messer hatte und sein Gegner nicht, schien den Ork aber bei seiner Auge-um-Auge-Sache nicht weiter zu stören.

Der Gedanke an Mikey traf ihn sehr plötzlich, als er gerade entschieden hatte, trotzdem auf die Regeln einzugehen und zu sehen, ob er den jungen Ganger auch ohne Reflexbooster erledigen konnte.

Was würde Mikey tun, wenn der Ork ihn vor seinen Augen tötete? Würde er ... nein, vermutlich würde er nicht einfach zum Quartier zurückgehen und die Sache verkraften. Dumme Idee. Sehr dumm. In einem stillen Moment musste er mal darüber nachdenken, wie er überhaupt auf solche Gedanken kam.

Die Welt waberte kurz, wie durch ein Hitzeflimmern betrachtet, als sich seine Booster einmischten. Es waren zahmere Booster als die Monsterdinger von Jaywalker, aber sie reichten meistens. An und für sich konnte er sie nicht besonders gut leiden, aber in Situationen wie dieser hier waren sie nützlich.

Er taxierte sein Gegenüber: Das Messer ragte nach unten aus der Faust heraus, also würde der Ork ihn mit einem Hieb von oben zum Kopf oder zur Brust angreifen oder mit einer Rückhand von innen versuchen, ihm das Messer in Brust oder Bauch zu stoßen.

»Na, wenn du es so willst, dann komm her«, lud er den Ganger ein, und der dumme Junge stürzte sich mit einem Knurren auf ihn. Viel zu schnell. Viel zu viel Schwung. Wo, zur Hölle, wollte der Junge hin, durch ihn hindurch?

Er wählte die Rückhand. Und er holte ziemlich weit aus, was bedeutete, dass er kein erfahrener Messerkämpfer war. Vielleicht gut genug für ein paar Balgereien auf der Straße, aber um *richtig* gut zu werden, musste er erst noch lernen, das Messer in kleinen, präzisen Bögen zu führen, damit man nicht so verdammt viel Arm vor sich hatte, den man gefahrlos blocken konnte.

Weil der Ork größer und sicher weit schwerer war als er, vermied Conquistador einen direkten Block vor dem Körper. Hinter sich hatte er nicht viel Platz, und der Anprall mochte ihn gegen den Tisch schieben. Stattdessen wich er zur Messerseite aus, fasste den Ork an Ellbogen und Schulter und riss ihn in eine Drehbewegung, die den ursprünglichen Vorwärtsschwung seines Gegners verdreifachte. Aus dem Gleichgewicht gebracht, wurde der Ork nach vorne und durch die Drehung nach unten geschleudert und flog wie ein nasser Sack gegen den Tisch. Es krachte und schepperte und klang nach gebrochenen Knochen, aber Orks waren zäh.

Und dieser war nicht allein. Aus dem Augenwinkel registrierte Conquistador eine Bewegung, als der Kumpel des Messerstechers sich nicht mehr zurückhalten konnte und ebenfalls in den Kampf eingriff.

»Weißt du, wo die beiden stecken?« Ohne anzuklopfen hatte Kike die Tür aufgerissen und sah ihn mit geweiteten Augen an.

»Welche beiden?«, brummte Steel. »Meinst du Conquistador und den Kleinen?«

»Ja.« Sie nickte. »Hat er irgendwas gesagt?«

Als er sich aus dem Chaos von Schrauben und Werkzeug erhob, spürte Steel seinen rechten Fuß kaum noch und bemerkte erst da, dass er die ganze Zeit darauf gesessen hatte und der Fuß eingeschlafen war. So gefühllos, wie der Fuß war, musste er aufpassen, dass er nicht darüber stolperte. Als er ihn belastete, wäre er beinahe gefallen. Der Fuß hing am Ende seines Beins wie ein Fremdkörper. Er freute sich schon ungemein auf das Kribbeln, das sich jeden Augenblick einstellen würde. »Ich glaube, er wollte zu McHughes.«

»Was? Das ist nicht dein Ernst. Mit dem Kleinen?«

Sie starrten sich einen Augenblick ungläubig an.

»Würde er so etwas Dämliches tun?«, fragte Steel und zog die Augenbrauen zusammen.

Ihr Gesicht verdunkelte sich vor Zorn. »Wo sollen sie sonst sein?« Sie machte auf dem Absatz kehrt und rauschte zur Tür.

»Warte«, rief Steel, und als sie nicht wartete, griff er nach seiner Predator, steckte sie hinten in den Bund seiner Jeans, packte im Vorbeigehen seine Lederjacke und humpelte ihr fluchend hinterher.

Auch der kleinere der beiden Orks hatte ein Messer gezogen, irgendeine Art Küchenmesser mit einer beachtlich langen Klinge, und Conquistador konnte gerade noch zurückspringen. Die Klinge zischte knapp an seinem Bauch vorbei und nahm kleine Fetzen seiner Lederjacke mit, ohne sich darin zu verfangen.

Scharfes Messer.

Wutschnaubend holte der zweite dumme Junge ein weiteres Mal aus, und hinter sich hörte der Runner den ersten der beiden wieder auf die Beine kommen. Er hatte nicht viel Zeit.

Weil hinten kein Platz war, sprang er einfach vorwärts und den Ork an, der zum Glück ebenfalls viel zu weit ausholte. Wäre gar nicht nötig gewesen, so scharf, wie die Klinge war. Hätte er die Zeit gehabt, sich seine Jacke um den Arm zu wickeln, wäre ihm wohler gewesen, dann hätte er, wenn es darauf ankam, das Messer auch direkt parieren können.

Keine Zeit. Er prallte gegen den Ork, der zu einem Schwinger mit dem Messer ausgeholt hatte, verpasste ihm mit der linken Hand einen recht harmlosen Schlag in die Magengegend und legte alle Kraft in einen Block mit der Rechten gegen den Messerarm.

Es reichte, und der Ork schrie auf, als sein Unterarm auf die Cyberhand des Runners traf. Diesmal hörte Conquistador wirklich Knochen knacken und spürte, wie der Arm des Jungen direkt unterhalb des Handgelenks brach. Der Ork wich zurück, umklammerte seinen gebrochenen Arm mit der linken Hand, drückte ihn an die Brust und schrie.

Hinter sich hörte Conquistador den anderen Ganger vor Wut kreischen, und in den Augen der verbliebenen vier Orks flammte jetzt doch so etwas wie Gemeinschaftsgefühl auf. Der große Schwarzhaarige zog eine Art Schlachtermesser und flankte halb über einen Tisch, der ihm im Weg stand, um auf den Runner loszustürmen. Die anderen folgten ihm etwas langsamer.

Wurden die Messer immer größer? Was würde der Nächste ziehen, ein Breitschwert?

Er hatte ziemlich schlechte Karten, ging ihm auf. Messer musste man sehen, um ihnen auszuweichen, und er hatte keine Augen im Hinterkopf. Wenn sie zu zweit oder zu dritt mit Messern auf ihn losgingen, konnte er nur beten, dass sie sich versehentlich gegenseitig trafen und er mit einigermaßen heiler Haut davonkam.

Und er musste sich auch noch beeilen. Das nächste Polizeirevier war quasi um die Ecke, und da er keinerlei Interesse daran hatte, sich auch noch mit Bullen herumzuärgern, wurde die Zeit knapp.

Kike erreichte McHughes als Erste und hörte den Radau schon von draußen, bevor sie das Desaster durch die Glastür sehen konnte.

Sie war zu spät. Völlig außer Atem kam sie nicht mehr dazu, einen Zauber zu wirken, und konnte nur hilflos zusehen, wie ein abgerissen aussehender Ork Damon von hinten ein Messer in den Rücken rammte, während zwei weitere von vorn auf ihn eindrangen.

Ein Schrei. Nicht von Damon. Ihr Blick ruckte unwillkürlich zu den Kassen, woher der Schrei gekommen war. Michael stand da, mit riesigen, weit aufgerissenen Augen, die kleinen Hände fest an der Seite ins T-Shirt gekrallt. Etwas stimmte nicht. Sie spürte etwas, wie eine Woge, sie wusste nur nicht, was.

Als sie den Blick wieder den Orks und Damon zuwandte, entlud sich eine Welle aus Energie.

Dass Slash dabei draufging, wollte er dann doch nicht. Und Kev, der kleine Drekhead, hatte sich ohnehin schon eingemischt, jetzt konnten sie den Drekskerl auch gemeinsam erledigen.

Braker sprang über einen Tisch und lief mit gezogenem Messer auf den dünnen Norm zu. Die grauen Augen des Norms sprühten Funken, aber Braker ließ sich davon nicht beeindrucken. Offenbar war der Typ zumindest leicht vercybert, er bewegte sich schnell wie eine verfluchte Katze.

Hinter dem Norm kam Slash taumelnd wieder auf die Beine, und Braker griff den Norm mit einem aufwärts gerichteten kurzen Stoß in die Magengegend an, der schwer abzuwehren war. Unwillkürlich wich der Norm ein Stück nach hinten und seitlich aus, die einzige Richtung, die ihm blieb, und rannte buchstäblich ins offene Messer, das Slash für den Wichser bereithielt.

Eine Mischung aus ersticktem Schrei und Aufstöhnen drang aus dem Mund des Norms, und Slash zog die zehn, zwölf Zentimeter Stahl heraus und holte zu einem weiteren Stich aus.

Dann erfüllte ein merkwürdiges Surren Brakers Ohren, und plötzlich klebte die Luft ringsumher wie Sirup. Alles bewegte sich langsam und zäh, als bremse die Zeit auf Schneckentempo herunter. Hinter dem Norm sah er Slash schreien und das Messer fallen lassen. Wie in Zeitlupe griff er sich an den Kopf, doch bevor seine Hände den Kopf erreichten, platzte sein Schädel wie eine reife Melone, die man auf den Boden geschmettert hatte, und Blut und Gehirnmasse spritzten Braker ins Gesicht.

Der Kopf des Orks explodierte, als er gerade zu einem weiteren Stich gegen Damon ausholte. Rings um Kike brandete Chaos auf, ein unangenehmer Druck lastete auf ihren Ohren, als tauche sie zu schnell tief unter Wasser, und sie wusste sofort, woher sie dieses Gefühl kannte: Dasselbe hatte sie bei der alten Fabrik in den Barrens empfunden. Aber jetzt war es frisch. Sie hätte sich beinahe wieder übergeben, als ihr die Wellen verzerrten, kraftvollen Manas entgegenwogten.

Michael! Mit einem einzigen, selbstverständlichen Augenzwinkern wechselte sie auf Astralsicht und wurde vom Glühen des Jungen förmlich geblendet. Es sah aus, als stehe er in Flammen. Während sie ihn ungläubig anstarrte, entlud sich eine neue Welle, und hinten im McHughes hörte sie die Orks schreien.

Der Kopf eines weiteren Orks explodierte, und die verbliebenen vier Ganger sprangen schreiend auseinander, stolperten bei ihrer hastigen Flucht über die eigenen Beine und taumelten und krabbelten dem Ausgang entgegen. Sie sah, wie Damon zu Michael wankte. In seiner Miene stand ein Ausdruck des Begreifens und der Entschlossenheit, der ihr Angst machte, während er unter die Jacke griff und seine Waffe zog.

»Damon, nein«, brüllte sie, aber er hatte nicht vor, Michael zu erschießen. Mit einem Arm packte er den Jungen, hob ihn hoch und bedeutete den Anwesenden mit der Waffe, ihm Platz zu machen. Aber es wäre gar nicht nötig gewesen. Allmählich sickerte Begreifen in die Köpfe der Menschen, und Panik breitete sich aus.

Damon lief. Die Leute liefen auch. Wie es fast immer war, stellten sie in ihrer Panik keine ursächlichen Verbindungen her, sondern wollten nur noch weg. Wie ein besonders waghalsiger Surfer schien Damon auf dem Kamm einer gewaltigen Welle dem Ausgang entgegengetragen zu werden; er rannte, um nicht überrannt zu werden, und hinter ihm kamen die schreienden Leute, als jagten sie ihn.

Er erreichte den Ausgang und Kike, und direkt vor dem McHughes hielt mit quietschenden Reifen ein Wagen. Steel hatte etwas gründlicher überlegt als Kike, die nur daran gedacht hatte, so schnell wie möglich zu Damon zu gelangen. Kike riss die hintere Tür des Wagens auf und sprang hinter Damon und dem Kleinen hinein. Ihr blieb kaum Zeit, die Tür wieder zu schließen, als Steel auch schon Gas gab und losheizte.

Kapitel 15

Quartier in der Columbia Street, Innenstadt, 15:52

»Wo seid ihr jetzt?« In Jaywalkers Stimme klang Anspannung mit, und Phoenix schloss kurz die Augen, um sich sein Gesicht vorzustellen. Es war nicht diese merkwürdige Besessenheit der letzten Zeit, die sie dazu veranlasste, sondern eine merkwürdige, stille Sehnsucht. Sie hätte ihn jetzt gern nah bei sich gehabt. Weil sie sich in seiner Gegenwart sicher fühlte, gab sie vor sich selbst zu. Als könnten ihr die dummen kleinen Dinge des Lebens nichts anhaben. Obwohl sie wusste, dass er nicht gegen alles etwas ausrichten konnte, schon gar nicht dagegen, dass Mikey Köpfe explodieren ließ, darum ging es auch gar nicht. Eigentlich wollte sie nur vor sich selbst beschützt werden, vor ihrer Unfähigkeit, sich auf andere Menschen einzulassen, und vor der verdammten Einsamkeit, die damit einherging.

»Im Quartier.«

Sein Schweigen dauerte einen Augenblick, und sicher wog er jetzt die Vernunft dieser Entscheidung ab. Zu welchem Schluss er auch kam, kurze Zeit später hörte sie seine Stimme. »Okay. Ich bin unterwegs.«

Sie unterbrach die Verbindung, die sie über mehrere Satelliten gelegt hatte, damit man das Signal nicht verfolgen konnte. Paranoid oder nicht, es konnte nicht schaden.

Mikey saß im Wohnzimmer auf dem Sofa und starrte blicklos ins Leere. Er hatte die Beine an den Körper gezogen, sie dann aber kraftlos zu den Seiten gleiten lassen; er erinnerte sie fast an einen kleinen Frosch. Die anderen waren auch da: Steel und Kike auf dem anderen Sofa, Conquistador links neben dem Jungen, aber mit einem gewissen Abstand.

Sie holte tief Luft und zwang sich, näher zu dem Kleinen zu fahren, bis nur noch der niedrige Couchtisch zwischen ihnen stand. »Mikey?«

In seinem Gesicht zuckte es, aber sein Blick war glasig und in eine weite Ferne gerichtet. Sie beugte sich etwas vor, um ihn anzusehen, und seine Lippen fingen an zu zittern. Er reagierte auf sie.

Ein leises Räuspern Kikes ließ sie aufblicken, und sie sah, wie die Katzenschamanin ihr bedeutete, ein wenig vom Tisch zurückzuweichen. Als sie der Geste folgte, streckte Kike eine Hand aus und wisperte etwas. Phoenix konnte nicht verstehen, was sie sagte, aber der Couchtisch hob sich sanft in die Luft, glitt über das Sofa und Mikey hinweg und landete mit großer Präzision zwischen Sofa und Wand. Mikey reagierte nicht auf das fliegende Möbelstück, aber als Phoenix ihren Rollstuhl näher zu ihm heranfuhr, sah sie, wie er kurz blinzelte.

Spontan streckte sie die Hand aus und legte sie an seine kleine, magere Wange, die sich heiß anfühlte, so heiß, dass sie die Hand fast zurückgezogen hätte. Stattdessen strich sie Mikey übers Gesicht. Die Haut war rau, wie ausgedörrt.

War er dünner geworden? Sie war nicht ganz sicher, aber es kam ihr vor, als habe er abgenommen. Es schien ihn eine Menge Energie zu kosten, zu tun, was immer er getan hatte. Vorsichtig manövrierte sie den Rollstuhl mit einer Hand näher an das Sofa, bis sie seitlich daneben stand, direkt vor Mikey. Hoffentlich fühlte er sich nicht bedrängt. Einen Augenblick dachte sie daran, was er tun mochte, wenn er sich bedrängt fühlte, aber sie wies den Gedanken von sich. Er hatte Conquistador verteidigt. Es gab keinen Grund für ihn, sie anzugreifen.

Ihre Hand strich dem Kleinen wie von selbst über das kurze braune Haar, und es kam ihr so vor, als fange er an zu zittern.

Dann zog sie ihn, einem Instinkt folgend, zu sich heran, und Mikey fügte sich dem vorsichtigen Druck ihrer Hand, lehnte den Kopf an ihre Brust und begann zu weinen. Aber sein Weinen klang nicht, als erleichtere es ihn. Er weinte fast lautlos, und wenn er ab und zu doch ein Geräusch von sich gab, dann ein müdes, hoffnungsloses Wimmern.

Ihren Rollstuhl verfluchend, hielt sie ihn an sich gedrückt, den Körper schmerzhaft verdreht, ohne sich zu rühren. Nach einer Ewigkeit öffnete sie die Augen und begegnete dem Blick von Conquistadors grauen Augen, in denen sie die gleiche Hilflosigkeit sah, die er auch in ihren sehen mochte.

Sie saß lange da, und irgendwann schmerzte ihr Rücken so sehr, dass sie es nicht mehr ertragen konnte. Mikey hatte aufgehört zu schluchzen und atmete flach, aber gleichmäßig. Sie wusste nicht, ob er eingeschlafen war. Vorsichtig bewegte sie sich, aber der Kleine gab ein leises Geräusch des Protests von sich und hielt sich an ihr fest. Ganz eingeschlafen war er also doch nicht.

»Wie lange sitze ich hier schon so?«, fragte sie Conquistador, und er lächelte.

»Etwa eine halbe Stunde, schätze ich. Geht es nicht mehr?«

»Nein. Mein Rücken fühlt sich an, als würde er jede Sekunde durchbrechen. Aber er lässt nicht los.«

»Ich glaube, er schläft.«

»Er schläft nicht. Er hält mich doch fest.«

»Na und?« Conquistador musterte Mikey mit einem Blick, in dem Mitleid lag und eine Spur Angst. »Ich glaube trotzdem, dass er schläft. Er ist völlig erschöpft. Wir könnten versuchen, ihn auf deinen Schoß zu hieven. Ginge das?«

»Auf meinen Schoß?« Sie überlegte eine Weile und war merkwürdig berührt von dem Gedanken. Ob es viele Erwachsene gab, die noch nie in ihrem Leben jemanden auf dem Schoß gehabt hatten, nicht einmal ein Kind? Nicht einmal eine Katze, wenn sie es recht bedachte. »Warum nicht? Probieren wir es.«

Er nickte und umfasste den Kleinen mit einer Behutsamkeit, die fast liebevoll wirkte, obwohl seine Miene immer noch eine Spur Anspannung verriet. War es Angst? Sie wusste es nicht. Gemeinsam hievten sie das Kind vom Sofa auf ihren Schoß, und wie selbstverständlich kuschelte Mikey sich an sie, als habe er die ganze Zeit darauf gewartet. Unbeholfen und unsicher schloss sie die Arme schützend um ihn, und wusste dann nicht, wohin mit ihrem Kopf, weil sie ihn nicht einfach an Mikeys Kopf lehnen wollte. Es war fremd und merkwürdig, dieses Kind auf dem Schoß zu haben, das bei ihr Trost und Schutz suchte. Sie fühlte sich überfordert. Unzulänglich. Es schalteten sich auch nicht plötzlich irgendwelche Mutterinstinkte ein, die ihr sagten, was sie tun musste.

Conquistador legte ihr kurz eine Hand auf die Schulter und verließ das Wohnzimmer. Erst jetzt fiel ihr auf, dass sie Steel nirgendwo entdecken konnte und Kike auf dem Sofa lag und schlief. Die Hand des Runners auf ihrer Schulter war warm gewesen und tröstlich. Jeder Funke menschliche Wärme weckte in ihr das Verlangen nach mehr Wärme und Vertrautheit und zugleich den Wunsch, wieder allein zu sein, nichts zu verlieren zu haben als das Leben.

Das Kind auf ihrem Schoß war überraschend schwer, und sie würde mit tiefen Wunden für diese Momente bezahlen müssen, weil sie die Beine nicht umlagern konnte, während Mikey auf ihrem Schoß und in ihrem Arm schlief. Aber sie ließ ihn nicht los. Sie wollte ihn nicht loslassen.

Stunden später wachte sie von seinem Zittern auf. Einen Augenblick musste sie sich orientieren. Sie fror.

Der Kleine lag noch immer auf ihrem Schoß und fühlte sich warm an, sogar heiß, aber dort, wo sein Körper sie nicht wärmte, war ihr kalt. In ihrem Hals kratzte es ein wenig, und sie hätte gern einen heißen Tee getrunken, um eine Erkältung zu vermeiden.

Draußen war es schon dunkel, wie sie durch die Milchglasscheiben zur Straße erkennen konnte, und Kike lag noch immer auf dem Sofa und schlief. Vermutlich hatte sie Conquistadors Verletzung geheilt und war erschöpft. Sie tat Phoenix Leid. Es war eine undankbare Rolle, die ihr als Schamanin zufiel, weil sie die Einzige war, die etwas gegen längere Ausfälle durch Verletzungen tun konnte. Und Conquistador war nicht nur leicht vercybert. Er hatte zwar bei weitem nicht die Menge an Modifikationen vornehmen lassen wie Jaywalker, aber soweit sie wusste, hatte er durch Unfälle auf seinen Reisen zumindest eine Hand verloren, die er kybernetisch hatte ersetzen lassen.

Das Zittern des Kleinen wurde stärker, und sie schob mit einer Hand vorsichtig seinen Kopf zurück, um ihm ins Gesicht zu sehen.

Quer über seine Stirn verlief eine hervortretende Ader, die im schnellen Rhythmus seines Herzschlags pulsierte. Die Augen waren fest geschlossen, und der Kleine presste die Lippen so fest aufeinander, dass sie blutleer und weiß waren. Er zuckte zusammen, und sie begriff.

»Kike!«, rief sie lauter, als sie eigentlich vorgehabt hatte.

Die Katzenschamanin stöhnte leise und drehte sich ein wenig zu ihr um.

Etwas leiser, aber eindringlicher, rief Phoenix ihren Namen noch einmal, und Kike öffnete ein Auge. »Was ist denn?«

»Ein Anfall, glaube ich.« Sie sah den Kleinen an, und Kike glitt geschmeidig vom Sofa, als sei sie nie erschöpft gewesen, und trat an den Rollstuhl. In ihre Augen trat ein grüner Schimmer, und Phoenix wusste, dass sie einen Blick auf die astrale Gestalt des Jungen warf.

»Ihr Geister«, flüsterte Kike.

»Was ist denn?«

Die Schamanin schwieg, und ihr Blick wirkte fast abwesend. Dann zuckte sie zurück und sah Phoenix an. »Schnell, er muss von deinem Schoß runter.«

Zögernd ließ Phoenix den Jungen los und versuchte die kleine Hand zu lösen, die sich in ihrem Pullover verkrallt hatte. Sie musste grob werden, und es tat ihr weh, den Kleinen gewaltsam von sich zu lösen, anstatt ihn weiter im Arm zu halten, aber wenn er einen Anfall bekam, würde es gefährlich für sie beide.

»Und jetzt?«, fragte sie, als sie ihn glücklich auf dem Sofa hatten. »Ich glaube nicht, dass Jaywalker das noch mal macht.«

»Er ist auch gar nicht da«, erwiderte Kike, während sie den Jungen anstarrte und angestrengt zu überlegen schien.

»Was? Wo ist er denn?«

»Er hat vor drei Stunden angerufen und gesagt, dass es in der Gegend von Bullen wimmelt. Er vermutet außerdem, dass sich ein paar von Sakatas Leuten in der Nähe aufhalten. Da kein zwingender Grund für seine Anwesenheit besteht, haben wir beschlossen, noch abzuwarten. Er kommt in ein paar Stunden, wenn sich die Situation draußen beruhigt hat.«

»Wär es nicht besser, wenn er kommt, wenn draußen sowieso noch die Hölle los ist? Dann fällt er nicht weiter auf.«

Die Katzenschamanin zog kurz die Schultern hoch, ohne den Blick von Mikey zu wenden. »Kann sein, kann auch nicht sein. Vielleicht ist er auch noch an irgendwas dran.«

Mikey stöhnte leise auf, zog die Beine an und rollte sich zusammen.

»Wir sollten ihn wecken«, sagte Phoenix.

»Er schläft nicht.«

»Kannst du nicht irgendwas tun?«

»Was denn?« Kike sah müde aus. »Ich werde versuchen, ihn auf dem Sofa zu halten. Aber ich habe keine Ahnung, ob ich den Zauber aufrechterhalten kann, wenn es losgeht. Was sich da aufbaut, sieht mir wie eine Art Entladung aus.«

»Entladung?«

»Vielleicht so eine Art Entzug. Die Anstrengung nach einem Zauber.«

Verständnislos schüttelte Phoenix den Kopf. »Das ist doch schon ein paar Stunden her.«

»Vier Stunden«, erwiderte Kike. »Beim letzten Mal waren es ungefähr zwölf.«

Ihr Blick bekam etwas Intensives und doch Abwesendes, als sich das Grün in ihren Augen vertiefte, und dann ging es los. Mikey schrie auf und wurde von einer unsichtbaren Hand erfasst, die seine Beine zu packen schien und seinen Kopf, um ihn mit ungeheurer Brutalität auseinander zu ziehen. Es knackte laut, als der Körper des Jungen sich streckte, unfassbar weit streckte und bis in den letzten Muskel von einem Krampf erfasst wurde, der Mikey nicht einmal mehr atmen ließ. Dann hörte Phoenix wieder dieses Wimmern, und Mikey zuckte zusammen, als habe ihn der Schlag eines Riesen getroffen. Seine Hände hatten sich an den Hüften fest in T-Shirt und Jeans gekrampft. Beine und Kopf begannen ihren wilden Trommelwirbel, aber diesmal blieb Mikey, von Kikes Zauber gehalten, auf dem Sofa, und sein Kopf schlug nur gegen die weiche Sitzfläche, nicht gegen den Boden oder Jaywalkers Bauch und Brust.

Er spürte etwas, das ihn beunruhigte, eine Welle merkwürdiger Empfindungen, die ihn erzittern ließen wie Fieberanfälle. Überall am Körper sträubten sich die kleinen Härchen, und dann hörte Steel Mikeys Schrei.

Wie von selbst sprang er auf und lief zur Tür und durch den Flur, wo er beinahe Conquistador über den Haufen rannte, der aus der Küche geschossen kam, als habe er sich den Hintern am heißen Herd verbrannt.

Dicht gefolgt von dem Runner hetzte Steel ins Wohnzimmer und erblickte dort eine Szene, die er so oder so ähnlich schon einmal gesehen hatte. Nur, dass der Kleine diesmal auf dem Sofa blieb. Er sah Kike an und stellte fest, dass die Katzenschamanin beide Hände ausgestreckt und die Augen halb geschlossen hatte. Sie war blass, und der Zauber, den sie wirkte, schien sie auszuzehren.

Phoenix war ebenfalls blass, und ihre blauen Augen waren weit aufgerissen.

Als er Michael wieder ansah, traf ihn das Schweigen wie ein Schock.

Es umgab den Jungen wie eine dünne Hülle, tastete sich aus den Ecken des Zimmers zu ihm vor, schien sich von der Decke zu senken wie ein dunkler Schleier. Mit jedem Krampf, der den kleinen Körper schüttelte, kam es näher, wurde dichter und präsenter.

Mikey starb.

Fünf Schritte von dem wimmernden, wie unter Stromstößen zuckenden Kind entfernt blieb Steel wie gelähmt stehen und fühlte es sterben. Fühlte, wie das Schweigen von ihm Besitz ergriff, die Wärme vertrieb und Vergessen brachte. Und er fühlte, dass Michael sich nicht wehrte.

Ein winziger Funke glomm auf und schien das Schweigen ein wenig zurückzudrängen.

Mikey wehrte sich doch.

Als sehe er den Raum in Farben getaucht, empfand Steel den winzigen Funken, den Mikeys Überlebenswille entfacht hatte, als hellen, leuchtenden Punkt, an dem sich der Junge festklammerte. Lange Zeit. Ewigkeiten. Er focht den uralten Kampf gegen das Schweigen aus, und irgendwann ließen die Krämpfe nach, und langsam, ganz langsam, verließ das Schweigen den Raum und ließ den Jungen lebendig auf dem Sofa zurück.

Noch wie erstarrt hörte er würgende Geräusche und sah einen Schatten, als Conquistador an ihm vorbei zu Kike eilte. Als er es fertig brachte, den Kopf zu wenden, sah er Kike, die auf dem Boden hockte und sich qualvoll übergab, während Conquistador neben ihr kniete und sie um die Schultern gefasst hielt.

Es war kurz nach ein Uhr in der Nacht, als Michael endlich aufwachte. Bis auf Jaywalker, der neben dem Sofa saß, und Conquistador, der in der Küche vor sich hin starrte, waren alle in den jeweiligen Zimmern verschwunden und schliefen einen beinahe komatösen Schlaf.

»Hi, Mikey«, sagte Jaywalker leise.

Der Kleine sah ihn eine Weile an, dann streckte er sich ein wenig, und sein Magen knurrte laut. »Ich habe Hunger«, sagte er.

Jaywalker grinste. »Das höre ich. Was möchtest du denn? Wenn du willst, kannst du Nudeln haben, das dauert nur ein paar Minuten.«

»Mit Tomatensoße?«

»Klar.«

»Okay.« Erschöpft schloss Michael die Augen, dann riss er sie wieder auf. »Ich habe ganz merkwürdig geträumt. Aber ...« – er schüttelte wie bedauernd den Kopf – »ich erinnere mich nicht mehr.«

Nachdenklich sah Jaywalker ihn an. »An gar nichts?«

»Nein. Nur, daran, dass es nicht schön war.«

»Erinnerst du dich an das, was bei McHughes passiert ist? Dass du mit Conquistador da warst?«

»Mhm. Wir haben was gegessen. Er mag keine Fritten mit Eis.«

Der Straßensamurai lachte leise. »Und nach dem Essen?«

»Nach dem Essen ...« Mikey zögerte, und sein Blick bekam einen etwas gehetzten Ausdruck, dann beruhigte er sich wieder. »Nach dem Essen waren wir auf dem Spielplatz. Und Julius hat Sand gegessen.«

»Wirklich?«, fragte Jaywalker überrascht. »Sie hat Sand gegessen? Bist du ganz sicher?«

»Ja«, sagte Michael und nickte lebhaft.

»Mochte sie den Sand denn?«

»Nee«, antwortete Mikey und schüttelte den Kopf. »Keiner mag Sand. Der schmeckt ziemlich eklig.«

»Da hast du Recht«, stimmte Jaywalker ihm zu und erhob sich. »Kann ich dich einen Augenblick allein lassen? Dann mache ich dir schnell die Nudeln fertig.«

»Okay.«

»Ich bin in der Küche. Wenn du willst, kannst du mitkommen. Oder du kommst hinterher, wenn du dich allein fühlst, ja?«

»Okay.«

Der Junge wirkte völlig normal, nur sehr, sehr müde, und er schloss die Augen wieder.

Jaywalker starrte ihn an, aber dann riss er sich zusammen und ging in die Küche.

»Na, ist er wach? Ich habe eure Stimmen gehört.« Am Tisch saß Conquistador und wirkte etwas allein ohne Julius, die Jaywalker weder auf seinem Schoß noch auf seiner Schulter noch in irgendeiner Ecke entdecken konnte.

»Er ist wach. Und er will Nudeln.«

»Na, das ist doch gut.« Conquistador beobachtete, wie Jaywalker eine Packung Nudel-Fertiggericht aus dem Schrank holte und mit gerunzelter Stirn die Zubereitungsanweisungen studierte. Soße und Nudeln waren nicht zusammengemischt wie üblich, sondern befanden sich in getrennten Behältern, und dieses Prinzip schien dem Straßensamurai neu zu sein.

»Du kannst doch nicht etwa ganz allein Nudeln kochen?«

Der Straßensamurai warf ihm einen schrägen Blick zu. »Und du willst dich doch nicht schon wieder mit mir anlegen, oder?«

Conquistador grinste ihn an, stand auf und sah aus immerhin sieben Zentimetern mehr Höhe auf ihn hinunter. »Mach mal Platz, Jaywalker. Wenn wir schon aus Dosen leben müssen, will ich wenigstens retten, was zu retten ist.«

Kapitulierend hob Jaywalker die Hände. »Ich würde mich niemals zwischen dich und die Zubereitung eines Abendessens stellen.«

»Du bist ein kluger Mann.«

Während Jaywalker das Feld räumte und es sich auf einem der drei Stühle gemütlich machte, schob Conquistador die beiden Behälter in die Mikrowelle und machte sich dann daran, diverse frische Kräuter aus dem Kühlschrank in kleine Stücke zu hacken. »Über was machst du dir Sorgen?«, fragte er beiläufig, während er wie ein Magier mit dem Messer herumhantierte, als habe er sein ganzes Leben lang nichts anderes getan.

Es überraschte Jaywalker nicht, dass Conquistador etwas gemerkt hatte. Wer von ihnen der bessere Beobachter war, wenn es um andere Menschen ging, wusste er nicht genau, aber in jedem Fall nahmen sie sich nicht viel. Sein Chummer war zwar ein ziemlicher Chaot, aber mit den Eindrücken, die er von anderen Menschen bekam, ging er sorgfältig um. Jaywalker hatte nie einen besseren Zuhörer kennen gelernt als den merkwürdigen Einzelgänger, der einem das Gefühl vermitteln konnte, sich in einer kleinen Enklave außerhalb der Zeit zu befinden, in der sich das Universum einzig und allein um das drehte, worüber man reden wollte.

Und er nutzte das nicht aus. Wenn er das Gefühl bekam, der andere verriete mehr, als er eigentlich wollte, lenkte er das Gespräch behutsam in eine andere Richtung. Und das, obwohl er in der Lage war, den meisten Menschen alles, was ihn interessierte, aus der Nase zu ziehen.

»Ich nehme an, ihr seid nicht auf dem Spielplatz gewesen?«, fragte Jaywalker leise, aber es war eher eine Feststellung als eine Frage.

Überrascht zog der Runner die Augenbrauen hoch und sah ihn kurz über die Schulter an. »Auf dem Spielplatz? Mikey wollte dorthin. Aber nein, wir waren nicht auf dem Spielplatz.«

»Er ist davon überzeugt.« Müde rieb der Straßensamurai seine Nasenwurzel zwischen Daumen und Zeigefinger. »Das macht mir Sorgen. Er hat sogar erzählt, Julius hätte dort Sand gegessen. Ich bin sicher, er könnte eine ganze Geschichte darüber erzählen, was er auf dem Spielplatz erlebt hat.«

Conquistador schwieg. Er würde erfahrungsgemäß nichts sagen, bis Jaywalker seinen Gedankengang vollendet hatte oder ins Stocken geriet.

»Was bei McHughes passiert ist, hat er komplett vergessen. Es würde mich nicht wundern, wenn er bis zu dem Punkt, wo die Orks gekommen sind, alles weiß und dann seine konstruierte Geschichte einsetzt.«

Er schwieg, und das Schweigen hing eine ganze Weile im Raum.

»Was genau macht dir Sorgen?«, fragte Conquistador und nahm einige Gefäße mit Gewürzen aus dem Schrank.

»Ich weiß nicht.« Jaywalker dachte einen Augenblick nach. »Seine Überzeugung vielleicht. Es ist nur ein Gefühl.«

»Nimm es ernst.« Mit ruhigen Bewegungen holte der Runner die Soße aus der Mikrowelle, rührte die Kräuter hinein und fügte einige Gewürze hinzu. Dann schob er sie wieder in die Mikrowelle und drehte sich zu Jaywalker um. In seinen hellgrauen Augen lag Konzentration, als denke er über etwas nach, das einige Überlegung erforderte.

Jetzt war es Jaywalker, der geduldig wartete. Schließlich kam Conquistador zur Sache.

»Ich kenne einen Psychologen, einen Freund aus dem Studium. Wir haben eine Weile viel miteinander zu tun gehabt, obwohl wir verschiedene Hauptfächer hatten.«

Soweit Jaywalker wusste, hatte Conquistador Mineralogie und Parazoologie studiert. Ob er etwas davon abgeschlossen hatte, wusste er nicht, aber auf jeden Fall hatte er eine Menge Ahnung.

»Natürlich will ich Michael nicht zu einem Psychologen schleppen. Aber mir kam eben die Idee, dass seine Reaktion auf den Zwischenfall vielleicht auf eine bestimmte Art Trauma hinweist. Auf ein bestimmtes Alter, in dem die erste schwere Traumatisierung stattgefunden haben könnte. Ich habe nicht so viel Ahnung davon, und vielleicht ist es eine Sackgasse.«

»Aber vielleicht auch nicht.« Nachdenklich verschränkte der Straßensamurai die Arme vor der Brust. »Hast du noch häufiger mit ihm zu tun? Wenn er Parallelen zieht zwischen deinem Sechsjährigen, der traumatisiert wurde, und dem kleinen Jungen, der im Moment durch die Nachrichten geistert, könnte es unangenehm werden, und wenn du jetzt gerade auftauchst, obwohl du dich jahrelang nicht gemeldet hast ...«

»Unwahrscheinlich«, gab Conquistador zurück. »Und selbst wenn in ihm ein leiser Verdacht aufsteigen sollte, würde er nicht fragen. Außerdem habe ich nicht so häufig mit ihm zu tun, dass man mich mit ihm in Verbindung bringen könnte. Wenn ich mich nicht noch ein weiteres Mal mit ihm treffe, kann Sakata selbst dann kein Kapital daraus schlagen, wenn er die ganze Stadt überwacht. Was meinst du, wie wahrscheinlich es ist, dass sie alle Psychologen Seattles im Auge behalten, von einem ganz bestimmten Psychologen ganz zu schweigen? Und wie wahrscheinlich ist es, dass mein alter Freund mich nicht nur auf Grund eines vagen Verdachts verrät, sondern auch noch weiß, an wen er sich wenden muss? Komm schon, Jaywalker, so paranoid bist nicht einmal du.«

»Wer ist hier paranoid?«, knurrte Jaywalker. »Du redest mit dem Trottel, der fröhlich bei Kane reinmarschiert ist und sich hat zusammenschießen lassen.«

Conquistador grinste. »Ich dachte, vielleicht greifst du jetzt zur Überkompensation. Das geht dir an die Nieren, oder? Dabei finde ich, du hast dich gar nicht mal schlecht geschlagen für einen Trottel.«

»Braucht das Essen noch lange?«

Gnädig ließ Conquistador ihm das Ablenkungsmanöver durchgehen und schüttelte den Kopf. »Sofort fertig. Du könntest Mikey Bescheid sagen und ihn fragen, ob er hier oder drüben essen will.«

»Wie viele Nudeln hast du denn gemacht?«

»Genug, dass du auch mitessen kannst, wenn du das wissen wolltest.«

»Du kannst ja richtig vorausschauend denken, wenn du willst.« Jaywalker stand auf und stolperte fast über Julius, die auf einmal in der Küche stand.

»Nudeln mag die auch?«, fragte er belustigt, während er das in der Luft herumschnüffelnde Tier betrachtete.

»Sehr«, bestätigte Conquistador und stellte Teller auf den Tisch.

»Was mag sie nicht?«

»Habe ich noch nicht rausgefunden. Sag mal, du hast also keine Einwände dagegen, dass ich mich mit dem Psychologen unterhalte?«

Spöttisch schnaubte Jaywalker. »Seit wann fragst du jemanden, bevor du etwas unternimmst?«

Über Conquistadors Gesicht huschte ein Schatten von Schuldbewusstsein mit einem Anflug von Verärgerung, und Jaywalker beeilte sich, seinen Fehler wieder auszubügeln. Schließlich wollte er Conquistador nicht gerade beim ersten Anzeichen von Teamfähigkeit vor den Kopf stoßen und ihn gleich wieder davon abbringen.

»Nein, keine Einwände. Ich bin gespannt, ob sich etwas ergibt, das uns weiterhilft.«

»Gut.« Der Runner akzeptierte das Friedensangebot mit einem Nicken. »Ich werde sehen, ob er morgen Zeit hat.«

Jaywalker nickte ihm zu und machte sich auf den Weg zu Michael.

»Ihr seid ganz schön laut.« Phoenix musterte die drei Menschen und den Mungo in der Küche lächelnd.

»Entschuldige. Wir haben dich geweckt?« Jaywalker sah sie besorgt an, und sie schüttelte den Kopf.

»Ich konnte sowieso nicht schlafen«, log sie. »Hey, Mikey. Wie geht es dir?«

Sie rollte ihren Rollstuhl etwas weiter in die Küche. Jaywalker, der an der Stirnseite des kleinen Tisches saß, drehte seinen Stuhl etwas, damit er nicht halb mit dem Rücken zu ihr saß. Das Lächeln, das über Conquistadors Gesicht huschte, ignorierten sie beide. Schließlich war der Straßensamurai nur höflich.

»Ganz gut«, nuschelte Mikey durch eine ziemlich große Menge Essen im Mund und ließ Julius, die artig zusammengerollt auf einer Ecke des Tisches lag, eine Nudel zukommen. »Willst du auch Nudeln?«

»Nein, danke«, lehnte sie ab. »Ich habe keinen Hunger.«

»Das ist gut«, sagte er. »Weil nämlich fast nichts mehr übrig ist.«

Sie lachte. »Hat Julius alles aufgegessen?«

»Nein, Jaywalker. Weil der eine Hyperdrüse hat.«

»Hyperschilddrüse«, korrigierte der Straßensamurai.

»Und davon muss man furchtbar viel essen«, erklärte der Junge. »Aber man wird sehr schnell.«

»Das ist wahr«, bestätigte Jaywalker und drehte ein paar Spaghetti auf seine Gabel.

»Die bringen dir ja richtig was bei«, sagte Phoenix und ließ eine Prise Sarkasmus in ihre Stimme einfließen. Dann fiel ihr etwas ein. »Schuldet er dir nicht noch eine Geschichte?«

Jaywalker ließ fast die Gabel fallen und warf ihr einen entsetzten Blick zu, und sie verbiss sich ein Grinsen.

»Ich dachte nur«, sagte sie. »Vielleicht hat er ja vergessen, sie dir zu erzählen. Aus Versehen.«

Der Blick des Straßensamurais wurde ein wenig ungläubig, und er deutete mit seiner Gabel auf die Deckerin. »Du«, sagte er. »Du spielst mit deinem Leben.«

»Ach ja«, mischte sich Conquistador ein, stützte das Kinn in eine Hand und sah Jaywalker spöttisch an. »Die Geschichte von den Spornen und dem Fahrstuhl. Ja, Jaywalker, die möchte ich auch gerne noch mal hören. Du erzählst sie so schön.«

Der Straßensamurai lachte leise, warf Conquistador einen Blick aus schmalen Augen zu und fuhr sich mit dem Daumen in einer eindeutigen Geste über die Kehle. »Und ich bin sicher, wenn ich irgendwelche Details vergesse, wirst du sie nachliefern.«

»Verlass dich auf mich.«

»Und wenn ich die elende Geschichte nicht erzähle, dann wirst *du* sie erzählen, und die einzige Möglichkeit, dich davon abzuhalten, ist die, dich umzulegen.«

»So sieht es aus.«

»Na gut.« Mit einem diabolischen Blick sah Jaywalker einmal in die Runde und lehnte sich dann zurück, die Arme vor der Brust verschränkt. »Mir bleibt wohl keine andere Wahl.«

Phoenix lächelte. Was immer sie jetzt für eine Geschichte zu hören bekam, er schien sie doch ganz gerne zu erzählen. Wahrscheinlich redeten Straßensamurais einfach gerne über ihre Cyberware und alles, was damit zusammenhing, selbst wenn es um eher peinliche Ereignisse ging.

»Es ist ungefähr drei Jahre her«, begann er, »und ich hatte die Sporne erst seit einigen Tagen. Es war gerade so weit verheilt, dass ich mich wieder unter Leute traute. Er und ich«, er nickte Conquistador zu, »hatten einen Job in einem Hochhaus zu erledigen.«

»Was für einen Job?«, fragte Mikey neugierig.

»Das weiß ich nicht mehr«, behauptete Jaywalker. »Das ist auch nicht so wichtig, zu dem Job sind wir nicht mehr gekommen.

Es war ein großes Hochhaus mit über dreißig Stockwerken, hauptsächlich Büros einiger kleinerer Firmen. Wir wollten in den 29. Stock und haben den Fahrstuhl genommen. Es war an dem Tag ziemlich voll, und vier andere Leute waren noch mit uns im Fahrstuhl, noch ziemlich jung. Sie kannten sich offenbar gut und haben miteinander herumgealbert.«

Phoenix bedauerte fast, dass Mikey mit zuhörte, sonst hätte sie noch einige Details erfragen können. Sie hätte gern gewusst, was das für ein Job gewesen war und wie sie ihn zu erledigen geplant hatten. Aber Mikey hörte gespannt zu und war wirklich niedlich in seiner geballten Aufmerksamkeit, was sie für die fehlenden Details entschädigte.

»Wir waren schon zwischen dem dritten und dem vierten Stock, als ich den Knopf für den 29. drücken wollte. In dem Moment, als ich ihn berührt habe, hat – äh …« Er stockte und sah Conquistador vorwurfsvoll an. »Meinst du wirklich …«

»Ja, ich meine«, sagte Conquistador. »Du kriegst das schon hin.«

Jaywalker warf Phoenix einen kurzen Blick zu, und sie glaubte, Verlegenheit darin zu sehen.

»In dem Moment hat einer der Jugendlichen eins der Mädchen geschubst, und es ist gegen mich geprallt.«

»Und da hast du dich erschreckt«, sagte Mikey und lachte.

Conquistador hüstelte. »Gewissermaßen«, sagte er.

Der verlegene Blick Jaywalkers und der etwas anzügliche Blick Conquistadors verbanden sich zu einem Ganzen, und Phoenix lachte leise. »Lass mich raten, Jaywalker: Das Mädchen ist ... gewissermaßen frontal gegen dich gefallen.«

»Ja«, gab er zu, und in diesem kleinen Wort lag eine Menge Nachdruck.

»Und dann?«

»Dann sind die Sporne aus meiner Hand geschossen – übrigens nur aus der rechten – ohne dass ich sie aktivieren wollte, und voll rein in die Schalttafel.«

»Das hat ordentlich geknallt«, ergänzte Conquistador. »Ab hier übernehme ich die Erzählung. Er war dann nämlich eine ganze Weile bewusstlos.«

»Warum?«, fragte Mikey erstaunt.

»Weil so eine Schalttafel unter Strom steht«, sagte Conquistador und feixte. »Der Strom ist durch die Sporne in unseren Superknaben hier geschossen, und er ist mit einem Knall durch den Fahrstuhl gegen die nächste Wand geflogen. Dann war es auf einmal dunkel, und der Fahrstuhl stand. Das hat einen saftigen Kurzschluss gegeben, und wir steckten fest.«

Beim Anblick von Jaywalkers verlegenem Gesicht musste Phoenix lachen, obwohl sie die Vorstellung, dass er dabei auch hätte draufgehen können, eigentlich nicht sonderlich belustigte. Er war ständig in Gefahr, erschossen, aufgeschlitzt oder von irgendeinem Zauber gegrillt zu werden. Daran musste man sich einfach gewöhnen.

Es fiel ihr schwer.

»Wie seid ihr da heil wieder rausgekommen?«, fragte sie und spielte damit darauf an, dass Sporne nicht unbedingt zu den legalen Modifikationen zählten.

»Hat ja keiner gesehen«, sagte Jaywalker und grinste etwas gequält. »Die Sporne sind wieder reingefahren, als ich den Stromschlag bekommen habe. Und dann war es dunkel. Es war allerdings ein ganz schönes Durcheinander. Sie haben mich ins Krankenhaus gebracht, und Conquistador ist mitgekommen. Bevor sich die Bullen einigermaßen zusammenreimen konnten, was los war, sind wir aus dem Krankenhaus verschwunden, und dann hatten wir ein etwas unangenehmes Gespräch mit unserem Johnson.«

»Was ist ein Johnson?«, fragte Michael neugierig.

»Unser Auftraggeber«, erklärte ihm Jaywalker.

Resignierend sah Phoenix den Kleinen an. Es war wohl einfach nicht zu vermeiden, dass er einiges mitbekam, was er eigentlich nicht wissen sollte, wenn er mit dem Team zusammen war.

Mikey gähnte, und Jaywalker musterte ihn aufmerksam. »Wieder müde?«

»Ja«, erwiderte Mikey und gähnte noch einmal.

»Wo willst du denn schlafen? Wieder im Wohnzimmer oder lieber in einem eigenen Zimmer?«

»Im Wohnzimmer.«

»Okay. Ich glaube, ich kann auch ein bisschen Schlaf vertragen.«

Mikey stand auf und ging in Richtung Flur, und Jaywalker lachte leise, als er ihm hinterherblickte.

»Was hast du?«, fragte Phoenix.

»Er hat schon wieder nur einen Strumpf an«, erklärte Jaywalker, räumte das Geschirr vom Tisch und stellte es ins Waschbecken. Dann deutete er eine Verbeugung an. »Gute Nacht.«

Phoenix sah ihm gedankenverloren nach, als er im Flur verschwand.

Sie hätte es nie für möglich gehalten, dass sich derartig familiäre Szenen unter Leuten ihres Berufs entwickeln konnten. Es war schon oft sehr nett gewesen, sicher, aber eine gewisse Distanz hatten sie bisher nie unterschritten. Michael löste in ihnen allen merkwürdige Entwicklungen aus.

Sie erwiderte den unverhohlenen Blick der klugen grauen Augen Conquistadors ohne Verlegenheit. Keiner von ihnen sagte etwas, aber das war auch nicht nötig. Sie hätten es beide nie gedacht, aber selbst eingefleischte Einzelgänger schienen sich mitunter für ein gemeinsames verspätetes Abendessen mit familiärem Touch durchaus erwärmen zu können.

Kapitel 16

Quartier in der Columbia Street, Innenstadt, 19:37

Es wurde bereits dunkel, als Jaywalker das Tor zum kleinen Garten ihres Quartiers öffnete. Er war erschöpft, aber auch aufgeladen mit Energie, fast euphorisch. Allmählich ging es voran. Die unzähligen Quellen, die er angezapft hatte, fügten das Bild wie ein Puzzle Stück für Stück zusammen.

Als er die Tür zur Küche gerade wieder hinter sich schloss, kam Conquistador auf seinen langen Beinen aus dem Flur in die Küche gestelzt. Gerade wollte der Straßensamurai zu einem Gruß ansetzen, als ihm der Ausdruck im Gesicht seines Chummers auffiel. In den grauen Augen lagen Beunruhigung und Verwirrung, und das vernarbte, verzerrte Gesicht spiegelte eine Verstörung wider, die Jaywalker noch nie an ihm gesehen hatte. »Was ist passiert?«, fragte er und war schon halb auf dem Sprung ins Wohnzimmer. »Der Kleine?«

Conquistador schüttelte den Kopf. »Phoenix«, sagte er mit heiserer Stimme.

»Was ist mit ihr?« Der Straßensamurai erstarrte in der Bewegung.

»Sie ist weg.«

»Weg?«

»Sie hat vor zehn Minuten ein Taxi genommen. Ohne ein Wort der Erklärung. Sie sah schlimm aus, das Gesicht wie eine Maske. Als ich gefragt habe, was los sei, hat sie mir nicht geantwortet, ist einfach an mir vorbeigefahren. Ich weiß nicht, was los ist. Sie ist den ganzen Tag in der Matrix gewesen und hat heute noch kein Wort mit irgendwem gewechselt.«

Verständnislos starrte Jaywalker ihn an. »Und es ist nichts vorgefallen?«

»Absolut nichts. Auf einmal kam sie aus ihrem Zimmer und ist abgehauen, ohne ein Wort zu sagen. Wenn ich sie nicht bemerkt hätte, wüsste ich gar nicht, dass sie weg ist.«

»Und wohin wollte sie?«

»Ich sagte doch, sie hat kein Wort gesagt.«

In Jaywalker wallte Adrenalin auf und ließ ihn erbeben. »Ich suche sie. Es gibt ja nicht allzu viele Möglichkeiten, wo sie hin sein könnte.«

»Gut.« Nachdenklich sah Conquistador ihn an. »Wenn sie mit jemandem redet, dann vermutlich mit dir.«

Jaywalker nickte knapp. »Mag sein.«

»Sie mag dich.«

Im Gesicht des Straßensamurais flackerte ein verzerrtes Lächeln auf. »Ich weiß.«

»Du magst sie auch.«

Jaywalker holte tief Luft und stieß sie wieder aus. »Ja. Ich mag sie auch.«

Unten auf der Straße legte er den Kopf in den Nacken und zählte die Fenster des Wohnhauses ab.

In ihrer Wohnung brannte Licht.

Was tat sie dort? Wollte sie ein Stelldichein mit den Klonkillern Sakatas?

Sein kevlargefütterter Mantel flatterte hinter ihm her, als er über die Straße zur Eingangstür des Wohnhauses ging. Es war ein kühler Abend. Der Wind trug den Geruch nach Wasser vom Puget Sound herüber, und auf den Straßen wurde es allmählich lebendig. Die Lohnsklaven der Konzerne verwandelten sich in Privatleute und begannen ihre paar Stunden abendlichen Lebens.

›B. Shane‹ stand auf ihrer Klingel. Er kannte den Vornamen ihrer ID nicht. Das Team bestand seit über zwei Jahren, was eine verdammt lange Zeit in den Schatten war, und sie wussten so wenig voneinander wie normale Menschen nach einer halben Stunde ihres ersten Rendezvous. Und gleichzeitig so viel mehr. Die Schatten forderten klare Entscheidungen, die viel über einen Menschen aussagten. Steel war bereit, jemandem aus dem Geschäft ein Höchstmaß an Leid und Schmerzen zuzufügen, wenn der Auftrag es erforderte. Er war bereit zu töten. Conquistador hingegen tötete nur, wenn er angegriffen wurde, und Jaywalker konnte sich den Runner nicht dabei vorstellen, wie er jemanden folterte. Der Gedanke war absurd.

Ein guter Beobachter konnte all den getroffenen Entscheidungen sehr viel über die betreffende Person entnehmen. Der Grad an Mut, Zuverlässigkeit, Loyalität, all das kristallisierte sich klar heraus, wenn man lange mit jemandem zusammenarbeitete. Dinge, die normale Menschen nur in Ausnahmesituationen auf dem Prüfstand erlebten, oft erst nach Jahren, in denen sie sich zu kennen glaubten.

Es geschah lange nichts, nachdem er geklingelt hatte, und gerade wollte er ein zweites Mal auf den Klingelknopf drücken, als sich die Tür mit einem Summen öffnete.

Seine Anspannung wuchs, als er in den Fahrstuhl stieg. Im Gegensatz zu Conquistador hatte er keine Fahrstuhlphobie von ihrem Erlebnis in dem Bürogebäude davongetragen, was allerdings daran liegen mochte, dass er die meiste Zeit ihres Eingesperrtseins bewusstlos gewesen war oder zumindest noch benommen.

Offenbar wollte Phoenix mit ihm reden. Was würde sie ihm erzählen? Was konnte die Deckerin derartig aus der Fassung gebracht haben?

Sie erwartete ihn. Die Tür öffnete sich für ihn, und als er eintrat, sah er sie im Wohnzimmer in ihrem Rollstuhl, neben dem Sofa, das Michael bei seinem Anfall beschädigt hatte.

In ihrem Blick lagen Härte und Ernst, und darunter sah er eine ungeheure, erschreckende Traurigkeit. Behutsam schloss er die Tür hinter sich und sah Phoenix ins Gesicht. »Was ist los?«

Ihre Stimme war tonlos. »Wir haben einen Verräter im Team.«

In seinem Gesicht sah sie blitzschnelle Überlegungen. Er dachte nach, wog ab, verwarf, und das im Bruchteil von Sekunden. Dann sah er ihr ins Gesicht, in dem ihre Empfindungen in diesem Augenblick bloßlagen, sah ihr wieder einmal in die Seele, wie er es immer getan hatte.

Ohne ein weiteres Wort zog er eine Pistole unter dem Mantel hervor und richtete sie auf ihre Brust.

»Was weißt du?«

In ihrem Gesicht leuchtete Spott auf. »Was willst du tun, um es zu erfahren, Jaywalker? Glaubst du, ich habe noch Angst vor Schmerzen? Oder vor dem Tod?« Sie lachte leise, und er konnte den Unterton in ihrem Lachen kaum deuten. Ihr ganzes Leben lag darin, alle Enttäuschungen, alle Einsamkeit.

»Was willst du?«, fragte er sie. »Du hast mich nicht ans Messer geliefert. Du hast auf mich gewartet und mich in deine Wohnung gelassen. Weshalb?«

Ihre blauen Augen taxierten ihn ernst, und sie schwieg lange. »Ich habe dich in meine Wohnung gelassen. Das trifft es auf den Punkt. Ich habe zugelassen, dass jemand mir so nah kommt, dass es mich verändert.«

Ihr Gesicht war ruhig und gelassen, aber er konnte sehen, dass sich ihre Hände in die Armlehnen gekrallt hatten, so fest, dass die Fingerknöchel weiß hervortraten.

»Ich will ein paar Antworten, Jaywalker. Im Austausch gegen meine Antworten.« Sie lachte wieder bitter. »Haben wir einen Deal?«

»Du bist allein?«

Sie nickte knapp. »Sieh nach. Such nach Wanzen, wenn du willst. Wir haben Zeit. Es wird niemand kommen.«

In seinem Gesicht konnte sie nichts lesen, aber dann ging er um das Sofa herum und setzte sich mit seiner geschmeidigen, fließenden Art auf die intakte Lehne, stützte einen Fuß auf den kleinen Hocker, auf dem Mikey und Christo Karten gespielt hatten, und sah sie wieder an. Die Waffe war die ganze Zeit auf sie gerichtet, aber sie vermutete, diese Vorsicht war Gewohnheit. Sie bemerkte, dass auf den Lauf der Waffe ein Schalldämpfer aufgeschraubt war. Er war offenbar darauf vorbereitet gewesen, dass sie etwas über ihn herausgefunden hatte, das sie nicht wissen durfte.

»Du weißt, dass ich dich töten werde, Phoenix.«

Ihr wurde kalt, obwohl sie es die ganze Zeit gewusst hatte.

»Das hast du bereits getan, Jaywalker.« Ihre Stimme klang hart in ihren eigenen Ohren. »Du hast mich wieder leben lassen. Du hast mir etwas gegeben, ohne das ich nicht mehr leben kann. Ich kann nicht mehr zurück, aber ich will auch nicht mehr weiter. Alles, was ich von dir noch will, sind ein paar Antworten.«

Sein Gesicht war ausdruckslos. Er nickte. »Stell mir deine Fragen. Und dann beantwortest du mir meine.«

»War es schon immer so? Ich möchte wissen, ob es einmal einen anderen Jaywalker gegeben hat. Vor der Cyberware. Vor den Schatten.«

Er lachte leise. »Du möchtest wissen, ob du eine verlorene Seele vor dir hast oder ein Arschloch.«

»Ja. Das möchte ich wissen.«

Mit Sympathie musterte er die Elfe, die ihn eindringlich ansah. »Die Cyberware hat damit nichts zu tun. Als ich gespürt habe, dass ich anders bin als andere, habe ich mich viel damit beschäftigt herauszufinden, worin meine Andersartigkeit besteht.«

»Und?«

»Größtenteils entspreche ich dem klassischen Schema eines Soziopathen.« Er beobachtete, wie sie leicht zusammenzuckte. »Das scheint dir ein Begriff zu sein.«

Ihre Augen waren geweitet. »Du hast ... keine Gefühle?«

»Das ist eine ziemlich billige Definition.« Er zuckte die Achseln. »Natürlich habe ich Gefühle. Das Leben fasziniert mich. Menschen faszinieren mich. Und sie können mir durchaus etwas bedeuten. Aber Menschen sterben. Und ich blicke nie zurück.« Aufmerksam sah er ihr ins Gesicht. »Du bist eine interessante Frau, Phoenix, und es ist keine Lüge, wenn ich sage, dass ich dich gern habe.«

Ihr wurde übel. Er saß ihr gegenüber und sah sie an. Seine Stimme war wie immer. Sein Gesicht war wie immer. Sie hätten ebenso gut *irgendein* Gespräch miteinander führen können. Vielleicht ein Gespräch über Zuneigung. Über Träume. Seine freundliche Stimme hätte dazu gepasst. Die Waffe in seiner Hand und das, was er sagte, weniger.

Die Sympathie in seinem Blick machte sie krank. Ihr Bedürfnis, von ihm berührt zu werden, war ebenso stark wie ihre Abscheu, und es widerte sie an, dass sie wissen wollte, wie sich seine Haut unter den Fingerspitzen anfühlen würde.

Fast war sie froh, dass es bald vorbei sein würde. Vielleicht hatte sie sich in ihn verliebt, weil er darin geübt war, die Bedürfnisse anderer wie ein verdammter Spiegel zu reflektieren und ihnen genau das zu geben, was sie in ihm suchten. Vielleicht hatte sie sich täuschen lassen.

Aber vielleicht hatte sie sich in ihn verliebt, weil er so war, wie er war. Hatte ihn gesucht und gefunden. Hatte jemanden gesucht, der sie aus ihrer Isolation riss, und war gleichzeitig ihrer Angst davor erlegen, sodass sie sich jemanden gesucht hatte, der sie gleichzeitig aufleben ließ und zerstörte.

Sie wollte die Antwort nicht wissen. Und sie hatte keine Zeit, sie zu finden. Nicht einmal, um danach zu suchen. Darüber war sie froh.

Die Sehnsucht, ein Mal in seinen Armen zu liegen, ließ sie nicht los. Sie versuchte, sich selbst klar zu machen, wer er war. Was er war.

Sein unendlich aufmerksamer Blick berührte dieses Etwas in ihr, das sich lebendig fühlte. Seine Körperhaltung, sein Gesicht, alles an ihm zog sie an.

Verdammter Jaywalker.

»Das war alles, was du wissen wolltest?«

Seine Frage riss sie aus ihren Gedanken. Sie musste ihn lange schweigend angestarrt haben. »Nein. Ich möchte wissen, was du mit Mikey vorhast.«

»Ach ja, Mikey.« Er studierte ihr Gesicht mit Interesse. »Bist du sicher, dass du das wissen willst?«

Ihre Kiefermuskeln traten hervor, und zum ersten Mal in diesem Gespräch nahm er Wut in ihrem Gesicht wahr. Der Kleine bedeutete ihr etwas.

»Ja, ich bin sicher«, sagte sie, und ihre Stimme war wie Eis.

»Er ist viel wert«, sagte er leichthin.

»Du verdammter Scheißkerl! Er ist ein Kind!«

Jaywalker sah ihr in die Augen, und fast empfand er Mitleid. Aber sie wollte es wissen, und er würde antworten. »Er wird ohnehin sterben. Diese Anfälle werden ihn früher oder später töten.«

»Das ist nicht wahr!«

Ihre Unsachlichkeit überraschte ihn etwas. Vielleicht hatte er ihre Gefühle für das Kind unterschätzt. »Beantwortest du mir jetzt eine meiner Fragen?«

Sie schloss kurz die Augen, und als sie sie wieder öffnete, war ihr Blick merkwürdig gleichgültig. »Du möchtest wissen, woher ich weiß, dass du ein doppeltes Spiel spielst.«

»Ja«, sagte er einfach.

»Nemesis. Ich habe sie angerufen.«

»Nemesis?«

»Ich wollte von ihr wissen, wie sie die Sache mit deiner Cyberware einschätzt. Weil ich«, sie lachte kurz und bitter auf, »weil ich mir Sorgen um dich gemacht habe. Wir haben eine Weile geredet. Und dann hat sie mir gesagt, da sie mich ohnehin gerade am Apparat habe, solle ich dir bestellen, sie habe die Ergebnisse.« Ihr Blick war wie Stahl. »Die Ergebnisse der Blutuntersuchung, Jaywalker. Das Blut des Kleinen, das du an dem Tag bei ihr vorbeigebracht hast, als du ihn gefunden hast.«

»Ärgerlicher Zufall«, bemerkte er.

Das Gefühl von Kälte in ihren Eingeweiden nahm zu, bis sie sich fühlte wie ein starrer Eisblock. »Du hast es gewusst. Du hast ihn nicht zufällig dort gefunden.«

»Nein. Ich habe ihn gesucht. Ich hatte einige Informationen, die mich zu dem Schluss führten, dass in der Sache wirklich Geld steckt.« Er lächelte sie an. »Mikey ist ein ganz normales Kind. Bis auf die kleine Sache mit der Magie, die aber, wie es aussieht, nicht in seinen Genen steckt. Natürlich ist das Mittel noch nicht ausgereift, und niemand würde sich freiwillig mit dem Zeug infizieren. Es bringt einen um, und es lässt sich nicht kontrollieren. Aber es ist ein Anfang.« Einen Augenblick lang schwieg er und sah sie nachdenklich an. »Stell dir vor, wie viel Leute dafür zu zahlen bereit wären. Die Fähigkeit, Magie zu wirken, hängt dann nicht mehr von deinen Genen ab, nicht mehr von der Unversehrtheit des Körpers. Du kannst dich bis unter die Zähne vercybern lassen und trotzdem Magie wirken.« Sein Blick war in weite Ferne gerichtet.

»Du hast immer Angst vor Magie gehabt, oder, Jaywalker? Du hast Angst vor Kike, befürchtest, dass sie dich durchschaut. Dass sie sieht, was mit dir los ist.«

Belustigung funkelte in seinem Blick, aber sie fragte sich gar nicht mehr, was ihn belustigte. Das ganze Leben schien ihn zu amüsieren, als stehe er wie ein Zuschauer daneben.

»Ja, du hast Recht. Und sie *hat* mich erkannt, als sie mich geheilt hat. Sie wollte es nur nicht sehen und hat es auf die Cyberware geschoben, aber früher oder später hätte sie mir gefährlich werden können. Gestern habe ich ernsthaft überlegt, sie zu töten. Einen Moment dachte ich, sie wüsste alles.«

Phoenix starrte ihn an, und es kam ihr vor, als gebe es auf der ganzen Welt nur sie und diesen Mann, der seine Freunde tötete, wenn sie ihm gefährlich wurden. »Du hast das Team da reingeritten. Du wusstest, dass Sakata und seine Leute auftauchen würden, um Mikey zurückzuholen und uns zu töten, und es war dir völlig egal. Du hast uns benutzt.«

Er antwortete nicht und sah sie nur an. Dann legte er den Kopf auf die Seite. »Keiner von euch hätte mitgemacht. Ein Kind zu verkaufen ist eine harte Sache, und es gibt zwar eine Menge Leute auf der Straße, die das täten, aber keinen Einzigen in unserem Team. Außer mir natürlich. Es war faszinierend zu beobachten, welche verborgenen Seiten in euch allen geweckt wurden, wie menschlich sogar Steel ist, wenn es um einen armen, kleinen Jungen geht. Ihr habt es nicht alle gemerkt, aber in ihm löst es eine ebenso große Verwandlung aus wie in dir. Und sogar Kike würde sich weigern, den Kleinen in die Hände eines Konzerns zu geben. Unser Team ist eine Familie geworden. Ich bedaure es, dass ich diese Familie zerstöre.«

Sie lachte auf, und es klang fast hysterisch. »Dann tu es nicht!«

Sein Gesicht war ernst. »Es gibt kein Zurück. Und mein Bedauern ist ein anderes, als du es empfinden würdest. Es schmerzt mich nicht.«

»Gibt es überhaupt *irgendetwas*, was dich schmerzt?«

Es entstand wieder eine lange Pause, als er sie ansah, noch immer mit schräg gelegtem Kopf, wie in ihren Gesprächen, bei denen sie sich immer so wohl gefühlt hatte.

»Nein. Ich leide nicht. Vielleicht hast du dich einmal gefragt, weshalb ich bei all meinen Modifikationen nie einen Schmerzeditor oder einen Traumadämpfer habe einbauen lassen.«

»Ja, das habe ich tatsächlich.«

»Ich weiß nicht, was Leid ist. Ich kann nur raten, wie es wohl ist, zu leiden. Aber es ist wichtig, das nachvollziehen zu können, wenn man Menschen verstehen will, weil Menschen ungeheuer viel leiden. Deshalb habe ich irgendwann angefangen, körperliche Schmerzen zu übersetzen. Ich habe mir vorgestellt, dieses physische Gefühl von Beeinträchtigung, Lähmung, aber auch Lebendigkeit in seiner psychischen Version zu fühlen. Es ist sehr schwierig, aber ich scheine es recht gut übertragen zu können, denn die Menschen fühlen sich von mir verstanden.«

»Ja, Jaywalker. Du bist darin ziemlich gut.«

Er sah sie an, und um seine schmalen, harten Lippen zuckte es leicht, als müsse er über ihren Sarkasmus lachen. »Ich will nicht vergessen, was Schmerzen sind. Du würdest mich vielleicht nicht unbedingt als besonders menschlich bezeichnen, aber wenn etwas in mir menschlich ist, dann braucht es die Schmerzen. Sonst vergesse ich, wie Menschen sind.«

Mit einer geschmeidigen Bewegung stand er auf. »Hast du noch irgendwelche Fragen?«

»An wen willst du Mikey verkaufen?«

»Ich weiß es noch nicht. Aber das braucht dich auch nicht zu interessieren.«

Leichtes Misstrauen lag in seinem Blick, als er sie ansah, und sie stellte schnell eine andere Frage. »Was ist mit dem Team?«

»Du stellst Fragen, um dir selbst wehzutun, Phoenix, hm? Was glaubst du wohl? Das Risiko, dass sie erraten, wer dich erschossen hat, ist zu groß. Ich werde sie nicht gezielt jagen, aber wenn sie mir zu nah kommen, werde ich sie ebenfalls töten.«

Sie zuckte zusammen und erinnerte sich an den Blick der klugen grauen Augen Conquistadors, als sie gestern in der Küche zusammengesessen und den Moment stillen Einvernehmens geteilt hatten. Und wenn sie Hunderte von Jahren alt geworden wäre, sie hätte diesen Augenblick niemals vergessen.

»Du hast keine Fragen mehr?«, wollte sie wissen und sah ihm direkt in die eiskalten blauen Augen, in denen sie nie hatte lesen können.

Gelassen schüttelte er den Kopf. »Nein. Du hast sie mir mit deinen bereits beantwortet.«

»Dann möchte ich noch zwei Dinge wissen.«

Er nickte ihr zu, und sie kam sich vor, als hätte sie einen Countdown zu ihrer eigenen Vernichtung eingeleitet. Aber irgendwann wäre dieser Augenblick ohnehin gekommen.

»Wie heißt du? Ich möchte deinen Vornamen wissen.«

Sie wusste nicht, weshalb sie es wissen wollte. Vielleicht, weil sie ihn nicht verstand, vielleicht wegen der Illusion, dass ihr sein wirklicher Vorname näher bringen würde, wer er war. Obwohl sie nicht wusste, weshalb sie das wollte.

In seinem Lächeln lag Wärme. »Michael.«

In ihr stieg ein merkwürdiges Lachen auf. »Wie ironisch.«

»Mich amüsiert es.«

Das Lachen in ihr brach sich Bahn, und es klang fast wie ein Würgen. »Mich nicht.«

»Was ist deine zweite Frage?«

Ihre letzten Worte, machte sie sich klar, aber der Gedanke war zu abstrakt. »Ich möchte wissen, weshalb du mir meine Fragen beantwortet hast, Jaywalker.«

Sein Lächeln vertiefte sich ein wenig. »Weil ich dich mag, Phoenix.«

Einen kurzen Augenblick lang fragte sie sich, wie er sie töten würde. Plötzlich war ihr egal, wie er wirklich war. Sie wünschte sich, er würde sie noch einmal berühren, bevor sie starb, und sie könnte sich der Illusion hingeben, dass er der Jaywalker war, den sie sich eingebildet hatte und den sie liebte.

Er schoss ihr in die Brust und traf sie direkt ins Herz, und alle ihre Gedanken und Gefühle gerannen zu einem zeitlosen Augenblick, der alles enthielt, was sie jemals gefühlt oder gedacht hatte.

»Was hatte sie denn?«, fragte Michael ihn, als er wieder ins Auto stieg.

Jaywalker lehnte sich in das Leder des Sitzes zurück und starrte durch die Windschutzscheibe. »Sie war traurig«, sagte er leise.

»Warum?«

»Sie hat sich allein gefühlt.«

»Und jetzt ist sie nicht mehr traurig?«, fragte Michael besorgt, und Jaywalker lächelte ihn an und schüttelte den Kopf. »Nein, sie ist nicht mehr traurig. Jetzt schläft sie.«

Er gab Gas und fädelte sich in den trägen Seattler Verkehr ein, ließ die Wohnung der toten Elfe und sein ganzes bisheriges Leben hinter sich, an das er gewiss noch einmal zurückdenken würde. Aber ohne die leiseste Spur von Bedauern.

Kapitel 17

Irgendwo in Renton, 21:06

Jaywalker meldete sich nicht, als er versuchte, ihn über Kommlink anzurufen. Nachdenklich sah Conquistador aus dem Fenster des Pick-Up. Neben ihm auf dem Fahrersitz wühlte der Rigger in seiner Sammlung von Musikdisks, die er in einem kleinen, schwarzen Kasten aufbewahrte, und grunzte ab und an unzufrieden, wenn er wieder einmal eine falsche in die Hände bekam.

Phoenix und Jay schienen noch zu reden.

Als Jaywalker vorhin zu der Deckerin gefahren war, hatte er Mikey mitgenommen. Sie hatten nicht gewusst, wie lange sich Conquistador mit dem Psychologen unterhalten würde, und Kike ging es ziemlich dreckig. Heute Morgen hatte sie sich wieder übergeben, und am Abend war ihr immer noch schlecht gewesen. Bei Jaywalker war der Kleine zurzeit am besten aufgehoben, aber Conquistador fragte sich, was er die ganze Zeit tat, während sich die beiden unterhielten.

Das Gespräch mit dem ehemaligen Kommilitonen war nicht besonders ergiebig gewesen. Er hatte irgendetwas von posttraumatischen Belastungsstörungen erzählt, was sich im ersten Augenblick vielversprechend angehört hatte, aber dann hatte er begonnen, die Vielfalt solcher Symptome und ihrer Auslöser zu erläutern, um damit zu schließen, dass man gerade bei einem solch komplizierten Fall keine Ferndiagnose stellen könne. Im Endeffekt war Conquistador durch das Gespräch nur insofern klüger geworden, als er jetzt wusste, dass Mikey vielleicht durch Hypnose oder intensive therapeutische Betreuung geholfen werden konnte. Bei dem Gedanken, was Mikey im Zustand der Hypnose tun mochte, wenn man in seinen schlimmsten Albträumen und Erlebnissen herumstocherte und ihm Angst machte, wurde dem Runner speiübel.

Während Steel endlich mit zufriedenem Knurren seinen Kasten schloss und sich anschickte, mit einer akustischen Folter zu beginnen, checkte Conquistador seine Mailbox, da er während des Gesprächs mit seinem alten Bekannten das Telefon abgeschaltet hatte.

»Ihnen wurde eine Audiodatei gesendet. Möchten Sie die Nachricht jetzt abrufen?«, fragte eine freundliche weibliche Stimme in seinem Kopf.

Er bestätigte gerade in dem Augenblick, als die Anlage losdröhnte. Steel bevorzugte Rock und etwas melodischeren Heavy Metal. Musik, die man laut hören musste.

»Verdammt«, brüllte Conquistador und versuchte, das einstimmende Solo irgendeines hyperaktiven, mittelmäßig begabten Drummers zu übertönen. »Warte doch 'ne Sekunde. Ich versteh kein Wort.«

Der Rigger warf ihm einen unfreundlichen Blick zu und drehte die Anlage leiser. »Hast ihn doch erreicht?«

Conquistador antwortete ihm nicht. Sein Blick glitt in weite Fernen davon, und die Welt schien sich auf einmal viel zu schnell zu drehen.

»He«, brummte Steel und stieß ihn unsanft an. »Stimmt was nicht?«

»Zu Phoenix«, würgte der Runner hervor. »Beeil dich!«

Ohne eine Frage zu stellen, heizte der Rigger los, während Conquistador ungläubig einem sehr merkwürdigen Gespräch lauschte, das entweder ein äußerst schlechter Scherz war oder sein gesamtes Leben völlig auf den Kopf stellte.

Conquistador hielt sich nicht erst damit auf, bei Phoenix zu klingeln. Stattdessen drückte er den Klingelknopf ihrer

Nachbarin, einer freundlichen, alten Frau, die er flüchtig kannte, weil sie Phoenix einmal ein Stück Apfelkuchen vorbeigebracht hatte, als er gerade bei ihr gewesen war.

»Wer ist da, bitte?«, fragte ihre etwas spröde Stimme über die Gegensprechanlage. Das Haus entsprach ganz und gar nicht dem modernsten Stand der Sicherheitstechnik. Außer vielleicht an Phoenix' Wohnungstür. Im Prinzip hätte er das Schloss auch knacken können, das wäre sogar schneller gegangen. Wäre aber vielleicht jemandem aufgefallen. Das musste ja nicht sein.

»Miss Banks? Ich bin es, der Bekannte von Miss Shane, mit dem Frettchen, das Ihren Apfelkuchen so gerne isst.«

Es widerstrebte ihm, Julius ein Frettchen zu nennen, aber die alte Frau hatte sich partout nicht daran gewöhnen wollen, sie als Mungo zu bezeichnen.

»Ach ja«, sagte die körperlose Stimme warm. »Sie haben falsch geklingelt, mein Junge.«

»Nein«, erwiderte Conquistador schnell. »Die Klingel von Miss Shane ist defekt. Vielleicht könnten Sie mich einlassen?«

Einen Augenblick herrschte Schweigen. »Aber natürlich«, sagte Miss Banks dann endlich, und der Summer ertönte.

Conquistador stürmte ins Treppenhaus und die Treppe hinauf, dicht gefolgt von Steel.

»Was ist eigentlich los?«, schnaufte Steel hinter ihm, aber Conquistador antwortete nicht. Er wusste es ja selbst nicht genau. Das, was er vermuten musste, war zu unglaublich, um darüber zu reden. Er brachte es einfach nicht fertig, als würde es erst wahr, wenn er dumm genug war, es auszusprechen.

Bereits auf dem letzten Treppenabsatz griff er unter seine Jacke und zog einen Schraubenzieher hervor. Als er sich damit an der Elektronik des Keypads an Phoenix' Tür zu schaffen machte, warf Steel ihm einen erschrockenen Blick zu und sah sich um, aber kein neugieriger Nachbar steckte die Nase aus seiner Tür.

»Was machst du denn da?«, fragte Steel. »Würdest du mir endlich erzählen, was eigentlich los ist?«

»Keine Ahnung.« Konzentriert sah sich Conquistador das Kabelgewirr an, das er freigelegt hatte.

»Verdammt, irgendwas musst du doch wissen. Wegen nichts machst noch nicht einmal du so 'nen Zirkus. Warum klingelst du nicht einfach?«

»Psst«, machte Conquistador. »Nerv mich nicht. Kompliziertes Schloss.«

»Beeil dich wenigstens«, sagte Steel. In seinen Eingeweiden breitete sich ein merkwürdiges Gefühl aus, und er wäre auf einmal liebend gerne woanders gewesen. In diesem Moment öffnete sich die Tür schräg gegenüber einen Spalt weit, und eine alte Frau sah hinaus. Steel unterdrückte seinen ersten Impuls, ihr den Kopf wegzupusten. Drek, war er nervös.

»Was tun Sie denn da?«, fragte sie misstrauisch.

Conquistador fuhr herum. »Miss Banks!«, sagte er und rang sich ein kurzes Lächeln ab. »Ich ... ich befürchte, Miss Shane ist etwas passiert. Ich habe vorhin einen etwas merkwürdigen Anruf bekommen, und jetzt öffnet sie die Tür nicht. Vielleicht reagiere ich übertrieben, aber Sie wissen ja, wie es um ihren gesundheitlichen Zustand bestellt ist.«

Der Blick der alten Frau wanderte zwischen dem Runner und dem Ork hin und her. In ihrem Blick sah Steel Besorgnis und Misstrauen.

»Dann rufe ich wohl besser einen Notfallwagen«, sagte sie, und es war keine Frage, sondern Information und Warnung in einem. ›Verzieht euch, wenn ihr etwas Ungesetzliches vorhabt‹, sagte sie damit unausgesprochen.

Steel reagierte wie ein trainierter Kampfhund, ohne nachzudenken. Die anderthalb Meter Abstand überbrückte er mit einem Satz, und dann rammte er die Schulter gegen die Tür. Seine gut hundert Kilo und der Schwung rissen die Sicherheitskette aus der Verankerung, die Tür krachte gegen die alte Frau und schleuderte sie gegen die Wand, und Steel flog in das angrenzende Wohnzimmer hinein. Er konnte sich gerade noch abfangen und stoppte wenige Zentimeter vor dem niedrigen Couchtisch. Schnell fuhr er herum und sah die alte Frau, die stöhnend und halb bewusstlos auf dem Boden neben der Tür lag. Auf ihrer Stirn war die Haut aufgeplatzt, und die Wunde blutete.

»Tut mir Leid, Miss Banks«, sagte Steel und zog sie auf die Beine. »Seien Sie still, dann passiert Ihnen nichts.«

Sicherheitshalber warf er noch einen kurzen Blick in die anderen Zimmer, wobei er Miss Banks halb hinter sich her zog, halb trug. Sie war allein.

Als er an der Wohnungstür ankam, knackte es gerade vernehmlich in dem Keypad, an dem Conquistador herumfummelte, und die Tür war offen.

»Was machen wir mit ihr?«, fragte Steel und deutete mit dem Kopf auf die alte Frau.

»Müssen wir wohl mitnehmen«, knurrte Conquistador. »Mach ihre Tür zu.«

Der Runner setzte die Verkleidung des Keypads wieder auf den Kasten. Einer genaueren Überprüfung würde es so natürlich nicht standhalten, aber bei einem flüchtigen Blick sah man nichts von dem Einbruch.

Steel zog die alte Frau hinter sich her, schloss ihre Wohnungstür und folgte Conquistador in die stille Wohnung der Deckerin.

Der metallische Geruch von Blut. Phoenix' leerer Rollstuhl neben einem der Sofas. Eine blutige Schleifspur an den Sofas vorbei, die hinter einem der Sofas verschwand und in die Küche führte.

Lebte sie noch? Conquistadors Herz schlug so schnell, dass es sich anfühlte wie ein einziger, ewiger Herzschlag, der die Sekunden zusammenschmolz zu einem einzigen Augenblick wie in einem Fiebertraum.

Mit zwei Sätzen war er um das Sofa herum.

Das Schweigen flutete Steel entgegen wie eine Welle aus Eis. In seinen Schläfen begann es zu pochen.

Phoenix in ihrem schwarzen, viel zu weiten Overall. Der zierliche, schlaffe Körper verdreht auf der Schwelle zwischen Wohnzimmer und Küche. Wirres schwarzes Haar, das ihr ins Gesicht fiel. Starre, leere Augen. Im Gesicht kein Ausdruck mehr, keine Wut, kein Schmerz, keine Antwort.

»Nein«, sagte Conquistador mit Nachdruck.

Nichts passierte.

Was hatte er erwartet?

Er sank neben der toten Elfe auf ein Knie, fühlte an ihrem Hals nach einem Puls, obwohl er wusste, es gab keinen.

Steel stand plötzlich neben ihm. Wo hatte er die alte Frau gelassen? Auf einmal überfiel Conquistador der Gedanke, dass Miss Banks niemals mehr mit Apfelkuchen bei Phoenix vorbeikommen würde, mit einer unangemessenen Tragik.

Sie starrten die tote Deckerin schweigend an, und Conquistador fühlte, wie sich in ihm ein dunkles Gefühl ausbreitete. Ein *wirklich* dunkles Gefühl. Ein Gefühl, von dem er nicht wusste, wie er damit umgehen sollte. Ein mieses Killergefühl, das es ihm unmöglich machen würde, sein normales Leben wieder aufzunehmen.

»Wo ist Jaywalker?«, fragte Steel. »Ob sie ihn mitgenommen haben?«

»Wer?«, fragte Conquistador abwesend.

»Na ja«, gab Steel heiser zurück und deutete auf Phoenix' leblosen Körper. »Die, die sie umgelegt haben.«

Der Runner starrte ihn lange an, bis ihm klar wurde, dass Steel keine Ahnung hatte, was hier vorgefallen war.

Wie sollte er ihm das erklären?

»Alles in Ordnung?« Besorgt sah der Rigger ihn an. »Vielleicht solltest du dich hinsetzen.«

Seine Worte drangen zu Conquistador durch und hingen eine Weile in der Luft, unsinnige Gebilde aus Lauten, die keinen Sinn ergaben. Dann ordnete der Verstand des Runners ihnen eine Bedeutung zu, und Conquistador schüttelte fast mechanisch den Kopf. »Jaywalker hat sie erschossen.«

»Was?«

»Jaywalker hat Phoenix erschossen«, wiederholte Conquistador mit einer Stimme, der jede Betonung fehlte.

Ungläubig starrte Steel ihn an. »Du spinnst doch.«

»Warte«, sagte Conquistador und griff sich an die Schläfe. Vom Benutzen des Kommlinks bekam er immer Kopfschmerzen. Auch wieder so eine psychische Sache, nach der er gar nicht erst fragte. »Ich schicke dir eine Datei.«

Der Rigger sah ihn an, als sei er geistesgestört. Vielleicht war er das auch. Damit wäre er verdammt noch mal besser klargekommen als mit diesem Irrsinn.

»Hör's dir an«, forderte Conquistador ihn auf, als die Übertragung fertig war und der Rigger die Aufzeichnung des Gesprächs von seinem eigenen Kommlink abrufen konnte.

Der Blick des Riggers trübte sich leicht, als er sich, nach einem argwöhnischen Blick auf den Runner, auf das Gespräch konzentrierte. Nach ein paar Sekunden versteinerte sein Gesichtsausdruck. Er trat zum Sofa und ließ sich neben der alten Frau in die Polster fallen. Erst jetzt bemerkte Conquistador, dass sie dort saß, klein und zerbrechlich, mit großen, erschrockenen Augen und Blut auf der Stirn, das langsam ihr Gesicht hinunterzurinnen begann. Er trat zu ihr und reichte ihr ein Taschentuch.

Sie hielt es in der Hand und starrte darauf, als wisse sie nicht, was sie damit anfangen sollte.

»Sie bluten«, sagte Conquistador sanft. »Sie sollten das Taschentuch auf die Wunde drücken, sonst läuft Ihnen noch Blut in die Augen. Das fühlt sich nicht gut an, glauben Sie mir.«

Sie schwieg und starrte ins Leere.

»Miss Banks?« Der Runner sah in die vom Alter blassen Augen der Frau und sah darin nur eine merkwürdig träumerische Verwunderung. Entweder stand sie unter Schock, oder sie hatte eine Gehirnerschütterung. Oder beides. Vorsichtig nahm er ihr das Taschentuch aus der Hand, drückte es gegen die Wunde und führte ihre Hand zu ihrer Stirn.

»Halten Sie fest, ja?« Er wartete, bis er fühlte, dass sie den Druck selbstständig aufrechterhielt, und ließ dann ihre Hand los. Ihr Blick folgte ihm, als er sich umdrehte und wieder zu Phoenix ging.

Der Overall der Deckerin glänzte auf der Brust vor Nässe, und Conquistador sah zwei kleine Einschusslöcher in dem derben Stoff.

Eindeutig Jaywalkers Arbeit. Zwei Schüsse direkt ins Herz. Wenigstens war es schnell gegangen.

Er schloss kurz die Augen und sah sie dabei so vor sich, wie sie gestern Nacht ausgesehen hatte, nachdem Jaywalker und Michael gegangen waren. Sah die Ruhe in ihren Augen, diese sanfte Bestimmtheit, als wisse sie jetzt endlich, was sie wollte.

Was für ein verdammter Albtraum, dachte er. Die Tragweite dessen, was sie durchgemacht haben musste, als sie Jaywalkers Verrat entdeckt hatte, begann ihm bewusst zu werden.

Er blockte die Gefühle ab, die in ihm aufwallten. Die Gedanken daran, was es für ihn selbst bedeutete. Die Gedanken, was ihm die Freundschaft mit diesem Drekschwein bedeutete.

Bedeutet hatte, erinnerte er sich. Bedeutet *hatte*!

Er fragte sich, weshalb Jaywalker die Deckerin hierher geschleift hatte. Mehrere Möglichkeiten gingen ihm durch den Kopf, aber keine passte. Weder war sie hier schwieriger zu finden, noch empfand er es als wahrscheinlich, dass der Straßensamurai die Leiche mit einem Sprengsatz vermint hatte. Es war natürlich nahe liegend, dass Jaywalker dafür gesorgt haben mochte, dass sie nichts von ihrer Entdeckung hatten, aber soweit er wusste, trug der Straßensamurai zum einen selten explosive Stoffe bei sich. Zum anderen hätte die Leiche dann so gelegen, dass man sie hätte umdrehen müssen, um ihr Gesicht zu sehen, was dann den Sprengsatz ausgelöst haben würde.

Abgesehen davon war es ihm egal. Selbst wenn er gewusst hätte, dass hier in wenigen Sekunden alles in Flammen stünde, er glaubte nicht, dass er sich in seinem jetzigen Zustand sonderlich darüber aufgeregt hätte.

Behutsam strich er Phoenix über die Wange. Ihre Haut war so weich, dass er sie kaum unter seinen rauen Fingern spürte. Und sie war kalt. Eiskalt.

»Mach's gut, Mädchen«, flüsterte Conquistador leise. Er hätte ihr gern die Augen geschlossen, aber er wusste, dass dazu mehr gehörte, als man im Trid sah. Als er zum ersten Mal einem toten Chummer die Augen hatte schließen wollen, hatte er festgestellt, dass Tote die Augen gar nicht schließen wollen. Das sanfte Darüberstreichen brachte nichts, und er wollte Phoenix nicht mit Gewalt die Augen zudrücken.

»Sollen wir sie hier lassen?«, fragte Steel hinter ihm.

»Was sollen wir sonst tun?«, fragte Conquistador. »Sie beerdigen lassen?«

Steel schwieg. Der übliche Ort, wo ein Shadowrunner endete, war die Klinik eines Straßendocs, der die Leiche auseinander nahm und Cyberware sowie Organe verwertete, sofern sie noch zu gebrauchen waren. Sie hatten im Team nie darüber gesprochen, wie sie einen Todesfall handhaben wollten, aber plötzlich wurde ihnen beiden klar, dass die Beziehungen zwischen den Teammitgliedern über das Maß hinausgewachsen waren, das einem die sachliche Entsorgung ermöglichte.

Aber sie mussten von hier verschwinden. Conquistador stand auf und warf einen Blick in das Arbeitszimmer der Deckerin. Ihr Deck war nicht mehr da. Jaywalker hatte es natürlich mitgenommen. Er kam zurück und setzte sich neben der alten Frau aufs Sofa. Sie starrte ihn an.

»Miss Banks«, begann er und sah, dass sie ihm zuhörte. Er hoffte, dass sie aufnahmefähig genug war. Mit seiner Cyberhand griff er in eine der Innentaschen seiner alten braunen Lederjacke und zog daraus einen kleinen Metallzylinder hervor, den er ihr in die Hand drückte.

»Ich möchte, dass Sie für ihre Beerdigung sorgen, wenn sich keine Angehörigen melden. Verstehen Sie mich? Würden Sie mir das versprechen?«

Die alte Frau sah ihn an und schien nicht zu begreifen, was er von ihr wollte. Ihr Blick war trüb.

»Miss Banks?«

Sie sah ihn nervös an, und er begriff, dass sie ihn doch verstanden hatte. Aber sie hatte Angst vor ihm.

»Wenn ich das nicht tue«, fragte sie mit dünner Stimme, »dann kommen Sie wieder und töten mich, ist es nicht so?«

Abscheu davor, wie sie ihn sehen musste, überkam ihn. »Nein«, sagte er sanft. »So ist es nicht. Miss Banks, ich möchte, dass Sie für die Beerdigung einer Freundin sorgen. Das ist eine Bitte. Kein Befehl. Tun Sie es oder tun Sie es nicht. Aber wenn Sie es tun würden, wäre ich Ihnen sehr dankbar. Sie werden mich nie wieder sehen, ganz egal, wie Sie sich entscheiden.«

Sie musterte ihn eine ganze Weile, und dann traten ihr Tränen in die Augen. »Wer hat sie getötet?«

In Conquistador stieg eine kalte Wut auf, die ihn erschreckte und seine Stimme hart machte. »Niemand, der noch zählt, glauben Sie mir. Er wird diese Nacht nicht überleben.«

Sie zuckte zusammen, aber sie hatte wohl keine Angst, dass er ihr etwas tun würde, sondern schreckte vor der uferlosen Wut zurück, die in seinen Augen loderte.

Steel sah ihn an und nickte dann zu der Hand der alten Frau, die sie um den kleinen Zylinder gekrampft hatte.

»Man wird ihr den Kredstab wegnehmen, wenn man ihn findet. Sie könnte in Schwierigkeiten geraten. Die Bullen könnten glauben, jemand hätte ihr Schweigegeld gegeben oder sie hätte den Stab gestohlen.«

»Du hast Recht.« Conquistador streckte die Hand aus, und die Frau legte den Zylinder hinein. »Ich werde ihn in Ihren Briefkasten werfen. In Ordnung?«

Zögernd nickte sie, und er widerstand der spontanen Eingebung, zum Abschied ihre Hand zu nehmen. Sie hätte die Geste sicher nicht zu schätzen gewusst.

»Ich danke Ihnen, Miss Banks. Es tut mir Leid, was passiert ist.«

Geschmeidig stand er auf. Es kam ihm so vor, als lasse ihn eine vulkanartige Energie förmlich in die Höhe schnellen. Die Wut, die in ihm tobte, würde ihn nicht schlafen lassen. So lange, bis er Jaywalker ein paar Kugeln in den Schädel gejagt und die Einzelteile dieses dreckigen Hurensohns beim Doc abgeliefert hatte. Die Cyberware des Straßensamurais war bestimmt eine Menge wert. Indirekt würde Jaywalker für die Beerdigung der Deckerin bezahlen. Der Gedanke verschaffte ihm eine grimmige Befriedigung. Allerdings wusste er, dass er sich tief drinnen einfach nur völlig zerschlagen fühlte, traurig und enttäuscht. Die Wut würde ihn so lange tragen, bis einer von ihnen tot war: Jaywalker oder er. Was danach kam, wusste er nicht, aber er würde jetzt auch nicht darüber nachdenken. Es war ihm völlig egal.

Steel und der huschende Schatten seines Mungos folgten ihm, als er aus der Wohnung ins Treppenhaus trat und die tote Phoenix mit ihrer alten Nachbarin allein in der Wohnung zurückließ.

Kapitel 18

Quartier in der Columbia Street, Innenstadt, 21:32

Kike schlief. Ihre Erschöpfung war so tief wie ein nicht enden wollender Brunnen, in den sie fiel, schwarz und betäubend. Träume flackerten von Zeit zu Zeit auf wie unscharfe Bilder an der Wand des Brunnenschachts: flüchtig auftauchende Gesichter, die sie kaum erkannte. Oder vielleicht war alles ein einziger Traum. Sie wusste es nicht. Das Einzige, was es für sie gab, war die endlos tiefe Erschöpfung, die sie aufsaugte und verschluckte.

Was sie schließlich aus ihrem fast komatösen Zustand weckte, hätte sie nicht sagen können. Es durchlief sie zunächst wie ein sanftes Zucken, und ihre Traumbilder wellten sich, als lägen sie unter Wasser, über dessen Oberfläche leichter Wind wehte. Ihr Auftauchen aus dem Traum war unendlich sanft und gleichzeitig viel zu unvermittelt.

Desorientiert öffnete sie die Augen und sah nur Schwärze. Im Zimmer war es dunkel.

Irgendetwas stimmte nicht.

Eine Bewegung neben dem Bett ließ sie erstarren. Es dauerte einen Augenblick, bis ihr bewusst wurde, dass ihr der Schatten dort vertraut war, dass sie die Bewegungen kannte.

»Was ist los?«, fragte sie leise und ließ gleichzeitig Provokation und Missbilligung in ihrer Stimme mitklingen. »Ich hoffe, es ist etwas Wichtiges, Jaywalker.«

Er sagte nichts und bewegte sich nicht. Ihr wurde klar, dass er sie im schwachen Licht genau sehen konnte, und der

Gedanke war ein wenig erregend. Unter der Bettdecke war sie nackt. Sie schlief immer nackt.

Was wollte er? Wie kam er dazu, sich in ihr Zimmer zu schleichen? Oder hatte er angeklopft, und sie hatte nur zu tief geschlafen, um es zu hören?

Sie wollte auf Astralsicht wechseln, um ihn ebenfalls sehen zu können.

Es passierte nichts. Durch ihre schläfrige Benommenheit drang allmählich ein ungutes Gefühl durch.

Ihr Körper fühlte sich seltsam an.

So leer. Hungrig. Unvollständig.

Weltlich!

Sie fuhr auf, hielt die Bettdecke mit beiden Händen vor ihre Brüste und starrte Jaywalker aufrecht sitzend an. Den Schatten, den sie für Jaywalker hielt. Genau wusste sie es nicht. Sie spürte ihn nicht. Ja, das war es, was fehlte: Sie spürte ihre Umgebung nicht. Es war, als würde ein feiner, aber dichter Schleier sie umgeben und von allem abschirmen, sie in ihrem Körper einschließen und die Präsenz ihrer Umgebung ausgrenzen.

Wie damals, bevor Katze und ihre Magie zu ihr gekommen waren.

Panik überkam sie und das Gefühl, keine Luft zu bekommen. Die Welt erschien ihr wie ein zweidimensionales Bild, flach, leblos und uninteressant.

»Was ist passiert?«, fragte sie, und in ihrer Stimme klang ihre Panik mit.

Seine leise Stimme traf sie wie ein Peitschenhieb. »Wie fühlst du dich, Katzenschamanin?«

Es war wirklich Jaywalker. Und irgendwas stimmte nicht mit ihm.

Wenn das ein blöder Traum war, dann hatte sie genug und wollte jetzt aufwachen.

Eine winzige Bewegung warnte sie, aber sie konnte im Dunkeln nicht genug sehen, um auszuweichen. Etwas Kleines, Spitzes traf sie in die linke Schulter, die Jaywalker zugewandt war, und dann flutete Schwärze durch ihren Kopf. Sie spürte einen Stoß, wie einen Schlag in die Magengegend, heftiger, als ein körperlicher Schlag hätte sein können, und die Welt zerbrach in tausend kleine Stücke und trieb davon, fiel in das endlose Nichts, das sich rings um sie auftat. Schwärze und Leere. Sie fühlte eine Leere, wie sie vor der Entstehung des Lebens geherrscht haben musste, schrie ohne einen Laut in die Unendlichkeit, in der es nichts gab, in der sich kein Punkt vom anderen unterschied. Die tote Endlosigkeit zerfraß sie und saugte sie aus.

Sie versuchte zu schreien, aber sie konnte keinen Laut hören, obwohl sie wusste, dass sie schrie, dass ihr fast die Lungen platzten.

Ihr Leben floss ins Nichts, sie fühlte, wie ein warmer, lebendiger Strom aus ihrem Körper flutete, während sie schwerelos im Nichts trieb. Ihr wurde kalt, und sie krümmte sich, um festzuhalten, was sich aus ihr in die Kälte ergoss, krümmte sich um den eigenen Solarplexus, aus dem ihr Leben entwich. Aber die Energie floss ihr durchsichtig einfach durch die Hände, und sie konnte das, was ihr gehörte, nicht festhalten.

Schmerzen. Übelkeit. Das Gefühl von Körperlichkeit. Das Bett unter ihr. Ihre Arme, die sich um ihren Leib gekrampft hatten. Aber die Welt war noch immer leer.

»Was hast du getan?«, flüsterte sie, die Stimme ein leises, kraftloses Stöhnen.

Sie spürte eine Erschütterung, als der Schatten auf das Bett glitt und sich neben sie setzte. Er sah sie an. Sie fühlte es eher, als dass sie es sah.

Langsam griff sie mit einer Hand hinter sich und tastete nach dem Schalter der kleinen Lampe auf dem Nachttisch. Sie fand ihn und schaltete die Lampe ein. Das schwache Licht schmerzte ihr in den ersten Sekunden in den Augen.

Eine Bewegung zu ihrer Schulter. Ein leichtes Pieksen, dann zog Jaywalker die Hand wieder zurück. In der Hand hielt er einen kleinen Pfeil. Jetzt sah sie auch die Waffe in seiner Linken. Eine Narcoject-Pistole.

Sein Blick war ruhig und emotionslos.

»Was ist das, verdammt?«, fragte sie. »Bist du verrückt?«

Er lächelte sie an und steckte den Pfeil in eine Tasche seines schwarzen Ledermantels. »Beantworte mir eine Frage, Kike«, sagte er und sah ihr in die Augen. »Wie wirkt es?«

»Was?«

»Ich möchte wissen, wie es wirkt. Du bist gewissermaßen mein Versuchsobjekt.«

Sie starrte ihn an. »Du bist wirklich verrückt geworden.«

»Mag sein.« Er nickte. »Aber ich möchte wirklich gern von dir wissen, wie es wirkt. Andererseits«, sein Lächeln wurde unangenehm, »scheint es ja so zu wirken, wie es soll. Ich lebe noch. Katze ist nicht mehr hier, Kike, nicht wahr?«

Ein Gefühl der Unwirklichkeit überfiel sie. Die Welt war zu einer Albtraumlandschaft geworden. Und dieser durchgeknallte Straßensamurai war irgendein Dämon mit menschlichem Gesicht und einem unangemessen freundlichen Lächeln.

»Was ist das für ein Zeug, Jaywalker?« Ihre Stimme war wie ein Fauchen, und sie wäre ihm am liebsten ins Gesicht gesprungen. Der leise Spott in seiner Stimme machte sie wahnsinnig. Was, zum Teufel, war los mit ihm?

»Ein interessantes Präparat.« Er zuckte mit den Schultern. »Sehr selten. Sehr, sehr teuer. Schwer zu bekommen. Blockiert angeblich die Fähigkeit eines Magiers, Magie zu wirken. Vorübergehend.«

Ihr Herz schlug so schnell und heftig, dass es ihre Brust zu sprengen schien.

»Jedenfalls dann vorübergehend«, fuhr er fort und stand auf, »wenn man die vorgegebene Dosierung einhält.«

Die Luft wurde zu zähflüssig, um sie zu atmen. Kike spürte jeden einzelnen Knochen schmerzen, als habe sie eine schwere Grippe. »Und?«, fragte sie. »War das die vorgeschriebene Dosierung?«

Jaywalker lächelte kalt. »Ich konnte dich noch nie leiden, Kike«, sagte er leise. »Und das zeichnet dich aus. Du bist der einzige Mensch auf der Welt, der jemals so etwas wie Emotionen in mir geweckt hat.«

Er schien einen Augenblick nachzudenken. Kike dachte auch nach. Fieberhaft. Aber sie hatte keine Waffe in Reichweite, höchstens die Nachttischlampe. Ohne Magie hatte sie ihm nicht viel entgegenzusetzen. Was, in aller Geister Namen, wollte Jaywalker von ihr? War sein vercybertes Hirn nun endgültig durchgebrannt? Was sollte der Blödsinn mit den Emotionen?

»Verzieh dich«, sagte sie mit einer nie dagewesenen Heftigkeit in der Stimme. Er machte ihr Angst. Das Gefühl in ihrem Kopf machte ihr Angst. Das Gefühl, zum ersten Mal in ihrem Leben seit der Pubertät die Präsenz ihres Totems nicht zu spüren, brachte sie fast um, und sie konnte nicht mehr klar denken.

Jaywalker griff unter seinen Mantel, mit den ihr so vertrauten, präzisen Bewegungen. »Dein Wunsch ist mir Befehl.«

Er zog die Pistole unter dem Mantel hervor, und Kike warf sich ihrem Instinkt folgend zur Seite. Zu langsam. Die Kugel traf sie in die Brust und schleuderte sie gegen die Wand, und sie fiel in den Zwischenraum zwischen Wand und Bett. *Es tut nicht einmal weh,* stellte sie noch verwundert fest, dann senkte sich Dunkelheit über sie. Tiefe Dunkelheit.

Kapitel 19

Quartier in der Columbia Street, Innenstadt, 21:40

Ein Geräusch drang an seine Ohren, fast zeitgleich mit dem leisen ›Plopp‹ des schallgedämpften Schusses.

Der Körper der Katzenschamanin wurde herumgeschleudert und krachte gegen die Wand, rutschte dann schlaff in den Spalt zwischen Wand und Bett.

Sie hätte wohl nie vermutet, dass die erste Kugel ihres Lebens aus seiner Waffe stammen würde. Wenn er die Zeit hatte, würde er diese Ironie gebührend würdigen.

Das Geräusch war von vorne gekommen, von der Wohnungstür beim Wohnzimmer, das zur Straße lag.

Jaywalker verschwendete keine weitere Zeit mit Lauschen, sondern glitt geräuschlos zur offenen Tür, über den Flur und in die Küche. Dort lauschte er kurz, während im Wohnzimmer Licht aufflammte und das Rechteck der Tür hell auf den dunklen Flurboden zeichnete.

Er erkannte Steels energischen Schritt, der im Wohnzimmer verharrte, und Conquistadors leisere Schritte, die in seine Richtung kamen.

Sie kamen durch den vorderen Eingang, und sie sagten nichts, riefen keine Begrüßung in die stille Wohnung. Etwas an den Schritten Conquistadors verriet ihm die Beunruhigung des Runners, seine Nervosität. Sie klangen eilig.

Jaywalker zog sich leise in die Nähe der Hintertür zurück und legte die Desert Eagle an, für den Fall, dass der Runner ihn entdeckte. Kurz darauf sah er, wie Conquistador, ohne einen Blick nach links oder rechts zu werfen, in das Zimmer der Katzenschamanin trat. Er hörte, wie er ihren Namen sagte, erst fragend, dann noch einmal mit einem Unterton von Entsetzen. Aus dem Wohnzimmer näherten sich Steels Schritte, und sie klangen alarmiert.

Zeit zu verschwinden. Er zog einen Augenblick in Erwägung, die beiden jetzt zu erledigen, aber dann hörte er, wie Steel im Flur die Mossberg durchlud. Offenbar hatten sie aus irgendeinem Grund mit Ärger gerechnet. Es würden sich, sollte er die beiden überhaupt jemals wiedersehen, bestimmt günstigere Gelegenheiten ergeben als diese.

Wie ein Schatten glitt er zur Tür und öffnete sie lautlos einen Spalt, bevor Steels große Gestalt in der Küchentür auftauchte. Ebenso lautlos verschwand er nach draußen. Sein Schatten war gerade hinter der Tür verschwunden, als Steel, vorsichtiger als Conquistador, einen absichernden Blick in die Küche warf.

Kapitel 20

Quartier in der Columbia Street, Innenstadt, 21:41

Ihre Zimmertür war offen, und die kleine Nachttischlampe verbreitete schwaches Licht, das nicht bis in die Ecken reichte. »Kike?«

Blutspritzer auf dem Bett. Blut an der Wand. Wie in Phoenix' Wohnung löste sich die Welt in unzusammenhängende Schnappschüsse auf, die seinen Verstand trafen wie Glassplitter.

»Kike?« Irgendwas in seinem Kopf stellte die Zusammenhänge her, und bevor er richtig mitbekam, was er dachte oder tat, hechtete er durch das kleine Zimmer und um das Bett. Wie angefroren blieb er stehen, als er Kike sah.

Die Katzenschamanin lag wie eine achtlos in die Ecke geworfene Puppe zwischen Bett und Wand, das Gesicht zur Wand, einen Arm unter dem Körper, die Beine grotesk verdreht, als sei ihre Hüfte gebrochen.

So viel Blut! Es sickerte aus der Wunde in ihrer Brust, lief ihren nackten Körper herunter und tränkte den kurzen, grauen Teppich unter ihr.

Wie Flashbacks trafen ihn die Erinnerungen. Kike am Lagerfeuer vor über sechzehn Jahren, als er sie kennen gelernt hatte, arrogant und unnahbar. Kike, die auf der Expedition allmählich auftaute, Kike, die alle paar Minuten einen Zauber sprach, um sich von Schmutz und Staub zu reinigen. Der Ausdruck auf ihrem Gesicht, als sein Vater einer Herzattacke erlag und sie nichts für ihn tun konnte und mit dem verzweifelten Vierzehnjährigen, der er damals gewesen war, allein im Regenwald zurückblieb.

Ihr langer Kampf, um aus dem Regenwald heraus zu gelangen, der sie so fest zusammenschmiedete. Ihre gänzlich unerwartete Hilfsbereitschaft, als sie ihn für eine Weile unter ihre Fittiche nahm und ihm eine Heimat gab, bis er sich wieder gefangen hatte.

Kike, wie sie zum ersten Mal in seiner Gegenwart weinte, als sie vom Tod ihrer Mutter erfuhr, zu deren Beerdigung sie nicht gehen konnte.

Tausendmal Kike in seinen Erinnerungen, als er ihren blutüberströmten Körper auf dem Boden sah, als könne er mit seinen Erinnerungen die Realität ausradieren, das Geschehene ungeschehen machen, wenn er nur genug daran dachte. Die Zeit blieb einfach stehen und ließ den Augenblick gefrieren.

Schockartig zerbrach die Stille in Conquistador, als Steel ihn zur Seite stieß und sich über die Katzenschamanin beugte.

»Verdammter Drek«, knurrte der Ork und warf die Mossberg auf das Bett. »Noch nicht lange her.« Er tat etwas, das durch seinen breiten Rücken verdeckt wurde. »Hol das Medikit aus dem Wagen. Unter der rechten Rückbank.«

Abwesend starrte Conquistador die Lampe an. Das Design war indianisch. Sah nach Navajo aus.

»Hallo! Hörst du mich? Mach zu, Mann!«

»Was?«

»Sie lebt noch. Aber nicht mehr lange. Jetzt beweg dich, verflucht noch mal!«

Überraschend schnell drangen seine Worte zu Conquistador durch, als habe er die ganze Zeit darauf gewartet, sie zu hören. Er drehte sich um und hetzte zum Wagen, als seien tausend Höllenhunde hinter ihm her. Tausend Höllenhunde der Hoffnung, die ihn zerfleischen würden, wenn er Kike am Ende doch verlor.

Sie sah blass und fremd aus in dem schmalen, weiß bezogenen Bett. Er hatte die Schläuche nicht gezählt, die von ihrem Körper zu diversen Geräten führten, aber es kam ihm vor, als würden es immer mehr. Jedes Mal, wenn er kurz die Augen geschlossen hatte und sie dann wieder öffnete, erschreckte ihn ihre Anzahl. Dicke, dünne, lange und kurze Schläuche und Kabel.

Verdammt! Er zählte sie doch.

Dreizehn Schläuche. Gut, dass er nicht abergläubisch war.

Kikes reglose Hand in seiner haltend, schloss er wieder die Augen. Er konnte nichts für sie tun, konnte nur warten, bis sie aufwachte. Oder starb.

Er riss die Augen wieder auf.

So verdammt viele Schläuche.

Er zählte sie noch einmal.

Immer noch dreizehn.

Blöde Zahl.

Ein leises Hüsteln von der Tür unterbrach seine Beschäftigungstherapie. Langsam drehte er sich um und sah Mealux in der Tür stehen, die kompakte Gestalt von einem Lichtschimmer umrahmt, der von draußen hereinfiel.

Der Straßendoc war ein Norm mit leichtem Bauchansatz und einem intelligenten, fein geschnittenen Gesicht, der eher an einen Universitätsprofessor erinnerte als an einen Mann, der Kriminellen die verdienten Kugeln aus Köpfen, Bäuchen und anderen Körperteilen herausschnibbelte, um dann Diebe, Auftragsmörder und sonstigen Abschaum wieder auf die Menschheit loszulassen. Seine Bewegungen und seine Sprache waren kultiviert und verrieten Bildung.

Sie hatten in der Vergangenheit oft lange, ausführliche Gespräche geführt, vorzugsweise auf Latein, weil sie beide erstens die Sprache liebten und zweitens die Gelegenheit genossen, sich wie Snobs aufzuführen. Derart kultivierte Gespräche bot die Straße selten. Wenn er sich mit Mealux getroffen und ein paar Stunden der herablassenden, angeregten Konversation genossen hatte, konnte Kike ihn danach eine ganze Weile nicht ertragen. Sie sagte, er bekäme von diesen Unterhaltungen einen nasalen, arroganten Beiklang in der Stimme, und sie könne es nicht leiden, wenn jemand mehr Selbstzufriedenheit ausstrahle als sie selbst.

Der Gedanke an eine selbst atmende, sprechende und spottende Kike traf ihn mit der Wucht eines Vorschlaghammers, und er fühlte sich leer und rastlos, als habe er keinen Platz mehr auf der Welt, an den er gehörte, wenn es keine Kike mehr gab.

Mit einer Bewegung, die fast wirkte wie die höfliche Andeutung einer Verbeugung, winkte Mealux ihn zu sich. Conquistador drehte sich wieder zu Kike um und ließ ihre Hand los, legte sie vorsichtig neben der bewusstlosen Schamanin auf das Bett. Kike reagierte nicht, lag weiter blass und schweigend da, und es war ohne Bedeutung, ob er bei ihr war oder nicht, denn sie konnte seine Anwesenheit nicht spüren.

Widerwillig folgte er Mealux, der durch einen kurzen Korridor vorausging, bis zu dessen Büro.

Hinter dem Straßendoc betrat er das kleine, ansprechend eingerichtete Zimmer und sah Steel, der vor dem Schreibtisch stand, die Mossberg in den Händen und einen Ausdruck im Gesicht, der selbst den Runner erschreckte. Er verbreitete eine Stimmung von Gewalt und Wut und Aktivität, die die Gefühle in Conquistador selbst wieder hochpeitschte und in ihm einen regelrechten Stromstoß aus Adrenalin freisetzte.

Gelassen, als stehe in seinem Büro ein harmloser alter Mann und kein vor Wut sprühender Ork mit einer geladenen Schrotflinte, ging Mealux um den Schreibtisch herum, setzte sich in seinen altmodischen, mit schwarzem Leder bezogenen Stuhl und bedeutete den beiden, ebenfalls Platz zu nehmen.

Conquistador zog sich einen Stuhl heran und setzte sich schweigend. Steel knurrte, schleifte einen Stuhl in die Nähe des Schreibtischs und ließ sich darauf fallen, dass es krachte, und es war ein Wunder, dass der Stuhl nicht zusammenbrach.

Mealux verzog keine Miene. Er faltete die Hände vor sich auf dem Schreibtisch und sah erst Steel, dann Conquistador ernst an. »Ihr Zustand ist recht stabil. Mehr als sie zu stabilisieren und dafür zu sorgen, dass sie weiterlebt, kann ich nicht tun, ohne aufwendig zu operieren und Medikamente zu verabreichen. Im Augenblick sieht es so aus, als könnte sie die Sache überstehen.« Sein tiefes Atemholen klang wie ein Seufzen. »Es kann aber zu plötzlichen Komplikationen kommen. Die Kugel hat das Herz sehr knapp verfehlt, und sie hat viel Blut verloren. Ich war so vorsichtig und sparsam mit meinen Eingriffen, um ihr Leben zu retten, wie ich es verantworten kann, aber ich befürchte, ihre Fähigkeiten als Magierin werden beeinträchtigt sein, wenn sie wieder aufwacht. *Falls* sie wieder aufwacht.«

Gequält schloss Conquistador die Augen. Magieverlust wäre das Schlimmste, was Kike zustoßen konnte. Sie lebte für die Magie, identifizierte sich über sie.

Die leise, angenehme Stimme des Arztes verriet nichts über seine Anteilnahme, aber er kannte Kike und insbesondere Conquistador gut genug, um sich darüber im Klaren zu sein, was seine Worte für den Freund bedeuteten.

»Wenn ich sie in diesem Zustand belasse, kann es sein, dass sie sich langsam erholt. Es wird viel Zeit in Anspruch nehmen. Und, wie gesagt, es kann zu Komplikationen kommen. Sie könnte sterben. Wenn ich sie operiere, wird sie mit großer Wahrscheinlichkeit überleben, aber sie wird mit Sicherheit bleibende Schäden davontragen, was ihre Fähigkeiten betrifft.« Er machte eine Pause und seufzte wieder. »Es ist eine schwierige Entscheidung.«

»Nein«, sagte Conquistador, schüttelte den Kopf und stand auf. »Es ist eine einfache Entscheidung. Keine Operation. Das würde sie nicht wollen.«

Er sah Steel an, und der Ork erhob sich ebenfalls.

»Ich werde zusehen, dass ich einen Magier finde, der ihr helfen kann. Halte sie einfach nur am Leben, so gut es eben geht. Mach nichts von den Kosten abhängig.«

Der Arzt sah fast gekränkt aus, als beleidige ihn diese Bitte, aber Conquistador wandte sich bereits an Steel. »Lass uns gehen. Wir haben noch etwas zu tun.«

Grimmig nickte der Ork.

Es ging nicht nur um Rache. Und es ging nicht nur darum, jemanden aus dem Weg zu räumen, der sonst in den Träumen herumspuken würde, bis er eines Tages doch wirklich vor einem stand und einem das Gehirn aus dem Kopf blies, weil man ihm zu gefährlich geworden war. Es ging auch um diese Dinge.

Aber es ging vor allem um Mikey.

Conquistador war froh, dass es einen so guten Grund gab, Jaywalker um die ganze Erde zu hetzen, wenn es sein musste. Er hätte es auch getan, wenn es Mikey nicht gegeben hätte, aber dann wäre es einfach nur ein blutiger Rachefeldzug gewesen, unnötig eigentlich, unprofessionell. Es war angenehmer, wenn er sich vormachte, Mikey stehe dabei im Vordergrund.

Wie gut, dass er über solche Dinge nicht allzu viel nachdachte.

Sie verließen Mealux und seine Patientin, ohne dass Conquistador noch einmal zu Kike hineinsah. Der Anblick der bewusstlosen Kike machte ihn krank. Sie war immer stark gewesen, stärker als er, und sie in diesem Zustand zu sehen, machte ihn wahnsinnig vor hilfloser Wut und Verzweiflung.

Er ließ all die Gedanken nicht zu, die um Verrat und Enttäuschung kreisten, um Trauer und Tod. Er benutzte nur die Gefühle, die sie in ihm aufwallen ließen, benutzte sie, um seine Wut zu schüren, bis sie ihn fast verbrannte und ihm die Illusion von Unaufhaltsamkeit gab; bis er sich unverwundbar fühlte, wie in Drachenblut gebadet.

Und trotz all dieser Gedanken und Bilder in seinem Kopf wusste er genau, wie es eigentlich in ihm aussah. Was mit ihm passieren würde, wenn er sich irgendwann einmal mit diesen Gefühlen auseinander setzen musste. Besonders dann, wenn Kike starb.

Aber im Augenblick gab es nur diese Wut, diese berauschende, dunkelrote Wut, und es gab Jaywalker.

Noch gab es Jaywalker.

In seiner Phantasie sah Conquistador ganz Seattle in Jaywalkers Blut gebadet, und er schürte seine Wut absichtlich, um den Augenblick, in dem er sich der Trauer stellen musste, weit, weit in die Zukunft zu schieben und aus seinen Gedanken zu verbannen, solange er das noch konnte.

Kapitel 21

Grady Way, Renton, 23:19

Sie brauchten nicht lange, um Christo zu finden, obwohl sie ihn über Kommlink nicht erreichten. Conquistador wusste, wo er zu suchen hatte.

»Aha«, sagte Steel, als sie auf der gegenüberliegenden Straßenseite vor dem Spielcasino hielten. »Ich vermute, hier findet man dich auch des Öfteren?«

»Nicht mehr«, erwiderte Conquistador.

»Beim Falschspielen erwischt?«

»Wenn ich so etwas täte, würde man mich nicht erwischen«, entgegnete Conquistador würdevoll und stieg aus dem Wagen, bevor Steel seine Äußerung kommentieren konnte.

Das *Black Jack House* war ein heruntergekommenes großes Spielcasino im Erdgeschoss eines Wohnhauses. Steel vermutete, dass es die Wohngegend nicht gerade veredelte: Vor der Tür hingen einige wenig ansprechende Gestalten herum, die er liebend gern einmal aufgemischt hätte.

Conquistador warf keinen Blick zu ihm zurück und steuerte zwischen den abgewrackten Gestalten, die sicher einiges an Drogen und Chips anzubieten hatten, auf den Eingang zu, der von einem fies aussehenden Troll und einem glatzköpfigen, hünenhaften Norm flankiert wurde. Steel überlegte kurz, einfach im Wagen zu bleiben, da der Runner keine Anstalten machte, auf ihn zu warten, aber es reizte ihn sehr zu sehen, welchen Ruf Conquistador in diesem Etablissement genoss. Schnell stieg er aus und folgte dem Runner.

Kurz bevor er den Eingang erreichte, hielt Conquistador an und wartete, bis Steel ihn eingeholt hatte. »Pass auf den Inhalt deiner Taschen auf«, murmelte er.

»Was?«

»Taschendiebe. Sehr geschickt. So etwa.« Er streckte die Hand aus und ließ etwas in Steels Hand fallen.

Der Ork sah auf seine Handfläche und fand dort einen kleinen, silbernen Kredstab. *Seinen* kleinen silbernen Kredstab.

»Pack das Ding lieber in die Hosentasche. Oder in eine Innentasche, wenn du eine hast.« Ohne ein weiteres Wort trat er auf den Eingang zu.

»Hey, warte«, sagte Steel. »Wie hast du das gemacht?«

Conquistador antwortete nicht und nickte den beiden Türstehern knapp zu. Sie schienen ihn zu kennen, und zu Steels Erstaunen ließen sie ihn anstandslos durch. Ihn musterten sie etwas länger, aber sie hielten ihn nicht auf, als er hinter Conquistador das Casino betrat.

Drinnen war es stickig, voll und laut. Sie passierten ein gutes Dutzend verschiedenartiger Spielautomaten, an denen übernächtigte Freaks herumspielten, die nicht einmal so *aussahen*, als hätten sie Spaß. Fieberhaft steckten sie Chips in Schlitze, betätigten Hebel und fluchten verbissen vor sich hin, um dann die nächste Verliererrunde zu beginnen. Steel fiel eine Frau in einem roten, tief ausgeschnittenen Abendkleid auf, die sicher hübsch gewesen wäre, hätte sie nicht ganz offensichtlich alles versucht, ihre vielleicht vierzig Jahre auf zwanzig herunterzukaschieren. Die schwarzen, langen Haare waren betont nachlässig frisiert, was sicherlich einige Stunden in Anspruch genommen hatte; die Schminke in ihrem Gesicht wirkte fast obszön und legte eine Maske auf ihre Züge. Sie wirkte eindeutig geliftet. Ihr Blick ruhte starr auf der digitalen Anzeige des Automaten vor ihr, der irgendwelche Symbole zu ihren Ungunsten kombinierte, und Steel war nicht sicher, ob sie es bemerkt hätte, wenn ein Feuer ausgebrochen wäre. Oder ob es sie interessiert hätte. Ihr Blick war der eines hirnlosen Zombies, und ihre Bewegungen wirkten mechanisch, hölzern.

»Komm schon«, hörte er Conquistador sagen und bemerkte, dass er stehen geblieben war und die Frau anstarrte. Sie sah so ... ungeheuer freudlos aus, fand er, und aus irgendeinem Grund ging ihm der Anblick nahe.

»Das ist echt krank«, sagte er zu Conquistador, als sie weitergingen, und der Runner nickte.

»Die haben alle irgendwelche Probleme. Meistens eine Leere in ihrem Leben, die auszufüllen sie nicht imstande sind. Wenn sie gewinnen würden, hätten die meisten nicht einmal etwas davon, weil es nicht ums Gewinnen geht, sondern einfach nur darum, das Gehirn irgendwie so beschäftigt zu halten, dass es nicht über ihr verkorkstes Leben nachzudenken beginnt. Dann müsste man nämlich Konsequenzen daraus ziehen und es entweder ändern oder sich erschießen. Das erfordert mehr Entschlusskraft, als diese Leute haben.«

Steel warf dem merkwürdigen Menschen an seiner Seite einen kurzen Blick zu. »Deine ganz eigene kleine Spielhöllenphilosophie, was?«

»Man fängt schon an nachzudenken, wenn man dieses Elend sieht.« Der Runner zog die Schultern hoch, während sie zwischen voll besetzten Spieltischen und einer Bar hindurchgingen. »In meinem eigenen Leben gibt es mal miese Tage, an denen ich nichts mit mir anzufangen weiß, aber bei manchen Leuten scheint es immer so zu sein. Sie werden geboren und denken: Drek, dieses Leben wird eh nichts, ich hätte im Bauch bleiben sollen. Und am Abend ihres Lebens sind sie froh, dass es vorbei ist.«

Steel verschluckte sich an dieser tiefsinnigen Äußerung und hustete, als müsse er etwas aus dem Hals bekommen. »Das ist aber ziemlich zynisch.«

»Nein, es ist nicht zynisch, es ist wahr. Verdammt traurig ist es, wenn du das meinst.«

»Du meinst, ein ganzes Leben kann so völlig verkorkst sein wie ein besonders beschissener Tag?«

»Von ein paar Lichtblicken abgesehen, ja.«

»Mann, das ist *doch* zynisch!« Kopfschüttelnd sah Steel den Runner an. »Wieso bringen sie sich dann nicht um, diese armen Seelen? Wie ertragen sie es, sich ein Leben lang so zu fühlen?«

»Tun sie ja. Sich umbringen, meine ich«, erwiderte Conquistador und steuerte auf eine unauffällige kleine Tür zu, auf der mit hervorgehobenen goldenen Buchstaben die Aufschrift ›Privat‹ prangte.

»Die Mutigen von ihnen mit einem Sprung oder einer Kugel oder einer Rasierklinge, und die weniger Mutigen hier, Stück für Stück, jeden Tag ein wenig mehr.«

»Moment mal«, protestierte Steel. »Was hat denn Selbstmord mit Mut zu tun? Vielleicht verwechselst du da etwas, und die Leute hier sind nicht die weniger mutigen, sondern haben wenigstens noch ein bisschen Hoffnung.«

Unvermittelt blieb Conquistador stehen, und Steel wäre fast gegen ihn gelaufen.

»Was?«, fragte Steel, und Conquistador sah ihn seltsam an. »Nichts«, antwortete er. »Ich hatte nur eben das Gefühl, dass du eigentlich von dir selbst redest.«

»Wie bitte?« Empört starrte Steel ihn an, und der Runner schaffte es, einen entschuldigenden Blick mit einem hypnotisch ernsten zu kombinieren, für den Steel ihm am liebsten eine reingehauen hätte.

»Entschuldige. Das war wohl deine Privatsphäre.«

»Allerdings«, knurrte Steel.

»Tut mir Leid«, sagte Conquistador, drehte sich um und ging weiter.

»Es tut dir kein bisschen Leid«, brummte Steel hinter ihm her und setzte sich ebenfalls wieder in Bewegung, und dann fiel ihm auf, dass er sich Conquistadors Behauptung zwar verbeten, sie aber keinesfalls dementiert hatte.

Neben der Tür stand ein Stuhl und darauf saß ein gelangweilt wirkender Norm mit langem, schwarzem Haar, das im Nacken zu einem Pferdeschwanz zusammengefasst war. Er hatte die Arme vor der Brust verschränkt und musterte die Menschenmenge mit trägem Blick, als handele es sich bei dem Anblick um eine Szene aus einem Film, den er schon mehrere Dutzend Mal gesehen hatte. Trotzdem war in seinem Blick etwas, das Steel warnte. Ab und an musterte er einen der Casinogäste etwas genauer, und dann durchbrach professionelle Aufmerksamkeit die Maske der Gleichgültigkeit.

Der Norm würdigte sie erst eines Blickes, als sie direkt vor ihm standen. »Hallo Gambler«, grüßte er Conquistador, ohne seinem gelangweilten Gesicht einen erkennbaren Ausdruck aufzuzwingen.

Vermutlich hielt er das für besonders lässig oder cool, dachte Steel, aber er stellte auch fest, dass sich in ihm nicht die geringste Lust regte, sich mit dem Norm anzulegen.

»Was treibt dich hierher? Lange nicht gesehen«, sagte der Norm und zog eine Augenbraue hoch. Der Effekt war geradezu phänomenal. Es sah fast so aus, als hätte er eine Mimik.

»Christo«, antwortete Conquistador knapp. »Er arbeitet heute?«

»Du willst zu ihm?« Der Norm lachte leise und ungläubig, und sein Gesichtsausdruck wurde etwas interessierter. Was nicht viel hieß. Steel vermutete, dieser Grad von Interesse lag in seinem eigenen Blick, wenn er beim Frühstück aus Langeweile den Aufdruck der Cornflakes-Packung las.

»Ich dachte«, fuhr der Norm fort, »du wärst seinetwegen so lange nicht aufgetaucht.«

Conquistador gab ein spöttisches Schnauben von sich. »Wir hatten ein paar Differenzen, das ist wahr. Aber das war nicht der Grund dafür, dass ich mich lange nicht habe blicken lassen. Ich hatte zu tun.«

»Christo sagt etwas anderes.« Desinteressiert zog der Norm eine Schulter hoch. »Er behauptet, er sieht dir beim Spielen zu genau auf die Finger.«

Das Lachen des Runners war leise und amüsiert, aber es lag auch eine Spur Verärgerung darin. »Er behauptet also, ich würde falsch spielen und hätte Angst, er könnte mich dabei erwischen.«

»Das bringt es auf den Punkt.«

»Hat er es bei Andeutungen belassen, oder hat er explizit gesagt, ich sei ein Falschspieler?«

Die Lippen des Norms wölbten sich leicht vor, als er sie zu einem spöttischen Lächeln verzog. »Oh, er hat sich schon recht ausgiebig darüber ausgelassen.«

»Tja«, sagte Conquistador. »Das ist ja fast ein Grund, wieder ein paar Stunden unter Christos strenger Aufsicht zu verbringen und mich nicht beim Schummeln erwischen zu lassen, nur um ihn zu ärgern.«

»Nicht zu schummeln, meinst du«, korrigierte der Norm und zog wieder eine Augenbraue hoch, diesmal die andere. Conquistador starrte ihn kurz an. »Natürlich. Ehrensache, nicht wahr?«

»Irgendwann schlitzen sie dich auf und verfüttern deine Eingeweide an die Bedürftigen«, sagte der Norm, ohne eine Miene zu verziehen. »Wenn du noch mal einen Geldsack so abziehst wie beim letzten Mal, wette ich meinen ganzen Besitz darauf, dass man deine Einzelteile zusammennähen muss für die Beerdigung, damit sich wenigstens die *Umrisse* eines menschlichen Körpers ergeben. Dir war aber klar, dass der Typ Beziehungen zu den Yaks hatte, oder?«

»Sicher.« Gelassen nickte er. »Spielen kann er trotzdem nicht.«

»Eigentlich sollte ich dich gar nicht reinlassen, Chummer. Die warten da unten nur darauf, dich wiederzusehen. Aber es ist dein Kopf.« Er nickte zu Steel hinüber. »Und wie ich sehe, hast du dir Rückendeckung mitgebracht. Er ist sauber?«

»Nein«, erwiderte Conquistador. »Genauso wenig wie du und ich. Außerdem verschwinde ich ohnehin gleich wieder. Ich will nur zu Christo.«

»Na gut.« Mit einer Handbewegung deutete der Norm auf die Tür. »Ich habe dich gewarnt.«

Conquistador nickte ihm zu und öffnete die Tür. Steel folgte ihm mit einem flauen Gefühl in der Magengegend in einen kurzen Flur, und dann eine dunkle, schmale Treppe hinunter in den Keller, der offenbar dem illegalen Glücksspiel geweiht war. Conquistador mochte sich hier heimisch fühlen, Steel kam es vor, als habe es ihn auf einen fremden Planeten verschlagen, auf dem er und seinesgleichen überhaupt nichts zu suchen hatten. Das Glitzern dieser Casinowelt, hinter dem sich Verzweiflung verbarg, machte ihn krank.

Am Ende der Treppe lag ein kleiner Raum, still und leer mit grauen Betonwänden, aber hinter der Tür aus Eichenholzimitat hörte Steel Stimmen. Conquistador drückte die Tür auf, und dicke, verräucherte Luft schlug ihnen entgegen.

Steel war überrascht. Er hätte einen weit größeren Raum erwartet mit einer Bar und vielen Tischen und Leuten, aber es gab nur zwei Tische, über denen tief hängende Lampen warmes Licht verbreiteten, und an einem der Tische saßen sechs Leute, am anderen drei. Dunklere Gestalten als oben, die sich nicht großartig in Schale geworfen hatten. An dem größeren Tisch saß die einzige Frau im Raum, eine Blondine mit harten Gesichtszügen und einem kühlen, abschätzenden Blick. Alle Gäste waren Norms. Es war ein wenig absurd, aber Steel fühlte sich schlagartig viel wohler in seiner Haut als oben im eigentlichen Casino. Diese Leute wirkten so beruhigend kriminell. Sie spielten nach Regeln, die er kannte.

Offenbar spielte man hier unten nur Blackjack oder Poker oder was auch immer. Poker wahrscheinlich. Irgendwas mit Karten jedenfalls. Vielleicht war das eine ziemliche Bildungslücke, aber Steel hatte weder das eine noch das andere jemals gespielt.

»Gambler!«, sagte eine tiefe Stimme vom anderen Ende des Raums mit einem gefährlichen Grollen, und Christos gewaltige Gestalt wuchs in die Höhe, als er sich von seinem Stuhl erhob, der etwas abseits von den Tischen stand. Mit finsterem Gesichtsausdruck fixierte er Conquistador, während er den großen Tisch umrundete und auf sie zukam. Der Troll überragte den hoch gewachsenen Runner um fast einen Meter und war mindestens doppelt so breit.

Direkt vor Conquistador blieb Christo stehen, sodass Conquistador den Kopf in den Nacken hätte legen müssen, um ihm ins Gesicht zu sehen. Was er nicht tat. Der Runner starrte wie abwesend durch den Troll, den Blick geradeaus und auf Christos Brust gerichtet, die Arme vor der eigenen Brust verschränkt.

»Du traust dich was!«, sagte Christo und musterte den Runner, als überlege er, ihn einfach nur so zum Spaß durch den Raum zu werfen oder in den Boden zu stampfen. »Ich dachte, ich seh dich hier nicht mehr.«

»Du solltest nicht denken«, sagte Conquistador, und Steel glaubte sich verhört zu haben. Konnte der Runner es denn nie lassen? Manchmal war es wirklich klüger, einige Dinge unausgesprochen zu lassen. So wahr sie auch sein mochten.

Christos Hand schnellte vor und packte den Runner an der Jacke. Ohne sichtbare Anstrengung hob er ihn ein wenig in die Luft, und Conquistador schwebte einige Zentimeter über dem Boden. Steel sah, wie sich die Augen des Runners weiteten und er mit beiden Händen den Unterarm des Trolls packte, um sich etwas abzustützen, damit er nicht von seiner eigenen Jacke erwürgt wurde. Es sah ziemlich würdelos aus, wie er in Christos Griff hing, und Steel verbiss sich mit Mühe ein Grinsen.

»Du bist hier nicht mehr erwünscht, Gambler«, knurrte der Troll und schüttelte den Runner.

»Lass mich runter«, brachte Conquistador mühsam heraus, als der Troll aufhörte, ihn zu schütteln.

»Und dann gehst du«, sagte Christo entschieden.

»Möglicherweise«, entgegnete Conquistador unvorsichtig, und in den Augen des Trolls flackerte es. Für Steel sah es verdächtig danach aus, als würde Conquistador gleich eine kurze, aber leidenschaftliche Begegnung mit der Wand erleben, wenn der Troll ihn dagegenwarf.

»Wir müssen mit dir reden, Christo«, sagte er schnell, obwohl er sich den Anblick eigentlich ganz nett vorstellte. »Deshalb sind wir hier.«

Christo warf ihm einen Blick zu, als bemerke er jetzt erst, dass Conquistador nicht allein gekommen war.

»Ja«, bestätigte Conquistador und angelte mit einem Fuß nach dem Boden, ohne ihn zu erwischen. »Das ist wahr. Und jetzt lass mich runter.«

»Worüber wollt ihr reden?« fragte Christo misstrauisch, ohne Conquistador abzusetzen.

»Nicht hier«, sagte Conquistador. »Kannst du dir freinehmen? Es ist wichtig.«

Der Troll ließ ihn fallen, und der Runner federte geschickt ab, ohne ins Taumeln zu geraten. Steel grinste. Ob er darin schon Übung hatte?

»Freinehmen«, höhnte Christo. »Was könnte denn so wichtig sein?«

»Komm mit, und ich erzähl's dir unter vier Augen.«

Der Troll lachte, und Steel hatte fast das Gefühl, als bebe der Boden ein wenig im Rhythmus des Lachens. »Leck mich am Arsch, Gambler. War nett, dich wiederzusehen. Adios. Und lass dich auf dem Weg nach draußen nicht umlegen.«

Jetzt legte der Runner doch den Kopf in den Nacken, um zum Troll hochzusehen. »Ich meine es ernst. Es geht um Phoenix.«

»Phoenix?« Unvermittelt fand er sich wieder in der Luft, diesmal höher als vorher. Der Troll hatte ihn mit beiden Händen gepackt und auf gleiche Augenhöhe emporgerissen. »Was ist mit ihr?«

Conquistador hustete und drückte sich, die Hände an den Handgelenken des Trolls, ein wenig höher, sodass er wieder Luft bekam. Der Blick des Trolls schien ihn davon zu überzeugen, dass Christo ihn diesmal nicht so einfach wieder runterlassen würde, nicht ohne eine Antwort.

»Sie ist tot«, sagte er einfach, und Steel konnte sehen, wie ungläubiger Schmerz in Christos Augen aufflackerte, als er den Runner einfach losließ.

»Das ist nicht wahr«, sagte Christo.

Conquistador sah ihn an und empfand jähes Mitleid für den armen, dummen Troll. Er wusste nichts Genaueres über die Beziehung zwischen Christo und Phoenix, aber sie kannten sich schon recht lange, und Christo brachte der Deckerin eine mit Respekt gemischte Zuneigung entgegen, die den Runner schon immer ein wenig gerührt hatte.

Christo sah ihm in die Augen, und Conquistador trat sicherheitshalber einen Schritt zurück, bevor der Troll ihn noch einmal am Kragen packen konnte.

»Wer?«, knurrte der Troll und folgte ihm mit einem halben Schritt, der ihn wieder direkt vor den Runner brachte. Er schien gar nicht erst anzunehmen, dass Phoenix eines natürlichen Todes oder durch einen Unfall gestorben war. Vielleicht konnte selbst Christo genug in den Augen von Conquistador und Steel lesen, um darin die Mischung aus Trauer und Wut zu erkennen und die richtigen Schlüsse zu ziehen.

»Wir warten draußen auf dich, Christo«, sagte Conquistador, drehte sich um und ging, bevor Christo etwas entgegnen konnte.

Es dauerte fast zehn Minuten, bis sie Christo aus dem *Black Jack House* kommen sahen. Steel saß im Wagen, Conquistador lehnte an der Motorhaube und beobachtete den Casino-Eingang. Anscheinend war Christo noch so gefasst, dass er sich offiziell freinahm, anstatt einfach zu verschwinden, wie Conquistador es getan hätte. Aber der Runner hatte noch nie im Leben einen Vorgesetzten gehabt und hielt sich selbst für ziemlich unfähig, einen normalen Job als Angestellter länger als zwei oder drei Tage auszuhalten, ohne sich völlig mit dem Boss zu überwerfen und letztendlich gefeuert zu werden.

Christo sah sich um, und Conquistador machte ihn mit einer kurzen Handbewegung auf sich aufmerksam. Nach einem sehr nachlässigen Blick auf den mäßigen Verkehr überquerte Christo die Straße und folgte Conquistador, der um den Wagen ging und eine Hecktür öffnete.

»Nach dir«, sagte er und machte eine einladende Handbewegung.

Misstrauisch starrte Christo ihn an. »Wenn das ein Trick ist oder ein dummer Witz, dann brech ich dir das Genick, Kartenspieler. Kapiert?«

Conquistador sah ihn nur ernst an, ohne etwas zu sagen, und das schien Christo mehr zu überzeugen als alle Worte. Der Kleinbus erzitterte, als er einstieg. Mit einem lässigen Satz sprang Conquistador hinterher und zog die Tür hinter sich zu. Im Bus war es dunkel, und er konnte mit seinen unmodifizierten Augen kaum mehr als die Umrisse des Trolls und das Weiße in dessen Augen erkennen.

»Würdest du mir jetzt mal erklären, was das alles soll?«, fragte Christo, und seine Stimme verriet Nervosität. »Phoenix ist tot?«

»Ja«, erwiderte Conquistador und fühlte einen Stich in der Brust, als jage ihm jemand eine kleine, dünne Nadel einmal quer hindurch.

»Sie wurde getötet?«

»Ja.«

»In der Matrix?«

»Nein. Erschossen.«

Der dunkle Schatten des Trolls zuckte deutlich sichtbar zusammen, und Conquistador konnte hören, wie er mit einem scharfen Zischen die Luft durch die Zähne einsog.

»Wer?« Der Schmerz und die aus Hilflosigkeit geborene Wut in der Stimme des Trolls kamen Conquistador unangenehm bekannt vor. Er hätte diese Frage gern selbst gestellt und darauf eine andere Antwort erhalten als die, die er Christo geben musste.

Seine Lungen schmerzten, als er tief Luft holte, und sie fühlten sich an, als dehnten sie sich nicht ganz aus, als passe nicht genug Luft hinein. Christo mochte Jaywalker. *Ihn* konnte er nicht leiden. Ohne Steel vorne im Wagen hätte er es nicht gewagt, dem Troll zu antworten, denn wenn Christo die Antwort nicht wahrhaben wollte, mochte er auf die Idee kommen, seine Wut an Conquistador auszulassen.

»Wer?«, fragte Christo ungeduldig noch einmal.

Conquistador erkämpfte sich noch einen tiefen Atemzug Luft, was sich anfühlte, als tobe sich ein verrückter, wild gewordener Zwerg mit einem winzigen Messer in seiner Lunge aus. »Jaywalker«, sagte er, und seine Stimme klang gepresst, als wolle er den Namen eigentlich gar nicht aussprechen.

Wollte er auch nicht. Wollte er wirklich nicht. Aber seit einigen Jahren arbeitete er standhaft daran, sich klar zu machen, dass Dinge nicht dadurch wahrer wurden, dass man sie aussprach, und dass sich unangenehme Dinge nicht einfach totschweigen ließen. Er konnte nicht davonlaufen. Man konnte nie davonlaufen, in welchen Winkel der verdammten Welt man sich auch zurückzog. Früher oder später hatte ihn immer alles eingeholt. Seine Albträume folgten ihm nach Brasilien, Nepal, Australien oder die Arktis, und sie waren überall gleich: Er hörte dieselben Schreie, sah dieselben Gesichter, machte dieselben Fehler, denn in der Nacht zählte nicht, wo man sich versteckt hatte.

Jetzt war es ein Gesicht mehr, das ihm über den ganzen Globus folgen würde. Zwei, wenn Kike sterben würde. Drei, wenn Mikey etwas passierte. Drei Menschen mehr, die ihm etwas bedeutet hatten und sich nachts in Dämonen verwandeln würden, um ihn heimzusuchen.

Der Troll rührte sich nicht. Lange. Sehr lange.

»Christo?« Er hörte ein Keuchen, als der Troll tief Luft holte. Er hatte das Atmen vergessen, nachdem Jaywalkers Name gefallen war.

»Das ist nicht wahr!«

»Es tut mir Leid«, sagte Conquistador leise. Es kam ihm absurd vor, das zu sagen. Als sei er, der Überbringer dieser Information, dafür irgendwie verantwortlich, und als sei es für ihn nicht ebenso schlimm wie für Christo.

»Das glaube ich nicht!«, sagte Christo. »Nicht Jaywalker! Weshalb sollte er so etwas tun?«

»Ich habe eine Aufzeichnung des Gesprächs zwischen Phoenix und Jaywalker, kurz bevor er sie erschossen hat. Willst du es hören?«

Der Troll zögerte, und Conquistador kam sich mies vor. Aber Christo würde nicht wissen, womit er es zu tun hatte, wenn er das Gespräch nicht mit eigenen Ohren hörte.

»Ja«, sagte der Troll schließlich. »Lass hören.«

Vorne klickte es leise, als Steel den Chip, auf den sie die Aufzeichnung überspielt hatten, in die Anlage schob und ihn abzuspielen begann.

Es knisterte kurz, und dann erfüllten die leisen Stimmen von Phoenix und Jaywalker den Bus. Conquistador lehnte sich zurück und schloss die Augen, während er dem Gespräch lauschte, das er eigentlich nicht noch einmal hören wollte. Es kam ihm so vor, als lausche er den Stimmen von Geistern, die er einmal gekannt hatte; als seien sie beide tot. Phoenix würde nie mehr zurückkehren, und seinen Freund Jaywalker hatte es niemals gegeben.

Steel schaltete das Gerät aus, bevor das dumpfe Geräusch der schallgedämpften Schüsse und der leise Einschlag in Phoenix' Körper zu hören waren, und Conquistador war ihm dankbar dafür.

Schweigen erfüllte den Bus, bis Christo schließlich mit tonloser Stimme zu sprechen begann. »Woher habt ihr das?«

»Sie hat es mir geschickt.« Conquistador öffnete die Augen nicht. »Auf Grund der Lautstärke nehmen wir an, dass sie ein kleines Mikro irgendwo bei sich im Rollstuhl hatte. Ihre Stimme ist ein bisschen lauter als Jaywalkers.

Das Mikro hat vermutlich seine Aufnahmen an ihr Deck oder ans Telekom oder sonst wohin geschickt und war darauf eingestellt, sich abzuschalten, wenn es über einen bestimmten Zeitraum kein Geräusch mehr aufnahm. Und der Empfänger muss darauf eingestellt gewesen sein, die Daten loszuschicken, wenn er kein Signal mehr vom Mikro bekam.«

»Aber«, sagte Christo, und seine tiefe Stimme klang fassungslos, »wenn sie wusste, was er vorhatte, weshalb hat sie dann niemandem was gesagt? Wir hätten ihr doch geholfen!«

»Das wollte sie ja gar nicht.« Immer noch mit geschlossenen Augen sah Conquistador das Gesicht der Deckerin vor sich, die in den letzten Tagen endlich zu leben begonnen hatte. »Sie wollte Zeit. Sie wollte ihm ihre Fragen stellen und Antworten bekommen. Und ich denke, sie wollte sterben, wenn er wirklich bereit war, sie zu töten.«

»Das ist doch krank!«, brüllte Christo so laut, dass der Bus erzitterte, und Conquistador zuckte zusammen und öffnete die Augen.

»Ohne jeden Zweifel«, bestätigte er. »Das wird ihr sogar selbst bewusst gewesen sein. Sie war ja nicht dumm. Sie war nur höllisch verzweifelt.«

Sie schwiegen wieder lange, bis Christos tiefer Bass erneut durch den Bus dröhnte, diesmal sehr leise. »Wie hat er sie getötet?«

»Wie er es immer tut. Er hat ihr ins Herz geschossen.« Conquistador starrte den Umriss des Trolls an und fragte sich, ob Christo die Ironie darin erkannte, aber er vermutete, er tat es nicht.

Schweigen senkte sich über den Bus, und jeder der drei hing seinen eigenen Gedanken nach. In der Stille hörte Conquistador den Troll merkwürdig atmen, und er wusste, dass Christo versuchte, niemanden hören zu lassen, dass er weinte.

Deshalb war es dunkel im Bus.

Conquistador schloss die Augen wieder, als er merkte, dass ihm selbst Tränen in die Augen stiegen, denn er wusste, im Gegensatz zu ihm konnte der Troll es in der Dunkelheit sehen.

Sie waren keine Freunde, aber sie kämpften aus demselben Grund mit den Tränen, beide bemüht, es den anderen nicht merken zu lassen.

Kapitel 22

Grady Way, Renton, 00:02

»Und was wollt ihr von mir?«, fragte Christo irgendwann in die Dunkelheit.

Conquistador hätte viel darum gegeben, jetzt das Gesicht des Trolls zu sehen, um seine Reaktion einschätzen zu können. »Wir wollen den Jungen zurückholen, ehe Jaywalker ihn an den Konzern zurückverkauft oder an irgendeinen anderen. Und wir werden Jaywalker töten.«

Der Atem des Trolls kam in schnellen, harten Stößen, als sei er gelaufen. Christo war wirklich mitgenommen, stellte Conquistador fest. Er hätte gern gewusst, ob Phoenix eine Vorstellung davon gehabt hatte, wie viel dem Troll an ihr lag.

»Ihn töten«, wiederholte Christo, und seine Stimme bebte. Für so einen großen Kerl war er fast niedlich in seiner Bestürzung und Fassungslosigkeit. »Jaywalker töten!«

»Ja«, bestätigte Conquistador. »Früher oder später könnte er auf die Idee kommen, dass wir zu viel über ihn wissen, und ich werde mich nicht mein ganzes Leben lang verstecken. Außerdem will ich ihn bluten sehen.« Jetzt wurde seine eigene Stimme von seinen Gefühlen gefärbt, klang rau und tief. »Ich will ihn sterben sehen, und ich will, dass er weiß, dass er für Phoenix' Tod stirbt, für das, was er mit Kike gemacht hat, und für das, was er mit Mikey vorhat.«

Und für das leere Gefühl in ihm, wenn er daran dachte, wie viel ihm die Freundschaft mit Jaywalker bedeutet hatte. Aber das sprach er nicht aus.

»Kike?«, fragte Christo. »Was ist mit ihr?«

Conquistador starrte dem Troll ins Gesicht, wobei er nicht mehr erkannte als die hellen Flecken des Augenweiß. »Er hat versucht, sie umzubringen. Hätten wir ihn dabei nicht gestört, wäre sie jetzt tot.«

»Warum?«, fragte Christo verständnislos. »Was hat sie ihm denn getan?«

»Sie wird ihm wohl zu gefährlich gewesen sein«, antwortete Conquistador und gab sich kurz der Überlegung hin, ob der Intelligenzquotient des Trolls niedrig genug war, um damit Getränke zu kühlen. »Die Gelegenheit war günstig: Jaywalker wusste, dass Steel und ich unterwegs waren, und Kike ging es nicht gut, sie hat geschlafen. Vermutlich hätte er uns auch umgelegt, wenn wir nicht vorbereitet gewesen wären.«

Er machte eine Pause. »Was wir von dir wollen, Christo«, fuhr er fort, »ist ganz einfach Hilfe. Wir könnten dich verdammt gut gebrauchen. Jaywalker ist ein ziemlich harter Gegner, das weißt du selbst. Wenn du nicht mitspielen willst, dann steig aus und vergiss die Sache, aber wenn du mitmachst, dann herzlich willkommen im Team.«

Musste hart sein für den Kartenspieler, ihn um Hilfe zu bitten. Das gefiel Christo, trotz der Situation. Im Dunkeln sah er die Wärmeabstrahlung des vernarbten, ernsten Gesichts mit der ledrigen Haut, sah die traurigen grauen Augen, die ihn musterten.

Er dachte an Phoenix. Sie hatte ihn nie behandelt wie einen Trottel. Er wusste, dass er dumm war, und er war es nicht gern. Sein Verstand war langsam und träge, und es dauerte lange, bis er etwas begriff. Schwierige Sachen begriff er gar nicht. Die Menschen hatten Angst vor ihm, weil er größer war als sie und hart zuschlagen konnte, und meistens sagten sie ihm nicht ins Gesicht, dass sie wussten, wie dumm er war. Aber er hörte sie hinter seinem Rücken tuscheln und kichern, und er wusste, sie verspotteten ihn, wenn er es nicht hören konnte.

Phoenix war nie so gewesen. Wenn er mehr Zeit brauchte, um nachzudenken, dann hatte sie gewartet, und er hatte nie das Gefühl gehabt, dass sie ungeduldig wurde oder sich über ihn lustig machte.

Die Elfe war die Einzige gewesen, bei der er sich nicht dumm gefühlt hatte.

Und jetzt war sie tot.

Er verstand nicht genau, weshalb sie tot war. Es war eine komplizierte Geschichte. Jaywalker wollte Geld, das verstand er, aber alles, was darüber hinausging, verwirrte ihn. Die Informationen ballten sich in seinem Kopf zusammen und verstopften ihn. Wenn er darüber nachdachte, bekam er Kopfschmerzen, und die Welt war mit einem Mal fremd, verdreht und unbegreiflich.

Aber Jaywalker hatte Phoenix getötet. Soviel wusste er.

Es tat ihm weh, und er hatte den Schmerz in ihrer Stimme gehört. So viel Schmerz, dass er vielen Menschen fürs ganze Leben gereicht hätte.

In den Augen des Kartenspielers sah er Trauer und Wut, und er begriff, dass sie diesmal auf derselben Seite standen. Das passte ihm nicht. Er wollte dem Kartenspieler ein paar Knochen brechen, und er hatte es nur deshalb noch nicht getan, weil er auch ein Freund von Phoenix war. Weil er wusste, dass sie das nicht wollte.

Jetzt war sie tot. Diese Information kreiste immer wieder in seinem Kopf, als könne er sie nicht fassen. Sie war tot. Jaywalker hatte sie getötet.

Ja, er wollte dasselbe wie der verdammte Kartenspieler. Er wollte Jaywalker mit seinen Spornen von oben bis unten aufschlitzen und Phoenix damit sagen, dass er sie gern hatte, auch wenn sie es vielleicht nicht mehr hören konnte.

Danach konnte er dem Kartenspieler vielleicht einen Arm brechen oder auch beide. Auf jeden Fall würde er ihn mit dem Kopf gegen die Wand rammen, wie er es schon längst getan hätte, wäre Phoenix nicht gewesen.

Jetzt war Phoenix tot, und er würde ihr nicht mehr damit wehtun.

»Ich bin dabei«, sagte Christo, und Conquistador sah im Dunkeln eine Bewegung, als nicke der Troll.

»Gut«, sagte er. Eigentlich hatte er nichts anderes erwartet, aber er war dennoch erleichtert. Schließlich gab es eine Menge Menschen, mit denen der Troll lieber zusammengearbeitet hätte als mit ihm. Die gesamte Weltbevölkerung, vermutete er.

Steels tiefe Stimme klang spöttisch. »Dann müssen wir ihn ja nur noch finden«, sagte er.

Kapitel 23

Renton Inn, Sunset Boulevard, Renton, 00:37

»Wir werden ihn nicht finden.« Conquistador sah Steel und Christo nacheinander an. »Jedenfalls ist es nicht sehr wahrscheinlich, dass wir ihn finden und *überraschen* können, dazu wird er zu vorsichtig sein.«

Sie hatten sich in das *Renton Inn* zurückgezogen, ein zehnstöckiges, angenehmes Hotel, in dem keine Fragen gestellt wurden. Einrichtung, Ambiente und Preise waren bescheiden, und die Aussicht aus den großen Fenstern auf Renton, die keinen von ihnen interessierte, war recht hübsch. Gegenüber befand sich ein kleines Theater, auf alt getrimmt, mit schwarzer Fassade und aufwendigen Verzierungen, und harmlosere Punks mit leuchtend bunt gefärbten Irokesensicheln und ausgefalleneren Frisuren wie Stacheln oder Teufelshörnern tummelten sich auf den Treppenstufen. Man hätte fast annehmen können, sie säßen dort gegen Bezahlung, um die Touristen zu unterhalten, aber das Theater war ein Treffpunkt der hiesigen netteren Punker-Szene. Die größten Gewaltverbrechen bestanden hier im Allgemeinen darin, Straßenlaternen mit geschickt geworfenen Steinen das Lebenslicht auszublasen.

Ihr Zimmer lag im sechsten Stock. Christo hatte das Zimmer nebenan, während Steel und Conquistador sich eins teilten.

Im Augenblick saß Christo auf dem grün bezogenen Sofa, das eigentlich für zwei Leute gedacht war, und füllte es fast vollständig aus. Unter seinem Gewicht schien es leise zu ächzen. Der Troll hatte die Beine auf den kleinen Tisch gelegt und die Arme vor der Brust verschränkt. Sein Blick gefiel Conquistador nicht. Auch wenn Christo bereit war, mit ihnen zusammenzuarbeiten, hieß das noch lange nicht, dass sie plötzlich Freunde waren.

An die Wand zwischen den beiden Fenstern gelehnt stand Steel, der es nicht fertig brachte, zu sitzen. Nach dem Aufbau des White-Noise-Generators und einiger anderer vermutlich unnötiger technischer Spielereien hatte er sich gegen die Wand fallen lassen und ebenso wie Christo die Arme vor der Brust verschränkt, und nun wartete er auf Conquistadors Ausführungen.

Der Runner selbst fühlte sich wie im Fieber. Er hatte sich die ganze Zeit, seit sie Phoenix gefunden hatten, das Hirn zermartert mit der Frage, wie sie Jaywalker finden würden. Jetzt wanderte er bei seinen Ausführungen ruhelos im Zimmer auf und ab, unfähig stillzuhalten.

»Er hat sich zurückgezogen und beschäftigt sich im Moment vermutlich mit zwei Dingen.« Er sah Steel an, und der Ork zog kurz die Augenbrauen hoch.

»Erstens«, sagte er, »will er mehr über Mikey herausfinden, und zweitens hält er nach einem potenziellen Käufer Ausschau. Das heißt, er tut nichts, was auffällig wäre. Wir finden ihn nicht.« Er vollführte eine abrupte Drehung am einen Ende des Zimmers und tigerte wieder zurück. Dabei kam er sich ziemlich dämlich vor, aber ohne Bewegung wäre er geplatzt. »Die Verbindung zu Mikeys Geschichte ist Sakata. Früher oder später wird Jaywalker bei Sakata auftauchen und den Spieß umdrehen, vom Gejagten selbst zum Jäger werden. Das ist seine Art, so arbeitet er, seit ich ihn kenne.«

Wieder eine Drehung. Seine Zähne schmerzten, als habe er sie die ganze Zeit viel zu fest aufeinander gebissen.

»Setz dich hin«, sagte Steel genervt. »Du machst mich irre.«

Conquistador starrte ihn an, dann drehte er sich um und ließ sich in den Sessel Christo gegenüber fallen. Er atmete tief durch, und auf einmal war sein Kopf wieder etwas klarer. »Ich will damit eigentlich nur sagen, dass ich unsere einzige Chance darin sehe, Jaywalker aus seinem Versteck zu locken. Ihn zu hetzen. Ihm auf die Füße zu treten, bis er zurückschlägt. Wenn er das Gefühl bekommt, dass wir ihm gefährlich werden, wird er nicht warten, bis wir auf einmal vor ihm stehen. Jaywalker zieht es vor, die Bedingungen selbst zu stellen.«

Steel nickte. »Das sehe ich genauso.«

»Gut.« Conquistador lehnte sich zurück. Drek, war das heiß hier im Zimmer! Er bekam schon wieder keine Luft.

»Wir werden ihn hetzen. Dreh- und Angelpunkt der ganzen Geschichte ist zunächst einmal Sakata. Da er uns sucht, wird es uns möglich sein, einen Kontakt herzustellen. Natürlich nicht ohne Risiko.«

»Und was willst du von ihm?« Der Blick des Riggers war verständnislos. »Sakata will Mikey vermutlich nicht helfen. Ich halte es sogar für möglich, dass Jaywalker ihm Mikey zum Rückkauf anbietet. Willst du ihm Sakata auf den Hals hetzen? Das kann ganz schön in die Hose gehen.«

»Natürlich kann es schief gehen.« Conquistador widerstand der Versuchung, wieder aufzuspringen, und beugte sich nur leicht vor. »Aber zuerst einmal wird Jaywalker von Sakata erfahren wollen, was er überhaupt in den Händen hat, er will wissen, wie viel Mikey wert ist. Solange er das nicht weiß, sind sie Gegenspieler. Sakata wird nicht mit Jaywalker handeln, wenn es auch anders geht, und wenn wir Sakata helfen, Jaywalker auf die Pelle zu rücken, wird Jaywalker das als bedrohlich empfinden, da stimmst du mir doch zu?«

»Sicher«, erwiderte der Ork und zuckte die Achseln. »*Ich* empfinde die Aussicht als bedrohlich, dass Sakata Mikey tatsächlich in die Finger kriegt.«

»Aber wenn wir nichts tun, dann ist es für Mikey ohnehin vorbei.«

Steel sah ihn an, sehr lange, und in seinem Blick lag ein seltsamer, harter Ausdruck. »Jaywalker hat behauptet, er würde sterben«, sagte er.

»Hat er. Aber wir wissen nicht, ob es stimmt.«

Sie schwiegen. Dann stieß sich Steel von der Wand ab und begann selbst im Raum hin und her zu marschieren. »Und wenn es stimmt?«, fragte er.

»Vielleicht stimmt es nicht«, erwiderte Conquistador. »Und vielleicht stimmt es, aber man kann ihm helfen. Und« – er machte eine kurze Pause – »vielleicht stimmt es, und er wird sterben. Aber *nicht* in irgendeinem Labor, Steel, das wird er nicht!«

Hinter seinem Sessel und somit außerhalb seines Blickfelds blieb Steel stehen. Die feinen Härchen auf Conquistadors Haut stellten sich auf, als er den intensiven Blick des Orks auf sich ruhen spürte, aber er drehte sich nicht um.

»Du kannst ja ein richtig netter Kerl sein«, stellte Steel schließlich fest. »Was ist das – Verantwortungsgefühl?«

»Leck mich«, sagte Conquistador.

»Du hast wieder Probleme mit dem Atmen, oder?«

Conquistador fuhr herum und starrte den Rigger wütend an. »Das geht dich verdammt noch mal nichts an, Steel. Kümmere dich um deinen eigenen Drek!«

Ungerührt erwiderte Steel seinen Blick. »Ich möchte nur klären, worum es hier eigentlich geht. Dich juckt es doch wieder abzuhauen, oder? Letztes Mal, als ich dich so gesehen habe, warst du daraufhin drei Monate lang spurlos verschwunden, und zwar ohne einen Ton zu sagen. Gewissermaßen mitten in einem Job.«

Mühsam holte der Runner Luft. Seine Lungen schienen zu platzen, aber er hatte trotzdem das Gefühl, keine Luft zu bekommen. Seine Lungen blähten sich auf wie Ballons, aber der Sauerstoff gelangte nicht ins Blut. Am liebsten hätte er sich auf alle viere niedergelassen, die Augen geschlossen und sich nur noch aufs Atmen konzentriert. Oder, noch besser, hätte die Tür aufgerissen und wäre nach draußen gerannt, wo die Luft nicht stickig war, raus, weit weg, wo niemand ihn ansah und Antworten forderte oder überhaupt irgendeine Reaktion, raus, wo keine Menschen waren, nur er und die Stille und viel, unendlich viel Luft, die er atmen konnte.

Und seine Albträume. Mikey, der in einem Labor sterben würde und in der Nacht zu ihm käme, überall im Körper Nadeln und Schläuche. Phoenix, die er auf dem Boden fände, aber diesmal würde sie die Augen wieder öffnen und ihn ansehen. Kike. Kike, die blass wäre und in seinen Träumen Häuser und Seen mit ihrem Blut füllen würde.

Er erinnerte sich daran, wie Mikey seine Hand genommen hatte.

Er konnte nicht einfach weg.

Verdammter Drek!

Die Luft verklebte seine Lungen und schien zu brennen.

Eine Hand auf seiner Schulter.

»Geht's?« Steels Stimme. Besorgt.

Conquistador nahm wahr, dass er die Augen geschlossen und sich vornüber gebeugt hatte. Er rang nicht nach Luft. Er hatte vergessen zu atmen. Jetzt, als er vorsichtig Luft holte, stellte er fest, dass es ging. Nicht toll, es war nicht gerade eine Sauerstoffdusche, aber er konnte atmen und würde nicht ersticken.

»Ist wieder okay«, sagte er und öffnete die Augen. Ihm gegenüber saß Christo und sah ihn merkwürdig an. Nicht besorgt. Aber auch nicht feindselig. Vielleicht überrascht. War ihm eigentlich auch egal.

Steel nahm die Hand von seiner Schulter. »Mann, das ist ja echt daneben. Du hast nicht geatmet!«

»Ich weiß«, gab Conquistador zurück und hustete, weil die Luft kühl war und im Hals kitzelte.

»Aber du hast kein Asthma oder so?«

»Nein. Nur 'ne psychische Störung. Ich komme schon klar.« Er lehnte sich zurück und war auf einmal peinlich berührt, dass Steel und Christo ihn so gesehen hatten. Es war ernster, als er selbst gedacht hatte. Das Gefühl, nicht einfach abhauen zu können, wann er wollte, machte ihn ziemlich fertig.

Das Schweigen wurde unangenehm, aber Steel brach es, gerade als der Runner irgendetwas sagen wollte. »Ich möchte wissen, ob du diesmal dranbleibst, Conquistador. Und außerdem möchte ich wissen, ob für dich der Junge oberste Priorität hat. Wenn es die Rache ist, auch gut, aber ich muss es wissen. Mir ist nämlich ziemlich egal, ob Jaywalker davonkommt oder nicht, solange der Kleine es übersteht.«

»Das ist aber nobel von dir«, murmelte Conquistador und schloss die Augen wieder. Wenn er die beiden nicht ansah, konnte er sich vielleicht einbilden, mit zwei körperlosen Stimmen allein im Raum zu sein und unendlich viel Platz zu haben.

Die tiefe Stimme des Orks klang angenehm und vermittelte Conquistador ein seltsames, warmes Gefühl von Geborgenheit.

»Michael kann nichts dafür. Phoenix hat gewusst, worauf sie sich eingelassen hat, als sie in die Schatten gegangen ist. Ich bedaure ihren Tod mehr, als ich sagen kann, aber sie wusste, dass das Geschäft tödlich sein kann. Genau wie Kike. Vielleicht ist es dir nie aufgefallen, aber ich mache Unterschiede zwischen Leuten aus dem Geschäft und den anderen.«

»Den unschuldigen Zivilisten«, brummte Conquistador. »Das ist *wirklich* nobel.«

»Unschuldig oder nicht, aber auf jeden Fall haben sie sich nicht entschieden, ihr Leben zu riskieren, und deshalb sollte man sie auch so weit wie möglich aus unserem Drek raushalten.«

Der Ork schien ein echtes Problem zu haben. Natürlich waren seine Ansichten höchst anständig, aber wie er sie formulierte, machte Conquistador nachdenklich. Ihm fiel ihr Wortwechsel im Casino zum Thema Selbstmord wieder ein: der Ausdruck auf Steels Gesicht, als sie die Lagerhalle verlassen und Jaywalker mit dem Ki-Adept zurückgelassen hatten in dem Wissen, dass er ihn töten würde. Offenbar kam der Ork moralisch nicht gut mit seinem eigenen Lebenswandel klar.

Für seine momentane Verfassung waren diese Gedankengänge zu tief gehend und die gegenseitigen Geständnisse von psychischen Unzulänglichkeiten viel zu persönlich. Die Luft wurde schon wieder zäh.

Schnell öffnete er die Augen, drehte sich halb um und sah Steel an. Das Gesicht des Orks war verschlossen, und er wirkte auf eine schwer definierbare Art gefährlich. Er war Conquistador etwas unheimlich. Wie kam ein Mann mit derartigen Skrupeln dazu, nicht nur Shadowrunner zu werden, sondern einer von diesem Kaliber, der Menschen folterte, bis sie weinten wie kleine Kinder?

»Ich weiß nicht genau, was für mich mehr zählt«, sagte er ehrlich. »Vielleicht weiß ich es, wenn ich vor Jaywalker stehe. Aber ich will, dass Mikey diese Sache überlebt. Und ich werde nicht abhauen, solange er noch lebt und sich entweder in Jaywalkers oder in Sakatas Händen befindet und ich irgendwas für ihn tun kann. Reicht dir das?«

»Ja.« Steel nickte. »Das reicht mir.«

»Gut.« Conquistador holte tief Luft. »Dann können wir jetzt vielleicht endlich anfangen, die Sache anzugehen. Es ist einiges zu tun. Wir müssen überlegen, welcher Art die Spuren für Sakata sein sollen, inwieweit wir in Erscheinung treten und wie wir es hinbekommen, dass Jaywalker unserer Initiative dabei nicht entgehen kann. Außerdem möchte ich noch eine weitere Größe einbeziehen.«

Gespannt sahen Christo und Steel ihn an, und ihn überkam ein grimmiges Gefühl der Befriedigung.

»Wen?«, fragte Steel.

»Zack Shapiro«, antwortete Conquistador. »Er mag ein schleimiges Arschloch sein, aber bei dieser Sache sprechen drei Dinge für ihn: Erstens mag er Kike. Zweitens kann er Jaywalker nicht leiden. Und drittens ist er eine recht große

Nummer auf der Straße, und sein Arm reicht ziemlich weit. Wir könnten über ihn Leute organisieren, die auf Jaywalker Jagd machen. Keine Klasseleute, sondern ein paar kleine Fische, die ihm ein bisschen Feuer unterm Arsch machen, ohne ihm wehzutun. Hauptsache, er erfährt es und hat die Möglichkeit zu schlussfolgern, wer ihm die Typen auf den Hals gehetzt hat.«

Grübelnd runzelte Steel die Stirn. »Du willst also die volle Provokation. Meinst du nicht, dass Jaywalker das durchschaut?«

»Doch«, erwiderte Conquistador. »Natürlich wird er das durchschauen. Aber irgendwann wird es ihm verdammt lästig werden, und dann wird er versuchen, uns aus dem Weg zu räumen, bevor ihm die Straße zu eng wird. Bevor, um es mal ganz bildlich auszudrücken, ihn einer der vielen Querschläger erwischt.«

»Gefällt mir nicht«, sagte Steel.

»Und dir?«, fragte Conquistador den schweigenden Troll, der sich die ganze Zeit nicht gerührt hatte.

Christo zuckte die Achseln. »Mir fällt nichts Besseres ein. Ist okay.«

»Mir fällt auch nichts anderes ein«, knurrte Steel. »Aber es gefällt mir trotzdem nicht. Es kommt mir ein bisschen vor wie ein abgedrehtes Schachspiel. Und ich bin eine der Figuren.«

»Ich spiele Schach«, bemerkte Conquistador. »Einige der Regeln des Schachbretts lassen sich ganz erstaunlich gut auf das Leben übertragen.«

»Besonders die Bauernopfer«, spottete Steel. »Hast du jemals mit Jaywalker Schach gespielt?«

»Ja«, sagte Conquistador. »Ein Mal.«

»Und wer hat gewonnen?«, fragte Steel und sah ihn mit hochgezogenen Augenbrauen an.

»Remis«, antwortete Conquistador.

Kapitel 24

Pacific Highway, Tacoma, 07:28

Es war ein schöner Morgen, aber Sakata konnte ihn nicht würdigen. Das Zirpen der Vögel draußen nervte ihn, und der goldene Schimmer, den die Sonne über die Stadt hauchte, schmerzte in seinen Augen, die vom fehlenden Schlaf empfindlich waren.

Sein Kommlink meldete einen Anruf. Gereizt runzelte Sakata die Stirn. Er konnte es nicht leiden, beim Frühstück gestört zu werden. Der Anruf kam von Hideaki. Hoffentlich handelte es sich wenigstens um etwas Erfreuliches.

Seit der zweiten Begegnung mit dem Team von dahergelaufenen Shadowrunnern bei diesem illegalen Arzt plagten ihn Kopfschmerzen. Sie saßen direkt in den Schläfen und setzten sich wellenartig über die Stirn und zum Genick hin fort.

Es wunderte ihn, dass er trotz seines wiederholten Versagens weiterhin die Leitung in diesem Fall behielt. Aber der Konzern war klein, und die anderen Magier waren Wissenschaftler. Und Yoshimura-*sama* hatte das Vertrauen in ihn noch nicht verloren. Sakata hoffte, dass er das Vertrauen seines alten Freundes nicht noch ein weiteres Mal enttäuschen würde.

Er nahm den Anruf entgegen und grüßte Hideaki knapp.

»Verzeihen Sie die Störung, Sakata-*sama*«, bat Hideaki. »Sind Sie heute schon dazu gekommen, die Zeitung zu lesen?«

»Ja«, antwortete Sakata und wunderte sich über die merkwürdige Frage. »Was ist daran Bemerkenswertes?«

»Die Grußanzeigen«, sagte Hideaki. Seine Stimme vibrierte vor Aufregung. »Ich glaube, es kann kein Zweifel daran bestehen, dass sie mit uns Kontakt aufnehmen wollen.«

Stirnrunzelnd griff Sakata zu seinem Taschencomputer, auf den er die heutige Zeitung geladen hatte, und rief die Seite mit den Grußanzeigen auf. Er hatte sie nicht gelesen. Er las sie nie.

Im Zentrum der Seite, die geladen wurde, befand sich ein gerahmtes Feld, in dem nur wenige großformatierte Worte standen.

»Mikey grüßt Sakata. Möchte Dich gern wiedersehen!«

Verblüfft starrte Sakata auf die sieben Worte der Anzeige. Wie hatte er das zu verstehen? Hatten die Shadowrunner bei der Demonstration der beeindruckenden Fähigkeiten des Jungen Angst bekommen? Wollten sie ihn jetzt wieder loswerden?

Und wozu forderten sie ihn mit dieser Anzeige auf? Es war keine Möglichkeit im Text enthalten, die Shadowrunner zu erreichen, kein Hinweis auf einen Treffpunkt.

Er erwog eine ganze Weile die Möglichkeiten, über die öffentlichen Anzeigen nähere Informationen auszutauschen.

»In einer halben Stunde treffen wir uns im Konferenzraum«, sagte er zu Hideaki, der die ganze Zeit geduldig geschwiegen hatte. »Informieren Sie die anderen.«

»Ja, Sakata-*sama*«, bestätigte Hideaki, und selbst in diesen wenigen Worten klang sein Eifer durch.

Sakata beendete das Gespräch und lächelte still in sich hinein. Hideaki verfolgte mittlerweile auch persönliche Ziele. Das störte ihn nicht, persönliche Motivation konnte bei Hideaki nicht schaden. Er war professionell genug, sich davon nicht ablenken zu lassen. Der junge Fahrer war noch immer etwas angeschlagen von seiner Begegnung mit den Shadowrunnern. Sakata würde sehen, ob er auf magischem Weg etwas für seine schnelle Genesung tun konnte, damit

Hideaki wieder voll einsatzfähig war. Er brauchte jeden Mann.

Was die Shadowrunner ihnen auch anbieten würden: Wenn sich die Gelegenheit bot, würde man sie natürlich liquidieren müssen. Schlimm genug, dass es einen öffentlichen Vorfall gegeben hatte, der sich nicht hatte vertuschen lassen. Diese Leute wussten etwas zu viel.

Jaywalker saß mit Mikey am Tisch, als er die Anzeige las. Der Kleine wühlte gerade in der Cornflakes-Packung nach einer missratenen, hellroten Plastikfigur, die ein Piasma darstellen sollte. Nach Jaywalkers Meinung war es gut, dass diese Information auf der Rückseite der Packung stand, denn sonst hätte man es auch für einen hässlichen Hund oder ein originell geformtes Steak halten können. Aber der Kleine war begeistert. Er hatte schon eine blaue Naga aus der Serie, die aussah wie eine blau eingefärbte dicke Nudel.

Der Straßensamurai hatte die langen Beine ausgestreckt und die Füße übereinander auf den Tisch gelegt. Weder Mikey noch Five, der reglos an der Tür stand und darauf wartete, die Babysitterrolle zu übernehmen, wenn Jaywalker losging, störten sich daran. Mikey imitierte Jaywalker, wo immer es ging, und bisher hatte er nichts, was der Straßensamurai tat, in Frage gestellt. Außer vielleicht, dass er ihn mit Five allein lassen wollte. Five verfügte nicht über Unterhaltungsprogramme, und dass es für einen Sechsjährigen langweilig war, mit jemandem allein zu sein, der sich drei oder vier Stunden lang nicht bewegte und kein Wort sagte, konnte Jaywalker verstehen. Zum Ausgleich hatte er sechs Cornflakes-Packungen besorgt, die Mikey im Abstand von jeweils einer Stunde öffnen durfte, und das Versprechen abgegeben, wieder da zu sein, bevor das letzte hässliche Plastiktier aus seiner Verpackung befreit sein würde.

Der Kleine war wirklich pflegeleicht. Und er hatte sich noch mit keinem Wort nach den anderen erkundigt. Nur nach Julius hatte er einmal gefragt, aber er hatte sich damit zufrieden gegeben, als Jaywalker gesagt hatte, sie sei bei Conquistador und er und die anderen hätten ein paar Tage lang keine Zeit.

Braver Junge. So war es Jaywalker erheblich lieber, als wenn er ihn die ganze Zeit hätte betäuben müssen. Er wusste nicht, wie sich das auf den Gesundheitszustand von Mikey ausgewirkt hätte, der seit dem letzten Anfall etwas angegriffen wirkte.

Der Text der Anzeige war eine offene Provokation. Jaywalker grinste. Das trug eindeutig Conquistadors Handschrift. Es gefiel ihm. Es war fast, als stünde Conquistador hier im Raum und fordere ihn heraus.

Offenbar verlegte sich sein alter Chummer darauf, sich mit Sakata gegen ihn zu verbünden. Das konnte ihm unter Umständen sogar gefährlich werden: Conquistador kannte ihn gut, und Sakata verfügte offenbar über gewisse Mittel, einschließlich solcher magischer Natur.

Conquistador hatte, solange Jaywalker ihn kannte, nie leere Drohungen ausgestoßen, und der Straßensamurai nahm die Herausforderung ernst. Noch war es nicht bedrohlich, aber Conquistador würde mit Sicherheit weiter gehen. Er würde seinen alten Chummer also doch wiedersehen. Schade. Die Aussicht, ihn zu töten, erfüllte Jaywalker nicht mit Vorfreude, sondern eher mit dem Gefühl leisen Bedauerns.

»Hallo, Zack.« Conquistador stand an einem öffentlichen Telekom in Renton, das von jugendlichen Herumtreibern mit mehr Enthusiasmus als Talent verziert worden war: Bunte Farbkleckse, Schriftzüge und tief in die Plastikverschalung eingeritzte Liebeserklärungen sowie Anfeindungen verliehen der Telekomzelle eine ganz persönliche Note. Dem Runner gefiel das. Er hatte noch nie verstanden, weshalb sich manche Leute über die Schmierereien von Kindern und Jugendlichen in Toiletten und Telekomzellen so aufregten, solange sie nicht aus Exkrementen bestanden und dabei nichts beschädigt wurde. Außer vielleicht dem Gefühl für Anstand, unter dem ein gutbürgerlicher Mensch leiden mochte. Einige der Sprüche waren ziemlich hart. ›Hatchet du wixxa ich knal dich ap‹, hatte den Empfänger dieser mörderischen Ankündigung bestimmt nicht erfreut – falls er es denn hatte entziffern können.

»Wer ist denn da?«, murrte der Elf am anderen Ende der Leitung mit verschlafener Stimme.

Conquistador hatte die Kamera ausgeschaltet, und da er ein öffentliches Telekom benutzte, hatte der Elf keinerlei Hinweise darauf, wer ihn zu dieser unverschämt frühen Stunde anzurufen wagte. Es ging auf neun Uhr zu, aber Zack war vermutlich noch nicht lange im Bett. Die meisten Elfen zogen die Nacht dem Tag vor, und Zack bildete da keine Ausnahme.

»Conquistador. Ich muss mit dir reden.«

»Aber nicht jetzt, Mann«, entgegnete Zack. »*Ich* muss nämlich schlafen. Ist dir entgangen, zu welcher Tageszeit du mich anrufst?«

»Keineswegs. Aber gestern Nacht warst du nicht in deinem Schuppen, und ich habe dich auch über Kommlink nicht erreicht.«

»Dann wollte ich vermutlich nicht gestört werden«, muffelte der Elf. Dann besann er sich offenbar auf seine schleimige Lebenseinstellung, und seine Stimme wurde etwas freundlicher.

Der arme Drekskerl muss verdammt müde sein, dachte Conquistador und grinste in einem leisen Anflug von Schadenfreude.

»Was kann ich denn für dich tun, jetzt, wo ich schon mal wach bin?«, fragte Zack, noch immer nicht voll auf Schleimkurs. Aber er wurde besser.

»Ich will ein Treffen. Tut mir Leid, dass ich dich um diese Zeit störe, aber es ist eilig. Mir läuft die Zeit weg.«

»Mann, das klingt nicht gut. Gar nicht gut.« Zack schwieg einen Augenblick. »Worum geht es denn?«

»Unter anderem um Kike. Mehr kann ich dir am Telefon nicht sagen.«

»Kike? He, ihr ist doch aber nichts passiert, oder?« In die Stimme des Elfs schlich sich ein Unterton von Besorgnis, den Conquistador ihm fast abnahm.

»Wann hast du Zeit?«, fragte er, ohne auf die Frage einzugehen.

Schweigen. Dann ein leises, gequältes Stöhnen. »Du meinst, am besten gestern, Mann, versteh ich das richtig?«

»Völlig richtig.«

»Und wir brauchen was, um ungestört zu reden, ja?«

Das war eine rhetorische Frage, und Conquistador machte sich gar nicht erst die Mühe zu antworten.

»Wie wär's«, fuhr der Elf fort, »in einer ... sagen wir, in einer Dreiviertelstunde in der Halle, *so ka?* Und, Mann, da mache ich echt Dampf für dich, ich hoffe, du weißt das zu schätzen!«

»Keine Sorge. Bin dir zu tiefem Dank verpflichtet.« Conquistador unterbrach die Verbindung und fragte sich, weshalb der dämliche Elf so lange brauchte. Duschen konnte es nicht sein. Das hätte dem Schmierfilm auf seinen Haaren geschadet.

Seufzend verließ er die Zelle und schlenderte auf Steels Bus zu, der ein Stück weiter am Straßenrand parkte. Zwei Kinder mit Rucksäcken kamen ihm entgegen, zwei Jungen von vielleicht zehn, elf Jahren, die Ausgelassenheit versprühten. *Schulschwänzer,* dachte Conquistador amüsiert. Bei dem Wetter hätten ihn auch keine zehn Trolle in die Schule gekriegt. Die Bengel strahlten Chaosstimmung und gute Laune aus. Als sie Conquistador sahen, stieß der kleinere von ihnen, ein schwarzhaariger, drahtiger Junge mit dem Gesicht eines Fuchses, seinen Kumpel an und deutete auf das Gesicht des Runners. Conquistador verzog den Mund zu einem breiten Grinsen, das von der Narbe zu einer Grimasse verzerrt wurde, und der Junge kicherte. »Das sieht ja so hässlich aus«, sagte er laut.

»Warte erst mal, bis ich richtig lache«, gab Conquistador zurück und fletschte die Zähne. Irgendwas musste er an sich haben, das Kindern jeglichen Respekt vor ihm nahm. Er fand sich selbst eigentlich ziemlich gefährlich. Heute trug er nicht seine braune Jacke, sondern einen langen schwarzen Ledermantel, der mehr Sicherheit bot gegen Schüsse aus dem Hinterhalt, falls Jaywalker oder Sakata schneller auftauchten, als er angenommen hatte. Der schwarze Mantel, die Narbe und seine Art, sich zu bewegen, hätten eigentlich eher bedrohlich als witzig wirken müssen, fand er. Erwachsene teilten seine Meinung auch meistens. Kinder nicht.

»Woher hast du die?«, fragte der Junge, als er nur noch zwei Meter von Conquistador entfernt war. Sein blonder Kumpel zog fragend die Augenbrauen hoch. »Ja, woher?«

»Messer«, antwortete Conquistador und zog die Linie der Narbe mit dem Daumen nach.

»Tat das weh?«, fragte der Blonde.

»Was meinst du denn?«

»Bestimmt!«, sagte er und grinste abfällig. »Hast du geschrien?«

»Nein. Ich habe dem Typen mit dem Messer die Zunge rausgestreckt. Durch den Schnitt.«

Die Jungs sahen sich skeptisch an, dann schüttelte der Schwarzhaarige den Kopf. »Das glaube ich dir nicht!«

»War auch gelogen«, erwiderte Conquistador, zwinkerte ihm zu und ging weiter.

Die Jungen machten ihm Platz, als er an ihnen vorbeiging.

»Viel Spaß beim Schwänzen«, wünschte er ihnen. »Lasst euch nicht erwischen.«

»Nie«, sagte einer von beiden, und sie lachten dreckig. Dann hörte Conquistador sie weglaufen.

Steel warf ihm einen schrägen Blick zu, als er die Beifahrertür öffnete und einstieg. »Messer?«, fragte er. »Ich hab da von dir mal ’ne andere Geschichte gehört. Was ist denn nun wahr?«

»Was habe ich dir denn erzählt?« Genüsslich verschränkte Conquistador die Hände hinter dem Kopf, lehnte sich zurück und schob die endlosen Beine in den Fußraum, der immerhin so viel Platz bot, dass er es fast gemütlich hatte.

»Das weißt du nicht mehr? Da gibt es wohl mehrere Varianten, was?«

»Klar.« Conquistador öffnete ein Auge und sah den Rigger an. »Eine solche Narbe verdient mehr als nur eine Geschichte.«

»Aber ursprünglich *hat* sie nur eine. Wie ist sie denn nun entstanden? Oder weißt du das selbst nicht mehr?«

Das Auge wieder schließend, grinste Conquistador still vor sich hin. »Wir treffen uns in einer Dreiviertelstunde mit Zack in der Halle. Lass uns einen Stuffer Shack suchen und ein paar belegte Brötchen mitnehmen. Ich habe Hunger.«

Kopfschüttelnd startete Steel den Motor und fuhr los, ohne weiter in ihn zu dringen.

Christo war nicht mit von der Partie. Seinen Anteil an der Jagd auf Jaywalker wollten sie so weit wie möglich verdeckt handhaben. Wenn sie Glück hatten, erfuhr Jaywalker erst spät davon, idealerweise, wenn er vor dem Troll stand, und konnte sich nicht darauf einrichten. Sie konnten jeden noch so kleinen Vorteil gebrauchen.

Bei dem Gedanken, Jaywalker gegenüberzustehen, wurde Conquistador mulmig. Er war kein Feigling, im Gegenteil, eher war er leichtsinnig und ein Hitzkopf, aber er machte sich nichts vor: Fortuna musste ihm beistehen, wenn er die Konfrontation überleben sollte. Den Anspruch, mit heiler Haut davonzukommen, stellte er erst gar nicht. Vermutlich würde er eine Menge neue Geschichten zu erfinden haben für all die Narben, die ihm von der letzten Begegnung mit Jaywalker bleiben mochten.

Hoffentlich.

Am Tag und in der morgendlichen Sonne sah die Lagerhalle so schäbig und abgewrackt aus, als hätte sie mindestens einen Krieg überdauern müssen.

Als sie in den Hinterhof fuhren, kam ihnen kein Garagenjunge entgegen. Ein ungewohntes Gefühl. Steel parkte den Wagen so, dass man ihn von der Straße nicht sehen konnte, und sie stiegen aus.

Bevor sie sich fragen konnten, welcher Eingang wohl unverschlossen sein mochte, öffnete sich die kleine Tür, durch die sie die Lagerhalle beim letzten Besuch verlassen hatten. Ein massiger Troll erschien in der Türöffnung und winkte sie heran. Er hatte dunkle Haut, und seine Hauer sahen durch die aufgeworfenen, vollen Lippen kleiner aus, als sie waren. Den Kopf zierten zwei kräftige, skurril verdrehte Hörner. Das eine wand sich seitlich nach oben, das andere war nach hinten verdreht, als habe ein kleiner Wirbelsturm daran herumgezerrt. Der Troll war mit Blue Jeans, einer schwarzen Lederjacke und derben Stiefeln bekleidet, und die Klamotten sahen in Steels Augen verdächtig nach ordentlicher Panzerung aus.

Mit seinen kleinen dunklen Augen unterzog der Troll sie einer intensiven Musterung, als sie näher traten. »Ihr seid allein?«

Conquistador sah ihn an, drehte sich um und studierte die Umgebung betont sorgfältig. Dann wandte er sich wieder an den Troll. »Sieht fast so aus, oder?«

Am liebsten hätte Steel ihm einen saftigen Kinnhaken verpasst. In den Augen des Trolls konnte er keinen Funken Humor erkennen. Allmählich bekam er den Verdacht, dass Conquistador entweder ein Problem mit Trollen hatte oder auf der Suche nach einer anständigen Tracht Prügel war. Wenn Letzteres der Fall war, konnte er Abhilfe schaffen. Er würde es dem exzentrischen Runner einfach einmal anbieten – vorzugsweise gleich mit einer Kostprobe.

»Gut«, sagte der Troll, ohne auf die Provokation einzugehen. »Folgt mir.«

Er drehte sich um, und Conquistador schloss sich ihm ohne Zögern an. Steel war nicht ganz wohl. Er unterzog die Umgebung noch einmal einer eingehenden Musterung, ohne zu wissen, wonach er eigentlich suchte.

Er fühlte sich wirklich nicht wohl. Vielleicht wurde er allmählich zu alt für den Blödsinn. Mit einem unguten Gefühl im Bauch folgte er Conquistador und dem Troll in den kühlen Flur und in einen der Besprechungsräume der Lagerhalle.

Die ›Zwei‹ war ein kleiner Raum mit einem runden Tisch in der Mitte, um den vier Sessel standen. Sie waren mit schwarzem Leder bezogen und wirkten so schwer, als könne man damit Häuser einreißen. Der Boden war mit pflegeleichtem Kunststoff beschichtet, aber wie zum Ausgleich hingen an den Wänden schwere, dunkelrote Vorhänge, obwohl sich dahinter, wie Steel wusste, keine Fenster befanden, nur die Glasbausteine direkt unter der Decke. An der rechten Wand stand eine kleine Minibar aus rotbraunem Holzimitat und daneben eine Vitrine mit mindestens einem Dutzend wunderschöner Zierdolche.

»Brrrr«, murmelte Conquistador und blieb in der Tür stehen, um den Raum mit einem angeekelten Blick zu betrachten. »Ich hoffe, du hast deinen Innenausstatter erschossen, Zack!«

Der Elf räusperte sich würdevoll. Er saß auf einem der Sessel, beide Hände auf dem Tisch, als wolle er demonstrieren, dass er unbewaffnet war.

Unter seinen Augen lagen tiefere Schatten als sonst. Das Augenweiß war blutunterlaufen, und die Haut wirkte kränklich fahl mit einem leichten Stich ins Gelbliche. Offenbar hatte er eine echt harte Nacht hinter sich. Steel konnte sich nicht vorstellen, dass er immer so aussah, wenn er zu wenig geschlafen hatte.

»Mir gefällt, wie ich meinen Laden eingerichtet habe, Conquistador.« Zack lachte laut. »Aber ich weiß, du hast einen anderen Geschmack, Mann. Jedem das Seine und mir das meiste. Kommt nur rein.«

Steel folgte Conquistador, der ohne weitere Umstände auf den Tisch zusteuerte und sich in einen der Sessel plumpsen ließ. Der Troll blieb an der Tür stehen. Am liebsten wäre Steel auch stehen geblieben, aber er riss sich zusammen und setzte sich auf eins der feudalen Möbelstücke, nachdem er kurz die Vorhänge rundherum gemustert hatte. Sie lagen glatt an der Wand an, und es schien sich niemand dahinter zu befinden. Sie störten ihn trotzdem. In seinen Augen waren Vorhänge eine merkwürdige Einrichtung in einem Raum, in dem sich paranoide Kriminelle so gut wie irgend möglich entspannen sollten.

Er nahm sich zusammen. Vermutlich basierte sein Unwohlsein auf der Tatsache, dass sie gerade alles dafür taten, um einen bis an die Zähne vercyberten Psychopathen dazu zu provozieren, sie umzulegen, nicht auf einem Gefühl, das diese Situation hier bei Zack in irgendeiner Weise betraf. Steel legte gern selbst die Bedingungen und den Zeitpunkt eines Kampfes fest, aber alles sah danach aus, als bleibe die Wahl dieser beiden Faktoren Jaywalker überlassen. Zu allem Überfluss handelte es sich bei ihm um einen Gegner, der ihn und besonders Conquistador sehr gut kannte und wusste, womit er zu rechnen hatte.

»So«, sagte der Elf und faltete die Hände vor sich auf dem Tisch. Mit einer Kopfbewegung bedeutete er dem Troll, den Raum zu verlassen, und der Troll ging hinaus und schloss die Tür hinter sich.

»Nun sagt mir, wie kann ich euch helfen?«

Großkotz, dachte Steel.

»Es ist eine lange, komplizierte Geschichte«, begann Conquistador. »Ich werde dich nicht mit den Details langweilen, Zack. Wichtig sind zwei Dinge: Erstens brauche ich einen sehr fähigen und zuverlässigen Heiler. Egal, ob Magier oder Schamane, egal, wie teuer, aber er muss etwas auf dem Kasten haben. Und ich brauche ihn so schnell wie möglich.«

»Das klingt ja gar nicht gut, Conquistador, Mann!«, sagte Zack und starrte ihn mit mandelförmigen, blutunterlaufenen Elfenaugen an. »Geht es etwa um Kike?«

Mit grimmigem Gesichtsausdruck nickte Conquistador.

»Was ist mit ihr passiert?« Fast kam es Steel vor, als sei die Besorgnis auf dem Gesicht des hässlichen Elfs echt. Vielleicht mochte er Kike wirklich. Er konnte sich zwar nicht vorstellen, was die beiden miteinander gemeinsam hatten und was genau Zack an Kike oder auch sie an ihm mögen könnte, aber der Elf schien wirklich betroffen zu sein.

»Kugel in die Brust«, antwortete der Runner knapp. »Ziemlich schlimm. Ohne Operation sieht es nicht gut aus.«

»Aber eine Operation ist gefährlich, wegen der Magie, hm?«

»Ja.« Conquistadors Stimme wurde wieder rau, wie immer, wenn er wütend war oder traurig, obwohl diese Gefühle bei ihm nicht weit auseinander zu liegen schienen.

»Mann, Mann, Mann«, murmelte der Elf und starrte ein paar Löcher in die Luft. »Hat es das Mädchen doch noch erwischt. Ich dachte, sie wäre die Erste, die es jahrelang in den Schatten schafft und dann aussteigt, ohne jemals einen Kratzer abbekommen zu haben.«

Steel blickte auf. »Aussteigt?«

»Ja.« Conquistador sah ihn an und verzog das Gesicht zu einem ironischen Lächeln. »Sie wird bald vierundvierzig. Allmählich kommt sie nicht umhin, darauf ein bisschen Rücksicht zu nehmen.«

»Vierundvierzig!«, wiederholte der Ork verblüfft, und seine Gesichtszüge gerieten in Unordnung. »Mit über vierzig noch in den Schatten!«

»Nicht schlecht, hm?«, fragte Conquistador und lachte kurz auf. »Wär ein sauberer Abgang gewesen. Nie eine Kugel abbekommen.« Einen Augenblick lang loderte ein finsterer Ausdruck in seinen Augen, und er wirkte völlig abwesend. Dann wandte er sich wieder dem Elf zu. »Hast du jemanden an der Hand für den Job?«

Der Elf hob eine Schulter und nickte dann. »Sicher. Kriege ich hin, Mann.« Er blickte den Runner fragend an. »Wer hat ihr die Kugel verpasst?«

»Mit der Antwort wären wir bei Anliegen Nummer zwei«, erwiderte Conquistador trocken und lachte kurz. »Spitz die Ohren, denn du wirst es nicht glauben.«

Er holte tief Luft, und Steel vermutete, dass er wieder Probleme mit dem Atmen hatte. »Jaywalker ist durchgedreht«, sagte Conquistador, und jetzt entgleisten die Gesichtszüge des Elfs und zwar so sehr, dass es aussah, als würden ihm einzelne Teile seines Gesichts bis auf den Tisch hinunterfallen.

»Jaywalker? Meinst du das ernst, Mann? Das ist doch aber kein blöder Witz, oder?« Zack beugte sich vor. In seinen Augen leuchtete eine Mischung aus schockierter Ungläubigkeit und etwas anderem. Dieses *Hab-ich-es-nicht-immer-schon-gesagt*-Ding. Auflachend ließ er sich wieder in den Sessel zurückfallen, als Conquistador nichts erwiderte, und rieb sich mit einer Hand das Kinn, als denke er nach. »Echt wahr?«, fragte er noch einmal.

»Sehe ich aus, als würde ich hier sitzen und Witze reißen?«

»Nein«, sagte Zack. »Nein, Mann, ganz und gar nicht. Todernst siehst du aus. Dann wird es wohl stimmen.« Er sah den Runner lange an und lachte dann noch einmal ungläubig. »Der Superknabe knallt ein Mitglied seines eigenen Teams ab? Unser Sonnyboy?«

»Kike lebt noch!«, erwiderte Conquistador ohne einen Funken von Belustigung.

»Entschuldige, Mann.«

Wenn er noch einmal ›Mann‹ sagte, würde Conquistador ihm das Wort mit einem der Zierdolche auf die Stirn schreiben. Jedenfalls hätte er das liebend gerne getan. Dumm nur, dass sie das schleimige Arschloch noch brauchten.

»Wie lange arbeitet ihr jetzt zusammen, du und Jay?«

»Fast vier Jahre.«

Meckernd lachte der Elf wieder los, und Conquistador schloss die Augen und biss die Zähne zusammen, um nicht aufzuspringen und ihm das Herz rauszureißen.

»Entschuldige«, schnaufte der Elf und wischte sich eine Lachträne aus dem Auge. »Es ist nur so, Mann, dass ihr das Vorzeigeteam seid. Wart. Seit zwei Jahren sozusagen offiziell ein Team, ohne Tote, ohne Wechsel, beeindruckende Bilanz. Ihr seid ja fast schon eine Legende auf der Straße. Und Jaywalker ... na ja. Ich kenne niemanden, der ihn nicht mag.«

»Außer dir selbst«, sagte Conquistador und sah ihn mit zusammengekniffenen Augen an. »Du konntest ihn noch nie leiden, stimmt's?

Schniefend zog der Elf die Nase hoch und machte eine wegwerfende Handbewegung mit der Rechten. »Das ist ein offenes Geheimnis. Man ist Profi. Man benimmt sich. Aber nein, Mann, ich konnte ihn von Anfang an nicht leiden. Ich habe wohl ein Gespür für so was.«

»Sicher«, sagte Conquistador und verkniff sich die Bemerkung, dass es sich wohl eher um einen Konkurrenzkampf um den Preis für das größte Arschloch gehandelt habe. Wenn der Elf überhaupt etwas gespürt hatte, dann wohl, dass ihm hier jemand an Falschheit ebenbürtig oder sogar überlegen war. »Hör mal, Zack, die Sache ist die: Ich will Jaywalkers Kopf. So schnell wie möglich, bevor er zurückkommt und uns aus dem Hinterhalt alle umlegt. Im Augenblick hat er sich allerdings verkrochen.«

»Verdammt schlau von ihm«, bemerkte Zack, und dann ging ihm die Bedeutung von Conquistadors Worten auf. »Wie war das? Du willst Jaywalker umlegen?« Er fing wieder an zu lachen, aber diesmal klang es nicht belustigt, sondern gehässig. »Das gefällt mir. Jetzt geht ihr euch also alle gegenseitig an die Kehle. Und was soll ich dabei machen, Mann?«

»Ich brauche ein paar Leute. Nicht das Beste vom Besten, aber auch nicht schlecht. Sie sollen ihn etwas ins Schwitzen bringen. Sie müssen ihn gar nicht finden, er muss nur mitbekommen, dass sie nach ihm suchen.«

Zack legte den Kopf zurück, schob das Kinn vor und sah ihn an. Den Mund verzog er zu einem wissenden, abfälligen Grinsen. »Soso. Ihr wollt die Ratte aus dem Versteck jagen. Du willst dir seinen Kopf selbst holen, Mann, ist es das?«

»Ja«, sagte Conquistador einfach. Das Gerede des Elfs nervte ihn von Sekunde zu Sekunde mehr.

»Tja.« Nachdenklich stützte Zack die Ellbogen auf den Tisch und das Kinn auf seine gefalteten Hände und legte die Zeigefinger an die Nase. Die graubraunen Augen blickten in weite Ferne. Er schien intensiv nachzudenken, und Conquistador ließ ihm Zeit, auch wenn es ihm schwer fiel.

»In Ordnung, Conquistador«, sagte Zack endlich. »Ich organisiere den Magier, und ich organisiere ein paar Leute, die gut genug sind, um Jaywalker auf die Zehen zu treten. Aber eine Bedingung habe ich.«

»Und die wäre?«

»Es bleibt unter uns, dass ich euch helfe.«

»Was?« Erstaunt sah der Runner ihn an. »Du hast Angst, dass er uns umlegt und sich dann deinen alten Skalp holt, was?«

»Nein, das ist es nicht, Mann.« Ruhig schüttelte der Elf den Kopf. »Es ist nur so – ich kenne seinen Vater. Ich kenne ihn gut. Wenn er erfährt, dass ich am Tod seines Sohnes mitwirke, könnte er mir das übel nehmen, nicht wahr?«

»Da ist was dran«, erwiderte Conquistador und starrte den Elf an. »Du kennst seinen Vater?«

Zack nickte lächelnd. »Frag nicht weiter. Mit dem wollt ihr euch nicht anlegen, glaub mir. Wenn ich dir seinen Namen sagen würde, dann würdest du ihn vermutlich kennen.«

»Ein Schieber«, vermutete Conquistador ins Blaue hinein, und Zacks Blick wurde hart. Getroffen.

»Wir wollen nur Jaywalker«, versicherte Conquistador schnell. »Seine Familie interessiert uns nicht. Solange du dich darum kümmerst, dass die Leute, die du organisierst, die Klappe halten – wir werden deinen Namen in diesem Zusammenhang ohnehin nicht erwähnen.«

Aber es erklärte einiges. Jaywalkers frühen Einstieg, seine Heerscharen von Connections. Und nicht zuletzt vielleicht sogar, wie er von Mikey erfahren hatte.

»Gut«, sagte Zack. »Dann kommen wir zu den Einzelheiten.«

Kapitel 25

Pacific Highway, Tacoma, 19:39

Sakata war erschöpft, aber die Aufregung darüber, dass sich endlich etwas tat, wühlte ihn auf. Er würde nicht schlafen können. Wenn seine Frau nicht allzu müde war, würde dies eine dieser Nächte werden, in denen sie ein wenig miteinander redeten und dann stundenlang im Dunkeln nebeneinander lagen, sich an den Händen gefasst hielten und sich gegenseitig durch ihre Anwesenheit Trost spendeten.

Sie wusste nicht, was los war. Über den Jungen konnte er selbstverständlich nicht mit ihr reden. Deshalb wusste sie nicht, weshalb er so reizbar war und weshalb er in letzter Zeit oft erst spät nach Hause kam, und sie hätte niemals danach gefragt. Sie nahm es hin, und das war es, was er von ihr erwartete. Erwarten musste. So war es eben. Wahrscheinlich machte sie sich Sorgen. Die Gemeinsamkeit einer dieser Nächte, in denen sie wach nebeneinander lagen, würde sie beide trösten.

Er wusste, dass er ihr nicht erzählen konnte, worum es ging, denn sie wusste nichts von dem Jungen. Und selbst wenn er mit ihr darüber hätte reden dürfen, wäre es undenkbar gewesen, ein derartiges Gespräch über seine Sorgen miteinander zu führen. Das hatten sie noch nie getan, und sie würden es auch nie tun, obwohl er manchmal eine merkwürdige Sehnsucht danach verspürte, mit der Frau, die er liebte, alles zu teilen. Aber er wusste nicht, wohin das führen sollte. Sie kannten sich sehr gut, und sie erfüllten die

Bedürfnisse des anderen weitgehend, ohne darüber reden zu müssen. Die amerikanische Art, über alles zu reden und sich dabei eigentlich nie zuzuhören, stieß ihn ab.

Er blieb eine ganze Weile im Wagen sitzen und sah hoch zu seiner Wohnung im dritten Stock. Licht brannte im Schlafzimmer, er konnte den schwachen Schein durch die Lamellen der Jalousie erkennen. Das Wohnzimmer war dunkel. Sein Sohn schlief bereits seit über einer Stunde. Er hatte ihn seit bald einer Woche nicht mehr gesehen, denn er ging aus dem Haus, bevor das Kind aufstand, und er kam nach Hause, wenn es bereits lange im Bett lag und seine Träume träumte, von denen sein Vater nichts wusste.

Seufzend öffnete Sakata die Wagentür. Er würde sich noch eine Weile ins Zimmer des Jungen setzen und den gleichmäßigen Atemzügen lauschen, und dann würde er sich zu Kimiko legen und ihre Hand halten. Und sich bei ihr entschuldigen, auch wenn er ihr nicht sagen konnte, was los war. Sie erwartete keine Entschuldigung, und vielleicht würde sie damit nicht viel anfangen können und verlegen sein, denn er hatte sich noch nie bei ihr für irgendetwas entschuldigt. Aber insgeheim würde es sie freuen. Es wurde Zeit, dass er ihr endlich wieder einmal eine Freude machte.

Im Flur roch es muffig. Es war ein älteres Haus, und manchmal stieg aus irgendwelchen Ritzen dieser muffige Geruch auf und verbreitete sich im Treppenhaus, als liege in den Mauern etwas versteckt, das hinauswollte. Trotzdem war es ein gutes Haus. Die Nachbarn waren freundlich und zurückhaltend, und der Vermieter hielt das Haus in einem hervorragenden Zustand, nur gegen diesen Geruch half nichts.

Keine der alten Treppenstufen knarrte, als Sakata darauf emporstieg. Im zweiten Stock wich der muffige Geruch dem unaufdringlichen, leichten Duft nach frischen Blumen, und Sakata wusste, dass Kimiko sich an dem Geruch gestört und das Treppenhaus einer gründlichen Reinigung unterzogen hatte, um das muffige Aroma wenigstens für ein paar Stunden zu vertreiben. Sie sagte, es rieche nach Tod.

Er würde sich morgen zu seinem Sohn setzen. Heute wollte er nur zu seiner Frau, wollte neben ihr liegen, den Duft ihrer langen schwarzen Haare riechen, ihre weiche Haut an seiner spüren und Abbitte für etwas leisten, das er ihr nicht erklären konnte. Und vielleicht würde er ihr heute versprechen, dass sie sich eine andere Wohnung suchen würden. Sie hatte es nie ausgesprochen, aber er wusste, dass sie es sich wünschte.

In Gedanken schon bei ihr, schloss er die Wohnungstür auf, trat in das stille Wohn- und Esszimmer und schloss die Tür hinter sich. Auf der großen Matte streifte er seine Schuhe ab und stellte sie an die Wand, dann zog er seinen schwarzen Stoffmantel aus und hängte ihn an die Garderobe hinter dem Papierschirm, der rechts neben der Tür stand.

Er atmete tief ein und blieb noch einen Augenblick an der Tür stehen, blickte zur Schlafzimmertür, unter der schwaches Licht hindurchschimmerte. Mit beiden Händen fuhr er sich durch das kurze schwarze Haar, dann fasste er sich ein Herz und trat auf die Tür zu. Es würde schwierig werden, sich bei ihr zu entschuldigen, aber er würde es dennoch tun, und die richtigen Worte würden kommen, wenn er sie aussprechen musste. Und wenn sie ihm ausgingen, würde sie das verstehen, einfach nur seine Hand halten und darauf warten, dass er weitersprach. Noch nicht einmal ihr gegenüber zeigte er Schwäche, hatte noch nie geweint, aber sie wusste, dass er sich innerlich manchmal nicht so stark fühlte, wie er sich äußerlich gab, ohne dass sie ihn der Scham aussetzte, darüber ein Wort zu verlieren.

»Stehen bleiben«, sagte eine leise Stimme, als er noch drei Schritte von der Schlafzimmertür entfernt war.

Als habe ihn jemand versteinert, blieb Sakata stehen. Die Erkenntnis, dass er diese Stimme kannte, traf ihn wie ein Schock. Er hatte sie bei dem Schattenarzt gehört.

»Drehen Sie sich nicht um«, sagte die körperlose Stimme. »Und versuchen Sie keine Dummheiten. Ich habe eine Waffe an der Schläfe Ihrer Frau und puste ihr das Gehirn raus, ehe Sie auch nur daran denken können, mit welchem Zauber Sie es versuchen wollen.«

Langsam hob Sakata die Hände. »In Ordnung. Ich versuche nichts.« Seine Gedanken überschlugen sich, und sein Verstand bombardierte ihn mit hunderttausend Fragen. Lebte sie noch? Und was war mit seinem Sohn? Wie hatte der Shadowrunner ihn gefunden? »Wie sind Sie hier hereingekommen?«, fragte er.

Ein leises Lachen. »Wenn Sie so zuvorkommend sind und mich mit unbedachten Angriffen verschonen, können Sie das von Ihrer Frau selbst erfahren.«

Fast hätte Sakata gefragt, was mit seinem Sohn war, aber dann hielt er sich zurück, gerade noch rechtzeitig. Es bestand die Möglichkeit, dass der Straßensamurai nichts von dem schlafenden Kind wusste, und so gering sie auch sein mochte, er wollte ihn nicht unbedingt mit der Nase darauf stoßen. »Was wollen Sie von mir?«

»Ich möchte mich einfach nur nett mit Ihnen unterhalten, Mr. Sakata. Bei unseren vorangegangenen Begegnungen hatten wir leider keine Gelegenheit dazu.«

Ein kleiner Gegenstand flog an Sakata vorbei und blieb kurz vor seinen Füßen liegen. Er konnte nicht klar erkennen, worum es sich handelte. »Was ist das?«

»Bevor Sie es aufheben und nachsehen, möchte ich Sie bitten, nicht hysterisch zu werden. Bleiben Sie einfach ganz ruhig und hören Sie mir zu. Sonst töte ich Ihre Frau, noch bevor Sie ... aber das habe ich ja bereits gesagt. Glauben Sie mir einfach, dass ich Ihnen keine Hintertür offen gelassen habe. Haben Sie mich verstanden?«

»Nicht ganz«, sagte Sakata vorsichtig.

»Sie werden es verstehen, wenn Sie sich den Gegenstand ansehen. Bewegen Sie sich langsam und bleiben Sie ruhig, dann kommen Sie mit einem blauen Auge davon.«

Langsam ließ Sakata die Hände sinken, bereit, in der Bewegung zu verharren, wenn der Straßensamurai etwas sagte, aber er sagte nichts. Sakata bückte sich nach dem Gegenstand.

Es war ein Beutel. Und als er ihn in der Hand hielt, wusste er, was sich darin befand. Er konnte es an den Umrissen fühlen. Und er fühlte es tief in seinem Innern.

Wie ein Wahnsinniger brüllte er auf und warf sich herum. Mittlerweile hatten sich seine Augen ausreichend an die Dunkelheit gewöhnt, und er konnte immerhin so viel sehen, dass er den Straßensamurai erkennen konnte. Vor dem Mann lag Kimiko auf der niedrigen Tischplatte, die zwischen den roten Sitzkissen stand. Sie sah schlaff aus, als sei sie bewusstlos, und der Straßensamurai saß mit einem lang ausgestreckten und einem angewinkelten Bein neben ihr auf dem Tisch und hatte die rechte Hand an ihrer Kehle zur Faust geballt. Im schwachen Licht konnte Sakata die halb ausgefahrenen Sporne kaum erkennen. In der Linken hielt der Straßensamurai eine Schusswaffe, die er direkt zwischen Sakatas Augen richtete.

Keuchend vor Wut hielt der Japaner in der Bewegung inne und hob wieder die Hände. »Damit kommen Sie nicht durch«, stieß er hervor. »Ich bringe Sie um. Und wenn es das Letzte ist, was ich tue.«

»Das könnte es tatsächlich sein.« Die Stimme des Straßensamurais klang gelassen.

»Wo ist er?« Sakatas Stimme zitterte vor Wut.

»Wollen Sie sich den Inhalt des Beutels nicht ansehen?«

»Nein.« Seine Hand krampfte sich um den Beutel. Um den kleinen Lederbeutel, in dem er einen kleinen Finger fühlte. Einen Kinderfinger. Durch den Beutel glaubte er die Haut zu fühlen, und er wusste, dass sein Sohn nicht mehr in seinem Bett lag und schlief.

»Ich glaube, damit haben wir eine Verhandlungsbasis.« Jaywalker lächelte den Japaner an, dessen wutverzerrtes Gesicht er im Dunkeln genau sehen konnte. Auf der Stirn des besorgten Vaters glänzte Schweiß.

»Lassen Sie mich Ihnen versichern: Ich bin nicht daran interessiert, Ihren Sohn zu töten.«

»Woher weiß ich, dass er noch lebt?«

»Spüren Sie das nicht? Manche Magier fühlen so etwas angeblich.«

»Blödsinn.« Sakata kochte vor Wut. In seinem Gesicht sah Jaywalker Hitze aufsteigen. Der ganze Körper des Magiers wurde wärmer, als Angst und Zorn seinen Pulsschlag auf das Doppelte des Normalwerts beschleunigten. Es war faszinierend, wie sehr liebende Menschen sich aufregen konnten. Er dachte kurz an Conquistador: Der Runner lief vermutlich seit gestern Abend in einem ähnlichen glühenden Erregungszustand herum, seit er Kike gefunden hatte.

»Dann vertrauen Sie mir einfach«, sagte Jaywalker mit leisem Spott, und er hörte den Japaner scharf einatmen.

»Zur endgültigen Absicherung meines Lebens lassen Sie mich noch hinzufügen, dass ich keinerlei Ahnung habe, wo sich Ihr Sohn im Augenblick befindet. Sie brauchen mich also nicht auszutricksen, festzusetzen und in meinem Gehirn herumzustochern. Ich habe Ihren Sohn einem Bekannten anvertraut, der ihn auf eigene Verantwortung versteckt hat. Er ist angewiesen, Ihren Sohn zu töten, wenn mir etwas zustößt, und sei es auch nur, dass er mich nicht erreichen kann, ebenso dann, wenn Sie versuchen, mich gegen Ihren Sohn auszutauschen. Mir ist bewusst, dass Ihr Sohn und ich dann beide sterben werden, aber ich nehme stark an, dass Sie dieses Opfer nicht zu bringen bereit sind.«

Wenn Sakata noch ein bisschen heftiger atmete, würde er bald bewusstlos umfallen. Er hyperventilierte.

»Ich möchte ein paar Dinge von Ihnen wissen«, sagte der Straßensamurai ruhig. »Das ist alles. Ich hege weder gegen Sie noch gegen Ihren Sohn persönliche Feindschaft, und ich bin durchaus bereit, sie beide und auch Ihre Frau am Leben zu lassen.«

Ungläubig lachte der Japaner auf. »Sicher. Ich erzähle Ihnen, was Sie wissen wollen, und Sie erschießen mich, meine Frau und dann meinen Sohn. Weshalb sollten Sie mich am Leben lassen?«

Nach einem halben Dutzend Ewigkeiten, die jede für sich nicht enden wollte, sicherte der Straßensamurai in einem einzigen Bewegungsablauf die Waffe, drehte sie demonstrativ in seiner Hand, bis die Mündung nach oben zeigte, und zog die Sporne seiner Rechten ein.

»Ich habe Ihren Sohn, und Sie verfügen über die Informationen, die ich will. Sie geben mir, was ich will, und dafür bekommen Sie Ihren Sohn zurück, sobald ich mich außerhalb Ihrer Reichweite befinde.«

In seiner Stimme lag eine kalte Belustigung, die Sakata Eis in die Knochen zu treiben schien. Ihm war noch nie so kalt und gleichzeitig so heiß gewesen. Sein Körper glühte vor Zorn, während sein Geist langsam im Frost zu erstarren schien.

»Treffen Sie eine vernünftige Entscheidung«, forderte ihn der Straßensamurai auf. »Ich habe keinen Grund, Sie noch einmal zu belästigen oder gar zu töten, wenn diese Sache vorbei ist, es sei denn, Sie sind so dumm und machen Jagd auf mich. In dem Fall sollten Sie daran denken, dass Sie eine Familie haben, an die ich bereits einmal ohne Probleme herangekommen bin. Sie sollten sie sehr gut verstecken, wenn Sie sich mit mir anlegen möchten, Sakata-*san*.«

Zitternd vor Zorn schloss Sakata die Augen und ließ die Hände sinken. »Ich kann Ihnen über das Projekt nichts verraten.«

»O doch«, sagte der Straßensamurai. »Ich denke schon, dass Sie das können. Sonst bekommen Sie Ihren Sohn, wie man so schön sagt, scheibchenweise zurück. Jeden Tag einen Finger oder ein Ohr oder einen Zeh. Oder die Nase, für den Anfang. Ich gebe Ihnen mein Wort, dass mein Bekannter nicht ein Stück von Ihrem Kind behalten wird. In ein paar Wochen haben Sie dann genug von Ihrem Sohn zurück, um ihn beerdigen zu lassen. Als ich ihm den Finger abgetrennt habe, war er bewusstlos. Das wird beim nächsten Finger nicht so sein.«

Die Welt drehte sich um Sakata, und der Finger seines Sohnes in dem kleinen Lederbeutel schien zu glühen. Auf einmal gaben seine Knie nach. Er fing sich gerade noch ab und taumelte zur Wand, wo er sich schwer atmend abstützte. In seinem Kopf überschlugen sich die Empfindungen: Hass und rasende Wut, Hilflosigkeit und Entsetzen, alle so stark, wie er sie nie zuvor erlebt hatte. Und Verachtung. Er wusste nur nicht, wen er mehr verachtete: den Straßensamurai, der kleinen Kindern Finger abschnitt, oder sich selbst.

»Sie scheinen ein Faible dafür zu haben«, stieß er mit abgehackt klingender Stimme hervor, »kleine Kinder zu entführen.«

»Wenn es nützlich ist«, gab der Straßensamurai gleichmütig zurück. »Überspringen wir doch den Part mit Ihrer gerechten Empörung und kommen zum Geschäftlichen, Sakata-*san*. Meine Zeit ist knapp, und je früher ich hier rauskomme, desto schneller können Sie Ihrer Frau den Puls fühlen und sie liebevoll aufwecken, und desto schneller haben Sie Ihren kleinen Sohn zurück.«

Die Wut ballte sich in Sakatas Eingeweiden zusammen und stieg in seiner Kehle hoch. In seinem Mund breitete sich ein bitterer Geschmack aus, den er mühsam herunterschluckte. Selbstdisziplin. Ruhe. Beherrschung.

Er atmete tief durch.

Ließ die Wand los.

Trat einen Schritt auf den Straßensamurai und auf die bewusstlose Kimiko zu.

Noch einen.

Zog eins der Sitzkissen heran.

Kniete sich darauf. Setzte sich, mit angezogenen Zehen, damit er schneller aufspringen konnte.

Der Straßensamurai lächelte. Wandte den Blick von ihm ab und musterte Kimiko. An ihrer Schläfe hatte sich die Haut dunkel verfärbt, glaubte Sakata zu erkennen. Oder war es Blut?

»Sie ist eine mutige Frau«, sagte der Straßensamurai mit Anerkennung in der Stimme. »Hat mich angegriffen, um den Kleinen zu beschützen, trotz der Waffe, obwohl sie um die Sporne wusste. Eine mutige Frau, Sakata.«

Der Japaner schluckte hart. »Ich weiß.«

»Sie ist nicht glücklich«, fuhr der Straßensamurai im Konversationston fort.

»Woher wollen Sie das wissen?«, fuhr Sakata ihn an.

»Ich sehe es in ihrem Gesicht.« Fast zärtlich fuhr der Straßensamurai mit der Hand über Kimikos Gesicht, über ihre Stirn, ihre Augen, ihre Mundwinkel, und Sakata beherrschte sich nur mit Mühe, um ihn nicht anzubrüllen, er solle die Finger von ihr lassen. Fast wäre er aufgesprungen und hätte es ihm mit Gewalt nahe gelegt.

»Sie lacht nicht viel«, sagte der Straßensamurai leise und sah ihn wieder an. »Und um den Mund bekommt sie einen bitteren Ausdruck, als müsste sie viel weinen, ohne es jemals wirklich zu tun. Sie erkennen es vielleicht nicht, weil Sie sie jeden Tag sehen, aber es ist ganz offensichtlich, dass Ihre Frau viel leidet.«

»Was geht Sie das an?«, fragte Sakata, ohne seine Gefühle richtig einordnen zu können. Was sollte diese scharfsinnige Analyse? Was bezweckte der Straßensamurai damit? Und ... hatte er Recht?

»Es geht mich nichts an«, erwiderte der Straßensamurai und ließ den bezwingenden Ton aus seiner Stimme fallen, als gebe es dafür einen Schalter. »Erzählen Sie mir von Mikey.«

Die Wut war aus Sakatas Stimme und aus seinen Augen gewichen, und seine Konzentration galt jetzt zumindest zum Teil seiner bewusstlosen Frau und seinen Gedanken über sie.

Gut. Jaywalker wusste nicht genau, weshalb es so war, aber wenn man aufgewühlte Menschen mit einem anderen, ebenso aufwühlenden Gedankengang konfrontierte, schienen sich beide gegenseitig zu neutralisieren, und die Menschen wurden ruhiger. Es war, als ob man jemanden in vollem Lauf am Kragen packte und in die andere Richtung riss. Der Herumgerissene musste sich erst einmal orientieren und dachte weder über die eine noch über die andere Richtung nach. So ersparte sich Jaywalker die Welle von Emotionen, die ihm von Sakata entgegenflutete und den Magier unsachlich machte. Wenn man es ruhig und vernünftig betrachtete, blieb Sakata keine andere Option, als zu reden, wenn er seine Familie nicht verlieren wollte, und der persönliche Aspekt, den der Magier einbrachte, Wut und Hass und Rachegelüste, ging Jaywalker im Augenblick auf die Nerven.

»Was wollen Sie wissen?«, fragte Sakata resignierend.

»Alles. Vor allem interessiert mich, wie Ihr Konzern zu diesen Ergebnissen gekommen ist. Es handelt sich schließlich um einen kleinen Konzern mit eingeschränkten Mitteln, jedenfalls eingeschränkt in Hinblick auf die Proportionen eines solchen Projekts.«

Sakata starrte ihn lange an, bis er schließlich den Kopf senkte und zu reden begann. »Mikey ist kein geplantes Projekt. Er ist nicht durch Experimente so geworden, wie er ist.«

»Wie wäre es, wenn Sie mir seine Geschichte einfach in Kurzfassung erzählen, und ich stelle speziellere Fragen, wenn ich etwas genauer wissen will. Sie haben sich entschieden zu reden, also lassen Sie sich nicht alles aus der Nase ziehen.«

»In Ordnung.« Der Magier holte tief Luft.

Vermutlich begeht er zur Strafe für seinen Verrat Seppuku, sobald er allein ist, dachte Jaywalker spöttisch.

»Vor fast sieben Jahren bekam der Gründer und Leiter unseres Unternehmens einen Brief von einem alten Freund, einem Wissenschaftler, der viel unterwegs war. Das Schreiben beinhaltete die Bitte, sich um seine Assistentin zu kümmern, die sich auf einer der Reisen mit irgendeiner unbekannten Krankheit infiziert hatte.«

»Wo?«, fragte Jaywalker kurz.

Sakata runzelte die Stirn. »Auf Borneo, glaube ich.«

Er sah den Straßensamurai fragend an, aber Jaywalker forderte ihn mit einem Nicken auf, fortzufahren.

»Diese Krankheit führte zu einem schweren Fieber und Verwirrungszuständen. Miss Jacobson wurde so schwer krank, dass die Expedition abgebrochen werden musste. Bei seinen Untersuchungen stellte ihr Vorgesetzter fest, dass die Erreger aus ihrem Blut abstarben, wenn sie aus dem Körper entfernt wurden, was die Untersuchung erschwerte.«

»Sein Name?«

»Was?«

»Ich will die Namen aller Personen, die Sie in diesem Zusammenhang erwähnen.«

»Yamate. Niguchi Yamate. Er ist führend auf dem Gebiet der Magiegeschichte.«

Amüsiert zog Jaywalker die Augenbrauen hoch. »Es gibt erstaunliche Fachgebiete.«

Der Magier sah ihn merkwürdig an. »Ich weiß nicht, was daran erstaunlich sein soll.«

»Reden Sie weiter«, sagte Jaywalker.

»Mr. Yamate ist selbst magisch aktiv. In der vierten Woche ihrer Erkrankung kam Miss Jacobson wieder zu Bewusstsein und wehrte sich gegen ihren Pfleger, in dem sie eine Bedrohung zu sehen schien. Wenige Sekunden lang, bevor sie wieder bewusstlos wurde, konnte Mr. Yamate etwas wahrnehmen, das er als magische Aktivität einstufte. Es passierte nichts weiter, und das Phänomen war schnell wieder vorbei. An dieser Stelle trat er an meinen heutigen Vorgesetzten heran und ...«

»Sein Name«, erinnerte Jaywalker.

Widerstrebend sah Sakata ihn an, und in seinem Blick kämpften verschiedene Loyalitäten miteinander.

»Yoshimura. Akira Yoshimura.«

Es entstand eine Pause, bis Sakata weiterredete. »Er bat ihn um Hilfe, da er selbst nicht über die Mittel verfügte, Miss Jacobson angemessen zu untersuchen. Sie wurde nach Seattle gebracht, aber die Untersuchungen erbrachten keine Ergebnisse, die das beobachtete Phänomen erklären konnten. Nach etwa sieben Monaten der Krankheit wurde sie mittels Kaiserschnitt von einem Kind entbunden.«

Leise pfiff der Straßensamurai durch die Zähne. »Michael.«

»Ja.«

»In welchem Monat war sie?«

»Im neunten.«

»War sie die ganze Zeit bewusstlos?«

»Nein. Nur die ersten anderthalb Monate. Aber sie war merkwürdig abwesend bis zur Geburt des Kindes.«

»Es hat sich kein zweites Phänomen dieser Art ereignet?«

»Nein. Und nach der Entbindung schien sie sich sehr gut zu erholen, als könne ihr Organismus ohne die Belastung der Schwangerschaft weit besser mit der Erkrankung fertig werden. Im Blut des Kindes wurden ebenfalls Erreger gefunden, aber in äußerst geringer Konzentration. Im Unterschied zu seiner Mutter hat Michael nie Anzeichen einer Erkrankung gezeigt. Yoshimura und Yamate behielten Mutter und Kind noch etwa ein Jahr lang intensiv im Auge, aber die Erreger in den Blutbildern beider nahmen immer weiter ab, bei der Mutter innerhalb des Jahres vollständig.«

»Bei Mikey nicht?«

»Nein. Eine äußerst geringe, fast nicht mehr nachweisbare Zahl an Erregern blieb im Blut zurück.«

»Interessant«, sagte Jaywalker. »Und was passierte nach Ablauf dieses Jahres?«

»Miss Jacobson bestand darauf, wieder in ein normales Leben zurückzukehren. Sie bekam eine gute Anstellung in unserem Unternehmen, nahm sich eine kleine Wohnung in Tacoma und zog ihren Sohn auf.«

»Und der Vater?«

»Sie hatte sich kurz vor der Expedition von ihm getrennt, ohne zu wissen, dass sie schwanger war.«

»Fanden weitere Untersuchungen statt?«

»Nur gelegentliche Blutbilder, die aber keine Veränderungen anzeigten. Vor einem Jahr wurden sie eingestellt.«

»Was ist dann passiert?«

»Lange Zeit nichts. Bis Miss Jacobson sich mit einem Mann einließ. Einem Trinker. Sie hat ihn vor etwa einem halben Jahr kennen gelernt. Er schlug sie ganz offensichtlich, und sie erzählte die üblichen Geschichten, sie sei von der Treppe gefallen oder hätte sich den Kopf am Schrank gestoßen. Ich habe Michael in dieser Zeit vielleicht zweimal gesehen, und er wirkte zunehmend verstört. Vor einigen Wochen ist dann ein merkwürdiger Unfall passiert. Nachdem Miss Jacobson unentschuldigt nicht zur Arbeit erschienen ist, habe ich bei ihr vorbeigesehen, um auszuschließen, dass ihr Lebensgefährte ihr etwas angetan hat, und fand ihn tot in der Wohnung auf. Seine Haut wirkte verbrannt, und die inneren Organe waren förmlich zusammengeschmolzen. Die Leiche hielt ein Messer in der Hand, und ich neige zu der Vermutung, dass er Miss Jacobson attackiert hat.«

»Und alles wies darauf hin, dass Magie mit im Spiel war?«

»Ja.«

»Das abgebrannte Wohnhaus in der Pine Street?«

»Ja«, flüsterte der Magier.

»Es ist nicht von allein abgebrannt, oder? Wenn Sie den Toten noch gefunden haben, kann es nicht durch Mikeys Zauberexperimente gebrannt haben.«

»Nein«, erwiderte der Magier leise, und Jaywalker lächelte ihn mit schief gelegtem Kopf an.

»Bei dem Brand sind mehrere Menschen qualvoll gestorben. Das verdeckte die seltsamen Spuren, die Mikeys Aktivitäten im Astralraum zurückgelassen haben, nicht wahr?«

»Hören Sie auf«, zischte der Magier. »Sie sind nicht gerade der Richtige für einen moralischen Vortrag!«

Jaywalker grinste. »Da haben Sie sicher Recht. Ich hätte dasselbe getan. Wie dem auch sei ... wo waren Mikey und seine Mutter?«

Wütend starrte der Magier ihn an. Dann warf er einen kurzen Blick auf seine Frau und riss sich zusammen.

»Sie waren weg. Miss Jacobson hatte ihre Konten geräumt und offenbar in aller Eile einen Koffer gepackt. Auf dem Fußboden ihres Schlafzimmers fand ich wild herausgerissene Schubladen und einige verstreute Kleidungsstücke.«

»Sie hat alles gewusst, was Sie im Zusammenhang mit ihrer Erkrankung herausgefunden haben?«

»Sie war wissenschaftliche Assistentin. Sie hat sich ebenfalls für die Ergebnisse interessiert.«

»Heißt das, ja? Von diesem kleinen Ereignis mit der Magie wusste sie auch?«

»Ja.«

»Also hat sie versucht, ihren Sohn vor dem Labor zu retten.« Jaywalker grinste sarkastisch. »Ich nehme stark an, Sie haben ihr nicht gerade gute Wünsche für ihr weiteres Leben nachgesandt, nicht wahr? Eher einen kleinen Trupp Jäger, um den Kleinen zurückzuholen.«

»Sie hatte einige falsche Spuren gelegt, und wir konnten nicht allen folgen. Deshalb haben wir ... Freiberufliche engagiert.«

»Shadowrunner.« Jaywalker nickte. Das wusste er bereits, aber er würde es Sakata nicht unbedingt auf die Nase binden. »Die beiden hatten keine große Chance, hm? Sie konnte sich an niemanden wenden. Der Kleine wäre ihr auf jeden Fall weggenommen worden.«

»Er ist eine Gefahr für sich und andere!« Die Entrüstung in Sakatas Stimme klang nicht ganz echt, und Jaywalker lachte leise. »Wer hat die beiden gefunden?«

»Die ... Shadowrunner. In Denver. Sie haben sie nach Seattle zurückgebracht. Aber dort, in ihrem Versteck, ist der Junge aufgewacht, und bevor sie ihn wieder betäuben konnten, hat er wahre Verheerungen angerichtet in seiner Angst. Dort in der Nähe haben Sie ihn gefunden, nehme ich an.«

Der Straßensamurai nickte kurz. »Was ist mit der Mutter passiert?«

»Sie wurde versehentlich erschossen, als die Shadowrunner sie in Denver aufgriffen.«

»Wie praktisch«, meinte Jaywalker und sah dem Magier direkt in die Augen. Sakatas Miene versteinerte noch mehr, wenn das überhaupt möglich war. »Sie sind ein ganz schönes Arschloch, Sakata-*san*. Fast fange ich an, Sie zu mögen. Bis auf Ihre kleine Schwäche mit Ihrer Familie scheinen wir uns sehr ähnlich zu sein.«

Das Gesicht des Magiers erhitzte sich, und er rang vor Wut nach Luft. »Wir«, sagte er mit harter Stimme, »sind uns nicht im Geringsten ähnlich! Der Tod von Miss Jacobson war ein Unfall! Ein sehr bedauerlicher, nicht geplanter Unfall!«

»Mag sein«, sagte Jaywalker ruhig. »Mir ist es gleichgültig. Ich möchte von Ihnen noch eins wissen.«

»Was?«

Wenn sein kleiner Sohn nicht irgendwo in Seattle mit einem skrupellosen Killer verschwunden wäre, hätte Sakata ihn jetzt vermutlich so in Stücke gerissen, dass nicht einmal der Zahnarzt hätte feststellen können, wer diese Leiche einmal gewesen war. Im Astralraum musste der Magier aussehen wie eine zornlodernde Fackel, und in der physischen Welt war es nicht viel anders. Das Gesicht glühte weiß und hätte bei Licht betrachtet wahrscheinlich die Farbe eines Pavianhinterns gehabt.

»Ich möchte Ihre persönliche Einschätzung. Sie sind nicht mehr dazu gekommen, das Blut des Jungen nach dem ersten dieser außergewöhnlichen Vorfälle zu untersuchen, und ich weiß nicht, wie lange die letzte Blutuntersuchung her ist, aber sie scheint keine Aufsehen erregenden Ergebnisse erbracht zu haben. Deshalb weiß ich, dass Sie nur Mutmaßungen abgeben können. Mutmaßen Sie. Lassen Sie mich an Ihren Spekulationen teilhaben. Was ist Ihrer Meinung nach mit dem Jungen los?«

Lange starrte der Magier ihn an. Sein Hass überrollte Jaywalker in Wellen. Vielleicht hätte er ihn nicht ganz so wütend machen sollen. Aber er zielte darauf ab, dass Sakata sich in wütendem Zustand zu weit wilderen Spekulationen würde hinreißen lassen als dann, wenn er über seine Worte nachdachte, und Jaywalker wollte alles hören.

»Die Erreger«, begann Sakata, und seine Stimme war wie ein Hammer auf einem Amboss, hart und mit einem metallischen Nachklang. »Die Erreger bewegten sich in den wenigen Augenblicken, die sie außerhalb des Körpers überlebt haben, völlig synchron. Als dann die ersten starben, wurden die Bewegungen der anderen hektisch, als könnten sie es spüren. Wir haben Erreger in verschiedenen Petrischalen nebeneinander gestellt, später in vollständig abgedichteten Gefäßen, um eine chemische Reaktion auszuschließen. Noch später haben wir die Erreger in verschiedenen Räumen sterben lassen. Die Reaktionen waren immer dieselben, als handele es sich um einen einzigen Organismus und nicht um viele Einzelwesen.« Er holte tief Luft. »Beim Erwachen sind viele neue Spezies und Fähigkeiten entstanden. Einige Insektenarten verfügen über ein gemeinsames Bewusstsein innerhalb eines Schwarms. Ich gehe davon aus, dass in diesem Fall ein ähnliches Phänomen vorliegt.«

»Und?«, fragte Jaywalker. »Welchen Nutzen ziehen die Tierchen daraus?«

»Ich weiß es nicht«, erwiderte Sakata.

»Aber Sie haben eine Theorie. Sie haben systematisch mit Ihrer Erklärung angesetzt. Los, kommen Sie schon. Ich bin kein Wissenschaftler, ich bin Laie, und ich werde Ihre verdrehten Theorien nicht kritisieren, sondern begrüßen. Legen Sie los!«

In den Augen des Magiers funkelten verschiedenste Gefühle, aber Jaywalker wusste, dass er ihm erzählen würde, was er wissen wollte. Vermutlich brannte er bereits darauf, seine Theorie endlich einmal vor jemandem auszubreiten, der zuhörte, wer es auch sein mochte.

»Gut«, sagte Sakata, noch immer mit dieser harten Stimme.

»Ich glaube, dass von Anfang an eigentlich das Kind infiziert war, nicht die Mutter. Kein anderes Mitglied der Expedition hat sich angesteckt, dabei waren alle in derselben Gegend, tranken dasselbe Wasser, aßen dieselbe Nahrung. Nach der Geburt verschwanden die Erreger aus dem Blut der Mutter, nicht aber aus dem des Kindes.

Was die Erreger selbst betrifft, so glaube ich, dass sie nicht an sich magisch aktiv sind. Wir haben hochrangige Wissenschaftler mit magischem Talent, und ich selbst bin Initiant. Keiner von uns hat eine magische Aktivität feststellen können. Es ging sogar so weit, dass Mr. Yamate sich der Verdächtigungen erwehren musste, einem Hirngespinst erlegen zu sein.

Als sich die ersten magischen Phänomene zeigten, war die schwangere Miss Jacobson zutiefst verwirrt und stand unter der Einwirkung ihres schweren Fiebers. Diese Angst könnte sich auf das Kind übertragen haben.«

Er holte tief Luft, begegnete in Jaywalkers Blick aber nur Interesse, keiner Skepsis.

»Ich glaube«, holte er zur zentralen These aus, »dass sich die Erreger symbiotisch mit Michael verbunden haben. Seine Angst überträgt sich auf sie und sie reagieren. Und irgendwie wirken beide zusammen, Symbionten und Wirt, um magische Energien zu kanalisieren und in einer unkontrollierbaren, für Michael unkontrollierbaren, Weise auf den Aggressor umzuleiten.«

Straßensamurai und Magier schwiegen. Sahen sich gegenseitig an, Sakata mit einem Blick, als erwarte er kritische Einwände, Jaywalker mit ruhigem Interesse und völliger Aufmerksamkeit.

»Was für einen Sinn könnten derartige Fähigkeiten für die Erreger haben?«

Sakata lachte spöttisch. »Keinen mir bekannten. Es wird sich kaum um Erreger handeln, die sich auf ungeborene *homo sapiens* spezialisiert haben.«

»Hm«, sagte Jaywalker. »Offenbar generell nicht auf Menschen. Das eigentliche Wirtstier oder Überträgertier, falls es eins gibt, ist Ihnen unbekannt?«

»Ja.«

»Aber ich nehme an, Sie suchen danach.«

»Ja«, gab der Magier nach kurzem Zögern zu. »Jetzt im Augenblick suchen wir danach.«

»Haben Sie Mikey askennen können?«, fragte Jaywalker, einer plötzlichen Eingebung folgend.

Sakata sah ihn stirnrunzelnd an. »Aber natürlich.«

»Nein. Jetzt nicht mehr. Es gibt ... eine Art Barriere vor seinen Gedanken. Unsere Schamanin konnte lediglich herausfinden, dass Mikey krank ist. Und dass er Angst hat. Tiefer ist sie nicht gekommen. Sie hat es so formuliert: *Es ist, als wäre ich mitten in seinen Gedanken.* Aber in wilden, unstrukturierten Gedanken, wie es aussieht. Sie ähneln mehr einem Albtraum als bewusstem Denken, wenn ich ihre Beschreibung richtig interpretiere. Können Sie sich das erklären?«

In Sakatas Blick kämpften Hass und wissenschaftliches Interesse miteinander.

»Vielleicht«, sagte er langsam. »Vielleicht war es nur zum Teil der Junge. Wenn sich die Erreger dauerhaft symbiotisch mit ihm verbunden haben, könnte es sein, dass Ihre Schamanin gewissermaßen ein ... Destillat an Eindrücken erhalten hat, das zum einen dem Bewusstsein des Kindes entstammte und zum anderen von den Erregern ausging. Wenn sie wirklich über ein gemeinsames Bewusstsein verfügen, könnte es ...« Er brach ab und sah Jaywalker frustriert an. »Ich ergehe mich in wilden Mutmaßungen. Ohne eingehende Untersuchungen bleibt es bei Spekulationen.«

»Ich finde, es klingt nicht schlecht.« Der Straßensamurai hob die Augenbrauen. »Aber wie dem auch sei – ich glaube, ich weiß alles, was ich wissen muss. Bis auf ein paar Kleinigkeiten. Wie viele Leute sind hinter dem Jungen her?«

»Fünf, mit mir.«

»Nur?«

»Das Projekt ist keine Angelegenheit, mit der man jedermann betraut, und wir sind ein kleines Unternehmen, wie Sie ganz richtig bemerkten. Unter Umständen wird man in Erwägung ziehen, auf externe Kräfte zurückzugreifen.«

»Gut«, sagte Jaywalker und grinste. »Ich nehme an, Sie können mir kein überwältigendes Angebot machen, um den Jungen zurückzukaufen.«

»Vermutlich keins in der Kategorie, auf die Sie abzielen werden.«

»Mir würde Ihr Konzern gehören.«

»Das halte ich für übertrieben.« Sakata verzog abfällig die Mundwinkel. »Aber es ist Ihre Entscheidung.«

»Das ist es«, bestätigte Jaywalker trocken.

»Sagen Sie«, begann der Magier, »in Anbetracht des Umstands, dass Sie persönlich bei mir auftauchen ... wie habe ich diese Anzeige zu verstehen?«

»Darauf wollte ich ohnehin zu sprechen kommen.« Jaywalker lächelte unangenehm. »Ich möchte ein Arrangement mit Ihnen treffen.«

Als Jaywalker die Wohnung verließ, saß Sakata noch immer wie erstarrt auf dem Boden. Kurz bevor er die Tür hinter sich ins Schloss zog, hörte der Straßensamurai ihn aufspringen und wusste, dass sich jetzt die rührende Szene des Aufweckens, des Umarmens und des gemeinsamen Weinens ereignen würde. Und dann vielleicht Vorwürfe seitens der Frau. Er wusste es nicht. An so etwas konnten Ehen zerbrechen.

Besonders dann, wenn der Sohn nicht zurückkehren würde. Aber wenn Sakata mitspielte, stand der Wiedervereinigung der glücklichen Familie nichts im Wege, wenn es nach Jaywalker ging, jedenfalls fürs Erste. Im Augenblick war Sakata für ihn lebend von größerem Nutzen.

Der Besuch bei Sakata war sehr aufschlussreich für ihn gewesen. Der Magier hatte Theorien geäußert, die dem sehr nah kamen, was Jaywalker nach seinem Gespräch mit Nemesis und nach den Vorfällen um Mikey bereits vermutet hatte. Der Magier wusste jedoch nicht, dass die Erreger aus dem Blut des Kindes mittlerweile durchaus einige Stunden außerhalb seines Körpers überlebensfähig waren.

Hochinteressant war, dass die Mutter unter schweren Krankheitssymptomen gelitten hatte, während Mikey scheinbar unbeeinträchtigt mit einer hohen Konzentration an Erregern leben konnte. Nach Jaywalkers Ansicht ließ sich diese Beobachtung hervorragend mit der Theorie der symbiotischen Beziehung zwischen Wirt und Krankheitskeim verbinden: Wenn sich die Erreger von Anfang an mit dem Jungen synchronisiert hatten, konnte es durchaus sein, dass sie ihm keinen Schaden zufügten, dafür aber der Mutter.

Das Gespräch mit Nemesis hatte jedoch noch weitere interessante Ergebnisse erbracht. Als die Erreger abstarben, hatten sie große Mengen an Giftstoffen freigesetzt. Die Untersuchung dieser Giftstoffe hatte den größten Teil der Zeit beansprucht, die Nemesis mit der Untersuchung verbracht hatte, und die Maus, der sie das Zeug gespritzt hatte, war nach der dritten Injektion unter heftigen, anfallartigen Krämpfen gestorben, obwohl die Dosis in allen Fällen gleich hoch gewesen war. Offenbar sensibilisierte sich der Organismus mit der Zeit für das Gift. Jaywalker war ziemlich sicher, dass Mikeys Zeit selbst dann bald ablief, wenn er keine weiteren Anfälle bekam, da ständig kleine Mengen von Erregern abstarben und das zell- und organschädigende Gift in seinem Blutkreislauf freisetzten.

Er musste sich etwas beeilen, wenn er den Kleinen noch verkaufen wollte.

Aber der Preis, den Aztechnology bot, war gut genug.

Verdammt gut. Besonders dann, wenn er ihnen die Informationen mitlieferte, die Sakata ihm gegeben hatte.

Als Jaywalker durch die Haustür auf die Straße trat und einen Blick nach oben warf, sah er den Lichtschimmer im Wohnzimmer der Sakatas. Es wirkte warm und familiär, und der Anblick der erleuchteten Fenster von Wohn- und Schlafzimmer verriet nichts von den Dramen, die sich jetzt dahinter abspielten.

Jaywalker hoffte, dass sich ihm eine günstige Gelegenheit bieten würde, Sakata zu töten, wenn diese Sache vorbei war. Anfangs war der Magier kein wirklicher Gegner gewesen, und das erstaunte den Straßensamurai mittlerweile nicht mehr. Vielmehr wunderte es ihn, dass Sakata den Grund für sein scheinbares Versagen selbst nicht erkannte.

Jaywalker wäre jede Wette eingegangen, dass der Magier nachts von seinem eigenen Sohn träumte, der unter beruhigenden Drogen in einem Labor dahindämmerte, an Maschinen angeschlossen, täglich mit Blutabnahmen traktiert, die ihn nicht mehr störten, weil sein Verstand abgeschaltet worden war. Sein Sohn und Mikey waren nicht nur im gleichen Alter, sie teilten auch die großen, neugierigen Augen miteinander, einmal in Blau, einmal in Schwarzbraun; dieselbe kleine Stupsnase, dieselbe freundliche Art, auf Fremde zuzugehen. Vielleicht hatten die beiden sogar manchmal miteinander gespielt. Sakata *wollte* Mikey nicht finden, wollte ihn nicht ins Labor zurückbringen, auch wenn er das selbst nicht wusste.

Das hatte sich jetzt allerdings sicher geändert, seit ihm klar geworden war, dass auf Mikey ohnehin das Labor wartete. Außerdem nahm der Magier es mit Sicherheit persönlich, dass Jaywalker seinen Sohn gegen ihn ausspielte. Es war am klügsten, den Magier zu töten, solange Jaywalker wusste, wo er sich befand, damit er nicht auf einmal hinter ihm stand und ihm demonstrierte, weshalb man vor vielen Jahren in Tokio so große Stücke auf ihn gehalten hatte.

Aber jetzt noch nicht. Er brauchte ihn noch.

Jaywalker lächelte, als er an den Ausdruck fassungsloser Entrüstung auf Sakatas Gesicht dachte angesichts der Beschuldigung, am Tod der bedauernswerten Miss Jacobson mitgewirkt zu haben, und als er in seinen Wagen stieg, dachte er kurz an die Überraschung im Gesicht des halb verbrannten Hornet, als er ihm in die Schulter geschossen hatte, bevor er den Jungen hatte umlegen können. Der Runner hatte mit Sicherheit nicht damit gerechnet, ausgerechnet ihn dort in den Barrens zu treffen, und vor allem hätte er nicht damit gerechnet, von ihm umgebracht zu werden, wenngleich auch mehr aus Versehen.

Die Loyalität von Hornet und seinem Team hatte ihn dazu bewogen, ausgerechnet dieses Team an Sakata zu vermitteln, da er ziemlich sicher gewesen war, dass sie nicht gegen ihn spielen würden, selbst wenn sie mitbekamen, was sie da eigentlich in den Händen hatten. Er hätte das Team vielleicht nicht einmal umbringen müssen, wenn es nicht so weit gekommen wäre, denn sie teilten die Skrupel seines eigenen Teams nicht. Schließlich hatten sie auf seine Anordnung hin auch die Mutter des Kindes getötet, damit sie nicht im Weg war.

Es war bedauerlich, dass er Hornet und seine Leute verloren hatte. Aber es ließ sich nicht mehr ändern.

Es lohnte sich nicht, allzu viele Gedanken daran zu verschwenden.

Kapitel 26

Renton Inn, Sunset Boulevard, Renton, 06:12

»Er will ein persönliches Treffen.« Angespannt starrte Conquistador auf den Taschencomputer.

»Was?« Steel, der seit einer halben Stunde an seiner blitzsauberen Mossberg herumpolierte, warf den Kopf herum. Es knackte laut, und der Ork griff sich mit schmerzverzerrtem Gesicht in den Nacken.

»Drek. Das hat mir gerade noch gefehlt!«

»Idiot.« Der Runner hob den Blick und sah ihn kopfschüttelnd an. »Mach dich nicht kaputt. Wirst noch gebraucht.«

»Idiot!«, wiederholte Steel und starrte ihn wütend an. »Meinst du, ich mach das mit Absicht? Das tut verdammt weh, du dämlicher Punk!« Mit einer Hand legte er die Mossberg vor sich auf den Tisch, ohne die andere Hand aus dem Nacken zu nehmen, und bewegte vorsichtig den Kopf. Es knackte wieder, und der Ork zuckte zusammen.

»Du hast dir da was ausgerenkt«, stellte Conquistador fest.

»Schlauer Junge«, fauchte Steel und fixierte ihn mit einem mörderischen Blick. »Du bist echt hilfreich, Conquistador. Komm nur her, dich mach ich immer noch fertig!«

»Tststs. Du solltest was gegen diese Aggressivität tun. Das kann ja gar nicht gesund sein.«

»Leck mich am Arsch«, knurrte der Ork und bewegte den Kopf vorsichtig in die andere Richtung. Das ging etwas besser, bis er zu einem Punkt kam, an dem es wieder knackte. Ein absonderlicher Schmerz schoss seine Wirbelsäule hinunter, weißglühender, tauber Schmerz, eine Mischung, die Steel für widersprüchlich und unmöglich gehalten hätte, würden seine Nervenstränge ihm nicht das Gegenteil erzählen.

»Drek!«, brüllte er auf. »Das kann doch nicht wahr sein! Ich habe keine Zeit für so was!«

»Darüber hättest du nachdenken sollen, bevor du versucht hast, dir selbst das Genick zu brechen«, brummelte Conquistador wenig hilfreich, und Steel hob den Kopf, um den Runner anzusehen. Ein wenig zu schnell, und der taube Schmerz schoss diesmal in seinen Kopf und raubte ihm für eine Sekunde die Sehkraft.

»Fantastisch«, grollte er. »Halt wenigstens die Schnauze, Arschloch, ja? Das kotzt mich schon genug an, wenn ich mir deine blöden Sprüche nicht anhören muss!«

Er hörte Schritte. »Nicht bewegen«, sagte der Runner dicht neben ihm. »Nimm mal die Hand da weg.«

Knurrend nahm Steel die Hand von seinem Nacken und hielt sie dicht neben dem Kopf in Position, um jederzeit zugreifen zu können. Er traute dem Kartenspieler nicht ganz.

Eine warme Hand griff in seinen Nacken und tastete die Wirbel ab.

»Was machst du denn da?«

»Was meinst du denn, was ich mache? Ich sehe nach, ob ein Wirbel rausgesprungen ist, und wenn ja, renke ich ihn wieder ein.«

»Kannst du das denn?«, fragte Steel und spannte sich unwillkürlich an.

»Ich hab mal im Trid gesehen, wie man das macht.«

Steel packte die Hand des Runners mit festem Griff, wobei die Schmerzen diesmal in beide Richtungen zuckten: Wirbelsäule und Kopf. Es war bemerkenswert unangenehm. Um genau zu sein: Er wollte sterben. »Dann lass deine Pfoten da weg, Conquistador!«

»Reg dich ab. Das war ein Witz, du Blödmann. Natürlich weiß ich, was ich tue!«

»Das wär mir neu.«

»Vertrau mir. Und lass meine Hand los. Wenn du noch ein bisschen fester zupackst, brichst du sie, und dann kann ich dir auch nicht mehr helfen.«

»Na gut«, brummte Steel und ließ die Hand los. »Wenn du es schlimmer machst, brech ich dir mehr als nur die Hand!«

»Wenn ich es schlimmer mache«, erwiderte Conquistador, und Steel konnte das Grinsen in seiner Stimme förmlich hören, »kannst du vermutlich eine ganze Weile überhaupt nichts mehr brechen.«

»Du bemühst dich sehr um mein Vertrauen«, grollte Steel.

»Entspann dich. Wenn du den Nacken so anspannst, kann ich keinen einzigen Wirbel fühlen.«

»Ich versuch's ja.«

»Versuch's nicht, tu es.«

Die Hand des Runners begann die einzelnen Wirbel abzutasten. Es schien tatsächlich, als wisse er, was er da tat, und zu seinem Erstaunen merkte der Ork, dass es sich angenehm anfühlte, als schiebe Conquistador bereits beim Abtasten die Wirbel in die richtige Position zurück.

Knapp unterhalb seines Hinterkopfes löste der sanfte Druck der Finger einen heftigen Schmerz aus, der Steel zusammenzucken ließ.

»Da haben wir's«, sagte der Runner erfreut.

»Ganz toll«, gab Steel missmutig zurück. »Das tut weh.«

»Bist doch ein großer Junge«, spottete Conquistador. »Stell dich bloß nicht so an. Der richtige Schmerz kommt erst noch. Fühlt sich fast an wie das Ausrenken, wenn man es wieder einrenkt.«

»Das musst du mir jetzt unbedingt erzählen, ja?«

Conquistador antwortete nicht und tastete jetzt die schmerzende Stelle eingehend ab. Es fühlte sich an, als ziehe er an Fäden, die zu Steels Rücken und direkt in sein Gehirn führten. »Fängst du vielleicht auch mal an?«, fragte Steel.

»Psst«, machte Conquistador. »Muss mich konzentrieren. Ist nicht ungefährlich, da was falsch zu machen.«

Mühsam verkniff sich der Ork ein paar Beleidigungen. Er würde sie sich aufbewahren für den Moment, da er sich wieder bewegen konnte, und sie Conquistador in eine physische Variante übersetzen. Ein ordentlicher Kinnhaken würde genau das Richtige sein, um seinen Gefühlen Ausdruck zu verleihen.

»Okay«, sagte der Runner nach einer Weile. »Ich glaube, ich hab's.«

»Du glaubst?«, fuhr Steel auf.

»Alter Schisser«, sagte Conquistador belustigt. »Ich bin so sicher, wie es nur geht, ohne deinen Nacken zu scannen.«

»Und wie sicher ist das?«

»Das braucht dich doch gar nicht zu interessieren. Wir haben nämlich keinen Medscanner, falls dir das entgangen sein sollte. Besser als das Bestmögliche geht nicht. Also halt jetzt die Klappe und entspann dich. Wenn du deinen Stiernacken anspannst, muss ich Christo holen, damit der das wieder einrenkt.«

»Der kann das auch?«

»Ja, der kann das auch. Willst du das?«

»Nein«, murmelte Steel. »Will ich nicht. Nun mach schon.«

»Weißt du, letztes Mal, als Christo jemandem etwas eingerenkt hat«, begann Conquistador, »da ...«

»Ich will keine Geschichte. Ich will, dass du endlich den blöden Wirbel wieder einrenkst und mich in Ruhe lässt!«

»Aber das musst du dir noch anhören. Also, da war dieser ...«

Schicksalsergeben ließ Steel die Schultern sinken. Das konnte ja noch dauern, so wie der Runner ausholte.

Die Welt explodierte, als Conquistador blitzschnell sein Kinn und seinen Hinterkopf fasste und seinen Kopf in einer kurzen, präzisen Bewegung nach oben zog und damit den Nacken streckte. Steel brüllte auf, als es laut knackte und sein Genick sich in tausend kleine, weißglühende Fetzen auflöste. Alles verschwand, und er flog durch einen langen, dunklen Tunnel auf ein Licht zu, das ihm Angst machte, weil es grell und kalt aussah, nicht etwa anheimelnd und warm, wie er es erwartet hätte.

Auf einmal war die Welt wieder da. In seinem Nacken saß ein tauber Schmerz wie ein aufdringliches, träges Tier, das sich dort festgeklammert hatte und nicht mehr weggehen wollte. Ganz vorsichtig und mit geschlossenen Augen drehte er den Kopf etwas nach links. Nichts passierte. Etwas weiter. Das Tier in seinem Genick begann zu summen und zu vibrieren, aber es biss nicht zu. Kein Blitz. Nur eine leichte Taubheit, die sich verstärkte, wenn er den Kopf sehr weit drehte. Er probierte es mit der anderen Richtung, und da ging es noch etwas besser.

»Na also«, sagte Conquistador zufrieden und schlenderte zum Tisch zurück.

»Hey«, sagte Steel. »Was war das denn nun für eine Sache mit Christo?«

»Weiß ich doch nicht«, erwiderte Conquistador und ließ sich wieder auf den Stuhl fallen. »Denk dir selbst was aus.«

»Was?«

»Du glaubst doch nicht im Ernst, dass Christo irgendwas einrenkt, oder? Ausrenken, ja. Brechen, natürlich. Zerstörung in allen Variationen, darin ist er Profi. Aber das richtige Einrenken ist eine Kunst, und Christo ist eher ein wandelndes Brecheisen als sonst etwas.«

Steel knurrte leise für sich. »Du hast mir das nur erzählt, damit ich nicht daran denke, dass es gleich wehtut, oder?«

»Uralter Trick. Ich dachte eigentlich, du würdest das durchschauen und nur so schlau sein und mitspielen.«

Der Rigger zog es vor, darauf nicht zu antworten. »Was war das vorhin? Du hattest irgendwas gesagt von einem persönlichen Treffen?«

»Ja.« Stirnrunzelnd zog der Runner den Taschencomputer wieder zu sich heran.

Gestern Abend hatten sie Sakatas Antwort im Anzeigenteil gefunden.

»Mikey, vermisse dich ebenfalls. Melde dich!« Unter dem Text hatte sich eine Chiffrenummer befunden: Sakata hatte ein digitales Postfach eingerichtet. Am Abend zuvor hatte

Conquistador von einem öffentlichen Telekom eine Nachricht des Inhalts geschickt, dass sie über Informationen verfügten, die Sakata unter Umständen weiterhelfen würden, und er hatte ebenfalls eine anonyme Mailbox eingerichtet, damit Sakata ihm antworten konnte. Eben gerade war er mit Brötchen und dem neusten Update ihrer merkwürdigen Kommunikation zurückgekommen.

»Die Mailboxen sind ihm wohl zu undicht. Kann jeder Mittelklassedecker knacken.«

»Na fein. Und wie will er dann ein Treffen verabreden, bei dem es keinen Besuch gibt, wenn er so paranoid ist?«, fragte Steel ungnädig.

»Dort, wo Jaywalker Mikey gefunden hat. Sehr poetisch formuliert: *Aus nostalgischen Gründen schlage ich als Treffpunkt den Ort vor, wo bei der ersten Begegnung die Luft zu brennen begann.* Klingt ja richtig romantisch.«

»Klingt dämlich«, sagte Steel.

»Wie hättest du es formuliert, um klar zu machen, welchen Ort er meint?« Conquistador zog die Augenbrauen hoch und sah ihn an.

»Anders. Sag mal, schreibst du etwa auch so 'nen Drek?«

Amüsiert verzog der Runner den Mundwinkel, den die Narbe nicht verzerrte. »Klar.«

»Lies mal vor.«

»Kindskopf.« Der Runner grinste schief und fummelte am Taschencomputer herum, um die Nachricht aufzurufen.

»Hör zu: *Seit unserem letzten Treffen ist einiges vorgefallen, das die Dinge von Grund auf ändert. Ich bin sicher, dass es dich versöhnen wird und wir unseren alten Streit beilegen können. Das, worum wir uns gestritten haben, befindet sich nicht mehr in meinem Besitz, aber wenn dir noch immer viel daran liegt, wäre ich dir gerne bei der Wiederbeschaffung behilflich. Mehr möchte ich nicht: nur, dass wir uns wieder als Freunde begegnen können.*«

»Was für ein Geschwafel«, brummte Steel. »Wie paranoid seid ihr eigentlich?«

»Sehr«, sagte Conquistador. »Man muss ja niemanden unnötig neugierig machen.«

»Aber auf die Tour können wir ihm das, was wir ihm über Jaywalker mitteilen wollen, nicht vermitteln.«

»Ach, wirklich? Deshalb will er ja auch das Treffen.«

»Ist das nicht unnötig?«, fragte Steel unbehaglich. »Ich dachte, wir wollten Jaywalker einfach nur auf die Füße latschen, bis er aus seinem Versteck gekrochen kommt und uns umlegt. Reicht mir eigentlich auch schon. Dazu ist es doch unnötig, dass wir das Risiko eingehen und uns mit Sakata treffen. Hauptsache, Jaywalker bekommt mit, dass wir ihn kontaktiert haben, und ich denke, das ist bereits der Fall.«

Mit einem leisen Seufzen schwang der Runner die langen Beine auf den Tisch und lehnte sich zurück.

»Sakata sucht nach uns.«

»Das weiß ich doch.«

»Er hat unsere Namen und lässt auf der Straße nach uns suchen. Zack hat mir eine Nachricht geschickt. Uns sind einige Hunde auf den Fersen.«

»Ach ja? Dann lass uns die Köter abknallen.«

»Ich weiß nicht, wer es ist. Unbekannte Gesichter. Aber sie scheinen ein oder zwei recht gute Informanten gefunden zu haben. Sie haben in der Halle gefragt, bei Nemesis und bei einigen anderen, mit denen wir zu tun haben. Sie sind mir ein bisschen zu dicht dran.«

Mit einer ungeduldigen Bewegung griff Steel nach seiner Mossberg und polierte weiter daran herum. »Und deshalb denkst du dir, lieber offenen Auges selbst in den Schlund springen, als gestoßen zu werden.«

»Was?«

»Na ja, Sakata sucht uns, und sie sind dir zu dicht dran. Als Reaktion triffst du dich halt mit dem, vor dem du eigentlich abhaust. Klingt einleuchtend.«

Conquistador klappte den Taschencomputer zu und musterte ihn mit einem finsteren Blick. »Wir haben ihm etwas anzubieten.«

»Klar. Und wenn er es hat, legt er uns um.«

»Nicht, wenn es keinen Sinn hat. Wenn wir das, was wir wissen, zusammentragen und die alte Postfachnummer abziehen: keine Nachricht um eine bestimmte Uhrzeit, dann ab an die Boulevardpresse.«

»Oh, Mann«, stöhnte Steel auf. »Ich steh nicht auf diesen Drek mit dem gegenseitigen Austricksen und Bedrohen und dem ganzen Hin und Her. Ich will einfach nur 'nen sauberen Job.«

»Dann lies im Trid Kindermärchen vor. Das ist sauber.«

»Leck mich doch sonst wo. Der ganze Zirkus gefällt mir nicht. Wir sehen zu, dass wir Mikey irgendwie da raushauen, und dann setzen wir uns ab. Oder wir machen Sakata kalt. Aber das, was du da vorhast, dieser hirnverbrannte Drek mit dem Gegeneinanderausspielen der Parteien, das macht mir Kopfschmerzen. Das endet nicht gut, Conquistador. Was soll ich Kike erzählen, wenn sie aufwacht, und ich kann ihr nur noch sagen, dass ich ihr die Auswahl deines Grabsteins überlasse? Irgendwann schätzt man bei so einem Spiel jemanden falsch ein, und dann ist es gelaufen.«

Wütend schwang Conquistador die Beine wieder vom Tisch herunter und sprang auf. »Lass Kike da raus. Das ist eine Sache zwischen Jaywalker und mir!«

»Aha!« Mit einem Krachen landete die Mossberg auf dem Tisch, und Steel erhob sich ebenfalls und baute sich vor Conquistador auf. »Jetzt kommst du endlich zur Sache, nicht wahr, Conquistador? Jaywalker und du! Du gottverdammter Idiot! Jaywalker ist ein Killer, ein Psychopath, und er hat uns allen was vorgemacht, das ist wahr, und es macht mich auch ziemlich fertig. Aber er wird sich nicht ändern, nur weil du auch durchdrehst. Und Kike wird nicht wieder gesund, Phoenix nicht wieder lebendig, wenn du ihm eine Kugel in den Kopf jagst. Deine Enttäuschung wird nicht geringer und, verdammt noch mal, es wird nicht weniger wehtun. Du kannst es nicht ändern. Du kannst es nur noch schlimmer machen, indem du dich selbst opferst oder Christo oder mich. Oder Mikey.« Er holte tief Luft und bohrte den Blick seiner dunklen Augen in die seines Gegenübers. Die hellgrauen Augen des Runners sprühten Funken, aber Steel kümmerte sich nicht darum. »Es ist idiotisch, sich mit Sakata zu treffen. Wir haben zurzeit keine magische Unterstützung, und sein vorgeschlagener Treffpunkt liegt in den Barrens. In den Barrens, du dämliches Arschloch! Wo würdest du dich mit jemandem treffen, wenn du ihn ohne viel Aufsehen umlegen oder einfangen wolltest? Na? Komm schon, sag's mir, wo?«

Mit einem unartikulierten Knurren packte der Runner die Tischkante und stieß den Tisch mit erschreckender Kraft zur Seite. Tisch, Taschencomputer und Mossberg krachten gegen die Wand und fielen zu Boden, und eins der Tischbeine brach wie ein sprödes Streichholz. »Du«, stieß er mit rauer Stimme hervor und packte den Ork am Kragen, »du wirst mir bestimmt nicht erzählen, was ich zu tun oder zu lassen habe, Steel!«

»Wo ist denn deine legendäre Gelassenheit hin, Kartenspieler?«, fragte der Ork mit leiser, gefährlicher Stimme. »Sieh dich doch nur mal an. Du drehst völlig durch. Du kannst nicht mehr klar denken. Und in dem Zustand willst du Sakata gegenübertreten und dich auf taktische Spielchen einlassen? Und vor allem: Du willst Jaywalker herausfordern? Er zerreißt dich in der Luft, mit einem eiskalten, blasierten Lächeln im Gesicht. Jetzt hol tief Luft und denk nach. Denk nach! Was willst du? Sterben? Denn dann ist das der beste Weg, den ich mir vorstellen kann!«

Im Gesicht des Runners kämpften tausend verschiedene Gefühle miteinander. Seine Züge waren wutverzerrt, und Steel hatte noch nie so viel Schmerz in seinem Gesicht gesehen. Schmerz und Wut, eine Wut, die so tief ging und so elementar war, dass sie jetzt, als sie endlich hervorbrach, seinen Verstand verschluckte.

»Ich mache da nicht mit, Conquistador«, sagte Steel leise. »Setz dich hin, und wir arbeiten eine vernünftige Alternative aus. Aber bei dem Wahnsinn ziehe ich bestimmt nicht mit.«

Die grauen Augen verdunkelten sich, und Steel kam es vor, als sehe er gerade den letzten Rest von Klarheit darin untergehen.

»Dann«, sagte Conquistador mit harter Stimme, »dann bleib hier, Steel. Ich brauche dich nicht!«

Abrupt ließ er den Rigger los und stampfte zur Tür, unaufhaltsam wie eine ins Rollen gekommene Lawine von mehreren hundert Tonnen Gewicht.

»Du brauchst niemanden, nicht wahr?«, rief Steel ihm sarkastisch hinterher.

Der Runner riss die Tür auf, und Steel konnte Christo kurz auf dem Flur sehen, das große, dumme Gesicht eine Miene der Verwirrung und Ratlosigkeit. Dann huschte Julius schattengleich hinter ihm her, und Conquistador knallte die Tür hinter sich zu.

Steel hechtete hinterher. Als er die Tür aufriss, setzte sich Christo gerade in Bewegung, um dem Runner zu folgen.

»Wohin willst du?«, fragte Steel.

Der Troll drehte sich um und musterte ihn von oben bis unten. »Ich gehe mit.«

»Was?«

»Ich habe alles gehört. Ich gehe mit.«

»Seid ihr alle verrückt geworden? Sei doch kein Idiot, Christo!«

»Ich bin kein Idiot«, erwiderte Christo gekränkt. Dann drehte der Troll sich um und beeilte sich, Conquistador zu folgen.

Steel sah ihm nach, bis er um die Ecke des Korridors verschwunden war.

Das Gefühl, sie zum letzten Mal gesehen zu haben, raubte ihm fast den Atem.

»Wofür genau geht ihr jetzt eigentlich sterben?«, fragte er leise und dann fiel ihm auf, dass zwei der Zimmertüren auf dem Flur einen Spalt weit offen waren. Sie wurden eiligst wieder geschlossen, als sein Blick bemerkt wurde.

Zeit zu verschwinden.

Wohin auch immer.

Kapitel 27

Redmond Barrens, 19:43

Irgendwo in Conquistadors Hinterkopf sprach eine leise Stimme kluge, sehr kluge Dinge aus.

Kein Fahrer, der einen rausholte, wenn es brenzlig wurde. Keine Rückendeckung, die unvermutet und überraschend auftauchen würde. Es gab keinen Plan. Sie würden dort einfach hingehen und sich mit Sakata treffen, und ihre einzige Rückendeckung waren ihre Informationen und die Presse. Sie schlichen sich nicht geschickt an, hatten den Treffpunkt nicht ausgekundschaftet, es gab auf ihrer Seite auch keinen Magier.

Sie waren verdammt tot, wenn Sakata einen Drek auf die Presse gab.

Es war ihm völlig egal.

Fast sein ganzes Leben lang hatte er nach der Maxime gelebt, dass es sich nicht lohnte, zu viel über die Dinge nachzudenken. Man wurde geboren und irgendwann starb man. Dazwischen konnte man versuchen, das Beste aus seinem Leben zu machen, und das hieß für ihn nicht, sich grüblerischen Gedanken hinzugeben.

Er hatte alle Ängste aus seinem Leben verbannt, und sie hatten ihn dennoch kreuz und quer über die Welt gejagt.

Man konnte Menschen verlieren, und das tat entsetzlich weh. Es war besser, sie nicht zu nah an sich herankommen zu lassen. Niemals. Kike war eine Ausnahme, aber sie hatte auch nie Forderungen an ihn gestellt, hatte ihn ziehen lassen, wenn er gehen wollte; und irgendwie hatte sich die Illusion in seinen Verstand geschlichen, sie sei unverwundbar und unsterblich, ein Fehler, den er immer hatte vermeiden wollen. Aber sie war in ihrem Leben nie verletzt worden, und für sie war der Gedanke, ihr könne etwas zustoßen, völlig absurd gewesen, also war es leicht gewesen, sie für kugelsicher zu halten.

Seine Nächte waren voller Albträume. Er hatte sich daran gewöhnt und es hingenommen, denn dafür waren seine Tage frei davon, sein Leben erfüllt und glücklich.

Jetzt hatten seine Albträume ihre zugewiesene Domäne verlassen, strömten wie Dämonen in sein Bewusstsein. Tausende von Dämonen, denen er nie ins Gesicht hatte blicken können und gegen die er sich nicht wehren konnte. Sie nahmen ihn in Besitz, und irgendwo tief drinnen wusste er genau, dass er Jaywalker nicht nur für Phoenix' Tod und für Kike bezahlen lassen wollte, nicht nur für ihre verratene Freundschaft. Es ging um mehr. Alle Enttäuschung, jeder Schmerz seines Lebens, mit dem er sich nie auseinander gesetzt hatte, strömte aus ihm heraus, und wenn er daran nicht zu Grunde gehen wollte, wenn er nicht verrückt werden wollte, brauchte er ein Ventil.

Vielleicht war er auch einfach nur wahnsinnig geworden.

Vielleicht würden sie sterben. Er. Und Christo.

Schade.

Er konnte jetzt nicht darüber nachdenken.

Abrupt öffnete er die Tür seines Vans. Vorhin hatte er das mobile Labor aus dem Fahrzeug entfernt, die wertvollen Geräte einfach in die Garage geworfen, damit sie ein Fahrzeug hatten, in das auch Christo problemlos hineinpasste. Im Vorbeigehen hörte er, wie sich die Hecktür des Wagens öffnete, und er sah aus den Augenwinkeln den gewaltigen Schatten des Trolls, der aus dem Van sprang und ihm folgte.

In Christo loderte eine ähnliche Wut wie in ihm. Sie hatten nicht viel geredet. Sie hatten lange in seinem Haus gesessen, nachdem sie die Waffen ausgesucht hatten, einfach nur dagesessen und geschwiegen und gewartet, und Christos Augen waren von demselben Zorn erfüllt gewesen wie seine.

Auch für Christo schien es um mehr zu gehen. Conquistador wusste nicht, was es war. Vielleicht hatte er Phoenix geliebt, ohne es zu wissen. Ihm war es in diesem Moment egal.

Ein kleiner Teil seines Verstandes sagte ihm, dass er durchdrehte.

Mit seiner Wut erschlug er den Störenfried, als erschlage er eine Maus mit einem Vorschlaghammer.

Eine Böe kam auf und zerrte an seinem Mantel, fegte in sein Gesicht, als wolle er ihn vertreiben, ihn vom Lagerhaus fern halten. Conquistador stemmte sich gegen den Wind und stürmte weiter, ohne seinen Schritt zu verlangsamen.

Das Treffen fand in einem Lagerhaus statt, das der verbrannten Ruine, in der die Entführer des Jungen gestorben waren, gegenüberlag. Sakata fühlte sich unwohl in der Nähe dieses Ortes. Der Astralraum schien von Schreien erfüllt zu sein.

Sie warteten. Hideaki und er, kein anderer, denn der Rest des Teams stand ihm nicht nah. Nur Hideaki, der ihm bedingungslose Loyalität entgegenbrachte, wusste von diesem Treffen und von dem Abkommen mit dem Straßensamurai, zu dem dieser ihn gezwungen hatte.

Es erstaunte ihn, dass die Shadowrunner dem Treffen zugesagt hatten. Er war nicht sicher, dass sie kommen würden, und er wusste nicht, ob er es hoffen sollte.

Draußen hörte er den Wind um das Lagerhaus streichen wie ein Tier, das hineinwollte. Plötzlich frischte der Wind auf und das alte, schon etwas baufällige Lagerhaus erzitterte leicht. Es war ein einstöckiger, einfacher Kasten mit einem kleinen Büroraum am einen Ende zu ihrer Linken, starken Balken unter der Decke und insgesamt drei Türen: einem großen Rolltor, einer Tür direkt daneben und einer weiteren kleinen Tür neben dem Büro, dessen Glasfenster vor Schmutz undurchsichtig waren.

Sie standen in der Nähe des Büros, dem Rolltor gegenüber, alle drei Türen im Blick.

Mit einem weiteren Auffrischen des Windes, der durch die Straße und durch die undichten Ritzen des Lagerhauses pfiff und dabei ein hohles Heulen erzeugte, krachte es laut, und die kleine Tür neben dem Rolltor flog auf.

Wie eine Statue stand der narbengesichtige Runner in der Tür, den Hideaki ihm beschrieben hatte. Einen Augenblick stand er völlig reglos da und sah die beiden Japaner an, und Sakata überlief es kalt. Im Gesicht des Mannes lag etwas, das ihn erschreckte, und es dauerte einen Augenblick, bis er wusste, was es war: Bedingungslosigkeit. Keine Angst, kein Nachdenken. Wahnsinn.

Der Wind fegte durch die offene Tür und ließ den Mantel des Runners um ihn aufflattern, als sei er lebendig. Dann trat der Runner einen Schritt in die Halle und hinter ihm erschien ein riesiger Troll, der sich ducken musste, um sich durch die Tür zu zwängen. Er trug eine schwarze Lederjacke, in der Sakata hätte zelten können, und in den Händen hielt er ein Sturmgewehr. Er hatte es nicht auf sie angelegt, sondern hielt es locker in den Händen als eine einfache Warnung, in diesem Spiel die Regeln einzuhalten.

Die Aura von Unzurechnungsfähigkeit, die beide Runner umgab, traf Sakata wie ein Schlag, und plötzlich war er froh, sich nicht mit diesen Männern anlegen zu müssen.

»Sie sind pünktlich«, sagte er mit einer gekünstelt klingenden Stimme.

Der narbengesichtige Runner nickte knapp. »Sie ebenfalls.«

Sein Blick wanderte zu Hideaki. Sakata hörte seinen Untergebenen tief und mit einem scharfen Zischlaut einatmen und wusste, der junge Fahrer hätte seine Rechnung liebend gern auf der Stelle beglichen und hielt sich nur mit Mühe zurück.

Mit regloser Miene wandte der Runner den Blick seiner grauen Augen wieder Sakata zu, und der Magier war froh um jeden der fünf Meter, die zwischen ihnen lagen. Diese Shadowrunner waren offenbar alle durchgedreht. Davis war anders gewesen, ein kluger, kultivierter Mann, aber diese Menschen waren offenbar nicht viel mehr als wilde Tiere.

»Sie sind allein?«, fragte der Runner, und seine Stimme klang, wie Sakata jetzt auffiel, trotz des Untertons von Unzurechnungsfähigkeit angenehm, tief und warm, und seine Artikulation war klar und präzise wie die eines gebildeten Mannes.

»Nein«, sagte Sakata. »Wir haben noch einen ... Mitarbeiter hier.«

»Wo ist er?«

Sakata warf einen Blick zur Tür des Büros.

Der Magier warf einen Blick zur Tür des Büros, und Conquistador wurde in einen zeitlosen Moment geschleudert, als Jaywalker aus der Tür trat, gelassen und selbstverständlich, aber mit einer Geschmeidigkeit in den Bewegungen, die Conquistador verriet, dass seine Reflexbooster auf vollen Touren liefen.

Der Straßensamurai griff unter seine Jacke und zog die Desert Eagle, entsicherte sie und behielt sie locker in der Hand, die Mündung zu Boden gerichtet. »Sie können gehen«, sagte er zu Sakata gewandt.

Der Magier nickte und zog sich in Richtung des Büros zu rück, zur Tür neben dem Büro, die nach draußen führte.

Hideaki blieb einen Augenblick stehen, und Conquistador fühlte den Blick des Japaners brennen wie eine körperliche Berührung, aber er scherte sich nicht darum. Er wandte den Blick nicht von Jaywalker ab. Es gab nichts anderes auf der Welt als den Straßensamurai, der mit ruhigem, ernstem Gesicht dastand und seinen Blick erwiderte. Seine eisblauen Cyberaugen schienen sich an denen des Runners festzusaugen, und Conquistador kam es vor, als stehe Jaywalker nicht fünf Meter von ihm entfernt, sondern direkt vor ihm. Im Blick des Killers, den er jahrelang als Freund und Vertrauten geschätzt hatte, lag Gelassenheit, als würden sie sich gleich nicht gegenseitig umbringen, sondern ins Kino gehen oder zu einem Combatbike-Spiel.

»Auf Wiedersehen«, sagte der Japaner namens Hideaki leise. »Ich hätte dich gern selbst getötet, Drekhead.«

Der Runner ignorierte ihn. Bevor Phoenix gestorben war, hatte auch er eine gewisse Lust verspürt, die begonnene Fehde mit dem Japaner zu Ende zu führen, aber jetzt interessierte er ihn nicht mehr.

Fast wie durch einen Nebel nahm er wahr, dass die Japaner gingen.

Jaywalker beachtete sie ebenso wenig.

Die Tür fiel hinter den Japanern zu.

Jaywalker lächelte. »Hallo Christo«, sagte er, ohne den Blick von Conquistador abzuwenden.

Conquistador hörte Christo hinter sich knurren, und dann hörte er das metallische Geräusch des Sicherungshebels, als Christo das Sturmgewehr auf Jaywalker anlegte. Praktisch gleichzeitig richtete Jaywalker die Waffe auf den Troll, ohne hinzusehen.

Die Mündung der Desert Eagle war genau zwischen seine Augen gerichtet, als Christo das Sturmgewehr erst halb im Anschlag hatte. Er verharrte in der Bewegung. Sein Herz schlug hart und schnell.

»Es überrascht mich, dich hier zu sehen, Christo«, sagte Jaywalker, ohne ihn anzublicken. »Ich habe immer erwartet, dass du Conquistador eines Tages an die Gurgel gehst, nicht mir. Aber jetzt steht ihr beiden da, zu einem Team vereint, und wollt mich umlegen, sehe ich das richtig?«

»Ja«, knurrte Conquistador und machte einen Schritt vorwärts.

»Komm nur her«, sagte Jaywalker, und aus seiner Linken schossen mit einem scharfen Zischen die Sporne heraus.

Der Runner blieb stehen und gab ein Geräusch von sich, das Christo an ein Tier erinnerte. Ein großes, wütendes Tier im Käfig.

Der Straßensamurai lächelte kurz. »Was hast du mit der Sache zu tun, Christo?«

Wut wallte in Christo auf. »Du hast Phoenix getötet.«

Erstaunen trat in das Gesicht des Straßensamurais, als er endlich den Blick von Conquistador abwandte und Christo ansah. »Phoenix?«

»Ist doch so!«, sagte Christo und starrte ihn hasserfüllt an. »Ich habe die Aufnahmen gehört!«

»Welche Aufnahmen?«, fragte der Straßensamurai und sah einen Augenblick lang so verwirrt aus, wie sich Christo sein ganzes Leben lang fühlte.

»Die Aufnahmen«, mischte sich Conquistador wütend ein, »die Phoenix mir zugeschickt hat. Du hast sie unterschätzt, Jaywalker. Sie hat das gesamte Gespräch aufgezeichnet, und als du gegangen bist, wurde es automatisch gesendet. Alles, von dem Moment an, als du gekommen bist, bis zu dem Moment, als sich die Tür hinter dir schloss.«

Die Verwirrung auf dem Gesicht des Straßensamurais nahm zu. »Ich soll Phoenix getötet haben?«

Christo spürte, wie das Blut aus seinem Gesicht wich. Automatisch ließ er das Sturmgewehr ein wenig sinken. Verwirrung machte sich in ihm breit, und er spürte, wie die Gedanken in seinem Kopf zusammenklebten, zäh und dumm.

»Von wem hast du die Aufnahmen?«, fragte Jaywalker, und Christo starrte ihn einen Augenblick an, bis die Frage in seinen Verstand gesickert war.

»Von ihm«, sagte er und deutete mit einem Nicken auf Conquistador und allmählich dämmerte ihm, worauf der Straßensamurai hinauswollte.

»Hast du die Aufzeichnung denn überprüft?«, fragte Jaywalker und schaffte es, einen überzeugend besorgten Tonfall in seine Stimme zu legen.

Ein kurzer Blick zu Christo, und Conquistador erkannte die Verwirrung des Trolls. Das Sturmgewehr war herabgesunken, und er konnte förmlich sehen, wie es im Kopf des Trolls arbeitete. Sehr, sehr langsam und wirklich nicht effektiv, dafür aber mit viel Lärm.

Dieses Arschloch versuchte, Christo auf seine Seite zu ziehen. Und unfassbarerweise schien Christo so dämlich zu sein, sich tatsächlich davon beeindrucken zu lassen. Es war lächerlich. Absolut lächerlich. Wenn Jaywalker jetzt auch noch sagte, Conquistador habe Phoenix getötet, dann würde er einfach nach draußen gehen, sich irgendwo hinsetzen und warten, dass er aufwachte.

»Du vertraust ihm?«, fragte Jaywalker und klang wirklich entsetzt. »Ausgerechnet ihm?«

Conquistadors letzter Rest von bewusstem Denken klappte einfach zusammen wie ein Kartenhaus, das man angepustet hatte, und er stürzte sich auf Jaywalker, trotz der Sporne und trotz der Desert Eagle, die auf seinen Kopf gerichtet war, noch bevor er sich richtig in Bewegung gesetzt hatte.

Julius hatte sich in eine dunkle Ecke des Lagerhauses gegenüber vom Büro zurückgezogen. Dunkel. Niemand konnte sie hier sehen.

Sie roch Ratten und Spinnen, kleine Käfer und Reste von altem Menschenessen, aber sie wollte nichts essen, obwohl es gut roch, so gut, dass sie sich fast ablenken ließ. Aber sie musste aufmerksam sein. Etwas stimmte nicht. Das große Tier war im Blutrausch, das konnte sie fühlen und riechen, und sie sah es an seinen Bewegungen.

Als sie hereingehuscht war, hatte sie das andere große Tier gerochen, das sie einmal gebissen hatte, als es *ihr* Tier angegriffen hatte. Wut und Angst, danach roch er. Sie erinnerte sich an den Geschmack seines Blutes in ihrem Rachen, und sie hätte gern mehr davon gehabt. Aber er war ein großes Tier. Sie griff ihn nicht an. Das durfte sie nicht, und es war auch gefährlich.

Mit der Erinnerung an den Geschmack seines Blutes kam auch die Erinnerung daran zurück, wie das große Tier ihr die Beute weggenommen hatte. Das war schlimm gewesen. Man stritt sich nicht um Beute. Sie hatte das Tier fast getötet, und er hatte es ihr weggenommen und sie dabei verletzt. Sie vertraute ihm nicht mehr. Er konnte es wieder tun. Er hatte sie vorher noch nie verletzt oder enttäuscht, und sie war verwirrt. Und sie fühlte sich einsam, so einsam wie damals, als sie ihre Familie verloren hatte. Die Erinnerungen waren warm in ihr, sie erinnerte sich an ein anderes Leben, das ihr auch sehr gut gefallen hatte, an andere, die wie sie gewesen waren, erinnerte sich an Wärme, an gegenseitiges Putzen und das Teilen der Beute. Aber dann war die Einsamkeit gekommen und der Hunger.

Und dann das große Tier.

Sie brauchte das große Tier. Er war ihre Familie. Sie war nicht dazu gemacht, einsam zu sein, aber sie hatte Angst, dass er ihr wieder wehtun würde. Es war alles sehr schlimm. Sie wusste nicht, was sie tun sollte.

Sie roch auch noch andere in der Halle. Einen Geruch kannte sie nicht, aber es roch, als ob dieses Tier Schmerzen habe und Angst. Große Schmerzen, aber nicht am Körper.

Dann gab es den wilden, guten Geruch von dem großen großen Tier, das ein bisschen dumm war. Es roch auch nach Wut. Alle waren wütend hier, bis auf einen, der sich in dem kleineren Raum aufhielt.

Der Geruch war wie immer, und sie konnte darin nichts Besonderes erkennen. Ein wenig Aufregung, aber nur eine Spur, die Art von Aufregung, wenn man eine kleine Beute belauert, mit der man nur spielt und die einem nichts tun kann. So roch dieses Tier fast immer. Sie wusste nicht, ob sie es mochte, aber das große Tier, ihr großes Tier, mochte es sehr, und deshalb war sie freundlich zu ihm.

Sie verharrte dunkel und geduckt im Schatten und wartete, dass etwas passierte. Die Luft roch nach Kampf und nach Tod. Sie wusste nicht, was sie tun sollte, wenn es einen

Kampf gab, denn das große Tier hatte ihr gezeigt, dass sie sich nicht einmischen sollte, er hatte sie verletzt, um ihr zu zeigen, dass er es nicht wollte. Das war eine sehr strenge Strafe, und wahrscheinlich meinte er es ernst.

Das fremde Tier und das Tier, das einmal ihre Beute gewesen war, gingen, als das Tier, das immer gleich roch, aus seiner dunklen Ecke kam.

Die Luft lud sich mit Entsetzen auf. Ihre Haare sträubten sich, und sie wurde sehr aufgeregt, weil sich ihr Körper auf einen Kampf vorbereitete. Entsetzen und Wut, so viel Wut, dass der Geruch danach all die anderen Gerüche fast überlagerte.

Sie duckte sich tiefer, und ihr Körper machte sich sprungbereit, weil sie sich aufregte. Sie wartete. Niemand beachtete sie, weil niemand sie sah.

Geräusche, Laute, wie sie die großen Tiere andauernd machten, um sich etwas mitzuteilen. Wut. Entsetzen. Hass. Verwirrung. Die wilde Mischung aus Gerüchen machte sie so aufgeregt, dass sie anfing zu zittern und ihr Körper vor Anspannung wehtat. Es würde etwas geschehen, etwas Wichtiges, etwas Bedeutsames. Die Luft roch nach Tod.

Das große dumme Tier verbreitete plötzlich den bitteren Geruch von Verwirrung und etwas weniger Wut. Dafür roch das große Tier, das für sie so wichtig war, noch mehr nach Wut, und dann explodierte sein Geruch im wilden Gesang des Blutrauschs, und er griff das Tier an, das er so gerne mochte.

Jetzt mochte er es nicht mehr. Jetzt hasste er es. Das war schwer zu verstehen.

Die Luft tränkte sich mit dem Geruch von Tod, der von dem Tier ausströmte, das angegriffen wurde und auf einmal kein Freund mehr war, und Julius sah ein kleines Gewehr (Pistolen und Gewehre waren für sie dasselbe, so klug war sie auch wieder nicht), mit dem es auf das große Tier zeigte, und sie begriff, dass ihr großes Tier jetzt sterben würde, wenn sie nichts tat.

Sie sprang los und war so schnell wie noch nie in ihrem Leben. Ihr Körper bebte vor Kraft und war gleichzeitig ganz leicht, und sie flog durch die Luft, als sie hochschnellte und durch die Luft auf das Genick des Tieres zuflog, das sie töten wollte, um ihr großes Tier zu beschützen.

Das andere Tier war noch schneller als sie, schneller, als irgendein Tier sein durfte. Irgendwie hatte es sie gesehen und es zeigte mit dem kleinen Gewehr auf sie, und die Welt ging in einem Krach unter, der ihr schrecklich in den Ohren wehtat. Aber nur kurz. Dann war alles vorbei.

Er hatte nicht gesehen, dass Julius gekommen war, um ihm zu helfen, und er hätte auch nicht damit gerechnet, dass sie es noch einmal tun würde. Er sah nur, wie Jaywalker in einer fließenden Bewegung herumwirbelte und einen Schuss abgab, und dann sah er Julius, die von der Kugel aus der Luft geholt wurde und schlaff quer durch das Lagerhaus flog, um irgendwo im Dunkeln aufzuschlagen.

Dann fuhr Jaywalker in derselben Bewegung herum, setzte die Drehung einfach weiter fort und verpasste Conquistador mit der Linken einen Rückhandschlag.

Es tat zuerst nicht weh, obwohl der Schlag sehr kraftvoll ausgesehen hatte. Dann spürte Conquistador die Kraft aus seinem Körper weichen, als sauge der Boden sie einfach auf, und ihm fielen die Sporne wieder ein.

Der Straßensamurai hatte ihm die Sporne quer durch den Leib gezogen.

Die blauen Augen Jaywalkers bohrten sich in die seinen, als Conquistador zurücktaumelte und sich mit der Hand an den Bauch griff und Nässe fühlte. Entsetzlich viel Nässe und kein bisschen Schmerz.

Seine Beine gaben nach, und er brach auf dem kalten Boden zusammen.

Christo sah Conquistador zusammenbrechen, und Jaywalker verharrte kurz mit ausgestreckten Armen, die Waffe noch in die Richtung gestreckt, aus der Julius ihn angesprungen hatte, die Linke mit den Spornen am Ende der Kreisbewegung, mit der er dem Runner den Bauch aufgeschlitzt hatte. Sein Blick schien Conquistador noch einen Augenblick auf den Beinen zu halten, dann fiel der Runner vornüber auf die Knie und gab ein Geräusch von sich wie das Gurgeln von Wasser in einem Abfluss.

Als Conquistador endgültig zusammenklappte und mit dem Gesicht nach vorn auf dem Steinfußboden aufschlug, wandte sich Jaywalker ab und blickte Christo ins Gesicht.

Eiskalte Augen. Aufmerksam, abschätzend.

Auf einmal wurden Christos Gedanken ruhig, die Verwirrung verschwand, und er wusste, dass es keine Erklärung für Jaywalkers Zusammenarbeit mit dem Magier gab und keine Erklärung für die Ruhe in seinem Gesicht. Keine andere als die, dass Conquistador zumindest diesmal nicht gelogen hatte.

Er brüllte auf und schleuderte das Sturmgewehr quer durch das Lagerhaus. Es prallte weit weg gegen einen Stapel alter, verstaubter Kisten und erschlug vermutlich ein paar Ratten, die sich dort eingerichtet hatten. Er hätte es nicht in Schussposition bringen können, bevor der Straßensamurai die Desert Eagle auf ihn gerichtet und geschossen hätte. Außerdem wollte er das gar nicht.

Ruckartig ballte er seine riesigen Hände zu Fäusten und fuhr die Sporne aus. »Trau dich, Jaywalker«, sagte er mit zusammengebissenen Zähnen.

Der Straßensamurai sah ihn an und legte, ganz langsam, die Desert Eagle auf ihn an. »Warum sollte ich, Christo?«

Dieser dämliche Troll hatte endlich zu Ende gedacht, und Jaywalker sah diese ungeheure Wut in seinem Gesicht, die er auch bei Conquistador gesehen hatte. Er fragte sich, wie es wohl war, so starke Gefühle zu haben. Vermutlich waren sie ähnlich berauschend, wie es Geschwindigkeit und Kampf für ihn selbst waren. Aber er war froh, davon verschont geblieben zu sein. Diese Gefühlsintensität war eine gewaltige Schwäche, die den meisten Menschen immer wieder den Blick trübte und sie zu dummen, unvernünftigen Handlungen verleitete.

Die Sporne des Trolls maßen fast das Doppelte der Länge seiner Sporne, und er wusste, dass Christos Reflexbooster seinen eigenen fast gleichwertig waren. Der Troll hatte keine weiteren Modifikationen, die ihn schneller machten, aber er war schnell genug, um Jaywalker gefährlich zu werden, und seine Reichweite war doppelt so groß.

»Wo ist Steel?«, fragte er, und der Troll entblößte die Zähne in einem stummen Knurren.

»Gestritten. Er ist ausgestiegen.«

»Klüger als ihr.« Jaywalker lächelte kalt und sah, wie Christo begriff und sich zur Seite warf, aber nicht schnell genug. Die Kugel ... hätte ihn eigentlich getroffen, wenn es eine Kugel gegeben hätte. Mit einem unangenehmen Klicken blockierte die Desert Eagle. Er starrte die Waffe ungläubig an. Dann sicherte er sie und steckte sie zurück ins Halfter. Seelenruhig schloss er den Reißverschluss der gepanzerten Jacke.

Das Leben spielte interessante Spiele. Die Desert Eagle hatte noch nie eine Ladehemmung gehabt.

»Sieht so aus, als würdest du deinen Kampf doch bekommen«, sagte er und sah Christo mit schief gelegtem Kopf an.

Gleichzeitig mit den Spornen seiner Rechten, die langsam aus seiner Hand fuhren, schoss eine Welle von Adrenalin in seine Adern und brachte seine Reflexe auf das Höchstmaß.

Besser als Sex.

Jaywalker stand abwartend da, die Sporne ausgefahren, und sah ihn an. Er stand ein wenig seitlich, aber nicht in Kampfstellung, und wirkte völlig ruhig.

Er wartete auf den Angriff. Christo wollte auf ihn zustürmen und ihn einfach umhauen, aber er riss sich zusammen. Wenn er den Kopf verlor, dann würde er nach dem Straßensamurai greifen, aber der wäre nicht mehr da, wo er noch eben gestanden hatte, sondern irgendwo hinter ihm. Er musste ruhig bleiben.

Vor etwa einem Jahr hatte er Jaywalker kämpfen sehen, und damals hatte der Straßensamurai ebenfalls ganz ruhig gewartet, bis der Angriff kam. Und dann war er aus der Realität verschwunden und war für Christo, der damals noch keine Reflexbooster gehabt hatte, fast unsichtbar gewesen in seiner Schnelligkeit, bis er wieder stillstand, wieder ganz ruhig, noch bevor die Leiche seines Gegners auf dem Boden aufgeschlagen war.

Christos Vorteil lag in der größeren Reichweite, die er durch seine Größe und die längeren Sporne besaß. Langsam näherte er sich dem Straßensamurai auf vier Meter. Drei. Spätestens, wenn er zwei Meter von ihm entfernt war, würde Jaywalker reagieren, weil er damit in die Reichweite kam, in der er etwas tun konnte, der Straßensamurai aber noch nicht.

Zwei Meter. Jaywalker löste sich quasi auf in seiner Bewegung, und Christo nahm seinen Angriff nicht bewusst wahr, es war sein Körper, der reagierte und den Tritt auffing. Mit einem Tritt hatte er nicht gerechnet, und er spannte seine Bauchmuskeln erst im allerletzten Sekundenbruchteil an. Jaywalker traf ihn knapp unterhalb des Solarplexus, und der Tritt war so hart, dass Christo Mühe hatte, festen Stand zu behalten und nicht zurückzutaumeln.

Auf einmal war der Straßensamurai sehr nah, hatte Christos Deckung unterlaufen, weil Jaywalker sehr viel schneller war, als er erwartet hatte, und der Troll wich gedankenschnell zurück. Vielleicht einen Millimeter vor seinem Bauch fuhren die scharfen Klingen durch die Luft, und dann setzte Jaywalker die Drehung einfach fort, nutzte den Schwung seines missglückten Ausfalls, um sich zu drehen und zu einem weiteren Tritt anzusetzen, diesmal einem Tritt nach hinten mit der Ferse. Präzise traf er ihn zwischen den Beinen, und der Schmerz lähmte Christo für einen Augenblick, als habe ihm jemand eine volle Dröhnung Gamma-Skopolamin verpasst. Fast automatisch fuhren die Sporne zurück in seine Hände, und er taumelte rückwärts.

Um die Reichweiten auszugleichen, entschied sich Jaywalker, mit Tritten zu arbeiten, und das schien den Troll völlig aus dem Konzept zu bringen.

Das Ächzen des Trolls hallte durch die Halle, als Jaywalkers Tritt ihn exakt zwischen den Beinen erwischte, und er taumelte gekrümmt zurück, als wolle er weglaufen. Sein Oberkörper war weit vornüber gebeugt, und Jaywalker blieb in der Drehung und setzte seinen Angriff mit einem Sprungtritt gegen Christos Kopf fort, der Christo das Genick brechen würde, wenn er richtig traf.

Etwas verspätet sprang der Schmerzeditor an, und Christo fühlte, wie die Schmerzen sich auflösten, als habe es sie nie gegeben. Er wich zurück und richtete sich gleichzeitig auf, und wieder reagierte sein Körper, bevor er es richtig mitbekam.

Er fing den Fuß des Straßensamurais in der Luft auf, dicht vor seinem Gesicht, und schleuderte Jaywalker, ohne nachzudenken, durch das Lagerhaus. Der Schwung des Tritts und Christos Kraft wirkten zusammen, und Jaywalker flog fast vier Meter weit durch die Luft und wäre noch gut fünf, sechs Meter weiter geflogen, hätte die Wand des Lagerhauses ihn nicht gebremst. Das Gebäude erzitterte, und die Wand knackte, als breche sie auseinander, aber sie hielt. Aus einer Höhe von fast zwei Metern stürzte der Straßensamurai auf den Boden, nachdem er heftig mit der Wand kollidiert war, und rollte sich ab, aber nicht mit der üblichen Geschmeidigkeit. Schwankend kam er wieder auf die Beine. Seine Sporne waren wieder eingefahren, und er griff kurz mit schmerzverzerrtem Gesicht nach seiner Hüfte, die den Großteil der Aufprallwucht abbekommen hatte.

»Hast keinen Schmerzeditor, Jay, habe ich gehört«, knurrte Christo und folgte dem Straßensamurai wie eine Straßenwalze. »Dumm für dich. Wirst dir noch einen wünschen!«

Jaywalker wich einen Schritt zurück und belastete die verletzte Hüfte. Mit Befriedigung nahm Christo wahr, wie er zusammenzuckte und sein Gewicht schnell wieder auf das andere Bein verlagerte.

Mit Tritten musste er jetzt wohl nicht mehr rechnen.

Er folgte dem Straßensamurai, der sich humpelnd in Conquistadors Richtung zurückzog. Vermutlich wollte er an dessen Waffe.

So weit würde er nicht mehr kommen.

Auf Christos Gesicht lag ein grimmiger Ausdruck von Befriedigung, als er ihm folgte.

Das Stechen in Jaywalkers Hüfte durchzuckte sein ganzes rechtes Bein.

Der Troll kam immer näher.

Sollte er.

Wenn bloße Schmerzen ihn derartig außer Gefecht setzen würden, hätte Jaywalker doch eine Modifikation wie einen Schmerzeditor in Erwägung gezogen.

Es tat verdammt weh, aber es war nichts gebrochen oder ausgerenkt. Die Schmerzen behinderten ihn etwas, aber nicht so sehr, dass er kampfuntauglich war, wie Christo anzunehmen schien. Dummer Troll. Verdammt dummer Troll. Aber dennoch – Christo schien einen Schmerzeditor oder einen Traumadämpfer im Körper zu haben, denn dass der Tritt gesessen hatte, stand außer Zweifel. Das machte ihn extrem gefährlich. Dieses Theater war nötig, wenn Jaywalker sich nicht gleich zu Conquistador legen wollte. Auch wenn die Verletzung ihn nicht sehr beeinträchtigte, konnte sie doch ausreichen, um den Kampf zu Christos Gunsten zu entscheiden. Drek, es *würde* reichen, wenn der Troll über einen Schmerzeditor verfügte und sich nur durch gebrochene Knochen, starken Blutverlust oder den Tod aufhalten ließ.

Als Christo auf zweieinhalb Meter heran war, hob Jaywalker abwehrend die Hände.

»Lass uns darüber reden, Christo.«

Das meinte er nicht ernst! Ungläubig lachte Christo auf.

»Was? Drüber reden? Über was, Jay?« Er blieb stehen.

Der Straßensamurai ebenfalls, die Hände noch immer leicht angehoben, als wolle er Christo durch die Geste auf Abstand halten.

»In der Sache steckt eine Menge Geld. Genug, um zu teilen.«

Fassungslos starrte Christo Jaywalker ins Gesicht. Dann wurde er verdammt wütend. Mit einem Brüllen fuhr er die Sporne wieder aus und stürzte sich auf Jaywalker.

Wie eine Fata Morgana war der Straßensamurai verschwunden, trotz der Verletzung wieder schnell wie eine Kobra auf Speed, und Christo erinnerte sich mit einem ganz dummen Gefühl an seine Gedanken zu Beginn des Kampfes, denn jetzt kam es genauso, wie er es hatte verhindern wollen: Er stürzte sich auf Jaywalker, der auf einmal nicht mehr da war, und dann spürte er den Straßensamurai hinter sich. Er fühlte es zwar wegen des Schmerzeditors nicht, aber er wusste um die sechs zwanzig Zentimeter langen Sporne in seinem Rücken, denn auf einmal brach er zusammen und bekam keine Luft mehr.

Jaywalker ließ den Troll einfach fallen, zog die Sporne ein und trat zu Conquistador, der anderthalb Meter weiter auf dem Bauch lag und den Boden voll blutete. Als er ihn mit den Spornen erwischt hatte, war er nicht besonders dicht dran gewesen. Vermutlich lebte der Runner noch, die Sporne konnten nicht tief eingedrungen sein.

Eine Hand seines ehemaligen Chummers lag unter seinem Körper, die andere neben ihm. Sicherheitshalber blockierte Jaywalker mit einer Hand den Arm des Runners, der unter dem Körper lag, als er ihn auf den Rücken wälzte. Es war nicht wahrscheinlich, aber wenn der Runner in dieser Hand seine Knarre hielt und nur darauf wartete, dass Jaywalker kam, um ihm den Rest zu geben, konnte es brenzlig werden.

Die Hand war voller Blut und hielt höchstens Eingeweide fest, aber keine Waffe, solange Conquistador nicht gerade auf die Idee kam, ihn mit seinem Darm zu erwürgen.

Conquistador stöhnte leise und öffnete die Augen. Offenbar kam er gerade erst wieder zu sich. Einen Augenblick starrte er Jaywalker an, als erkenne er ihn nicht, dann riss er die Augen auf und versuchte sich aufzurichten, aber Jaywalker drückte ihn mit einer Hand wieder zu Boden.

Dann griff er unter die Jacke des Runners und zog den Colt Manhunter aus dem Halfter.

»Du Drekskerl«, flüsterte Conquistador. Seine Nase blutete von dem Sturz auf den Boden, war aber nicht unbedingt gebrochen, trotzdem klang seine Stimme, als habe er starken Schnupfen. »Wo ist Christo?«

»Blutet aus«, gab Jaywalker zurück und entsicherte den Colt Manhunter.

»Du willst mich doch nicht mit meiner eigenen Waffe abknallen, oder?«, fragte Conquistador und hustete. Vermutlich war ihm Blut aus der Nase in den Hals gelaufen.

Jaywalker stand auf und richtete den Manhunter auf Conquistadors Brust. »Tut mir Leid«, sagte er und meinte es ehrlich.

Conquistador lachte mühsam. »Da scheiß ich drauf«, sagte er heiser. »Aber mach schon. Wenn es ein Leben danach gibt, dann warte ich auf dich, *Chummer.*«

»Das hoffe ich.« Jaywalker nickte ihm zu und sah noch einmal in die schmerzdunklen grauen Augen.

Dann krachte es aus der Richtung des Büros, und er sah aus den Augenwinkeln die Tür auffliegen.

Steel. Mossberg.

Als habe ihm jemand einen Tritt verpasst, hechtete er zur Seite und gab im Laufen einen Schuss ab, und soweit er es erkennen konnte, traf die Kugel den Rigger, aber er blieb stehen. Wahrscheinlich nur ein Streifschuss. Dann donnerte die Mossberg los, und Jaywalker lief, rannte zur Tür, riss sie auf und flog mit großem Schwung nach draußen auf die Straße, als die Ladung der Mossberg ihn in den Rücken traf.

Jaywalkers Körper erfuhr eine ungeheure Beschleunigung, als Steel ihm in den Rücken schoss, und mit einem tiefen, bösen Gefühl der Befriedigung sah der Ork Blut spritzen und hörte das Aufschlagen von Jaywalkers Körper draußen auf der Straße.

Natürlich war Rache eine dumme, kindische und sinnlose Angelegenheit, der man sich nicht verschreiben sollte. Aber wenn die Umstände es ergaben, dass die Rache ein Nebeneffekt dessen sein konnte, was man tun musste, gefiel es ihm. Sehr sogar.

Mit einem kurzen Blick streifte er Conquistador, der sich halb auf die Seite gewälzt hatte, eine Hand auf dem Bauch, unter der Blut hervorquoll, und Christos riesige Gestalt, wie ein gefällter Baum auf dem Boden, ein Meer aus Blut unter dem massigen Leib. Der Troll lag auf dem Bauch, seine Lederjacke war am Rücken zerschlitzt und nass. Ströme aus Blut rannen an ihm herunter und vergrößerten die dunkelrote Lache, als wolle Christo das Lagerhaus überschwemmen.

Steel konzentrierte sich wieder auf die offene Tür.

Er konnte Jaywalker nicht sehen.

Solange er die Leiche des Straßensamurais nicht gesehen hatte, glaubte er nicht an Jaywalkers Tod. Mit Sicherheit war der Mantel gepanzert gewesen, und Steel wusste nicht, wie tief die Schrotkugeln eingedrungen waren. Ob es gereicht hatte.

Entschlossen lief er auf die Tür zu, die Mossberg bereit und auf die Tür gerichtet, falls Jaywalker plötzlich auftauchen würde. Absurderweise dachte er kurz daran, wie er den Mistkerl nach der Schießerei bei Kane versorgt hatte, an das Gefühl von Besorgnis, das er verspürt hatte, an die Angst bei dem Gedanken, Jaywalker würde ihm einfach im Wagen verbluten. Es war ein merkwürdig leeres Gefühl gewesen, als bedeutete ihm der Straßensamurai etwas.

Verdammt, ja, er hatte ihn ehrlich gemocht. Und es war noch immer ein Gefühl, als drehe sich die Welt auf einmal in eine andere Richtung: Alles war gleich, die Luft roch genauso wie immer, die Nachrichten brachten denselben Mist wie sonst auch, und eigentlich schien sich nichts geändert zu haben. Aber etwas Undefinierbares war anders, als hätten sich die Spielregeln auf einmal geändert.

Kein Geräusch von draußen.

Steel stand neben der Tür und lauschte. Dann pfiff er auf die Vorsicht und warf einen kurzen Blick aus der Tür auf den kleinen Vorhof und die Straße.

Blut. Spritzer vor dem Lagerhaus. Tropfen auf der Straße, eine ganze Reihe, die zu einer nahen Gasse führte. Drek!

Wenigstens schien sich der Straßensamurai zurückgezogen zu haben. Steel schwankte einen Augenblick lang zwischen den Optionen, Jaywalker zu verfolgen oder sich um Conquistador zu kümmern.

Ein Motor jaulte in der Gasse auf, in der Jaywalker verschwunden war, und Steel erkannte den sauberen Sound des Jackrabbit, den er für Jaywalker frisiert hatte.

Okay. Conquistador also.

Leise fluchend drehte er sich um, während sich das Motorengeräusch entfernte, und begegnete Conquistadors gequältem Blick.

»Ist weg, oder?«, fragte der Runner mit müder Stimme.

Nickend musterte Steel Christos massigen Leib, von dem das Schweigen ausstrahlte und einen dumpfen Schleier über seine Wahrnehmung legte. Es floss über den Fußboden wie sein Blut, wallte Steel entgegen, dynamisch und statisch zugleich, es wühlte ihn auf und ließ ihn erstarren, lähmte ihn in seiner Unwiderruflichkeit, in seiner Tragik und seiner Würde.

Es verdichtete sich kaum merklich, und sein Atem stockte.

Tot war tot. Wenn es intensiver werden konnte, hieß es, dass irgendwas in Christo noch lebte, das man vielleicht zurückholen konnte. Rasch griff er in eine der Innentaschen seiner Jacke und wühlte nach dem Traumapflaster.

»Lebt er noch?« Conquistadors Stimme war leise und träge wie kurz vor dem Einschlafen, und Steel spürte dieses verdammte Schweigen jetzt auch hinter sich, dort, wo Conquistador lag, ganz zart und leicht, aber so hartnäckig und zielstrebig, wie es immer war. Die Verletzungen des Runners waren tödlich.

Er wurde wütend. Er wollte es nicht mehr hören.

Eilig trat er zu Christo und kniete neben dem Troll nieder. Christo war tot. Eigentlich. Der Ork wusste nicht, ob man mit dem winzigen Funken, der in ihm noch kämpfte, etwas anfangen konnte, aber den Versuch war es wert. Mit aller Kraft stemmte er sich gegen den reglosen Körper und wälzte ihn auf die Seite, wobei er tief in Christos Blut kniete. Mehr Blut, als sich in einem normalen menschlichen Körper befand. Seine Schulter gegen die des Trolls gestemmt, damit er nicht wieder zurückrollte, riss Steel mit einer Hand Christos Hemd und mit den Zähnen die Verpackung des Traumapflasters auf. Vorsichtig klebte er es auf die haarige Brust des bewusstlosen Trolls, direkt über dem Herzen. Es würde seine Körperfunktionen verlangsamen, ihn in eine Art künstlichen Winterschlaf versetzen, ein Zustand, der ihm mehr Zeit verschaffte, wenn er überhaupt noch welche hatte. Sicher war Steel nicht. So weit war er niemals bei einem Opfer gegangen, und er hatte noch niemals jemanden zurückgeholt, der sich bereits so weit entfernt hatte. Ob ein guter Arzt das konnte, wusste er nicht.

So behutsam, wie seine Kraft es zuließ, ließ er den Troll auf den Boden zurücksinken und stand auf. Sein Nacken schmerzte fürchterlich, und die linke Schulter war taub von dem Streifschuss aus Jaywalkers Waffe, der an seiner Panzerung abgeprallt war.

»War das jetzt eine nette Geste oder lebt er noch?«, fragte Conquistador wieder.

»Weiß nicht.« Steel trat zu Conquistador und betrachtete den Runner. Er war noch halb aufgerichtet, hatte aber die Augen geschlossen, als sei es zu anstrengend, sie geöffnet zu halten. Sein Atem ging gleichmäßig, aber schnell und flach. Vorsichtig hockte sich Steel neben ihn und fasste ihn an den Schultern. »Leg dich hin.«

»Sterbe ich?«, murmelte Conquistador und ließ sich von dem Rigger auf den Boden zurückschieben.

»Nein«, antwortete Steel. »Es sei denn, ich bringe dich um.«

»Dazu magst du mich doch viel zu gern«, sagte Conquistador mit schleppender, undeutlicher Stimme. »Warum bist du überhaupt hier, Rigger?«

»Nicht euretwegen, bilde dir das nicht ein.« Steel musterte das Gesicht des Runners, in das sich sein Leben tief eingegraben hatte, obwohl er nicht viel älter als dreißig sein konnte, die tiefe Narbe von der linken Schläfe bis über den Mund, deren Ursache ihm nicht bekannt war, die langen, zum Pferdeschwanz gebundenen schwarzen Haare, in die sich die hellen Strähnen der grauen Schläfen mischten, und er stellte fest, dass Conquistador Recht hatte: Er mochte ihn.

»Hast du einen Doc-Wagon-Vertrag?«, fragte er. Er selbst hatte keinen. Doc Wagon war sehr praktisch: Sie holten einen gegen Zahlung des Beitrags überall raus und boten erstklassige medizinische Versorgung, aber es war ihm unheimlich, Gewebeproben abgeben zu müssen, auch wenn sie noch so gut bewacht wurden.

»Nein. Aber ich habe Mealux angerufen. Er kommt her.« Als sei es sehr anstrengend, öffnete Conquistador die Augen und blinzelte Steel an. »Weshalb bist du hier?«

»Erwarte keine rührende Geschichte.« Steel schnaubte. »Ich habe nicht auf einmal eingesehen, dass ich ohne euch nicht leben kann oder dass ich bisher völlig falsch gelegen habe.«

»Hab ich auch nicht geglaubt.« Erschöpft schloss der Runner wieder die Augen, aber Steel glaubte den Schatten eines Lächelns über sein Gesicht gleiten zu sehen.

»Ich habe einen Anruf bekommen«, sagte der Rigger. »Ein Bekannter von mir glaubt, Five gesehen zu haben.«

»Was?« Hellgraue Augen starrten ihn an, aus denen plötzliche Aufregung den Schmerz vertrieben hatte. »Five? Wann?«

»Heute Morgen. Er ist nicht ganz sicher, und er hat nicht besonders darauf geachtet, weil er erst vor zwei Stunden erfahren hat, dass ich ihn suche.«

»Du suchst ihn?«

»Ihn und Jaywalker. Ich bin ziemlich sicher, dass sie im Augenblick zusammenarbeiten.«

»Mhm.« Conquistador studierte sein Gesicht aufmerksam, obwohl der Schmerz in seine Augen zurückkehrte. »Und du hast eine Adresse?«

»Er hat ihn in ein Haus in der Innenstadt gehen sehen. Ich war schon fast unterwegs, als ich anfing, mir Gedanken über meine Chancen zu machen, wenn ich allein auf Five und Jaywalker treffe. Da dachte ich mir, ich sehe mal, ob von euch noch etwas übrig ist. Ich hätte euch nicht gefunden, wenn ich den Schuss nicht gehört hätte. Wer hat geschossen?«

»Jaywalker.« Die Lippen des Runners wurden weiß, als Conquistador sie zusammenpresste. »Er hat auf Julius geschossen.«

»Oh.« Betroffen schwieg Steel.

»Er hat sie erschossen.« Das Gesicht des Runners war maskenhaft, weil er seinen Zügen Ausdruckslosigkeit aufzwang. »Ich dachte nicht, dass sie mir noch einmal das Leben retten würde, nachdem ich sie getreten habe. Aber wie es aussieht, habe ich mich geirrt.«

»Ja, sieht so aus.« Steel wandte den Blick ab. Es war ihm unangenehm, Conquistador so mit dem Kummer kämpfen zu sehen, der schwerer wog als körperliche Schmerzen. Es war, als würde er sich selbst im Gesicht des Runners spiegeln. Er selbst, vor langer Zeit, als er alles verloren hatte, was ihm wichtig gewesen war.

Vor dem Lagerhaus hörte er einen Wagen, und vorsichtshalber hob er die Mossberg auf und richtete sie auf die Tür.

»Ist in Ordnung«, sagte Conquistador leise. »Das ist Mealux.«

Die Tür wurde geöffnet, und ein untersetzter Mann in einem dunklen Stoffmantel trat durch die Tür. Er zog die Augenbrauen hoch, als er die auf ihn gerichtete Mossberg sah, und Steel ließ sie sinken.

»Hallo, Steel«, sagte Mealux. »Mach dir das nicht zur Angewohnheit.«

»So ka, Doc«, erwiderte Steel.

Mealux machte einen Bogen um die riesige Gestalt des gestürzten Trolls und trat auf Steel und Conquistador zu. Mit einer Handbewegung gebot er Steel zurückzutreten, und der Rigger wich der ärztlichen Autorität mit einem Gefühl der Erleichterung.

Etwas umständlich kniete sich Mealux auf ein Knie neben Conquistador und schob dessen Hand mit sanftem Nachdruck von seinem Bauch.

Von der Tür hörte Steel ein Geräusch und fuhr herum. Vor der Mossberg und im Türrahmen erschien ein zierlich gebautes Normmädchen von vielleicht sechzehn, siebzehn Jahren mit langem, rostbraunem Haar, das in einem dicken Zopf über der linken Schulter lag. Sie zog eine fahrbare Trage hinter sich her und hob in der gleichen Weise wie Mealux die Augenbrauen, als sie die Mossberg auf sich gerichtet sah. Im Gegensatz zu ihm blieb sie jedoch stehen.

»Meine Tochter«, sagte Mealux, ohne den Blick von Conquistador zu heben. »Layla, das ist Steel.«

»Hallo Steel«, grüßte Layla, ohne sich zu rühren. »Würde es dir etwas ausmachen, dieses Mordwerkzeug herunterzunehmen? Ich kann das nicht leiden.«

»Entschuldigung«, sagte Steel und ließ die Mossberg sinken. Er hatte gar nicht bemerkt, dass er noch auf sie zielte.

Einen Moment hatte ihr Anblick ihn völlig aus der Fassung gebracht.

Ihre dunklen Augen waren wach und intelligent, und für ihr Alter war ihr Blick von einer erstaunlichen Schärfe, als wüsste sie ganz genau, was sie wollte. Und was nicht, vermutlich noch besser. Die helle Gesichtshaut war auf den Wangen gerötet, als habe sie lange in der Kälte gestanden, und ihr Gesicht strahlte eine Mischung aus Sanftheit und Entschlusskraft aus, die Steel faszinierte und in ihm den tiefen Eindruck weckte, sie werde in ihrem Leben viel mehr erreichen können als er, ohne dabei die Stimme erheben zu müssen. Er fand sie wunderschön.

Sie schob die Trage näher, und in ihren Bewegungen lag nicht eine Spur des Linkischen, das so viele ihres Alters befiel, sondern Ruhe und Selbstverständlichkeit. Als ihr Blick auf Conquistador fiel, sah Steel etwas wie Schmerz in ihrem Gesicht aufflackern, aber nur kurz, dann griff sie an die Seite der Trage und zog an einem Hebel, und die Trage senkte sich mit einem leisen Zischen fast bis auf Bodenniveau ab.

»Was machst du denn hier?«, brummte Conquistador.

»Sie hat darauf bestanden«, antwortete Mealux für seine Tochter, und Steel sah Ärger in Laylas dunklen Augen aufflackern. »Du weißt, wie hartnäckig sie sein kann.«

»Sie hat dich fest im Griff«, gab Conquistador mit einem mühsamen Lächeln zurück, und der Ärger in Laylas Augen ebbte ein wenig ab.

Sie sah Steel an. »Fass mal mit an.«

Folgsam trat der Ork um Conquistador herum und sah, dass der Arzt eine Art Folie über die Wunde des Runners gelegt hatte, die die Eingeweide in seinem Bauch hielt.

»Unter den Oberkörper fassen, aber vorsichtig«, wies Layla ihn an, während Mealux unter die Beine des Runners griff. »Schaffst du doch, ihn gerade hochzuheben, oder?«

»Sicher«, sagte Steel. »Ist ja ein Fliegengewicht.«

Layla nickte. »Dann mal los.«

Steel schob vorsichtig einen Arm unter die Schultern des Runners und eine Hand unter seinen Rücken. Im Gesicht des Runners zuckte es, und Steel wusste, dass er ihm wehgetan hatte, aber Conquistador gab keinen Laut von sich. Rigger und Straßendoc hoben den Runner hoch, und Layla schob die Trage unter seinen Körper. Vorsichtig ließen sie Conquistador auf die Trage hinunter.

»Sporne?«, fragte Layla mit einem Blick auf die Verletzungen des Runners, und Conquistador blinzelte sie an, während sie den Hebel an der Trage wieder in die ursprüngliche Position schob und die Trage sich leise zischend hob.

»Mordsmäßige Sporne.«

»Ja, fast wären sie mordsmäßig gewesen«, sagte Mealux. »Keine Heldengeschichten, mein Freund. Dazu gibt es keinen Grund, wenn man ein derart tiefes Loch im Bauch hat.«

»War er das?« Fast ehrfürchtig sah Layla zu Christo, und Steel sah in ihrem Blick plötzlich doch ihre Jugend. Und dass sie offenbar ein wenig in Conquistador verknallt war. Wenn sie älter war, würde sie hoffentlich einen besseren Geschmack entwickeln.

»Oh«, sagte Conquistador. »Christo! Wir müssen ihn mitnehmen!«

»Ich dachte, er sei tot«, sagte Mealux.

»Ist er nicht.« Conquistadors Blick suchte den des Riggers. »Steel sagt, er lebt noch.«

»Vielleicht«, wehrte Steel ab. »Ich bin nicht sicher, ob man ihn noch retten kann.«

Mealux' Augen unterzogen ihn einer kurzen, aber gründlichen Musterung. »Du spürst das, Steel, oder?«

Verlegen zuckte der Ork die Achseln und registrierte, wie Conquistador ihn entschuldigend ansah. Offenbar hatte er mit seinem alten Freund über Steels merkwürdige Gabe geredet. Steel nahm ihm das nicht übel. »Ja, ich spüre es. Klingt merkwürdig, aber es ist so.«

»Wir leben in einer Erwachten Welt.« Mealux zuckte ebenfalls die Achseln. »Was ist schon unmöglich?« Er warf dem fast drei Meter großen Troll einen unbehaglichen Blick zu. »Mal sehen, ob wir ihn noch in den Wagen bekommen. Dann mal Tempo.«

»Halt«, sagte Conquistador, als Layla die Trage in Richtung Tür zu schieben begann. »Steel, bitte hol Julius. Sie liegt irgendwo dort hinten bei den Kisten.«

Seltsam bewegt sah Steel ihn an. »Okay, Chummer. Ich bring sie dir.«

Während Layla und Mealux den Runner zum Wagen brachten, machte er sich auf die Suche nach dem toten Mungo. Aber er fühlte kein Schweigen, das ihm sagte, wo ihr kleiner Körper lag, und deshalb dauerte es eine ganze Weile, bis er Julius zwischen den alten Kisten fand, ganz in der Nähe von Christos Sturmgewehr.

Er war benommen vom Blutverlust und den Schmerzen und von dem Zeug, das Mealux ihm injiziert hatte, und er nahm Steel nur als Schatten wahr, als der Ork in den Wagen geklettert kam, um etwas Großes unter die Trage zu schieben.

»Was ist das?«, fragte er und hörte seine eigene Stimme, als sei sie unendlich weit entfernt.

»Julius«, erwiderte Steel und blieb neben ihm stehen. »In einer Kiste. Und Christos Sturmgewehr.«

»Okay«, flüsterte Conquistador. »Danke, Steel.«

Einen Moment lang herrschte Schweigen.

»Und, was wirst du jetzt tun?«

»Jetzt helfe ich Mealux und Layla, Christo hier reinzuschaffen. Und dann hole ich Mikey.«

»Tapfer, sehr tapfer«, murmelte Conquistador. »Mir ist nie aufgefallen, dass du Mikey so sehr magst.«

Die tiefe Stimme des Riggers hüllte ihn ein wie eine warme Decke, und er spürte, wie sein Bewusstsein davonglitt, und kurz hatte er das Bild eines Wasservogels vor Augen, der über die Oberfläche eines Sees glitt, Wasser trat, um abzuheben, und dann die Schwingen ausbreitete und zu fliegen begann. Davon wurde ihm ganz schwindelig.

»Ich habe meine Gründe, Conquistador«, sagte Steel leise von weit unten, vom Ufer des Sees.

»Die haben wir alle«, bemerkte Conquistador philosophisch und wusste selbst nicht genau, was er damit meinte. Aber es kam ihm sehr tiefsinnig vor. »Pass auf dich auf, Steel.« Die Welt drehte sich, und er war wie eine Feder, die langsam, aber unaufhaltsam tiefer und immer tiefer trudelte.

»Mach's gut, Chummer«, hörte er Steel leise flüstern, und er wusste, wie immer es ausgehen würde, dies war ein Abschied für immer.

Kapitel 28

Highland Drive, Innenstadt, 20:59

Es war typisch für Jaywalker, sich nicht in irgendein abgelegenes Versteck am Arsch der Welt zurückzuziehen, sondern dicht am Zentrum zu bleiben. Es war frech, aber auch insofern sinnvoll, als man in der Masse von Menschen leichter untertauchen und schneller verschwinden konnte, wenn es sein musste. Außerdem war die Beschaffung von Nahrungsmitteln und anderen Dingen dort leichter als tief in den Barrens.

»Diesmal ist es nach hinten losgegangen, Jay«, sagte Steel leise. Er saß hinten in einem alten grünen Van, den weder Jaywalker noch Five kannten, und starrte durch das Heckfenster die Straße entlang. Drei Blocks vor ihm befand sich das sechsstöckige Wohnhaus, bei dem sein Bekannter Five gesehen zu haben glaubte.

»Jedenfalls *hoffe* ich, dass es für dich nach hinten losgeht.«

Ob Jaywalker schon hier war? Vermutlich nicht. Vermutlich war er bei irgendeinem Straßendoc und ließ sich wieder zusammenflicken. Dann war Five allein. Das war schon etwas besser, als beiden gegenübertreten zu müssen, aber selbst bei dem Gedanken an Five wurde ihm ganz schlecht. Er selbst war allein, denn er hatte keinen seiner Bekannten in die Sache mit hineinziehen wollen, und es war keine Zeit, um noch jemanden zu organisieren, abgesehen von der Tatsache, dass er bei dieser Angelegenheit nicht mit Fremden zusammenarbeiten wollte, denen er nicht vertraute.

Unten im Erdgeschoss befand sich ein kleiner Laden, der verschiedenste, grellbunt bedruckte Folien anbot, die man auf Schädeldatenbuchsen kleben konnte – ein Trend, der gerade so schnell verebbte, wie er aufgeflammt war. Er war geschlossen gewesen, als Steel vor einigen Minuten an dem Haus vorbeigefahren war, vermutlich hatte er für den Nachtbetrieb kein Personal.

Steel atmete tief durch, zog die grauen Stoffvorhänge vor das Fenster und lehnte sich zurück. Mit der Linken griff er nach dem Kabel des Fernsteuerdecks, das neben ihm auf der Bank lag, und schob den Stecker in eine der zwei Buchsen in seiner linken Schläfe.

Seine Wahrnehmung wurde von den einfachen Sensorimpulsen der kleinen Rotordrohne überlagert, die in seinem Verstand zum Leben erwachte. Er ließ sie mit einem einfachen Gedanken ein Signal aussenden, das die Verriegelung der Klappe über ihr öffnete. Die Kamera der Drohne übermittelte ihm ein körniges Bild ihrer Umgebung, und er ließ sie starten. Sie stieg aus dem kleinen Fach im Dach des Vans und erhob sich in die Luft, fast lautlos, und im Dunkeln war sie so gut wie unsichtbar. Selbst mit Infrarot konnte man sie erst dann deutlich sehen, wenn sie bereits eine ganze Weile in Betrieb war, da er umfangreiche Bastelarbeiten an ihr durchgeführt hatte, um ihre Wärmeabstrahlung zu reduzieren und die Restwärme zu tarnen.

Sie verfügte über eine Rundumsicht durch die zwei Spezialkameras auf ihrer Oberfläche, und sein Verstand brauchte die üblichen drei oder vier Sekunden, um sich daran zu gewöhnen, soweit dies überhaupt möglich war. Sein Gehirn war für einen derartigen Panoramablick nicht geschaffen, aber diese Sicht erwies sich immer wieder als sehr nützlich, auch wenn man davon schnell Kopfschmerzen bekam. Das eigentliche Zentrum der Sicht seiner Drohne ließ sich fokussieren, sodass er sich nur auf einen kleinen Bereich von vielleicht zwanzig Grad zu konzentrieren brauchte, während die übrigen dreihundertvierzig Grad verschwommen blieben und er nur Bewegungen wahrnahm, nicht aber genaue Eindrücke verarbeiten musste.

Leise glitt sein eifriger kleiner Helfer über die Dächer. Die Sensoren waren nur auf Geräusche und Sicht ausgelegt, und Steel konnte zwischen Normalsicht, Nachtsicht und Infrarotsicht umschalten, aber er konnte keinen Wind spüren, verfügte über keinen Tastsinn und roch nichts.

Er erreichte das Wohnhaus. Nein, *die Drohne* erreichte das Wohnhaus. Es war immer wieder etwas verwirrend. Langsam sank die Drohne tiefer und näherte sich einem der Fenster in der oberen Etage. Steel dirigierte sie an den Rand des Fensters und konzentrierte sich auf den Raum dahinter, in dem Licht brannte.

Ein Mann, der rücklings auf dem Boden lag und einen Säugling über seinen Kopf hielt, als sei das Kind ein kleines Flugzeug. Reizende Familienszene. Weiter. Er steuerte das Fenster daneben an, in dem es dunkel war, und aktivierte die Infrarotsicht der Drohne.

Nichts. Kein Mensch. Der Lichtverstärker enthüllte ihm das schwache Bild eines kleinen Badezimmers. Weiter.

In jeder Etage befanden sich zwei Wohnungen, und das nächste Fenster gehörte zum Treppenhaus, in dem niemand war. Er konnte erkennen, dass die jeweils zwei Wohnungstüren einer Etage nebeneinander lagen und nicht einander gegenüber.

Die nächsten zwei Zimmer, in die er hineinsah, waren menschenleer und in einem denkwürdigen chaotischen Zustand: Schmutzige Gläser und Wäsche stapelten sich auf dem Fußboden des Wohnzimmers, eine große Topfpflanze war umgekippt, und das Trideo lief, obwohl es keine Zuschauer gab.

Die Drohne sank tiefer zu einem Fenster im fünften Stockwerk, und Steel konnte bereits wütende Stimmen hören, bevor er durch die Augen der Drohne ein streitendes junges Paar im Wohnzimmer sah, ganz klischeehaft: sie mit zorngerötetem Gesicht und aufgeregt, er abwehrend und offensichtlich gestresst von der Auseinandersetzung. Weshalb sie sich stritten, konnte Steel nicht ausmachen, obwohl er die meisten Worte durch die Glasscheibe hörte, aber es schien darum zu gehen, dass er ihr nie wirklich zuhörte. In Anbetracht des genervten Blicks des jungen Mannes konnte Steel sich das lebhaft vorstellen, und er beneidete das Paar nicht um seine Kommunikationsprobleme. Als er die Drohne weiter zur Wohnung nebenan schickte, hörte er etwas krachen, und er vermutete, dass sie ihm jetzt etwas Handfesteres an den Kopf geworfen hatte als bloße Worte.

In der nächsten Wohnung saß Mikey auf dem Fußboden vor einem Sofa und spielte mit einem kleinen bunten Gegenstand, und Five stand wie eine Maschine im Bereitschaftsmodus an der Tür, die Arme vor der Brust verschränkt, die Augen wie immer hinter der verspiegelten Sonnenbrille verborgen. Steel wollte gerade näher heranzoomen, um auch den Flur hinter der offenen Tür zu erfassen, als der Kopf der Messerklaue herumruckte und Five den Blick auf das Fenster richtete. Schnell ließ Steel die Drohne aufsteigen und über das Dach verschwinden. Er hoffte, Five dachte sich nicht allzu viel dabei und glaubte, es sei ein Vogel gewesen. Verdammt, musste der Kerl gute Ohren haben! Oder hatte er aus den Augenwinkeln eine Bewegung wahrgenommen?

Die Drohne überflog das Dach und sank auf der anderen Seite wieder auf die Höhe der fünften Etage, sodass Steel noch die beiden Räume auf der Rückseite des Gebäudes in Augenschein nehmen konnte. Eine kleine Küche, in der sich mindestens ein halbes Dutzend Cornflakes-Packungen auf dem Küchentisch stapelten. Ein Schlafzimmer, in dem sich niemand befand. Die Drohne kehrte zurück zur Vorderfront des Gebäudes und kam gerade noch rechtzeitig zum Fenster des Badezimmers, um zu sehen, wie die Jalousie geschlossen wurde.

Hätte die Drohne über eine Stimme verfügt, hätte sie auf dem Rückweg ziemlich üble Flüche ausgestoßen. Dafür tat

Steel es selbst, als die Drohne wieder im Dach des Vans gelandet war und er sich das Kabel aus der Schläfe zog.

Als ihm die wirklich mörderischen Flüche ausgingen, holte er tief Luft, stand auf und kletterte nach vorne.

Mikey hatte ziemlich krank ausgesehen. Unter den Augen tiefe Schatten und noch magerer, als Steel den Kleinen in Erinnerung hatte. Das Kind gehörte eindeutig zu einem Arzt oder in ein Krankenhaus.

Er wusste noch nicht ganz genau, wie er Mikey da herausholen wollte. Er würde eben improvisieren müssen. Und beten.

Über das Fernsteuerdeck programmierte er die kleine Drohne mit einer Reihe einfacher Befehle und öffnete die Wagentür, nachdem er noch einmal tief durchgeatmet hatte. Zog die Mossberg hinter dem Sitz hervor und spürte ihr Gewicht und ihre stabile Zuverlässigkeit, die er so sehr an ihr schätzte.

Dann fiel ihm ein, dass Mikey unter Umständen in die Schusslinie geraten könnte.

Er griff ins Handschuhfach und nahm eine Narcoject-Pistole.

Und hoffte, dass er sie nicht brauchen würde, denn wenn jemand auf dieser Welt Blutfilter hatte, dann bestimmt Five. Zudem war die Vorstellung, diesen Roboter mit ein paar saftigen, schmutzigen Kugeln aus der Welt zu pusten, unwiderstehlich. Steel wechselte die Schrotladung der Mossberg gegen ein Magazin mit massiven Geschossen aus, dann stieg er aus dem Van und schloss die Tür.

Atmete noch einmal tief durch und merkte zu seinem Erstaunen, dass er zum ersten Mal seit langer Zeit den Gedanken zu sterben erschreckend fand. Er wollte nicht sterben. Er wollte es wirklich nicht.

Das war an sich sehr erfreulich, kam aber jetzt gerade zum falschen Zeitpunkt.

Steel dachte an Mikey und an viele andere, längst vergangene Dinge, um sich zu motivieren, schob die Narcoject in die Tasche und machte sich, die Mossberg an der Seite, auf den Weg.

Da war ein Geräusch am Fenster gewesen, er war ganz sicher. Vielleicht war es nichts. Dennoch schloss Five alle Gardinen und Jalousien und kehrte dann zurück ins Wohnzimmer.

Das Kind saß auf dem Boden und spielte. Five wusste nicht, warum. Soweit er sich erinnern konnte, hatte er als Kind nicht gespielt. Allerdings konnte er sich auch nicht erinnern, was er stattdessen gemacht hatte.

Das Kind sprach mit einer hohen Stimme. Sie gehörte zu der grünen hässlichen Figur. Die tiefere, böse klingende Stimme der gelben Figur antwortete, und Five wusste, gleich würde sich wieder die Zischelstimme der blauen Figur einmischen und den Streit schlichten.

»Ihr ssseid ssso dumm«, zischelte das Kind. *»Ssstreiten issst nicht gut!«*

Gleichgültig richtete Five den Blick wieder geradeaus. Sein Geist ruhte und wartete auf Signale, die ihn aus der Lethargie wecken würden, und er blendete das sinnlose Geschwätz des Kindes aus, um seine Sinne für wichtige Informationen freizuhalten.

»Aaaaaaah!«, brüllte das Kind und warf die gelbe Plastikfigur hinter sich. Sie flog dicht an Five vorbei, und automatisch fing er sie mit einer Hand, ohne irgendein anderes Körperglied zu bewegen. Nicht einmal seine Augenlider zuckten. Das Kind drehte sich um und sah ihn an, dann stand es auf und kam vorsichtig näher.

»Sie haben ihn verbannt«, sagte es erklärend. »Weil er sehr böse ist.«

»Aha«, sagte Five monoton. Das interessierte ihn nicht.

»Es ist ein Killermandrill«, fügte das Kind hinzu und kam einen Schritt näher. »Ich fände es besser, wenn er rot wäre. Du auch?«

»Nein«, antwortete Five. »Es interessiert mich nicht.«

»Was interessiert dich denn?«, fragte das Kind und legte den Kopf schief.

Darauf fiel Five nichts ein, und er schwieg.

»Darf ich ihn wiederhaben?«, fragte das Kind schüchtern und streckte die Hand aus. Mit einer präzisen Bewegung warf Five ihm die Figur zu, und sie landete direkt in der Hand des Kindes.

»Danke.«

»Bitte.«

Das Kind schwieg und sah ihn an.

Five schwieg auch und fragte sich, was das Kind wollte.

»Jay hat vorhin mit mir gespielt«, sagte das Kind. »Das hat Spaß gemacht. Er war die Naga und das Einhorn, und er sagt, der Killermandrill ist ziemlich gemein.«

Das kam fast schon einer Aufforderung gleich. Five schüttelte mechanisch den Kopf. »Ich spiele nicht.«

»Nie? Oder spielst du nur nicht mit mir?«

»Nie.«

»Das ist bestimmt sehr langweilig.« Nachdenklich sah das Kind ihn an. »Was machst du denn dann?«

»Ich arbeite.«

»Und was?«

»Ich arbeite«, wiederholte Five stoisch. Das war eine Frage, auf die er nicht antworten würde.

Das Gesicht des Kindes verzog sich weinerlich. »Wann kommt denn Jay wieder?«

»Ich weiß nicht.«

Auch in der Stimme des Kindes lag plötzlich ein weinerlicher Unterton, und seine Unterlippe zitterte. »Ich möchte aber, dass er bald wiederkommt. Ich will nicht mehr, dass du auf mich aufpasst!«

Was sollte er machen, wenn das Kind anfing zu weinen und zu schreien, wie Kinder es manchmal taten? Oder wenn es versuchte, nach draußen zu laufen? Er sollte es möglichst nicht betäuben, weil es krank war, aber er konnte es auch nicht festhalten. Es war ein gefährliches Kind.

»Willst du schlafen gehen?«, fragte er, und das Kind schüttelte den Kopf. »Nein! Ich will Jay!«

»Das geht jetzt nicht.«

Die Augen des Kindes füllten sich mit Tränen. »Du bist blöd! Ich will, dass du ihn anrufst und ihm sagst, dass er herkommen soll! Los!«

Das Kind war nicht gut erzogen, und es würde sich nicht besänftigen lassen. Gerade wollte Five nach der Narcoject unter seinem Mantel greifen, als er aus dem Treppenhaus ein leises Geräusch hörte. Schritte im Treppenhaus, und dann machte etwas leise, behutsame Geräusche an der Wohnungstür, verstohlen, als wolle jemand nicht gehört werden. Jemand anderes hätte das Geräusch wohl kaum gehört, aber für Five war es so deutlich, als hätte jemand geklingelt.

»Bleib hier«, sagte er zu dem Kind. »Setz dich hin und sei still. Ich werde Jaywalker anrufen.«

»Gut«, sagte das Kind mit trotzigem Gesichtsausdruck, ging zum Sofa und warf sich quer darüber. Das kleine Gesicht war gerötet und die Augen groß und glänzend. Offenbar war das Kind übermüdet. Vielleicht war es eingeschlafen, wenn er zurückkam.

Leise zog Five seine Predator und ging zur Tür. Das Geräusch verstummte und wurde von Schritten abgelöst, die kurz darauf wieder verharrten.

Five stand regungslos dicht bei der Tür und wartete, als sich ein Gedanke in seinem Kopf formte. Ein beunruhigender Gedanke, der die Geräusche zu einer logischen Geschichte verband.

Er hechtete zur Seite, in Richtung Küche, weil sich die Tür zwischen ihm und dem Wohnzimmer befand. Mit einem wirklich verdammt lauten Krachen flog die Tür auf, und er sah das kurze Feuer einer Explosion, deren Druckwelle ihn fast von den Füßen holte. Dann erschien ein Ziel in der offenen Tür.

Vermutlich würde Five ihn ohnehin hören, deshalb bemühte sich Steel nicht um Subtilität, als er die Treppen hochstieg, nachdem er das Magnetschloss der Haustür geknackt hatte. Verstohlene Schritte im Treppenhaus würden die Messerklaue nur misstrauisch machen. Vor der Wohnungstür blieb er stehen. Jetzt musste es schnell gehen. Und leise. Wenn Five nicht hörte, dass sich jemand an der Wohnungstür zu schaffen machte, umso besser, aber wenn er die Geräusche zwar hörte, aber nicht gleich einordnen konnte, würde er vielleicht weniger offensiv vorgehen.

In der Linken die Mossberg, drückte Steel vorsichtig den knetbaren Plastiksprengstoff an der Tür im Bereich des Schlosses fest und versorgte auch das Keypad an der Wand mit einer kleinen Portion. Die Tür war nicht offensichtlich gepanzert und vermutlich nicht so stark, dass sie sich für einen Platz in einem Hochsicherheitsbereich hätte bewerben können, aber mit Sicherheit stärker, als es von außen den Anschein hatte. Und wenn er Jaywalker richtig einschätzte, hatte sie mehrere magnetische Kontakte, vielleicht zwei oder drei in unterschiedlicher Höhe, um das Risiko zu vermindern, dass ein gezielter Trolltritt das Schloss einfach sprengte. Er selbst hätte jedenfalls auf solche Schlösser geachtet. Die Explosion am Keypad löste unter Umständen einen Kurzschluss aus, der das oder die Schlösser für einen kurzen Moment deaktivieren würde.

Vielleicht passierte auch rein gar nichts. Er hatte keine Zeit, das zu hinterfragen. Steel war nicht der Typ für komplizierte Pläne, und er würde es damit gar nicht erst versuchen. Rein, zuschlagen, raus. Irgendwie würde es schon klappen.

Er steckte die Zünder in die Sprengstoffmasse. Es war wirklich eine Menge Sprengstoff. Hoffentlich ging das gut. Aber wenn es nicht klappte, würde Five gewarnt sein, und er konnte sich nichts vorstellen, was er weniger gern täte, als gegen einen kampfbereiten Five vorzugehen, der sich in einer verschlossenen Wohnung verschanzt hatte.

Schnell trat er beiseite und zog sich zurück in die Nische der Wohnungstür nebenan. Die Türen lagen nicht direkt am Flur, sondern in etwa zwanzig, fünfundzwanzig Zentimeter tiefen Nischen, was ihm sehr entgegenkam, da er sich nicht ein Stockwerk höher oder tiefer zurückziehen musste, sondern in der Nähe bleiben konnte.

Den Rücken gegen die Tür gepresst, schloss er die Augen. Dann zündete er die Sprengsätze.

Rauch hing in der Luft, als Steel zur Tür lief und sie offen fand. Sie war nicht aus den Angeln gerissen, sondern aufgeflogen und gegen die Wand gekracht. Leider nicht gegen Five.

Die in einen dunklen Anzug und trotz der Wärme in der Wohnung in einen schwarzen Mantel gehüllte Gestalt der Messerklaue stand ihm im Flur direkt gegenüber, als er (keine verdammte Zeit für Vorsicht) mit der Mossberg im Anschlag in die Wohnung stürmte.

Sie schossen gleichzeitig. Die Mossberg ruckte in Steels Händen, als sie eine Salve spuckte, und gleichzeitig ruckte etwas an seinem Körper, als Five zugleich auswich und schoss. Die Kugel traf seine Brust, und der Aufprall ließ ihn den Flur entlangtaumeln bis ins Wohnzimmer.

Die Kugeln aus der Mossberg des Riggers trafen ihn in die Schulter und rissen ihn herum. Er hatte nicht genug Platz im Flur gehabt, um ihnen vollständig auszuweichen. Mindestens eine der Kugeln durchschlug seine Panzerung, und er spürte Blut an seinem Arm herunterlaufen.

Das war ausgesprochen unangenehm. Es gab kaum etwas Schmutzigeres als Wunden am eigenen Körper. Blut von anderen konnte man abwaschen. Eigene Wunden sonderten die ganze Zeit Sekrete ab, die unangenehm rochen und unangenehm auf der Haut klebten und sehr, sehr körperlich waren. Blut. Gewebeflüssigkeit. Wenn es sich entzündete, Eiter. Er hatte einmal eine eiternde Wunde gehabt, und eine schmutzigere Erfahrung gab es kaum.

Außerdem war die Kugel nicht ganz durchgegangen, sondern stecken geblieben. Die Panzerung hatte sie so weit abgebremst, dass der Schwung nicht mehr ausgereicht hatte, um die Schulter zu durchschlagen, und jetzt steckte die Kugel im Arm, was hieß, dass ein Arzt sie herausholen musste. Das war eine Übelkeit erregende Vorstellung.

Der Rigger war ins Wohnzimmer getaumelt, und Five wusste nicht, ob die Kugel aus der Predator die Panzerung des Riggers durchschlagen hatte. Er musste die Zeit nutzen, in der sein Gegner durch den harten Aufprall außer Gefecht gesetzt war, falls die Panzerung die Kugel aufgehalten hatte, was er annahm.

Der Schmerz in seiner Schulter machte ihm nichts aus, weil Schmerz ihm noch nie etwas ausgemacht hatte, und er setzte dem Rigger nach, um ihn auszuschalten.

Im Zurücktaumeln griff Steel nach irgendetwas, um sich festzuhalten, und erwischte den Rahmen der Wohnzimmertür. Ihm wurde schwarz vor Augen, und er klammerte sich krampfhaft fest, um nicht umzufallen. Er fiel trotzdem, in einer merkwürdigen Drehung, weil seine Hand den Türrahmen nicht losließ, stürzte schräg ins Wohnzimmer hinein.

Toll. So hatte er wenigstens für ein paar Sekundenbruchteile Zeit, bevor Five kam und seinem kurzen Auftritt ein Ende bereitete. Er eignete sich wohl einfach nicht dazu, Menschen zu retten. Das hatte er noch nie gekonnt, wie verzweifelt er es sich auch gewünscht haben mochte.

Der Schmerz in seiner Brust brannte wie glühend heiße Lava und raubte ihm den Atem. Er japste nach Luft und sah wie durch einen trüben Filter, dass Five durch die Tür kam und die Predator auf ihn richtete. Erst jetzt fiel ihm auf, dass ihm die Mossberg aus den Händen gefallen sein musste, als die Kugel ihn knapp über dem Solarplexus getroffen und ihm, wenn sie auch nicht ganz durchgedrungen war, mindestens eine Rippe gebrochen hatte.

Der Rigger war unbewaffnet. Die Mossberg lag dicht am Türrahmen, und Five trat sie außer Reichweite. »Allein?«, fragte er den Rigger und richtete die Predator auf dessen Kopf.

Mit schmerzgetrübten Augen sah der Ork ihn an und bleckte die Zähne in einem gequälten, nur sehr entfernt so spöttischen Grinsen, wie es wohl ursprünglich geplant war. Five verzog keine Miene.

»Ja, allein«, sagte der Rigger mühsam mit heiserer Stimme.

»Wie hast du uns gefunden?«

»Fahr zur Hölle. Du legst mich doch sowieso um.«

»Schnell oder langsam«, bestätigte Five und richtete die Predator auf das rechte Knie des Orks.

Steel suchte in seinem Verstand nach irgendeinem Ehrenkodex, der ihm verbot, Five zu verraten, was er wissen wollte, aber da er damit niemanden gefährdete, sprach nichts dagegen. Es war wohl vorbei. Er lag halb aufgerichtet am Boden und hatte nur noch die Narcoject in seiner verdammten Tasche, an die er nicht herankam, weil Five ihm mit Sicherheit nicht die Zeit lassen würde, in die Jackentasche zu greifen. Wenn er die Wahl hatte, wollte er mit unzerschossenen Kniescheiben in die Hölle oder auf die elysischen Felder oder wohin es ihn auch verschlagen würde. Eigentlich war es ihm egal. Er stellte es sich nur sehr unangenehm vor, eine Kugel ins Knie gejagt zu bekommen, und wenn er sich diese Erfahrung bei gleichem Endergebnis ersparen konnte, würde er das tun.

»Zufall«, antwortete er. »Ich habe dich gesucht. Die Augen der Straße haben dich gefunden.«

Five schien einen Moment zu überlegen, was Steel daraus schloss, dass er kurz schwieg. Das Gesicht der Messerklaue verriet rein gar nichts. »Wo sind die anderen?«

»Aus dem Spiel ausgeschieden.«

»Tot?«

»Tot oder schwer verletzt. Sie sind raus, Five. Du kannst dich also entspannen.«

Beim Sofa hörte er ein leises Geräusch. Eine Art Wimmern. Er konnte von seiner Position aus nichts sehen, aber Five wandte ruckartig den Kopf, und seine Augen weiteten sich. Die Predator zeigte plötzlich nicht mehr auf Steels Knie, sondern ruckte herum zu Mikey, der dort drüben stehen musste, und Steel brüllte auf, ohne etwas tun zu können, und dann erfüllte ein gleißendes Licht das Wohnzimmer, ein Blitz zuckte gleichzeitig mit dem Krachen des Schusses auf, und Five stand lichterloh in Flammen.

Im Blick des Jungen lag Entsetzen, und Five spürte, wie sich seine Nackenhaare aufrichteten, als würde die Luft elektrisch aufgeladen.

Es war zu spät. Keine Zeit mehr für die Narcoject.

Der Blick des Kindes wurde leer, als Five die Predator zu ihm herumschwenkte und abdrückte, und dann traf eine Wand aus Flammen seinen Körper, eine Feuerwelle, die von dem Kind ausging. Schmerzen durchzuckten Five, Schmerzen, die so unglaublich waren, dass sie ihm doch etwas ausmachten, und alles andere auslöschten, sogar den Gedanken daran, wie schmutzig Verbrennungen heilten. Wenn man sie überlebte.

Der Geruch nach brennendem Fleisch erfüllte das Zimmer, und Five fing an zu schreien. Er brüllte nicht, er schrie, kreischte mit einer sich überschlagenden, hohen Stimme, die androgyn klang und ein wenig mechanisch. Wild schlug er auf die Flammen ein, dann ließ er sich fallen und wälzte sich auf dem Boden.

Nur sein Körper brannte. Seine Kleidung fing kein Feuer. Der Teppich fing kein Feuer. Die Flammen leckten über Mantel und Teppich, aber sie entzündeten sie nicht, obwohl Steel die fürchterliche Hitze spüren konnte, die von der brennenden Messerklaue ausging.

Mikey! Hatte der Schuss ihn getroffen?

Er stützte sich an der Wand ab und zwang sich auf die Beine. Warf einen Blick über das Sofa.

Mikey stand mit leerem Blick da. Seine Arme hingen an den Seiten herab, und er starrte wie abwesend auf das

Schauspiel, das er selbst verursacht hatte, starrte den schreienden Five an, der sich immer noch in einem Flammenmeer auf dem Boden wälzte.

Steel hatte keine Zeit, sich seiner Dankbarkeit dafür hinzugeben, dass der Junge noch lebte. Die Schmerzen in seiner Brust ignorierend, obwohl er am liebsten einfach gestorben wäre, ging er um das Sofa herum und hoffte, dass Mikey ihn nicht ebenfalls in Flammen hüllen würde, wenn er so verängstigt war, dass er ihn für eine Bedrohung hielt.

Ohne Regung im Gesicht ließ Mikey sich packen und hochheben. Sein Blick war völlig starr, und als Steel ihn hochhob, fühlte er, dass der Junge vor Hitze glühte. Sein kleiner Körper zitterte so sehr, dass es den Ork mitschüttelte.

Eile war geboten. Die Bullen konnten jederzeit auf der Bildfläche erscheinen und sich in ein Spiel einmischen, von dem sie keine Ahnung hatten. Steel ließ die Mossberg liegen und trat an Five vorbei, ließ die schreiende Messerklaue sich einfach weiter herumwälzen und brennen und hastete mit Mikey auf dem Arm durch den Flur. Ließ die Hitze hinter sich. Durch die Wohnungstür, vorbei an den geschlossenen Türen der anderen Wohnungen, in denen die Leute sich jetzt entweder damit beschäftigten, die alte Drei-Affen-Nummer abzuziehen – nichts sehen, nichts hören, nichts sagen – oder die Bullen zu rufen, die mit Sicherheit ohnehin schon unterwegs waren. Durch die Haustür unten.

Er hörte Sirenen. Das Glück war vielleicht doch einmal mit ihm: Der Weg zum Van war vermutlich frei. Die Sirenen kamen aus der entgegengesetzten Richtung.

Steel rannte. Solange die Bullen nicht in Sichtweite auftauchten, würde er rennen. Die Drohne schwebte über dem Haus gegenüber des Wohnhauses, in dem Five gerade verbrannte, und sie würde ihm über einen kleinen Empfänger mitteilen, wann Polizeiwagen in der Nähe des Wohnhauses auftauchten. Er hatte verhindern wollen, den Bullen direkt in die Arme zu laufen, wenn er aus dem Haus kam, aber auch so erwies sich die Drohne als recht nützlich.

Der Empfänger in seiner Hosentasche vibrierte, als er nur noch ein paar Meter vom Ende der Straße entfernt war. Steel verlangsamte seinen Schritt. Manche Cops sahen rennende Menschen im Dunkeln auf zwanzig Meilen Entfernung, und er wollte auf keinen Fall ihre Aufmerksamkeit erregen.

Unbehelligt bog er um die Ecke und fing wieder an zu laufen, das zitternde, fiebernde Kind in den Armen, als seien tausend Teufel hinter ihm her.

Kapitel 29

Bear Creek Höhe Sammamish River,
Redmond Barrens, 21:37

Sie waren nicht einmal eine halbe Stunde unterwegs, als es begann.

Mikey saß angeschnallt auf dem Beifahrersitz und starrte mit großen Augen nach draußen auf die rasch vorbeifliegende Landschaft. Das rege Leben und Treiben und die glitzernde Buntheit der Innenstadt lagen hinter ihnen, und sie näherten sich über die Evergreen Point Floating Bridge dem Stadtteil Bellevue. Ausnahmsweise gerieten sie auf der Brücke nicht in einen Stau. Ein wenig später wichen die Hügel und vornehmen Wohnhäuser Bellevues der düstereren, tristen Ebene Redmonds, das verlassener und dreckiger wirkte, je weiter sie fuhren. Wie viel Zeit hatten sie diesmal? Steel hoffte, es würde reichen, um den Kleinen zu Nemesis zu schaffen. Jaywalkers Ärztin war die Einzige, die über die Informationen verfügte, die Mikey vielleicht das Leben retten konnten.

Steel hatte sich nicht eingestöpselt, sondern fuhr den Van manuell, um den teilnahmslosen Jungen im Auge behalten zu können, und da er seine Aufmerksamkeit zwischen der Straße und Mikey teilte, bemerkte er das Zusammenzucken des Kleinen sofort.

»Mikey, alles klar?«, fragte er, aber der Kleine antwortete nicht.

Stattdessen streckte er sich, mit an den Körper gelegten Armen, und wurde ganz lang und steif wie ein Brett. Das heisere, hohe Pfeifen erfüllte den Van wie eine geisterhafte Stimme.

Steel warf das Lenkrad herum und fuhr den Van an den Straßenrand. Es war niemand da. Ein Stück weiter die Straße entlang gluckerte der Sammamish River leise vor sich hin, verlassene Wohngebäude flankierten die Straße auf der einen Seite und der Marymoor County Park auf der anderen.

Mikeys Körper streckte sich noch immer, und Steel sprang aus dem Wagen, lief um den Van herum und öffnete die Beifahrertür, um Mikey herauszuziehen. Er wollte gerade nach dem Kleinen greifen, als der zusammenzuckte wie nach einem Tritt in den Bauch und sich so heftig krümmte, dass er mit der Stirn gegen das Handschuhfach stieß.

Steel griff zu und zog ihn aus dem Wagen. Dann hatte er auf einmal kein kleines Kind mehr in den Armen, sondern ein Bündel verzweifelt zuckender Urgewalt, das seinen Griff fast sprengte. Der winzige Körper bäumte sich auf wie unter Stromstößen, und Steel taumelte den Grünflächen des dunklen Parks entgegen und konnte den Kleinen dabei nur mit alleräußerster Anstrengung auf den Armen halten.

Gras unter seinen Füßen. Weiche Erde.

Mikey entglitt seinem Griff, als der Kleine von einer Serie heftiger Krämpfe geschüttelt wurde, und fiel zuckend zu Boden. Schnell griff Steel nach ihm und packte ihn, um ihn so festzuhalten, wie Jaywalker es getan hatte, aber entweder waren die Krämpfe des Kleinen diesmal schlimmer als damals, oder Jaywalker verfügte über mehr Kraft als der massige Ork, denn Steel bekam Mikey nicht richtig zu fassen. Der Kopf und die Füße des Kleinen hämmerten auf den Boden, und Steel konnte nur zusehen und beten, es mögen keine Steine dort liegen. Der Boden war vom Regen aufgeschwemmt und weich, und Mikey konnte nicht allzu viel passieren.

Hoffte er.

Dann dachte er an gar nichts mehr. Wie ein lauerndes Tier glitt das Schweigen heran und füllte sein Bewusstsein aus, rollte wie eine Welle von Mikey auf ihn zu, und Steel wusste, diesmal war es vorbei.

Irgendwann war es überstanden, Tausende Augenblicke später, die sich alle glichen und sich dennoch alle, jeder für sich, tief in Steel einbrannten, um niemals vergessen zu werden.

Mikey lag still auf dem Rücken, und das Schweigen lag ebenfalls da, vibrierte stumm in Steels Schädel und ließ ihn langsam erstarren.

»Mikey?« Vorsichtig näherte sich Steel dem Kind. Stupste es an, mit dem großen, groben Zeigefinger ganz vorsichtig gegen die winzige Schulter, die voller Schlamm war, wie der ganze Körper des Kindes.

Leise stöhnte Mikey, und Steel strich ihm unbeholfen über das schweißnasse Gesicht. »Bist du wach?«

Blut rann aus der Platzwunde an Mikeys Kopf, die er sich am Handschuhfach des Vans geholt hatte, und Steel fühlte das Blut des Kindes an seiner Hand kleben. Mit der anderen Hand griff er in die Tasche, zog ein Paket Taschentücher heraus und legte eins davon auf Mikeys Stirn, und es tränkte sich sofort mit Blut. »Verdammt«, murmelte Steel leise. Er fühlte sich furchtbar hilflos.

Die blauen Augen des Kindes öffneten sich, und Mikey sah ihn an. »Wo ist Jay?«, flüsterte der Kleine mit Angst in der Stimme. »Er wollte doch wiederkommen!«

Wie versteinert starrte der Ork ihn an, und in ihm wurde es so kalt und dumpf, als könne er nie wieder atmen. Der Kleine verlangte nach dem psychopathischen Killer und nicht nach seiner Mutter oder seinem Vater; er fragte nach dem Mann, der ihn hatte verkaufen wollen, weil er ihm vertraute, sich bei ihm sicher fühlte.

Steel riss sich zusammen. Mikey wusste nichts von alledem und würde es, soweit es ihn betraf, auch nie erfahren.

»Er kommt, sobald er kann. Er beeilt sich. Ist schon unterwegs.« Vorsichtig hob er Mikey auf, und das Kind lag schlaff und kraftlos in seinen Armen.

»Das ist gut«, murmelte Mikey. »Er hat mir versprochen, dass wir noch weiterspielen.«

»Das werdet ihr«, versprach der Ork und kämpfte um seine Fassung, während er Mikey zum Van zurücktrug.

Das Schweigen lag mit in seinen Armen. Es kam näher. Seine Arme wurden taub, aber er ließ Mikey nicht los. Als er den Van erreichte, hielt er das Federgewicht des Kindes mit einer Hand und öffnete mit der anderen die Hecktür. Selbst wenn jemand kommen sollte, um sie zu belästigen: Im Van waren sie verhältnismäßig sicher, denn der Wagen war gepanzert, und für die ganz Hartnäckigen hatte Steel noch eine Ingram Smartgun unter einer der Sitzbänke, um deutlich zu machen, dass er nicht die Absicht hatte, sich in den Barrens ermorden zu lassen.

Mikey hatte sich in den letzten zehn Minuten nicht gerührt. Der Kleine saß in eine raue Wolldecke gewickelt auf Steels Schoß, das kleine Gesicht gegen seine Schulter gelehnt, und atmete leise und flach, als bemühe er sich nicht einmal darum.

Er starb. Steel wusste es, und er ahnte, dass der Kleine es irgendwie auch wusste. Steel atmete das Schweigen, das den Wagen erfüllte, und er dachte darüber nach, während er den Jungen im Arm hielt, der auf seinen großen Freund wartete, damit sie weiterspielen konnten, ohne zu wissen, dass dieser Mann niemals sein Freund gewesen war. Steel wünschte fast, Jaywalker wäre hier und würde seine Rolle zu Ende spielen, würde Mikey im Arm halten, bis er aufhörte zu atmen, und ihm den Trost geben, den Steel ihm nicht geben konnte. Seine Gedanken begannen zu schweifen und wandten sich wie immer, wenn er es zuließ, der Vergangenheit zu.

Es war lange her, dass er das Schweigen zum ersten Mal gehört hatte. Eigentlich war es absurd zu sagen, er *höre* es, aber er hatte sich angewöhnt, es so zu nennen, bevor ihm die Absurdität aufgefallen war. Es kam dem, was er fühlte, am nächsten. Diese unendliche Stille, der nichts gleichkam, kroch in seinen ganzen Körper, erfüllte seinen Verstand und vibrierte in seinen Ohren wie ein Summen ohne einen Laut.

Er hielt die Augen offen, starrte vor sich hin auf die gegenüberliegende Wand des Vans, um sich den Bildern, die wiederkamen, nicht aussetzen zu müssen, aber sie waren hartnäckig und nahmen keine Rücksicht. Als sei die Wand seines Wagens eine Leinwand, kamen sie schließlich doch und wie immer mit aller Gewalt, sodass sie die Gegenwart vollständig auslöschten.

Dreizehn Jahre war es her, stellte er fest und verspottete sich selbst, weil ihm diese Zahl im Augenblick wie ein Omen vorkam oder wie ein besonders witziger Scherz des Schicksals. Dreizehn Jahre seit der Nacht des Zorns, als die Metamenschen zu Tausenden zusammengetrieben worden waren, um sie zu erschlagen, einzupferchen, zu verbrennen.

Er gehörte zu den wenigen, die keine Verluste erlitten hatten. Die Nacht des Zorns hatte ihren Preis gefordert, hatte ihn wütend und bitter gemacht wie alle, die sie miterlebt hatten, aber er und seine beiden kleineren Brüder waren durch die Kanäle entkommen. Mehr hatte er nicht zu verlieren gehabt: nur seine beiden kleinen Brüder, und sie hatten überlebt.

Damals war er fast siebzehn gewesen, seit fünf Jahren ein Ork. Seine Brüder waren als Orks geboren worden, und während er mit siebzehn noch fast ein halbes Kind war, hätten sie mit siebzehn bereits ihr halbes Leben hinter sich gehabt. Orks alterten so verdammt schnell. Er wurde bald dreißig, und wäre er als Ork geboren worden, hätte er seit fünf Jahren auf der Straße nichts mehr zu suchen gehabt, weil er das Alter in den Knochen gespürt hätte, langsam, aber unaufhaltsam. Immer schneller.

Als die Zwillinge geboren wurden, hatte sich etwas verändert. Sie waren Orks. Er hatte sich erst ein Jahr später verwandelt. Damals war er elf Jahre alt gewesen, und er hatte die Blicke seiner Eltern immer gespürt, die mit Stolz auf dem einzigen normalen Sohn ruhten. Mit Stolz, aber auch mit Angst. Würde er sich verwandeln wie so viele andere?

Als er sich dann tatsächlich verwandelt und sich danach alles verändert hatte, war er schnell erwachsen geworden. Vielleicht waren es seine orkischen Gene, die ihn antrieben, jede Sekunde eines kurzen Lebens zu nutzen, vielleicht war es das Gefühl, früher oder später für sich selbst sorgen zu müssen. Kurz vor seinem sechzehnten Geburtstag hatte er die fünfjährigen Zwillinge mitgenommen und war untergetaucht. Ihre Eltern hatten nicht einmal nach ihnen gesucht.

Dunkelheit senkte sich über Steel, als seine Erinnerungen sich dem 16. Februar näherten, neun Tage nach der Nacht des Zorns. Die Erinnerungen schüttelten ihn wie Blitze, die in seinen Verstand einschlugen.

Unterwegs zu einem Mädchen, zu seiner ersten Verabredung. Die Kleinen bei einem Freund, der auf sie aufzupassen versprochen hatte. Jack. Steel sah sein Gesicht mit der groben platten Nase und den riesigen Hauern noch immer vor sich, als habe er ihn gestern zum letzten Mal gesehen, als hätten sie sich nur kurz voneinander verabschiedet, um sich bald wiederzusehen. In diesem und nicht im nächsten Leben.

Spätes Nachhausekommen. Aufgebrochene Tür. Mit einem scharfen Gegenstand eingeschlagen, vielleicht einer Axt. Er hatte mindestens zwanzig Sekunden dagestanden und darüber nachgedacht, mit welchem Instrument sich jemand Zutritt verschafft hatte, bis der Blutgeruch ihm ins Bewusstsein gedrungen war.

Besinnungsloses Hineinstürmen in den einzigen Raum der Wohnung, um dann dazustehen, der Kopf wie ein Fotoapparat, der Momentaufnahmen knipste, präzise, aus jedem Winkel, als habe es etwas zu bedeuten.

Jack auf dem Boden. Nase gebrochen. Andere Knochen auch. Viele. Übel verdreht, die Hände auf den Rücken gefesselt, überall Blut, Blut aus seinem Rücken, Blut aus seinem Bauch und Blut aus seiner aufgeschlitzten Kehle.

Die Kleinen achtlos hingeworfen wie blutige Mehlsäcke, Augen offen, blicklos. Stevie quer über dem Küchentisch, ein Arm über die Kante hängend, die Finger gekrümmt, als wolle er etwas festhalten. Den Anblick würde Steel niemals vergessen. Niemals vergessen, dass Stevie sich hatte festhalten wollen.

Darren in der Zimmerecke. Seine Hände entspannt. Kugel in der Brust, mehrere Messerstiche am ganzen Körper. Ihr Blut an der Wand, geschmierte Schriftzüge:

›Der 7. Februar war erst der Anfang!‹ und, über den Betten der Kleinen: ›Es ist niemals vorbei!‹

Er war zu spät gekommen. Viel zu spät. Sie waren ohne ihn gestorben, hatten ihm nicht die Chance gelassen, ihnen zu helfen, nicht einmal die Chance, ihnen beim Sterben die Hand zu halten.

Er kam immer zu spät.

Das Schweigen hatte ihn angesprungen, als er Stevies Hand berührt hatte, als sei es das gewesen, was der Kleine hatte festhalten wollen, eine Gabe oder ein Fluch oder auch ein klein wenig Tod für den, der überlebt hatte. Eine Verbindung zu den Toten. Es hatte ihn getroffen wie eine Welle aus Eis und das Summen Hunderttausender Bienen ohne einen Laut, wie die Stille einer leeren Welt oder das Weinen eines Tauben in dessen eigenen Ohren. Ein Teil dieses Schweigens, das den Raum erfüllte, hatte sich in ihm eingenistet, war ihm geblieben, begleitete ihn für immer, als sei ein Stück von ihm selbst dort gestorben und in seinem eigenen Körper beerdigt.

Und ein Teil blieb jedes Mal, begriff er. Jedes Mal, wenn er es hörte, blieb etwas davon in ihm zurück, weil er sich danach sehnte.

Die Bilder verblassten, und der Van tauchte wieder auf und auch Mikey in seinen Armen. Die Wangen des Orks waren tränennass, und er fuhr verwundert und verlegen darüber. Er hatte noch nie geweint, außer vielleicht manchmal im Traum, denn seine Brüder riefen ihn jede Nacht, und noch nie war es ihm gelungen, sie zu finden, bevor sie getötet wurden. Deshalb wusste er nicht, ob er vor ihren Schreien davonlief oder nach ihnen suchte, denn er fand sie immer tot, wie sehr er sich auch beeilte.

»Hast du manchmal Angst, Steel?«, fragte Mikey leise mit seiner Kinderstimme, und Steel spürte erschrocken, wie viel Zeit vergangen war, jetzt, wo jede Minute eine kleine Ewigkeit war in Anbetracht der Zeit, die noch blieb.

»Ja«, sagte er ruhig und strich Mikey das schweißfeuchte Haar aus der Stirn. »Manchmal habe ich furchtbare Angst.«

»Vor Monstern?«, fragte Mikey, und Steel dachte einen Augenblick darüber nach.

»Ja«, sagte er dann. »Vor Monstern. Du auch?«

»Mhm«, machte der Kleine. »Besonders im Dunkeln. Aber das verrate ich keinem.«

»Ich auch nicht«, sagte Steel und musste lächeln.

»Aber jetzt habe ich auch Angst«, sagte der Junge. »Ich glaube, es passiert was Schlimmes.«

Steel drückte ihn etwas an sich und spürte sein Herz jagen, als würde es gleich aus dem Wagen springen und davongaloppieren. »Was passiert denn?«

Mikey schwieg eine ganze Weile. *»Ich sterbe«*, flüsterte er schließlich, und in seiner Stimme lag so viel Angst, dass Steel schauderte. Hatten Kinder Angst vor dem Tod? Er hatte immer gedacht, sie begriffen ihn nicht und wären eher neugierig, aber die Angst in Mikeys Stimme bezeugte das Gegenteil.

»Wie ist das, wenn man stirbt, Steel?«, fragte Mikey im Dunkeln.

Der Ork schluckte hart. »Ich weiß es nicht.«

»Ganz bestimmt nicht?«

»Nein«, sagte Steel, und dann dachte er wieder kurz nach. Dachte an das Schweigen, das heranflutete, dachte daran, wie es in seinem Verstand wisperte, wie es ihm Angst machte und ihn gleichzeitig hielt, ihn einhüllte und alles andere auslöschte, sodass nichts mehr wehtat und alles auf der Welt, jede Sekunde der Erinnerungen, zu einem Ganzen verschmolz, und auf einmal begriff er, dass er doch wusste, wie es war. »Doch«, sagte er. »Doch, Mikey, ich glaube, ich weiß, wie es ist.«

»Tut es weh?«

»Manchmal«, flüsterte Steel. »Wenn man verletzt ist und dann stirbt, dann kann es sehr wehtun. Aber je näher man kommt, desto weniger weh tut es. Und manchmal ist es einfach wie einschlafen, Mikey.«

»Ich habe wirklich Angst«, wisperte der Kleine eindringlich. *»Weil ich dann ganz allein bin!«*

Steel drückte ihn noch ein wenig fester an sich, und er fühlte, wie der Kleine eine Hand in sein Hemd krallte.

»Ich habe auch Angst, Mikey. Aber ich bleibe bei dir. Ich verspreche dir ganz fest, ich bleibe bei dir. Ich lasse dich nicht allein.«

Der Kleine antwortete nicht, und das Schweigen setzte sich mit in den Van und sah Steel ins Gesicht. Ganz nah und mit einem festen Zeitplan. Es würde nicht warten.

Verdammt, es war keine Person. Es war nur die Stille, die zurückblieb, wenn man vorher die Gegenwart eines lebenden Wesens gespürt hatte. Es war nichts, was *da* war, sondern etwas, das fehlte. Ein Vakuum, das sich erst mit der Zeit wieder füllte.

Das Gefühl, dass unsichtbare Augen ihn beobachteten, verschwand, und er war wieder allein mit Mikey und dem Gefühl in seinem Innern, das er Schweigen nannte.

»Dann sehe ich morgen die Sonne gar nicht«, sagte Mikey sehr ernst. Seine Stimme klang dünn und flach, und Steel wusste nicht, was er darauf erwidern sollte. Er streichelte dem Kleinen über die Haare und spürte, dass Mikey sich etwas beruhigte, als sei es genau das, was ihn trösten konnte.

Was hatte er eigentlich die ganze Zeit in den Schatten gesucht? Den Tod?

Er hatte die Mörder seiner Brüder niemals gefunden, obwohl er sie gesucht hatte. Nicht nur um der Rache willen, sondern vor allem, damit sie nie wieder jemanden töteten. Und vielleicht auch, so verdreht das auch sein mochte, damit sie *ihn* töteten und er denselben Weg gehen konnte wie jene, die er nicht hatte beschützen können.

Er hatte so viel Leid verursacht, so viel getötet, und jedes Mal war ein Stück Schweigen in ihm zurückgeblieben. War es eine Bestrafung gewesen, die er sich selbst auferlegt hatte? Oder hatte er stückweise den Tod gesucht, weil er zu feige war, sich selbst zu töten? Das Gespräch mit Conquistador im Casino fiel ihm wieder ein, und er fragte sich, ob der Runner Recht gehabt hatte.

Die Antwort darauf kannte er nicht. Er wusste nur eins: dass er es nicht wieder tun konnte, wenn Mikey in seinen Armen gestorben war.

»Vielleicht habe ich es verdient«, sagte Mikey, und Steel fuhr auf.

»Nein«, sagte er. »Ich bin nur ein dummer Ork, und ich weiß nicht viel. Aber ich weiß ganz sicher, dass du ein gutes Kind bist.«

»Hm«, machte Mikey.

»Vielleicht ein bisschen frech«, räumte Steel ein. »Aber trotzdem ein liebes Kind, das nichts Schlimmeres gemacht hat als andere Kinder auch.«

Das stimmte nicht ganz. Andere Kinder ließen eigentlich keine Köpfe explodieren und verwandelten Menschen nicht in lebende Fackeln. Aber erstens taten sie das vielleicht nur deshalb nicht, weil sie es nicht konnten, und zweitens hatte Mikey es immer nur in Notwehr getan oder um jemanden zu beschützen.

»Du bist ein gutes Kind«, bekräftigte Steel noch einmal.

»Du, Steel?«, wisperte Mikey so leise, dass er ihn kaum noch hören konnte.

»Ja?«

»Wirst du dich an mich erinnern?«

»O ja«, flüsterte Steel zurück und strich ihm über die Haare. »Ich werde mich immer an dich erinnern, Mikey!«

Das Schweigen senkte sich mit Endgültigkeit über den Van, und Steel wusste nicht, ob Mikey ihn noch gehört hatte, bevor er, leicht wie eine winzige Feder, irgendwohin ging, wohin Steel ihm nicht folgen konnte.

Epilog

Drei Monate später

»Geht es?« Besorgt und belustigt zugleich beobachtete Conquistador den Troll, der bereits den dritten Versuch unternahm, aus dem Laderaum des Vans zu klettern.

»Geht schon«, schnaufte Christo böse. »Deine Hilfe brauch ich bestimmt nicht!«

»Wäre mir auch viel zu gefährlich«, erwiderte Conquistador und verzog spöttisch einen Mundwinkel. »Wenn du stolperst und auf mich fällst, war Mealux' ganze Arbeit umsonst.«

Christo gab ein Geräusch von sich, das an das Prusten eines Walrosses erinnerte, und setzte sich ganz vorsichtig auf den Boden des Wageninnenraums, wobei er sich mit einer Hand an der Rückbank abstützte und mit der anderen auf seinen Stock. Mit viel Ächzen schaffte er es, suchte mit den Füßen nach dem Boden und schob sich dann langsam aus dem Wagen.

»Das geht doch schon ganz gut«, kommentierte Conquistador. »Nicht gerade olympiareif, aber ich sehe, du arbeitest daran.«

Auf seinen Stock gestützt, kam Christo mit finsterer Miene auf ihn zu, und Conquistador setzte sich in Bewegung, bevor der Troll ihn erreicht hatte.

Vor einer Stunde hatte er Christo abgeholt. Mealux hätte seinen Patienten am liebsten in ein Ganzkörperpflaster gehüllt oder gar in einen Gips und die Muskeln mit Stromschlägen in Form gehalten, damit Christo sich nicht bewegte. Er hatte sich gegen diesen Ausflug ausgesprochen, aber Christo hatte darauf bestanden.

Fast den gesamten ersten Monat nach Jaywalkers Attacke hatte der Troll bewusstlos bei Mealux in der Klinik gelegen, und es war ungewiss gewesen, ob er jemals wieder aufwachen würde. Die Sporne hatten mehrere innere Organe schwer verletzt, und Christo hatte jetzt eine neue Niere, Teilimplantate im Darm und eine vielfach geflickte Lunge, die Mealux komplett austauschen würde, sobald das geklonte Gewebe herangewachsen und Christo wieder fit war für die nächste Operation. Es wäre die fünfzehnte oder sechzehnte, soweit Conquistador das noch überblickte.

Am schlimmsten hatte es die Wirbelsäule erwischt. Hier waren die meisten Operationen notwendig gewesen, um zu retten, was noch zu retten war, und anfangs waren sowohl Mealux als auch Conquistador davon ausgegangen, dass Christo sein Leben im Rollstuhl beschließen würde. Die Nervenbahnen und sogar teilweise das Rückenmark waren beschädigt gewesen, und Christo hatte seine Beine nicht mehr gespürt.

Aber das Gefühl war in seine Beine zurückgekehrt. Mealux bezeichnete den Troll als medizinisches Wunder. Allerdings war er auch ein Musterpatient: So schmerzhaft und anstrengend das Rehabilitationsprogramm auch war, er hielt standhaft durch, ohne auch nur eine Miene zu verziehen. Wenn er so weitermachte, würde er in einem Jahr wieder fit sein. Nie wieder so fit wie vorher, aber das Leben würde ihn wiederhaben.

Mit dem Knirschen von Christos humpelnden Schritten auf dem Kiesweg im Rücken dachte Conquistador über die merkwürdige Veränderung in ihrer Beziehung nach. Sie verhielten sich nicht viel anders als früher, hackten aufeinander herum wie eh und je, und er war ziemlich sicher, dass Christo irgendwann sein Versprechen einlösen würde, ihm einen Arm zu brechen. Aber es hatte sich etwas verändert.

Vielleicht, weil sie beide einsam waren. Vielleicht, weil sie gemeinsam durchgedreht waren und trotzdem überlebt hatten. Vielleicht deshalb, weil sie gemeinsam um Phoenix trauerten.

Christo verfügte nicht über die Mittel für die medizinische Versorgung, die er im Augenblick brauchte, und Conquistador finanzierte sie ihm, ohne mit der Wimper zu zucken. Es war sehr viel Geld, und der Troll nahm es zähneknirschend an, weil er keine andere Wahl hatte, denn er würde es Conquistador niemals zurückzahlen können, und ausgerechnet bei ihm in der Schuld zu stehen, musste den großen Jungen ganz schön ankotzen. Aber aus irgendeinem Grund fühlte sich Conquistador verantwortlich für Christos Zustand. Er selbst war durchgedreht und hatte sich, fast bewusst, in einen Rachefeldzug hineingesteigert, der bei objektiver Betrachtung eher einem Selbstmordkommando glich.

Christo hatte das nicht überblicken können. Conquistador hatte die Dummheit des Trolls für seine Zwecke ausgenutzt, weil er ihn an seiner Seite gebraucht hatte, um gegen Jaywalker antreten zu können, und er hatte dabei die hohe Wahrscheinlichkeit, dass Christo mit draufging, einfach hingenommen. Schuldbewusstsein war ihm ziemlich neu, aber es war so unangenehm, dass er etwas dagegen tun wollte.

Es roch nach nasser Erde und nach Blumen, nach alten, bemoosten Steinen und Wald. Der alte Friedhof war 2006 angelegt worden, und die meisten der alten Bäume hatte man stehen lassen. Vom Friedhofstor führte ein etwa fünfzig Meter langer gepflasterter Weg zur Kapelle, wo Kieswege strahlenförmig zu den Gräbern abzweigten. Die Gräber waren nicht wie in einer Reihenhaussiedlung nebeneinander gequetscht, sondern geräumig angelegt. Neben jedem Grab gab es genügend Platz, um eine kleine Bank aufzustellen oder sogar eine Hecke zu pflanzen, sofern die Friedhofsverwaltung ihre Zustimmung gab.

Es war ein unverschämt teurer Friedhof.

»Wie viel hast du der alten Lady denn für die Beerdigung gegeben?«, fragte Christo hinter ihm.

»Weiß nicht«, erwiderte Conquistador und blieb stehen, um auf den Troll zu warten. »Ich glaube, auf dem Ding waren fünfzehntausend.«

»Fünfzehntausend!« Christo verschluckte sich fast an dem Wort, blieb stehen und starrte ihn an. »Sag mal, du hast wirklich viel Karten gespielt in letzter Zeit, oder? Du schmeißt ja mit Geld um dich, als ob du's scheißen könntest!«

»Ich hatte nichts Kleineres da.« Conquistador zuckte mit den Achseln. »Und sie hat es ja gut angelegt, nicht wahr?«

»Ja, schon.« Sie setzten sich wieder in Bewegung, diesmal nebeneinander. »Aber ich möchte wirklich wissen, woher du die ganze Kohle hast. So wahnsinnig aktiv biste ja auf der Straße nicht.«

»Hör auf zu denken«, schlug Conquistador vor. »Tut nur weh.«

»Jaja«, brummte der Troll, der sich mittlerweile an diese Sprüche gewöhnt hatte. »Ich wüsste es nur gern.«

»Ein paar Geheimnisse müssen im Leben bleiben«, erwiderte der Runner und grinste ihn von der Seite an.

»Du hast mir 'n paar zu viel«, knurrte Christo.

Darauf antwortete Conquistador nicht, und sie knirschten weiter den Kiesweg entlang, dessen weiße Steine vor Nässe schimmerten.

»Du warst schon mal hier?«, fragte Christo.

»Ja. Einmal. Aber da war das Grab noch ziemlich frisch, und außerdem hat es angefangen zu hageln. Ich bin ziemlich schnell wieder gegangen.«

Sie erreichten eine kleine Wegkreuzung, und Conquistador bog nach links ab.

Eine riesige Eiche erhob sich über dem Grab der Deckerin, und einige kleine Sträucher umgaben den kleinen Hügel, als wollten sie das Grab beschützen. Auf dem Hügel hatte jemand ein paar Blumen gepflanzt, liebevoll arrangiert, und in einer auf das Grab gesteckten Vase steckte ein Strauß wilder bunter Blumen.

Sie blieben stehen, und Conquistador sah, wie der Troll Kinn und Unterlippe vorschob und sich auf die Oberlippe biss. Auf die Unterlippe beißen war für ihn wegen der riesigen Hauer sicherlich unbequem.

»Schön«, murmelte Christo und schniefte leise. »Das ist wirklich schön.«

»Bei gutem Wetter im Sommer ist es hier voller Schmetterlinge«, sagte Conquistador leise, und der Troll nickte schniefend, dann stockte er. »Woher weißt du das?«

Vorsichtig trat Conquistador neben dem Grabhügel vorbei zu einem der Sträucher. Mit einer Hand hob er eins der ledrigen Blätter an und eine leuchtende, fächerförmige Blüte wurde sichtbar. Er zupfte sie ab, ging zu Christo zurück und reichte sie dem Troll.

Vorsichtig nahm Christo sie entgegen und schnüffelte daran. »Riecht gut.«

»Finden die Schmetterlinge auch. Das ist ein Regenbaum. Stammt von Borneo. Wird ziemlich groß, ich habe ihn in einen kleinen Topf gesteckt und hoffe, dass er sich zusammennimmt und klein bleibt, sonst muss ich ihn wieder rausnehmen.«

»Darf man denn hier einfach was pflanzen?«

»Nein. Aber ein Bekannter hat mir eine Sondergenehmigung verschafft.«

»Im Ernst?« Die Stirn verständnislos gerunzelt, blickte Christo ihn an.

»Ein Decker. Kinderleichter Job. Hat den Regenbaum in die Liste der Pflanzen eingetragen, die man hier ohne Anfrage einpflanzen darf, solange sie eine bestimmte Höhe nicht überschreiten.«

»Ach so.« Christo nickte. »Und Schmetterlinge mögen das?«

»Ja. Sehr. In den Blüten ist Nektar. Julius mag das übrigens auch.« Mit einem Kopfnicken deutete er auf den Mungo, der zielstrebig auf den Regenbaum zuwuselte und sich an dem Strauch aufrichtete, um den Kopf unter die dunklen Blätter zu stecken und mit einem deutlichen Schmatzen zu fressen.

»Das blöde Vieh frisst echt alles«, sagte Christo.

»Ich bin froh, dass sie überhaupt noch was frisst«, entgegnete Conquistador und betrachtete sein Tier nachdenklich, das im Augenblick etwas kopflos aussah, weil der flache Schädel vollständig unter den Blättern verschwunden war.

Jaywalkers Kugel hatte Julius in die Brust getroffen, aber sie hatte den Pelz nicht durchdringen können, der wie eine ballistische Panzerung gewirkt hatte. Trotzdem hätte die Kugel Julius fast getötet. Die Knochen in ihrem Brustkorb waren nicht wieder richtig zusammengewachsen, und sie hinkte ein wenig auf dem rechten Vorderlauf. Und sie ermüdete recht schnell, er hoffte, das würde sich mit der Zeit wieder legen. Vor einigen Tagen hatte er zum ersten Mal darüber nachgedacht, dass er gar keine Ahnung hatte, wie alt Julius überhaupt werden konnte. Die Vorstellung, sich von ihr verabschieden zu müssen, war undenkbar. Er hatte sie schon einmal verloren geglaubt.

Außerdem war sie im Augenblick das Einzige, was er hatte. Außer der ganzen Welt, natürlich. Das einzige Lebewesen, das ihm wirklich nah stand.

Kike hatte sich völlig zurückgezogen. Sie war wieder aufgewacht, ohne Operation. Der von Zack vermittelte Magier hatte sein Handwerk wirklich verstanden. Aber Mealux hätte ebenso gut operieren können.

Kikes Magie war weg. Alles, was sie jemals gelernt hatte, war nutzlos, und all die Jahre der Meditation, in denen sie sich der Magie gewidmet hatte, waren verloren, denn sie konnte das Mana nicht mehr fühlen, die Energien nicht mehr kanalisieren, und der Astralraum war ihr nun ebenso verschlossen wie ihm.

Es war nicht nur die Verletzung gewesen, obwohl sie sicher auch ihren Preis gefordert hatte. Die Katzenschamanin hatte nur kurz angedeutet, dass Jaywalker ihr irgendwas injiziert habe, aber er hatte von ihr nicht mehr darüber erfahren.

Es blieb ihm nichts anderes übrig, als zu warten. Darauf, dass Katze zu Kike zurückkehrte. Oder darauf, dass sich Kike damit abfand, ohne Magie zu leben. Er konnte nichts für sie tun, denn sie wollte mit niemandem reden, niemanden sehen. Er hatte ihr nicht einmal erzählt, dass Mikey tot war, nachdem Steel ihn angerufen hatte.

Bei der Erinnerung an die raue, ausdruckslose Stimme des Orks wurde ihm übel. Steel hatte merkwürdig abwesend geklungen und hatte sich sehr kurz gefasst. Vor allem aber der Gedanke an den Kleinen löste Gefühle in dem Runner aus, die er nicht einordnen konnte und die ihn noch immer nachts aus dem Schlaf schrecken ließen, als laste das Gewicht einer ganzen Welt auf seiner Brust.

»Sie hat ja gar keinen Grabstein«, sagte Christo neben ihm, und Conquistador schreckte aus seinen Gedanken auf und schüttelte das hohle Gefühl in seinem Innern ab.

»Noch nicht. Die Erde muss sich nach dem Frost erst senken, dann bekommt sie auch einen Grabstein.«

Etwas auf dem Grab fiel ihm auf, inmitten der Blumen, und er trat einen Schritt näher.

Auf einer Plastikfolie, die es vor der Nässe schützte, lag ein Buch, halb unter den Blumen verborgen. Ein dunkelblaues Buch mit geprägten, roten Buchstaben.

Noch bevor er den Titel las, überkam ihn die betäubende Erkenntnis, dass er das Buch kannte. Er hatte es auf Phoenix' Nachttisch gesehen. Es hatte der Deckerin viel bedeutet.

Pesadillas. Albträume.

Vorsichtig nahm er das Buch in die Hand. Es war trocken, obwohl es noch vor wenigen Stunden geregnet hatte. Nur dort, wo die regenfeuchten Blumen es berührt hatten, war es ein wenig feucht, aber nicht sehr, als habe jemand das Wasser von den Blumen geschüttelt, bevor er mit ihnen das Buch zum Teil bedeckte.

Plötzlich war er völlig sicher, dass Jaywalker hier gewesen war, als liege der Geruch des Straßensamurais noch in der Luft, als könne er seine Spuren auf dem Kiesweg sehen. Er konnte nicht genau einordnen, was Jaywalker damit bezweckte. War es eine Geste, die sich an Phoenix richtete, oder war es eine Botschaft an ihn? Vielleicht war es beides.

Das Gefühl, es könne kein Zufall sein, dass der Straßensamurai vor einigen Stunden oder sogar vor noch weniger Zeit hier gewesen war und das Buch auf das Grab der Deckerin gelegt hatte, verdichtete sich zur Gewissheit. Und wenn es kein Zufall war, dann war die Botschaft klar: Ich behalte euch im Auge.

»Was wird denn auf dem Grabstein stehen?«, fragte Christo, ohne zu wissen, was sich in Conquistador gerade abspielte. »Redest du da noch mal mit der Frau oder sucht sie was aus?«

»Ich denke, ich werde noch mal mit ihr reden«, sagte Conquistador und legte das Buch vorsichtig wieder zurück. Dann schloss er die Augen und versuchte, das Chaos in seinem Inneren zurückzudrängen.

»Und was willst du draufschreiben?«

»Wenn's für dich okay ist, etwas auf Latein.« Conquistador öffnete die Augen wieder und starrte die Eiche an, die sich schützend über dem Grab der toten Deckerin erhob, aber nicht hatte verhindern können, dass ihr Mörder hier Botschaften hinterließ.

»Und was?«, fragte der Troll wieder.

Der Runner holte tief Luft. »Ich wäre für *media vita in morte sumus*«, sagte er. »Mitten im Leben sind wir im Tode.«

Er stand auf und begegnete dem ratlosen Blick des Trolls.

»Okay«, sagte Christo. »Aber warum?«

Conquistador warf einen Blick zurück zum Grab und ließ ihn dann den Kiesweg entlangwandern, während er sich fragte, ob Jaywalker vielleicht irgendwo dort draußen war und sie jetzt, in diesem Augenblick, sehen konnte.

»Ich finde, es passt«, sagte er einfach.

Danksagung

Es gibt einen Haufen Leute, die zur Entstehung dieses Buches beigetragen haben, und ich möchte sie an dieser Stelle nennen und ihnen danken, weil ich sicher bin, dass dieses Buch ohne sie entweder ganz anders wäre oder gar nicht existieren würde (Drohbriefe an diese Leute bei Nichtgefallen bitte ich zu unterlassen, danke!).

An erster Stelle danke ich Nico, der mich lange mit dem Manuskript teilen musste und dabei eindeutig den kleineren Teil abbekam. Trotzdem hat er mich bei einundvierzigeinhalb Anrufen auf der Arbeit nie angeschnauzt, wenn ich Regelfragen hatte oder an einem Kapitel herumgammelte, das nicht so recht wollte.

Ganz großes ›Danke‹ an meine beste Freundin Lara, die zur selben Zeit an ihrem Buch geschrieben hat, für Austausch und die gegenseitige Bestätigung, nicht verrückt geworden zu sein.

Dank sei auch meinem *Sensei* Tom (*Rei!*), der mir kontinuierlich die Kunst des Nahkampfes nahe zu bringen versucht. Danke für einen verdammt guten Unterricht und bereitwillige und ausführliche Antwort auf jede noch so dumme Frage.

Wenn ich mir beim Sport den Hals brechen sollte, vererbe ich dir die Rechte an diesem Buch. *Rei!*

Des Weiteren danke ich meiner kleinen Schwester Lara für das Durchlesen des Manuskripts an einem Tag, Felix, Kata,

Lilly und Zobel und allen anderen für viele, viele Nachfragen, wie es denn läuft, und für ihr Interesse. Cora danke ich für die Diskussion über ausgerenkte Wirbel, Eric für die Überarbeitung einer Kampfszene.

Noch wer? Unserer Katze Acid Burn danke ich dafür, so ein großartiges Julius-Vorbild abzugeben.

Bin verdammt froh, dass es euch gibt!

Besucht mich doch auf meiner Homepage:

www.thedarksociety.com

Von SHADOWRUN sind im
WILHELM HEYNE VERLAG erschienen:

1. Jordan K. Weisman (Hrsg.): *Der Weg in die Schatten*

TRILOGIE GEHEIMNISSE DER MACHT

2. Robert N. Charrette: *Laß ab von Drachen*
3. Robert N. Charrette: *Wähl deine Feinde mit Bedacht*
4. Robert N. Charrette: *Such deine eigene Wahrheit*

5. Nigel Findley: *2XS*
6. Chris Kubasik: *Der Wechselbalg*
7. Robert N. Charrette: *Trau keinem Elf*
8. Nigel Findley: *Schattenspiele*
9. Carl Sargent: *Blutige Straßen*

TRILOGIE DEUTSCHLAND IN DEN SCHATTEN

10. Hans Joachim Alpers: *Das zerrissene Land*
11. Hans Joachim Alpers: *Die Augen des Riggers*
12. Hans Joachim Alpers: *Die graue Eminenz*

13. Tom Dowd: *Spielball der Nacht*
14. Nyx Smith: *Die Attentäterin*
15. Nigel Findley: *Der Einzelgänger*
16. Nyx Smith: *In die Dunkelheit*
17. Carl Sargent/Marc Gascoigne: *Nosferatu 2055*
18. Tom Dowd: *Nuke City*
19. Nyx Smith: *Jäger und Gejagte*
20. Nigel Findley: *Haus der Sonne*

21. Caroline Spector: *Die endlosen Welten*
22. Robert N. Charrette: *Gerade noch ein Patt*
23. Carl Sargent/Marc Gascoigne: *Schwarze Madonna*
24. Mel Odom: *Auf Beutezug*
25. Jak Koke: *Funkstille*
26. Lisa Smedman: *Das Luzifer Deck*
27. Nyx Smith: *Stahlregen*
28. Nick Polotta: *Schattenboxer*
29. Jak Koke: *Fremde Seelen*
30. Mel Odom: *Kopfjäger*
31. Jak Koke: *Der Cyberzombie*
32. Lisa Smedman: *Blutige Jagd*
33. Jak Koke: *Bis zum bitteren Ende*
34. Stephen Kenson: *Technobabel*
35. Lisa Smedman: *Psychotrop*
36. Stephen Kenson: *Am Kreuzweg*
37. Michael Stackpole: *Wolf und Rabe*
38. Jonathan Bond/Jak Koke: *Das Terminus-Experiment*
39. Lisa Smedman: *Das neunte Leben*
40. Mel Odom: *Runner sterben schnell*
41. Leo Lukas: *Wiener Blei*
42. Stephen Kenson: *Ragnarock*
43. Lisa Smedman: *Kopf oder Zahl*
44. Stephen Kenson: *Zeit in Flammen*
45. Markus Heitz: *TAKC 3000*
46. Björn Lippold: *Nachtstreife*
47. Markus Heitz: *Gottes Engel*
48. Markus Heitz: *Aeternitas*
49. Harri Assmann: *Auf dem Sprung*
50. Harri Assmann: *Töne der Unendlichkeit*

51. Markus Heitz: *Sturmvogel*
52. Harri Assmann: *Elementares Wissen*
53. Markus Heitz: *05:58*
54. Ivan Nedič: *Die Anfänger*
55. Markus Heitz: *Jede Wette*
56. André Wiesler: *Altes Eisen*
57. Markus Heitz: *Schattenjäger*
58. Maike Hallmann: *Pesadillas*
59. Markus Heitz: *Schattenläufer*
60. Lara Möller: *Ash*